ZWISCHEN HIMMEL UND ERDE

RUSSISCHE ERZÄHLUNGEN

Herausgegeben von Miriam Kronstädter
und Hans-Joachim Simm
unter Mitwirkung von
Vadim Crohin, Elena Vodovatova
und Waleria Wal

INSEL VERLAG

© Insel Verlag Frankfurt am Main und Leipzig 2003
Alle Rechte vorbehalten,
insbesondere das des öffentlichen Vortrags sowie der Übertragung
durch Rundfunk und Fernsehen, auch einzelner Teile.
Kein Teil des Werkes darf in irgendeiner Form
(durch Fotografie, Mikrofilm oder andere Verfahren)
ohne schriftliche Genehmigung des Verlages reproduziert
oder unter Verwendung elektronischer Systeme
verarbeitet, vervielfältigt oder verbreitet werden.
Quellenhinweise am Schluß des Bandes.
Satz: Libro, Kriftel
Druck: Pustet, Regensburg
Printed in Germany
Erste Auflage 2003
ISBN 3-458-17174-6

1 2 3 4 5 6 – 08 07 06 05 04 03

INHALT

ZWISCHEN
HIMMEL UND ERDE

ZU DIESER AUSGABE

Die russische Literatur hat in nur zwei Jahrhunderten Werke – in allen literarischen Gattungen – hervorgebracht, die unverzichtbar zum Kanon der Weltliteratur gehören. Politisch engagiert, mit genauen psychologischen Einsichten und in höchstem Maße kunstvoll beschreiben die russischen Erzähler ihr Land, seine Gesellschaft und seine Menschen, die Bürger und den Adel, die Beamten und die Privatiers, die Aufrechten und die Heuchler, die Gläubigen und die Gottlosen. Die russischen Schriftsteller verbindet ein zutiefst humanistisches Anliegen, die Fähigkeit zum Mit-Leiden mit dem Menschen – und das ohne jede Sentimentalität. Das gilt für die Klassiker des 19. und des 20. Jahrhunderts ebenso wie für die gegenwärtigen Autoren, die sich – sehr kritisch – der westlichen Gesellschaft öffnen und zugleich – ebenso kritisch gegenüber der Vergangenheit – auf eigenständige Weise die Erzähltradition ihres Landes weiterführen. »Wenn ich mich an den Schreibtisch setze«, sagt Wladimir Sorokin, »erstehen die russischen Schriftsteller aus ihren Gräbern auf und stellen sich mit grimmiger Miene hinter meinen Rücken. Und je länger ich schreibe, desto grimmiger und düsterer werden sie. Im Rücken spüre ich ihre vollständige Mißbilligung. Ich höre, wie schwer Lew Tolstoj stöhnt, Dostojewski Gebete murmelt, Lermontow böse mit den Zähnen knirscht, Tschechow leise weint und Puschkin murmelt: ›Welch ein Schuft, ach, welch ein Schuft!‹«

»In bezug auf die russische Literatur jedoch ließ ich nicht wieder los«, notierte Theodor Fontane in seiner Autobiographie, und Hermann Hesse bekannte: »Das intuitive Rußland kann jeder, der einmal Tolstoj gelesen hat, überhaupt nicht mehr aus seinem geistigen Leben loslösen.« Das gilt auch für die Herausgeber dieser Anthologie. Die russische Literatur, sowohl die klassische als auch die moderne Erzählprosa, entfaltet eine literarische Kraft, der man sich nicht zu entziehen vermag.

Für die Auswahl waren folgende Kriterien maßgeblich: neben der –
wie immer bei Sammelwerken dieser Art – persönlichen Affinität der
Herausgeber, der unvermeidlichen Subjektivität des Anthologisten die
literarische Qualität der jeweiligen Erzählung, ihre Thematik, die besondere Darstellung des russischen Denkens und Lebens, die Motivik
sowie die Korrespondenzen der Bilder und Figuren zwischen den
Erzählungen des Bandes, der die historisch-literarische Abfolge sichtbar machen, d.h. durchaus repräsentativ sein soll.

Innerhalb der klassischen russischen Prosa sind Tolstoj und Tschechow, deren Erzählungen zweifellos als Höhepunkte der literarischen
Gattung anzusehen sind, mit je zwei Texten vertreten; mehr gestattete
der vorgegebene Umfang des Bandes nicht.

Keineswegs einfacher war die Auswahl bei den nachfolgenden
Schriftstellern, bei den Exilautoren, die Rußland nach der Revolution
verlassen haben, wie Iwan Bunin, Alexej Remisow, Vladimir Nabokov,
der sich entschied, nicht mehr in seiner Muttersprache, sondern englisch zu schreiben, und der in dieser Sprache Werke von weltliterarischem Rang verfaßte. Und nicht nur das, sein letzter russisch geschriebener Roman *Die Gabe* ist für viele der jüngeren Schriftsteller
Quelle, Orientierung für ihr eigenes Schaffen geworden.

Einen weiteren Schwerpunkt der Anthologie bilden jene Autoren,
die in ihrem Land geblieben sind und die der sogenannten inneren
Emigration zugerechnet werden (wie Boris Pasternak, Michail Bulgakow, Boris Pilnjak, Daniil Charms). Sie und viele andere, nicht zuletzt
Warlam Schalamow und Alexander Solschenizyn, haben unter der
sowjetischen Diktatur und Zensur gelitten; sie alle haben, ohne an
eine Karriere oder an ein Honorar zu denken, für die Schublade
geschrieben, sie haben geschrieben, obwohl sie bedroht, verhaftet,
gefoltert oder in den GULAG geschickt wurden. Sie haben nie aufgehört zu schreiben, auch wenn sie sicher sein mußten, in den kommenden Jahrzehnten keine Chance zur Veröffentlichung zu haben.

In einer Anthologie russischer Erzählprosa darf aber auch die sowjetische Literatur selbst nicht fehlen; exemplarisch für die Autoren, die in
der Tauwetter-Periode unter Chruschtschow schrieben, steht Juri Trifonow. Noch heute ist nicht immer eindeutig festzustellen, wer von

diesen Autoren letztlich zum Fortbestand des kommunistischen Systems beigetragen hat und wer ihm ernsthaft kritisch gegenüberstand.

Zu Wort kommen sollten auch die neueren, die ›un-sowjetischen‹ Autoren, die im Samisdat publizierten, später emigrierten oder in Rußland erst nach dem Fall des kommunistischen Regimes ihre Werke erscheinen lassen konnten (wie Juri Mamlejew, Wladimir Maramsin, Wenedikt Jerofejew, Wladimir Sorokin, Wiktor Pelewin und andere).

Fast alle russischen Autoren, vom 18. Jahrhundert bis zum Ende der Sowjetunion, haben unter dem Druck der Zensur geschrieben, haben Repressalien, Folter, Deportation befürchten und erfahren müssen (ob Dostojewski oder Lermontow, Solschenizyn oder Pasternak, Mandelstam oder Charms); andere, wie Boris Pilnjak, sind spurlos verschwunden, wurden ermordet.

Erst seit wenigen Jahren stehen die Autoren Rußlands nicht mehr unter dem unerträglichen Druck der Zensur und in der Gefahr, ihr Leben zu riskieren, sie können ihre Werke mehr oder weniger ungehindert veröffentlichen. Die Freiheit, die die russischen Schriftsteller jetzt genießen, ist jedoch nicht so eindeutig, wie es scheint. Der Widerschein der Hölle, der sie durch die Gunst der Weltgeschichte entkommen konnten, verfolgt sie noch immer. Sie stehen zwischen der Vergangenheit des Ostens und der Gegenwart des Westens, der in das Vakuum des Ostens eingedrungen ist und sich der Seele bemächtigt. Das idealistische Vertrauen in den Menschen und in das Volk ist einem grundsätzlichen Mißtrauen gewichen. Die neuere Literatur zweifelt an allem, am Leben, an der Liebe, an der Familie, dem Land und dem Volk. Und dieser fundamentale, existentielle Zweifel findet seinen Ausdruck in surrealistischen Sequenzen. Die Autoren setzen nicht mehr, wie die Romantiker oder die Realisten des 19. Jahrhunderts, auf eine allgemeine Hoffnung, daß alles schon besser werde. Sie haben erkannt, daß nur die sarkastische und hyperbolische Form der Schilderung dessen, was sie erlebt haben, wirklich etwas verändern kann.

Die in den neunziger Jahren offiziell proklamierte Wiedergeburt Rußlands sollte ein neues Gefühl staatlicher Identität wecken. Doch sie führte zur Enttäuschung des Lebensgefühls vieler, die ihre eigene Gegenwart lediglich als Zwischenzeit, als Nachzeit oder als Unzeit erfahren. Melancholie und Schwermut sind die Folgen, und der Selbstmord ist ein häufig anzutreffendes literarisches Motiv geworden. Die »Warnliteratur« der Generation P (Pepsi-Cola, Pelewin, Perestrojka, Postmoderne, Public Relations), wie sie sich nennt, will aufrütteln, sie prangert die Menschenverachtung des Überwachungsstaats ebenso an wie die der ›Glücks-Gesellschaft‹ die nur ein neues, freiwillig betretenes Gefängnis darstellt.

Die gegenwärtigen Autoren Rußlands schreiben eine faszinierende, fesselnde Literatur, sie schildern, von ihrem Inneren ausgehend, die Außenwelt und geben ihren Texten damit eine starke Authentizität, verwurzelt im Jetzt, in dem, was sie erleben. Und dennoch verweisen sie – dies soll der Titel dieser Sammlung andeuten – auch auf das Andere, das Phantastische, das Jenseitige, das Raum und Zeit Transzendierende.

Hans-Joachim Simm

NIKOLAI KARAMSIN

DIE ARME LISA

Von allen Einwohnern Moskaus wird wohl keiner die Umgebung dieser Stadt so gut kennen wie ich, weil keiner so oft wie ich unter dem freien Himmel weilt und öfter als ich plan- und ziellos, wohin der Blick fällt – Wiesen und Haine, Hügel und Täler zu Fuß durchstreift. Jeden Sommer entdecke ich neue schöne Plätze oder neue Schönheiten an den alten Stätten.

Aber am allerschönsten finde ich die Stätte, an der sich die düsteren gotischen Türme des Simonow-Klosters erheben. Wenn man auf diesem Berg steht, überblickt man zur Rechten fast ganz Moskau, diese ungeheure Zusammenballung von Häusern und Kirchen, die sich gleich einem majestätischen Amphitheater vor den Augen ausbreitet; ein wundervolles Bild, besonders wenn die Sonne darauf scheint, wenn ihre abendlichen Strahlen auf den unzähligen goldenen Kuppeln, auf den unzähligen gen Himmel ragenden Kreuzen lodern! Unten breiten sich satt dunkelgrüne, blühende Wiesen aus, und dahinter fließt im gelben Sandbett der silberglänzende Fluß, dessen ruhige Oberfläche sich nur unter den leichten Riemenschlägen der Fischerboote kräuselt oder unter dem Ruder der Lastkähne aufrauscht, die aus den fruchtbaren Landstrichen des Russischen Reiches kommen, um das unersättliche Moskau mit Brot zu versorgen. Auf dem jenseitigen Ufer sieht man einen Eichenhain, in dessen Nähe große Herden weiden; dort sitzen junge Hirten im Schatten der Bäume, singen einfache traurige Lieder und verkürzen damit die für sie so eintönigen Sommertage. Etwas weiter, aus dem dichten Grün uralter Ulmen, blitzt mit seinen goldenen Kuppeln das Danilow-Kloster; noch weiter, fast am Rande des Horizonts, heben sich blau die Sperlingsberge vom Himmel ab. Auf der linken Seite aber sieht man weite Getreidefelder, Wäldchen, drei oder vier Dörflein und in der Ferne das Dorf Kolomenskoje mit seinem hohen Schloß.

Oft suche ich diese Stätte auf, und fast immer begrüße ich dort den Frühling, wandere aber auch an düsteren Herbsttagen dorthin, um mit der Natur zusammen zu trauern. Schaurig heult der Wind um die Mauern des verödeten Klosters, zwischen den mit hohem Gras bewachsenen Gräbern und in den dunklen Gängen der Zellen. Dort, an die Trümmer der Grabsteine gelehnt, lausche ich dem dumpfen Stöhnen der Vergangenheit, die im Orkus versunken ist – dem Stöhnen, das mein Herz in Bangen und Zagen pochen und erzittern läßt.

Mitunter betrete ich die Zellen und stelle mir diejenigen vor, die darin hausten – traurige Bilder! Hier sehe ich, kniend vor dem Kruzifix und um baldige Erlösung von den irdischen Fesseln bittend, einen ergrauten Greis; er kennt keine Freuden des Lebens mehr, alle Gefühle, außer denen des Schmerzes und der Schwäche, sind abgestorben. Dort schaut ein junger Mönch – mit blassem Gesicht und sehnsüchtigem Blick – durch sein vergittertes Fenster ins Freie, sieht die fröhlichen, frei in der Luft umherflatternden Vögel – nimmt all das in sich auf und vergießt bittere Tränen. Er schmachtet, welkt, siecht dahin – und das traurige Glockengeläute verkündet mir seinen frühzeitigen Tod. Manchmal versinke ich in die Betrachtung der auf den Kirchenpforten dargestellten Wunder, die sich in diesem Kloster ereignet haben – dort fallen Fische vom Himmel zur Sättigung der Insassen des von vielen Feinden belagerten Klosters; hier schlägt das Heiligenbild der Mutter Gottes die Feinde in die Flucht. All dies läßt vor meinen Augen die Geschichte unseres Vaterlandes auferstehen – die traurige Geschichte jener Zeiten, da die grausamen Tataren und Litauer mit Feuer und Schwert die Umgebung der russischen Hauptstadt verwüsteten und das unglückliche Moskau, gleich einer hilflosen Witwe, nur von Gott allein Hilfe aus seiner furchtbaren Bedrängnis erwartete.

Aber vor allem zieht mich zu den Mauern des Simonow-Klosters die Erinnerung an das traurige Schicksal Lisas, der armen Lisa. Ach! ich liebe alles, was mein Herz ergreift und Tränen einer sanften Wehmut in mir löst!

Etwa siebzig Faden von der Klostermauer entfernt, neben einem Birkenhain, steht inmitten einer grünen Wiese eine leere Hütte, ohne

Türen, ohne Fenster, ohne Fußboden; das Dach ist längst vermodert und eingestürzt. In dieser Hütte lebte vor dreißig Jahren die wunderschöne, liebreizende Lisa mit ihrer alten Mutter.

Lisas Vater war ein ziemlich wohlhabender Landmann, weil er die Arbeit liebte, das Land trefflich bestellte und immer mäßig lebte. Aber bald nach seinem Tode verarmten Frau und Tochter. Die faule Hand des Tagelöhners bearbeitete das Feld schlecht, das Korn wollte nicht mehr recht gedeihen. Sie waren gezwungen, ihr Land für billiges Geld zu verpachten. Zudem wurde die arme Witwe, die fast unaufhörlich um ihren toten Mann Tränen vergoß – denn auch Bauersfrauen lieben! –, von Tag zu Tag schwächer und konnte keine Arbeit mehr verrichten. Nur Lisa, die beim Tode ihres Vaters fünfzehn Jahre alt war, Lisa ganz allein plagte sich Tag und Nacht ab, ohne Rücksicht auf ihre zarte Jugend, auf ihre seltene Schönheit: webte Linnen, strickte Strümpfe, pflückte im Frühjahr Blumen und sammelte im Sommer Beeren – und verkaufte alles in Moskau. Ihre empfindsamere, gütige alte Mutter sah den Fleiß der Tochter, drückte sie oft an ihr schwach schlagendes Herz, nannte sie ein Geschenk Gottes, ihre Ernährerin, den Trost ihres Alters und bat den Allmächtigen, er möge sie für all das, was sie an der Mutter tat, belohnen. »Gott gab mir die Hände, um zu arbeiten«, sagte Lisa, »du hast mich an deiner Brust großgezogen und umhegt, als ich noch klein war; jetzt ist die Reihe an mir, dich zu umsorgen. Höre nur auf, dich zu grämen und zu weinen, unsere Tränen werden unseren lieben Vater nicht vom Tode erwecken.«

Aber oft konnte die zarte Lisa ihre eigenen Tränen nicht zurückhalten – ach! sie dachte daran, daß sie einen Vater besessen hatte und daß er nun nicht mehr unter den Lebenden weilte; um die Mutter jedoch nicht zu beunruhigen, bemühte sie sich, das Herzeleid für sich allein zu tragen und ruhig und lustig zu erscheinen.

»Im Jenseits, liebe Lisa«, antwortete das vergrämte Mütterchen, »im Jenseits werde ich nicht mehr weinen. Man sagt, daß dort alle fröhlich sein werden; ich werde wohl erst fröhlich sein, wenn ich deinen Vater wieder erblicke. Nur möchte ich nicht schon jetzt sterben – was wird aus dir, wenn ich nicht mehr da bin? Wem kann ich dich anvertrauen?

Nein, erst muß ich dich, mit Gottes Hilfe, versorgt wissen! Vielleicht findet sich bald ein guter Mensch. Dann werde ich euch, meine lieben Kinder, den Segen erteilen, mich bekreuzigen und ruhig in die kalte Erde legen.«

Es waren zwei Jahre nach dem Tode des Vaters vergangen. Die Wiesen blühten, und Lisa kam mit Maiglöckchen nach Moskau. Ein gutgekleideter junger Mann von angenehmem Äußeren begegnete ihr auf der Straße. Sie zeigte ihm die Blumen – und errötete.

»Verkaufst du sie, Mädchen?« fragte er lächelnd.

»Ich verkaufe die Blumen«, antwortete sie.

»Wieviel willst du dafür haben?«

»Fünf Kopeken.«

»Das ist zu billig. Hier hast du einen Rubel.«

Lisa war erstaunt, wagte einen Blick auf den jungen Mann zu werfen – errötete noch mehr, schlug die Augen nieder und sagte, daß sie den Rubel nicht annehmen könne.

»Warum denn nicht?«

»Ich nehme nicht mehr, als die Blumen wert sind.«

»Nun, und ich meine, die herrlichen, von einem so wunderhübschen jungen Mädchen gepflückten Maiglöckchen sind einen Rubel wert. Aber wenn du ihn nicht haben magst, so nimm hier fünf Kopeken. Ich möchte dir immer deine Blumen abkaufen, möchte, daß du sie nur für mich pflückst.«

Lisa gab ihm die Blumen, nahm die fünf Kopeken, neigte den Kopf und wollte gehen, aber der Unbekannte griff nach ihrem Arm: »Wohin willst du jetzt gehen, junges Mädchen?«

»Nach Hause.«

»Und wo ist dein Haus?«

Lisa sagte ihm, wo sie wohnte, und ging fort. Der junge Mann hielt sie nicht zurück; vielleicht um den Vorübergehenden nicht Anlaß zu geben, bei ihrem Anblick stehenzubleiben und zweideutig zu lächeln.

Lisa kam nach Hause und erzählte die ganze Begebenheit der Mutter.

»Daß du den Rubel nicht angenommen hast, war gut von dir. Vielleicht war es ein schlechter Mensch ...«

»Ach nein, liebes Mütterchen! Das glaube ich nicht. Er hatte ein so gutes Gesicht, eine so gütige Stimme.«

»Es ist aber doch besser, Lisa, sich durch eigener Hände Arbeit zu ernähren und nichts umsonst anzunehmen. Du weißt noch nicht, meine Liebe, wie ein armes junges Mädchen durch böse Menschen gekränkt werden kann! Mein Herz findet keine Ruhe, wenn du zur Stadt gehst; ich stelle dann jedesmal vor dem Heiligenbild eine geweihte Kerze auf und bete zu Gott, er möge dich vor jeglichem Unglück und Unheil behüten.«

Lisas Augen füllten sich mit Tränen; sie küßte ihre Mutter.

Am nächsten Tag pflückte Lisa die allerschönsten Maiglöckchen und ging wieder zur Stadt. Ihre Augen suchten verstohlen. Viele wollten ihre Blumen kaufen, sie antwortete jedoch, daß sie unverkäuflich seien, und schaute nach allen Seiten. Es wurde Abend und Zeit, nach Hause zu gehen, da warf sie die Blumen in die Moskwa.

»Niemand soll euch haben!« sagte Lisa, und ihr war schwer ums Herz.

Am anderen Tag, gegen Abend, saß sie am Fenster, webte und sang mit leiser Stimme wehmütige Lieder; aber plötzlich sprang sie auf und rief: »Ach! ...« Der junge Unbekannte stand vor dem Fenster.

»Was ist mit dir?« fragte die neben ihr sitzende Mutter erschrocken.

»Nichts, liebes Mütterchen«, antwortete Lisa mit zaghafter Stimme, »nur ich habe ihn gesehen.«

»Wen?«

»Den Herrn, der meine Blumen kaufte.«

Die Alte schaute aus dem Fenster. Der junge Mann begrüßte sie so höflich, verbeugte sich so artig vor ihr, daß sie ihm nur Gutes zutrauen konnte.

»Guten Tag, liebes Mütterchen!« sagte er. »Ich bin sehr müde, hast du nicht etwas frische Milch?«

Die gefällige Lisa wartete nicht erst die Antwort ihrer Mutter ab – vielleicht, weil sie ihr schon im voraus bekannt war –, sondern lief in den Keller, brachte einen sauberen, mit einer reinen Holzscheibe bedeckten irdenen Topf, ergriff ein Glas, säuberte und trocknete es an einem weißen Handtuch, schenkte die Milch ein und reichte das

Glas zum Fenster hinaus – dabei schlug sie die Augen nieder. Der Unbekannte leerte das Glas, und der Nektar aus den Händen der Hebe hätte ihm nicht besser munden können. Jeder wird wohl erraten können, daß er sich jetzt bei Lisa bedankte, und zwar dankte er mehr mit Blicken als mit Worten. Unterdessen hatte das gütige alte Mütterchen ihm ihr ganzes Leid und ihren Trost geschildert – den Tod des Mannes und die guten Eigenschaften ihrer Tochter, ihren Fleiß, ihr Zartgefühl und dergleichen mehr. Er hatte ihr aufmerksam zugehört; aber seine Augen waren – ist es wohl noch nötig zu sagen, wo?

Und Lisa, die zaghafte Lisa, warf ab und zu einen schüchternen Blick auf den jungen Mann; aber so schnell leuchtet kein Blitz auf und verschwindet in der Wolke, wie sie ihre blauen Augen niederschlug, sobald sie seinen Blicken begegneten.

»Ich möchte«, sagte er zur Mutter, »daß deine Tochter ihre Arbeiten an keinen anderen als nur an mich verkauft. So braucht sie nicht mehr so oft zur Stadt zu gehen, und du bist dann nicht gezwungen, dich von ihr zu trennen. Ich selbst kann euch von Zeit zu Zeit aufsuchen.« Bei diesen Worten leuchteten Lisas Augen freudig auf, was sie vergebens zu verbergen suchte. Ihre Wangen erglühten wie das Abendrot an einem klaren Sommerabend; sie blickte auf ihren linken Ärmel, an dem sie verlegen herumzupfte. Das alte Mütterchen nahm das Anerbieten gern an, da sie nichts Schlechtes dahinter vermutete, und beteuerte dem Unbekannten, daß das von Lisa gewebte Linnen und die von Lisa gestrickten Strümpfe besonders gut und haltbarer als alle anderen seien. – Die Dämmerung sank herab, und der junge Mann wollte schon gehen.

»Und wie sollen wir dich denn nennen, guter, freundlicher Herr?« fragte die Alte.

»Ich heiße Erast«, antwortete er.

»Erast«, sagte Lisa ganz leise, »Erast!« – Sie wiederholte diesen Namen mehrmals, als ob sie sich bemühe, ihn dem Gedächtnis einzuprägen. Erast verabschiedete sich von ihnen bis zum nächsten Wiedersehen und ging. Lisas Augen folgten ihm. Die Mutter saß in Nachdenken versunken, faßte ihre Tochter bei der Hand und sagte: »Ach, Lisa! Wie gut, wie gütig er ist! Wenn du so einen Bräutigam hättest!«

Lisas Herz erbebte.

»Liebes Mütterchen! Wie könnte das sein? Er ist ein Herr, und unter Bauern …« – Lisa sprach den Satz nicht zu Ende.

Jetzt muß der Leser erfahren, daß dieser junge Mann, dieser Erast, ein ziemlich begüterter Edelmann war, mit Klugheit und einem gütigen Herzen gesegnet. Wohl war er von Natur aus gütig, doch schwach und flatterhaft … Er führte ein leichtsinniges Leben, dachte nur an sein Vergnügen, das er im Treiben der Welt suchte, aber nicht immer fand: er langweilte sich und war mit seinem Schicksal unzufrieden. Lisas Schönheit hatte sein Herz gleich beim ersten Zusammentreffen beeindruckt. Er las öfter Romane, Idyllen, hatte eine ziemlich lebhafte Phantasie und versetzte sich in Gedanken oft in jene alte gute Zeit, da alle Menschen, wenn man den Dichtern Glauben schenken darf, sorglos auf den Wiesen wandelten, in klaren Quellen badeten, sich wie Turteltauben küßten, unter Rosen und Myrten ausruhten und im glücklichen Müßiggang ihre Tage verbrachten. Er glaubte, in Lisa das gefunden zu haben, wonach sein Herz sich schon lange sehnte. ›Die Natur ruft mich in ihre Arme, zu ihren reinen Freuden‹, dachte er und beschloß, wenigstens für eine Zeitlang, der großen Welt zu entsagen.

Wenden wir uns nun wieder Lisa zu. Es wurde Nacht – die Mutter segnete ihre Tochter und wünschte ihr einen sanften Schlaf; doch diesmal ging ihr Wunsch nicht in Erfüllung, Lisa versank in einen unruhigen Schlummer. Der neue Gast ihrer Seele, Erast, stand so lebendig vor ihr, daß sie immer wieder wach wurde und seufzte. Noch vor Sonnenaufgang stand Lisa auf, ging zum Ufer der Moskwa, setzte sich ins Gras und schaute wehmutsvoll auf die weißen Nebel, die in der Luft wogten, hochstiegen und auf dem grünen Teppich der Natur glänzende Tropfen hinterließen. Es herrschte tiefe Stille um sie her. Aber bald erweckte das Tagesgestirn die ganze Schöpfung: die Haine, die Sträucher wurden lebendig; alle Vögel stiegen empor und stimmten ihren Gesang an; die Blumen erhoben ihre Kelche, um sich an den belebenden Lichtstrahlen satt zu trinken. Lisa saß immer noch voller Trauer da. Ach, Lisa, Lisa! Was ist aus dir geworden? Bis jetzt bist du stets mit den Vöglein aufgewacht, hast dich morgens mit ihnen gefreut, und aus deinen Augen strahlten die Reinheit und das Glück deiner Seele, gleich dem Leuchten der Sonne in den Tropfen des himmlischen Taues. Und nun sitzt du gedankenvoll da, und die ganze Fröhlichkeit der Natur ist deinem Herzen fremd geworden. Unterdessen trieb ein junger Schäfer seine Herde am Ufer entlang und spielte dabei auf seiner Hirtenflöte. Lisa richtete ihre Blicke auf ihn und dachte: ›Wenn jener, der jetzt meine Gedanken ausfüllt, als einfacher Bauer, als Schäfer geboren wäre und wenn er jetzt seine Herde an mir vorbeitriebe, ach! ich würde ihn mit einem Lächeln begrüßen und ihm freudig zurufen: Guten Tag, liebster Schäfer! Wohin treibst du deine Herde? Auch hier wächst grünes Gras für deine Schafe; auch hier leuchten die Blumen, aus denen man einen Kranz für deinen Hut winden könnte. Vielleicht würde er mich mit seinen freundlichen Augen ansehen, vielleicht gar meine Hände ergreifen ... Ein Traum!‹ Der Flöte spielende Schäfer schritt an ihr vorüber und verschwand mit seiner bunten Herde hinter der nahen Anhöhe.

Plötzlich vernahm Lisa ein Rudergeräusch, schaute auf den Fluß hinaus und erblickte ein Boot und in dem Boot – Erast.

Alle Fibern ihres Körpers bebten, aber natürlich nicht vor Schreck. Sie erhob sich, wollte gehen und vermochte es nicht. Erast sprang ans Ufer, näherte sich Lisa, und – nun ging auch schon ein Teil ihres Traumes in Erfüllung, denn er schaute sie freundlich an, ergriff ihre Hand ... Und Lisa, Lisa stand mit niedergeschlagenem Blick, mit feurigen Wangen, mit klopfendem Herzen – sie konnte ihre Hand nicht zurückziehen, sich nicht abwenden, als er seine roten Lippen ihrem Gesicht näherte ... Ach, er küßte sie, küßte sie so feurig, daß ihr die ganze Welt wie in loderndem Feuer erschien!

»Liebe Lisa!« sagte Erast. »Liebe Lisa! Ich liebe dich!« Und diese Worte klangen wie himmlische, wunderschöne Musik in den Tiefen ihrer Seele wider; sie wagte kaum, ihren Ohren zu trauen, und ... Aber ich lege jetzt meinen Pinsel aus der Hand. Ich verrate nur, daß im Augenblick der Seligkeit Lisas Scheu verschwand – Erast hatte erkannt, daß er wiedergeliebt wurde, leidenschaftlich wiedergeliebt von einem jungen Herzen, das ihm so rein entgegenschlug. Sie saßen im Gras, dicht nebeneinander, schauten sich in die Augen und sagten beide: liebe mich! und die gemeinsam verbrachten zwei Stunden ver-

flogen im Nu. Endlich erinnerte sich Lisa, daß sich ihre Mutter um sie
sorgen könnte. Sie mußten sich also trennen. »Ach, Erast«, sagte sie,
»wirst du mich immer lieben?«

»Immer, liebe Lisa, immer!« antwortete er.

»Und kannst du mir das schwören?«

»Lisa, meine Liebe, ich kann es!«

»Nein! Ich brauche keinen Schwur. Ich glaube dir, Erast. Du wirst
doch die arme Lisa nicht betrügen? Das kann doch nicht sein?«

»Nie, nie, geliebte Lisa!«

»Wie glücklich bin ich! Und wie wird sich mein gutes Mütterchen
freuen, wenn sie erfährt, daß du mich liebst!«

»Ach nein, Lisa! Sie braucht nichts davon zu wissen.«

»Warum denn nicht?«

»Alte Leute sind mißtrauisch. Sie könnte sich etwas Schlechtes
dabei denken.«

»Bestimmt nicht.«

»Und doch bitte ich dich, ihr kein Wort davon zu sagen.«

»Gut, so muß ich dir denn gehorchen, obwohl ich ihr nichts verheimlichen möchte.«

Sie nahmen Abschied voneinander, küßten sich zum letztenmal mit
dem Versprechen, sich Abend für Abend zu treffen, entweder am
Flußufer oder im Birkenhain oder aber irgendwo in der Nähe ihrer
Hütte; aber das müßte wirklich unbedingt geschehen. Lisa ging und
sah sich noch hundertmal nach Erast um, der immer noch am Ufer
stand und ihr nachblickte.

Lisa kehrte nun ganz anders, als sie weggegangen war, in ihre Hütte
zurück. Ihr Gesicht und alle ihre Bewegungen verrieten eine innere
Freude. ›Er liebt mich‹, dachte sie und war entzückt von diesem
Gedanken.

»Ach, liebes Mütterchen!« sagte sie zur Mutter, die gerade erst
aufgewacht war. »Ach, Mütterchen! Was für ein herrlicher Morgen!
Wie fröhlich ist alles in der Natur! Noch nie sangen die Lerchen so
schön, noch nie schien die Sonne so hell, noch nie dufteten die
Blumen so süß!«

Auf die Krücke gestützt, ging das alte Mütterchen hinaus auf die

Wiese, um den von Lisa in so wunderbaren Farben geschilderten Morgen zu genießen. Und der Morgen erschien ihr wirklich besonders schön; die liebevolle Tochter erheiterte ihr wohl mit ihrem Frohsinn die ganze Natur.

»Ach, Lisa!« rief sie. »Wie schön ist alles bei unserem Herrgott! Sechzig Jahre bin ich nun schon auf dieser Welt und kann mich immer noch nicht an Gottes Wundern satt sehen; ich kann mich nicht satt sehen an dem klaren, einem hohen Zelt gleichenden Himmel; nicht satt sehen an der jedes Jahr mit neuem Gras und neuen Blumen bedeckten Erde. Der himmlische Herrscher muß den Menschen doch sehr lieb gehabt haben, daß er ihm diese Welt so schön geschmückt hat. Ach, Lisa, wer möchte wohl sterben, wenn man nicht manchmal ein Leid tragen müßte? ... Es muß wohl so sein. Vielleicht würden wir unsere himmlische Seele vergessen, wenn aus unseren Augen nie Tränen flössen.«

Aber Lisa dachte: ›Ach! ich würde eher meine Seele vergessen als meinen teuren Freund!‹

Danach trafen sich Erast und Lisa, aus Besorgnis, ihr gegebenes Wort auch zu halten, jeden Abend (nachdem Lisas Mutter sich schlafen gelegt hatte), entweder am Ufer des Flusses oder im Birkenhain, meistens jedoch im Schatten der hundertjährigen Eiche, jener Eiche, die ihren Schatten auf den noch in uralten Zeiten angelegten tiefen, klaren Teich warf. Dort warf der stille Mond oft durch das grüne Gezweig seine Strahlen auf Lisas helles Haar und übergoß es mit seinem silbernen Glanz – das Haar, das der Abendwind und die Hand des Freundes liebkosten; oft ließen diese Strahlen in den Augen der zarten Lisa die schimmernden Tränen der Liebe aufblinken, die Erast jedesmal wegküßte. Sie umarmten sich – doch die keusche, schamhafte Cynthia verbarg ihr Antlitz bei diesem Anblick nicht hinter einer Wolke: rein und untadelhaft waren ihre Umarmungen.

»Wenn du«, sagte Lisa zu Erast, »wenn du zu mir sagst: ich liebe dich, mein Seelchen!, wenn du mich an dein Herz drückst und mich so inniglich ansiehst: ach! dann wird mir so wunderbar zumute, daß ich mich vergesse, daß ich alles vergesse, außer dir, Erast. Wie sonderbar, wie sonderbar, mein Liebster, daß ich so ruhig und froh zu leben vermochte, als ich dich noch nicht kannte! Jetzt begreife ich es nicht; jetzt meine ich, daß ein Leben ohne dich kein Leben ist, sondern Trauer und Trostlosigkeit. Ohne deine Augen erlischt der Glanz des hellen Mondes; ohne deine Stimme ist der Gesang der Nachtigall klanglos; ohne deinen Atem ist der Hauch des Windes nicht mehr zart.«

Erast war entzückt von seiner kleinen Schäferin – so nannte er Lisa –, und er kam sich selber wertvoller vor, da er sah, wie sie ihn liebte. Die herrlichsten Vergnügungen der großen Welt erschienen ihm nichtig im Vergleich zu den Freuden, mit denen die leidenschaftliche Freundschaft einer unschuldigen Seele sein Herz erfüllte. Mit Ekel gedachte er der verächtlichen Wollust, die früher seine Sinne berauscht hatte. ›Ich werde mit Lisa wie Bruder und Schwester leben‹ dachte er, ›werde ihre Liebe nicht mißbrauchen und immer glücklich sein!‹ – Du törichter junger Mann! Kennst du denn dein Herz? Kannst denn du für deine Handlungen immer einstehen? Ist denn der Verstand immer der Beherrscher deiner Gefühle?

Lisa verlangte, daß Erast oft ihre Mutter besuchen solle. »Ich liebe sie«, sagte sie, »und möchte ihr Gutes antun; ich glaube, dich zu sehen, bedeutet für jedermann höchste Glückseligkeit.«

Das alte Mütterchen freute sich tatsächlich jedesmal, wenn sie ihn sah. Sie unterhielt sich gern mit ihm über ihren seligen Mann und erzählte ihm aus ihrer Jugendzeit: wie sie sich das erstemal mit ihrem lieben Iwan getroffen, wie er sie liebgewonnen hatte und welch liebevolles und einträchtiges Leben sie beide geführt hatten.

»Ach, wir konnten uns nie aneinander satt sehen – bis zu der Stunde, da der grausame Tod ihn dahinraffte. Er starb in meinen Armen!« Erast hörte ihr mit aufrichtigem Wohlgefallen zu. Er kaufte ihr Lisas Arbeiten ab und wollte stets das Zehnfache des geforderten Preises zahlen; das alte Mütterchen nahm aber nie mehr, als sie für nötig erachtete.

So vergingen einige Wochen.

Eines Abends mußte Erast länger als sonst auf Lisa warten. Endlich kam sie, war aber so traurig, daß er erschrak, ihre Augen waren vom Weinen gerötet.

»Lisa, Lisa! Was ist mit dir geschehen?«

»Ach, Erast, ich habe geweint!«

»Worüber? Warum?«

»Ich muß dir alles erzählen. Der Sohn eines reichen Bauern vom Nachbardorf freit um mich. Und Mütterchen will, daß ich ihn heirate.«

»Und du willst darauf eingehen?«

»Grausamer, wie kannst du so etwas überhaupt fragen? Nur das Mütterchen tut mir leid; sie weint und sagt, daß ich nicht ihren Frieden will; das Sterben würde ihr qualvoll sein, wenn sie mich noch unverheiratet wüßte. Ach, sie ahnt ja nicht, daß ich so einen lieben Freund besitze!«

Erast versicherte Lisa unter Küssen, daß ihm ihr Glück das Höchste auf Erden bedeute, daß er sie nach Mutters Tod zu sich nehmen, sich nicht von ihr trennen und auf dem Lande und in dichten Wäldern wie im Himmel mit ihr leben werde.

»Aber du kannst doch nicht mein Mann werden!« sagte Lisa still seufzend.

»Warum denn nicht?«

»Ich bin ja eine Bäuerin.«

»Du beleidigst mich. Deinem Freund ist doch am allerwichtigsten das Herz, ein in Liebe mitfühlendes, unschuldiges Herz – und Lisa wird meinem Herzen immer am nächsten sein.«

Sie warf sich in seine Arme – und in dieser Stunde war es um ihre Unschuld geschehen! – Sein Blut wallte auf, noch nie war ihm Lisa so wunderbar schön erschienen, noch nie hatten ihn ihre Liebkosungen so stark aufgewühlt, noch nie waren ihre Küsse so heiß entzündet – sie wußte nichts, ahnte nichts, fürchtete sich vor nichts – das Dunkel des Abends nährte die Wünsche, kein Stern leuchtete am Himmel, kein Strahl konnte ihren Fall beleuchten. – Erast fühlte ein Beben, das auch Lisa empfand, ohne zu wissen, weshalb, ohne zu wissen, was mit ihr geschah … Ach, Lisa, Lisa, wo ist dein Schutzengel? Wo – deine Unschuld?

Der Rausch verflog bald. Lisa konnte sich ihre Gefühle nicht erklären, wunderte sich und fragte nur. Erast schwieg – suchte nach

Worten und fand keine. »Ich habe Angst«, sagte Lisa, »ich habe Angst davor, was mit uns geschah! Mir schien, als müßte ich sterben, als ob meine Seele ... Nein, ich kann das nicht in Worten ausdrücken! ... Und du schweigst, Erast? Seufzt nur? ... Mein Gott, was ist das?«

Ein Blitz leuchtete auf, dem ein Donnerschlag folgte. Lisa zitterte am ganzen Leibe. »Erast, Erast!« rief sie. »Ich habe Angst! Ich fürchte, daß mich Sünderin der Donner erschlägt!« Schrecklich heulte der Sturm, Regen peitschte aus den schwarzen Wolken – es schien, als beklage die Natur Lisas verlorene Unschuld. – Erast versuchte Lisa zu beruhigen und begleitete sie bis zur Hütte. Tränen flossen aus ihren Augen, als sie sich von ihm verabschiedete. »Ach, Erast, schwöre mir, daß wir auch weiterhin so glücklich sein werden!«

»Wir werden es sein, Lisa!« antwortete er.

»Gebe Gott! Ich vertraue deinen Worten, denn ich liebe dich! Nur in meinem Herzen ... Aber genug! Verzeih! Morgen, morgen sehen wir uns wieder.«

Sie trafen sich auch weiterhin, aber wie hatte sich alles geändert!

Erast genügten jetzt schon nicht mehr Lisas unschuldige Liebkosungen, ihre Blicke voller Liebe, die Berührung der Hand, ein Kuß, die keuschen Umarmungen. Er wollte immer mehr und mehr haben, bis ihm schließlich nichts mehr zu wünschen übrigblieb. – Wer aber sein Herz kennt, wer über die zartesten Freuden des Herzens nachgedacht hat, der wird mir selbstverständlich zustimmen müssen, daß die Erfüllung aller Wünsche der gefährlichste Prüfstein für die Liebe ist. Lisa war für Erast nicht mehr der Unschuldsengel, der früher seine Phantasie entflammt und sein Herz entzückt hatte. Die keusche Liebe hatte anderen Gefühlen Raum gegeben, auf die er nicht stolz sein konnte und die ihm längst nicht mehr neu waren. Was aber Lisa betraf, so lebte und atmete sie, nachdem sie sich ihm hingegeben hatte, nur durch ihn, war ihm hörig wie ein Lamm und wähnte in seiner Zufriedenheit ihr eigenes Glück. Sein verändertes Wesen fiel ihr auf, und oft sagte sie zu ihm: »Früher warst du lustiger, früher waren wir ruhiger und glücklicher, auch fürchtete ich früher nicht so sehr, deine Liebe zu verlieren!«

Manchmal sagte er ihr beim Abschied:»Morgen, Lisa, werden wir uns nicht sehen können, ich habe eine wichtige Sache vor.« – Und jedesmal seufzte Lisa bei diesen Worten.

Schließlich hatte sie ihn fünf Tage hintereinander nicht mehr gesehen und war in größter Unruhe; am sechsten Tag erschien er mit traurigem Gesicht und sagte:»Liebste Lisa, wir werden uns für einige Zeit trennen müssen. Du weißt ja, daß wir Krieg haben, ich diene, und mein Regiment zieht ins Feld.«

Lisa wurde blaß und war einer Ohnmacht nahe. Erast liebkoste sie, versprach ihr, daß er seine liebe Lisa immer lieben werde und hoffe, sich nach seiner Rückkehr nie mehr von ihr trennen zu müssen. Lange war sie still, dann brach sie in bittere Tränen aus, ergriff seine Hand, schaute ihn mit der ganzen Inbrunst ihrer Liebe an und fragte:»Kannst du nicht hierbleiben?«

»Ich könnte es«, antwortete er,»aber es wäre eine große Schande, meine Ehre wäre unauslöschlich befleckt. Alle würden mich verachten, alle würden mich als Feigling, als unwürdigen Sohn des Vaterlandes verabscheuen.«

»Ach«, sagte Lisa,»wenn es so ist, dann fahre nur, wohin Gott befiehlt! Aber du könntest fallen.«

»Der Tod für das Vaterland ist nicht schrecklich, liebste Lisa.«

»Wenn du nicht mehr auf dieser Welt bist, werde ich sterben.«

»Aber wozu sich mit solchen Gedanken beschweren? Ich hoffe am Leben zu bleiben, hoffe, zu dir, meine Liebe, zurückzukehren.«

»Gebe Gott, gebe Gott! Täglich, stündlich werde ich darum bitten. Ach, warum kann ich weder lesen noch schreiben! Sonst könntest du mir alles über dich berichten, ich aber würde dir von meinen Tränen schreiben!«

»Nein, Lisa, schone dich für den Freund deines Herzens. Ich möchte nicht, daß du in meiner Abwesenheit weinst.«

»Grausamer Mensch! Meinst du, mich auch noch dieses Trostes berauben zu müssen? Nein! Wie könnte ich denn nach einer Trennung von dir aufhören zu weinen, wenn mein Herz dahinsiecht.«

»Denke an den schönen Augenblick unseres Wiedersehens.«

»Ich werde daran denken. Ach, wenn er nur schneller käme! Mein lieber, liebster Erast! Denke an deine arme Lisa, die dich mehr liebt als sich selbst.«

Jedoch ich kann nicht alles beschreiben, worüber sich die beiden in dieser Stunde unterhielten. Am nächsten Tag sollte das letzte Wiedersehen stattfinden.

Erast wollte sich auch von Lisas Mutter verabschieden, die ihre Tränen nicht unterdrücken konnte, als sie hörte, daß ihr freundlicher, netter Herr in den Krieg ziehen müsse. Er zwang sie, eine kleine Geldsumme von ihm anzunehmen, wobei er sagte:»Ich möchte nicht, daß Lisa in meiner Abwesenheit ihre Arbeiten, die vereinbarungsgemäß mir gehören, verkauft.«

Das alte Mütterchen überschüttete ihn mit ihren Segenswünschen. »Gebe Gott«, sagte sie,»daß du wohlbehalten zu uns zurückkehrst und daß ich dich in diesem Leben noch einmal sehe! Hoffentlich findet Lisa bis dahin einen Bräutigam, der ihr zusagt. Wie würde ich Gott danken, wenn du zu unserer Hochzeit kommen könntest! Und wenn Lisa Kinder haben wird, so wisse, Herr, daß du sie taufen sollst! Ach, wie gern möchte ich dies noch erleben!«

Lisa stand neben der Mutter und wagte nicht, sie anzublicken. Der Leser kann sich lebhaft vorstellen, was sie in diesem Augenblick fühlte. Aber was fühlte sie erst, als Erast sie zum letztenmal umarmte, sie zum letztenmal an sein Herz drückte und sagte:»Verzeih, Lisa!...« Welch erschütterndes Bild! Die Morgenröte breitete sich gleich einem blutroten Meer über dem östlichen Himmel aus. Erast stand unter den Zweigen einer hohen Eiche und hielt seine blasse, matte und traurige Freundin, die sich bei diesem Abschied gleichsam auch von ihrer Seele trennte, in den Armen. Die ganze Natur verharrte in vollkommener Stille.

Lisa schluchzte – Erast weinte – er verließ sie – sie stürzte nieder, kniete, erhob die Hände zum Himmel empor und blickte dem Geliebten nach, wie er sich immer weiter und weiter entfernte und schließlich ihren Blicken entschwand; die Sonne erstrahlte in vollem Glanz, und die arme, verlassene Lisa verlor die Besinnung.

Sie kam zu sich, und die Welt erschien ihr trüb und finster. Mit ihrem Herzliebsten schwand ihr auch alles Schöne in der Natur dahin.

›Ach‹, dachte sie, ›wozu bin ich in dieser Öde zurückgeblieben? Was hält mich zurück, meinem lieben Erast nachzufliegen? Der Krieg schreckt mich nicht; schrecklich ist es nur dort, wo mein Freund nicht ist. Mit ihm leben, mit ihm sterben oder aber mit meinem Tod sein kostbares Leben retten – das möchte ich. Warte, warte, Geliebter! Ich fliege zu dir!‹ – Schon wollte sie Erast nacheilen, aber der Gedanke: ich habe eine Mutter! hielt sie zurück. Lisa seufzte und ging gesenkten Hauptes, mit leisen Schritten zu ihrer Hütte. – Von dieser Stunde an waren die Tage für sie voller Kummer und Traurigkeit. Ihr Herz litt um so mehr, da sie den Schmerz vor ihrer zartfühlenden Mutter verbergen mußte. Es wurde ihr nur dann etwas leichter ums Herz, wenn sie sich ins Waldesdickicht zurückziehen, dort ihren Tränen freien Lauf lassen und die Trennung von ihrem Herzliebsten beklagen konnte. Oft vereinigte die traurige Turteltaube ihren leidvollen Gesang mit Lisas Klagen. Mitunter jedoch – allerdings sehr selten – erhellte ein goldener Hoffnungsstrahl, ein Strahl des Trostes, das Dunkel ihres Kummers. ›Wie glücklich werde ich sein, wenn er wieder zu mir zurückkehrt! Wie wird sich dann alles verändern!‹ – Dieser Gedanke erhellte ihren Blick, überzog ihre Wangen mit zartem Rot, und Lisa lächelte wie ein Maimorgen nach einer stürmischen Nacht. – So vergingen ungefähr zwei Monate.

Eines Tages mußte Lisa nach Moskau gehen, um für die Augen der Mutter Rosenwasser, das sie als Medizin benutzte, zu kaufen. Auf einer der großen Straßen begegnete ihr eine herrliche Kutsche, und in dieser Kutsche erblickte sie – Erast. »Ach!« schrie Lisa auf und stürzte ihm entgegen, doch die Kutsche fuhr vorbei und lenkte in einen Hof. Erast stieg aus und war schon im Begriff, die Vortreppe des großen Hauses zu betreten, als er sich plötzlich von Lisa umschlungen fühlte. Er wurde blaß, dann nahm er sie, ohne auf ihre Worte und Ausrufe zu achten, bei der Hand, brachte sie in sein Arbeitszimmer, schloß die Tür und sagte: »Lisa, die Verhältnisse haben sich geändert, ich bin verheiratet, du mußt mich in Ruhe lassen und mich um deines eigenen Seelenfriedens willen vergessen. Ich habe dich geliebt und liebe dich auch jetzt, ich wünsche dir alles Gute. Hier sind hundert Rubel – nimm sie«, er legte ihr das Geld in die

Tasche, »erlaube mir nur, dich ein letztes Mal zu küssen, und geh nach Hause.«

Noch bevor Lisa zu sich gekommen war, hatte er sie aus dem Arbeitszimmer hinausgeführt und zu dem Diener gesagt: »Bring das Mädchen weg.«

Mir blutet das Herz in diesem Augenblick. Ich vergesse den Menschen in Erast, möchte ihn verwünschen, aber meine Zunge versagt; ich schaue gen Himmel, und eine Träne rollt mir die Wange hinab. Ach, weshalb schreibe ich nicht einen Roman, sondern eine wahre, traurige Begebenheit?

Hatte Erast also Lisa betrogen, als er ihr sagte, daß er sich zur Armee begeben werde? – Nein, er war wirklich in der Armee, hatte dann aber, statt gegen den Feind zu kämpfen, im Kartenspiel fast sein ganzes Vermögen verloren. Der Friede wurde bald geschlossen, und Erast kehrte mit Schulden beladen nach Moskau zurück.

Es blieb ihm nur ein Ausweg aus dieser unerquicklichen Lage, und zwar eine reiche, etwas ältliche Witwe zu heiraten, die schon lange in ihn verliebt war. Er entschloß sich dazu und siedelte ganz zu ihr über, seiner Lisa aber widmete er einen herzinnigen Seufzer. Doch kann dies alles ihn rechtfertigen?

Lisa befand sich plötzlich auf der Straße, und zwar in einer solchen Verfassung, wie es keine Feder zu beschreiben vermag. ›Er, er hat mich hinausgeworfen? Er liebt eine andere? Ich bin verloren!‹ – das waren ihre Gedanken, ihre Gefühle! Ein schwerer Ohnmachtsanfall befreite sie für kurze Zeit von ihrer Qual. Eine des Weges gehende gute Frau bemühte sich um die am Boden liegende Lisa. Die Unglückliche schlug die Augen auf, erhob sich mit Hilfe der gütigen Frau, bedankte sich und schleppte sich aufs Geratewohl weiter. ›Ich darf nicht länger am Leben bleiben, darf nicht‹, dachte sie … ›Oh, wenn doch der Himmel einstürzen, wenn die Erde mich Arme verschlingen möchte! … Nein! der Himmel stürzt nicht ein, die Erde bebt nicht. Wehe mir!‹ – Sie hatte die Stadt verlassen und sah sich plötzlich am Ufer des tiefen Teiches, im Schatten uralter Eichen, die vor einigen Wochen die stummen Zeugen ihres Glückes gewesen waren. Die Erinnerung daran erschütterte sie zutiefst; auf ihrem Antlitz zeichnete sich die furchtbare Herzensqual ab. Bald darauf versank sie in Nachdenken – schaute dann um sich, erblickte die fünfzehnjährige Tochter ihres Nachbarn, rief sie an und nahm aus der Tasche zehn Goldstücke, die sie ihr mit folgenden Worten gab: »Liebste Anjuta, liebe kleine Freundin! Bring dies Geld meiner Mutter – es ist nicht gestohlen –, sag ihr, daß Lisa vor ihr schuldig ist, daß ich ihr die Liebe zu einem grausamen Menschen verheimlichte – zu E … Aber wozu den Namen nennen? – Sag, daß er mir untreu wurde – bitte, daß sie mir vergeben möge. Gott wird sie nicht verlassen. Küsse ihre Hand so, wie ich jetzt deine Hand küsse – sag, daß die arme Lisa sie zu küssen befahl – sag ihr, daß ich …« Bei diesen Worten stürzte sie sich ins Wasser. Anjuta schrie auf, fing an zu weinen, konnte sie aber nicht retten; sie lief ins Dorf – Menschen versammelten sich und zogen Lisa aus dem Wasser, aber sie war schon tot.

So endete das Leben dieses an Geist und Leib herrlichen Mädchens. Wenn wir uns dort, im neuen Leben, treffen, werde ich dich, liebliche Lisa, wiedererkennen.

Sie wurde in der Nähe des Teiches, unter einer finsteren Eiche, zur letzten Ruhe gebettet; ein Holzkreuz wurde auf ihrem Grab errichtet. Hier sitze ich oft, in Gedanken versunken, und lehne mich an die Ruhestätte, wo unter der Erde liegt, was an Lisa vergänglich war; vor meinen Augen schillert der Teich, über mir rauschen die Blätter.

Als Lisas Mutter von dem furchtbaren Tod ihrer Tochter erfuhr, erstarrte ihr vor Schreck das Blut in den Adern, und ihre Augen schlossen sich für immer. – Die Hütte ist nun verwaist; heulend fährt der Wind darein, und wenn die abergläubischen Landleute nachts dieses Geräusch hören, dann sagen sie: »Dort klagt ein Toter; dort klagt die arme Lisa!«

Erast war unglücklich bis an sein Lebensende. Als er von Lisas Schicksal erfuhr, konnte er sich nicht trösten und hielt sich für ihren Mörder. Ich lernte ihn ein Jahr vor seinem Tode kennen. Er selbst erzählte mir diese Geschichte und führte mich an Lisas Grab. – Jetzt haben sie sich vielleicht schon wieder ausgesöhnt!

ALEXANDER PUSCHKIN

PIQUE DAME

> Pique Dame bedeutet
> heimliches Übelwollen.
>
> *Neuestes Traumbuch*

I

> Waren die Tage trüb,
> Nahmen sie vorlieb
> Mit dem Spiel;
> Setzten Gott sei's geklagt!
> Immer sehr gewagt
> Und sehr viel;
> Schrieben mit Kreide hin
> Den Verlust und Gewinn,
> Ohne zu warten.
> So, wenn die Tage trüb,
> War ihnen die Arbeit lieb
> Mit den Karten.

Bei dem Gardekavalleristen Narumow spielte man eines Abends Karten. Die lange Winternacht war unbemerkt vorübergegangen; zum Abendessen setzte man sich gegen fünf Uhr morgens. Die Gewinner aßen mit großem Appetit; die übrigen saßen zerstreut vor ihren leeren Gedecken. Doch als der Champagner gebracht wurde, lebte die Unterhaltung auf, und alle nahmen an ihr teil.

»Wie ist es dir ergangen, Surin?« fragte der Gastgeber.

»Ich habe verloren, wie gewöhnlich. Ich muß gestehen, daß ich kein Glück habe: Ich spiele Mirandole, rege mich niemals auf, nichts bringt mich aus der Fassung, und doch verliere ich immer!«

»Und du hast dich kein einziges Mal hinreißen lassen? Kein einziges Mal auf *Route* gesetzt? Deine Standhaftigkeit wundert mich.«

»Was sagt ihr aber erst zu Hermann?« meinte einer der Gäste und wies auf den jungen Genieoffizier. »Noch nie hat er eine Karte in die Hand genommen, noch nie ein Paroli geboten und sitzt bis fünf Uhr mit uns zusammen und sieht dem Spiel zu!«

»Das Spiel interessiert mich sehr«, sagte Hermann, »doch ich bin nicht in der Lage, Unentbehrliches zu opfern, in der Hoffnung, Überflüssiges zu erwerben.«

»Hermann ist ein Deutscher – er ist berechnend, das ist alles!« bemerkte Tomskij. »Aber wenn ich jemanden nicht verstehe, so ist es meine Großmutter, die Gräfin Anna Fedotowna.«

»Wie? Was?« riefen die Gäste.

»Ich kann einfach nicht begreifen«, fuhr Tomskij fort, »warum meine Großmutter nicht pointiert!«

»Was ist denn Erstaunliches daran«, sagte Narumow, »wenn eine achtzigjährige Frau nicht pointiert?«

»Ihr wißt also nichts über sie?«

»Nein! Wir wissen wirklich nichts!«

»Oh, hört also zu. Ihr müßt wissen, daß meine Großmutter vor etwa sechzig Jahren nach Paris fuhr und dort in großer Mode war. Alle liefen ihr nach, um la Vénus moscovite zu sehen; Richelieu machte ihr den Hof, und die Großmutter versichert, daß er sich wegen ihrer Unnahbarkeit beinah erschossen hätte.

Damals spielten die Damen Pharao. Bei Hof verlor sie einmal auf Ehrenwort sehr viel an den Herzog von Orléans. Als die Großmutter zu Hause angekommen war, löste sie die Schönheitspflästerchen vom Gesicht, schnürte den Reifrock los, teilte dabei dem Großvater ihre Spielschuld mit und befahl, sie zu begleichen.

Der selige Großvater war, soweit ich mich erinnere, eine Art Haushofmeister bei der Großmutter. Er fürchtete sie wie das Feuer; als er jedoch von solch einer entsetzlich hohen Spielschuld hörte, geriet er außer sich, brachte die Rechnungen, bewies ihr, daß sie in einem halben Jahr eine halbe Million verbraucht hätten, daß sich bei Paris weder ihre Moskauer noch Saratower Dörfer befänden, und lehnte eine Zahlung rundweg ab. Die Großmutter gab ihm eine Ohrfeige und legte sich zum Zeichen ihrer Ungnade allein schlafen.

Am nächsten Tag ließ sie ihren Mann rufen, in der Hoffnung, daß die häusliche Strafe nicht ohne Wirkung geblieben sei, doch er war unerschütterlich. Zum erstenmal im Leben ließ sie sich mit ihm in Erörterungen und Erklärungen ein; sie wollte ihm ins Gewissen reden, bewies herablassend, daß Schuld nicht gleich Schuld sei und daß es einen Unterschied zwischen einem Prinzen und einem Stellmacher gäbe. – Vergeblich! Der Großvater rebellierte. Nein, und abermals nein! Die Großmutter wußte nicht, was sie tun sollte.

Sie war flüchtig mit einem außergewöhnlichen Mann bekannt. Ihr habt alle vom Grafen Saint-Germain gehört, von dem man sich so viel Wunderbares erzählt. Ihr wißt, daß er sich für den Ewigen Juden ausgab, für den Erfinder des Lebenselixiers, des Steins der Weisen und dergleichen. Man lachte über ihn wie über einen Scharlatan, und Casanova sagt von ihm in seinen Memoiren, er sei ein Spion; trotz seines geheimnisvollen Wesens hatte Saint-Germain übrigens ein sehr würdiges Aussehen und war in Gesellschaft ein äußerst liebenswürdiger Mensch. Meine Großmutter ist noch heute von ihm begeistert und wird böse, wenn man von ihm abfällig spricht. Meine Großmutter wußte, daß Saint-Germain über große Summen verfügen konnte. Sie beschloß, sich an ihn zu wenden. Sie schrieb ihm ein Billett und bat ihn, sie sofort zu besuchen.

Der alte Sonderling erschien unverzüglich und fand sie in tiefem Kummer vor. Sie schilderte ihm die barbarische Grausamkeit ihres Mannes in den schwärzesten Farben und sagte schließlich, daß sie ihre ganze Hoffnung auf seine Freundschaft und Liebenswürdigkeit setze.

Saint-Germain dachte nach.

›... Ich könnte Ihnen mit dieser Summe dienen‹, sagte er, ›doch ich weiß, daß Sie keine Ruhe finden werden, bevor Sie mir das Geld zurückgegeben haben, ich möchte Ihnen aber neue Ungelegenheiten ersparen. Es gibt ein anderes Mittel: Sie können die Schuld im Spiel zurückgewinnen.‹ – ›Aber, lieber Graf‹, antwortete die Großmutter, ›ich sage Ihnen doch, wir haben keinerlei Geld.‹ – ›Geld ist hierbei nicht nötig‹, entgegnete Saint-Germain, ›hören Sie mich bitte an.‹ Und er eröffnete ihr ein Geheimnis, für das jeder von uns viel geben würde ...«

Die jungen Spieler verdoppelten ihre Aufmerksamkeit. Tomskij zündete sich eine Pfeife an, tat einen Zug und fuhr fort.

»Am selben Abend erschien die Großmutter in Versailles au jeu de la Reine. Der Herzog von Orléans hielt die Bank; die Großmutter bat flüchtig um Entschuldigung, daß sie ihre Schuld nicht gleich mitgebracht habe, erfand zu ihrer Rechtfertigung eine kleine Geschichte und begann gegen ihn zu pointieren. Sie wählte drei Karten, setzte eine nach der anderen: Alle drei gewannen Sonika, und die Großmutter hatte alles wieder zurückgewonnen.«

»Zufall!« sagte einer der Gäste.

»Ein Märchen!« bemerkte Hermann.

»Vielleicht waren es gezinkte Karten?« meinte ein Dritter.

»Ich glaube nicht«, antwortete Tomskij ernst.

»Wie!« sagte Narumow, »du hast eine Großmutter, die drei Karten hintereinander trifft, und hast von ihr dieses Geheimnis noch nicht erfahren können?«

»Den Teufel auch!« antwortete Tomskij. »Sie hatte vier Söhne, einer von ihnen war mein Vater: Alle vier waren leidenschaftliche Spieler, und keinem von ihnen hat sie ihr Geheimnis mitgeteilt, obwohl das für sie – und sogar auch für mich – nicht schlecht gewesen wäre. Doch folgendes hat mir mein Onkel, Graf Iwan Iljitsch, erzählt und bei seiner Ehre versichert, daß es wahr sei. Der verstorbene Tschaplizkij, derselbe, der Millionen durchgebracht hatte und als Bettler gestorben war, hatte in seiner Jugend einmal dreihunderttausend, ich glaube an Soritsch, im Spiel verloren. Er war verzweifelt. Der Großmutter, die sich Streichen junger Leute gegenüber immer streng verhielt, tat Tschaplizkij leid. Sie nannte ihm drei Karten, auf die er nacheinander setzen sollte, und ließ sich sein Ehrenwort geben, in Zukunft nie mehr zu spielen. Tschaplizkij erschien bei seinem Besieger, und sie begannen mit dem Spiel. Tschaplizkij setzte auf die erste Karte fünfzigtausend und gewann Sonika, er bot Paroli, Paroli-pé, gewann alles wieder und hatte noch einen Gewinn ...

Doch es ist Zeit, schlafen zu gehen: Es ist schon drei Viertel sechs.«

Tatsächlich wurde es schon hell; die jungen Leute tranken ihre Gläser aus und fuhren nach Hause.

II

»Il paraît que monsieur est décidément
pour les suivantes.«
»Que voulez-vous, madame?
Elles sont plus fraîches.«
Gespräch in der vornehmen Gesellschaft

Die alte Gräfin *** saß in ihrem Ankleidezimmer vor dem Spiegel.
Drei Mädchen umringten sie. Die eine hielt ein Näpfchen mit
Schminke in der Hand, die andere eine Schachtel mit Nadeln, die
dritte eine hohe Haube mit feuerroten Bändern. Die Gräfin konnte
nicht mehr den geringsten Anspruch auf Schönheit erheben, die
längst vergangen war, doch behielt sie alle Gewohnheiten ihrer Jugend
bei, kleidete sich genau nach der Mode der siebziger Jahre und machte
ebenso lange und sorgfältig Toilette wie vor sechzig Jahren. Am Fenster saß an einem Stickrahmen ein junges Fräulein, ihre Pflegetochter.
• »Guten Tag, grand'maman«, sagte der junge Offizier, der eingetreten war. »Bonjour, mademoiselle Lise. Grand'maman, ich komme mit
einer Bitte zu Ihnen.«
»Was ist, Paul?«
»Gestatten Sie, daß ich Ihnen einen meiner Freunde vorstelle und
ihn am Freitag zu Ihrem Ball mitbringe.«
»Bring ihn direkt zum Ball, und dort stellst du ihn mir auch vor.
Bist du gestern bei *** gewesen?«
»Natürlich! Es war sehr lustig, bis fünf Uhr wurde getanzt. Wie
schön die Jelezkaja war!«
»Ach, mein Lieber! Was ist an ihr schön? Was ist sie im Vergleich zu
ihrer Großmutter, der Fürstin Darja Petrowna? Übrigens, ich nehme
an, sie ist schon sehr gealtert, die Fürstin Darja Petrowna?«
»Wie, gealtert?« antwortete Tomskij zerstreut. »Sie ist doch schon
vor sieben Jahren gestorben.«
Das Fräulein hob den Kopf und machte dem jungen Mann ein
Zeichen. Er erinnerte sich, daß man der alten Gräfin den Tod ihrer
Altersgenossinnen verheimlichte, und biß sich auf die Lippen. Doch

die Gräfin nahm die ihr neue Nachricht mit großem Gleichmut auf.

»Sie ist gestorben!« sagte sie. »Und ich habe es nicht einmal gewußt! Wir sind beide zusammen zu Hofdamen ernannt worden, und als wir uns vorstellten, da sagte die Kaiserin...«

Und die Gräfin erzählte dem Enkel zum hundertsten Mal ihre Anekdote.

»Nun, Paul«, sagte sie dann, »sei mir beim Aufstehen behilflich. Lisanka, wo ist meine Tabatière?«

Und die Gräfin ging mit ihren Mädchen hinter den Wandschirm, um ihre Toilette zu beenden. Tomskij blieb mit dem Fräulein allein.

»Wen wollen Sie vorstellen?« fragte leise Lisaweta Iwanowna.

»Narumow. Kennen Sie ihn?«

»Nein! Ist er Offizier oder Zivilist?«

»Offizier.«

»Genieoffizier?«

»Nein! Kavallerist. Aber warum haben Sie gedacht, daß er Genieoffizier ist?«

Das Fräulein lachte und gab keine Antwort.

»Paul!« rief die Gräfin hinter dem Wandschirm, »schicke mir irgendeinen neuen Roman, aber bitte keinen modernen.«

»Wie soll ich das verstehen, grand'maman?«

»Ich meine einen Roman, in dem der Held weder den Vater noch die Mutter erwürgt und in dem es keine Ertrunkenen gibt. Ich fürchte mich entsetzlich vor Wasserleichen!«

»Solche Romane gibt es heutzutage nicht. Oder wollen Sie etwa russische haben?«

»Gibt es denn russische Romane? Schicke sie mir, mein Lieber, bitte schicke sie mir!«

»Leben Sie wohl, grand'maman, ich habe es eilig... Leben Sie wohl, Lisaweta Iwanowna! Warum haben Sie nur gedacht, daß Narumow Genieoffizier ist?«

Und Tomskij verließ das Ankleidezimmer.

Lisaweta Iwanowna blieb allein zurück. Sie hörte mit ihrer Arbeit auf und sah zum Fenster hinaus. Bald darauf kam auf der anderen

Straßenseite hinter einem Eckhaus ein junger Offizier hervor. Eine tiefe Röte überzog ihre Wangen, sie nahm ihre Arbeit wieder auf und beugte den Kopf über die Stickerei. In diesem Augenblick trat die Gräfin vollständig angekleidet ein.

»Lisanka«, sagte sie, »laß anspannen, wir werden spazierenfahren.« Lisanka erhob sich hinter ihrem Stickrahmen und räumte ihre Arbeit fort.

»Was hast du, meine Beste! Bist du etwa taub?« schrie die Gräfin. »Laß sofort anspannen.«

»Gleich!« antwortete das Fräulein leise und lief in das Vorzimmer.

Ein Diener trat herein und überreichte der Gräfin Bücher vom Fürsten Pawel Alexandrowitsch.

»Gut! Ich lasse danken«, sagte die Gräfin. »Lisanka, Lisanka! Wo läufst du denn hin?«

»Mich anziehen.«

»Das eilt nicht, meine Beste. Setz dich her. Schlag den ersten Band auf, lies mir vor...«

Das Fräulein nahm das Buch und las einige Zeilen vor.

»Lauter!« sagte die Gräfin. »Was ist mit dir, meine Beste? Hast du deine Stimme verloren? Warte, rück mir den Schemel heran, näher... Nun!«

Lisaweta Iwanowna las noch zwei Seiten vor. Die Gräfin gähnte.

»Hör mit diesem Buch auf«, sagte sie. »Was für ein Unsinn! Schick das an den Fürsten Pawel zurück und laß ihm danken... Wo bleibt denn die Kutsche?«

»Die Kutsche steht bereit«, antwortete Lisaweta Iwanowna, nachdem sie auf die Straße geguckt hatte.

»Warum bist du denn nicht angezogen?« fragte die Gräfin. »Immer muß man auf dich warten! Das ist unerträglich, meine Beste.«

Lisa lief in ihr Zimmer. Keine zwei Minuten waren vergangen, als die Gräfin mit aller Kraft zu klingeln begann. Drei Mädchen kamen durch die eine Tür herbeigelaufen und ein Kammerdiener durch die andere.

»Hört ihr denn schlecht?« sagte die Gräfin zu ihnen. »Sagt Lisaweta Iwanowna, daß ich auf sie warte.«

Lisaweta Iwanowna trat in Hut und Mantel herein.

»Endlich, meine Beste!« sagte die Gräfin. »Was für eine Aufma-
chung! Wozu das? Wen willst du bezaubern? Und wie ist das Wetter?
Es scheint windig zu sein.«

»Durchaus nicht, Euer Erlaucht! Es ist vollkommen windstill!«
antwortete der Kammerdiener.

»Ihr redet immer, was euch grade in den Kopf kommt! Macht mal
die Fensterklappe auf. Wie ich es gesagt habe – Wind! Und noch dazu
eisig kalter! Laßt ausspannen! Lisanka, wir fahren nicht: Du hast dich
umsonst herausgeputzt.«

Und das ist nun mein Leben! dachte Lisaweta Iwanowna.

Lisaweta war wirklich ein äußerst unglückliches Geschöpf. Fremdes
Brot schmeckt bitter, sagt Dante, und schwer fällt es, die Treppe eines
fremden Hauses hochzusteigen, und wer kannte die Bitternis der Abhängigkeit besser als die arme Pflegetochter der alten Aristokratin? Die
Gräfin *** hatte natürlich kein schlechtes Herz; doch als eine von der
Gesellschaft verwöhnte Frau war sie launisch, zudem geizig und von
einem kalten Egoismus durchdrungen, wie alle alten Leute, die zu ihrer
Zeit geliebt haben und der heutigen fremd gegenüberstehen. Sie nahm
an allen Zerstreuungen der großen Welt teil, schleppte sich auf Bälle,
wo sie, geschminkt und altmodisch gekleidet, wie eine häßliche und
notwendige Verzierung des Ballsaales in der Ecke saß; unter tiefen
Verbeugungen näherten sich ihr wie nach einem vorgeschriebenen
Zeremoniell die eintreffenden Gäste, und dann kümmerte sich keiner
mehr um sie. Bei sich zu Hause empfing sie die ganze Stadt, beachtete
dabei die strengste Etikette und erkannte niemanden. Ihre zahlreiche
Dienerschaft, die in ihrem Vorzimmer und in ihrer Mädchenstube dick
und grau geworden war, tat, was ihr gefiel, und bestahl die sterbende
Alte um die Wette. Lisaweta Iwanowna war die Märtyrerin des Hauses.
Sie schenkte Tee ein und mußte sich wegen des allzu hohen Zuckerver-
brauchs Vorwürfe anhören, sie las aus Romanen vor und war an allen
Fehlern des Autors schuld; sie begleitete die Gräfin auf Spazierfahrten
und war für Wetter und Straßenpflaster verantwortlich. Ihr war ein
Gehalt bestimmt, das sie niemals voll ausgezahlt bekam, und dabei
verlangte man von ihr, daß sie angezogen sei wie alle, das heißt wie

sehr wenige. In der Gesellschaft spielte sie die bedauernswerteste
Rolle. Alle kannten sie, doch niemand achtete sie; auf Bällen tanzte
sie nur, wenn ein Visavis fehlte, und die Damen nahmen sie immer
dann unter den Arm, wenn sie in die Garderobe mußten, um etwas
an ihrer Toilette in Ordnung zu bringen. Sie besaß ein ausgeprägtes
Ehrgefühl, empfand lebhaft ihre Lage und sah sich in ungeduldiger
Erwartung nach einem Befreier um. Doch die jungen, in ihrer leichtsinnigen Eitelkeit berechnenden Männer schenkten ihr keine Aufmerksamkeit, obwohl Lisaweta Iwanowna hundertmal liebreicher war als die
frechen und kühlen Bräute, die sie umwarben. Wie oft hatte sie den
langweiligen und prunkvollen Saal unbemerkt verlassen und war, um
zu weinen, auf ihr Zimmer gegangen, in dem ein mit Tapete beklebter
Wandschirm, eine Kommode, ein Spiegel und ein angestrichenes Bett
standen und wo ein Talglicht düster in einem kupfernen Leuchter
brannte!

Eines Tages – dies geschah zwei Tage nach dem Abend, den wir zu
Beginn der Erzählung beschrieben, und eine Woche vor der Szene,
bei der wir stehenblieben –, eines Tages, als Lisaweta Iwanowna am
Fenster vor ihrem Stickrahmen saß, blickte sie zufällig auf die Straße
hinaus und bemerkte einen jungen Offizier, der unbeweglich dastand
und unverwandt zu ihrem Fenster hinaufblickte. Sie senkte den Kopf
und beschäftigte sich wieder mit ihrer Arbeit; nach fünf Minuten sah
sie von neuem hinaus – der Offizier stand auf derselben Stelle. Da sie
nicht die Gewohnheit hatte, mit vorübergehenden Offizieren zu ko-
kettieren, blickte sie überhaupt nicht mehr auf die Straße und stickte
ungefähr zwei Stunden, ohne aufzusehen. Das Mittagessen wurde
aufgetragen. Sie erhob sich, räumte den Stickrahmen zur Seite, warf
zufällig einen Blick auf die Straße und sah wieder den Offizier. Dies
kam ihr höchst seltsam vor. Nach dem Essen trat sie mit dem Gefühl
einer gewissen Unruhe an das Fenster, doch der Offizier war nicht
mehr da – und sie vergaß ihn...

Nach etwa zwei Tagen, als sie mit der Gräfin hinausging, um sich in
die Kutsche zu setzen, sah sie ihn wieder. Er stand unmittelbar neben
der Auffahrt, sein Gesicht war von einem Biberpelzkragen verdeckt,
und seine schwarzen Augen funkelten unter dem Hut. Lisaweta Iwa-

nowna erschrak – sie wußte selbst nicht wovor – und nahm in unbeschreiblicher Aufregung in der Kutsche Platz.

Als sie zurückgekehrt war, lief sie sofort zum Fenster – der Offizier stand an der früheren Stelle und hielt seine Augen auf sie gerichtet; sie trat zurück, von Neugier gepeinigt und von einem Gefühl erregt, das ihr völlig neu war.

Seitdem verging kein Tag, an dem der junge Mann nicht zu bestimmter Stunde unter den Fenstern des Hauses erschienen wäre. Zwischen ihm und ihr bildeten sich ohne jegliche Verabredung gewisse Beziehungen heraus. Wenn sie auf ihrem Platz bei der Arbeit saß, dann spürte sie sein Nahen – sie hob den Kopf und sah von Tag zu Tag länger hinunter. Der junge Mann war ihr, so schien es, dafür dankbar. Mit dem scharfen Auge der Jugend bemerkte sie, wie jedesmal eine schnelle Röte seine bleichen Wangen überzog, wenn sich ihre Blicke trafen. Nach einer Woche lächelte sie ihm zu...

Als Tomskij um die Erlaubnis bat, der Gräfin seinen Freund vorstellen zu dürfen, schlug dem armen Mädchen das Herz bis zum Hals. Doch als sie erfuhr, daß Narumow kein Genieoffizier war, sondern Gardekavallerist, bedauerte sie, durch eine unbescheidene Frage dem leichtsinnigen Tomskij ihr Geheimnis verraten zu haben.

Hermann war der Sohn eines zum Russen gewordenen Deutschen, der ihm ein kleines Kapital hinterlassen hatte. Von der Notwendigkeit, seine Unabhängigkeit zu festigen zutiefst überzeugt, rührte Hermann nicht einmal die Prozente an, lebte nur vom Gehalt und gestattete sich nicht den geringsten Luxus. Er war übrigens verschlossen und ehrgeizig, und seine Kameraden hatten selten Gelegenheit, sich über seine übertriebene Sparsamkeit lustig zu machen. Er war sehr leidenschaftlich und hatte eine glühende Phantasie, doch seine Festigkeit schützte ihn vor den üblichen Verirrungen der Jugend. So nahm er zum Beispiel, obwohl er innerlich ein Spieler war, niemals eine Karte in die Hand, da er sich ausgerechnet hatte, daß sein Vermögen ihm nicht erlaube (wie er zu sagen pflegte), *Unentbehrliches zu opfern, in der Hoffnung, Überflüssiges zu erwerben* – saß aber ganze Nächte an den Spieltischen und folgte in fieberhafter Erregung dem wechselhaften Verlauf des Spiels.

Die Geschichte von den drei Karten beschäftigte seine Phantasie stark und ging ihm die ganze Nacht nicht aus dem Kopf. Was wäre, dachte er am Abend des nächsten Tages, als er in Petersburg umherschlenderte, wenn die alte Gräfin mir ihr Geheimnis entdeckte! Oder mir ihre drei sicheren Karten nennte! Warum soll ich mein Glück nicht versuchen?... Ich lasse mich vorstellen, erwerbe ihr Vertrauen – vielleicht werde ich ihr Liebhaber –, doch all das braucht seine Zeit, und sie ist siebenundachtzig Jahre alt, sie kann in einer Woche sterben – in zwei Tagen schon!... Und die Geschichte selbst?... Kann man ihr glauben?... Nein! Berechnung, Sparsamkeit und Fleiß: Das sind meine drei sicheren Karten, das ist es, was mein Kapital verdreifachen, versiebenfachen wird und mir Ruhe und Unabhängigkeit gibt.

Während er diese Überlegungen anstellte, war er auf eine der Hauptstraßen Petersburgs gekommen und stand plötzlich vor einem Haus alter Bauart. Die Straße war voller Equipagen, und eine Kutsche nach der anderen rollte an die erleuchtete Auffahrt vor. Aus den Kutschen streckte sich alle Augenblicke bald das schlanke Bein einer jungen Schönheit, bald ein knarrender Kanonenstiefel, bald ein gestreifter Strumpf und ein Diplomatenschuh. Pelze und Umhänge eilten an dem majestätischen Portier vorüber. Hermann blieb stehen.

»Wem gehört dieses Haus?« fragte er den Wächter an der Ecke.

»Der Gräfin ***«, antwortete der Wächter.

Hermann geriet in Erregung. Die wunderbare Geschichte erstand erneut in seiner Phantasie. Er ging vor dem Haus auf und ab, dachte an dessen Herrin und ihre wunderbare Fähigkeit. Erst spät kehrte er in sein bescheidenes Heim zurück; lange konnte er nicht einschlafen, und als der Schlaf ihn überwältigt hatte, träumte er von Karten, dem grünen Spieltisch, Geldscheinbündeln und Haufen von Goldmünzen. Er setzte eine Karte nach der anderen, bog entschlossen die Ecken, gewann unaufhörlich, scharrte das Gold an sich und steckte die Geldscheine in die Tasche. Er wachte spät auf, seufzte über den Verlust seines phantastischen Reichtums, schlenderte von neuem in der Stadt umher und befand sich wieder vor dem Haus der Gräfin ***. Eine unsichtbare Kraft zog ihn, so schien es, zu ihm hin. Er blieb stehen und sah zu den Fenstern hinauf. In einem von ihnen sah er ein

schwarzhaariges Köpfchen, das wahrscheinlich über ein Buch oder
eine Handarbeit gebeugt war. Der Kopf erhob sich. Hermann sah ein
frisches Gesicht und schwarze Augen. Dieser Augenblick entschied
über sein Schicksal.

III

> Vous m'écrivez, mon ange, des lettres de quatre
> pages plus vite que je ne puis les lire.
> *Aus einem Briefwechsel*

Kaum hatte Lisaweta Iwanowna Mantel und Hut abgelegt, als die
Gräfin nach ihr schickte und von neuem anspannen ließ. Sie gingen
hinunter, um einzusteigen. In dem Augenblick, als zwei Diener die
Gräfin hochhoben und ihr durch den Wagenschlag halfen, erblickte
Lisaweta Iwanowna unmittelbar am Rad ihren Genieoffizier; er ergriff
ihre Hand, sie wußte nicht, was tun vor Schreck; der junge Mann
verschwand und ließ einen Brief in ihrer Hand zurück. Sie versteckte
ihn in ihrem Handschuh und sah und hörte während des ganzen
Weges nichts mehr. Die Gräfin hatte in der Kutsche die Gewohnheit,
alle Augenblicke Fragen zu stellen: Wer ist uns da entgegengekom-
men? Wie heißt diese Brücke? Was steht dort auf dem Schild? Lisaweta Iwanowna antwortete dieses Mal falsch und was ihr gerade in
den Kopf kam und verärgerte damit die Gräfin.

»Was ist mit dir, meine Beste! Ist dein Verstand stehengeblieben
oder was? Entweder hörst du mich nicht, oder du verstehst mich
nicht... Gott sei Dank spreche ich deutlich und habe noch nicht
den Verstand verloren!«

Lisaweta hörte nicht auf das, was sie sagte. Nach Hause zurückge-
kehrt, lief sie auf ihr Zimmer und holte den Brief aus dem Handschuh:
Er war nicht versiegelt. Lisaweta Iwanowna las ihn. Der Brief enthielt
eine Liebeserklärung. Sie war voller Zärtlichkeit und Ehrerbietung und
Wort für Wort einem deutschen Roman entnommen. Aber Lisaweta
Iwanowna verstand kein Deutsch und war mit ihr sehr zufrieden.

Doch der Brief, den sie angenommen hatte, beunruhigte sie außerordentlich. Zum erstenmal trat sie in geheime, enge Beziehungen zu einem jungen Mann. Seine Kühnheit entsetzte sie. Sie warf sich ihr unvorsichtiges Benehmen vor und wußte nicht, was tun: Sollte sie aufhören, am Fenster zu sitzen, und durch Nichtbeachten dem jungen Offizier die Lust an weiterer Verfolgungen nehmen? Sollte sie den Brief zurückschicken? Sollte sie kühl entschlossen antworten? Sie hatte niemanden, mit dem sie sich beraten konnte, sie besaß weder eine Freundin noch eine Vertraute. Lisaweta Iwanowna beschloß zu antworten.

Sie setzte sich an ihren kleinen Schreibtisch, nahm Feder und Papier – und verfiel in Nachdenken. Sie begann den Brief mehrere Male – und zerriß ihn immer wieder: Bald erschienen ihr die Ausdrücke zu herablassend, bald zu hart. Schließlich gelangen ihr einige Zeilen, mit denen sie zufrieden war. »Ich bin überzeugt«, schrieb sie, »daß Sie ehrliche Absichten haben und mich durch Ihre unbedachte Tat nicht beleidigen wollten; doch unsere Bekanntschaft hätte nicht auf diese Weise beginnen dürfen. Ich sende Ihnen Ihren Brief zurück und hoffe, daß ich in Zukunft keinen Grund haben werde, mich über unverdienten Mangel an Achtung zu beklagen.«

Als Lisaweta Iwanowna am nächsten Tag Hermanns Nahen bemerkte, stand sie von ihrer Stickerei auf, ging in den Saal, öffnete das Fenster und warf den Brief auf die Straße, sich auf die Behendigkeit des jungen Offiziers verlassend.

Hermann eilte herzu, hob ihn auf und trat in eine Konditorei ein. Als er das Siegel erbrochen hatte, fand er seinen Brief und die Antwort Lisaweta Iwanownas. Dies hatte er auch erwartet, und er kehrte, sehr beschäftigt mit seiner Intrige, nach Hause zurück.

Drei Tage danach brachte eine junge flinkäugige Mamsell aus einem Modegeschäft Lisaweta Iwanowna ein Briefchen. Lisaweta Iwanowna öffnete es voller Unruhe, da sie Geldforderungen vermutete, und erkannte plötzlich die Handschrift Hermanns.

»Sie haben sich geirrt, meine Liebe«, sagte sie, »dieser Brief ist nicht für mich.«

»Nein, er ist für Sie!« antwortete das kecke Mädchen, ohne ein verschmitztes Lächeln zu verbergen. »Lesen Sie ihn bitte!«

Lisaweta Iwanowna überflog den Brief. Hermann forderte eine Zusammenkunft.

»Das kann nicht sein!« sagte Lisaweta Iwanowna, die die Hast der Forderung erschreckte und auch die Art und Weise, wie er sie vorbrachte. »Dieser Brief ist bestimmt nicht an mich gerichtet!« Und sie zerriß ihn in kleine Stückchen.

»Wenn der Brief nicht für Sie bestimmt ist, warum haben Sie ihn dann zerrissen?« fragte die Mamsell. »ich hätte ihn demjenigen, der ihn geschickt hat, wieder zurückgebracht.«

»Bitte, meine Liebe!« sagte Lisaweta Iwanowna, die bei dieser Bemerkung rot geworden war. »Bringen Sie mir in Zukunft keine Briefe mehr. Und sagen Sie demjenigen, der Sie geschickt hat, daß er sich schämen sollte...«

Aber Hermann gab nicht auf. Lisaweta Iwanowna erhielt jeden Tag auf die eine oder andere Weise einen Brief von ihm. Sie waren schon nicht mehr aus dem Deutschen übersetzt. Hermann schrieb sie, von Leidenschaft getrieben, und sprach die ihm eigene Sprache: In ihnen kam die Entschlossenheit seiner Wünsche und der Wirrwarr seiner ungezügelten Phantasie zum Ausdruck. Lisaweta Iwanowna dachte gar nicht mehr daran, sie wegzuschicken: Sie berauschte sich an ihnen; sie beantwortete sie – und ihre Briefe wurden stündlich länger und zärtlicher. Schließlich warf sie ihm folgenden Brief aus dem Fenster:

Heute ist Ball bei dem ***ischen Gesandten. Die Gräfin wird dort sein. Wir werden bis gegen zwei Uhr bleiben. Das ist eine Gelegenheit für Sie, mich allein anzutreffen. Sowie die Gräfin fortgefahren ist, werden ihre Leute wahrscheinlich alle weggehen, im Vorraum bleibt zwar der Portier, doch auch er geht gewöhnlich in seine Loge. Kommen Sie um halb zwölf. Gehen Sie geradeaus die Treppe hinauf. Falls Ihnen im Vorzimmer jemand begegnen sollte, so fragen Sie ihn, ob die Gräfin zu Hause sei. Man wird es verneinen – und dann ist nichts zu machen. Sie müssen umkehren. Wahrscheinlich treffen Sie aber niemanden. Die Mädchen halten sich alle in ihrer Stube auf. Aus dem Vorzimmer gehen Sie nach links und dann immer geradeaus bis zum Schlafzimmer der Gräfin. Im Schlafzimmer sehen Sie hinter dem Wandschirm zwei kleine Türen: Die rechte führt ins Kabinett, das die Gräfin niemals aufsucht, die linke in den Korridor, und dort befindet sich auch die schmale Wendeltreppe – sie führt in mein Zimmer. Hermann zitterte wie ein Tiger, während er die festgesetzte Zeit erwartete. Des Abends, um zehn Uhr, stand er schon vor dem Haus der Gräfin. Das Wetter war abscheulich: Der Wind heulte, feuchter Schnee fiel in großen Flocken hernieder, trübe brannten die Laternen, und die Straßen waren leer. Dann und wann trabte, von einer dürren Mähre gezogen, eine Droschke vorbei, und der Kutscher schaute nach einem späten Fahrgast aus. Hermann hatte nur seinen Rock an und spürte weder Wind noch Schnee. Schließlich fuhr die Kutsche der Gräfin vor. Hermann sah, wie zwei Diener die in einen Zobelpelz gehüllte, gebeugte Alte untergefaßt hinausführten und wie ihr die Pflegetochter in leichtem Mantel und mit frischen Blumen im Haar eilig folgte. Der Wagenschlag klappte zu. Schwerfällig rollte die Kutsche auf dem lockeren Schnee dahin. Der Portier schloß die Tür. Die Fenster wurden dunkel. Hermann spazierte vor dem verlassenen Haus auf und ab. Er ging zu einer Laterne und sah auf die Uhr – es war zwanzig Minuten nach elf. Er blieb unter der Laterne stehen, die Augen auf den Uhrzeiger gerichtet, und wartete die restlichen Minuten ab. Punkt halb zwölf schritt er die gräfliche Freitreppe empor und trat in den hell erleuchteten Vorraum ein. Der Portier war nicht da. Hermann lief die Treppe hinauf, öffnete die Tür zum Vorzimmer und erblickte unter der Lampe einen Diener, der in einem alten, fleckigen Sessel schlief. Mit leichtem und sicherem Schritt ging Hermann an ihm vorbei. Saal und Empfangszimmer waren dunkel. Sie wurden schwach von der Lampe aus dem Vorzimmer erhellt. Hermann trat in das Schlafzimmer. Vor einem mit alten Heiligenbildern angefüllten Schrein brannte ein goldenes Öllämpchen. Sessel und Sofas mit verschossenen Bezügen, Daunenkissen und abgeblätterter Vergoldung standen in trauriger Symmetrie an den Wänden, die chinesische Tapeten bedeckten. Zwei Porträts hingen an der Wand, die Madame Lebrun in Paris gemalt hatte. Auf einem war ein Mann von etwa vierzig Jahren, rotwangig und voll, in hellgrüner Uniform, mit einem Ordensstern auf der Brust, dargestellt, auf dem anderen eine junge Schönheit mit Adlernase, hochgekämmtem Schläfenhaar und einer

Rose in der gepuderten Frisur. In allen Ecken standen Porzellan-
hirten, Standuhren des berühmten Leroy, Schächtelchen, Roulette-
scheiben, Fächer und allerlei Spielzeug für Damen, das Ende des
vorigen Jahrhunderts zusammen mit dem Ballon der Brüder Mont-
golfier und dem Mesmerschen Magnetismus erfunden worden war.
Hermann trat hinter den Wandschirm. Dort stand ein kleines eisernes
Bett, rechts befand sich eine Tür, die in das Kabinett führte, links eine
andere, die auf den Korridor ging. Hermann öffnete sie und erblickte
die schmale Wendeltreppe, die zum Zimmer der armen Pflegetochter
führte... Doch er kehrte um und ging in das dunkle Kabinett.

Die Zeit verging langsam. Alles war still. Im Gastzimmer schlug es
zwölf, in allen Zimmern schlugen die Uhren nacheinander zwölf Uhr
– und alles war wieder still. Hermann stand an einen kalten Ofen
gelehnt; sein Herz schlug gleichmäßig wie bei einem Menschen, der
sich zu etwas Gefährlichem, aber Notwendigem entschlossen hat. Die
Uhren schlugen die erste und dann die zweite Morgenstunde – und er
hörte von fern das Rollen einer Kutsche. Eine unwillkürliche Aufregung überkam ihn. Die Kutsche fuhr vor und hielt. Er hörte das
Fallen das Wagentritts. Im Haus wurde es lebendig. Menschen liefen
umher, Stimmen ertönten, und das Haus wurde hell. In das Schlafzimmer kamen drei alte Zofen gelaufen, die Gräfin trat, mehr tot als
lebendig, ein und sank in einen Voltairesessel. Hermann sah durch
einen Spalt: Lisaweta Iwanowna ging an ihm vorüber. Hermann hörte
ihre eiligen Schritte auf den Treppenstufen. In seinem Herzen empfand er etwas Ähnliches wie Gewissensbisse, diese Regung ging aber
bald vorüber. Er stand, als wäre er von Stein.

Die Gräfin begann sich vor dem Spiegel zu entkleiden. Die mit
Rosen verzierte Haube wurde losgesteckt, die gepuderte Perücke von
ihrem grauen, kurzgeschorenen Kopf entfernt. Ein Regen von Nadeln ging auf den Boden nieder. Das gelbe, mit Silber bestickte Kleid
sank zu ihren geschwollenen Füßen. Hermann war Zeuge der absto-
ßenden Geheimnisse ihrer Toilette; schließlich stand die Gräfin in
Nachtjacke und Schlafmütze da – in diesem Aufzug, der ihrem Alter
mehr entsprach, erschien sie weniger schrecklich und häßlich.

Wie alle alten Leute litt die Gräfin an Schlaflosigkeit. Als sie ausgezogen war, setzte sie sich in den Lehnstuhl an das Fenster und schickte die Zofen fort. Die Kerzen wurden hinausgetragen, das Zimmer war wiederum nur von dem Öllämpchen erhellt. Ganz gelb saß die Gräfin da, bewegte die herabhängenden Lippen und schwankte nach rechts und links. In ihren trüben Augen drückte sich völlige Geistesabwesenheit aus; wenn man sie ansah, konnte man denken, daß das Schwanken der furchtbaren Alten nicht auf ihren Willen, sondern auf einen versteckten Galvanismus zurückzuführen sei.

Plötzlich veränderte sich dieses tote Gesicht in unbeschreiblicher Weise. Die Lippen hörten auf, sich zu bewegen, die Augen belebten sich: Vor der Gräfin stand ein unbekannter Mann.

»Erschrecken Sie nicht, um Himmels willen, erschrecken Sie nicht!« sagte er mit eindringlicher und leiser Stimme. »Ich habe nicht die Absicht, Ihnen Schaden zuzufügen, ich bin gekommen, Sie um eine Gnade anzuflehen.«

Die Alte sah ihn schweigend an und schien ihn nicht zu hören. Hermann kam auf den Gedanken, daß sie taub sei, beugte sich unmittelbar an ihr Ohr und wiederholte dasselbe noch einmal. Die Alte schwieg weiterhin.

»Sie können mich«, fuhr Hermann fort, »für mein ganzes Leben glücklich machen, und dies kostet Sie nichts: Ich weiß, daß Sie hintereinander drei Karten erraten können...«

Hermann verstummte. Die Gräfin, so schien es, hatte begriffen, was man von ihr wollte; sie schien nach Worten für ihre Antwort zu suchen.

»Das war ein Scherz«, sagte sie schließlich. »Ich schwöre es Ihnen! Das war ein Scherz!«

»Damit scherzt man nicht«, entgegnete Hermann ärgerlich. »Erinnern Sie sich an Tschaplizkij, dem Sie geholfen haben zu gewinnen.«

Die Gräfin war sichtlich bestürzt. Ihre Züge drückten eine heftige innere Erregung aus, doch bald verfiel sie wieder in ihre vorherige Lethargie.

»Können Sie mir«, fuhr Hermann fort, »diese drei sicheren Karten nennen?«

Die Gräfin schwieg; Hermann fuhr fort: »Für wen hüten Sie Ihr

Geheimnis? Für die Enkel? Die sind auch ohnedies reich; zudem kennen sie den Wert des Geldes nicht. Einem Verschwender helfen Ihre drei Karten nicht. Wer das väterliche Erbe nicht zu hüten versteht, stirbt in Armut trotz aller noch so dämonischen Bemühungen. Ich bin kein Verschwender, ich kenne den Wert des Geldes. Ihre drei Karten sind bei mir gut aufgehoben. Nun!...«

Er hielt inne und erwartete zitternd ihre Antwort. Die Gräfin schwieg; Hermann kniete nieder.

»Wenn Ihr Herz jemals das Gefühl der Liebe empfunden hat«, sagte er, »wenn Sie sich dieser Wonnen erinnern, wenn Sie nur ein einziges Mal beim Weinen Ihres neugeborenen Sohnes gelächelt haben, wenn sich jemals etwas Menschliches in Ihrer Brust geregt hat, so beschwöre ich Sie bei den Gefühlen der Gattin, der Geliebten, der Mutter – bei allem, was heilig ist im Leben –, schlagen Sie mir meine Bitte nicht ab! Entdecken Sie mir Ihr Geheimnis! Was liegt Ihnen daran?... Vielleicht ist es mit einer entsetzlichen Sünde verbunden, mit dem Verlust der ewigen Seligkeit, mit einem Teufelspakt... Überlegen Sie: Sie sind alt; Sie haben nicht mehr lange zu leben – ich bin bereit, Ihre Sünden auf mich zu nehmen. Entdecken Sie mir nur Ihr Geheimnis. Bedenken Sie, daß sich das Glück eines Menschen in Ihren Händen befindet, daß nicht nur ich, sondern auch meine Kinder, meine Enkel und Urenkel Ihr Andenken segnen und verehren werden wie ein Heiligtum...«

Die Alte antwortete mit keinem Wort. Hermann erhob sich.

»Alte Hexe!« sagte er und biß die Zähne zusammen. »So werde ich dich zwingen zu antworten...«

Mit diesen Worten zog er eine Pistole aus der Tasche.

Beim Anblick der Pistole geriet die Gräfin zum zweitenmal in heftige Erregung. Sie wackelte mit dem Kopfe und hob den Arm hoch, als wollte sie sich vor dem Schuß schützen... Dann rollte sie auf den Rücken... und blieb unbeweglich liegen.

»Hören Sie mit der Kinderei auf«, sagte Hermann und ergriff ihre Hand. »Ich frage Sie zum letztenmal: Wollen Sie mir Ihre drei Karten nennen? Ja oder nein?«

Die Gräfin antwortete nicht. Hermann sah, daß sie tot war.

IV

7. Mai 18..
Hommes sans mœurs et sans religion!
Aus einem Briefwechsel

Lisaweta Iwanowna saß in ihrem Zimmer, sie hatte noch ihr Ballkleid an und war tief in Gedanken versunken. Als sie nach Hause gekommen war, hatte sie es eilig, das verschlafene Mädchen fortzuschicken, das ihr widerstrebend ihre Dienste anbot – sie sagte, daß sie sich selbst ausziehen werde, ging zitternd auf ihr Zimmer, hoffte dabei, Hermann anzutreffen, und wünschte es auch wieder nicht. Auf den ersten Blick sah sie, daß er nicht da war und dankte dem Schicksal, daß es eine Zusammenkunft verhindert hatte. Sie setzte sich, ohne sich auszuziehen, und rief sich die Umstände in Erinnerung zurück, die sie in so kurzer Zeit so weit geführt hatten. Nicht einmal drei Wochen waren vergangen seit jenem Tage, an dem sie den jungen Mann zum erstenmal von ihrem Fenster aus gesehen hatte, und schon stand sie im Briefwechsel mit ihm – und schon hatte er ihr Einverständnis zu einer nächtlichen Zusammenkunft erlangt! Sie kannte seinen Namen nur, weil einige Briefe von ihm unterschrieben waren; sie hatte nie mit ihm gesprochen, seine Stimme nicht vernommen, niemals etwas über ihn gehört... bis zu diesem Abend. Seltsam! Ausgerechnet an diesem Abend schmollte Tomskij auf dem Ball mit Prinzeß Polina ***, weil sie gegen ihre Gewohnheit nicht mit ihm kokettierte, und gab sich aus Rache gleichgültig: Er forderte Lisaweta Iwanowna auf und tanzte mit ihr eine endlose Mazurka. Während der ganzen Zeit scherzte er über ihre Vorliebe für Genieoffiziere, beteuerte, daß er bedeutend mehr wußte, als sie ahne, und einige seiner Scherze waren so geschickt angebracht, daß Lisaweta Iwanowna mehrere Male dachte, er wüßte von ihrem Geheimnis.

»Von wem wissen Sie dies alles?« fragte sie lachend.

»Von dem Freund einer Ihnen bekannten Person«, gab ihr Tomskij zur Antwort. »Er ist ein außerordentlich bemerkenswerter Mensch!«

»Und wer ist dieser bemerkenswerte Mensch?«

»Er heißt Hermann.«

Lisaweta Iwanowna antwortete nichts, doch ihre Hände und Füße erstarrten zu Eis...

»Dieser Hermann«, fuhr Tomskij fort, »ist ein echter Romanheld: Er hat das Profil eines Napoleon und die Seele eines Mephistopheles. Ich schätze, daß er mindestens drei Verbrechen auf seinem Gewissen hat. Wie blaß Sie geworden sind!«

»Ich habe Kopfschmerzen... Und was hat Ihnen Hermann, oder wie er hieß, gesagt?«

»Hermann ist sehr unzufrieden mit seinem Freund, er sagt, an seiner Stelle würde er ganz anders vorgehen... Ich nehme sogar an, daß er selbst einen Blick auf Sie geworfen hat, jedenfalls ist er durchaus nicht gleichgültig, wenn er die verliebten Reden seines Freundes hört.«

»Wo soll er mich denn gesehen haben?«

»In der Kirche vielleicht, oder beim Spazierengehen!... Weiß der Himmel! Vielleicht in Ihrem Zimmer, als Sie schliefen: Er bringt alles fertig...«

Drei Damen traten mit der Frage »oubli ou regret« an sie heran und unterbrachen das Gespräch, das für Lisaweta Iwanowna von peinigendem Interesse zu werden begann.

Die Dame, die sich Tomskij erwählt hatte, war Prinzeß *** selbst. Es gelang ihr, sich mit ihm auszusöhnen, indem sie mit ihm eine zusätzliche Tour tanzte und dazu noch vor ihrem Stuhl einen Kreis beschrieb. Als Tomskij auf seinen Platz zurückkehrte, dachte er weder an Hermann noch an Lisaweta Iwanowna. Sie wollte unbedingt das unterbrochene Gespräch wieder aufnehmen; doch die Mazurka ging zu Ende, und bald darauf fuhr die alte Gräfin fort.

Die Worte Tomskijs waren nichts anderes als eine während einer Mazurka übliche Unterhaltung, doch sie hatten bei der jungen Träumerin einen tiefen Eindruck hinterlassen. Das Porträt, das Tomskij entworfen hatte, ähnelte dem Bild, das sie sich selbst von ihm gemacht hatte, und dank den neuen Romanen schreckte dieser beinahe schon banale Mensch ihre Einbildungskraft und nahm sie gleichzeitig gefangen. Sie saß da, die nackten Arme kreuzweise verschränkt, den noch mit Blumen geschmückten Kopf auf die entblößte Brust gesenkt... Plötzlich ging die Tür auf, und Hermann trat herein. Sie erbebte...

»Wo waren Sie gewesen?« fragte sie mit ängstlichem Flüstern.

»Im Schlafzimmer bei der alten Gräfin«, antwortete Hermann. »Ich komme gerade von ihr. Die Gräfin ist tot.«

»Mein Gott!... Was sagen Sie da?«

»Und es scheint«, fuhr Hermann fort, »ich bin an ihrem Tod schuld.«

Lisaweta Iwanowna sah ihn an, und sie hörte wieder die Worte Tomskijs: *Dieser Mensch hat mindestens drei Verbrechen auf seinem Gewissen!* Hermann setzte sich neben sie auf das Fensterbrett und erzählte alles.

Lisaweta Iwanowna hörte ihm voll Entsetzen zu. Diese leidenschaftlichen Briefe, diese glühenden Forderungen, diese kühne und hartnäckige Verfolgung, all das war also keine Liebe! Geld – das war es, wonach seine Seele lechzte! Sie konnte seine Wünsche nicht befriedigen und ihn glücklich machen! Die arme Pflegetochter war nichts anderes als das blinde Werkzeug eines Räubers, des Mörders ihrer alten Wohltäterin! Bittere Tränen weinte sie in später, qualvoller Reue. Hermann betrachtete sie schweigend. Auch er litt Qualen, doch weder die Tränen des armen Mädchens noch der erstaunliche Liebreiz ihres Schmerzes berührten sein kaltes Herz. Er empfand keine Gewissensbisse beim Gedanken an die tote Greisin. Eines entsetzte ihn: Der unwiederbringliche Verlust des Geheimnisses, von dem er Bereicherung erwartete.

»Sie sind ein Ungeheuer!« sagte schließlich Lisaweta Iwanowna.

»Ich wollte nicht ihren Tod«, antwortete Hermann. »Meine Pistole ist nicht geladen.«

Beide schwiegen.

Der Morgen brach an. Lisaweta Iwanowna löschte die fast niedergebrannte Kerze aus; fahles Licht erleuchtete das Zimmer. Sie wischte sich die Tränen aus den Augen und hob den Blick zu Hermann: Er saß, die Arme gekreuzt und mit finsterem Blick, auf dem Fensterbrett. In dieser Haltung erinnerte er erstaunlich an das Porträt Napoleons. Diese Ähnlichkeit verblüffte sogar Lisaweta Iwanowna.

»Wie kommen Sie nun aus dem Haus heraus?« sagte endlich Lisaweta Iwanowna. »Ich hatte vor, Sie über die Geheimtreppe zu führen, doch da muß man an dem Schlafzimmer vorbei, und ich fürchte mich.«

»Sagen Sie mir, wie diese Geheimtreppe zu finden ist, und ich gehe.«

Lisaweta Iwanowna stand auf, nahm aus der Kommode einen Schlüssel, reichte ihn Hermann und gab ihm genaue Anweisungen. Hermann drückte ihre kalte, unbewegliche Hand, küßte sie auf den gesenkten Kopf und ging hinaus.

Er ging die Wendeltreppe hinab und trat wieder in das Schlafzimmer der Gräfin. Die tote Alte saß wie versteinert da, ihr Gesicht drückte tiefe Ruhe aus. Hermann blieb vor ihr stehen und sah sie lange an, als wollte er sich von der entsetzlichen Wahrheit überzeugen; schließlich ging er in das Kabinett, fand dort, an der Tapete tastend, eine Tür und ging eine finstere Treppe hinunter, wobei ihn seltsame Gefühle bewegten. Diese gleiche Treppe, so dachte er, ist vielleicht zu dieser Stunde vor sechzig Jahren ein junger Glückspilz in besticktem Rock, à l'oiseau royal frisiert und dem Dreispitz an sein Herz gepreßt, in dieses gleiche Schlafzimmer hochgeschlichen; er ist schon lange in seinem Grab vermodert, und das Herz seiner hochbetagten Geliebten hat heute aufgehört zu schlagen...

Unterhalb der Treppe fand Hermann eine Tür, die er mit dem gleichen Schlüssel öffnete, und gelangte in einen durchgehenden Korridor, der auf die Straße führte.

V

In dieser Nacht erschien mir die selige Baronesse
von W***. Sie war ganz in Weiß und sagte zu mir:
»Guten Tag, Herr Rat!«

Swedenborg

Drei Tage nach der verhängnisvollen Nacht, um neun Uhr morgens, machte sich Hermann auf den Weg zum Kloster ***, wo das Totenamt für die verstorbene Gräfin abgehalten werden sollte. Er empfand keine Reue, doch konnte er die Stimme seines Gewissens, die ihm ständig wiederholte: Du bist der Mörder der Alten! nicht vollkommen zum Schweigen bringen. Echten Glauben besaß er kaum, doch war er sehr abergläubisch. Er glaubte, daß die tote Gräfin einen schädlichen Einfluß auf sein Leben ausüben könne – und beschloß, bei ihrem Begräbnis zu erscheinen, um sie um Vergebung zu bitten.

Die Kirche war überfüllt. Hermann drängte sich nur mit Mühe durch die Menschenmenge. Der Sarg stand auf einem kostbaren Katafalk unter einem Samtbaldachin. Die Verstorbene lag darin mit auf der Brust gekreuzten Händen, in einer Spitzenhaube und einem weißen Atlaskleid. Ringsherum stand das Hausgesinde; die Diener in schwarzen Röcken, mit Wappenbändern um die Schulter und Kerzen in der Hand, und die Verwandten – Kinder, Enkel und Urenkel – in tiefer Trauer. Niemand weinte; Tränen wären une affectation gewesen. Die Gräfin war so alt geworden, daß ihr Tod niemanden mehr überraschen konnte und ihre Verwandten sie schon längst als eine Dahingegangene betrachtet hatten. Ein junger Bischof hielt die Grabrede. In einfachen und zu Herzen gehenden Worten schilderte er das friedliche Hinscheiden der Gerechten, für die so viele Jahre eine stille und ergreifende Vorbereitung auf ihr christliches Ende gewesen seien. »Der Todesengel fand sie«, sagte der Redner, »in guten Gedanken wachend und in Erwartung des mitternächtlichen Bräutigams.« Der Gottesdienst schloß mit trauriger Würde. Die Verwandten nahmen als erste von der Toten Abschied. Dann näherte sich die Vielzahl der Gäste, um sich vor derjenigen zu verneigen, die so lange an ihren eitlen Vergnügungen teilgenommen hatte. Ihnen folgten alle, die zum Hause gehörten. Schließlich trat eine alte Beschließerin heran, eine Altersgenossin der Verstorbenen. Zwei junge Mädchen stützten sie. Sie war zu schwach, um sich bis zur Erde zu verneigen, und sie allein vergoß einige Tränen, als sie die kalte Hand ihrer Herrin küßte. Nach ihr entschloß sich Hermann an den Sarg zu treten. Er verbeugte sich bis zur Erde und lag einige Minuten auf dem kalten, mit Tannenzweigen bedeckten Boden. Schließlich erhob er sich, bleich wie die Tote, trat auf die Stufen des Katafalks und beugte sich vor... In diesem Augenblick schien es ihm, daß ihn die Tote belustigt ansah und dabei ein Auge zukniff. Hermann wich jäh zurück, trat fehl und fiel rücklings auf den Boden. Man hob ihn auf. Zur selben Zeit trug man die ohnmächtige Lisaweta Iwanowna aus der Kirche. Dieser Vorfall störte für einige Augenblicke die Feierlichkeit der düsteren Trauerzeremonie. Unter den Besuchern erhob sich ein dumpfes Gemurmel, und ein hagerer Kammerherr, ein naher Verwandter der Verstorbenen, flüsterte dem neben ihm stehenden Engländer ins Ohr, daß der junge Offizier ihr unehelicher Sohn sei, worauf der Engländer kühl erwiderte: »Oh?«

Den ganzen Tag über war Hermann außerordentlich verstimmt. Er aß in einem abgelegenen Gasthaus zu Mittag und trank gegen seine Gewohnheit sehr viel, in der Hoffnung, seine innere Erregung zu betäuben. Doch der Wein erhitzte seine Einbildungskraft noch mehr. Als er zu Hause angelangt war, warf er sich unausgezogen aufs Bett und schlief fest ein.

Er wachte erst in der Nacht auf: Der Mond schien in sein Zimmer. Er sah auf die Uhr, es war drei Viertel drei. Seine Müdigkeit war verflogen, er setzte sich auf das Bett und dachte an das Begräbnis der alten Gräfin.

In diesem Augenblick sah jemand von der Straße zu seinem Fenster herein – und trat sofort zurück. Hermann schenkte dem keinerlei Beachtung. Gleich darauf hörte er, wie die Tür im Vorzimmer geöffnet wurde. Hermann glaubte, es sei sein Bursche, der, wie gewöhnlich, betrunken von einem nächtlichen Bummel zurückkehrte. Doch er vernahm einen unbekannten Schritt: Jemand nahte, leise mit den Pantoffeln schlurfend. Die Tür öffnete sich, und eine Frau in einem weißen Kleid trat ein. Hermann hielt sie für seine alte Amme und wunderte sich, was sie um diese Stunde zu ihm geführt haben konnte. Doch die weiße Frau glitt näher heran, stand plötzlich vor ihm – und Hermann erkannte die Gräfin.

»Ich bin wider meinen Willen zu dir gekommen«, sagte sie mit fester Stimme, »doch mir ist aufgetragen worden, deine Bitte zu erfüllen. Mit der Drei, der Sieben und dem As wirst du hintereinander gewinnen – doch unter der Bedingung, daß du nicht mehr als eine Karte in vierundzwanzig Stunden setzt und danach dein ganzes Leben nicht mehr spielst. Ich vergebe dir meinen Tod unter der Bedingung, daß du meine Pflegetochter Lisaweta Iwanowna heiratest...«

Mit diesen Worten drehte sie sich lautlos um, ging zur Tür und verschwand, mit ihren Pantoffeln schlurfend. Hermann hörte, wie die Tür in der Diele zuschlug, und sah, daß jemand erneut zum Fenster hereinguckte.

Lange konnte Hermann nicht zur Besinnung kommen. Er ging in ein anderes Zimmer. Sein Bursche schlief auf dem Fußboden; Hermann konnte ihn nur mit Mühe wecken. Wie gewöhnlich, war der Bursche betrunken: Von ihm war nichts zu erfahren. Die Tür zur Diele war verriegelt. Hermann ging in sein Zimmer zurück, zündete eine Kerze an und schrieb seine Vision auf.

VI

»Attendez!«
»Wie können Sie es wagen, zu mir *attendez zu* sagen?«
»Euer Hochwohlgeboren, ich sagte *attendez, mein Herr!*«

Zwei fixe Ideen können in der sittlichen Natur ebensowenig nebeneinander existieren, wie zwei Körper in der physischen Welt ein und denselben Platz einnehmen können. Die Drei, die Sieben und das As verdrängten in Hermanns Phantasie bald das Bild der toten Alten. Die Drei, die Sieben und das As gingen ihm nicht aus dem Kopf, und seine Lippen flüsterten ständig diese Namen. Wenn er ein junges Mädchen sah, sagte er: »Wie schlank sie ist! Eine richtige Cœur-Drei.« Wenn man ihn fragte: »Wie spät ist es?«, so antwortete er: »Fünf Minuten vor der Sieben.« Jeder dicke Mann erinnerte ihn an ein As. Die Drei, die Sieben und das As verfolgten ihn im Schlaf, wobei sie alle möglichen Formen annahmen: Die Drei blühte üppig wie eine große Blume, die Sieben erschien ihm als ein gotisches Tor und das As als eine Riesenspinne. Alle seine Gedanken waren nur auf das eine gerichtet – das Geheimnis, das ihn so teuer zu stehen gekommen war, sich zunutze zu machen. Er dachte daran, seinen Abschied zu nehmen und zu reisen. Er wollte in den öffentlichen Spielhäusern von

Paris der bezauberten Fortuna den Schatz entreißen. Allein der Zufall entledigte ihn aller Sorgen.

In Moskau hatte sich eine Gesellschaft reicher Spieler unter dem Vorsitz des berühmten Tschekalinskij gebildet, der sein ganzes Leben beim Kartenspiel zugebracht und einst Millionen gewonnen hatte, wobei er Wechsel gewann und bares Geld verlor. Durch seine langjährige Erfahrung erwarb er sich das Vertrauen seiner Freunde, während sein gastfreundliches Haus, sein ausgezeichneter Koch, seine Liebenswürdigkeit und Fröhlichkeit ihm die Achtung des Publikums gewannen. Er kam nach Petersburg. Die Jugend strömte ihm zu, sie vergaß die Bälle über den Karten und zog die Reize des Pharao den Versuchungen einer Umwerbung vor. Narumow brachte Hermann zu ihm.

Sie durchschritten eine Reihe prunkvoller Zimmer, in denen viele höfliche Diener herumstanden. Einige Generäle und Geheimräte spielten Whist; die jungen Leute saßen bequem auf den Samtsofas, aßen Halbgefrorenes und rauchten ihre Pfeifen. Im Gastzimmer saß der Hausherr an einem langen Tisch, um den sich ungefähr zwanzig Spieler drängten, und hielt die Bank. Er war ein Mann von etwa sechzig Jahren und sehr würdevollem Äußeren; sein Haupt bedeckte silbernes Haar; sein volles und frisches Gesicht drückte Gutmütigkeit aus; seine Augen glänzten und wurden von einem immerwährenden Lächeln belebt. Narumow stellte ihm Hermann vor. Tschekalinskij drückte ihm freundschaftlich die Hand, bat, sich nicht zu genieren, und fuhr fort, die Bank zu halten.

Die Taille dauerte lange. Auf dem Tisch lagen mehr als dreißig Karten.

Tschekalinskij hielt nach jedem Wurf inne, um den Spielern Zeit zu geben, ihre Anordnungen zu treffen, schrieb die Verluste auf, hörte höflich auf ihre Forderungen und strich noch höflicher eine überflüssige Ecke glatt, die eine zerstreute Hand eingebogen hatte. Endlich war die Taille beendet. Tschekalinskij mischte die Karten und bereitete sich auf die nächste vor.

»Gestatten Sie mir, eine Karte zu setzen«, sagte Hermann und streckte seine Hand hinter einem dicken Herrn hervor, der dort gerade pointierte. Tschekalinskij lächelte und verbeugte sich schweigend zum Zeichen seines ergebenen Einverständnisses. Narumow gratulierte Hermann lachend zur Beendigung seines langjährigen Fastens und wünschte ihm einen glücklichen Anfang.

»Bitte!« sagte Hermann und schrieb mit Kreide eine hohe Summe über seine Karte.

»Wieviel?« fragte der Bankhalter und kniff die Augen zusammen. »Entschuldigen Sie, ich kann es nicht erkennen.«

»Siebenundvierzigtausend«, antwortete Hermann.

Bei diesen Worten fuhren alle Köpfe jäh herum, und die Augen aller richteten sich auf Hermann. Er ist wahnsinnig geworden! dachte Narumow.

»Gestatten Sie mir zu bemerken«, sagte Tschekalinskij mit unveränderlichem Lächeln, »daß Ihr Spiel sehr hoch ist: Hier hat noch niemand mehr gesetzt als zweihundertfünfundsiebzig simple.«

»Nun und?« entgegnete Hermann. »Nehmen Sie das Spiel an oder nicht?«

Tschekalinskij verbeugte sich mit derselben Miene ergebenen Einverständnisses.

»Ich wollte Sie nur darauf hinweisen«, sagte er, »daß ich, da mich meine Freunde ihres Vertrauens würdigen, nur gegen bares Geld spielen kann. Ich meinerseits bin natürlich überzeugt, daß Ihr Wort genügt, doch um der Ordnung beim Spiel und beim Rechnen willen bitte ich Sie, das Geld auf die Karte zu legen.«

Hermann nahm aus seiner Tasche eine Banknote und reichte sie Tschekalinskij, der sie flüchtig besah und auf die Karte Hermanns legte.

Er begann zu spielen. Rechts fiel eine Neun, links eine Drei. »Gewonnen!« sagte Hermann und zeigte seine Karte.

Unter den Spielern erhob sich ein Flüstern. Tschekalinskij zog die Brauen zusammen, doch das Lächeln kehrte sofort auf sein Gesicht zurück.

»Gestatten Sie, daß ich Ihnen das Geld gebe?« fragte er Hermann.

»Seien Sie so freundlich.«

Tschekalinskij zog einige Banknoten aus der Tasche und rechnete mit ihm ab. Hermann nahm sein Geld in Empfang und ging vom Tisch fort. Narumow konnte sich immer noch nicht fassen. Hermann trank ein Glas Limonade und machte sich auf den Heimweg.

Am Abend des nächsten Tages erschien er wieder bei Tschekalinskij. Der Hausherr hielt die Bank. Hermann trat an den Tisch heran; die Spieler machten ihm sofort Platz. Tschekalinskij verbeugte sich liebenswürdig vor ihm.

Hermann wartete eine neue Taille ab, setzte eine Karte und legte seine Siebenundvierzigtausend und den gestrigen Gewinn darauf.

Tschekalinskij begann zu spielen. Der Bube fiel nach rechts, die Sieben nach links.

Hermann deckte die Sieben auf.

Alle stießen einen Schrei aus. Tschekalinskij war sichtlich betroffen. Er zählte vierundneunzigtausend ab und gab sie Hermann. Hermann nahm sie kaltblütig entgegen und entfernte sich im selben Augenblick.

Am folgenden Abend erschien Hermann wieder am Spieltisch. Alle erwarteten ihn. Generäle und Geheimräte verließen ihren Whist, um dieses ungewöhnliche Spiel zu sehen. Die jungen Offiziere sprangen von den Sofas auf, sämtliche Diener versammelten sich in dem Gästezimmer. Alle umringten Hermann. Die übrigen Spieler setzten ihre Karten nicht und warteten voller Ungeduld auf den Ausgang des Spiels. Hermann stand am Tisch und bereitete sich darauf vor, allein gegen den bleichen, doch ständig lächelnden Tschekalinskij zu pointieren. Jeder öffnete ein Kartenspiel. Tschekalinskij mischte. Hermann hob ab, setzte seine Karte und bedeckte sie mit einem Bündel Banknoten. Es sah aus wie ein Zweikampf. Tiefes Schweigen herrschte ringsum.

Tschekalinskij begann zu spielen, seine Hände zitterten. Rechts fiel eine Dame, links ein As.

»As hat gewonnen!« sagte Hermann und deckte seine Karte auf.

»Ihre Dame ist geschlagen«, sagte Tschekalinskij liebenswürdig.

Hermann fuhr auf: In der Tat, statt des Asses lag vor ihm die Pique Dame. Er traute seinen Augen nicht, er verstand nicht, wie er sich hatte irren können.

In diesem Augenblick schien ihm, daß die Pique Dame ein Auge zukniff und höhnisch lächelte. Die ungewöhnliche Ähnlichkeit verblüffte ihn...

»Die Alte!« schrie er voller Entsetzen.

Tschekalinskij strich die verlorenen Banknoten ein. Hermann stand unbeweglich da. Als er vom Tisch fortging, erhob sich eine laute Unterhaltung. »Herrlich pointiert hat er!« sagten die Spieler. Tschekalinskij mischte von neuem die Karten: Das Spiel nahm seinen Fortgang.

Epilog

Hermann ist wahnsinnig geworden. Er sitzt im Obuchow-Krankenhaus, Zimmer 17, antwortet auf keinerlei Fragen, und murmelt ungewöhnlich schnell: Drei, Sieben, As! Drei, Sieben, Dame!...

Lisaweta Iwanowna hat einen sehr netten jungen Mann geheiratet; er dient irgendwo und hat ein ordentliches Vermögen: Er ist der Sohn des ehemaligen Verwalters der Gräfin. Bei Lisaweta Iwanowna wird eine arme Verwandte erzogen.

Tomskij ist zum Rittmeister befördert worden und heiratete Prinzeß Polina.

WLADIMIR ODOJEWSKI

DIE SECHSTE NACHT

»Sagt mir«, versetzte Rostislaw, als er zur gewohnten Zeit ihrer Unterhaltungen bei Faust eintrat, »warum ist es für dich und für uns alle ein Vergnügen, bis Mitternacht zusammenzusitzen? Warum ist die Aufmerksamkeit nachts dauerhafter, der Geist lebendiger, die Seele mitteilsamer?«

»Diese Frage ist leicht zu beantworten«, sagte Wjetscheslaw, »die allgemeine Stille macht den Menschen unwillkürlich geneigt nachzudenken.«

Rostislaw: »Allgemeine Stille? Bei uns? Aber der richtige Verkehr in der Stadt fängt doch erst um zehn Uhr abends an. Und was heißt nachdenken? Es lockt die Menschen einfach, zusammenzusein; daher finden all die Zusammenkünfte, Unterhaltungen, Bälle in der Nacht statt; es ist, als verlege der Mensch seine Vereinigung mit anderen unwillkürlich in die Nacht; aber warum?«

Viktor: »Mir scheint, das erklärt sich durch eine physiologische Erscheinung: bekanntlich kommt es um Mitternacht im Organismus zu einer Art Fieber – in diesem Zustand sind alle Nerven erregt, und was wir für geistige Lebendigkeit, für Gesprächigkeit halten, ist nichts anderes als die Folge eines krankhaften Zustandes, einer Art aufwallender Hitze ...«

Rostislaw: »Aber du beantwortest meine Frage nicht: Wieso bringt dieser, wie du sagst, krankhafte Zustand die Menschen dazu, sich zusammenzufinden?«

Faust: »Wenn ich ein Gelehrter wäre, so würde ich dir mit Schelling sagen, daß die Nacht seit undenklichen Zeiten als das älteste Wesen galt und daß unsere Ahnen, die Slawen, die Zeit nicht von ungefähr nach Nächten zählten; wenn ich ein Mystiker wäre, so würde ich dir diese Erscheinung ganz einfach erklären. Sieh: Die Nacht ist das Reich einer dem Menschen feindlichen Macht; die Menschen fühlen das, und um sich vor dem Feind zu schützen, vereinigen sie sich, suchen beieinander Unterstützung: Darum sind die Menschen nachts ängstlicher; darum machen Erzählungen von Gespenstern, von bösen Geistern nachts einen stärkeren Eindruck als bei Tage.«

»Und darum«, fügte Wjetscheslaw lachend hinzu, »bemühen sich die Menschen abends ungemein emsig, die feindliche Macht durch Kartenspiel totzuschlagen; die Carcel-Lampe aber vertreibt die Kobolde...«

»Du wirst die Mystiker mit dieser Spötterei nicht davon abbringen«, entgegnete Faust, »sie werden dir antworten, daß die feindliche Macht zwei tiefe und listige Gedanken habe: Zum einen bemüht sie sich nach Kräften, den Menschen davon zu überzeugen, daß sie nicht existiere, und deshalb drängt sie ihm alle möglichen Mittel auf, sie zu vergessen; zum zweiten sollen die Menschen so nahe wie möglich zusammengebracht und zusammengeschlossen werden, so daß sich kein Kopf, kein Herz aus der Reihe bewegt; das Kartenspiel ist eines jener Mittel, deren sich die feindliche Macht bedient, um ihr doppeltes Ziel zu erreichen; denn erstens kann man beim Kartenspiel an nichts anderes als ans Kartenspiel denken, und zweitens, das ist die Hauptsache, sind beim Kartenspiel alle gleich: der Vorgesetzte und der Untergebene, der Schöne und der Häßliche, der Gelehrte und der Unwissende, das Genie und die Null, der Kluge und der Dummkopf; es gibt keinerlei Unterschied: Der letzte Dummkopf kann gegen den ersten Philosophen der Welt gewinnen und der kleine Beamte gegen den hohen Würdenträger. Stell dir nur das Vergnügen irgendeiner Null vor, wenn sie gegen Newton gewinnen oder zu Leibniz sagen kann: ›Mein Herr, Sie können nicht spielen; Herr Leibniz, Sie wissen nicht, wie man die Karten hält.‹ Das ist Jakobinertum in seiner ganzen Schönheit. Indes hat die feindliche Macht Vorteil davon, daß beim Kartenspiel unter dem Vorwand unschuldigen Zeitvertreibs nahezu alle lasterhaften Gefühle des Menschen heimlich unterstützt werden: Neid, Bosheit, Gewinnsucht, Rachsucht, Heimtücke, Betrug – alles im kleinen, gleichwohl lernt die Seele sie kennen, das aber ist für die feindliche Macht sehr, sehr vorteilhaft.«

»Aber kann man sich denn nicht vom Mystizismus befreien?« rief Wjetscheslaw, der schließlich die Geduld verlor.

»Gern«, antwortete Faust.

»Trotzdem ist meine Frage unbeantwortet geblieben«, bemerkte Rostislaw.

Faust: »Du kennst meine unumstößliche Überzeugung, daß der Mensch, selbst wenn er eine Frage beantworten kann, dies niemals richtig in die gewöhnliche Sprache zu übersetzen vermag. In solchen Fällen suche ich stets einen Gegenstand in der äußeren Natur, der durch seine Analogie wenigstens als annähernder Ausdruck des Gedankens dienen könnte. Hast du je bemerkt, daß lange vor Sonnenuntergang, zumal an unserem nördlichen Himmel, hinter den fernen Wolken ganz am Horizont ein purpurfarbener Streifen erscheint, der nicht dem Abendrot ähnelt, denn zu dieser Zeit scheint die Sonne noch in all ihrem Glanz: Es ist ein Teil der Morgenröte für die Bewohner der anderen Halbkugel. Folglich gibt es in jeder Minute Morgendämmerung auf der Erdkugel, damit in jeder Minute ein Teil ihrer Bewohner wie ein Posten auf Wache geht. Die Vorsehung hat das nicht von ungefähr so eingerichtet: Vielleicht gibt uns diese Erscheinung deutlich zu verstehen, daß die Natur den Schlaf des Menschen nicht eine Minute ausnutzen darf, denn tatsächlich verstärken sich während der Nacht alle schädlichen Einflüsse der Natur auf den menschlichen Organismus: Die Pflanzen reinigen die Luft nicht, sondern verderben sie; der Tau bekommt eine schädliche Eigenschaft; ein erfahrener Arzt beobachtet den Kranken vornehmlich nachts, denn nachts verschlimmert sich jede Krankheit. Vielleicht sollten wir dem Beispiel des Arztes folgen, sollten, wie er den kranken Körper beobachtet, unsere kranke Seele gerade in jenem Augenblick beobachten, da der Organismus den schädlichen Einflüssen am meisten ausgesetzt ist. Die Sonne ist dem Menschen geneigter: Sie ist das Symbol seiner Bevorzugung; sie vertreibt die schädlichen Nebel; sie veranlaßt eine grobe Pflanze, den für den Menschen lebenswichtigen Teil der Luft zu erzeugen; sie erquickt sein Herz, und vielleicht ist der Schlaf des Menschen deshalb bei Sonnenaufgang so süß; er spürt das Symbol seiner Verbündeten und schläft friedlich unter ihrer warmen und hellen Decke.«

Viktor: »O du Träumer! Fakten bedeuten dir nichts. Leidet denn der Mensch nicht, ähnlich wie alle Pflanzen, unter Sonnenglut?«

Faust: »Ich versichere dir, daß meine Fakten wahrhaftiger sind als deine, vielleicht deshalb, weil sie weniger greifbar sind. Ja! Die Sonnenglut ist für den Menschen unerträglich! Doch in diesem Faktum verbirgt sich noch ein anderes, nämlich: Die Sonne wirkt nicht unmittelbar auf uns, sondern durch die grobe Atmosphäre der Erde; Aeronauten, die in die oberen Luftschichten aufstiegen, verspürten keine Sonnenglut... das ist für mich ein wichtiger Hinweis: Je höher wir über der Erde sind, desto schwächer wirkt ihre Natur auf uns.«

Viktor: »Ganz richtig, und hier ein Beweis dafür: Jenseits einer bestimmten Grenze der Atmosphäre trat den Aeronauten Blut aus den Ohren, das Atmen fiel ihnen schwer, und sie zitterten vor Kälte.«

Rostislaw: »Diese Tatsache scheint mir die wahre und schwierige Aufgabe des Menschen auszudrücken: sich über die Erde zu erheben, ohne sie zu verlassen.«

Wjetscheslaw: »Das heißt mit anderen Worten, man soll das Mögliche suchen und nicht unnütz hinter dem Unmöglichen herjagen.«

Faust antwortete nicht darauf, sondern wechselte das Thema. »Wir werden unseren Streit bis zum Morgen nicht entscheiden«, sagte er, »und obwohl ihr meine Freunde seid, werde ich euch um keinen Preis meinen süßen Morgenschlaf opfern; sollten wir uns nicht das Manuskript vornehmen? Wir müssen es doch zu Ende lesen.«

Faust begann: »Nach dem ›Ökonomisten‹ kommt das Folgende.«

Beethovens letztes Quartett

> Nicht einen Augenblick zweifelte ich daran, daß Krespel wahnsinnig geworden, der Professor behauptete jedoch das Gegenteil. »Es gibt Menschen«, sprach er, »denen die Natur oder ein besonderes Verhängnis die Decke wegzog, unter der wir andern unser tolles Wesen unbemerkter treiben. Sie gleichen dünngehäuteten Insekten, die im regen sichtbaren Muskelspiel mißgestaltet erscheinen, ungeachtet sich alles bald wieder in die gehörige Form fügt. Was bei uns Gedanke bleibt, wird dem Krespel alles zur Tat.«
>
> *E.T.A. Hoffmann, Die Serapionsbrüder*

Im Frühling des Jahres 1827 spielten in einem Haus der Wiener Vorstadt ein paar Musikfreunde Beethovens neues Quartett, das soeben im Druck erschienen war. Verwundert und verärgert folgten sie den formlosen Ausbrüchen des schwach gewordenen Genius: So verändert war seine Feder! Nichts vom Zauber einer originalen Melodie voller poetischer Einfälle; die künstlerische Bearbeitung war zur mürrischen Pedanterie eines unbegabten Kontrapunktisten geraten; das Feuer, das früher in seinen schnellen Allegri gelodert und, allmählich stärker werdend, sich wie kochende Lava in vollen, gewaltigen Harmonien ergossen hatte, war in unbegreiflichen Dissonanzen erloschen, die originalen, scherzhaften Themen der heiteren Menuette aber hatten sich in Sprünge und Triller verwandelt, spielbar für kein Instrument. Überall schülerhaftes, verfehltes Streben nach Effekten, die es in der Musik nicht gibt; überall so ein dunkles, sich selbst nicht fassendes Gefühl. Und das war Beethoven, derjenige, dessen Namen ein Teutone wie die Namen Haydn und Mozart voll Begeisterung und Stolz ausspricht! Oft ließen die Musiker, über die Unsinnigkeit des Werkes verzweifelt, den Bogen sinken und wollten schon fragen, ob dies nicht eine Verhöhnung der Schöpfungen des Unsterblichen sei. Die einen schrieben den Niedergang der Taubheit zu, die Beethoven in seinen letzten Lebensjahren befallen hatte; die anderen dem Wahnsinn, der seine schöpferische Begabung bisweilen ebenso trübte; manch einen überkam eitles Mitleid; ein Spötter aber erinnerte daran, wie Beethoven in einem Konzert, als seine letzte Sinfonie gespielt wurde, völlig gegen den Takt mit den Armen fuchtelte, das Orchester zu dirigieren meinte und gar nicht bemerkte, daß der wirkliche Kapellmeister hinter ihm stand; doch sie nahmen rasch wieder die Geigenbögen, und aus Respekt vor dem früheren Ruhm des angesehenen Sinfonikers fuhren sie gleichsam wider ihren Willen fort, sein unverständliches Werk zu spielen.

Plötzlich öffnete sich die Tür, und herein kam ein Mann in schwarzem Rock, ohne Krawatte, mit zerzaustem Haar; seine Augen loderten, doch das war nicht das Feuer der Begabung; nur die überhängenden, scharfgeschnittenen Stirnwülste deuteten auf eine ungewöhnliche Entwicklung des musikalischen Organs hin, wie sie Gall entzückt hatte, als er Mozarts Schädel untersuchte. »Entschuldigen Sie, meine Herren«, sagte der unerwartete Gast, »erlauben Sie, daß ich mir Ihre Wohnung ansehe, sie ist doch zu vermieten...« Dann legte er die Arme auf den

Rücken und näherte sich den Musizierenden. Die Anwesenden machten ihm ehrerbietig Platz; er neigte den Kopf bald nach links, bald nach rechts, bemüht, der Musik zu lauschen, doch vergeblich: Die Tränen flossen in Strömen aus seinen Augen. Still ging er weg von den Musizierenden und setzte sich in eine entfernte Ecke des Zimmers, sein Gesicht in den Händen bergend; aber als der Bogen des Geigers am Steg schrillte bei einer zufälligen Note, die zu einem Septimenakkord gehörte, und als eine wilde Harmonie in den Doppelnoten der anderen Musiker widerklang, fuhr der Unglückliche auf, rief: »Ich höre! Ich höre!«, klatschte voll ungestümer Freude in die Hände und stampfte mit den Füßen.

»Ludwig!« sagte zu ihm ein junges Mädchen, das nach ihm eingetreten war. »Ludwig! Es wird Zeit, nach Hause zu gehen. Wir stören hier!«

Er blickte das Mädchen an, verstand und folgte ihr wortlos wie ein Kind.

Am Ende der Stadt, im dritten Stock eines alten Steinhauses, befand sich ein kleines, stickiges Zimmer, das von einer spanischen Wand geteilt wurde. Ein Bett mit einer zerschlissenen Decke, einige Packen Notenpapier, etwas, das mal ein Klavier gewesen – das war aller Zierat. Dies war die Behausung, dies war die Welt des unsterblichen Beethoven. Unterwegs sprach er kein Wort; doch als sie nach Hause kamen, setzte er sich auf das Bett, nahm die Hand des Mädchens und sagte zu ihr: »Gute Luise! du allein verstehst mich; du allein hast keine Angst vor mir; dir allein bin ich nicht lästig. Denkst du, alle diese Herren, die meine Musik spielen, verstehen mich? I bewahre! Keiner der hiesigen Herren Kapellmeister weiß sie überhaupt zu dirigieren; nur nach Maß soll ihr Orchester spielen, aber was kümmert sie die Musik! Sie denken, ich hätte nachgelassen; mir schien sogar, daß einige von ihnen lächelten, als sie mein Quartett spielten – ein sicheres Zeichen, daß sie mich niemals verstanden haben; im Gegenteil, erst jetzt bin ich ein wahrer, großer Musiker geworden. Während ich ging, habe ich eine Sinfonie erdacht, die meinen Namen verewigen wird; ich werde sie niederschreiben und alle früheren verbrennen. In ihr werde ich alle Gesetze der Harmonie umstoßen und Effekte finden, die bis jetzt niemand auch nur geahnt hat; ich werde sie auf einer chromatischen Melodie für zwanzig Pauken aufbauen; ich werde Akkorde von hundert Glocken einführen, die verschieden gestimmt sind, denn«, setzte er flüsternd hinzu, »ich sage es dir im Vertrauen: Als du mich auf den Kirchturm führtest, entdeckte ich etwas, das noch niemandem in den Sinn gekommen ist, ich entdeckte, daß Glocken das harmonischste Instrument sind, das vortrefflich im leisen Adagio eingesetzt werden kann. Ins Finale werde ich Trommelwirbel und Gewehrknattern einfügen – und diese Sinfonie werde ich hören, Luise!« rief er, außer sich vor Entzücken. »Ich hoffe, daß ich sie hören werde«, setzte er nach einigem Nachdenken lächelnd hinzu. »Erinnerst du dich, wie ich in Wien vor allen gekrönten Häuptern der Welt meine Schlacht bei Waterloo dirigiert habe? Tausend Musiker, die meinem Taktstock gehorchten, zwölf Kapellmeister, und ringsum das Feuer der Schlacht, Geschützdonner... Oh! Das war bis jetzt mein bestes Werk, diesem Pedanten Weber zum Trotz. Doch was ich jetzt komponiere, wird selbst dieses Werk in den Schatten stellen. Ich kann mich nicht enthalten, dir wenigstens einen Begriff davon zu geben.«

Mit diesen Worten trat Beethoven ans Klavier, das keine einzige heile Saite mehr hatte, und griff ernsten Gesichts in die leeren Tasten. Sie klapperten eintönig auf dem trockenen Holz des zerstörten Instrumentes, während die schwierigsten fünf- und sechsstimmigen Fugen alle Geheimnisse des Kontrapunktes durchliefen, unter den Fingern des Schöpfers der Egmont-Musik wie von selbst entstanden, und er trachtete, seiner Musik soviel als möglich Ausdruck zu verleihen... Plötzlich griff er voll und kräftig in die Tasten und hielt inne.

»Hörst du?« sagte er zu Luise, »das ist ein Akkord, den noch niemand zu verwenden gewagt hat. So vereinige ich alle Töne der chromatischen Tonleiter in einem Klang und beweise den Pedanten, daß dieser Akkord richtig ist. Aber ich höre ihn nicht, Luise, ich höre ihn nicht! Verstehst du, was es bedeutet, die eigene Musik nicht zu hören?... Doch mir scheint, wenn ich die wilden Töne zu einem Klang vereinige, so wird es in meinem Ohr gleichsam widerhallen. Und je trauriger ich bin, Luise, desto mehr Noten will ich dem Septi-

menakkord hinzufügen, dessen wahre Eigenschaften niemand vor
mir begriffen hat... Doch genug! Vielleicht habe ich dich gelangweilt,
wie ich alle jetzt gelangweilt habe. Aber weißt du, was? Für solch eine
wunderbare Erfindung hätte ich heute ein Glas Wein verdient. Was
meinst du dazu, Luise?«

Tränen traten in die Augen des armen Mädchens, die als einzige
von allen seinen Schülerinnen ihn nicht verlassen hatte und unter dem
Vorwand, Stunden zu nehmen, ihn mit ihrer Hände Arbeit unterstützte: Sie besserte damit die kärglichen Einkünfte auf, die er für
seine Werke erhielt und die zum größten Teil sinnlos für das unab-
lässige Wechseln der Wohnung ausgegeben, an Hinz und Kunz verteilt wurden. Es war kein Wein da! Nur ein paar Groschen noch, für
Brot... Doch sie wandte sich rasch ab, um ihre Bestürzung zu verbergen, goß Wasser in ein Glas und brachte es ihm.

»Köstlicher Rheinwein!« sagte er, während er mit Kennermiene
einen kleinen Schluck nahm. »Königlicher Rheinwein! Ganz wie aus
dem Keller meines seligen Vaters Friedrich. An den Wein kann ich
mich gut erinnern! Er wird mit jedem Tag besser – ein Merkmal guten
Weines!« Und nach diesen Worten stimmte er mit heiserer, aber sicherer Stimme seine Musik zu dem bekannten Lied von Goethes
Mephistopheles an:
>   »Es war einmal ein König,
>   Der hatt' einen großen Floh!« –
doch unwillkürlich glitt er oft in jene geheimnisvolle Melodie ab, die
er Mignon singen ließ.

»Hör zu, Luise«, sagte er endlich und gab ihr das Glas zurück, »der
Wein hat mich gekräftigt, und ich will dir etwas mitteilen, was ich dir
schon lange sagen wollte und doch nicht sagen wollte. Weißt du, mir
scheint, daß ich nicht mehr lange leben werde – was habe ich denn
auch für ein Leben? Eine Kette endloser Quälereien ist es. Von klein
auf habe ich den Abgrund gesehen, der den Gedanken vom Ausdruck
trennt. Ach, niemals konnte ich meine Seele ausdrücken; niemals
konnte ich das, was meiner Phantasie vorschwebte, zu Papier bringen;
ob ich es schreibe, ob es gespielt wird – es ist nicht das!... nicht nur
nicht das, was ich empfunden, sondern nicht einmal das, was ich

geschrieben habe. Mal geht eine Melodie verloren, weil es ein nieder-
trächtiger Handwerker nicht verstanden hat, eine Klappe mehr anzu-
bringen; mal zwingt mich ein unerträglicher Fagottist, eine ganze
Sinfonie umzuarbeiten, weil sein Fagott ein paar Baßnoten nicht her-
vorbringt; mal läßt ein Geiger einen notwendigen Ton in einem Akkord weg, weil ihm ein Doppelgriff zu schwierig ist. Und die Stimmen, der Gesang, die Proben der Oratorien, der Opern!... Oh! diese
Hölle habe ich bis heute im Ohr! Aber damals war ich noch glücklich:
Manchmal merkte ich, wie die verständnislosen Interpreten Begeisterung überkam. Ich hörte in ihren Tönen etwas, was dem dunklen
Gedanken glich, der meiner Einbildungskraft zugefallen: Dann war
ich außer mir, ich verging in der Harmonie, die ich geschaffen. Doch
die Zeit kam, da sich mein feines Gehör mehr und mehr vergröberte:
Noch war ihm so viel Empfindlichkeit verblieben, daß es die Fehler
der Musiker zu hören vermochte, doch verschloß es sich der Schönheit; eine finstere Wolke hält es umfangen – und ich höre meine
eigenen Werke nicht, ich höre sie nicht, Luise!... In meiner Phantasie
schweben ganze Reihen harmonischer Klänge; originale Melodien
überschneiden sich und verschmelzen zu einer geheimnisvollen Einheit; doch will ich es ausdrücken, so ist alles verschwunden: Der
hartnäckige Stoff gibt mir nicht einen einzigen Ton her, grobe Gefühle vernichten all die seelische Tätigkeit. Oh, was kann furchtbarer
sein als dieser Zwiespalt zwischen Seele und Gefühl, zwischen Seele
und Seele! Im Kopf ein schöpferisches Werk gebären und stündlich in
den Geburtsqualen sterben... der Tod der Seele! Wie schrecklich, wie
lebhaft ist dieser Tod!

Und obendrein verwickelt mich dieser stumpfsinnige Gottfried
Weber in unnötige musikalische Streitereien, zwingt mich zu erklären,
warum ich an dieser oder jener Stelle diese oder jene Verbindung von
Melodien gewählt, warum ich diese oder jene Instrumente eingesetzt
habe, wenn ich es mir selbst nicht erklären kann! Was wissen diese
Leute von der Seele eines Musikers, von der Seele eines Menschen?
Sie denken, man könne sie beschränken durch die Erfindungen der
Handwerker, die Instrumente bauen, durch die Regeln, die das ver-
trocknete Hirn eines Theoretikers in Mußestunden ersinnt... Nein,

wenn ein Augenblick der Ekstase über mich kommt, dann gewinne ich die Überzeugung, daß solch ein verkehrter Zustand der Kunst nicht andauern kann; daß man neue, frische Formen an die Stelle der veralteten setzen wird; daß alle heutigen Instrumente aufgegeben und daß andere ihren Platz einnehmen werden, mit denen sich die Werke der Genien vollendet ausführen lassen; daß schließlich der absurde Unterschied zwischen geschriebener und gehörter Musik verschwinden wird. Ich habe es den Herren Professoren gesagt; doch sie haben mich nicht verstanden, wie sie die Kraft nicht verstanden haben, die der künstlerischen Ekstase innewohnt, und wie sie nicht begriffen haben, daß ich dann meiner Zeit voraus bin und nach den inneren Gesetzen der Natur handle, die der gemeine Mann noch nicht bemerkt hat und die auch mir zu anderer Zeit unbegreiflich sind... Die Dummköpfe! In ihrer kalten Ekstase wählen sie, wenn sie nichts zu tun haben, ein Thema, bearbeiten es, führen es fort und können es nicht lassen, es dann in einer anderen Tonart zu wiederholen; auf Bestellung nehmen sie Blasinstrumente hinzu oder einen seltsamen Akkord, über den sie grübeln und grübeln, und alles ist so wohlbedacht zurechtgefeilt und geleckt; was wollen sie? Ich kann so nicht arbeiten... Man vergleicht mich mit Michelangelo – aber wie arbeitete der Schöpfer des Moses? Im Zorn, in Wut drosch er mit starken Hammerschlägen auf den reglosen Marmor ein, bis dieser notgedrungen den lebendigen Gedanken hergab, der unter der steinernen Hülle verborgen gewesen. So auch ich! Ich verstehe die kalte Ekstase nicht! Ich verstehe jene Ekstase, wenn sich mir die ganze Welt in Harmonie verwandelt, wenn jedes Gefühl, jeder Gedanke in mir klingt, alle Kräfte der Natur zu meinen Werkzeugen werden, mein Blut in den Adern kocht, ein Schauer durch meinen Körper läuft und die Haare auf meinem Kopf sich sträuben... Und all das vergebens! Wozu das alles? Wozu? man lebt, quält sich, denkt; man schreibt es auf – und Schluß! Die süßen Qualen des Schaffens sind an das Papier geschmiedet – unwiederbringlich! Erniedrigt, in den Kerker gesperrt sind die Gedanken des stolzen Schöpfergeistes; das erhabene Streben eines irdischen Schöpfers, der die Kräfte der Natur zum Kampf herausfordert, wird zu einem Werk menschlicher Hände! Und die Menschen? Die Menschen! Sie kommen, hören, richten – als wären sie die Richter, als schüfe man für sie! Was kümmert es sie, daß ein Gedanke, der eine für sie verständliche Gestalt angenommen hat, nur ein Glied in der endlosen Kette von Gedanken und Leiden ist; daß der Augenblick, da der Künstler zum Menschen hinabsteigt, nur ein Abschnitt aus der langen Krankheit des unermeßlichen Gefühls ist; daß jeder Ausdruck von ihm, jeder Zug geboren ist aus den bitteren Tränen eines Seraphim, den man in menschliche Kleidung gezwängt hat und der oft sein halbes Leben dafür hingibt, nur eine Minute die frische Luft der Inspiration zu atmen? Indessen kommt die Zeit – so wie jetzt –, und man fühlt: Die Seele ist ausgebrannt, die Kräfte lassen nach, der Kopf ist krank; alles, was man auch denkt, alles vermischt sich miteinander, alles wird verdeckt von so einem Schleier... Ach! ich möchte dir, Luise, die letzten Gedanken und Gefühle, die in der Schatzkammer meiner Seele bewahrt werden, anvertrauen, damit sie nicht verlorengehen... Aber was höre ich?«

Bei diesen Worten sprang er auf und öffnete mit einem kräftigen Stoß der Hand das Fenster, und aus dem Nachbarhaus drangen harmonische Töne herein. »Ich höre!« rief er, sank auf die Knie und streckte voller Rührung seine Hände zum offenen Fenster. »Das ist die Egmont-Ouvertüre, ja, ich erkenne sie: Da ist der wilde Schlachtenlärm; da der Sturm der Leidenschaften; er entbrennt und tobt; jetzt kommt er zu voller Entfaltung – und alles verstummt, nur ein Lämpchen bleibt, das ausgehen wird, es erlischt – doch nicht auf ewig... Wieder ertönen Bläserklänge: Die ganze Welt füllt sich damit, und niemand kann sie zum Verstummen bringen...«

Auf einem glanzvollen Ball bei einem Wiener Minister gingen Scharen von Menschen ein und aus.

»Wie schade«, sagte jemand, »der Theaterkapellmeister Beethoven ist gestorben, und man sagt, es sei kein Geld für seine Beerdigung da.«

Doch die Stimme verlor sich in der Menge: Alles lauschte den Worten zweier Diplomaten, die über irgendeinen Streit sprachen, den irgend jemand mit irgend jemandem an irgendeinem deutschen Fürstenhof gehabt hatte.

»Ich hätte gern gewußt«, sagte Viktor, »wieweit diese Anekdote auf Wahrheit beruht.«

»Darauf kann ich dir keine befriedigende Antwort geben«, sagte Faust, »und auch die Besitzer des Manuskripts hätten deine Frage kaum beantworten können, denn mir scheint, sie waren nicht mit der Methode jener Historiker vertraut, die nur das lesen, was in den Annalen steht, aber keinesfalls das lesen wollen, was nicht drinsteht. Offenbar dachten sie sich: ›Wenn die Anekdote wahr ist, desto besser; hat aber jemand sie erfunden, so bedeutet es, daß sie sich in der Seele ihres Urhebers abgespielt hat; folglich ist der Vorfall *gewesen*, obwohl er nicht wirklich *geschehen* ist.‹ Solch ein Urteil kann seltsam erscheinen, aber in diesem Falle folgten meine Freunde wohl dem Beispiel der Mathematiker, die sich bei höheren Berechnungen nicht darum kümmern, ob 2 und 3, 4 und 10 in der Natur jemals verbunden waren, sondern kühn unter den Buchstaben a + b alle möglichen Zahlenverbindungen verstehen. Nebenbei bemerkt, der unaufhörliche Wohnungswechsel, die Taubheit, jene Art von Wahnsinn, die immerwährende Unzufriedenheit – das alles gehört anscheinend zu den sogenannten historischen Tatsachen in Beethovens Leben; allein, die gewissenhaften Verfasser von biographischen Artikeln haben sich wegen des Mangels an Dokumenten nicht darangemacht, den Zusammenhang zwischen seiner Taubheit und dem Wahnsinn, zwischen dem Wahnsinn und der Unzufriedenheit, zwischen der Unzufriedenheit und der Musik zu erklären.«

Wjetscheslaw: »Wozu auch! Ob eine Tatsache falsch oder wahr ist – für mich drückt sie, wie Rostislaw sagte, meine immerwährende Überzeugung aus, die ich zu Beginn unseres Abends erwähnt habe, nämlich, daß der Mensch sich auf das Mögliche beschränken soll; oder, wie Voltaire als Antwort auf moralische Sentenzen sagte: ›celà est bien dit; mais il faut cultiver notre jardin.‹«

Faust: »Das bedeutet, daß Voltaire nicht einmal an das glaubte, woran er gern geglaubt hätte...«

Rostislaw: »Mich hat an dieser Anekdote eines bestürzt: daß unsere Leiden unsagbar sind. In der Tat, die grausamsten, deutlichsten Qualen für uns sind jene, die man nicht in Worten mitteilen kann. Wer seine Leiden zu erzählen vermag, hat sich ihrer zur Hälfte schon entledigt.«

Viktor: »Ihr Herren Träumer habt euch einen schönen Winkelzug ausgedacht: Um die positiven Fragen loszuwerden, wollt ihr glauben machen, die menschliche Sprache genüge nicht, um unsere Gedanken und Gefühle auszudrücken. Mir scheint, eher sind unsere Kenntnisse ungenügend. Überließe sich der Mensch der reinen, einfachen Anschauung jener groben, von euch so vernachlässigten Natur – aber, merkt euch, der reinen Anschauung, bei der er alle eigenen Gedanken und Gefühle, jegliche innere Operation unterbunden hat –, dann würde er sich selbst und die Natur besser verstehen und sogar in der gewöhnlichen Sprache für sich genügend Ausdrücke finden.«

Faust: »Ich weiß nicht, ob in dieser sogenannten reinen Anschauung nicht eine optische Täuschung liegt; ich weiß nicht, ob der Mensch sich aller *seiner eigenen* Gedanken und Gefühle, all seiner *Erinnerungen* völlig entledigen kann, so daß sich nichts von seinem Ich seiner Anschauung beimischt – allein der Gedanke der gedankenlosen Anschauung ist eine ganze Theorie a priori... Doch wir sind von Beethoven abgekommen. Keine andere Musik macht einen solchen Eindruck auf mich; es ist, als berühre seine Musik alle Windungen der Seele, als erhebe sie in ihr all die vergessenen, geheimsten Leiden und verleihe ihnen Gestalt; Beethovens heitere Themen sind noch furchtbarer: In ihnen, so scheint es, lacht jemand – aus Verzweiflung. Sonderbar: Jede andere Musik, zumal die Haydns, erweckt in mir ein tröstliches, besänftigendes Gefühl; die Wirkung von Beethovens Musik ist viel stärker, doch hat sie etwas Beunruhigendes: Aus ihrer wundervollen Harmonie hört man einen mißklingenden Aufschrei heraus; man lauscht einer seiner Sinfonien, ist begeistert – indessen man vor Seelenqualen fast vergeht. Ich bin überzeugt, daß seine Musik ihn selbst gequält hat. Einmal, als ich noch keine Ahnung vom Leben des Komponisten hatte, teilte ich den sonderbaren Eindruck, den seine Musik auf mich macht, einem leidenschaftlichen Verehrer Haydns mit. ›Ich verstehe Sie‹, antwortete er, ›dieser Eindruck hat denselben Grund wie die Tatsache, daß Beethoven trotz seines musikalischen Genies (das vielleicht höher steht als das Genie Haydns) niemals imstande war, geistliche Musik zu schreiben, die Haydns Oratorien nahegekommen wäre.‹ – ›Aber warum ist das so?‹ fragte ich. ›Weil‹, erwiderte er, ›Beethoven nicht an das glaubte, woran Haydn glaubte.‹«

Viktor: »Ja! das habe ich erwartet! Doch sagt, meine Herren, was habt ihr davon, Dinge zu vermischen, die nichts miteinander gemein haben? Welchen Einfluß können die Überzeugungen eines Menschen auf die Musik, die Dichtung, die Wissenschaft haben? Es ist schwierig, von diesen Dingen zu sprechen, doch scheint mir auf der Hand zu liegen, daß, wenn irgend etwas Anderweitiges auf ästhetische Werke zu wirken vermag, es allenfalls der Grad des Wissens ist; das Wissen kann offensichtlich den Gesichtskreis des Künstlers erweitern; hier muß ihm Weite zu Gebote stehen; aber wie er dieses Wissen erlangt hat, auf welchem dunklen oder hellen Weg – das ist nicht mehr Sache der Dichtung. Unlängst hatte jemand die glückliche Idee, eine neue Wissenschaft zu begründen: die physikalische Philosophie oder philosophische Physik, deren Ziel es ist: *vermittels des Wissens auf die Sittlichkeit einzuwirken* – nach meiner Ansicht einer der gescheitesten Versuche unserer Zeit.«

Faust: »Ich weiß, daß diese Ansicht jetzt triumphiert; doch sag mir, wieso ruft niemand einen Arzt ans Krankenbett, der als erklärter Atheist bekannt ist? Was, sollte man meinen, hat eine Mixtur mit den Überzeugungen eines Menschen gemein? In einem Punkt stimme ich dir zu: hinsichtlich der Notwendigkeit des Wissens; so bin ich zum Beispiel, im Gegensatz zur allgemeinen Meinung, überzeugt, daß ein Dichter auch die physikalischen Wissenschaften braucht; es nützt ihm, mitunter zur äußeren Natur hinabzusteigen, und sei es nur, um sich der Überlegenheit seiner inneren Natur zu vergewissern, und auch deshalb, weil, zur Schande des Menschen, die Buchstaben im Buch der Natur nicht so unbeständig, nicht so verworren sind wie die in der menschlichen Sprache: Die Buchstaben dort sind *konstant, stereotyp*; vieles Wichtige kann der Dichter darin lesen – doch muß er sich zuvor mit einer guten *Brille* versehen... Indes, meine Freunde, es naht der Sonnenaufgang, ›Zeit für uns, der Ruhe zu pflegen, lieber Eunomius‹, wie Paracelsus in einem vergessenen Folianten sagt.«

NIKOLAI GOGOL

DIE NASE

●

I

Am 25. März geschah in Petersburg etwas ungewöhnlich Seltsames. Der Barbier Iwan Jakowlewitsch, der auf dem Wosnessenskij-Prospekt wohnte (sein Familienname ist in Vergessenheit geraten und selbst auf seinem Ladenschilde, das einen Herrn mit einer eingeseiften Wange und der Inschrift: »Und wird auch zur Ader gelassen« darstellt, nicht erwähnt), der Barbier Iwan Jakowlewitsch erwachte ziemlich früh am Morgen und roch den Duft von warmem Brot. Er setzte sich im Bette auf und sah, wie seine Gattin, eine recht ehrenwerte Dame, die sehr gerne Kaffee trank, frischgebackene Brote aus dem Ofen nahm.

»Heute möchte ich keinen Kaffee, Praskowja Ossipowna«, sagte Iwan Jakowlewitsch, »statt dessen möchte ich warmes Brot mit Zwiebeln.« (Das heißt, Iwan Jakowlewitsch wollte wohl das eine und das andere, er wußte aber, daß es unmöglich war, beides auf einmal zu verlangen, denn Praskowja Ossipowna mochte solche Launen nicht.) – Soll nur der Dummkopf Brot essen, um so besser für mich – sagte sich die Gattin: – so bleibt mehr Kaffee für mich übrig. – Und sie warf ein Brot auf den Tisch.

Iwan Jakowlewitsch zog des Anstandes halber einen Frack über sein Hemd, setzte sich an den Tisch, nahm etwas Salz, schnitt zwei Zwiebeln zurecht, ergriff das Messer, machte eine wichtige Miene und begann das Brot zu zerteilen. Als er es in zwei Hälften geschnitten hatte, blickte er hinein und sah darin zu seinem Erstaunen etwas Weißliches. Iwan Jakowlewitsch kratzte vorsichtig mit dem Messer und tastete mit dem Finger. – Es ist etwas Festes – sagte er sich, was kann es sein?

Er bohrte mit den Fingern und zog – eine Nase heraus!... Iwan Jakowlewitsch ließ die Hände sinken; er fing an, sich die Augen zu reiben und es zu betasten: eine Nase, tatsächlich eine Nase! Sie kam ihm sogar bekannt vor. Iwan Jakowlewitschs Gesicht zeigte Entsetzen. Dieses Entsetzen war aber nichts im Vergleich mit der Empörung, die sich seiner Gattin bemächtigte.

»Wo hast du diese Nase abgeschnitten, du Unmensch?« schrie sie ihn wütend an. »Verbrecher! Trunkenbold! Ich selbst werde dich bei der Polizei anzeigen. Du Räuber! Drei Herren haben mir schon gesagt, daß du beim Rasieren so heftig an den Nasen ziehst, daß sie fast abreißen.«

Iwan Jakowlewitsch war aber mehr tot als lebendig: Er erkannte, daß die Nase dem Kollegien-Assessor Kowaljow gehörte, den er jeden Mittwoch und Samstag zu rasieren pflegte.

»Halt, Praskowja Ossipowna! Ich will sie in einen Lappen einwikkeln und in die Ecke legen: Sie wird dort eine Zeitlang liegen, und dann trage ich sie weg.«

»Ich will davon nichts wissen! Niemals werde ich dulden, daß in meiner Wohnung eine abgeschnittene Nase herumliegt!... Du angebrannter Zwieback, du! Du kannst nur mit dem Messer auf dem Streichriemen herumfahren, wirst aber bald deine Pflichten nicht mehr erfüllen können, du Taugenichts, du Vagabund! Soll ich mich vielleicht deinetwegen vor der Polizei verantworten?... Du Schmierfink, du Dummkopf! Hinaus mit ihr, hinaus! Trag sie, wohin du willst! Daß ich von ihr nicht mehr höre!«

Iwan Jakowlewitsch stand wie zerschmettert da. Er überlegte und überlegte und wußte nicht, was er sich denken sollte. »Weiß der Teufel, wie das nur möglich ist«, sagte er endlich und kratzte sich hinter dem Ohr: »Ob ich gestern betrunken heimgekommen bin oder nicht, weiß ich nicht mehr. Es scheint doch eine außergewöhnliche Sache zu sein, denn das Brot ist etwas Gebackenes, die Nase aber etwas ganz anderes. Ich kann gar nichts verstehen!« Iwan Jakowlewitsch verstummte. Der Gedanke, daß die Polizei bei ihm die Nase entdecken und ihn zur Verantwortung ziehen könnte, bedrückte ihn furchtbar. Ihm schwebte schon ein roter, schön mit Silber gestickter Kragen und ein Degen vor... und er bebte am ganzen Leibe. Endlich griff er nach seinen Unterkleidern und seinen Stiefeln, zog sich an, wickelte die Nase, unter gewichtigen Ermahnungen Praskowja Ossipownas, in einen Lappen und trat auf die Straße.

Er wollte sie entweder irgendwo liegen lassen, zum Beispiel auf einem Pfosten vor einem Tore, oder sie wie zufällig verlieren und dann in eine Seitengasse einbiegen. Er begegnete aber unglücklicherweise Bekannten, die ihn sofort fragten:»Wohin gehst du?« oder: »Wen willst du so früh rasieren?«, und Iwan Jakowlewitsch konnte keinen geeigneten Augenblick erwischen. Einmal hatte er die Nase schon verloren, aber ein Schutzmann winkte ihm von weitem mit der Hellebarde und sagte:»Heb auf, was du weggeworfen hast!« Iwan Jakowlewitsch mußte die Nase aufheben und in die Tasche stecken. Ihn überfiel Verzweiflung, um so mehr, als das Publikum auf der Straße beständig zunahm, je mehr Geschäfte und Läden geöffnet wurden.

Er beschloß, zu der Isaaksbrücke zu gehen: Vielleicht gelingt es ihm, die Nase in die Newa zu werfen? . . . Aber ich fühle mich schuldig, weil ich noch gar nichts über Iwan Jakowlewitsch, diesen in vielen Beziehungen ehrenwerten Menschen, gesagt habe.

Iwan Jakowlewitsch war wie jeder ordentliche russische Handwerker ein furchtbarer Trunkenbold und, obwohl er jeden Tag fremde Bärte rasierte, immer unrasiert. Der Frack Iwan Jakowlewitschs (Iwan Jakowlewitsch trug niemals einen gewöhnlichen Rock) war gescheckt, das heißt schwarz, voller gelblichbrauner und grauer Flecken; der Kragen glänzte, und an Stelle von drei Knöpfen waren nur Fädchen zu sehen. Iwan Jakowlewitsch war ein großer Zyniker, und wenn der Kollegien-Assessor Kowaljow ihm beim Rasieren sagte:»Deine Hände stinken immer, Iwan Jakowlewitsch!«, so antwortete Iwan Jakowlewitsch mit der Frage:»Warum sollten sie stinken?« – »Ich weiß es nicht, mein Bester, aber sie stinken«, entgegnete der Kollegien-Assessor, worauf ihm Iwan Jakowlewitsch, nachdem er eine Prise genommen, die Wangen und die Stellen unter der Nase, hinter den Ohren und unter dem Kinne, kurz alles, was ihm einfiel, einseifte.

Dieser ehrenwerte Bürger stand schon auf der Isaaksbrücke. Er sah sich um, beugte sich dann über das Geländer, als ob er sehen wollte, ob viele Fische unter der Brücke schwimmen, und warf das Läppchen mit der Nase vorsichtig ins Wasser. Es war ihm, als hätte er sich von einer Last von zehn Pud befreit. Iwan Jakowlewitsch lächelte. Statt

sich auf den Weg zu machen, um die Beamten zu rasieren, ging er auf
ein Lokal mit der Inschrift »Speisen und Tee« auf dem Schilde zu, um
sich dort ein Glas Punsch geben zu lassen, als er plötzlich am Ende
der Brücke einen Revieraufseher von vornehmem Aussehen, mit
breitem Backenbart, einem Dreimaster und einem Degen stehen
sah. Iwan Jakowlewitsch erstarrte, aber der Revieraufseher winkte
ihm mit dem Finger und sagte: »Komm mal her, mein Bester!«

Iwan Jakowlewitsch wußte, was sich gehört: Er zog schon von
weitem die Mütze, kam schnell heran und sagte: »Ich begrüße Euer
Wohlgeboren!«

»Nein, nein, Bruder, nichts von Wohlgeboren, sag mir lieber, was
du dort auf der Brücke gemacht hast!«

»Bei Gott, Herr, ich ging zum Rasieren und wollte nur nachsehen,
ob das Wasser schnell fließt.«

»Du lügst, du lügst, so kommst du mir nicht davon. Antworte bitte!«

»Ich will Euer Gnaden zwei-, sogar dreimal in der Woche unentgeltlich rasieren«, antwortete Iwan Jakowlewitsch.

»Nein, Freund, das sind Dummheiten! Ich werde schon so von drei
Barbieren rasiert, und sie rechnen sich dies zur Ehre an. Sag mir
lieber, was du dort getan hast!«

Iwan Jakowlewitsch erbleichte... Hier hüllen sich aber die Geschehnisse in einen Nebel, und es ist vollkommen unbekannt, was
da weiter geschah.

II

Der Kollegien-Assessor Kowaljow erwachte ziemlich früh und machte mit seinen Lippen »Brrr...«, wie er es stets beim Erwachen tat,
ohne den Grund dafür angeben zu können. Kowaljow streckte sich
und ließ sich den kleinen Spiegel geben, der auf dem Tische stand. Er
wollte sich den Pickel ansehen, der am Tage vorher auf seiner Nase
erblüht war; zu seinem größten Erstaunen sah er aber an Stelle der
Nase eine vollkommen glatte Fläche! Kowaljow erschrak, ließ sich
Wasser geben und rieb sich die Augen mit dem Handtuch: Die Nase

war wirklich weg! Er fing an, die Stelle mit der Hand zu befühlen,
kniff sich auch ins Fleisch, um festzustellen, ob er nicht schlafe: Nein,
er schlief wohl nicht. Der Kollegien-Assessor Kowaljow sprang aus
dem Bette und schüttelte sich – die Nase war noch immer weg!... Er
ließ sich sofort seine Kleider geben und machte sich auf den Weg,
direkt zum Ober-Polizeimeister.

Indessen muß ich aber einiges über Kowaljow sagen, damit der
Leser erfahre, welcher Art Kollegien-Assessor er war. Die Kollegien-
Assessoren, die diesen Grad dank ihren Bildungszeugnissen erlangen,
lassen sich gar nicht mit den Kollegien-Assessoren vergleichen, die es
im Kaukasus geworden sind. Es sind zwei völlig verschiedene Arten.
Die gebildeten Kollegien-Assessoren... Rußland ist aber ein sehr
merkwürdiges Land, und wenn man etwas über einen Kollegien-Assessor sagt, so werden es alle Kollegien-Assessoren von Riga bis
Kamtschatka unbedingt auf sich beziehen; ebenso ist es auch mit
allen andern Titeln und Graden. Kowaljow war ein kaukasischer Kollegien-Assessor. Er bekleidete diesen Rang erst seit zwei Jahren und
mußte daher immer daran denken; um sich noch mehr Ansehen und
Gewicht zu verleihen, nannte er sich niemals einfach Kollegien-Assessor, sondern stets Major. »Hör mal, meine Liebe«, sagte er zu
einem Weibe, das auf der Straße Vorhemden feilbot: »Komm zu
mir in die Wohnung; ich wohne in der Ssadowajastraße, und frage
bloß nach dem Major Kowaljow – ein jeder wird es dir zeigen.«
Begegnete er aber einer jungen Schönen, so gab er ihr außerdem
einen geheimen Auftrag und fügte hinzu: »Frag nur nach der Wohnung des Majors Kowaljow, mein Kind!« Aus diesem Grunde wollen
auch wir den Kollegien-Assessor in Zukunft Major nennen.

Der Major Kowaljow pflegte jeden Tag auf dem Mazurka-Prospekt
spazierenzugehen. Sein Hemdkragen war stets außerordentlich sauber
und sorgfältig gestärkt. Sein Backenbart war von jener Art, wie ihn
auch jetzt noch die Gouvernements- und Kreislandmesser, die Architekten und Regimentsärzte, auch die Beamten für verschiedene Aufträge tragen, überhaupt alle Männer, die volle und rote Wangen haben
und sehr gut Boston spielen: Dieser Backenbart geht mitten durch die
Wange und reicht bis zu der Nase. Der Major Kowaljow trug an

seiner Uhrkette eine Menge von Petschaften aus Karneol, die teils Wappen und teils Inschriften trugen, wie »Mittwoch«, »Donnerstag«, »Montag« und so weiter. Der Major Kowaljow war nach Petersburg in Geschäften gekommen, und zwar, um eine seinem Grade entsprechende Stellung zu suchen: womöglich das Amt eines Vize-Gouverneurs, sonst aber das eines Exekutors an irgendeinem angesehenen Departement. Der Major Kowaljow war auch gar nicht abgeneigt zu heiraten, aber nur in dem Falle, wenn die Braut zweihunderttausend Rubel mitbekäme. Nun kann der Leser selbst urteilen, wie es diesem Major zumute war, als er statt seiner recht hübschen und mäßig großen Nase eine ganz dumme, glatte Fläche gewahrte.

Zum Unglück ließ sich keine einzige Droschke auf der Straße blicken, und so mußte er zu Fuß gehen, in seinen Mantel gehüllt, das Gesicht mit dem Taschentuch verdeckt, als ob er Nasenbluten hätte. – ›Vielleicht ist es mir nur so vorgekommen: Es kann ja nicht sein, daß die Nase so dumm verschwindet‹, dachte er sich und trat in eine Konditorei, um einen Blick in den Spiegel zu werfen. Glücklicherweise waren in der Konditorei keine Besucher; die Kellner kehrten die Stuben und stellten die Stühle auf; andere, mit verschlafenen Augen, trugen heiße Pasteten herein; auf den Tischen und Stühlen lagen die mit Kaffee begossenen Zeitungen vom gestrigen Tage. »Gott sei Dank, es ist niemand da«, sagte er, »nun kann ich in den Spiegel schauen.« Er ging ängstlich zum Spiegel und blickte hinein. »Teufel, so eine Gemeinheit!« sagte er und spie aus. »Wenn doch an Stelle der Nase wenigstens etwas anderes wäre, aber so nichts, gar nichts!…«

Er biß die Zähne verdrießlich zusammen und trat aus der Konditorei auf die Straße, entschlossen, entgegen seiner Gepflogenheit niemand anzusehen und niemand zuzulächeln. Plötzlich blieb er wie angewurzelt vor der Einfahrt eines Hauses stehen; vor seinen Augen geschah etwas Unfaßbares: Vor der Einfahrt hielt eine Equipage, der Schlag wurde geöffnet, ein Herr in Uniform sprang gebückt aus dem Wagen und eilte die Treppe hinauf. Wie groß war der Schreck und zugleich das Erstaunen Kowaljows, als er in ihm seine eigene Nase erkannte! Bei diesem ungewöhnlichen Anblick drehte sich alles vor seinen Augen um; er fühlte, daß er kaum noch stehen könne; aber er entschloß sich, koste es, was es wolle, zu warten, bis jener wieder in die Equipage steigen würde; dabei bebte er am ganzen Leibe wie im Fieber. Nach zwei Minuten trat die Nase wieder aus dem Hause. Sie trug eine goldbestickte Uniform mit hohem Stehkragen, Beinkleider aus Sämischleder und einen Degen an der Seite. An dem Hut mit dem Federbusch konnte man ersehen, daß sie im Range eines Staatsrates stand. Alles wies darauf hin, daß sie gerade Besuche machte.

Sie sah nach rechts und nach links, rief dem Kutscher: »Fahr zu!«, stieg ein und fuhr davon.

Der arme Kowaljow war beinahe von Sinnen. Er wußte nicht, was er von einem so seltsamen Ereignis denken sollte. Wie war es bloß möglich, daß die Nase, die sich noch gestern in seinem Gesicht befunden hatte und die weder fahren noch gehen konnte, eine Uniform trug! Er lief der Equipage nach, die glücklicherweise nicht weit fuhr und vor dem Kaufhause hielt.

Er stürzte ins Kaufhaus und drängte sich durch die Reihe alter Bettelweiber mit verbundenen Gesichtern und zwei Löchern für die Augen, über die er sich früher so oft lustig gemacht hatte. Im Kaufhause waren nur wenig Leute. Kowaljow war so aufgeregt, daß er keinen Entschluß fassen konnte und nur nach jenem Herrn ausspähte; endlich sah er ihn vor einem Laden stehen. Die Nase hielt ihr Gesicht in dem hohen Stehkragen verborgen und betrachtete mit tiefem Interesse irgendwelche Waren.

›Wie soll ich sie ansprechen?‹ dachte sich Kowaljow. ›An allem, an der Uniform und dem Hut ist zu erkennen, daß sie im Range eines Staatsrates steht. Weiß der Teufel, wie man das macht!‹ Er fing an, zu hüsteln; die Nase verharrte aber in ihrer Stellung.

»Mein Herr«, sagte Kowaljow, sich innerlich Mut zusprechend: »Mein Herr...«

»Was wünschen Sie?« fragte die Nase, indem sie sich umdrehte.

»Es erscheint mir so merkwürdig, mein Herr... ich denke... Sie sollten doch wissen, wo Sie hingehören. Plötzlich finde ich Sie, und wo? Sie werden doch zugeben...«

»Verzeihen Sie, ich kann unmöglich verstehen, wovon Sie sprechen... Fassen Sie sich bitte klarer.«

›Wie soll ich es ihr klarmachen?‹ dachte sich Kowaljow. Dann faßte er sich ein Herz und begann: »Ich kann natürlich... übrigens bin ich Major. Sie werden doch zugeben, daß es sich für mich nicht schickt, ohne Nase zu sein. Eine Händlerin, die auf der Woskressenskij-Brükke geschälte Orangen verkauft, kann sich noch ohne Nase behelfen; aber ich, der ich die Aussicht auf eine Anstellung habe... und außerdem in vielen Häusern verkehre und mit Damen bekannt bin: mit der Frau Staatsrat Tschechtarjowa und anderen... Urteilen Sie selbst... Ich weiß nicht, mein Herr (bei diesen Worten zuckte der Major Kowaljow die Achseln)... verzeihen Sie... wenn man es vom Standpunkte des Pflichtbewußtseins und des Ehrgefühls ansieht... Sie können es selbst verstehen...«

»Ich verstehe gar nichts«, antwortete die Nase. »Fassen Sie sich klarer.«

»Mein Herr«, sagte Kowaljow mit Würde, »ich weiß nicht, wie ich Ihre Worte auffassen soll... Die ganze Angelegenheit erscheint mir doch klar... oder Sie wollen nicht... Sie sind doch meine eigene Nase!«

Die Nase sah den Major an und zog die Brauen zusammen.

»Sie täuschen sich, mein Herr: Ich lebe ganz für mich. Außerdem können zwischen uns keinerlei intime Beziehungen bestehen. Nach den Knöpfen Ihrer Uniform zu schließen, gehören Sie zu einem ganz anderen Ressort.« Mit diesen Worten wandte sich die Nase von ihm weg.

Kowaljow war gänzlich verwirrt und wußte nicht, was er tun und sogar was er sich denken sollte. In diesem Augenblick hörte er das angenehme Rascheln eines Damenkleides: Eine ältere Dame mit vielen Spitzen an der Toilette näherte sich ihm, von einem jungen Mädchen gefolgt. Letztere trug ein weißes Kleid, das wunderschön auf ihrer schlanken Figur saß, und einen gelben Hut, so leicht wie ein Schaumkuchen. Hinter ihnen stand ein baumlanger Haiduck mit mächtigem Backenbart und einem ganzen Dutzend von Mantelkragen.

Kowaljow kam näher. Er zog den Kragen seines Batisthemdes hervor, ordnete die Petschafte an seiner goldenen Uhrkette und wandte seine Aufmerksamkeit der graziösen jungen Dame zu, die gebeugt wie eine Frühlingsblume, das weiße Händchen mit den

durchscheinenden Fingern an die Stirne führte. Kowaljow lächelte
noch heiterer, als er unter ihrem Hut ein rundliches, schneeweißes
Kinn und einen Teil der in der Farbe der ersten Frühlingsrosen
leuchtenden Wange gewahrte; aber plötzlich prallte er zurück, wie
wenn er sich verbrannt hätte. Er erinnerte sich, daß er an Stelle der
Nase absolut nichts mehr hatte, und Tränen entströmten seinen Augen. Er drehte sich um, um dem Herrn in der Uniform zu sagen, daß
er sich bloß als Staatsrat verstelle, daß er ein Spitzbube und ein Schuft
sei und nichts weiter als seine eigene Nase... Die Nase war aber
schon verschwunden: Sie hatte sich verflüchtigt, wahrscheinlich um
noch einige Besuche zu machen.

   Dies versetzte Kowaljow in Verzweiflung. Er ging zurück und blieb
eine Minute lang in der Säulenhalle stehen, gespannt nach allen Seiten
blickend, ob er die Nase nicht wiederfinden würde. Er erinnerte sich
sehr gut, daß sie einen mit Federn geschmückten Hut und eine goldbestickte Uniform trug; aber er hatte sich weder ihren Mantel noch
die Farbe der Equipage und der Pferde gemerkt und wußte sogar
nicht, ob hinten ein Lakai und in was für einer Livree gestanden hatte.
Außerdem fuhren hier so viele Equipagen und so schnell vorbei, daß
es schwer war, sich eine zu merken; und selbst wenn er sie erkannt
hätte, wäre es ihm unmöglich gewesen, sie anzuhalten. Der Tag war
schön und sonnig. Auf dem Mazurka-Prospekt wimmelte es von
Menschen; eine ganze Blumenkaskade von Damen wogte über das
Trottoir von der Polizei- bis zur Anitschkin-Brücke. Da sieht er einen
ihm bekannten Hofrat, den er, besonders in Gegenwart von Fremden, Oberstleutnant zu titulieren pflegt. Da ist Jaryschkin, Abteilungs-
vorstand im Senat, ein guter Freund von ihm, der im Boston-Spiel
immer verliert, wenn er acht spielt. Und da ist ein anderer Major, der
seinen Assessorgrad im Kaukasus erworben hat und der ihn mit der
Hand zu sich heranwinkt...

   »Hol ihn der Teufel!« sagte Kowaljow: »He, Kutscher, fahr mich
direkt zum Polizeimeister!«

   Kowaljow stieg in die Droschke und rief dem Kutscher jeden
Augenblick zu: »Fahr so schnell du kannst!«

   »Ist der Polizeimeister anwesend?« fragte er, in den Flur tretend.

»Zu Befehl, nein«, antwortete der Portier: »Der Herr Polizeimeister sind eben ausgefahren.«

»Was!«

»Jawohl«, fügte der Portier hinzu: »Es ist zwar noch nicht lange her, aber er ist ausgefahren; wären Sie um eine Minute früher gekommen, so hätten Sie ihn vielleicht noch erwischt.«

Kowaljow stieg, ohne das Taschentuch vom Gesicht zu nehmen, wieder in die Droschke und rief mit verzweifelter Stimme: »Fahr zu!«

»Wohin?« fragte der Kutscher. »Geradeaus!«

»Wie, geradeaus…? Hier müssen wir wenden: nach rechts oder nach links?« Diese Frage brachte Kowaljow zur Besinnung und zwang ihn, wieder nachzudenken. Er hätte sich wohl vor allem an die Polizeiverwaltung wenden müssen, nicht etwa weil seine Lage in irgendeiner direkten Beziehung zur Polizei stünde, sondern weil die letztere ihre Anordnungen schneller treffen könnte als irgendein anderes Ressort. Genugtuung von dem Ressort zu verlangen, in dem die Nase, nach ihrer Behauptung, diente, wäre unklug gewesen, da man schon aus den eigenen Worten der Nase ersehen konnte, daß es für sie nichts Heiliges gab und sie auch in diesem Falle ebenso lügen würde, wie sie schon gelogen hatte, als sie behauptete, Kowaljow noch nie gesehen zu haben. Kowaljow wollte schon dem Kutscher den Befehl geben, zur Polizeiverwaltung zu fahren, als ihm wieder der Gedanke kam, daß dieser Gauner und Spitzbube, der sich schon bei der ersten Begegnung so gewissenlos benommen hatte, den günstigen Augenblick benützen und die Stadt verlassen könnte – dann wäre alles Suchen vergebens, oder es könnte auch, Gott behüte, einen ganzen Monat dauern. Endlich gab ihm wohl der Himmel selbst einen guten Gedanken. Er beschloß, sich an die Zeitungsexpedition zu wenden und rechtzeitig eine Anzeige aufzugeben mit genauer Personalbeschreibung der Nase, damit jeder, der ihr begegnete, sie ihm wiederbringen oder wenigstens ihren Aufenthaltsort angeben könnte. Als er diesen Entschluß gefaßt hatte, befahl er dem Kutscher, nach der Zeitungsexpedition zu fahren; er bearbeitete während der ganzen Fahrt den Rücken des Kutschers mit der Faust und feuerte ihn an: »Schneller, du Spitzbube! Schneller, du Schurke!« – »Ach, Herr!« sagte der Kutscher, den Kopf schüttelnd und sein Pferd, das langhaarig wie ein Bologneser war, mit dem Zügel schlagend. Die Droschke hielt endlich, und Kowaljow stürzte atemlos in ein kleines Zimmer, wo ein grauhaariger Beamter im alten Frack, mit einer Brille auf der Nase, hinter einem Tische saß und, einen Gänsekiel zwischen den Zähnen, die eingenommenen Kupfermünzen zählte.

»Wo gibt man hier Anzeigen auf?« rief Kowaljow. »Ah, guten Tag!«

»Meine Hochachtung!« entgegnete der grauhaarige Beamte, die Augen hebend. Dann richtete er sie wieder auf die Geldhaufen.

»Ich habe eine Anzeige…«

»Entschuldigen Sie, wollen Sie bitte etwas warten«, sagte der Beamte, indem er mit der Rechten eine Zahl auf das Papier schrieb und mit dem Finger der Linken zwei Kugeln auf dem Rechenbrett verschob. Ein galonierter Lakai von einem recht sauberen Äußeren, das von einer langen Dienstzeit in einem aristokratischen Hause zeugte, stand mit einem Zettel in der Hand neben dem Tisch und hielt es für angebracht, seine Bildung zu zeigen: »Glauben Sie es mir, mein Herr, der Hund ist keine achtzig Kopeken wert, das heißt ich würde für ihn auch keine vier Kopeken geben, aber die Gräfin liebt ihn! Darum verspricht sie dem Finder hundert Rubel! Wenn man sich höflich ausdrücken will, wie zum Beispiel wir beide uns ausdrücken, so sind die Geschmäcker der Menschen ganz unberechenbar. Wenn man schon ein Hundeliebhaber ist, so halte man sich einen Jagdhund oder einen Pudel; man gebe fünfhundert Rubel aus, man gebe sogar tausend Rubel aus, dafür soll es aber ein guter Hund sein!«

Der ehrenwerte Beamte hörte ihm mit ernster Miene zu und zählte zugleich die Buchstaben auf dem Zettel, den der Lakai mitgebracht hatte. Rechts und links standen noch eine Menge alter Frauen, Handlungsgehilfen und Hausknechte mit Zetteln in den Händen. Auf einem dieser Zettel hieß es, daß ein nüchterner Kutscher von seinem Besitzer in fremde Dienste gegeben werde; in einem anderen wurde eine wenig benutzte, im Jahre 1814 aus Paris mitgebrachte Equipage feilgeboten; hier wurde ein leibeigenes Mädel von neunzehn Jahren, das waschen konnte und auch für andere Arbeiten taugte, ausgeschrieben; dort eine solide Droschke, an der eine der beiden Federn fehlte; ein junger, feuriger Apfelschimmel von siebzehn Jahren; neue, aus London bezogene Rüben- und Radieschensamen; ein Landgut mit allem Zubehör: mit einem Stall für zwei Pferde und einem Platz, auf dem man einen prachtvollen Birken- oder Tannengarten anlegen konnte; eine Anzeige über den Verkauf alter Stiefelsohlen nebst Aufforderung, sich zwischen 8 und 3 Uhr bei der Versteigerung derselben einzufinden. Das Zimmer, in dem sich diese ganze Gesellschaft befand, war klein und die Luft darin außerordentlich stickig; aber der Kollegien-Assessor Kowaljow konnte es nicht spüren, da er sich das Taschentuch vors Gesicht hielt und auch, weil seine Nase sich Gott weiß wo befand.

»Mein Herr, darf ich Sie bitten... Ich habe Eile...« sagte er schließlich mit Ungeduld.

»Gleich, gleich!... Zwei Rubel dreiundvierzig Kopeken!... Einen Augenblick!... Ein Rubel vierundsechzig Kopeken!« sagte der grauhaarige Herr, indem er den alten Weibern und den Hausknechten die Zettel ins Gesicht warf. »Was wünschen Sie?« fragte er endlich, sich an Kowaljow wendend.

»Ich bitte...«, sagte Kowaljow, »es liegt ein Schwindel oder ein Betrug vor – ich weiß es noch nicht. Ich bitte Sie nur zu annoncieren, daß derjenige, der mir diesen Spitzbuben herbeischafft, eine beträchtliche Belohnung erhalten wird.«

»Darf ich Sie fragen: Wie ist Ihr Familienname?«

»Nein, was brauchen Sie meinen Familiennamen? Ich kann ihn nicht angeben. Ich habe viele Bekannte: die Frau Staatsrat Tschechtarjowa, die Frau Stabsoffizier Pelageja Grigorjewna Podtotschina... Wenn sie es, Gott behüte, erfahren! Sie können einfach schreiben: ein Kollegien-Assessor oder noch besser: ein Herr im Majorsrange.«

»Ist Ihnen ein Leibeigener entlaufen?«

»Ach was, Leibeigener! Das wäre noch keine so große Gemeinheit! Mir ist die... Nase ausgerückt...«

»Hm! Ein sonderbarer Familienname! Hat Sie dieser Herr Nase um eine große Summe bestohlen?«

»Das heißt die Nase... Sie haben mich nicht richtig verstanden! Die Nase, meine Nase ist unbekannt wohin verschwunden. Der Teufel hat mir einen Streich spielen wollen!«

»Ja, auf welche Weise ist sie verschwunden? Ich kann es nicht verstehen.«

»Auch ich kann Ihnen nicht sagen, auf welche Weise; das Wichtigste aber ist, daß sie jetzt in der Stadt umherfährt und sich Staatsrat tituliert. Darum bitte ich Sie zu annoncieren, daß derjenige, der sie einfangen sollte, sie mir unverzüglich bringen möchte. Bedenken Sie doch selbst: Wie soll ich ohne diesen so wichtigen Körperteil leben? Das ist doch keine kleine Zehe, die im Stiefel steckt und deren Fehlen kein Mensch bemerkt. Ich bin jeden Donnerstag bei der Frau Staatsrat Tschechtarjowa; die Frau Stabsoffizier Pelageja Grigorjewna Podtotschina – sie hat ein hübsches Töchterchen – ist auch eine gute Bekannte von mir; urteilen Sie selbst, was soll ich jetzt machen... Ich kann mich doch bei diesen Damen unmöglich sehen lassen.«

Der Beamte überlegte sich den Fall: Seine fest zusammengekniffenen Lippen wiesen darauf hin.

»Nein, ich kann eine solche Anzeige nicht einrücken«, sagte er endlich nach langem Schweigen.

»Wie? Warum?«

»So. Die Zeitung könnte um ihren guten Ruf kommen. Wenn jeder schreiben wollte, daß ihm seine Nase ausgerückt sei, so... Man spricht auch so schon genug, daß viel zu viele sinnlose und falsche Gerüchte gedruckt werden.«

»Warum sollte denn diese Sache sinnlos sein? Ich kann es wirklich nicht einsehen...«

»Sie können es nicht einsehen. Aber in der vorigen Woche hatten wir folgenden Fall. Es kam ein Beamter, genauso wie Sie jetzt kommen, und brachte einen Zettel mit einer Anzeige, für die ihm zwei Rubel dreiundsiebzig Kopeken berechnet wurden; die Anzeige lautete, daß ein schwarzer Pudel entlaufen sei. Man sollte doch meinen, es sei nichts dabei. Aber das Ganze war ein Pasquill: Mit dem Pudel war der Kassierer, ich weiß nicht mehr welcher Behörde, gemeint.«

»Meine Anzeige handelt aber nicht von einem Pudel, sondern von meiner eigenen Nase; und das ist doch fast dasselbe, wie wenn sie von mir selbst handelte.«

»Nein, eine solche Anzeige kann ich nicht aufnehmen.«

»Wenn ich aber wirklich die Nase verloren habe?«

»Wenn Sie sie verloren haben, so geht es einen Arzt an. Man sagt, es gäbe solche, die einem eine beliebige Nase ansetzen können. Ich sehe übrigens, daß Sie ein lustiger Herr sind und in Gesellschaft gern scherzen.«

»Ich schwöre Ihnen, bei Gott! Wenn es nicht anders geht, so will ich es Ihnen zeigen.«

»Warum die Mühe!« sagte der Beamte, indem er eine Prise nahm. »Wenn es Ihnen übrigens keine Mühe macht«, fügte er neugierig hinzu, »so möchte ich es mir doch anschauen.«

Der Kollegien-Assessor nahm sich das Taschentuch vom Gesicht.

»In der Tat, sehr merkwürdig!« sagte der Beamte: »Die Stelle ist so vollkommen glatt wie ein frischgebackener Pfannkuchen. Ganz unwahrscheinlich glatt!«

»Nun, jetzt werden Sie wohl nicht mehr widersprechen? Nun sehen Sie selbst, daß Sie die Anzeige aufnehmen müssen. Ich werde Ihnen sehr dankbar sein und bin froh, daß diese Gelegenheit mir das Vergnügen verschafft hat, Sie kennenzulernen.« Der Major ließ sich, wie man daraus ersehen kann, zu einer gemeinen Schmeichelei herab.

»Abdrucken kann ich es wohl, das ist nicht schwer«, sagte der Beamte, »aber ich kann darin keinen Nutzen für Sie erblicken. Wenn Sie wollen, so lassen Sie es von jemand, der sich darauf versteht, als ein seltenes Naturereignis beschreiben und in der ›Nordischen Biene‹ veröffentlichen (hier nahm er wieder eine Prise), zur Belehrung der Jugend (er schneuzte sich), oder zur allgemeinen Unterhaltung.«

Der Kollegien-Assessor war nun ganz niedergeschlagen. Sein Blick fiel auf den unteren Teil des Zeitungsblattes, wo sich die Theateranzeigen befanden; er wollte schon lächeln, als er auf den Namen einer hübschen Schauspielerin stieß, und seine Hand fuhr schon in die Tasche, um nachzusehen, ob er noch einen blauen Lappen habe, da doch Personen im Stabsoffiziersrang seiner Meinung nach nur im Parkett sitzen dürfen; aber der Gedanke an die Nase verdarb alles!

Der Beamte selbst schien durch die schwierige Lage Kowaljows gerührt. Er wollte seinen Kummer wenigstens etwas lindern und hielt es für angebracht, seine Teilnahme in einigen Worten auszudrücken:

»Es tut mir wirklich sehr leid, daß Ihnen so etwas passiert ist. Wollen Sie nicht eine Prise nehmen? Dies hilft gegen Kopfweh und Melancholie; selbst gegen Hämorrhoiden ist es gut.« Mit diesen Worten reichte der Beamte Kowaljow seine Tabaksdose, indem er den Deckel mit dem Bildnis einer hutgeschmückten Dame sehr geschickt aufklappte.

Diese unüberlegte Handlung brachte Kowaljow um seine Geduld. »Ich verstehe nicht, wie Sie jetzt spaßen können«, sagte er erregt: »Sehen Sie denn nicht, daß mir gerade das fehlt, womit ich schnupfen könnte? Hol der Teufel Ihren Tabak! Ich kann ihn gar nicht sehen, nicht nur Ihren schlechten Beresin-Tabak, sondern selbst wenn Sie mir einen echten Rapé angeboten hätten!« Mit diesen Worten verließ er tief gekränkt die Zeitungsexpedition und begab sich zum Polizeikommissär.

Kowaljow kam zum Polizeikommissär in dem Augenblick, als dieser sich streckte und sagte: »Ach, wie gut werde ich jetzt an die zwei Stunden schlafen!« Daraus kann man ersehen, daß der Kollegien-Assessor ihm ziemlich ungelegen kam. Der Polizeikommissär war ein Beschützer aller Künste und Handwerke, zog aber eine Reichsbanknote allen anderen Dingen vor. »Das ist ein Gegenstand«, pflegte er zu sagen, »es gibt nichts Besseres als diesen Gegenstand: Er braucht nicht gefüttert zu werden, er nimmt wenig Platz ein, findet in jeder Tasche Unterkunft und zerbricht nicht, wenn man ihn fallen läßt.«

Der Polizeikommissär empfing Kowaljow ziemlich kühl und sagte, daß die Zeit nach dem Mittagessen für eine Untersuchung nicht geeignet sei; die Natur selbst hätte bestimmt, daß der Mensch nach dem Essen ausruhen müsse (der Kollegien-Assessor konnte daraus ersehen, daß dem Polizeikommissär die Aussprüche der Weisen des Altertums nicht unbekannt waren); einem ordentlichen Menschen werde aber niemand die Nase abbeißen.

Er traf damit den wundesten Punkt. Es ist zu bemerken, daß Kowaljow außerordentlich empfindlich war. Alles, was man über ihn selbst sagte, konnte er noch verzeihen, er vergab aber nichts, was seinen Titel oder Dienstgrad verletzte. Er glaubte sogar, daß in den Theaterstücken alles erlaubt sei, was sich auf die Subaltern-Offiziere bezieht, die Stabsoffiziere dürfe man aber in keiner Weise antasten. Der Empfang durch den Polizeikommissär verwirrte ihn so, daß er den Kopf schüttelte, die Hände etwas spreizte und, im Bewußtsein seiner Würde, erklärte: »Offen gestanden, habe ich nach so beleidigenden Äußerungen nichts mehr zu sagen...« Und mit diesen Worten ging er.

Er kam nach Hause, müde und abgespannt. Es dunkelte schon. So traurig und häßlich erschien ihm seine Wohnung nach all diesem vergeblichen Suchen. Als er ins Vorzimmer trat, erblickte er auf dem schmutzigen Ledersofa seinen Lakai Iwan; er lag auf dem Rücken und spuckte an die Zimmerdecke, wobei er ziemlich geschickt immer die gleiche Stelle traf. Diese Gleichgültigkeit machte ihn rasend; er schlug ihn mit seinem Hut auf den Kopf und sagte: »Schwein, du machst doch auch immer Dummheiten!«

Iwan sprang sofort auf und beeilte sich, ihm aus dem Mantel zu helfen.

Der Major trat müde und traurig in sein Zimmer, ließ sich in einen Sessel sinken und sagte endlich, nachdem er einigemal geseufzt hatte:

»Mein Gott! Mein Gott! Womit habe ich dieses Unglück verdient? Wenn mir ein Arm oder ein Bein fehlte, so wäre es immer noch besser; aber ohne die Nase ist der Mensch weiß der Teufel was: kein Vogel und kein Bürger, man möchte ihn einfach packen und zum Fenster hinauswerfen! Hätte man sie mir doch im Kriege abgeschnitten oder im Duell, oder hätte ich es selbst verschuldet; sie ist aber um nichts und wieder nichts verschwunden, ganz dumm!... Aber nein, es kann nicht sein«, fügte er nach einigem Nachdenken hinzu: »Es ist nicht wahrscheinlich, daß eine Nase verschwinden kann, es ist ganz unwahrscheinlich. Ich träume wohl, oder es kommt mir nur so vor; vielleicht habe ich aus Versehen statt Wasser den Branntwein getrunken, mit dem ich mir nach dem Rasieren das Kinn einreibe. Dieser dumme Iwan hat ihn nicht weggestellt, und so habe ich ihn wohl getrunken.« Um sich zu überzeugen, daß er nicht betrunken sei, kniff sich der Major so schmerzhaft ins Fleisch, daß er selbst aufschrie. Dieser Schmerz überzeugte ihn vollkommen davon, daß er im Wachen handle und lebe. Er trat vorsichtig vor den Spiegel und machte erst die Augen zu, in der Hoffnung, daß die Nase vielleicht doch noch auf ihrem Platze erscheinen werde; aber im gleichen Augenblick taumelte er zurück und sagte: »So eine Karikatur!«

Es war einfach unbegreiflich. Wenn ihm noch ein Knopf, ein silberner Löffel, eine Uhr oder etwas ähnliches abhanden gekommen wäre – aber so etwas und das in seiner eigenen Wohnung!... Der Major Kowaljow zog alle Umstände in Betracht und kam zum Schluß, das Wahrscheinlichste sei, daß die Frau Stabsoffizier Podtotschina, die ihn gerne zum Schwiegersohn haben wollte, die Schuld am Unglück trage. Er selbst machte wohl dieser Tochter gerne den Hof, vermied aber die Konsequenzen. Als die Frau Stabsoffizier ihm unumwunden erklärte, daß sie ihre Tochter mit ihm verheiraten wolle, zog er sich mit seinen Komplimenten vorsichtig zurück, unter der Behauptung, daß er zu jung sei und noch an die fünf Jahre dienen müsse, um genau zweiundvierzig Jahre alt zu werden. Darum hatte sich die Frau Stabsoffizier wohl aus Rachedurst entschlossen, sein Äußeres zu verunstalten, und dies irgendeiner alten Hexe bestellt; es war ja auf keine Weise anzunehmen, daß die Nase einfach abgeschnitten worden sei: Niemand war in seinem Zimmer gewesen, und der Barbier Iwan Jakowlewitsch hatte ihn schon am Mittwoch rasiert; die Nase war aber am Mittwoch und sogar Donnerstag noch da – das wußte er sehr genau; außerdem hätte er doch einen Schmerz gespürt, und die Wunde wäre nicht so schnell zugeheilt und so glatt wie ein Pfannkuchen geworden. Er schmiedete Pläne: ob er die Frau Stabsoffizier in aller Form vors Gericht laden oder persönlich zu ihr gehen sollte, um sie zur Rechenschaft zu ziehen. Seine Gedanken wurden durch den Lichtschein unterbrochen, der in allen Ritzen der Tür aufleuchtete und ankündigte, daß Iwan die Kerze im Vorzimmer angezündet hatte. Bald erschien Iwan selbst mit der Kerze in der Hand, die das Zimmer hell beleuchtete. Die erste Bewegung Kowaljows war, das Taschentuch zu ergreifen und die Stelle zu verhüllen, wo sich noch gestern die Nase befunden hatte, damit der dumme Kerl nicht das Maul aufreiße, wenn er seinen Herrn in einem so sonderbaren Zustande sähe.

Iwan war noch nicht in seine Kammer gegangen, als im Vorzimmer eine unbekannte Stimme ertönte: »Wohnt hier der Kollegien-Assessor Kowaljow?«

»Treten Sie näher, der Major Kowaljow wohnt hier«, sagte Kowaljow, indem er aufsprang und die Tür öffnete.

Herein trat ein Polizeibeamter von sympathischem Aussehen, mit einem nicht zu hellen und nicht zu dunklen Backenbart und ziemlich vollen Wangen; es war derselbe, der zu Beginn unserer Erzählung am Ende der Isaaksbrücke gestanden hatte.

»Sie haben Ihre Nase zu verlieren geruht?«

»Gewiß.«

»Sie ist gefunden worden.«

»Was sagen Sie?« rief der Major Kowaljow. Er war vor Freude sprachlos. Er starrte den vor ihm stehenden Revieraufseher an, auf dessen vollen Lippen und Wangen der helle Widerschein des Kerzenlichtes zitterte. »Auf welche Weise?«

»Auf eine höchst sonderbare Weise: Man hat sie kurz vor ihrer Abreise erwischt. Sie stieg eben in die Postkutsche, um nach Riga zu fahren. Sie hatte auch schon längst einen auf den Namen irgendeines Beamten ausgestellten Paß in Händen. Merkwürdigerweise habe ich sie selbst erst für einen Herrn gehalten; zum Glück hatte ich aber meine Brille bei mir und merkte sofort, daß es eine Nase war. Ich bin ja kurzsichtig, und wenn Sie vor mir stehen, so sehe ich wohl, daß Sie ein Gesicht haben, kann aber die Nase und den Bart nicht unterscheiden. Meine Schwiegermutter, das heißt die Mutter meiner Frau, sieht ebenfalls nichts.«

Kowaljow geriet außer sich. »Wo ist sie denn? Wo? Ich will gleich hinlaufen.«

»Bemühen Sie sich bitte nicht. Ich wußte, daß Sie sie sehr vermissen, und habe sie darum gleich mitgebracht. Merkwürdig ist auch, daß der Hauptbeteiligte an dieser Sache der spitzbübische Barbier von dem Wosnessenskij-Prospekt ist, der bereits im Arrest sitzt. Ich hatte ihn schon längst der Trunksucht und Gaunerei verdächtigt; erst vorgestern hat er in einem Laden ein Dutzend Knöpfe gestohlen. Ihre Nase ist aber ganz unverändert.« Mit diesen Worten steckte der Revieraufseher die Hand in die Tasche und holte die in ein Papier eingewickelte Nase hervor.

»Ja, das ist sie!« rief Kowaljow. »Ja, das ist sie! Trinken Sie doch mit mir heute ein Täßchen Tee!«

»Ich würde es für eine große Ehre halten, aber es geht leider nicht: Ich muß mich von hier sofort ins Zuchthaus begeben... Alle Lebensmittelpreise sind übrigens beträchtlich gestiegen... Ich habe aber meine Schwiegermutter, das heißt die Mutter meiner Frau, auf dem Halse und auch meine Kinder; der älteste berechtigt zu den schönsten Hoffnungen und ist sehr klug; aber ich habe gar keine Mittel, um ihm eine ordentliche Erziehung zu geben...«

Als der Revieraufseher gegangen war, verharrte der Kollegien-Assessor einige Minuten in einer seltsamen Gemütsverfassung und konnte fast nichts sehen oder fühlen: Die plötzliche Freude hatte ihm fast das Bewußtsein geraubt. Er ergriff die wiedergefundene Nase vorsichtig mit beiden Händen und sah sie noch einmal aufmerksam an.

»Ja, das ist sie! Ja, das ist sie!« sagte Major Kowaljow. »Da ist auch das Pickelchen links, das sie gestern gezeigt hat.« Der Major lachte fast vor Freude.

Aber auf dieser Welt ist nichts von Dauer, darum ist auch die Freude in der zweiten Minute niemals so lebhaft wie in der ersten; in der dritten Minute schwindet sie noch mehr und geht dann unmerklich in der gewöhnlichen Stimmung unter, wie auch der von einem ins Wasser geworfene Stein erzeugte Kreis schließlich auf der glatten Oberfläche verschwindet. Kowaljow wurde nachdenklich und begriff, daß die Sache noch nicht erledigt war: Die Nase ist wohl wieder da, aber man muß sie noch auf ihren Platz setzen.

»Was, wenn sie nicht festsitzen wird?«

Bei dieser Frage, die er an sich selbst richtete, erbleichte der Major.

Mit einer unbeschreiblichen Angst stürzte er zum Tisch und rückte den Spiegel heran, um die Nase nicht schief anzusetzen. Seine Hände zitterten. Ganz vorsichtig hielt er sie an den alten Platz. Oh, Schrekken! Die Nase wollte nicht halten!... Er führte sie an den Mund, erwärmte sie ein wenig mit dem Atem und setzte sie wieder auf die glatte Stelle zwischen seinen Wangen: Aber die Nase wollte nicht halten.

»Na, na! Sitz doch, du Dumme!« sagt er zu ihr; die Nase war aber wie hölzern, und wenn sie auf den Tisch fiel, gab es einen seltsamen Ton, als ob es ein Stück Kork wäre. Die Züge Kowaljows verzerrten sich wie im Krampf. »Wird sie denn nicht anwachsen?« sagte er sich voller Angst. Aber sooft er sie auch an ihren Platz setzte, seine Mühe blieb immer erfolglos.

Er rief Iwan und schickte ihn nach dem Arzt, der in der schönsten Wohnung im ersten Stock des gleichen Hauses wohnte.

Der Arzt, ein stattlicher Mann, nannte einen wunderschönen pech-schwarzen Backenbart und eine frische, gesunde Gattin sein eigen, pflegte morgens frische Äpfel zu essen und hielt seinen Mund unge-wöhnlich sauber: Er spülte ihn jeden Morgen fast dreiviertel Stunden lang und putzte die Zähne mit Bürsten von fünf verschiedenen Sor-ten. Der Arzt kam augenblicklich. Er erkundigte sich, vor wieviel Tagen das Unglück geschehen, ergriff den Major Kowaljow am Kinn und gab ihm mit dem Daumen einen Nasenstüber auf die Stelle, wo sich früher die Nase befunden hatte, so daß der Major den Kopf in den Nacken warf und ihn ziemlich heftig an die Mauer schlug. Der Medikus erklärte, das habe nichts auf sich; er empfahl ihm, von der Wand wegzurücken und ließ ihn den Kopf erst nach rechts neigen; er betastete die Stelle, wo früher die Nase gesessen hatte, sagte: »Hm!«, ließ ihn dann den Kopf nach links wenden, sagte wieder: »Hm!« und gab ihm zum Schluß wieder einen Nasenstüber mit dem Daumen, so daß der Major Kowaljow den Kopf zurückwarf wie ein Gaul, dem man die Zähne untersucht. Nach dieser Probe schüttelte der Medikus den Kopf und sagte: »Nein, es wird nicht gehen. Bleiben Sie lieber so wie Sie sind, sonst kann es noch schlimmer werden. Die Nase kann man wohl befestigen; ich könnte es sogar jetzt gleich tun, aber ich versichere Ihnen, es wäre für Sie schlimmer.«

»Das ist ja wunderschön! Wie soll ich ohne die Nase leben?« sagte Kowaljow. »Schlimmer als jetzt kann es doch nicht werden. Da soll doch der Teufel dreinfahren! Wo kann ich mich mit einem solchen Pasquillgesicht zeigen? Ich komme in gute Gesellschaft: Auch heute abend muß ich zwei Besuche machen. Ich habe viele Bekannte: die Frau Staatsrat Tschechtarjowa, die Frau Stabsoffizier Podtotschina... wenn ich auch mit ihr jetzt nur noch durch Vermittlung der Polizei verkehre. Haben Sie Erbarmen!« fuhr Kowaljow mit flehender Stimme fort: »Gibt es denn kein Mittel? Befestigen Sie sie doch irgendwie, wenn auch nicht gut, daß sie nur irgendwie festsitzt; ich kann sie ja in schwierigen Fällen mit der Hand festhalten. Zudem tanze ich nicht und kann daher keine unvorsichtige Bewegung machen, die schaden könnte. Und was das Honorar für Ihren Besuch betrifft, so seien Sie versichert, daß ich bereit bin, soweit es meine Mittel gestatten...«

»Glauben Sie mir«, sagte der Arzt weder zu laut noch zu leise, doch außerordentlich überzeugend und eindringlich, »ich praktiziere nicht aus Habgier. Ich nehme für die Besuche wohl Geld, aber nur, um niemand durch die Weigerung zu kränken. Gewiß, ich kann Ihnen die Nase wohl ansetzen; aber ich gebe Ihnen mein Ehrenwort, wenn Sie es mir so nicht glauben wollen, daß es für Sie schlimmer wäre. Verlassen Sie sich auf das Walten der Natur. Waschen Sie die Stelle öfter mit kaltem Wasser, und ich versichere Ihnen, daß Sie dann ohne Nase ebenso gesund sein werden, wie mit der Nase. Ich rate Ihnen, die Nase in Spiritus zu legen, oder, noch besser, zwei Eßlöffel starken Branntwein und warmen Essig hineinzutun – dann können Sie sie recht vorteilhaft verkaufen. Ich will sie Ihnen sogar selbst abnehmen, wenn Sie nicht zuviel verlangen.«

»Nein, nein! Ich verkaufe sie um nichts in der Welt!« schrie der Major Kowaljow verzweifelt: »Dann soll sie schon lieber zugrunde gehen!«

»Verzeihen Sie!« sagte der Arzt aufbrechend: »Ich wollte Ihnen nützlich sein... Was kann ich tun! Jedenfalls haben Sie meinen guten Willen gesehen.« Mit diesen Worten ging der Arzt in schöner Haltung aus dem Zimmer. Kowaljow hatte in seiner tiefen Erregung sein Gesicht gar nicht gesehen und nur die aus den Ärmeln seines schwarzen Fracks hervorlugenden schneeweißen Manschetten bemerkt.

Am nächsten Tag entschloß er sich, bevor er eine Klage einreichte, der Frau Stabsoffizier zu schreiben: ob sie nicht bereit wäre, ihm kampflos das, was ihm gehörte, zurückzugeben. Der Brief lautete wie folgt:

Sehr geehrte
Alexandra Grigorjewna!

Ich kann Ihre Handlungsweise, die für einen Unbeteiligten so befremdend ist, unmöglich begreifen. Seien Sie versichert, daß Sie, wenn Sie so handeln, gar nichts erreichen und mich keineswegs zwingen können, Ihre Tochter zu heiraten. Glauben Sie mir: Die Geschichte mit der Nase ist mir gut bekannt, genau wie der Umstand, daß Sie und niemand anders die Hauptschuldige sind. Das plötzliche Verschwinden derselben von ihrem Platze, ihre Flucht und ihr Auftauchen erst in der Gestalt eines Beamten, dann in ihrer eigenen Gestalt ist nur eine Folge der Hexereien, die von Ihnen oder von anderen, die sich gleich Ihnen mit dergleichen Dingen beschäftigen, betrieben werden. Ich meinerseits halte es für meine Pflicht, Ihnen zu erklären: Wenn die erwähnte Nase sich nicht noch heute auf ihrem Platze befindet, werde ich mich gezwungen sehen, den Schutz der Gesetze anzurufen.

Im übrigen verbleibe ich in vorzüglicher Hochachtung

Ihr ergebenster Diener

Platon Kowaljow.

Sehr geehrter
Herr Platon Kusmitsch!

Ihr Brief hat mich in höchstes Erstaunen versetzt. Ich muß Ihnen offen gestehen, daß ich es von Ihnen niemals erwartet hätte, am allerwenigsten aber Ihre ungerechten Anklagen. Ich versichere Ihnen, daß ich den Beamten, von dem Sie sprechen, weder in einer Maskierung noch in seiner wahren Gestalt bei mir empfangen habe. Mich hat wohl Philipp Iwanowitsch Potantschikow besucht. Er hat sich zwar wirklich um die Hand meiner Tochter beworben, aber ich habe ihm, obwohl er ein trefflicher, nüchterner Mensch und sehr gebildet ist, keinerlei Hoffnung gegeben. Sie sprechen auch noch von der Nase. Wenn Sie damit meinen, ich hätte Ihnen eine Nase drehen, das heißt Sie abweisen wollen, so wundere ich mich, daß Sie selbst davon sprechen, während ich, wie Sie selbst wissen, anderer Ansicht war: Wenn Sie jetzt gleich in üblicher Form um die Hand meiner Tochter anhalten, so bin ich bereit, Ihren Wunsch zu erfüllen, denn dies war

immer auch mein sehnlichster Wunsch. In dieser Hoffnung bin ich,
stets zu Ihren Diensten,

Alexandra Podtotschina.

»Nein«, sagte Kowaljow, als er den Brief gelesen, »sie ist unschuldig.
Es kann nicht sein! Der Brief ist so abgefaßt, wie ihn ein Mensch, der
ein Verbrechen auf dem Gewissen hat, niemals abfassen kann.« Der
Kollegien-Assessor verstand sich darauf, da er im Kaukasusgebiet
schon öfters an gerichtlichen Untersuchungen teilgenommen hatte.
»Auf welche Weise mag es so gekommen sein? Da kennt sich nur der
Teufel aus!« sagte er zuletzt und ließ die Hände sinken.

Inzwischen hatte sich das Gerücht über dieses außergewöhnliche
Ereignis in der ganzen Residenz verbreitet, und zwar, wie es so geht,
nicht ohne gewisse Ausschmückungen. Damals waren alle Geister für
das Übersinnliche eingenommen: Das Publikum hatte sich erst vor
kurzem für die Versuche mit dem Magnetismus interessiert. Auch
waren die tanzenden Stühle in der Konjuschennaja-Straße noch so
frisch in Erinnerung, daß es nicht zu verwundern ist, daß bald darauf
das Gerücht aufkam, die Nase des Kollegien-Assessors Kowaljow
spaziere um drei Uhr auf dem Mazurka-Prospekt. Nun versammelte
sich da jeden Tag eine Menge von Neugierigen. Jemand erzählte, die
Nase halte sich im Junckerschen Kaufladen auf, und neben Juncker
entstand ein solcher Auflauf, daß sogar die Polizei einschreiten mußte.
Ein Spekulant von ehrwürdigem Aussehen mit Backenbart, der vor
dem Theater trockenes Gebälk verkaufte, ließ schöne, feste Holz-
bänke anfertigen, auf denen die Neugierigen gegen Bezahlung von
achtzig Kopeken stehen durften. Ein verdienter Oberst verließ eigens
zu diesem Zweck seine Wohnung und drängte sich mit Mühe durch
die Menge; aber zu seiner großen Entrüstung sah er im Fenster des
Kaufladens statt der Nase eine ganz gewöhnliche wollene Unterjacke
und eine Lithographie, die ein junges Mädchen darstellte, das seinen
Strumpf in Ordnung brachte, und einen Gecken mit modischer Weste
und einem Spitzbart, der sie hinter einem Baum beobachtete, eine
Lithographie, die seit mehr als zehn Jahren an der gleichen Stelle hing.
Der Oberst drehte sich um und sagte empört: »Wie kann man nur mit

solchen albernen und unwahrscheinlichen Gerüchten das Volk verwirren?« Später kam das Gerücht auf, daß die Nase des Majors Kowaljow nicht auf dem Mazurka-Prospekt, sondern im Taurischen Garten herumspaziere; sie befinde sich schon seit langer Zeit dort; auch Chosrew-Mirza habe, als er dort gewohnt, sich sehr über dieses seltsame Naturspiel gewundert. Einige Studenten der Chirurgischen Akademie begaben sich dorthin. Eine vornehme und angesehene Dame wandte sich brieflich an den Aufseher des Gartens mit der Bitte, ihren Kindern dieses seltene Phänomen zu zeigen und, wenn möglich, eine für die Jugend belehrende und nützliche Erklärung zu geben.

Alle diese Ereignisse waren den ständigen Besuchern der Empfänge in der großen Welt, die die Damen gerne unterhielten und deren Material um jene Zeit erschöpft war, ganz besonders angenehm. Eine Minderheit ehrenwerter und wohlgesinnter Leute aber war außerordentlich unzufrieden. Ein Herr sagte empört, er könne nicht begreifen, wie sich bloß in diesem aufgeklärten Zeitalter derartige dumme Gerüchte verbreiten können, und er wundere sich nur, daß die Regierung nicht einschreite. Dieser Herr war offenbar einer von denjenigen, die die Regierung in alle Dinge einmischen möchten, sogar in ihre täglichen Streitigkeiten mit ihren Gattinnen. Bald darauf... aber hier werden die Ereignisse wieder von einem Nebel verhüllt, und es ist unbekannt, was weiter geschah.

III

In dieser Welt kommen die unsinnigsten Dinge vor, zuweilen solche, die ganz unwahrscheinlich sind: Dieselbe Nase, die als Staatsrat spazierengefahren war und in der Stadt solches Aufsehen erregt hatte, befand sich plötzlich wieder, als ob nichts geschehen wäre, auf ihrem Platz, das heißt zwischen den beiden Wangen des Majors Kowaljow. Dies war schon am 7. April der Fall. Als der Major erwachte und in den Spiegel sah, erblickte er seine Nase! Er befühlte sie mit der Hand – es war wirklich die Nase! »Aha!« sagte Kowaljow und wollte schon vor Freude barfuß einen Tanz aufführen, wurde aber von Iwan, der gerade ins Zimmer trat, daran verhindert. Er ließ sich sofort das Waschwasser bringen und sah beim Waschen wieder in den Spiegel – die Nase war da! Als er sich abtrocknete, sah er noch einmal in den Spiegel – die Nase war da!

»Schau mal her, Iwan, ich glaube, da sitzt ein Pickelchen auf der Nase!« sagte er und dachte bei sich: ›Was, wenn Iwan mir sagt: Nein, Herr, es ist gar kein Pickelchen und auch keine Nase da!‹

Iwan sagte aber: »Es ist kein Pickelchen da: Die Nase ist ganz rein!«

»Schön ist es, hol mich der Teufel!« sagte der Major zu sich selbst und knipste mit den Fingern. In diesem Moment blickte der Barbier Iwan Jakowlewitsch ins Zimmer, aber so scheu wie eine Katze, die man eben wegen Entwendung eines Stückes Speck gezüchtigt hat.

»Sag es mir gleich: Sind deine Hände sauber?« schrie ihm Kowaljow schon von weitem zu.

»Ja, sie sind sauber.«

»Du lügst!«

»Bei Gott, sie sind sauber, Herr!«

»Nun, paß auf!«

Kowaljow setzte sich. Iwan Jakowlewitsch band ihm eine Serviette um und verwandelte in einem Augenblick sein ganzes Kinn und einen Teil seiner Wange mittels des Pinsels in eine Creme, wie man sie bei Namenstagsfeiern in Kaufmannshäusern aufträgt. »Ja, sieh mal an!« sagte Iwan Jakowlewitsch zu sich selbst, indem er die Nase ansah; dann wandte er seinen Kopf und blickte die Nase von der Seite an. »Sieh mal an! Wenn man es sich überlegt«, fuhr er fort und betrachtete lange die Nase. Endlich hob er ganz leicht und mit der größten Vorsicht zwei Finger, um die Nasenspitze zu erwischen. Iwan Jakowlewitsch hatte schon einmal dieses System.

»Na, na, paß auf!« rief Kowaljow. Iwan Jakowlewitsch ließ die Hände sinken, verlor jeden Mut und wurde so verwirrt wie noch nie. Schließlich fing er an, mit dem Rasiermesser ganz behutsam unter dem Kinn zu kitzeln, wie unbequem es auch war und wie schwer es ihm auch fiel, ohne den Stützpunkt auf dem Geruchsorgan zu rasieren; endlich überwand er doch alle Hindernisse, indem er seinen rauhen Daumen gegen die Wange und den Unterkiefer stemmte, und rasierte den Major glücklich zu Ende.

Als alles fertig war, kleidete Kowaljow sich rasch an, mietete eine Droschke und fuhr in eine Konditorei. Beim Eintreten rief er schon von weitem: »Kellner, eine Tasse Schokolade!« Dann lief er zum Spiegel: Die Nase war da. Er wandte sich lustig um und musterte ironisch, mit einem Auge blinzelnd, zwei Offiziere, deren einer eine Nase kaum so groß wie einen Westenknopf hatte. Darauf begab er sich in die Kanzlei des Departements, in dem er sich um einen Vize-Gouverneurs-Posten, oder wenigstens um den eines Exekutors bewarb. Als er das Empfangszimmer durchschritt, blickte er in den Spiegel – die Nase war da. Dann besuchte er einen anderen Kollegien-Assessor, oder Major, einen großen Spötter, dem er schon mehr als einmal auf dessen spöttische Bemerkungen gesagt hatte: »Ich kenne dich, du bist immer so giftig!« Unterwegs dachte er sich: ›Wälzt sich der Major, wenn er mich sieht, nicht vor Lachen, so ist es ein sicherer Beweis dafür, daß alles sich auf seinem Platze befindet.‹ Aber der Kollegien-Assessor sagte nichts. »Wie schön, hol mich der Teufel!« sagte Kowaljow zu sich selbst. Unterwegs begegnete er der Frau Stabsoffizier Podtotschina nebst Tochter; er machte eine Verbeugung und wurde mit freudigen Ausrufen begrüßt; also war alles in bester Ordnung. Er unterhielt sich mit ihnen sehr lange, nahm sogar seine Tabaksdose aus der Tasche und stopfte sich absichtlich vor ihren Augen sehr lange Schnupftabak in beide Löcher, wobei er zu sich selbst sagte: »Seht ihr es, ihr dummen Hennen! Die Tochter werde ich aber doch nicht heiraten. So einfach, par amour, dagegen – mit Vergnügen!« Von nun an zeigte sich der Major Kowaljow, als ob nichts vorgefallen wäre, auf dem Mazurka-Prospekt, in den Theatern und überall. Auch seine Nase saß, als wäre nichts vorgefallen, auf ihrem Platz, und man konnte ihr nicht anmerken, daß sie sich von ihm entfernt hatte. Man sah jetzt den Major Kowaljow immer in bester Laune; er lächelte, verfolgte alle hübschen Damen und blieb sogar einmal vor einem Laden im Großen Kaufhaus stehen und kaufte sich ein Ordensband; wozu er es kaufte, blieb unbekannt, denn er hatte gar kein Recht auf irgendeinen Orden.

So eine Geschichte hat sich in der nordischen Residenz unseres ausgedehnten Vaterlandes ereignet! Wenn wir uns jetzt alle Umstände überlegen, sehen wir, daß an ihr vieles unwahrscheinlich ist. Schon ganz abgesehen davon, daß ein solches unnatürliches Verschwinden einer Nase und ihr Auftauchen an verschiedenen Orten in der Gestalt eines Staatsrates sehr sonderbar ist – wie konnte es Kowaljow nicht eingesehen haben, daß man den Verlust einer Nase nicht gut durch die Zeitungsexpedition anzeigen kann? Ich will damit nicht gesagt haben, daß er für die Anzeige zu teuer bezahlt hätte; das ist unwesentlich, und ich bin gar nicht so habgierig; aber es ist unanständig, unpassend, unschön! Und dann: Wie ist die Nase in das gebackene Brot geraten, und was hatte Iwan Jakowlewitsch damit zu tun?... Nein, ich verstehe es nicht, absolut nicht! Was ich aber am allerwenigsten verstehe, ist, daß sich ein Autor ein solches Thema wählen kann. Ich finde es, offen gestanden, ganz unbegreiflich! Das ist wirklich... Nein, nein, ich kann es nicht verstehen! Erstens bringt es auch nicht den geringsten Nutzen dem Vaterlande, zweitens... aber auch zweitens bringt es keinen Nutzen. Ich weiß einfach nicht, was es ist...

Und doch, wenn man das eine, das andere und das dritte auch zugeben kann, sogar daß... und wo gibt es keinen Unsinn? Wenn man es sich aber überlegt, so steckt doch etwas dahinter. Man mag sagen, was man will, solche Ereignisse kommen wirklich vor – selten, aber sie kommen vor.

IWAN GONTSCHAROW

EIN GLÜCKLICHER IRRTUM

> Herr du mein Gott! Es gibt ohnehin schon viel
> Gesindel auf der Welt, und du hast obendrein
> noch die Weiber erschaffen! *Gogol*

> Er wollte in ein Zimmer – und geriet in ein an-
> deres. *Gribojedow*

An einem Wintertag in der Dämmerung... Doch gestatten Sie zuvor
die Frage, mögen Sie die Dämmerung? – Ich ›vernehme Schweigen‹,
und Schweigen ist ein Zeichen der Zustimmung, folglich mögen Sie
sie. Wie sollte man die Dämmerung auch nicht mögen? Wer liebt sie
nicht? Wohl nur der verirrte Wanderer fürchtet ihren Anbruch, der
Kaufmann, der bei Tageslicht mit mehr oder minder Erfolg Handel
getrieben hat, schließt brummig die Ladentür, mißmutig wirft allenfalls der Maler, dem es nicht gelang, seinen sehnlichen Traum auf die
Leinwand zu bannen, den Pinsel aus der Hand, und der Dichter, der
unterm Dach haust, beschwört in der Dämmerung den Fluch Apollos
auf den Krämer herab, der ihm keine Kerzen auf Borg abläßt. Alle
übrigen mögen diese Stunde, ganz zu schweigen vom einfachen Volk,
den Meistern und Arbeitern, die im Schweiße ihres Angesichts ihr
Brot essen und nach harter Arbeit die Hände in den Schoß legen, den
Ladenmädchen schließlich, die am hellichten Tage über ihrer Handarbeit fast einschlafen und sich nun mit kindlicher Freude Hüte auf-
setzen und ihren Vergnügungen entgegeneilen. Das ist die handfeste,
prosaische Freude, doch in der Dämmerung schlummern auch poetische Wonnen.

›Gesegnet sei der Schatten Nahen!‹
hat Puschkin gesagt. Aber ist das die Stunde der leisen, wehmuts-
vollen Traurigkeit – nicht jener groben, unangenehmen Trauer, die
sich bei Tage vor aller Augen in heißen Tränen äußert und deren
Gründe so trivial sind: tiefste Armut, der Verlust von Angehörigen

und anderes mehr –, einer Traurigkeit beispielsweise, weil das geliebte
Wesen einen nicht beachtet, weil es unmöglich ist, dort zu sein, wo
sie gerade ist, weil man gehindert ist, sie zu sehen, oder aus Eifer-
sucht. Ist es nicht – errötend spreche ich es aus – die Stunde des
süßen Geflüsters, des zaghaften Geständnisses, des Händchenhaltens
und... wovon nicht noch allem? Und wieviel freudige Hoffnungen
und bebende Erwartungen sind im Schutz der Dämmerung verborgen, wie viele Vorbereitungen für den anbrechenden Abend werden
getroffen! – Oh, wie ich die Dämmerung liebe, zumal, wenn ich mich
in Gedanken in die Vergangenheit versetze! Wo bist du, goldene Zeit?
Kehrst du zurück? Und bald?...

Werfen Sie in der Winterdämmerung einen Blick auf die Straße:
Licht und Schatten kämpfen miteinander; manchmal tritt großflok-
kiger Schnee als Vermittler auf, ist dem Licht mit seinem Weiß zu
Diensten und vertieft mit seinem Schleier die Dunkelheit. Der
Mensch bleibt in diesem Kampf ein müßiger Zuschauer: Er verstummt, hält inne, alles ist reglos, die Straße leer; die Häuser, Riesen
gleich, halten sich im Dunkel verborgen; nirgends ein Lichtschein; alle
Gegenstände verfließen in einer unbestimmbaren Farbe; kein Laut
bricht die Stille, nicht eine Kutsche holpert die Straße entlang: Allein
die Schlitten ziehen gleichsam verstohlen ihre ewige Bahn über den
Mazurka-Prospekt. Mit einem Wort, es scheint, der Moment der Be-
hutsamkeit ist angebrochen... in Wirklichkeit jedoch ist dieser Augenblick vielleicht der gewagteste des ganzen Tages: Im Winter vollzieht sich in der Dämmerung ein wichtiger, für manche der
allerwichtigste Vorgang unseres Lebens – das Mittagessen: Bei den
einen besteht es in der Füllung, bei den anderen in der Überfüllung
der Bäuche und im Erhitzen der Schädel durch künstliche Dämpfe –
bedenken Sie die Folgen der beiden letzteren Umstände.

Treten wir nun in ein beliebiges Haus. Da hat sich eine Gesellschaft
im Salon zusammengefunden: Alles ist still und lautlos, niemand rührt
sich; das Gespräch schleppt sich langsam von Wort zu Wort, reißt
immer wieder ab und verhält nicht bei einem Thema. Vertiefen Sie
sich in die Physiognomien: Dies ist der geeignetste und bequemste
Augenblick, den wahren Charakter und die Denkungsart der Men-

schen zu studieren. Sehen Sie nur, wie in dem Halbdunkel die Augen freimütig aussprechen, was der Kopf gedacht hat, wie zwanglos die Blicke umherschweifen: Bald brennen sie in Leidenschaft, bald erstarren sie vor Verachtung, dann wieder werden sie von einem spöttischen Lächeln belebt. Hier mustert der Untergebene seinen Vorgesetzten kühn von Fuß bis Kopf, verschlingt der Verliebte dreist mit den Blicken die Reize der Angebeteten und sinnt auf ein Geständnis; der Bestechliche erklärt zwar flüsternd, doch ohne sich zu zieren, welcherart Dank und in welcher Höhe er für die Angelegenheit erhoffe – wieviel Vertraulichkeit wird in der Finsternis geboren! Wie unbedacht kommen die Worte über die Lippen! Doch da werden Kerzen gebracht: Auf einmal gerät alles in Bewegung; die Herren nehmen Haltung an, die Damen bringen sich in Fasson; das Gespräch, das bisher träge dahinrieselte wie ein Bächlein über Kieselsteine, entspinnt sich von neuem, wird lebhafter und lauter und fließt gleich einem mächtigen Strom inmitten fester Ufer dahin. Und wie sich die Menschen verändert haben! Der Untergebene betrachtet sein Spiegelbild in den lackglänzenden Stiefeln seines Vorgesetzten, der Verliebte steht ehrerbietig hinter dem Stuhl der Angebeteten, der Bestechliche macht einen Bückling und sagt: »Aber nicht doch! Nicht doch! Wieso Dankbarkeit? Es ist meine Pflicht!« Die Unvorsichtigen bereuen ihre Vertrauensseligkeit, die Leidenschaft in den Blicken erlischt, trockene Höflichkeit oder Furcht treten an die Stelle der Verachtung. – Oh, beobachten Sie nur in der Dämmerung... »Aber«, erwidert man mir, »in der Dämmerung zu beobachten ist unbequem, es ist dunkel.« – Ach, wirklich! Sie haben recht. – »Ja, wie konnten Sie das übersehen? Haben Sie es vergessen?« – Nein, ich bin nicht daraufgekommen!

An einem Wintertag, in der Dämmerung, unter all den oben beschriebenen Umständen, also bei Schneefall und Stille auf den Straßen, stürmte ein feuriger grauer Traber wie von der Tarantel gestochen aus der Sadowaja oder der Karawannaja auf den Mazurka-Prospekt. Er war vor einem kleinen Schlitten geschirrt, in dem ein junger Mann saß. Das edle Tier griff mit seinen schlanken Beinen weit aus, warf stolz seinen Kopf zurück, jagte rasch die Straße ent-

lang, doch der Fahrgast war's dennoch nicht zufrieden. »Schneller!«
schrie er dem Kutscher zu. Vergeblich streckte jener die Arme aus,
lockerte die Zügel und erhob sich vom Sitz, um den Traber anzu-
treiben. »Schneller!« schrie der Fahrgast. Schneller zu fahren war indes
unmöglich: Die Fußgänger, die die Straße wie durch eine Furt überquerten, sprangen ohnehin bei dem furchterregenden Warngeschrei
des Kutschers erschrocken zurück, spuckten nach überstandener Gefahr aus und schimpften erbost: »Der muß verrückt sein! Wie ein
Wilder! Die Erde soll dich verschlingen! Hat mich zu Tode erschreckt!«

Vom Mazurka aus bog der Kutscher in die Morskaja ein, und einen
Augenblick später hielt er vor einem zweistöckigen, vornehm ausse-
henden Haus mit Balkon und breiter Toreinfahrt. Der junge Mann
trat in den Flur. Noch brannte nirgends Licht: Vom Flur an herrschte
Halbdunkel. Von Zeit zu Zeit stocherte der Pförtner, der hier vor
einem riesigen Ofen saß, im Feuer und summte halblaut ein schwer-
mütiges Lied vor sich hin. An der Seite führte eine Treppe mit vergoldetem Geländer hinauf.

»Sind die Herrschaften zu Hause?« fragte der junge Mann.

»Sie müßten dasein«, gab der Pförtner zur Antwort, »ich werde
läuten.«

»Nicht nötig«, sagte jener, und Hals über Kopf, als ginge es zur
Attacke, stürzte er zur Treppe.

Im Vorzimmer wurde das Dunkel noch spürbarer: Aus den Ecken,
in denen richtige, tiefe Finsternis herrschte, ertönte Schnarchen; die
Diener schliefen, sich im voraus für die kommende Arbeit und das
abendliche Durcheinander schadlos haltend. Vor drei nebeneinander
befindlichen Türen blieb der junge Mann stehen, unschlüssig, in welche er eintreten sollte. ›Lassen wir das Herz sprechen; es wird nicht
trügen und mich direkt zu ihr führen‹, dachte er und öffnete die
mittlere. Er durchquerte einen Saal und einen Ruhesalon und verschwand in einem Korridor, aus dem vier Stufen einer kleinen Treppe
nach oben führten.

Mit klopfendem Herzen und auf Zehenspitzen näherte er sich der
Bibliothek, doch kaum war er eingetreten, als dieses warme Beben

seines Herzens in kaltes, fiebriges Erschauern umschlug. Auf einem Marmortischchen glimmte schwach eine Lampe und beleuchtete die Gesichter zweier Greise, die sich in Voltairesesseln gegenübersaßen, anfänglich wohl miteinander geplaudert und ihr Gespräch dann in süßem Schlummer ertränkt hatten.

Nicht nur den jungen Mann, der zwei flammende schwarze Augen zu sehen erwartet hatte, auch jeden anderen hätte beim Anblick des einen der schlafenden Greise der Schüttelfrost gepackt. Stellen Sie sich eine gewaltige Glatze vor, an den Seiten flankiert von zwei aufragenden Büscheln spärlichen grauen Haars, verkohltem Strauchwerk verblüffend ähnlich; die Glatze ging unmittelbar in die Nase über: Diese war ein Kegel von beachtlicher Größe, gegen den sich, einquartiert direkt an seiner Basis, die Oberlippe stemmte, während sich die Unterlippe, die auf keinerlei Hindernis traf, ungeheuer weit vorstülpte, so daß der Mund sperrangelweit offenstand; beiderseits von Mund und Nase verliefen zwei tiefe Falten, die sich unterhalb der Augen in unzähligen Runzeln verloren. Überdies zierten das ganze Gesicht die verschlungensten Arabesken. Dies war der Wirkliche Geheime Rat Karl Ossipowitsch Nejlejn, der Besitzer des Hauses. Der andere Greis ist mir unbekannt; vermutlich war es ein Freund des Barons; seine Physiognomie allerdings war weitaus manierlicher. Beide schliefen sie den Schlaf des Gerechten, obgleich des ersteren Gesicht dem verzweifeltsten Sünder angestanden hätte.

»Trau, schau deinem Herzen, wohin es dich führt!« sagte der junge Mann verdrossen, machte kehrt und ging zurück in den kleinen Ruhesalon. Dort saß auf einer luxuriösen Ottomane die Gattin des Barons; sie hatte ein Bein angezogen, ließ das andere herabbaumeln und schlummerte ebenfalls mit zurückgelegtem Kopf. Neben ihr lag ein Mops, der beim Erscheinen des jungen Mannes zu knurren anfing. Um keine Aufregung zu verursachen, trat dieser schleunigst den Rückzug an.

›Was für Begegnungen! Wo ist nur Jelena‹, überlegte er und blieb stehen, zumal er nicht wußte, wohin er sich wenden sollte. ›Hier sitzen alle paarweise zusammen. Ich muß sie der Symmetrie wegen schnellstens finden: Auch aus uns wird ein Paar.‹ Eben in diesem Augenblick erklang im Nebenzimmer ein wohltönender Klavierakkord, und der junge Mann stürzte darauf zu, als hätte man ihn gerufen.

Jedoch ist es an der Zeit zu sagen, wer er war, aus welchem Grund er sich zu solcher Stunde in ein fremdes Haus begeben hatte und so eigenmächtig darin herumspazierte und was er zu finden hoffte.

Er hieß Jegor Petrowitsch, stammte von dem berühmten Geschlecht der Adujews ab und war ein weitläufiger Verwandter des Barons Nejlejn. Zwei Gründe hatten ihn in dessen Haus geführt – ein gewöhnlicher und ein ungewöhnlicher: Ersterer war, wie schon gesagt, die Verwandtschaft, der zweite indes war die Liebe zu des Barons reizender achtzehnjähriger Tochter Jelena, einer anmutigen, schlanken, feurigen Brünetten – nach ihr hatte er in der Dunkelheit gesucht.

Er hatte ihren Eltern bereits angedeutet, daß er sie zu heiraten gedenke, und sie wiederum hatten ihm zu verstehen gegeben, daß sie über eine solche Verbindung erfreut wären, denn Adujew – das erwähnten sie ihm gegenüber selbstverständlich nicht – besaß dreitausend Seelen und andere an einem Freier und Gatten überaus willkommene Eigenschaften, außerdem war er von angenehmem Äußeren – ein Umstand, der, nebenbei bemerkt, für Jelena sehr wichtig war. Aus diesen beiderseitigen Andeutungen wurde eine recht klare Sache, deren Klarheit von den jungen Leuten noch vertieft wurde.

Dabei aber klagte Jegor Petrowitsch mitunter, daß seine Liebe nicht so glücklich sei, wie er dies wünschte. Er selbst liebte glühend, mit der ganzen Kraft eines träumerischen Herzens; er meinte sogar, daß seine Liebe zu Jelena den endgültigen Schlußstrich unter seine Jugend ziehe, daß sein Herz, ausgezehrt von billigen Tändeleien und hart geworden durch Treulosigkeiten, nun, nach vergeblicher Suche nach einem ihm gemäßen Gegenstand, die letzten Kräfte zusammennehme, all seine Energie aufwende und sich in einen verzweifelten Kampf werfe, aus dem es, wollte ihm scheinen, bei einem Mißerfolg zerbrochen und zu Tode getroffen hervorgehen würde, unfähig, je wieder das elektrisierende Prickeln jenes süßen Gefühls zu verspüren. Was bliebe ihm noch im Leben nach diesem unersetzlichen Verlust? Da er Jelena liebte und von ihr geliebt wurde, betrachtete er das Leben unter diesen Umständen als einen blühenden Garten, seine Liebe zu Jelena als die letzte prächtige Baumgruppe, als leuchtende Blumenrabatte unmittelbar am Zaun: Ohne dies erschien ihm das Leben wie ein ödes, wüstes Feld, ohne Grün, ohne Blumen... Adujews Klagen waren nicht grundlos: Jelena beachtete seine Liebe kaum, quälte ihn mit ihrem Eigensinn und mit Launen, die eher einem asiatischen Despoten angestanden hätten; außerdem... doch davon wird im folgenden gesondert die Rede sein. Übrigens erlaubte sie sich dieses Verhalten erst, seit sie erkannt hatte, wie sehr Adujew sie liebte, als sie sicher war, daß es für ihn keinen Weg zurück mehr gab und er sich zwischen zwei Extremen – Leid und Glückseligkeit – befand. Ist das nicht infam? Ich stelle es Ihnen anheim, mesdames.

Was hatte er nach alldem noch zu erwarten? Weshalb sich erniedrigen durch eine Leidenschaft, die weder verstanden noch erwidert wird? – Weshalb! Sie sind zu komisch! Fragen Sie die Verliebten. Verblendung – das ist alles, was man zu ihrer Rechtfertigung vorbringen kann! Sie allein finden Trost dort, wo man mit anderer Gemütsverfassung in Verzweiflung geraten müßte; allerdings ist auch das Gegenteil möglich. Jegor Petrowitsch zum Beispiel kam es manchmal so vor – und vielleicht war es wirklich an dem –, als ob Jelenas Blick, wenn er auf ihm ruhte, mit einem wunderbaren Feuer funkelte und dann in einem zärtlichen Schmachten erzitterte, während die Wangen in Röte erglühten; zuweilen auch lauschte sie mit melancholischem Lächeln, das reizende Köpfchen auf die Schulter geneigt, den stürmischen Ergüssen überquellender Leidenschaft, deren wilde und ungezügelte Sprache ihrem zwar launenhaften und verzogenen, aber doch aufrichtigen, bescheidenen und mädchenhaften Charakter anfangs nicht zusagte. Später jedoch, nachdem sie das Ausmaß seiner Ergebenheit erriet, erkannte sie, daß er selbst mit dieser verzückten Sprache nicht in der Lage war, das Gefühl, das in ihm tobte, auch nur zur Hälfte wiederzugeben. Jegor Petrowitsch tröstete sich, als er dies sah, unglücklicherweise aber bemerkte er auch, daß sie ebenso eifrig dem geheimnisvollen Geflüster des Kammerjunkers Fürst Karatyshkin lauschte, ebenso unverwandt den Blick auf die farbenprächtige Uniform des Rittmeisters Sbrujew heftete: Der Unterschied bestand nur darin, daß diese ihr nicht eine Minute Zeit zum Nachdenken ließen, und manchmal vereinten sich ihrer aller drei Stimmen zu einem einträchtigen Lachen. Dieses höllische Trio konnte er nicht ertragen, und mit Bitterkeit im Herzen lief er davon.

All das machte Adujew mitunter etwas reizbar. ›Warum schaut sie mich so zärtlich an?‹ dachte er, ›warum, warum nur dieser Blick?‹ – und er gab sich in Gedanken selbst die Antwort: ›Warum wohl! Dumme Frage! Weil sie liebt; natürlich, sie liebt mich! Sie hat es ja selbst gesagt!‹ Gleich darauf kamen ihm andere Fragen in den Sinn: ›Aus welchem Grund aber sieht sie den Fürsten Karatyshkin und Sbrujew so eindringlich an? Warum lächelt sie denen immer zu und wird auf sie nie so ärgerlich wie beispielsweise auf mich? Und was flüstert sie ihnen zu?‹ Auf die letzte Frage wußte Jegor Petrowitsch keine Antwort, und er wurde böse.

In der Tat, wie soll man Jelenas Verhalten bezeichnen? In einem Anfall von Wut nannte Adujew es – beachten Sie bitte, mesdames, Adujew, nicht ich, nannte es... verzeihen Sie, wie war es gleich?... Ach, ein Gedächtnis wie ein junges Mädchen! Es ist mir gänzlich entfallen... So ein kluges, nichtrussisches Wort... Ko... Ko... es liegt mir auf der Zunge... ja, ja! Koketterie, Koketterie! Mit knapper Not ist es mir eingefallen. So, mesdames, heißt doch wohl jene Tugend Ihres anmutigen Geschlechts, sich mit einer Schar von jungen Müßiggängern zu umgeben und ihnen – aus Mitleid mit ihrer Untätigkeit – verschiedene Aufgaben zu übertragen. Jene sind, wie wiederum Adujew sie definierte (von Zeit zu Zeit lief ihm die Galle über), eine auf die Aufmerksamkeit der auserkorenen Schönen abonnierte Sippe: Die Abonnenten zahlen mit Mühsal, Lauferei und Gehaste und erhalten als Gegenleistung schüchterne, gefühlvolle, flammende oder leidenschaftliche Blicke, die freilich erkünstelt sind, den echten jedoch nicht im geringsten nachstehen. Manchen wird gar ein zärtlicher Nasenstüber mit dem Fächer zuteil oder die Erlaubnis, das Händchen zu küssen, zweimal am Abend zum Tanz zu bitten, außerhalb der Empfangsstunde zu kommen; allerdings sind besonderer Eifer und Beständigkeit vonnöten, um solches zu verdienen.

Jelena zu fliehen, seiner Liebe zu entsagen, auf die zunehmende Kälte mit Verachtung zu antworten – dazu war Jegor Petrowitsch, wie gesagt, nicht fähig. Zudem glomm in ihm noch immer ein Funken Hoffnung auf das Glück: Er studierte ihren Charakter in der Erwartung, daß sie die Eitelkeiten einmal satt haben, der fruchtlosen Triumphe ihrer Eigenliebe mit der Zeit überdrüssig würde, daß das Gefühl wahrer Liebe die Oberhand gewönne und wie früher, vielleicht sogar noch stärker, zu seinen Gunsten spräche: Einzig deshalb schob er es auch hinaus, um ihre Hand anzuhalten.

In der Hoffnung, Jelena allein anzutreffen, und zugleich eine neue Laune ihrerseits befürchtend, trat er in das Zimmer, aus dem die Klaviertöne erklangen; aber ach, auch dort war man zu zweit. Eine rothaarige Engländerin saß neben Jelena und strickte mit überdimensionalen beinernen Nadeln an einem Schal. Bald aber wurde die Dueña wegen des Haushalts gerufen und kehrte nicht wieder. Was für ein Glück! Er war mit ihr allein.

Jelena Karlowna war sanft und liebenswürdig, Jegor Petrowitsch liebenswürdig und sanft: War es verwunderlich, daß das Schicksal sie in dem kleinen Saal zusammenführte?

Wer sollte sich denn finden, wenn nicht sie? Etwa der alte Baron und seine Frau? Pfui, wie sollten sie! Die beiden spürten selbst das Ungehörige, Anstößige solchen Benehmens und blieben jeder in seiner Hälfte, und wenn sie einander begegneten, so nur beim Mittagessen oder wenn Gäste im Haus waren, und auch dann mit angemessener Distanz, wie es bedachtsamen und würdigen Ehegatten geziemt.

Jelena warf einen flüchtigen Blick auf Adujew, antwortete kaum auf seine graziöse Verbeugung und griff energischer und häufiger als zuvor die Akkorde; sie gab sich den Anschein, als sei sie ganz in die Musik vertieft. Er schwieg und sah sie entzückt an.

»Weshalb sind Sie nicht zu Papa gegangen, sondern gleich zu mir gekommen?« fragte sie kühl.

»Hélène!« gab Jegor Petrowitsch mit sanftem Vorwurf zurück.

»Mademoiselle Hélène, oder Jelena Karlowna, wenn Sie erlauben! Sie werden allzu familiär, bald nennen Sie mich Aljonuschka.«

»Hé-lè-ne!« wiederholte der junge Mann mit einem Beben in der Stimme und im Herzen.

»Jegor Petrowitsch«, erwiderte sie ruhig, milder gestimmt durch das

Übermaß an Zärtlichkeit, das sich unbeabsichtigt in Stimme und Blick Adujews offenbarte.

»Also?« sprach er nach langem Schweigen.

»Also!« wiederholte sie spöttisch, während ihre Finger flink über die Tasten glitten.

»Sie scherzen, Jelena Karlowna.«

»Im Gegenteil, ich bemühe mich, auf Ihre Gemütsverfassung und Ihren Ton einzugehen, um Sie zufriedenzustellen. Größere Aufmerksamkeiten kann man doch wohl kaum verlangen.«

»Wenn ich nicht überzeugt wäre, daß Sie scherzen, dann...«

»Dann?«

»Hätte ich mich schon längst zurückgezogen.«

»Ach, das ist neu!« bemerkte Jelena spitz. »Das kenne ich noch nicht. Was stört Sie denn? Ich bin immer froh, wenn ich Sie wiedersehe: Ich denke, Sie können das an meinen Augen ablesen. Zu Ihnen bin ich aufmerksamer als zu den anderen: Bei denen gebe ich mir nur anstandshalber Mühe, liebenswürdig zu sein.«

»Anstandshalber!... Mühe, liebenswürdig zu sein – das ist unmöglich, Baronesse: Liebenswürdigkeit ist eine Gabe, die man nicht erwerben kann. Wer liebenswürdig ist, glauben Sie mir, ist dies ohne Mühe; außerdem kennt wahre Liebenswürdigkeit ihre Grenzen, Ihr Verhalten gegenüber Fürst Kartyshkin und Sbrujew indes...«

»Ah, das also ist es! Mein Verhalten ihnen gegenüber gefällt Ihnen nicht? Aber warum denn! Sie müßten doch vielmehr erfreut sein, daß sie mir Beachtung schenken: Sie ist der schlagende Beweis für meine Vorzüge, der mir zustehende Tribut, wie jene es ausdrücken...«

»Glauben Sie ihnen nur immer!«

»Wieso, stimmt das etwa nicht? Sie sind doch offensichtlich derselben Meinung: Ihre Liebe beweist es jedenfalls.«

Adujew biß sich auf die Lippen.

»Aber Ihre Kälte, Ihr sonderbares Benehmen mir gegenüber werden unerträglich!« sagte er.

»Dann ertragen Sie es nicht!«

»Sagen Sie mir mit der früheren Offenheit, die ich jetzt nicht mehr an Ihnen finden kann – lieben Sie mich?«

»Wie einfallslos! Immer ein und dasselbe! Die Antwort wissen Sie längst.«

»Aber seitdem kann sich vieles verändert haben, und so ist es auch!« Er seufzte.

Auch sie stieß einen Seufzer aus.

»Baronesse, mich hat noch nie jemand für einen Dummkopf oder ein Kind gehalten. Der Hohn Ihrerseits ist der erste meines Lebens. Noch fünf Minuten so ein Gespräch, und ich...«

»Und Sie?«

»Verlasse Sie im gleichen Augenblick, und für immer!«

»Wie entsetzlich!«

Adujew vermochte den spöttischen Ton Jelenas nicht länger zu ertragen – er fuhr auf.

»Jawohl, ich werde gehen, werde diese nichtswürdige Frau, vor der ich so lange vergebens zu Kreuze gekrochen bin, zu vergessen suchen!« brach es aus Jegor Petrowitsch heraus. »Gott, ist das noch jene, die ich verehrte, an deren aufrichtiges Gefühl ich blind glaubte, die zu besitzen ich für ein Glück hielt, dessen ich nicht würdig bin? Und sie! Kaum hat sie zum erstenmal im Leben ›ich liebe‹ gesagt, schon vergißt sie die Heiligkeit ihres Versprechens, vergißt ihre Verpflichtung, holt sich schmeichlerischen Tribut von gemeinen Schürzenjägern!«

»Was für Verpflichtungen! Bin ich vielleicht Ihre Braut?«

»Kann ich denn bei Ihrem Benehmen mir und anderen gegenüber um Ihre Hand anhalten, wenn ich mir Ihres Gefühls nicht sicher bin? Und der Eigensinn, die Launen? Welche Zukunft steht mir bevor? Sie schweigen?«

Jelena faltete die Hände, schlug die Augen nieder und senkte den Kopf.

»Ich erwarte Ihre Befehle«, sagte sie.

»Ah! Sie haben beschlossen, mich zu beleidigen! Leben Sie wohl, Baronesse!« Er nahm seinen Hut.

»Wo wollen Sie denn hin? Möchten Sie nicht mit uns Tee trinken?« sagte sie spöttisch. »Mama und Papa werden sich freuen, Sie zu sehen.«

Adujew schwieg einige Minuten.

»Ich danke Ihnen«, erwiderte er endlich, »Sie haben mir die Augen geöffnet. Ich kam in der Absicht, mich auszusprechen, von Ihrem Herzen, das für mich seit langem ein Geheimnis und Rätsel geworden ist, in Erfahrung zu bringen, ob es wie einst für mich schlägt, um Rechenschaft über Ihr Verhalten mir gegenüber zu fordern, und falls es vom Leichtsinn herrührt, so wollte ich um ihre Hand anhalten, denn ich hoffte, daß die strengen Pflichten einer Ehefrau mit der Zeit den flatterhaften Charakter bändigen könnten. Doch jetzt, nach diesem Gespräch, brauche ich keine Erklärungen mehr; ich habe nichts mehr zu erhoffen; Sie lieben mich nicht!«

»Finden Sie? Ah!«

»Lachen Sie nur! Aber Sie werden sehen, daß ich kein Kind bin. Ich wollte Ihnen mein Leben widmen, Ihr Mann werden, als ich sah, daß ich Ihr und mein Glück errichten konnte, als ich wußte, daß Gegenseitigkeit unseren Bund besiegelt; Sie jedoch ohne Liebe zum Altar zu führen, kalt, als Opfer der Schicklichkeit, nur dem Brauch gemäß – das kann ich nicht, und ich entbinde Sie von dem gegebenen Wort.«

»Wie gut Sie das ausdrücken!«

Adujew achtete nicht auf ihren Einwand und fuhr fort: »Ich gebe zu, bis jetzt habe ich allein der Liebe zu Ihnen gelebt, und mein schönster Traum war – Ihre Liebe. Glauben Sie aber nicht, daß ich einer erfahrenen Frau ebenso leicht getraut hätte: Nein! Ihre Jugend, das Gefühl, das Sie anfangs zeigten – all das schien mir für die Reinheit und Aufrichtigkeit Ihres Herzens zu bürgen; wer hätte damals ahnen können...«

»Was ahnen?«

»Wieviel Hinterlist, Verstellung, Koketterie...«

»Sie vergessen sich, Monsieur Adujew!« sagte sie aufgebracht.

»Waren Sie denn früher so? Noch jetzt, in diesem Moment, da die Erinnerungen auf mich einstürmen, bin ich zu Tränen gerührt. Die Kälte, die Beleidigungen, alles würde ich Ihnen verzeihen im Gedenken an das Vergangene, könnte ich auch nur den Schatten des einstigen Gefühls erkennen. Aber, ich wiederhole es, ich bin kein Kind und weiß, daß jede Hoffnung auf das Glück dahin ist: Es verging, wie alles vergeht.«

Adujew kam ins Grübeln. Jelena sah zur Uhr.

»Wissen Sie noch«, begann er wieder, »wer diese Leidenschaft in mir weckte, wer die Flamme entfachte? – Wo haben Sie nur so viel Tücke her? Sie sind so jung, und schon hat sich die Arglist in einem Herzen eingenistet, das ganz Aufrichtigkeit und Offenheit zu sein schien. – Als ich aus fremden Landen heimkehrte, müde und mit allem unzufrieden, als meine ermattete Seele die Einsamkeit suchte – wer lächelte mir zum Willkommen zu, wer erhellte meine Zukunft mit strahlenden und – wie ich jetzt sehe – unerfüllbaren Träumen? – Sie, Jelena! Sie mit Ihrem bezaubernden Lächeln riefen mich auf die Bühne der Welt, zur Teilnahme an diesem Reigen des Lebens, in dem Sie selbst sich drehten. Ich stürzte Ihnen nach...«

Jelena gähnte.

»Entsinnen Sie sich, wie Sie stundenlang mit mir hier an diesem Ort saßen, oder im Gartenhäuschen, und die Welt vergaßen, niemandem außer mir zu sehen wünschten? Als meine Seele krank war, ich allmählich dahinsiechte, waren es da nicht Sie, mein rettender Engel, die mir sagte: ›Lebe für die Liebe‹?«

»Ich glaube, das habe ich nicht gesagt.«

»Damals schienen Sie für mich das Problem des Glücks zu lösen. Ich lauschte gierig den tröstenden Worten, meine Blicke hingen an Ihren Augen, und in ihnen leuchtete der warme Glanz nicht nur des Mitleids, sondern der Zuneigung, der zärtlichen Anteilnahme; Sie schienen durch sie zu sagen: ›Liebe mich, und dir wird sich eine Welt voller Seligkeit auftun, ich werde die Schöpferin deines Glücks sein und es mit dir teilen.‹ Erinnern Sie sich?«

»Als wenn man solchen Unsinn behalten könnte! Es ist so lange her. Entsinnen Sie sich wirklich noch daran?«

»Ich schloß die Augen. ›Da ist das Glück!‹ dachte ich, stürzte dem Phantom nach und – fand mich in einem Abgrund wieder. – Und wie ich Sie liebte!... Wie ich Sie liebte! – Jetzt schäme ich mich, mir das einzugestehen. Es ist der letzte Tribut des Herzens, ein letztes Echo des Gefühls, das Sie so unbarmherzig austreiben!«

Jelena spielte versonnen mit einer Locke und schien in die Betrachtung des an der Wand hängenden Bildes vertieft; aber hätte jemand den Ausdruck, der in ihren Augen bald auftauchte, bald verschwand, zu ergründen versucht, er hätte – oh, er hätte ihr schelmisch mit dem Finger gedroht und sie eine Heuchlerin genannt.

»Welch unbegreiflicher Wandel!« fing Adujew erneut an. »Die Kälte, der Spott, die Launen... Wollen Sie mich auf diese Weise dazu bringen, das Leben zu lieben? Ist das die Belohnung für meine Ergebenheit? Ihre Aufmerksamkeit aber, Ihre Zärtlichkeit gar, vergeuden Sie an Gott weiß wen! Und wofür? Damit man im Kreis von Taugenichtsen schlecht über Sie redet, damit Ihr teurer, mir heiliger Name von einem Chor von Tunichtguten skandiert wird, damit Ihre Handlungen zweideutig ausgelegt werden! Vielleicht werden Sie später einmal an mich denken und ebenso seufzen wie jetzt, aber nicht zum Schein, nicht ironisch, sondern aus tiefstem Herzen – und sollten Sie auch verheiratet sein. – Leben Sie wohl, Jelena Karlowna! Es ist alles gesagt.«

»Alles? Na, Gott sei Dank! Nun sind Sie wohl erschöpft?«

»Ich werde mich nicht länger erniedrigen. Dem Schicksal sei Dank, daß ich rechtzeitig innehielt.«

Er deutete eine Verbeugung an; sie erhob sich und machte vor ihm einen graziösen und förmlichen Knicks.

»Oh, wie hat die Welt Ihr Herz verdorben, in welchem Maße alles Gute erstickt! Statt mir jetzt, in diesem für mich bitteren Augenblick, zum Trost die Hand zu reichen, mir anstelle der Seligkeit, die Sie so leichtsinnig verhießen und die zu geben Sie nicht imstande sind, einen Blick einfacher, freundschaftlicher Anteilnahme zu schenken, offenbaren Sie eine so verletzende Geringschätzung! Sie sind sich nicht im klaren, welch tiefe Wunden Sie einem auch ohnedies gepeinigten Herzen zufügen. Zum letzten Mal bin ich in Ihrem Hause!«

»Warum wollen Sie uns denn ihre angenehme Gesellschaft versagen? Wir empfangen dienstags und freitags. Ich hoffe, Sie werden es nicht ablehnen, auch weiterhin zu unseren Gästen zu zählen und...«

Adujew hörte sie nicht bis zu Ende an und verließ voller Verzweiflung mit schnellen Schritten das Zimmer.

Und sie? – Ihre Finger glitten weiter über die Tasten, während sie seinen Schritten nachlauschte, und als diese in der Ferne verklungen waren, legte sie die Arme auf den Flügel, bedeckte das Gesicht mit den Händen und brach in Schluchzen aus... Wie! Die stolze Jelena, diese Aristokratin und despotische Schöne begann zu schluchzen? War das die Möglichkeit? Hatte sie nicht selbst vor gerade einer Minute kühl und gleichgültig, ja sogar höhnisch, den Menschen zurückgewiesen, der sie glühend liebte und ihr zutiefst ergeben war? Da versuche man, ein Herz zu kennen! – Was hatte vordem aus Jelena gesprochen, und was sprach nun aus ihr? Welcher Dämon hatte an ihrer Statt mit Sarkasmus auf die Erklärung Adujews geantwortet, welcher Engel hieß sie jetzt weinen? Warum, du stolze Schöne, hast du nicht eine Minute früher zu weinen begonnen? Weißt du denn, unerfahrenes Kind, daß eine einzige Träne von dir das Herz des Jünglings versengt hätte, daß er, der sie hervorrief, dir wie ein Verbrecher zu Füßen gesunken wäre? Eine Träne wäre der beste Vermittler des Gefühls, wäre beredter Beweis eines reinen Herzens gewesen! Doch der Stolz hat dich zugrunde gerichtet. Nun ist es zu spät: Er sieht deine Tränen nicht mehr. Statt daß es in andächtiger Liebe zu dir erbebt, durchströmt Kälte sein Herz; Schmerz hält die Seele umfangen, durch seinen Kopf irrt der Gedanke zu fliehen, das betrogene Gefühl zu verbergen, es durch neue Eindrücke auszumerzen... Und denke nur! Eine einzige Träne hätte seine Ergebenheit verdoppeln, ihn ganz zu deinem Sklaven machen können... Du konntest ja wenigstens so tun... Doch nun ist es zu spät.

Indes, rechnet man den Stolz ab, der Jelena daran hinderte, sich freimütig und aufrichtig zu zeigen, und läßt man die Launen beiseite, die von der einem hübschen Mädchen eigenen Herrschsucht herrühren – traf dann Jelena eine Schuld?

Sie war ein empfindsames und gebildetes Mädchen; ihr Herz war rein und edel; ihr Verhalten aber, das Jegor Petrowitsch gegen sie aufbrachte, kam von einer besonderen Lebensweise. Jelena war geprägt durch die Schule, in der sie ihre standesgemäße Erziehung erhalten, durch den Kreis, in dem sie sich von Kindesbeinen an bewegt hatte. Schon als Kind hatte sie bemerkt, daß beispielsweise ihre Mama den geliebten Gatten mit normalen Blicken bedachte, wie fremde Leute einander ansehen, während sie junge Männer irgendwie anders, auf besondere Art anblickte: So begriff sie, daß es Blicke zweierlei Art gibt; sie hatte auch beobachtet, daß die Fürstin Z. sich mit ihrem Verehrer A. im Beisein von anderen laut und vernehmlich über das Wetter, das Theater und sogar über Manöver unterhielt, saßen sie aber in einiger Entfernung von den übrigen, dann bekam das Gespräch eine andere Note, wurde lebhafter, die Mienen der beiden wurden ausdrucksvoller, näherten sich dann Dritte, wurden die Stimmen gesenkt: Daraus schloß sie, daß es auch Gespräche zweierlei Art gibt. Als sie dann größer wurde, beobachtete sie aufmerksam, obgleich sie die Dinge noch immer unkompliziert betrachtete und zwischen dem, was sie in Gesellschaft, und dem, was sie unter vier Augen sagte, keinen Unterschied machte. Sie sah zum Beispiel, daß die Loge der Gräfin P. immer mit jungen Leuten vollgestopft war und daß sich diese jungen Leute beim Aufbruch fast darum schlugen, dem Lakaien ihren Mantel zu entreißen und ihn ihr zu reichen; und auf dem Ball gar – auf dem Ball konnte man kaum zu ihr vordringen! Was hatte all das zu bedeuten? Lange sann die Schöne über diese Frage nach, bis sie schließlich von einer jener Gräfinnen, die sie bestaunte, die Antwort erhielt.»Du bist sehr lieb«, sagte eines Tages eine brillante Dame zu ihr,»aber du verstehst nicht zu gefallen. Du bist so unnahbar! Du strömst eine solche Kälte aus! Ein Blick von dir schlägt eine ganze Schar der liebenswürdigsten Jünglinge in die Flucht. Schau nur, wie interessiert dich Ladow ansieht, wie zuvorkommend dir Surkow begegnet; überall wirst du umschwärmt und umringt, du aber wirst rot wie eine Gymnasiastin und verneigst dich wie eine Popenfrau…«

Eine Popenfrau!… Schrecklich!… Jelena schnappte nach Luft. ›Oh, warte nur, Gräfin! Deine Loge wird bald nicht mehr so voll sein!‹ Ich weiß nicht, was die Gräfin ihr weiter sagte, doch gleich am nächsten Tag nach diesem Unterricht scharwenzelte Jelenas Cousin, der Junker in einem Garderegiment war, um sie herum, und auf dem ersten Ball nach dem Gespräch verausgabte sie sich bis zur Erschöpfung: Die Kavaliere ließen ihr keine Ruhe… So fing es an. Mit einem Wort, das Mädchen wurde sich seiner Macht bewußt, sie begriff, über welch magische Kräfte sie verfügte, und so zog sie einen Zauberkreis um sich und begann sich jener Reize zu bedienen, die ihr

Natur und Erziehung verliehen hatten. Dieser Zauberkreis war ihre jungfräuliche Keuschheit, ihre Sittenreinheit; und die Zauberei war für sie nicht mehr als eine in der Welt überaus gebräuchliche Belustigung. Sie ahmte die Gräfinnen nicht bis ins letzte nach.

Nun, und ihr Herz?

Lange blieb es kalt und ruhig, und erst als Adujew auftauchte, begann es sich zu regen – begann für ihn zu schlagen, heftig und rasch. Jelena erlag gern diesem schönen, für sie neuen Gefühl; für anderthalb Monate hörte sie auf, das charmante Mädchen von Welt zu sein und wurde wieder zu der früheren bezaubernden Jelena mit der ganzen Schlichtheit unverfälschter Anmut; eine Zeitlang war sie in sich gekehrt, entdeckte die in ihrer Seele verborgenen Schätze, und indem sie Adujew vor der Schar der übrigen Verehrer auszeichnete, da sie seinen Verstand, seinen Seelenadel, seine Willens- und Charakterstärke schätzte, vor allem aber, weil sie mit weiblichem Instinkt erahnte, was für ein Gefühl er zu empfinden in der Lage war und in welchem Maße, da sie in ihm den Menschen erriet, der allein sie glücklich machen konnte, den allein sie so lieben konnte, wie sie es tat, denn er kam ihrem Ideal am nächsten, dessen Verkörperung sie unter ihren Anbetern von Welt vergebens gesucht hatte – nachdem sie all diese erahnt und kalkuliert hatte –, merken Sie wohl: Mädchen sind nicht nur berechnend, sie verrechnen sich auch noch zu ihrem Vorteil –, nachdem sie also all dies kalkuliert und ihn über die Maßen liebgewonnen hatte, begann sie auf ihn nicht mehr mit jenem Zauber einzuwirken, dessen sie sich für andere bediente, sondern offenbarte Schätze an Verstand, Herz und Seele, und sie besiegte ihn. Er gab sich der berückenden Hoffnung auf das Glück hin, ließ sich von der wundervollen Zukunftsaussicht mitreißen und erlag der Betörerin ganz und gar. Da sie sich seines Gefühls sicher war, es durch Gegenliebe heiligte, besonders aber, da sie sich an den Gedanken von ihrem Glück gewöhnt hatte, sah es Jelena nicht als Sünde an, ihre früheren Gewohnheiten wieder aufzunehmen, die ihrer Liebe nicht im geringsten hinderlich waren und die aufzugeben ihr auch schwergefallen wäre, denn dann hätten sie die Schmetterlinge der Gesellschaft verlassen, und das hätte in den Augen der Welt ihren Liebreiz herabge-

setzt und eventuell – so ist der Mensch! – Zweifel an ihrer Schönheit
aufkommen lassen, sie in den Augen ihrer Rivalinnen erniedrigt, ihr
die Vorherrschaft in der Gesellschaft geraubt und... was hätte nicht
noch alles geschehen können! Sehen Sie nur, wieviel Ärgernis, wieviel
bittere Folgen dies schon so verursacht hätte: Wie kann man denn nur
für einen einzigen Menschen schön sein? Das ist ganz unmöglich! Sie
hatte recht: Ich stütze mich auf das Urteil meiner Leserinnen.

Also hatte Jegor Petrowitsch schuld? – Nein, auch ihm ist nichts
vorzuwerfen. Er war unter einem anderen Stern geboren, der ihn früh
der Welt entfremdet und ihm den Weg in andere Gefühle gewiesen
hatte, wenn er auch seiner Herkunft nach dem gleichen Kreis ange-
hörte. Die guten und klugen Eltern, die sich gleichermaßen um sein
materielles wie um sein moralisches Wohlergehen sorgten, ließen ihm
eine ausgezeichnete Erziehung zuteil werden und schickten ihn, nachdem er sein Universitätsstudium beendet hatte, in fremde Länder, sie
selbst aber starben. Der junge Mann, der mit Gewinn für Herz und
Verstand reiste, besah sich die Menschen, lernte das Leben in seiner
ganzen Fülle und von allen Seiten kennen, erblickte die Welt im
weiten europäischen Rahmen, erlebte viel; doch die Erfahrung be-
scherte ihm bittere Früchte – Mißtrauen gegenüber den Menschen
und eine ironische Haltung zum Leben. Die Hoffnung auf Glück
verließ ihn, er erwartete keinerlei Freude mehr und durchmaß gleichgültig den Acker, der ihm vom Schicksal zugemessen war. Etwas in
der Art von ›Verstand schafft Leiden‹ haftete ihm an. Ein anderer an
seiner Stelle und mit seinen Mitteln wäre selig gewesen – hätte ruhig
gelebt, angenehm gespeist und viel geschlafen, er wäre den Mazurka-
Prospekt entlangpromeniert und hätte sich die ›Lesebibliothek‹ zu
Gemüte geführt; er hingegen – ihn bedrückte das tödliche Gleich-
maß, ohne Sorgen und Stürme, die die Seele erschütterten. Er be-
zeichnete diesen Zustand als Dahindämmern, als Vegetieren, aber
nicht als Leben. Ein wunderlicher Kauz!

Als ihm Jelena begegnete, wußte er seinerseits sie gleichfalls zu
schätzen, und er konnte ermessen, welches Glück es bedeutete, sie
zu besitzen, ein Glück, das ihm vielleicht fürs ganze Leben genügen
würde. Er erwachte aus seinem Schlummer, holte seinen Lebensmut

aus den Tiefen der Seele hervor, wappnete sich mit seinen Vorzügen und zog in den Kampf mit dem Mädchenherzen. Es unterlag; er erreichte sein Ziel, genoß es, war stolz, und er bemerkte die übermächtige Schwäche Jelenas nicht, da sie, wie wir oben sahen, sich für einige Zeit von dieser gelöst hatte.

Da er sich ein festes Bild von ihr gemacht hatte und sich mit dem Beben der Liebe vor ihren Tugenden verneigte, malte er sich eine Zukunft voll reiner Seligkeit aus, war froh, ein Gefühl in seiner Brust zu wissen, das ihn mit dem Leben auszusöhnen vermochte, eine Mittlerin zwischen sich und der Welt zu haben, einen Zustand zu erfahren, den er Glück nennen konnte. ›Jetzt fange auch ich zu leben an!‹ dachte er, und da auf einmal ... Und sie war für ihn so rein gewesen, so bar jeder Eitelkeit; er, der sich mit seinen Kenntnissen und seiner edlen Gesinnung von der Masse der jungen Leute abhob, hatte den Frauen niemals geschmeichelt, verlangte nicht nach flüchtiger Aufmerksamkeit, war zu erfahren, als daß er dem Trug erlegen wäre, und die Auszeichnungen, denen die übrigen gierig nachjagten, begehrte er nicht.

Auf der Flucht vor ... die Zunge weigert sich, es auszusprechen! ... vor den Kokotten – man muß sie doch endlich beim Namen nennen – machte er sich ein festes Bild von der Frau, die er die seine nennen wollte – ein Bild, das vielleicht ein wenig veraltet und romantisch war, etwas barbarisch anmutete. Weil er heftig und leidenschaftlich liebte, glaubte er, daß sich die Frau einzig ihm zu widmen habe, so wie er sich ihr widmete; daß sie keine Zeichen der Aufmerksamkeit oder Zärtlichkeit an andere verschwenden dürfe, sondern sie wie kostbare Gaben in die Schatzkammer der Liebe einbringen müsse; daß sie kein Vergnügen kennen dürfe, das nicht auf ihn bezogen wäre, seinen Kummer für ihren ansehen müsse und so weiter. War er nun schuld, wenn ihm bei diesen Maßstäben Jelenas Benehmen nicht gefiel?

›Ein richtiger Barbar!‹ werden die Leserinnen sagen. Doch ich setze auf das Urteil der Leser.

Wer trägt denn nun die Schuld? Meiner Meinung nach niemand. Hinge ihr Schicksal von mir ab, ich würde sie auf immer trennen und meine Erzählung hier beenden. Aber sehen wir, wie es weitergeht.

Sie haben sich getrennt – vielleicht tatsächlich für immer. Der Stolz hat Jelena nicht erlaubt, ihr wahres Gefühl zu zeigen. Nun vergießt sie Tränen, und sicherlich wäre sie zu einem Opfer zugunsten der Liebe bereit, wenn er, der das Ziel ihres Lebens, ihr Glück war, nur zurückkehrte. Erst dann verstünde sie, was er ihr bedeutet und wie sie ihn liebt; aber er kommt nicht zurück: Auch in ihm ist ein schreckliches, die Liebe vernichtendes Gefühl erwacht – der Stolz, der Hochmut des Mannes, der lange von Leidenschaft gequält und abgewiesen worden ist. Er hat die Ketten der sinnlosen Sklaverei gesprengt, stolz den Kopf erhoben und ein Freiheitslied angestimmt! – Aber halt, ist dem so? Wir werden sehen.

Die Dämmerstunde war vorüber. Alle Räume waren erleuchtet; die Menschen regten sich; aus dem Arbeitszimmer des Barons vernahm man Sprechen; die Alten verlangten nach Selterswasser und nahmen die vom Schlummer unterbrochene Unterhaltung wieder auf; aus dem Zimmer der Gattin des Barons erklang das Geläut eines Glöckchens; alles geriet in Bewegung – der Abend hielt Einzug, Jelena aber saß noch immer ohne sich zu rühren und ließ den Kopf hängen. Sie weinte zwar nicht mehr, doch hatte Blässe die Tränen abgelöst, und in ihren Augen stand fast schon Verzweiflung. Das war nicht mehr das mondäne, stolze Mädchen, die Königin des Saals, Gebieterin über eine Schar von Anbetern, die immer Besonnene, immer Majestätische, mit Hochmut im Blick und dem Lächeln des Triumphs. Nein, der Flitter war von ihr abgefallen, der Kummer hatte sie allen anderen gleich werden lassen, und niemand, der sie in dieser Verfassung zu Gesicht bekommen hätte, würde in ihr eine strahlende Schönheit aus den oberen Kreisen vermutet haben; jeder hätte gesagt, daß sie einfach ein unglückliches Mädchen sei.

Man wird mir entgegenhalten, ihr Kummer sei schwärmerisch und verdiene kein Mitleid, der Anlaß sei zu nichtig… Ich glaube, was auch die Ursache für Kummer sein mag, wenn ein Mensch leidet, dann ist er auch unglücklich. Ob er an einer Zerrüttung der Nerven leidet, an Phantasiegebilden oder an einem wirklichen Verlust, das ist gleich. Das Unglück kennt kein allgemeingültiges Maß: Ein Übel muß mit Bezug auf den Menschen beurteilt werden, den es betroffen hat, und nicht nach der Wirkung auf andere; man muß sich in seine Lebensumstände hineinversetzen, seinen Charakter und seine Verhältnisse ergründen.

Ja! Jelena war unglücklich, und überdies war ihr Kummer nicht eingebildet. Jelenas Liebe zu Adujew war nicht nur ein Strohfeuer: Auch sie liebte ihn heiß, aus tiefster Seele, zum ersten und – vielleicht – zum letzten Mal. Durch Herz und Verstand stand sie über ihrer Umgebung. Wenn sie tagsüber der Eitelkeit gefrönt, ihre Eigenliebe befriedigt und reichlichen Tribut an ihre Schönheit und Liebenswürdigkeit eingetrieben hatte – wovon träumte sie des Abends, wenn sie allein war? Einzig von dem Glück, geliebt zu werden, von ihrem künftigen Leben, das sie mit Adujew zu verbringen gedachte. Die Welt füllte die Leere in ihrem Herzen nicht; das Belanglose war versehentlich in ihre Seele gedrungen; sie selbst wartete ungeduldig, wann ihr Mädchendasein enden und die Epoche des Ehelebens beginnen würde, die Zeit, da sie einem einzigen Menschen angehören würde. Und auf einmal waren alle Hoffnungen dahin! Er liebte sie nicht mehr, verlor die Achtung vor ihr... Welche Qual! – Seit der junge Mann sie verlassen hatte, war ihre Zukunft mit einem farblosen Schleier verhangen; sie war für immer allein geblieben. Da ihr Herz den Gegenstand seiner Wahl verloren hatte, mußte sie ihr Schicksal nun dem Willen des Zufalls überlassen. Gott allein wußte, wer ihr Mann würde; vielleicht würde sie gar das Opfer der diplomatischen Ränke ihres Vaters!... Oh, wie sehr war ihr in diesem Augenblick die Welt samt ihren Galanen zuwider!

...Ja, sie war wahrhaft unglücklich! – Sie hörte nicht, wie die Tür aufging, wie die rothaarige Engländerin eintrat, und sie bemerkte deren Anwesenheit erst, als diese in ihrem bellenden Ton vermeldete, daß der Friseur im Ankleidezimmer auf sie warte und Mama befohlen habe, an den Ball zu erinnern.

»Der Ball!... Gott, der hat mir noch gefehlt! Ich fahre nicht auf den Ball«, sagte sie, gleichfalls auf englisch, »hören Sie? Sagen Sie es Mama, sagen Sie es dem Friseur, sagen Sie es der ganzen Welt! Ich will nicht, ich kann nicht.« Jelena sprach im Ton tiefster Verzweiflung, und wäre sie ein Mann gewesen, hätte sie gewiß ein ›god damn‹ hinzugefügt!

Nicht auf den Ball zu fahren war allerdings unmöglich; oder sie würde sich zwei Wochen lang krank stellen müssen, was würde sonst die Welt sagen? Und wie ein Opferlamm, mit einem Seufzer, begab sie sich mit ihrer Gesellschaftsdame ins Ankleidezimmer.

Ein Wunder, dieses Ankleidezimmer! Welcher Luxus! Wieviel Geschmack! – Ich habe all diese Dinge auch schon früher gesehen, in den Geschäften von Humbs, Junker und Plinke, doch dort haben sie auf mich nicht solchen Eindruck gemacht wie hier. Woher kommt das? Daher, daß sich hier jedes einzelne Stück harmonisch ins Ganze fügt, daß die Dinge sich hier im Tempel der Göttin befinden, der Stempel ihrer Anwesenheit auf ihnen liegt; sie scheinen ihr besonderes Leben zu leben. Was zum Beispiel ist schon Bemerkenswertes an diesem Bronzeleuchter mit dem Transparentschirm, wenn dein Blick im Geschäft auf ihn fällt? Siehst du aber einen Kerzenstummel darin, und neben ihm ein aufgeschlagenes Buch und ein liegengebliebenes Tuch mit dem Monogramm der Schönen, stellst du dir vor, wie sie vor diesem Buch sitzt und liest – welchen magischen Reiz bekommen dann Leuchter, Tuch, ja sogar das Buch – und wären es auch die Werke von Figljarin! (Welche Jelena übrigens nie gelesen hatte – Gott behüte sie!) Was ist denn Besonderes an diesem Boudoir? Ein Tisch mit einem Spiegel – weiter nichts! Aber auf ihm liegt ein nach außen gekehrter Handschuh von ihr – er ist winzig und duftet nach Ambra. Die Phantasie will diesen Duft um nichts in der Welt dem französischen Parfüm zuschreiben, sondern unbedingt der Hand, die ihn trägt. Der Diwan ist ein prächtiges Möbel, das ist alles! Aber auf ihm hat die Schöne die Schuhe gewechselt, und die Zofe hat ein Miniaturschühchen liegengelassen. Wie nachlässig die Bänder herabhängen! Sie ziehen dich unwiderstehlich an. Du schaust dich um, ob auch niemand in der Nähe ist, besonders Adujew, ergreifst den Schatz und küßt ihn: unmöglich, sich zu beherrschen!

In diesem Moment sitzt Jelena vor dem Trumeau und begreift kaum, was um sie herum geschieht; und in ihrer Nähe machen sich der Friseur und drei Kammerzofen zu schaffen. Wie schön Jelena jetzt ist! So ist sie viel schöner als auf einer Abendgesellschaft. Dort staffiert sie sich mit besonderen Gesten, besonderen Blicken, einer besonderen

Redeweise aus; der Kummer aber ziert sie auf seine Art, und wie schön hat er sie werden lassen! Weshalb erkennt sie nicht, daß sie viel schöner ist, wenn sie von einem starken, unverstellten Gefühl beherrscht wird? Sie sitzt nachlässig da, und gegen ihre Gewohnheit sieht sie nicht einmal in den Spiegel; Tränen stehen in den schwarzen, sonst lebhaft funkelnden flinken Augen, über die sich wie ein Schleier schmerzliche Nachdenklichkeit gebreitet hat; auf den Wangen wechseln Röte und Blässe einander ab; ihre Lippen sind halb geöffnet; der Kopf auf die linke Schulter geneigt. Sie spürte nicht, wie der Coiffeur auf einer Seite die Haarnadeln herauszog und das Haar in üppigen Locken über die Wange fiel, sich spielerisch um die Schulter legte; sie bemerkte nicht, wie die Zofen ihr zum Anprobieren der Ballschuhe einen Pantoffel vom Fuß streiften, unter den sie ein Samtkissen schoben, auf dem sich dieses wunderbare, entzückende Füßchen so deutlich abzeichnete.

Ich begreife jetzt, weshalb es unter den Friseuren nicht einen einzigen mürrischen oder grüblerischen Menschen gibt, weshalb sie fröhlich und geschwätzig sind: Anders kann es gar nicht sein. Wie kalt die Natur den Friseur auch geschaffen haben mag, allein die Berührung mit dem Kopf einer schönen Frau muß magnetisierend auf ihn wirken. Eleganz beeindruckt selbst die größten Seelen, erst recht, denke ich, Eleganz in Gestalt von Jelenas Kopf. – Wie despotisch der Friseur über Jelenas reizendes Köpfchen verfügt! Bald beugt er es, bald hebt er es an, er dreht es zu der einen, dann wieder zu der anderen Seite, als betrachte er es mit Kennermiene. Wie ungezwungen läßt er seine frevlerischen Blicke vom Scheitel zum Nacken und wieder zurück spazieren! Da beugt er sich zu ihr herab, als wolle er ihren Duft in sich einsaugen, nun lehnt er sich zurück, um sich wie ein Künstler aus der Distanz an seinem Werk zu ergötzen; jetzt ergreift er gar mit der einen Hand eine ganze Haarsträhne, während die ande-re... Welche Reize offenbaren sich bei jeder Bewegung! Nein, die Geduld ist erschöpft. Vergebens schaut man auf das Kruzifix aus Elfenbein auf dem Tischchen, vergebens sucht man durch fromme Gedanken der Erregung Herr zu werden: Es hilft nichts! Der Kopf ist fieberheiß, der Blick trübe; das Blut strömt stoßweise zum Herzen und zurück... Man wendet sich ab und erblickt – eine neuerliche

Versuchung! Auf dem Diwan liegt in betörender Unordnung ein berückendes Gazekleid ausgebreitet, das darauf wartet, die Schöne zu umhüllen, sie zu umarmen, ihren schlanken Leib, ihre üppigen Formen zu umschließen... ein Kleid, so leicht, so luftig und ätherisch, daß wir es nur gemeinsam anzuhauchen brauchten, verehrter Leser, und es flöge an einen anderen Ort.

Nein, in Zukunft werde ich solche Stätten meiden. Sehen wir lieber, was Jegor Petrowitsch macht.

Er stieg die Treppe nicht ganz so beschwingt hinab, wie er sie hinaufgelaufen war; er hielt auf jeder Stufe nachdenklich inne; seine Beine knickten ein, als ob er, um mit den Worten Hugos zu sprechen, zwei Knie an jedem Bein hätte.

Als er die Schwelle des Hauses überschritt, in dem er so grausam beleidigt worden war und in welches zurückzukehren er nicht die Absicht besaß, hätte er den Staub der Vergangenheit von seinen Füßen schütteln müssen; doch er vergaß dies anscheinend, ging langsam den Fußweg entlang und ließ den Kutscher hinter sich herfahren. Welch ein Unterschied zwischen Ankunft und Abfahrt! Vor einer Stunde noch war er beflügelt von der Hoffnung, Jelena zu besitzen, von seinem Recht auf ihr Herz und ihre Hand; und nun existierte sie nicht mehr für ihn. Wie alle Unglücklichen ging er schleppend, den Kopf auf die Brust gesenkt, den Blick zu Boden geschlagen; er hörte und fühlte nichts. So trottete er nach Hause. Wenn der Diener nicht auf den Gedanken gekommen wäre, ihm fast gewaltsam den Mantel abzunehmen, hätte er ihn wohl anbehalten; so aber trat er mit Hut in den Saal, ließ sich auf einem Platz nieder, wo er nie zuvor gesessen hatte, und sprach leise das folgende vor sich hin: »So ist das Leben! Vor einer Stunde noch nannte ich mich glücklich, und jetzt!... Dummkopf! Kindskopf! Was hat mir meine Erfahrung eingebracht? Habe dem Glück vertraut... Welchen Nutzen hat es gehabt, daß ich das Leben durch und durch kennengelernt habe, am eigenen Leib erfahren und gesehen habe, wie andere bei jedem Schritt stolpern und doch immer wieder das Opfer eines Betrugs werden? Ich wußte es und – bin reingefallen! Eine Schande!... Doch wer hätte der Versuchung widerstanden? Mein Leben ist ohnedies nicht angenehm; ich habe mich lange zu beherrschen versucht; ich bin doch auch nur ein Mensch!... Wie weh es tut, sich um seine letzte Hoffnung betrogen zu sehen! Wie traurig, dem schönsten Traum zu entsagen!...«

Er verfiel ins Grübeln. Dann erhob er sich und begann, mit schnellen Schritten im Zimmer auf und ab zu wandern.

»Was soll ich tun? Was fange ich mit meinem Kummer an?« Er dachte nach. Schließlich tauchte in seinen Augen ein ganz anderer Ausdruck auf: Sie blitzten zornig; und seine Lippen preßten sich krampfhaft aufeinander. »Nein!« rief er aus, »ich werde mich dem Schmerz nicht anheimgeben, werde mich nicht von ihm überwältigen lassen! Bei meiner Ehre, nein! In mir ist genügend Kraft, um dem unerfüllbaren Traum zu entsagen, ihn zu vergessen... Ich werde Zerstreuung finden. Ich will lesen, mich der vielen vernachlässigten Dinge annehmen; und wenn das nicht hilft, ziehe ich in die Welt hinaus, gehe wieder nach Deutschland, um mein Wissen zu bereichern, oder unter den gesegneten Himmel Italiens, Griechenlands. Man sagt, für Verrückte meines Schlages ist eine Reise das Heilsamste. Als ob es nicht genug zu tun gäbe! Mein Verwalter zum Beispiel ist mir einen ganzen Monat lang nicht unter die Augen gekommen, und ich habe keine Ahnung, was in meinen Dörfern geschieht; dabei hängt von mir das Schicksal von dreitausend Menschen ab und von denen wiederum mein Wohlergehen! Kein Zögern mehr! Ich werde mich sofort damit befassen. – Oh, ich werde meine Ruhe wiederfinden; nicht umsonst bin ich ein Mann!«

»He!« schrie er. Der Diener erschien. »Schick mir den Verwalter ins Arbeitszimmer!«

Fünf Minuten später trat mit einem Stapel Papiere der Verwalter Jegor Petrowitschs ins Arbeitszimmer, ein untersetzter alter Mann in erbsfarbenem Gehrock und mit einer außerordentlichen Glatze. Er verbeugte sich tief und blieb an der Schwelle stehen.

»Wir haben uns lange nicht gesehen, Jakow! Weshalb kommst du denn nicht mehr wegen der Geschäfte?«

»Ich komme ja, Väterchen Jegor Petrowitsch, jeden Tag komme ich, wie früher, aber immer heißt es, daß Sie zum Baron Karl Ossipowitsch auszufahren geruhten.«

»Heute hast du das zum letzten Mal gehört. Vom heutigen Tage an erstattest du mir über alles Bericht, zeigst mir jedes Papier. Ich will alles selbst sehen und wissen.«

»Sehr wohl«, sagte der Alte und machte eine tiefe Verbeugung.

»Was gibt es denn nun?«

»Also, Herr, da schreibt vom Woronesher Stammgut der Architekt, daß Sie ihm gnädigst mitteilen möchten, bis wann das Haus in Jelzy hergerichtet sein soll: Es ist noch eine Menge zu tun, und der Frühling steht vor der Tür. Der Gärtner bittet um den Samen für das Blumenbeet, das Sie anzulegen befahlen; er hat einen Katalog mitgeschickt, er ist aber nicht in unserer Sprache.«

»Eitles Geschwätz!« unterbrach ihn Adujew wütend, »brauchen wir alles nicht. Der Bau ist einzustellen und der Architekt zu entlassen; im Garten ist auch nichts Neues nötig. Ich fahre nicht hin.«

»Sehr wohl«, und der Alte verneigte sich tief.

Adujew geriet nicht grundlos in Wut: All die einzelnen Vorhaben wie der Umbau des Landhauses und die Umgestaltung des Gartens mündeten in den umfassenderen Plan seiner Heirat. In Gedanken hatte er Jelena bereits die Seine genannt, und nachdem er eine Theorie seines künftigen Glücks entwickelt hatte, hatte er begonnen, sie in die Praxis umzusetzen. Sein Woronesher Dorf, das wunderbar gelegen war, hatte er zum künftigen Wohnsitz bestimmt, und das dortige alte, düstere und häßliche Haus seines Großvaters gedachte er zu einem lichten Tempel der Liebe zu machen, es sollte sein Eldorado werden. Er erkundete Jelenas Geschmack bis in die kleinste Einzelheit, wußte geschickt ihre Wünsche für später in Erfahrung zu bringen, setzte sie mit seinen eigenen ins Benehmen und begann die entsprechenden Umgestaltungen in Haus und Garten vorzunehmen: Er zog einen Architekten hinzu und schickte die Pläne für den Umbau des Hauses aus Petersburg, dem Gärtner gab er gleichfalls eine Fülle von Anweisungen. Er hatte schon den Kauf von Möbeln und verschiedenen anderen Dingen, die das Haus verschönern sollten, in Aussicht genommen, im Geist schon die Beschäftigungen im Dorf festgelegt, sein künftiges Familienleben geordnet, sich um die Vervollständigung der Bibliothek mit Jelenas Lieblingsautoren gekümmert; und oft hatte

er sich vorgestellt, wie er seine liebe Hausherrin unter das großväter-
liche Dach geleiten und einen neuen Lebensabschnitt beginnen würde. Er als Hausherr und Wohltäter seiner Untergebenen, als Gatte
und Besitzer einer anmutigen Frau und später sicher als Vater – welch
eine Zukunft! Und plötzlich – wer hätte das ahnen können? ... Der
Dämon der Raserei überkam ihn, als ihn der Verwalter an die Pläne
erinnerte, die sich inzwischen als Luftschlösser erwiesen hatten und
zu nichts mehr taugten.

Wieder begann er durchs Zimmer zu gehen.

»Was gibt es noch?« fragte er grimmig.

»Der Dorfälteste vom Jaroslawler Stammgut schreibt«, fing Jakow
zaghaft an, »ob Sie nicht so gnädig sein wollen, zwei Burschen zu
helfen: Sie müssen zu den Rekruten; der Vater des einen hat sich im
Herbst ins Bein gehackt, sitzt nun auf dem Ofen und legt die Hände
in den Schoß; er und der Sohn haben die ganze Familie ernährt; jetzt
sind nur noch Frauen und Kinder da – die können bloß betteln gehen;
der andere wollte heiraten, seine Braut ist Waise – ein arbeitsames
Mädchen, ein Schatz für die Familie. Es sind arme Teufel, schreibt der
Dorfälteste, das Herz will einem brechen, wenn man sie anschaut.«

Adujew machte ein finsteres Gesicht. – »Was? ... Eine Braut? Ich
zeig ihm die Braut! Heiraten will dieser Verrückte! Blödsinn! Beide zu
den Soldaten, die Dirne in die Fabrik; wenn der Dorfälteste noch mal
schreibt, kommt er auch dorthin! Ich liebe keinen Spaß! Hast du
verstanden?«

»Verstanden, Väterchen Jegor Petrowitsch; morgen setze ich die
Antwort auf.«

»Weiter!«

»Aus dem Dorf im Kursker Gebiet haben die Bauern eine Bittschrift geschickt, sie klagen sehr über die Mißernte und fragen, ob Sie
die rückständigen Abgaben nicht noch ein Jährchen stunden könnten:
Sie sind schlimm dran.«

»Nichts da! Daß mir noch in diesem Jahr alles bis auf die letzte
Kopeke eingetrieben wird, sonst... du verstehst?«

»Wie Sie befehlen, Herr. Morgen werde ich schreiben«, antwortete
der Alte und verbeugte sich tief.

»Noch was?«

»Das war alles, Herr.«

»Dann geh schon; aber paß auf, daß du mir ja über alles Bericht erstattest!«

Der Verwalter ging aus dem Arbeitszimmer in den Vorsaal, wo ihn ein anderer Greis, der Erzieher und Kammerdiener Adujews, Jelissej, erwartete.

»Ach, Väterchen Jakow Tichonytsch, was ist nur in Jegor Petrowitsch gefahren? Das erkläre einer. Ich begreife es nicht, hab ihn noch nie so erlebt.«

Jakow winkte ab und berichtete, was zwischen ihnen vorgefallen war – wie der Herr auf die Bittschrift der Bauern und auf das Anliegen der Rekruten geantwortet hatte. »Er scheint nach dem verstorbenen Herrn zu geraten«, schloß Jakow seine Erzählung, »ein Mensch, sollte man meinen!«

»Was redest du da, Jakow Tichonytsch!«

»Bei Gott, das ist die Wahrheit!«

Die Alten traktierten einander mit Tabak und gingen ihrer Wege. Währenddessen lief Adujew äußerst erregt im Zimmer auf und ab.

»Na also, jetzt bin ich endlich ruhig«, sagte er, wobei er mit einer Hand krampfhaft am Knopf seines Gehrocks zerrte und sich mit der anderen fast das Ohr blutig kratzte, »vollkommen ruhig! Eine Angelegenheit ist erledigt, nun widme ich mich einer neuen... Oh, ich werde sie vergessen!«

In diesem Moment ließ ihn der Teufel an den Bericht des Verwalters über den Umbau des Gutshauses denken; seine Phantasie entrollte vor ihm das Bild der verlorenen Glückseligkeit; er stellte sich ein poetisches Heim vor – das Haus ein Wunder an Behaglichkeit, Geschmack und Luxus, der prächtige Garten, in dem Kunst und Natur miteinander wetteiferten; er malte sich aus, wie er sich mit Jelena dort vor den dummen Nachbarn, ja vor der ganzen Welt verborgen hätte; dort hätte er mit dem Zauberspiegel zu Füßen seiner Armida gelegen.

»Und alles ist dahin! Das wunderschöne Traumschloß ist eingestürzt!« Er hatte endlich den Knopf abgerissen und das Ohr blutig gekratzt.

»Nein, das ist unwürdig und kleinmütig!« rief er aus. »Fort mit diesen hinterlistigen Gedanken, fort mit den verführerischen Träumen! Ihr habt mich genug genarrt! Ich werde euch aus meinem Gedächtnis austreiben, reihe mich ein unter das Banner irgendeines verderbten Anführers schlimmster Wüstlinge, stimme in ihren Chor ein und verbanne durch Orgien die Erinnerung an sie; mit wildem Geschrei werde ich die Stimme des Herzens zum Schweigen bringen... Morgen schon beginne ich mein neues Leben!«

Er nahm Feder und Papier und begann zu schreiben. Nach fünf Minuten rief er Jelissej.

»Morgen werden die zwanzig Leute, die ich hier notiert habe, bei mir zu Mittag essen. Schick Boten mit den Einladungen zu ihnen, und du kümmerst dich um das Mahl. Aber paß auf – üppiges Essen, reichlich Champagner, und daß Karten da sind!«

»Erlauben Sie, Herr, es ist doch schon Nacht: Wie soll ich das schaffen?«

»Schaffe es, wann du willst!« schrie Jegor Petrowitsch. »Ich will nichts davon wissen! Daß mir ja alles klappt! Alter Teufel, willst den Schlauen spielen – hinaus!«

Der Greis hatte Adujew zuerst verwundert, dann bekümmert angesehen.

»Alter Teufel«, flüsterte er und schüttelte den Kopf, »hat man Töne? Mein Lebtag hab ich nichts so Reizendes zu hören bekommen! Was muß ich mir mit meinen grauen Haaren von Ihnen sagen lassen, Jegor Petrowitsch! Großgezogen habe ich Sie, dreißig Jahre lang Ihrem Vater gedient, fast bis in die Türkei bin ich mit ihm gekommen, und nicht einmal von ihm habe ich so ein böses Wort gehört.«

Adujew wies ihm wortlos die Tür. Der Alte wischte sich mit der Hand eine Träne ab, hob die von Adujew geschriebene Liste vom Boden auf und schlich still und traurig mit gesenktem Kopf hinaus.

»Gott!« rief Adujew schmerzlich bewegt. »Wohin hat mich die Leidenschaft gebracht! Was tue ich! Ich habe den Verstand verloren...« Er vergrub sein Gesicht in einem Tuch und schluchzte dumpf, ohne Tränen. Es klang beängstigend: kläglich und schrecklich in einem. Er bekam kaum Luft, ihm wurde unerträglich heiß; mühsam schöpfte er Atem; der Aufruhr in seiner Seele und das physische Leiden zeichneten schon sein Gesicht, das zwei Stunden zuvor noch frisch, schön und blühend gewesen war und sich jetzt völlig verändert hatte: Die Augen hatten den Glanz verloren wie nach einer langwierigen Krankheit, die Wangen waren eingefallen, alle Züge verzerrt, die Haare in Unordnung. Schließlich verwandelte sich der rasende Schmerz allmählich in stille Trauer; Adujew beruhigte sich nach außen hin. Er stützte sich mit einem Arm auf den Tisch, während er in der anderen Hand mechanisch ein auf dem Tisch liegendes Billett drehte; endlich warf er zufällig einen Blick darauf und las: ›Eintrittskarte für den Ball im Kommerz-Club‹.

»Wo kommt diese Eintrittskarte her?« fragte er den herbeigerufenen Diener.

»Ein Herr hat sie gebracht und ausrichten lassen, daß er Sie unbedingt auf dem Ball zu sehen hoffe.«

›Ah! Das Schicksal selbst verschafft mir das Mittel, um mich abzulenken. Ich folge ihm, wohin es mich führt; vielleicht erwartet mich unverhofftes Glück.‹

»Schnell doch, ankleiden!« sagte er zum Diener, »und laß die Kutsche anspannen!«

»Weißt du, wo sich der Kommerz-Club befindet?« fragte er den Kutscher.

»Nein.«

»Irgendwo auf dem Englischen Quai, man wird fragen müssen.«

»Ah! Jetzt weiß ich!«

»Nun denn, los!«

Keiner der Sittenschilderer, die einen Ball beschreiben, hat jemals vergessen, den gänzlich bedeutungslosen und selbstverständlichen Umstand zu erwähnen, daß Auffahrt und Fenster hell erleuchtet sind und die Straße vor dem Haus von Equipagen verstopft ist. Ist eine Zusammenkunft von kultivierten Leuten denn ohne dies überhaupt möglich? Natürlich ist es eine ganz andere Sache, diese Nebensächlichkeiten so zu schildern, wie es Puschkin im ›Eugen Onegin‹ tat! Wir werden also die an dieser Sache Interessierten auf ihn verweisen und nicht mehr darauf zurückkommen, da wir nicht vorhaben, den Ball auszumalen, den wir nur eines einzigen, für das Schicksal von Jegor Petrowitsch bedeutungsvollen Umstandes wegen brauchen.

Adujew betrat die Eingangshalle, übergab sein Billett einem prachtvoll gekleideten Portier und begann verwundert die Treppe hinaufzusteigen, die mit einem teuren Teppich bedeckt war, der mehr als einem Arbeitszimmer Ehre gemacht hätte, und an deren Seiten Pomeranzen- und Zitronenbäume aufgestellt waren; sie führte zu einer Tür mit vergoldetem Schnitzwerk und Kristallglasscheiben. Im Vorsaal drängten sich Kellner in Samtlivreen mit Goldtressen. Kurz, alles nahm sich aus wie auf einem Ball der Aristokratie.

›Ein öffentlicher Ball – und ein solcher Luxus!‹ dachte Adujew, ›seltsam!‹

Die Türen öffneten sich, und vor ihm tat sich eine hell erleuchtete Zimmerflucht auf. Für einen Moment blieb er in der Saaltür stehen, um die Menge durch seine Lorgnette zu betrachten, und sah verwundert, daß die gesamte Petersburger Aristokratie hier versammelt war, die ›Creme der Gesellschaft‹. Unaufhörlich flimmerten Sterne, Bänder und alle Uniformen der Welt vor seinen Augen, denn anwesend waren die Vertreter aller Mächte. Es waren auch jene jungen Leute da, die durch ihr Äußeres überall auffallen würden, sogar beim Jüngsten Gericht, wenn die gesamte Menschheit versammelt sein wird. Der Ton, die Gesten, die in ihrer Schlichtheit und Natürlichkeit zu höchster, unnachahmlicher Eleganz und Vollendung gebrachte Kleidung wiesen sie als erstrangige Dandys aus, als Menschen, die von der Erziehung, ja von der Natur selbst in besonderer Weise geprägt sind.

›Was hat die denn hierhergeführt?‹ überlegte Adujew. ›Ich habe von ihnen noch nie ein Wort über den Kommerz-Club gehört.‹ Und sich zum Spiegel wendend, warf er einen prüfenden Blick auf seinen Anzug und betrat den Saal.

In der Nähe der Tür stand ein alter Mann von ehrwürdigem Aussehen, in ausländischer Uniform. Er verbeugte sich vor Adujew und begrüßte ihn.

›Hier kommt alles zusammen, um diesen Ball einem öffentlichen unähnlich zu machen‹, dachte Jegor Petrowitsch, ›ein alter Mann empfängt mich, als sei er der Hausherr! Wahrscheinlich geht er beim Baron ein und aus und kennt mich vom Sehen.‹

Höflich erwiderte er die Verbeugung und ging weiter.

Nachdem er sich endlich bis zu dem Platz durchgearbeitet hatte, wo der erste Teil des Balles, der Tanz, stattfand, machte er halt. Hier gaben sich die eleganten Damen, die Adujew nach Möglichkeit floh, ein Stelldichein, jene, die im Winter abends als lebende Girlande die Beletage des Michailowski-Theaters und morgens den Mazurka-Prospekt bevölkern und die im Sommer die Balkons der Sommerhäuser auf der Kamenny-Insel zieren. Sie als die Sterne erster Ordnung der Petersburger Gesellschaft verbreiteten einen verheißungsvollen Glanz. Welch erlesene Eleganz! Wieviel Grazie und Geschmack in den Gewändern! Adujew spürte den kalten Hauch der Etikette, ihn umgab jene Atmosphäre, die einen denkenden Menschen bedrückt und ihm das Atmen schwer werden läßt. Innerlich verwünschte er Bronski, der ihm die Eintrittskarte gebracht hatte. »So ein Tunichtgut«, brummte er. »Ohne mich zu warnen! Wahrscheinlich wollte er mich überraschen. Ich muß zugeben, besser hätte es ihm nicht gelingen können. – Wo ist er denn überhaupt? Warum ist er immer noch nicht da?«

In diesem Augenblick hielt eines der strahlendsten Gestirne auf seiner an Adujew vorüberführenden Bahn inne.

»Sie auch hier, Monsieur Adujew?« sagte sie. »Ein seltenes Ereignis – Sie sind ja so menschenscheu! Wer hat Sie denn hergebracht?«

»Bronski, Fürstin.«

»Und ich nahm an, der Baron«, meinte sie und zog weiter, wobei sie die kleingewachsene Fürstentochter hinter sich her schleppte wie ein Schiff ein winziges Boot.

›Ja, was nicht gar!‹ dachte Jegor Petrowitsch, der sich weiter durch die Menge zwängte. ›Der Baron wird in den Kommerz-Club kommen, obwohl Eure Erlaucht hier ist! Immerhin sind ja alle seine Amtskollegen und Whistpartner zur Stelle; also könnte wohl auch er auftauchen.‹

»A! bonjour, cher George!« rief ein blutjunger Gardeoffizier aus und ergriff seine Hand. »Wie bist du hierhergeraten? Na, ich bin sehr froh, daß du dich besonnen und endlich entschlossen hast, dich in der Gesellschaft zu zeigen. Du konntest das ja früher nicht ausstehen. Ist es hier nicht wirklich sehr nett? Magnifique, n'est ce pas? Komm, ich stelle dich den Rauts, den Swetows und den Balows vor. Es sind sehr liebe Leute! Sie mögen dich, ohne dich zu kennen, und tadeln schon lange, daß du dich vor den Menschen versteckt hältst. Mit deinen Vorzügen muß man in die Offensive gehen. Komm! Ach ja, wirst du übrigens am Freitag beim österreichischen Botschafter erscheinen?«

»Beim österreichischen Botschafter! Bist du bei Verstand? Als ob das das gleiche wäre!«

»Aber beinahe, mon cher, es werden dieselben Personen dasein; höchstens noch die Zarenfamilie...«

»Hör auf, Unsinn zu schwatzen! Sag lieber, ob du morgen bei mir zu Mittag essen wirst. Ich habe dir eine Einladung geschickt.«

»Was gibt es denn bei dir? Hältst du eine Überraschung parat? Hast du etwa eine Erbschaft gemacht? Doch halt, du bist blaß, zerstreut... Nun, das ist es! Ich wette, es ist eine Erbschaft; du machst aus Anstand eine saure Miene... In diesem Falle hättest du nicht kommen sollen; was wird man sonst in der Gesellschaft sagen?« flüsterte er ihm ernsthaft ins Ohr und stürzte einer Dame entgegen, die mit einem jungen Mädchen eintrat; Adujew aber ging weiter und traf unterwegs immer wieder auf Bekannte und die unweigerlichen Fragen: ›Ach, du bist auch hier?‹ – ›Wie sind Sie denn hierhergeraten‹ – ›Na, das ist ja eine Überraschung! Bravo!‹ – ›Sie auch in der Gesellschaft?‹

Schließlich hatte er es satt, und er ging aus dem Saal in die angrenzenden Zimmer, die teils leer, teils von Kartenspielern bevölkert waren. ›Das alles ist viel zu prachtvoll für einen öffentlichen Ball‹, dachte er, ›wohin man sich auch wendet, überall Marmor und Bronze. Und was für Möbel! Als hätte noch gestern hier ein hoher Würdenträger gewohnt: Die Anordnung und Einrichtung der Räume zeigen es ganz klar. Da ist ja auch eine Gemäldesammlung!‹ Er richtete die Lorgnette auf die Bilder und stieß einen Ruf des Erstaunens aus: Hier hingen die Schöpfungen italienischer Meister aller Schulen, fast aller berühmter Künstler, im Original. »Was hat das zu bedeuten?« rief er.

Unter anderem waren da Porträts des Herrschers und der Herrscherin in hervorragender Ausführung und daneben das Konterfei eines Generals in ausländischer Uniform. Adujew hielt nach Bekannten Ausschau, um zu fragen, wer das war; aber es waren keine Bekannten in der Nähe, und er begann die Skulpturen zu betrachten. Sein Kennerblick bemerkte sogleich den ausgezeichneten Meißel. Auf einem Podest waren hier auch die Büsten Seiner Majestät des Zaren und Ihrer Majestät der Zarin aufgestellt, und gegenüber stand auf einem ebensolchen Podest die Büste desselben Generals.

»Wessen Büste ist das?« fragte er einen ihm bekannten Engländer, der vorüberging.

»Die des neapolitanischen Königs«, erwiderte der und verschwand in der Menge.

›Woher diese Zuneigung des Kommerz-Clubs zum neapolitanischen König? Doch wohl eher zu dem von England: Das ist wenigstens eine Handelsnation. Seltsam!‹

»Ach!« rief er beinahe vernehmlich aus. »Ich verstehe! Natürlich, der Club hat das Haus gemietet, und der Hausherr hat alles unverändert gelassen... jetzt begreife ich!«

Unterdes lockten ihn die entfernten Klänge der Musik, die aus dem Saal herübertönten, und die um ihn herum wogende Menge zog ihn dorthin mit. In der Tür stieß er wieder auf den Alten, der die höfliche Frage an ihn richtete, warum er nicht tanze.

»Ergebensten Dank, aber ich tanze nie«, antwortete er trocken.

»Weshalb rückt er mir auf den Leib?« murmelte Jegor Petrowitsch, als er sich entfernte. »Anscheinend habe ich es ihm angetan. Doch nein, er scharwenzelt ja auch um andere herum. Vielleicht ist er einfach nur gutmütig. Es gibt ja solche alten Leute, die sich an jeden heranmachen. Er wird ein Kauz sein; ob er etwa verrückt ist? Die tauchen manchmal an öffentlichen Orten auf. Ich muß fragen, wer das ist.«

Doch wieder waren keine Bekannten zur Stelle; inzwischen endete auch der Kontertanz, und Adujew, mit dem Rücken an eine Marmorsäule gelehnt, ließ seine Blicke ziellos, ohne Ausdruck und Sinn, von einem Gegenstand zum anderen schweifen. Der Schmerz hatte sich

tiefer in sein Herz gebrannt, der Wurm der Verzweiflung regte sich im
Rausch des prachtvollen Balles heftiger in seiner Brust; der junge
Mann spürte seine Einsamkeit stärker, denn seiner Seele waren die
unbekümmerte Ausgelassenheit, die sinnlose Freude ohne Ziel gar zu
fremd; der Ball zog alle in seinen Bann: Nur ihn ließ der Zauber kalt;
er glich einem Zuschauer, der den Trick des Scharlatans durchschaut
und die Verwunderung der Menge nicht teilt. ›Ein Ball! Ein Ball!‹
dachte Adujew. ›Und so etwas vermag die Leute eine ganze Woche
in Atem zu halten! Wenn sie irgend etwas Neues erwarten würde,
etwas Niegesehenes, Niegehörtes, dann wäre es nur die dem Menschen eigene Neugierde, die sie den Ball erwarten ließe. Aber eine
Woche vorher die Summe der Wonnen abzuwägen, jeden Augenblick
dieses Ereignisses zu kalkulieren, das schon tausendmal stattgefunden
hat und sich ebensooft wiederholen wird, und immer noch voller
Erwartung zu sein – das ist einfach erbärmlich!‹ Adujew konnte die
Freude und den Eifer der jungen Leute nicht verstehen und hatte
recht damit, genau wie jene seinen Schmerz, hätten sie davon gewußt,
nicht verstanden hätten, über seinen Kummer gelacht hätten und
ebenfalls im Recht gewesen wären.

Doch sehen Sie, wie ihm geschah! Sein Blick, der bisher zerstreut
umhergeirrt war, hielt plötzlich inne – voller Begierde und Verwunderung blieb er an einem Gegenstand haften. Adujew erstarrte, sein
Atem stockte... Was konnte wohl all seine Aufmerksamkeit auf sich
ziehen und ihn in Erregung versetzen? Und wo? Auf einem Ball!
Einzig und allein Jelena übte diese Wirkung auf ihn aus. Und habe
ich denn gesagt, daß nicht sie es war, die ihn in ihren Bann zog? Eben,
sie saß blaß und traurig neben einer etruskischen Vase und reagierte
kaum auf die Komplimente dreier Dandys. ›Jelena!... Was hat das zu
bedeuten? Sie im Kommerz-Club? Wozu? Und so traurig... Gott, sie
ist unglücklich!‹ Das waren die Fragen, die Jegor Petrowitsch wie
Blitze durch den Kopf schossen, in seinem Herzen aber ertönte der
Aufschrei der neu erwachten Leidenschaft, und die Stimme des Mit-
gefühls meldete sich stärker als zuvor, denn er hatte sie nie unglücklich erlebt. Er sah, daß die drei Galane, als sie in ihr nicht die frühere,
immer freundliche und liebenswürdige Jelena wiederfanden, von ihr

hinwegflatterten und sich wie ein Kometenschweif an die Gräfin Z. hingen. Sie blieb allein; ihre Augen funkelten nicht mehr siegesgewiß und selbstsicher wie früher; sie war den Tränen nahe; voller Ekel blickte sie auf die Menge; der Trubel verdroß sie, widerte sie an; nicht das benötigte sie jetzt: Sie brauchte Umarmungen und tröstende Worte der Freundschaft, das mitfühlende Herz einer Mutter, dem sie ihren Kummer anvertrauen könnte. Doch wo war die Mutter? Sie saß inmitten von eleganten alten Damen und war wie die anderen vom Ball in Anspruch genommen, verstand ebensowenig ihren Schmerz, ihre Freundinnen aber flogen im Rausch des Balles dahin, aus dem sie vielleicht erst drei Tage nach dem Ball erwachen würden. Wo war ein teilnahmsvoller Blick? – Ein einziges Wesen gab es, das sie verstand, dessen Herz allein für sie schlug, und was für ein Herz! Und dieses einzige Herz war nun von ihr beleidigt worden. Oh, wie unerträglich!... Mechanisch richtete sie ihren Blick auf die Menge und betrachtete versonnen ihre Umgebung; schließlich hatte sie die Musterung der Menge beendet; sie hob die Augen, als wollte sie die Säulen zählen; nun war die Reihe an der letzten: Mehr gab es nicht anzuschauen... Doch was war das? Ihr geschah das gleiche wie zuvor Jegor Petrowitsch. – Warum funkelten diese traurigen, nachdenklichen Augen auf einmal wieder wie Blitze, warum quollen plötzlich zwei Tränen hervor und blieben wie Edelsteine an den Wimpern hängen? Beinahe hätte sie aufgeschrien; die Sittsamkeit unterdrückte den Freudenruf gerade noch. Was soll das heißen?... Es bedeutet, daß sie Adujew erblickt hatte.

Der Gedanke, daß er sie immer noch liebte, daß er seine Grundsätze vergessen, seine Abneigung gegen die lärmenden Versammlungen der Gesellschaft, diese Hexenreigen, bezwungen hatte und hierhergekommen war, sie zu sehen, die Versöhnung zu suchen, in der Hoffnung, das Verlorene zurückzugewinnen – dieser Gedanke übergoß ihr Antlitz auf einmal mit dem Licht einer Freude, wie sie sie nie gefühlt hatte, als sie triumphierte. Und deshalb kamen ihr die Tränen; deshalb vergaß sie die Gesellschaft, die Menge, den Anstand und richtete ihren leidenschaftlichen, flehenden Blick auf den jungen Mann.

Er sah und verstand alles. Brauchte es noch Beweise, daß er geliebt wurde? Die Blässe, die Traurigkeit, die seiner Meinung nach mutige Tat, in den Club zu kommen – all das sprach nur allzu beredt für sich, und der Blick vollendete den Sieg nur, einen glänzenden Sieg nicht über das süßliche Herz eines Parkettfalters, sondern über ein von ihr gekränktes Herz. Triumphiere, du Schöne! ›Sie ist wegen mir hergekommen!‹ dachte auch Jegor Petrowitsch voller Entzücken. ›Wie hat sie es bloß erfahren? Sicher hat sie Erkundigungen eingeholt. Sie ist so traurig!... Oh, sie liebt mich ohne Zweifel!‹ Mit vollkommen glücklicher Miene trat er auf sie zu.

»Es war meine Schuld, George!« sagte sie leise. »Allein meine Schuld! Verzeihen Sie mir; vergessen Sie, was ich gesagt und getan habe; nehmen Sie meine Worte nicht ernst: Unmut und verletzte Eigenliebe haben sie mir eingegeben. Ich liebe Sie, wie ich bisher nie geliebt habe, ich wußte es nur selbst nicht. Ich habe noch nie etwas verloren, was mir teuer war, noch nie eine Trennung erfahren. Vergeben Sie mir! Es ist qualvoll, einen Menschen zu kränken, noch dazu den Menschen, den man liebt, und ohne Hoffnung auf Vergebung zu leiden, sich in jeder Minute seiner Schuld bewußt... Oh, wenn Sie mir verzeihen, wie werde ich Sie zu lieben, mein Glück zu hüten wissen, das ich aus Leichtsinn zerstörte! Sie haben mir eine Lehre erteilt, haben mich die Achtung vor mir selbst gelehrt...«

Jelena wandte sich ab, um die Tränen zu verbergen, die ihr überreichlich in die Augen traten und ohne Umstände hervorbrechen wollten, wie bei jeder Frau in solchen Fällen. Sie sprach hastig und abgehackt. Da sie weder ihr eigenes noch das fremde Herz verstand, schwankte sie zwischen Furcht und Hoffnung und wagte nicht, die Antwort vorwegzunehmen. Sie war einfach eine Frau, aber eine Kind-Frau: Eine echte Frau an ihrer Stelle wäre anders aufgetreten, obgleich die Folgen die gleichen geblieben wären. Für alles braucht es Übung, Jelena Karlowna. Sie sind noch jung, Gnädigste! Sie hätten wieder die Gräfin zu Rate ziehen sollen: Die hätte es Ihnen beigebracht.

Adujew wurde blaß: Er hatte den Schmerz kaum ertragen, die unerwartete Wendung aber, die betäubende Fügung des Glücks ging über seine Kraft.

»Kein Wort mehr!... Schonen Sie mich, Jelena! Ich halte es nicht aus, mir ist schlecht... Ich fühle mich schwach.« Und nachdem er das gesagt hatte, sank er still neben ihr auf einem Stuhl nieder. Jelena erriet erst jetzt seine Antwort und wollte einen Blick zum Himmel schicken, traf aber auf die Zimmerdecke, die mit Fresken bemalt war, mit der ganzen Welt der mythischen Götter – ein sehr schöner Himmel für einen Ball, besonders für die auf ihm Anwesenden: Sie hätten sich keinen besseren gewünscht. Der unter den Göttern befindliche Amor schien ihr zuzulächeln und den Myrtenkram aus seinen Händen auf ihr Haupt senken zu wollen, zum Zeichen des Triumphes seiner Macht.

Was für ein Glückspilz Adujew doch war! In welcher Euphorie er jetzt schwebte! Entzücken hatte ihn übermannt und hinderte ihn zu sprechen, zu denken, ja zu atmen. Er saß reglos und blaß da, konnte sein Glück noch nicht ermessen... Die Gedanken in seinem Kopf erstarrten und mündeten in der einen unfaßlichen, beglückenden Idee: ›Sie liebt mich!‹ Es verschlug ihm die Sprache.

Wieder näherte sich ihm der lästige, verrückte Alte und fragte, ob ihm nicht wohl sei, ob er vielleicht frische Luft, fleur d'orange, des sels benötige?

»Nein, ich brauche jetzt gar nichts!« sagte er, seine Kräfte zusammennehmend. »Jelena«, flüsterte er ihr zu, »mit diesem Augenblick hätten Sie auch eine tödliche Beleidigung wiedergutgemacht. Ich, ich allein bin schuld an allem; ich bin erfahrener als Sie, ich hätte mich anders verhalten müssen, hätte nicht aufbrausen dürfen wie ein siebzehnjähriger Jüngling. Jetzt mögen Sie mich doppelt so kühl, zehnmal so launisch und kapriziös behandeln: Ich werde alles ertragen!« Er erhob sich.

»Wohin wollen Sie?«

»Zum Baron, um Ihre Hand anhalten.«

»Jetzt?... Wie ist das möglich! Man ist ohnehin auf uns aufmerksam geworden.«

»Dann bringen Sie wenigstens Ihre Mutter dazu, bald nach Haus zu fahren.«

Mit Müh und Not konnten sie den Baron vom Whist, die Baronin

von den alten Damen losreißen. Adujew setzte sie in die Kutsche, lud
sie vor ihrer Haustür wieder aus und trat mit ihnen ein.

»Geben Sie mir Jelena, Baron: Nur Ihr Einverständnis fehlt zu
meinem Glück!«

»Oho! Warum kommst du ausgerechnet jetzt darauf? Wo hast du
früher deine Augen gehabt? Verschieb es wenigstens bis zum Morgen!
Du hast sowieso unser Spiel unterbrochen. Was war das für ein Whist!
Ich war am Gewinnen! Stell dir vor, ich hatte ein As und drei Könige,
und der Admiral...«

»Vertagen Sie mein Glück nicht um eine einzige Minute! Ich will
mit dem Gedanken wegfahren, daß Jelena mein ist.«

»Also gut! Ich liebe dich wie einen Sohn und bin schon lange
darauf vorbereitet, meine Frau auch; aber was sagt Jelena dazu?«

»Papá«, sagte sie beschwörend, »faites ce qui demande: je le veux
bien!«

»Das also ist ihre Meinung! Wie hast du bloß ihre Gedanken erraten? Nun, mag es denn sein!...«

Vater und Mutter gaben der Tochter ihren Segen. – Die jungen
Leute fanden sich allein in ebenjenem Zimmer, vor ebenjenem Flügel,
wo Adujew wenige Stunden zuvor seine Niederlage erlitten hatte;
doch wer des Vergangenen gedenkt, dem soll das Auge ausfallen!
Aber Jegor Petrowitsch dachte noch daran.

»Ich habe so viel gelitten«, sagte er und ergriff ihre Hand, »Sie
haben mich so lange gequält, daß... Oh! Es ist so leicht für Sie,
die Kränkung vergessen zu machen!« Er rückte näher; sie sah ihn
an, schlug aber sogleich mit verwirrtem Lächeln die Augen nieder;
Röte ergoß sich über ihr Gesicht. Beider Herzen schlugen heftig,
beide atmeten sie mühsam. Schließlich neigte er ein wenig den Kopf
und wollte mit den Lippen ihre flammende Wange berühren, aber sie
wandte sich ab, und ihre üppigen, duftenden Locken streiften das
Gesicht des jungen Mannes... Spielerisch drehte sie sich wieder
um; seine Lippen verharrten noch an der gleichen Stelle und dürsteten
nach einer Belohnung; nun wandte sie sich nicht mehr ab, sondern
sah ihn zögernd und mit einem unschlüssigen Lächeln an. Aus den
Augen beider leuchtete das Glück; nicht lange blieben sie tatenlos; der

unsichtbare elektrische Draht, der von einem Blick zum andern führte, wurde kürzer, ihre Augen schlossen sich und ihre Lippen fanden zueinander... Er verging fast, und bebend beugte er die Knie und bedeckte ihre Hände mit feurigen Küssen.

»Nun, fürs erste ist es genug!« sagte der Baron, der in der Tür stand. »Jetzt kommt zum Abendessen.«

Die jungen Leute stoben auseinander wie zwei durch einen Schuß aufgeschreckte Tauben.

»Nein... wir... es ist nichts, Baron!« stammelte Adujew und kratzte sich wie ein Schuljunge den Kopf, während Jelena in den Noten zu wühlen begann. »Abendessen!« sagte er kläglich. »Wollen Sie wirklich zu Abend essen?«

»Weshalb denn nicht? Und dir rate ich auch dazu. Du hast uns schon die Whistpartie verdorben, wo der Admiral... Oh, das werde ich nie vergessen!... Und jetzt willst du uns auch noch vom Abendessen abhalten? Ich danke bestens!«

Nachdem er in den Augen Jelenas noch einmal deutlich das Glück gelesen, ihre Hände noch einmal mit Küssen überschüttet hatte, eilte Jegor Petrowitsch nach Hause – ich erlaube mir nicht zu schildern, in welchem Zustand: Ich war noch nie Bräutigam, aber man darf annehmen, daß ihm wohl zumute war.

Wieder trat er gleich mit Hut ins Arbeitszimmer, wo er seinen Kammerdiener Jelissej vorfand. Der Alte hatte sich immer noch nicht über das ›böse Wort‹ seines Herrn beruhigt. Jegor Petrowitsch bemerkte das.

»Jelissej«, sagte er, »ich habe dich heute gekränkt. Entschuldige! Sei mir nicht böse. Ich gebe dir mein Wort, daß es nicht wieder vorkommt.«

Jelissej blickte seinen Herrn zunächst mit großen Augen an, dann stürzte er ihm auf einmal zu Füßen und küßte seine Hand.

»Jegor Petrowitsch, Väterchen!« fing er an. »Ich bin doch Ihr Knecht; dreißig Jahre hab ich Ihrem Vater gedient, fast bis in die Türkei bin ich mit ihm gekommen, hab viele Herren in meinem Leben kennengelernt, aber daß ein Herr einen Leibeigenen um Verzeihung gebeten hätte, so etwas Seltsames habe ich noch nicht erlebt!«

»Ist es denn zum Schämen, wenn man seine Schuld bekennt und versucht, sie wiedergutzumachen? Außerdem bist du kein Leibeigener mehr: Ich schenke dir die Freiheit und setze dir eine Rente aus.«

»Die Freiheit!... Warum zürnen Sie mir, Herr? Was soll mir die Freiheit, wo ich doch allein auf der Welt bin? Wo soll ich im Alter mein greises Haupt betten? Ein ganzes Leben habe ich in Ihrem Haus verbracht; in ihm möchte ich auch sterben, wenn Sie einem alten Mann nicht das Stück Brot verwehren. Für Ihre Gnade weiß ich Dank; doch Gott mit ihr!... Ich habe Sie aufgezogen, dreißig Jahre hab ich dem verstorbenen Herrn gedient, fast bis in die Türkei...«

»Leb und mach, was du willst. Aber ist es nicht an der Zeit, daß du dich von der Mühe ausruhst? Dein Dienst ist beendet. Hier, nimm dies.«

Er reichte ihm eine Brieftasche mit Geld. Jelissej besah sie von der einen Seite, drehte sie auf die andere, schüttelte den Kopf und legte sie auf den Tisch..

»Ach, Väterchen, Jegor Petrowitsch! Was soll ich damit! Not ist uns durch Gottes und Ihre Güte fremd: Wir sind satt, haben Kleider und Schuhwerk; und wie viele Arme haben keinen Bissen Brot! Geben Sie es lieber denen. Schicken Sie mich nicht fort. Solange die Kräfte reichen, solange die Beine mich tragen, höre ich nicht auf, Ihnen zu dienen. Wie soll denn ein junger Bursche auf Ordnung halten und es Ihnen recht machen! Ich habe Sie aufgezogen, dreißig Jahre hab ich Ihrem Vater gedient, fast bis in die Türkei bin ich mit ihm gekommen...«

»Du bist ein ehrlicher Mensch, Jelissej! Gott wird dir's lohnen. – Doch jetzt hör zu: Ich habe eine Neuigkeit für dich, alter...«

»Was, Herr, alter...?« fragte Jelissej hastig.

»Mein alter Getreuer!«

»Uff! Da fällt mir ein Stein vom Herzen! Ich dachte schon, es kommt wieder ›alter Teufel‹, der Herr vergebe mir.«

»Eine gute Nachricht! Freu dich: Ich werde Jelena Karlowna heiraten.«

»Ach herrje! Das ist ja wirklich eine Freude. Daß Gott mich dieses Glück erleben läßt!«

Der Alte bekreuzigte sich mit Tränen in den Augen, danach verbeugte er sich wieder tief vor Adujew und küßte ihm die Hand. »Ich gratuliere, Väterchen! Wenn das der verstorbene Herr, Ihr Väterchen, und die selige Herrin, Ihr Mütterchen, noch erleben könnten – das Himmelreich soll Ihnen werden!« Der Alte bekreuzigte sich erneut fromm und blickte auf die Ikone. »Das wäre eine Freude! Wie würden sie Gott für diese Gnade danken! Doch der Herr hat sie dieses Glück nicht mehr erleben lassen, mich armen Sünder aber hat er dessen für würdig erachtet. – Ich gratuliere, Väterchen! Ich eile, es dem Gesinde zu sagen!« Der Alte wischte sich mit der Hand eine Träne ab und lief stolpernd aus dem Zimmer.

In der Nacht schlief Adujew kaum, und in der Frühe begann er sich eher als sonst anzukleiden, um zu dem Ort zu fliegen, an den sein Herz ihn zog, an dem ein anderes seiner harrte. Nachdem er seine Morgentoilette beendet hatte, nahm er den Hut und trat in die Diele. Vor der Freitreppe wollte der Traber kaum noch ruhig stehen, er schnaubte und scharrte mit den Hufen im Schnee, als spüre er die Ungeduld seines Herrn. Der Diener warf Jegor Petrowitsch den Pelzmantel über und öffnete schon die Tür, doch plötzlich stand, wie ein Pilz aus dem Boden geschossen, der glatzköpfige Verwalter mit einem riesengroßen Packen Papier vor ihm. Er verbeugte sich tief und blieb an der Schwelle stehen.

»Was willst du, Jakow?«

»Zu Ihnen doch, in Geschäftsangelegenheiten.«

»In was für Angelegenheiten denn?«

»Sie haben gestern befohlen, Ihnen jedesmal Bericht zu erstatten.«

»Ich habe das befohlen? Kann mich gar nicht erinnern, Bruderherz.« Er wandte sich zur Tür.

»Wie denn, gnädiger Herr! Sie geruhten zu sagen: ›Zeig mir jedes Papier: Ich will alles selbst sehen und wissen.‹«

»Habe ich das wirklich gesagt? ... Kann man das nicht aufschieben?«

»Das geht auf keinen Fall. Hier hab ich die Antwort auf die Bittschrift der Bauern vorbereitet, daß der Aufschub der Abgaben nicht gewährt wird – und hier denen, die zu den Rekruten an der Reihe sind...«

»Ah! Ich erinnere mich, jetzt fällt es mir ein!« sagte Jegor Petrowitsch. »Die Antworten taugen nichts. Schreib, daß ich auf die Abgaben gänzlich verzichte...«

»Was tun Sie, Gnädigster, das sind doch achtzehntausend!« schrie
der Verwalter erschrocken auf.

»Wir brauchen sie nicht«, erwiderte Jegor Petrowitsch ruhig. Jelissej
und Jakow schüttelten die Köpfe. »Obendrein spende ich von mir
zehntausend zur Unterstützung der Ärmsten; die Rekruten sind frei-
zukaufen; der eine bekommt tausend Rubel für seine Hochzeit und
den Anfang, der andere ebensoviel, um der Familie zu helfen. Die
Sämereien für den Gärtner kaufe ich selbst, und dem Architekten ist
mitzuteilen, daß das Haus bis zum Juni fertig sein muß; die Möbel
und alles andere werde ich schicken.«

Nachdem er dies gesagt hatte, ging Adujew rasch zur Tür. »Und
dann hier, erlauben Sie, gnädiger Herr! Vom Orlower Gut schreibt
man, daß alles Getreide aufgekauft worden ist, der Bedarf ist groß.
Befehlen Sie nicht, die Reserven anzugreifen? Der Dorfälteste
schreibt... Am besten, ich lese vor, was er schreibt...«

Jakow klemmte sich die kupferne Brille auf die Nase und begann in
den Papieren zu wühlen. Endlich zog er einen speckigen Brief hervor,
räusperte sich und fing an: »Ich wünsche unserem gnädigen Väterchen Jegor Petrowitsch noch viele Jahre Wohlbefinden und will ihn
auch in Kenntnis setzen, daß Fomka und Garaska Laptschuk und
Gorschenkow Fadej und Mischka Trofimow mit seinem Vater, dem
Trofim Jewdokimow, auf zehn Pferdefuhrwerken...«

»Hör auf, dich lächerlich zu machen, Jakow Tichonytsch!« sagte
Jelissej. »Sieh mal, wo Jegor Petrowitsch ist!« Und er wies durch das
Fenster auf die Straße, wo Adujew davonfuhr.

Jegor Petrowitsch, der die Anstalten gesehen hatte, die Jakow zum
Verlesen des Briefes traf – zu einer Operation, die sich gut eine halbe
Stunde hinzuziehen drohte –, war durch die Tür geschlüpft und verschwunden. Wie am Tag zuvor gab der graue Traber sein Letztes und
flog wie ein Pfeil über den Mazurka-Prospekt. »Schneller!« schrie Adujew wieder in einem fort. »So ein Tollkopf! Die Erde soll dich verschlingen!« murrten wiederum die Passanten und schauten ihm nach.

»Nun, was hältst du davon, Jelissej Petrowitsch? Das ist kein Spaß!
Achtzehntausend an Abgaben hat er erlassen, dann noch zehntausend
von sich dazu gelegt – das macht achtundzwanzigtausend! Was allein
der Freikauf der Burschen von den Soldaten kostet! Zweitausend hat er
befohlen, ihnen einfach so auszuhändigen, für nichts und wieder nichts!
– Mehr als zwanzigtausend, überleg mal, hat er in einer Minute in den
Wind geschrieben – als würde er eine Prise Tabak schnupfen! Er ist
doch anders als der Selige, keine Frage! Ein Mensch, sollt man meinen!«

»Was redest du da, Jakow Tichonytsch?«

»Bei Gott, die Wahrheit.« Die Alten traktierten einander mit Tabak
und gingen ihrer Wege.

Adujew kam erst wieder nach Hause, als alle Gäste, die er am
Vorabend eingeladen hatte, schon versammelt waren. Unter ihnen
befand sich auch Bronski, der ihm die Eintrittskarte in den Kommerz-Club geschickt hatte.

»Du bist gut!« sagte Adujew zu ihm. »Hast versprochen, im Club zu
sein! – Wo hast du dich herumgetrieben, du Taugenichts? Nun sag
schon! Und warum hast du mich nicht über diesen Ball aufgeklärt?
Ich muß gestehen, auf solche Pracht war ich nicht gefaßt.«

»Aber Verehrtester«, antwortete jener, »hab ich nicht den ganzen
Abend am Saaleingang auf dich gewartet? – Weshalb hast du nicht zu
erscheinen geruht? Wie hätten wir uns dort verpassen können? Ich
habe doch keine Maulaffen feilgehalten. – Und was ist dir so besonders prächtig vorgekommen? Dein Vorsaal ist doch wahrhaftig auch
nicht schlechter.«

»Erlaube mal! Die Diener in Samt und Gold! Alles glänzt, überall
Marmor und Bronze! Dazu die Beleuchtung und die Möbel! Und eine
ganze Gemäldegalerie! Dann die Gesellschaft! Der Ton! Die Um-
gangsformen! Die ausgesuchte Kleidung! Das alles hat mich irritiert!
Wenn es bei einem Gesandten gewesen wäre…«

»Die Diener in Samt? Marmor, Bronze, der Ton, die Umgangs-
formen, die Gesellschaft?« wiederholte Bronski verwundert mit ge-
dehnter Stimme. »Verehrtester, bist du bei Sinnen? Und was für eine
Gesellschaft soll denn dagewesen sein? Hast du etwa Hofschranzen
gesehen? Oder das diplomatische Korps?«

»Alles, Bruder! Und die Gräfin Z.? Und P.? Und diese Dandys?...
Frag nur Drushewski. Er war auch dort. Stimmt es nicht, Drushewski,
daß gestern auf dem Ball alle Gesandten und die ganze Petersburger
Aristokratie anwesend waren?«

»Ja, sie waren alle da.«

»Auf welchem Ball denn nur, gestattet die Frage?« sagte Bronski.

»Auf dem Adujew und ich gestern gewesen sind; beim neapolitanischen Gesandten.«

»Gratulation!« riefen alle lachend. »Du fällst von einem Extrem ins
andere: Erst konnte dich niemand auf einen Ball lotsen, und jetzt
erscheinst du, ohne eingeladen zu sein!«

Und die jungen Leute lachten und witzelten. Adujew rief den
Kutscher herbei und fragte ihn, wohin er ihn gestern gebracht habe.

»Na, wohin Sie befohlen haben: zu dem Ball auf dem Englischen
Quai. Vor dem Haus steht immer eine Menge Kutschen, und die
Fenster sind erleuchtet, wann immer man vorbeikommt. Da dachte
ich mir, daß es dort sein muß.«

Bei dieser naiven Erklärung brach Adujew mit den anderen in
lautes Gelächter aus, besonders als er begriff, daß der ›verrückte‹ Alte,
der ihm so nachgestellt hatte, der Gastgeber selbst, der neapolitani-
sche Gesandte, gewesen war.

Das erste Glas Champagner erhebend – beachten Sie, daß ich nicht
Pokal sagte, denn das wäre ein Anachronismus; unter jungen und
ledigen Männern trinkt man Champagner nicht mehr aus Pokalen
(Anmerkung für die Leserinnen) –, das erste Glas Champagner erhebend, brachte Jegor Petrowitsch einen Toast auf die Gesundheit der
Baronesse Jelena Karlowna Nejlejn, seiner Braut, aus. Die jungen
Leute gerieten in Bewegung, sprangen lärmend auf die Stühle und
gratulierten dem Glücklichen im Chor. An diesem Tag trieben sie
nicht wenig Unfug.

Den Gesandten suchte Jegor Petrowitsch mit einer Entschuldigung
auf, und weil jener den Baron kannte, machte er sich auch mit ihm
bekannt und versprach, zum Dank für Adujews Anwesenheit auf dem
Ball zu seiner Hochzeit zu kommen, zu der ich all meine Leserinnen
und Leser einlade.

MICHAIL LERMONTOW

DER FATALIST

Ich verbrachte einmal zufällig zwei Wochen in einer Kosakenstaniza am linken Flügel; dort lag auch ein Infanteriebataillon; die Offiziere trafen sich abwechselnd einer beim anderen, abends wurde Karten gespielt.

Einmal, als wir des Bostons überdrüssig geworden waren und die Karten unter den Tisch geworfen hatten, saßen wir sehr lange bei Major S...; die Unterhaltung war entgegen der Gewohnheit recht kurzweilig. Wir sprachen darüber, daß der mohammedanische Glaube, das Schicksal eines Menschen stehe in den Sternen, auch bei uns Christen viele Anhänger finde; jeder erzählte ungewöhnliche Begebenheiten pro oder contra.

»All das beweist nichts, meine Herren«, sagte ein alter Major, »es war doch keiner von Ihnen Zeuge solcher seltsamen Begebenheiten, mit denen Sie Ihre Auffassungen zu stützen suchen...«

»Natürlich nicht!« sagten viele. »Aber wir haben von zuverlässigen Leuten erfahren...«

»All das ist Unsinn!« sagte jemand. »Wo sind diese zuverlässigen Leute, die eine Liste gesehen haben, auf der unsere Todesstunde eingetragen ist? Und wenn es tatsächlich eine Vorherbestimmung gibt, wozu sind uns dann Wille und Vernunft gegeben? Warum müssen wir über unsere Handlungen Rechenschaft ablegen?«

In diesem Augenblick stand ein Offizier auf, der bis dahin in einer Ecke des Zimmers gesessen hatte; er trat langsam an den Tisch und umfing alle mit einem ruhigen und feierlichen Blick. Er war ein gebürtiger Serbe, wie schon sein Name erkennen ließ.

Das Äußere des Leutnants Wulitsch entsprach völlig seinem Charakter. Seine hohe Gestalt und seine braune Gesichtsfarbe, sein schwarzes Haar, die durchdringenden schwarzen Augen, die große, aber gerade Nase, eine Eigenart seiner Nation, das traurige und kalte Lächeln, das ewig seine Lippen umspielte – all das schien dazu beizutragen, ihm das Aussehen eines besonderen Menschen zu verleihen, der unfähig ist, die Gedanken und Leidenschaften derjenigen zu teilen, die ihm das Schicksal als Gefährten beigesellte.

Er war tapfer, sprach wenig, aber schroff; niemandem vertraute er seine seelischen oder familiären Geheimnisse an; Wein trank er fast gar nicht, und den jungen Kosakinnen, deren Reize schwerlich zu verstehen sind, wenn man sie nicht gesehen hat, lief er niemals nach. Es hieß jedoch, der Frau des Obersten wären seine ausdrucksvollen Augen nicht gleichgültig; aber er wurde ernstlich böse, wenn man darauf anspielte.

Es gab nur eine einzige Leidenschaft, die er nicht verheimlichte, die Leidenschaft des Spiels. Am grünen Tisch vergaß er alles, und gewöhnlich verlor er; aber die ständigen Mißerfolge reizten nur seinen Trotz. Man erzählte sich, daß er einmal während einer Expedition nachts auf einem Kissen Bank gehalten habe; das sei ihm teuer zu stehen gekommen. Plötzlich krachten Schüsse, es wurde Alarm geschlagen. Alle sprangen auf und stürzten zu den Waffen. »Spiel, va banque!« rief Wulitsch, ohne aufzustehen, einem der hitzigsten Pointeure zu. – »Auf die Sieben«, antwortete dieser, enteilend. Trotz des allgemeinen Durcheinanders spielte Wulitsch die Runde zu Ende. Die Sieben gewann.

Als er die Feuerlinie erreichte, wurde dort schon heftig geschossen. Wulitsch kümmerte sich weder um die Kugeln noch um die Säbel der Tscherkessen – er suchte seinen glücklichen Pointeur.

»Die Sieben hat gewonnen!« rief er, als er ihn endlich in der Schützenkette entdeckt hatte, die den Feind aus dem Gehölz hinausdrängte, und während er sich ihm näherte, zog er seinen Beutel und seine Brieftasche hervor und übergab beides dem Glücklichen, obwohl dieser sich entrüstet sträubte, in diesem unpassenden Augenblick das Geld anzunehmen. Nachdem Wulitsch diese unangenehme Pflicht erfüllt hatte, stürmte er vorwärts, riß die Soldaten mit sich und stand bis zum Ende des Gefechts äußerst kaltblütig im Feuerwechsel mit den Tschetschenzen.

Als Leutnant Wulitsch an den Tisch trat, verstummten alle und erwarteten von ihm eine originelle Äußerung.

»Meine Herren«, sagte er (seine Stimme war ruhig, wenngleich im Ton etwas tiefer als gewöhnlich), »meine Herren, wozu die sinnlosen Streitereien? Sie wünschen Beweise. Ich schlage Ihnen vor, es an sich selbst zu erproben, ob ein Mensch frei über sein Leben verfügen kann oder ob jedem von uns die Schicksalsstunde vorherbestimmt ist… Wer möchte?«

»Ich nicht… ich nicht!« erscholl es von allen Seiten. »So ein komischer Kauz! Was ihm alles einfällt…«

»Ich schlage eine Wette vor«, sagte ich scherzend.

»Und zwar?«

»Ich behaupte, es gibt keine Vorherbestimmung«, sagte ich und schüttete dabei an die zwanzig Tscherwonzen, alles, was ich in der Tasche hatte, auf den Tisch.

»Ich nehme an«, antwortete Wulitsch mit dumpfer Stimme.

»Herr Major, Sie sollen der Schiedsrichter sein; hier sind fünfzehn Tscherwonzen – die übrigen fünf bleiben Sie mir schuldig, und Sie werden mir die Freundlichkeit erweisen, sie hinzuzulegen.«

»Gut«, sagte der Major, »ich verstehe bloß nicht recht, worum es geht… und wie Sie die Streitfrage klären wollen…«

Wulitsch ging wortlos in das Schlafzimmer des Majors. Wir folgten ihm. Er trat an die Wand, an der die Waffen hingen, und nahm aufs Geratewohl eine der Pistolen verschiedenen Kalibers vom Nagel; wir verstanden ihn noch nicht; aber als er den Hahn spannte und Pulver auf die Pfanne schüttete, schrien mehrere unwillkürlich auf und packten ihn am Arm.

»Was willst du tun? Hör mal, das ist Wahnsinn!« riefen sie.

»Meine Herren«, sagte er langsam, während er seinen Arm befreite, »wer möchte für mich die zwanzig Tscherwonzen zahlen?«

Alle verstummten und traten zurück.

Wulitsch ging ins Nebenzimmer und setzte sich an den Tisch. Alle folgten ihm – er forderte uns mit einer Geste auf, ringsum Platz zu nehmen. Stumm gehorchten wir ihm; in diesem Augenblick besaß er eine geheimnisvolle Macht über uns. Ich sah ihm unverwandt in die Augen; aber er begegnete meinem forschenden Blick mit einem ruhigen und unbeweglichen, und seine bleichen Lippen lächelten. Trotz seiner Kaltblütigkeit glaubte ich auf seiner bleichen Stirn das Siegel des Todes zu erkennen; ich habe beobachtet, und viele alte Krieger haben meine Beobachtung bestätigt, daß oft das Gesicht eines Menschen, der einige Stunden später sterben muß, von dem unvermeidlichen Schicksal seltsam gezeichnet ist, so daß sich das geübte Auge schwerlich täuschen kann.

»Sie werden heute sterben«, sagte ich zu ihm. Er drehte sich jäh zu mir um, antwortete aber langsam und gelassen: »Kann sein, kann auch nicht sein...«

Dann fragte er, an den Major gewandt, ob die Pistole geladen sei. Der Major konnte sich vor Aufregung nicht mehr besinnen.

»Schluß jetzt, Wulitsch!« rief jemand. »Sicher ist sie geladen, wenn sie am Kopfende hing... Was sollen die Scherze?«

»Ein dummer Scherz«, warf ein anderer ein.

»Ich wette fünfzig Rubel gegen fünf, daß die Pistole nicht geladen ist!« rief ein dritter.

Neue Wetten wurden abgeschlossen.

Mich verdroß diese lange Zeremonie.

»Hören Sie«, sagte ich, »entweder Sie erschießen sich, oder Sie hängen die Pistole an ihren alten Platz, und wir gehen schlafen.«

»Ganz recht«, riefen viele, »gehen wir schlafen.«

»Meine Herren, ich bitte Sie, sich nicht von der Stelle zu rühren«, sagte Wulitsch und richtete dabei die Mündung der Pistole auf seine Stirn. Alle waren wie versteinert.

»Herr Petschorin«, fügte er hinzu, »nehmen Sie eine Karte und werfen Sie sie in die Luft!«

Ich nahm, wie ich mich heute entsinne, ein Cœur-As vom Tisch und warf es hoch. Allen stockte der Atem. Aller Augen eilten voller Entsetzen und unbestimmter Neugier von der Pistole zu dem verhängnisvollen As, das, in der Luft leise schaukelnd, langsam zu Boden sank; im selben Augenblick, als es den Tisch berührte, drückte Wulitsch ab... Ein Versager!

»Gott sei Dank«, riefen viele, »sie ist nicht geladen...«

»Das werden wir sehen«, sagte Wulitsch. Er spannte abermals den Hahn und zielte auf eine Mütze, die über dem Fenster hing. Der

Schuß krachte, Rauch füllte das Zimmer! Als er sich verzogen hatte, nahm einer die Mütze ab; sie war genau in der Mitte durchschossen, und die Kugel steckte tief in der Wand.

Drei Minuten lang brachte keiner ein Wort über die Lippen. Wulitsch schüttete ungerührt meine Tscherwonzen in seinen Beutel.

Nun wurden Vermutungen darüber angestellt, warum der Schuß beim erstenmal nicht losgegangen sei; die einen behaupteten, die Pfanne sei verstaubt, die anderen flüsterten, das Pulver sei im Anfang zu feucht gewesen und Wulitsch habe hinterher frisches zugeschüttet; aber ich erklärte, daß die letztere Vermutung ungerechtfertigt sei, weil ich die Pistole die ganze Zeit nicht aus den Augen gelassen hätte.

»Sie haben Glück in diesem Spiel«, sagte ich zu Wulitsch.

»Zum erstenmal in meinem Leben«, antwortete er mit einem selbstgefälligen Lächeln, »das taugt mehr als Bank halten und Karten spielen.«

»Dafür ist es etwas gefährlicher.«

»Glauben Sie nun an die Vorherbestimmung?«

»Ja, ich glaube daran... nur verstehe ich jetzt nicht, wieso mir schien, daß Sie heute unbedingt sterben müßten.«

Derselbe Mensch, der wenige Augenblicke zuvor ungerührt auf seine Stirn gezielt hatte, wurde plötzlich über und über rot und verlor die Fassung.

»Es genügt«, sagte er und stand auf, »unsere Wette ist entschieden, und Ihre Äußerungen scheinen mir jetzt unpassend...« Er nahm seine Mütze und ging. Das kam mir merkwürdig vor, und nicht ohne Grund!

Bald darauf begaben sich alle nach Hause, dabei äußerte man noch dies und das über Wulitschs kuriose Einfälle, und alle nannten mich wohl einstimmig einen Egoisten, weil ich mit einem Menschen gewettet hatte, der sich erschießen wollte; als hätte er ohne mein Zutun keine entsprechende Gelegenheit gefunden!

Ich ging durch die menschenleeren Gassen der Staniza nach Hause zurück; voll und schön wie der Widerschein einer Feuersbrunst ging hinter dem gezackten Horizont der Häuser der Mond auf; die Sterne leuchteten ruhig an dem dunkelblauen Himmelsgewölbe, und ich mußte lachen, als ich daran dachte, daß es einst äußerst kluge Menschen gegeben hat, die wähnten, die himmlischen Gestirne nähmen Anteil an unseren nichtigen Streitigkeiten um einen Fetzen Land oder eingebildete Rechte! Und wie sieht es wirklich aus? Diese Lämpchen, die ihrer Meinung nach nur entzündet wurden, um ihre Schlachten und Siege zu bescheinen, erstrahlen im früheren Glanz, aber die Leidenschaften und Hoffnungen jener Menschen sind längst mit ihren Trägern erloschen, wie das kleine Feuer, das der sorglose Wanderer am Waldrand entfacht hat. Was für eine Willenskraft gab ihnen jedoch die Überzeugung, daß der ganze Himmel mit seinen zahllosen Bewohnern sie voll stummer, doch unwandelbarer Anteilnahme betrachte! Aber wir, ihre erbärmlichen Nachfahren, die wir auf der Erde umherirren, ohne Überzeugungen und Stolz, ohne Genuß und Furcht – außer jener unwillkürlichen Angst, die das Herz bei dem Gedanken an das unvermeidliche Ende ergreift –, wir sind großer Opfer nicht mehr fähig, weder zum Wohle der Menschheit noch zu unserem eigenen Glück, weil wir wissen, daß es unmöglich ist, und gleichgültig schreiten wir von Zweifel zu Zweifel, verfallen wir wie unsere Vorfahren von einem Irrtum in den anderen, ohne daß uns gleich ihnen die Hoffnung oder wenigstens jener unbestimmbare, obgleich wahre Genuß zuteil wird, den die Seele in jedem Kampf mit den Menschen oder mit dem Schicksal empfindet.

Viele Gedanken dieser Art erwog ich; ich hielt sie nicht fest, da ich bei keinem abstrakten Gedanken verweilen mag. Und wozu soll das führen? In meiner frühesten Jugend war ich ein Träumer; ich schwelgte mit Vorliebe abwechselnd in finsteren, dann wieder in leuchtenden Bildern, die mir meine unstete und gierige Phantasie ausmalte. Aber was war mir von alledem geblieben? Nichts als eine große Müdigkeit, wie nach einem nächtlichen Kampf mit einem Gespenst, und eine verschwommene, wehmütige Erinnerung. In diesem vergeblichen Ringen zermürbte ich sowohl die Leidenschaft meines Herzens als auch die Beständigkeit meines Willens, die für das wirkliche Leben so nötig sind; ich trat ein in dieses Leben, nachdem ich es innerlich schon durchlebt hatte, und mir wurde langweilig und abscheulich zumute wie jemandem, der die schlechte Nachahmung eines Buches liest, das er schon lange kennt.

Der Vorfall an diesem Abend beeindruckte mich ziemlich tief und peitschte meine Nerven auf; ich weiß nicht genau, ob ich jetzt an die Vorherbestimmung glaube oder nicht, aber an diesem Abend habe ich fest daran geglaubt. Der Beweis war schlagend, und wenngleich ich über unsere Vorfahren und ihre bequeme Astrologie spottete, geriet ich doch unwillkürlich in ihr Fahrwasser; aber ich hielt rechtzeitig auf diesem gefährlichen Pfad inne, und da ich es mir zur Regel gemacht hatte, nichts endgültig abzulehnen und an nichts blind zu glauben, schob ich die Metaphysik beiseite und achtete auf den Weg vor mir. Diese Vorsicht kam zur rechten Zeit; ich wäre beinahe lang hingeschlagen, weil ich über etwas Dickes und Weiches, aber anscheinend Lebloses stolperte. Ich bückte mich – der Mond schien hell auf den Weg –, und was sah ich? Vor mir lag ein Schwein, das von einem Säbelhieb in zwei Teile gespalten war... Kaum hatte ich das festgestellt, hörte ich Schritte. Zwei Kosaken kamen aus einer Nebengasse gelaufen; der eine trat auf mich zu und fragte, ob ich nicht einen betrunkenen Kosaken gesehen hätte, der hinter einem Schwein hergejagt sei. Ich erklärte ihnen, daß ich dem Kosaken nicht begegnet sei, und wies auf das unglückliche Opfer seiner Zerstörungswut.

»Dieser Halunke!« sagte der zweite Kosak. »Hat er sich mit Tschichir vollaufen lassen, haut er alles kurz und klein, was ihm über den Weg läuft. Komm, Jeremytsch, wir müssen ihn binden, sonst...«

Sie entfernten sich, und ich setzte meinen Weg mit großer Vorsicht fort und gelangte endlich glücklich in mein Quartier.

Ich wohnte bei einem alten Unteroffizier, den ich seiner Gutmütigkeit und besonders seiner hübschen Tochter Nastja wegen gut leiden mochte.

Sie erwartete mich wie üblich an der Gartenpforte, in ihren Pelz gehüllt. Der Mond beschien ihren süßen Mund, der blau war von der Kühle der Nacht. Als sie mich erkannte, lächelte sie, aber mir stand nicht der Sinn nach ihr. »Gute Nacht, Nastja«, sagte ich im Vorübergehen. Sie wollte etwas erwidern, aber sie seufzte nur.

Ich schloß meine Zimmertür hinter mir ab, zündete eine Kerze an und warf mich aufs Bett; aber der Schlaf ließ diesmal länger als gewöhnlich auf sich warten. Im Osten wurde es schon hell, als ich einschlief, doch es stand anscheinend in den Sternen geschrieben, daß ich mich in dieser Nacht nicht ausschlafen sollte. Um vier Uhr morgens hämmerten zwei Fäuste an mein Fenster. Ich sprang auf: Was war das? »Steh auf, zieh dich an!« riefen mehrere Stimmen. Ich zog mich schnell an und ging hinaus. »Weißt du, was geschehen ist?« fragten die drei Offiziere, die mich abholten, wie aus einem Munde; sie waren bleich wie der Tod.

»Was?«

»Wulitsch ist ermordet.«

Ich erstarrte.

»Ja, ermordet«, fuhren sie fort. »Kommt, schneller!«

»Wohin denn?«

»Das erfährst du unterwegs.‹

Wir gingen. Sie erzählten mir alles, was vorgefallen war, und äußerten verschiedene Ansichten über die sonderbare Vorherbestimmung, die ihn eine halbe Stunde vor seinem Tode dem unvermeidlichen Verderben entrissen hatte. Wulitsch war allein durch die dunkle Straße gegangen; da kam der betrunkene Kosak, der das Schwein getötet hatte, auf ihn zugelaufen, und er wäre vielleicht weitergetorkelt, ohne ihn zu bemerken, wenn Wulitsch nicht plötzlich stehengeblieben wäre und ihn gefragt hätte: »Bruder, wen suchst du?« – »Dich!« antwortete der Kosak, versetzte ihm einen Hieb mit dem Säbel und spaltete ihn von der Schulter bis beinahe zum Herzen... Die beiden Kosaken, die mir begegnet waren und den Mörder verfolgt hatten, kamen zu spät. Sie hoben den Verletzten auf, aber er stieß schon seinen letzten Seufzer aus und sagte nur noch: »Er hat recht!« Ich allein verstand den düstern Sinn dieser Worte, sie bezogen sich auf mich; ich hatte dem Armen, ohne es zu wollen, das Schicksal vorausgesagt; mein Instinkt hatte mich nicht getäuscht, ich hatte auf seinem erbleichenden Antlitz deutlich das Zeichen des Todes erkannt.

Der Mörder war in eine leere Hütte am Rande der Staniza geflüchtet. Wir gingen dorthin. Eine Menge Frauen lief wehklagend in dieselbe Richtung. Von Zeit zu Zeit kam ein Kosak, der sich verspätet hatte, auf die Straße gerannt, schnallte sich eilig seinen Dolch um und überholte uns im Laufschritt. Die Aufregung war groß.

Endlich kamen wir an Ort und Stelle an. Um die Hütte, deren Türen und Fensterläden von innen verriegelt waren, stand eine Menge Menschen. Offiziere und Kosaken redeten erregt miteinander; Weiber heulten, schwatzten und jammerten. Unter ihnen fiel mir das ausdrucksvolle Gesicht einer alten Frau auf, aus dem wahnsinnige Verzweiflung sprach; sie saß auf einem dicken Balken, hatte die Ellbogen auf die Knie gestützt und den Kopf in die Hände gelegt – das war die Mutter des Mörders. Ihre Lippen zuckten. Flüsterten sie ein Gebet oder einen Fluch?

Es galt, eine Entscheidung zu treffen und den Verbrecher dingfest zu machen. Niemand wagte es jedoch, als erster einzudringen. Ich trat an ein Fenster und spähte durch einen Spalt im Laden. Bleich lag er auf dem Fußboden, in der rechten Hand hielt er eine Pistole; der blutbesudelte Säbel lag neben ihm. Seine ausdrucksvollen Augen rollten grauenerregend; manchmal zuckte er zusammen und faßte sich an den Kopf, als erinnere er sich unklar an das gestrige Geschehen. Ich las in diesem unruhigen Blick keine große Entschlossenheit und sagte zu dem Major, er verbiete den Kosaken ohne Grund, die Tür aufzubrechen und hineinzustürmen; es sei besser, das gleich zu tun, ehe er völlig bei Sinnen sei.

In diesem Augenblick trat ein alter Jessaul an die Tür und nannte ihn beim Vornamen; er antwortete.

»Du hast gesündigt, Bruder Jefimytsch«, sagte der Jessaul, »daran ist nichts zu ändern – ergib dich!«

»Ich ergebe mich nicht«, erwiderte der Kosak.

»Fürchte Gott, du bist doch kein verfluchter Tschetschenze, sondern ein ehrlicher Christ. Wenn dich allerdings die Sünde verleitet hat, ist nichts zu machen; seinem Schicksal entgeht man nicht.«

»Ich ergebe mich nicht!« rief der Kosak drohend, und man hörte, wie ein Pistolenhahn gespannt wurde.

»He, Tante«, sagte der Jessaul zu der Alten, »sprich mit deinem Sohn! Vielleicht hört er auf dich... So lädt er nur den Zorn Gottes auf sich. Sieh nur, die Herren hier warten auch schon zwei Stunden.«

Die Alte blickte ihn fest an und schüttelte den Kopf.

»Wassili Petrowitsch«, sagte der Jessaul und trat zu dem Major, »er

wird sich nicht ergeben, ich kenne ihn. Und wenn wir die Tür aufbrechen, wird er viele von unseren Leuten umbringen. Wollen Sie ihn
nicht lieber erschießen lassen? Im Laden ist ein breiter Spalt.«

In diesem Augenblick durchfuhr mich ein sonderbarer Gedanke,
ich gedachte ebenso wie Wulitsch das Schicksal zu versuchen. »Warten Sie«, sagte ich zu dem Major, »ich bringe ihn lebend.«

Ich befahl dem Jessaul, sich mit ihm zu unterhalten, und stellte an
der Tür drei Kosaken auf, die bereit waren, sie einzuschlagen und mir
auf ein Zeichen hin zu Hilfe zu eilen. Dann ging ich um die Hütte
herum und näherte mich dem verhängnisvollen Fenster. Mein Herz
schlug heftig.

»Ach, du verdammter Kerl!« rief der Jessaul. »Was treibst du mit
uns deinen Spott, wie? Du denkst wohl, wir werden mit dir nicht
fertig?« Er schlug mit aller Kraft an die Tür. Ich spähte durch den
Spalt und beobachtete die Bewegungen des Kosaken, der von meiner
Seite her keinen Überfall erwartete – und plötzlich riß ich den Laden
auf und stürzte mich kopfüber durch das Fenster. Der Schuß krachte
dicht an meinem Ohr, und die Kugel riß mir eine Epaulette herunter.
Aber der Rauch, der das Zimmer erfüllte, hinderte meinen Gegner,
seinen neben ihm liegenden Säbel zu finden. Ich packte ihn bei den
Armen; die Kosaken stürmten herein, und es vergingen keine drei
Minuten, da war der Verbrecher schon gefesselt und unter Bewachung
abgeführt. Das Volk verlief sich. Die Offiziere beglückwünschten
mich – und sie hatten wirklich allen Grund dazu!

Sollte man nach alledem nicht wirklich Fatalist werden? Aber wer
weiß denn genau, ob er von etwas überzeugt ist oder nicht? Und wie
oft halten wir eine Täuschung der Gefühle oder eine Verirrung der
Vernunft für eine Überzeugung!

Ich zweifle gern an allem; diese Eigenschaft behindert keineswegs
die Entschlossenheit des Charakters – im Gegenteil; was mich betrifft, so schreite ich stets kühner voran, wenn ich nicht weiß, was
mich erwartet. Etwas Ärgeres als der Tod kann keinen treffen – und
dem Tod entgeht man nicht!

In die Festung zurückgekehrt, erzählte ich Maxim Maximytsch
alles, was mir widerfahren war und was ich als Zeuge erlebt hatte,

und wünschte, seine Meinung über die Vorherbestimmung zu erfahren; zuerst verstand er dieses Wort nicht, aber ich erklärte es ihm, so gut ich konnte, und dann sagte er, bedeutsam den Kopf wiegend: »Jaja! Natürlich! Das ist eine ziemlich verzwickte Geschichte! Übrigens versagen diese asiatischen Abzugshähne oft, wenn sie schlecht geschmiert sind oder man nicht kräftig genug durchzieht; offen gestanden mag ich auch die tscherkessischen Gewehre nicht; sie passen nicht für unsereinen, der Kolben ist so klein, daß man sich beinahe die Nase versengt... Dafür haben sie Säbel – alle Achtung!«

Dann fügte er nach einigem Nachdenken hinzu: »Ja, schade um den armen Kerl... Der Teufel muß ihn geritten haben, nachts einen Betrunkenen anzusprechen! Übrigens scheint ihm das von klein auf bestimmt gewesen zu sein...«

Mehr konnte ich nicht aus ihm herausbekommen: Er mag überhaupt keine metaphysischen Erörterungen.

IWAN TURGENJEW

DIE LEBENDE RELIQUIE

Heimatland der langen Leiden,
Land des Reußenvolkes du!
F. Tjutschew

Ein französisches Sprichwort sagt: Ein trockener Fischer und ein
nasser Jäger bieten einen traurigen Anblick. Da ich niemals Leidenschaft für die Fischerei gehegt habe, kann ich nicht beurteilen, wie
einem Fischer bei schönem, klarem Wetter zumute ist und inwieweit
an regnerischen Tagen die Genugtuung, die ihm ein reicher Fang
bereitet, die Unannehmlichkeit, naß zu werden, aufwiegt. Doch für
den Jäger ist Regen ein wahres Elend. Eben einem solchen Elend war
ich mit Jermolaj bei einer unserer Birkhuhnjagden im Kreis Beloje
ausgesetzt. Vom ersten Morgengrauen an regnete es ohne Unterlaß.
Was taten wir nicht alles, um dem Regen zu entgehen! Die Gummi-
mäntel zogen wir uns fast über die Köpfe, und unter die Bäume
stellten wir uns, damit es weniger tropfe... Die wasserdichten Mäntel,
ganz abgesehen davon, daß sie beim Schießen hinderlich waren, ließen das Wasser auf eine geradezu schamlose Weise durch; unter den
Bäumen wiederum, wo es anfänglich nicht zu tropfen schien, brach
dann mit einemmal die ganze im Laub aufgespeicherte Nässe durch,
jedes Zweiglein bedachte uns wie eine Dachrinne, ein kaltes Bächlein
stahl sich unter die Halsbinde und rann uns das Rückgrat hinunter...
Das war schon das Letzte! wie sich Jermolaj ausdrückte. »Nein, Pjotr
Petrowitsch«, rief er schließlich, »so geht es nicht! Man kann heute
nicht auf die Jagd gehen. Den Hunden rinnt die Nase voll, die Gewehre versagen... Pfui! Was für ein Vorhaben!«

»Was sollen wir denn tun?« fragte ich.

»Folgendes wollen wir tun. Wir fahren nach Alexejewka. Dort gibt
es, Sie wissen es vielleicht gar nicht, einen kleinen Weiler, der Ihrer
Mutter gehört; acht Werst werden es von hier sein. Dort übernachten
wir, und morgen...«

»Kehren wir hierher zurück?«

»Nein, nicht hierher... Ich kenne hinter Alexejewka Plätze... die bedeutend besser für Birkhühner sind als die hiesigen!«

Ich wollte meinen treuen Begleiter nicht weiter ausfragen, warum er mich nicht gleich auf jene Plätze geführt habe, und wir gelangten noch am selben Tag in Mamachens Weiler, von dessen Existenz ich bisher, ehrlich gesagt, keine Ahnung gehabt hatte. Bei diesem Weiler befand sich ein kleines Wohnhaus, das zwar sehr baufällig, aber unbewohnt und daher sauber war; ich verbrachte darin eine ziemlich geruhsame Nacht.

Am nächsten Tag erwachte ich sehr zeitig in der Frühe. Die Sonne war kaum aufgegangen; am Himmel zeigte sich kein einziges Wölkchen; ringsum glänzte alles in einem starken doppelten Glanz: im Glanz der jungen Morgenstrahlen und des gestrigen Sturzregens. Während mein zweirädriger Jagdwagen angespannt wurde, erging ich mich ein wenig in dem früheren Obstgarten, der jetzt völlig verwildert war und das Wohnhaus von allen Seiten mit seiner duftenden, saftigen Wildnis umgab.

Ach, wie schön es war in der frischen Luft, unter dem klaren Himmel, an dem die Lerchen hingen und flatterten und aus dem die Silbertöne ihrer hellen Stimmen herunterperlten! Auf ihren Flügeln hatten sie wohl die Tauperlen emporgetragen, denn ihre Lieder schienen mit Tau benetzt zu sein. Ich nahm sogar die Mütze vom Kopf und atmete freudig, mit voller Brust... Am Hang einer flachen Schlucht, dicht am Flechtzaun, sah ich einen Bienenstand; ein schmaler Pfad führte zu ihm und schlängelte sich zwischen dichten Wänden aus Steppengras und Brennesseln hindurch, aus denen – weiß Gott von woher angeweht – spitze Stengel dunkelgrünen Hanfes emporragten.

Ich ging diesen Pfad entlang und gelangte zum Bienenstand. Neben diesem stand ein aus Weidenruten geflochtener Schuppen, in welchem die Bienenstöcke den Winter über aufbewahrt werden. Ich warf einen Blick durch die halbgeöffnete Tür: Drinnen war es dunkel, still und trocken; es roch nach Minze und Melisse. In einer Ecke waren Stellagen angebracht, und auf ihnen lag unter einer Decke eine kleine Gestalt... Ich wollte wieder fortgehen...

»Herr, gnädiger Herr! Pjotr Petrowitsch!« vernahm ich da plötzlich eine Stimme, schwach, langsam und heiser, wie ein Rascheln im Riedgras.

Ich blieb stehen.

»Pjotr Petrowitsch! Treten Sie näher, bitte!« wiederholte die Stimme. Sie drang aus der Ecke zu mir, in welcher ich die Stellagen bemerkt hatte.

Ich näherte mich – und erstarrte vor Verwunderung. Vor mir lag ein lebendiges menschliches Wesen, aber was war das für eines?

Der Kopf völlig eingetrocknet, bronzefarben – nichts dazugetan, nichts weggenommen – eine Ikone alten Stils; die Nase schmal wie ein Messerrücken; die Lippen kaum zu sehen, nur die Zähne schimmern weiß und die Augen, und unter dem Kopftuch hervor fallen dünne Strähnen gelben Haares auf die Stirn. Am Kinn, auf einer Falte der Decke, bewegen sich langsam, mit den Fingern wie mit Stöckchen ausgreifend, zwei winzige, gleichfalls bronzefarbene Hände. Ich schaue aufmerksamer hin: Das Gesicht ist keineswegs häßlich, sogar schön, aber schrecklich, ungewöhnlich. Und dieses Gesicht erscheint mir noch schrecklicher, als auf ihm, auf seinen metallischen Wangen, ich sehe es deutlich – ein Lächeln... ein Lächeln aufglimmt und sich nicht auszubreiten vermag.

»Sie erkennen mich nicht, Herr?« flüsterte die Stimme wiederum; sie glitt wie ein Hauch aus den fast regungslosen Lippen. »Ja, wie sollten Sie auch! Ich bin Lukerja... Erinnern Sie sich? welche die Reigen bei Ihrer Mutter in Spasskoje anführte... Erinnern Sie sich, ich war auch die Vorsängerin.«

»Lukerja!« rief ich aus. »Du bist es? Ist das möglich?«

Ich wußte nicht, was ich sagen sollte, und blickte wie betäubt auf dieses dunkle, regungslose Gesicht mit den auf mich gerichteten hellen und toten Augen. Wie war das möglich? Diese Mumie war Lukerja, die größte Schönheit in unserem ganzen Hofgesinde? die große, üppige, weiße, rotbäckige Lukerja? die ewig lachende, singende und tanzende Lukerja? Lukerja, die kluge Lukerja, der alle unsere jungen Burschen nachliefen, nach der ich selber im geheimen seufzte, ich – ein sechzehnjähriges Bürschchen!

»Ich bitte dich, Lukerja«, sagte ich schließlich, »was ist geschehen mit dir?«

»Das Elend ist über mich gekommen! Aber ekelt Euch nicht, Herr, habt keinen Abscheu vor meinem Unglück. Setzt Euch auf diesen Zuber – näher, sonst könnt Ihr mich nicht verstehen ... Ihr hört ja, zu welch einer herrlichen Stimme ich gekommen bin ... Wie ich mich freue, daß ich Euch zu Gesicht bekommen habe! Wie seid Ihr nach Alexejewka geraten?«

Lukerja sprach leise und schwach, aber ohne Pause.

»Jermolaj, der Jäger, hat mich hergeführt. Aber erzähle mir doch ...«

»Von meinem Elend soll ich erzählen? Wenn der Herr belieben ... Zugestoßen ist es mir schon lange, vor sechs oder sieben Jahren. Man hatte mich gerade Wassilij Poljakow versprochen – erinnert Euch! So ein Stattlicher mit einem Lockenkopf war es, er hat noch bei Ihrer Mutter als Büfettdiener gearbeitet. Ihr wart damals nicht mehr im Dorf, sondern schon nach Moskau gefahren, um zu lernen ... Wassilij und ich liebten uns gar sehr; nicht aus dem Kopf wollte er mir gehen; es war im Frühjahr. Da, eines Nachts, es ging schon auf den Morgen zu ... konnte und konnte ich nicht einschlafen: Die Nachtigall im Garten sang so zauberhaft süß ... Da hielt ich es nicht mehr aus, erhob mich und ging auf die Vortreppe hinaus, um ihr zuzuhören. Sie schlägt und schluchzt und schlägt ... und auf einmal kam es mir vor, als riefe jemand mit Wasjas Stimme leise: Luscha! ... Ich blickte zur Seite, wollte mich umdrehen, trat in meiner Verschlafenheit daneben, flog geradewegs neben der Treppe hinab – und schlug mit dem vollen Gewicht auf! Und anfänglich schien es auch, als hätte ich mir gar nicht sonderlich wehe getan, denn ich stand gleich wieder auf und kehrte in mein Zimmer zurück. Nur in meinem Innern, in den Eingeweiden, war gleichsam etwas gerissen ... Laßt mich Luft holen ... einen Augenblick ... Herr.«

Lukerja verstummte, während ich sie erstaunt betrachtete. Ich wunderte mich vor allem darüber, daß sie fast heiter erzählte, ohne Ächzen und Seufzen, ohne sich zu beklagen oder um Mitleid zu betteln.

»Seit jenem Vorfall«, fuhr Lukerja fort, »schrumpfte ich langsam ein und kam immer mehr von Kräften; dann bekam ich den schwarzen Brand; das Gehen fiel mir schwer, und bald konnte ich die Beine überhaupt nicht mehr bewegen; bald war es auch mit dem Stehen und Sitzen vorbei; am liebsten wäre ich immer gelegen. Auch essen und trinken wollte ich nicht mehr: Immer schlimmer und schlimmer wurde es. Eure Mutter hat mich in ihrer Güte den Ärzten gezeigt und in das Krankenhaus geschickt. Aber Linderung haben sie mir nicht verschafft. Und kein einziger Arzt konnte überhaupt sagen, was für eine Krankheit ich habe. Was haben sie nicht alles angestellt mit mir! Mit einem glühenden Eisen den Rücken gebrannt, nackt in gestoßenes Eis gesetzt – nichts hat geholfen. Schließlich verknöcherte ich und wurde ganz steif... Darauf haben die Herren beschlossen, daß ich nicht mehr zu kurieren sei; und weil es auch unziemlich ist, in einem herrschaftlichen Haus einen Krüppel zu halten... nun, so haben sie mich eben hierhergeschickt – weil ich hier Bekannte habe. Und so lebe ich denn hier, wie Ihr seht...«

Lukerja verstummte wiederum und versuchte wiederum zu lächeln.

»Aber nichtsdestoweniger, deine Lage ist doch entsetzlich!« rief ich aus... und ohne zu wissen, was ich noch sagen sollte, fügte ich hinzu: »Und was hat denn Wassilij Poljakow gemacht?«

Das war eine sehr dumme Frage.

Lukerja wandte ihren Blick etwas zur Seite.

»Was Poljakow gemacht hat? Ein bißchen gejammert, ein bißchen getrauert – und eine andere geheiratet, ein Mädchen aus Glinnoje. Kennen Sie Glinnoje? Es ist nicht weit von hier. Agrafena hieß man sie. Er hat mich sehr geliebt, aber er war ein junger Mann – da konnte er doch nicht ledig bleiben. Und was für eine Gefährtin hätte ich ihm schon sein können? Er hat eine hübsche und gute Frau gefunden – auch Kinder haben sie. Er lebt hier beim Nachbarn als Verwalter. Ihre Mutter hat ihm einen Paß ausgestellt und ihn freigelassen, und es geht ihm, Gott sei Dank, sehr gut.«

»So liegst du denn hier die ganze Zeit?« fragte ich wiederum.

»Ja, Herr, so liege ich – und schon das siebente Jahr. Im Sommer liege ich hier in diesem Bienenschuppen, und wenn es kalt wird, trägt man mich in den Vorraum der Badestube. Dann liege ich dort.«

»Wer pflegt dich denn? Kümmert sich jemand um dich?«

»Gute Menschen gibt es auch hier. Die lassen mich nicht im Stich. Und ich brauche ja auch wenig Pflege. Essen, das Wichtigste, tue ich fast gar nichts, und Wasser – da steht es, im Krüglein: immer vorrätig, reines, frisches Quellwasser. Nach dem Krüglein kann ich selber langen: Ein Arm kann sich immer noch bewegen. Nun, und dann ist auch ein kleines Mädchen hier, ein Waisenkind; nein, nein – auf die kann ich mich verlassen, Gott lohne es ihr. Eben war sie hier... Sind Sie ihr nicht begegnet? So eine Hübsche, Blonde. Sie bringt mir Blumen; und ich habe Blumen so gern. Gartenblumen gibt es bei uns nicht – es waren wohl welche da, aber sie sind eingegangen. Aber die Feldblumen sind ja auch schön; sie duften noch besser als Gartenblumen. Zum Beispiel die Maiglöckchen... was gibt es Angenehmeres?«

»Und ist es dir nicht langweilig, hast du nicht Angst, meine arme Lukerja?«

»Was soll man tun? Ich will nicht lügen – anfangs fiel es mir sehr schwer; aber dann gewöhnte ich mich daran und lernte, geduldig zu werden – macht nichts; manchen geht es noch schlechter.«

»Wie ist das möglich?«

»Nun, mancher hat kein Dach über dem Kopf! Mancher ist blind oder taub! Ich dagegen, Gott sei Dank, sehe ausgezeichnet und höre alles. Selbst wenn ein Maulwurf in der Erde wühlt, höre ich es. Und jeglichen Duft nehme ich wahr... mag er auch noch so schwach sein! Wenn der Buchweizen im Feld aufblüht oder die Linde im Garten – niemand braucht es mir zu sagen: Ich rieche es sofort und als erste von allen. Nur der Wind muß von dorther wehen. Nein, warum Gott erzürnen? – vielen geht es schlechter als mir. Nur um ein Beispiel zu nennen: Mancher gesunde Mensch kann sehr leicht sündigen; von mir jedoch ist sogar die Sünde abgerückt. Neulich hat mich Vater Alexej, unser Geistlicher, auf die Kommunion vorbereitet und gesagt: ›Du hast ja gar nichts zu beichten: Kannst du denn in deinem Zustand sündigen?‹ Aber ich habe ihm geantwortet: ›Und die Gedankensünden, Väterchen?‹ – ›Nun‹, sagte er und lachte dabei, ›das sind keine schweren Sünden.‹ – Vielleicht habe ich tatsächlich nicht einmal viel in Gedanken gesündigt«, fuhr Lukerja fort, »denn ich habe mir beigebracht: nicht denken, und vor allem – nicht erinnern. So vergeht die Zeit schneller.«

Ich gestehe, daß ich mich wunderte.

»Du bist immer mutterseelenallein, Lukerja; wie bringst du es fertig, dich der Gedanken zu erwehren? Oder schläfst du immer?«

»O nein, Herr! Ich kann nicht jederzeit schlafen. Wenn ich auch keine großen Schmerzen habe, so tut es doch ganz inwendig weh, und in den Knochen auch; es läßt mich nicht schlafen, wie es sich gehört. Nein... aber so, ich liege herum, liege still für mich da – und denke nicht; ich spüre, daß ich lebe, atme – und bin einfach hier. Ich schaue und horche. Die Bienen in den Stöcken summen und surren; eine Taube setzt sich auf das Dach und beginnt zu gurren; die Gluckhenne kommt mit ihren Küchlein herein, um Krümel aufzupicken; und mitunter verfliegt sich ein Spatz oder ein Schmetterling – dann habe ich meine Freude an ihnen. Vor zwei Jahren haben sogar Schwalben dort in der Ecke ein Nest gebaut und ihre Jungen ausgebrütet. Wie unterhaltsam es doch war! Die eine fliegt zum Nestchen, krallt sich fest, füttert die Jungen – und husch, ist sie draußen. Du schaust – schon wird sie von der anderen abgelöst. Manchmal fliegt sie auch nicht herein, sondern schießt nur an der geöffneten Tür vorbei, aber die Jungen fangen gleich zu schreien an und reißen die Schnäbel auf... Ich habe im nächsten Jahr wieder auf sie gewartet, aber ein hiesiger Jäger soll sie, wie man sagt, erschossen haben. Was für einen Nutzen er sich erhofft haben mag? Die ganze Schwalbe ist doch nicht größer als ein Käfer... Wie bös doch ihr Herren Jäger seid!«

»Ich schieße keine Schwalben«, beeilte ich mich zu versichern.

»Und einmal«, hob Lukerja wieder an, »nein, war das ein Spaß! Ein Hase kam hereingelaufen, wahrhaftig! Vielleicht waren die Hunde hinter ihm her – nun, er kugelte geradewegs zur Tür herein... Ganz nahe setzte er sich hin, und lange blieb er sitzen – aber immer mümmelte er mit der Nase und bewegte er den Schnurrbart – ganz wie ein Offizier! Und dabei schaute er mich an. Er hatte, scheint es, begriffen, daß er sich vor mir nicht zu fürchten brauchte. Schließlich stand er auf, hoppelte zur Tür, auf der Schwelle sah er sich noch einmal nach mir um – und fort war er. So ein drolliger Kerl!«

Lukerja blickte mich an ... nun, ist das etwa nicht spaßig? Um ihr einen Gefallen zu erweisen, lachte ich. Sie biß sich auf die eingetrockneten Lippen.

»Nun, im Winter geht es mir natürlich schlechter, weil es dunkel ist; eine Kerze anstecken ist zu schade, und wozu auch? Ich kann zwar lesen und habe immer gerne gelesen, doch was sollte ich lesen? Bücher gibt es hier nicht, und selbst wenn es sie gäbe, wie sollte ich ein Buch halten? Vater Alexej hat mir zur Zerstreuung einen Kalender gebracht, doch als er sah, daß es nutzlos war, hat er ihn wieder genommen und fortgetragen. Aber wenn es auch finster ist, gibt es doch allerhand zu hören: Ein Heimchen zirpt, oder eine Maus beginnt irgendwo zu nagen ... Das ist ganz hübsch! Nur nicht denken!«

»Und dann spreche ich auch zuweilen Gebete«, fuhr Lukerja fort, nachdem sie sich ein wenig erholt hatte. »Nur kenne ich zu wenig echte und wirkliche Gebete. Und weshalb sollte ich auch dem Herrgott lästig fallen? Worum könnte ich ihn bitten? Er weiß besser als ich, was mir nottut. Er hat mir ein Kreuz auferlegt – folglich liebt er mich. So sind wir angewiesen, derlei zu verstehen. Ich bete das Vaterunser, das Gebet zur Gottesmutter, den Akathist für alle Betrübten – und liege wieder gedankenlos da und starre vor mich hin. Es ist gar nicht so schlimm.«

Es vergingen zwei Minuten. Ich unterbrach das Schweigen nicht und rührte mich nicht auf dem schmalen Zuber, der mir als Sitzgelegenheit diente. Die grausame, steinerne Unbeweglichkeit des unglücklichen, lebenden Wesens, das vor mir lag, hatte sich auch mir mitgeteilt: Ich war förmlich erstarrt.

»Höre, Lukerja«, begann ich schließlich, »höre, was für einen Vorschlag ich dir mache. Wenn du willst, treffe ich die entsprechenden Anordnungen: und man wird dich in ein Krankenhaus überführen, in ein schönes, städtisches Krankenhaus! Wer weiß, vielleicht kannst du noch geheilt werden? In jedem Fall wirst du nicht mehr allein sein ...«

Lukerja bewegte kaum merklich die Augenbrauen.

»Ach nein, Herr«, flüsterte sie besorgt, »bringt mich nicht ins Krankenhaus, rührt mich nicht an. Ich würde mich dort doch mehr quälen ... Wer soll mich schon kurieren ... Da kam einmal ein Doktor hierhergefahren; untersuchen wollte er mich. Ich bat ihn: ›Beunruhigen Sie mich nicht, um Christi willen.‹ Kein Gedanke! Er drehte mich nach allen Seiten, streckte mir Arme und Beine und bog mir Finger und Zehen auseinander. ›Das tue ich für die Wissenschaft‹, sagte er; ›deshalb bin ich ein beamteter und gelehrter Mann! Und unterstehe dich ja nicht‹, sagte er, ›dich mir zu widersetzen, weil mir für meine Leistungen ein Orden umgehängt worden ist und ich mich für euch Dummköpfe plage.‹ Dann hat er mich ein wenig gezaust und ein wenig gezupft, meine Krankheit beim Namen genannt – ganz gelehrt – und ist wieder fortgefahren. Eine Woche lang haben mir nachher alle Knochen weh getan. Sie sagen, daß ich immer allein, mutterseelenallein sei. Aber das stimmt nicht. Ich bin nicht immer allein. Es kommen Leute zu mir. Ich bin friedlich und störe niemanden. Die Bauernmädchen kehren bei mir ein und machen ein Schwätzchen; eine Pilgerin verirrt sich und erzählt von Jerusalem, von Kiew und von den heiligen Städten. Und ich finde es auch gar nicht schrecklich, allein zu sein. Das ist mir sogar lieber, wahrhaftig! Herr, laßt mich hier, bringt mich nicht ins Krankenhaus... Vergelt's Euch Gott, Ihr seid gut, aber rührt mich nicht an, Täubchen...«

»Nun, wie du willst, wie du willst, Lukerja. Ich meinte es ja nur gut mit dir...«

»Ich weiß schon, Herr, daß Ihr es gut meint, aber, lieber Herr, wer kann einem anderen helfen? Wer kann dem Nächsten ins Herz sehen? Jeder Mensch muß sich selbst helfen! Ihr werdet es vielleicht nicht glauben – aber ich liege manchmal so da... und es ist mir, als wäre ich ganz allein auf der Welt. Nur ich allein lebe! Und es kommt mir vor, als hielte etwas seine schützende Hand über mich... Dann packt mich die Nachdenklichkeit – es ist ganz merkwürdig!«

»Worüber denkst du denn dann nach, Lukerja?«

»Das kann ich Euch gar nicht sagen, Herr: Es läßt sich nicht erklären. Man vergißt es nachher auch wieder. Aber es kommt wie eine Wolke und zieht über mich hinweg, es ist so erfrischend, und es wird so schön, doch was es ist – das begreifst du nicht! Nur kommt mir der Gedanke: Wenn Leute um mich wären, würde nichts dergleichen geschehen – und ich bekäme nichts zu spüren als mein Unglück.«

Lukerja seufzte beschwerlich. Die Brust gehorchte ihr nicht – ebensowenig wie die anderen Glieder.

»Wie ich Euch so anschaue, Herr«, begann sie von neuem, »tut es Euch aufrichtig leid um mich. Aber Ihr braucht mich kein bißchen zu bedauern, wirklich nicht! Ich will Euch zum Beispiel folgendes sagen: Ich bin auch jetzt noch zuweilen ... Ihr erinnert Euch doch, wie ausgelassen ich seinerzeit war? Ein Teufelsmädchen! ... und wißt Ihr, was? Ich singe auch jetzt noch zuweilen Lieder.«

»Lieder? ... Du?«

»Ja, Lieder, alte Lieder, Reigenlieder, Wahrsagelieder, Festtagslieder, was mir gerade einfällt! Ich habe doch so viele gekannt und habe sie noch nicht vergessen. Nur Tanzlieder singe ich nicht. In meiner jetzigen Lage – da schickt sich so etwas nicht.«

»Wie singst du sie denn ... lautlos, so in Gedanken?«

»Manchmal lautlos und manchmal vernehmlich. Laut kann ich nicht, aber immerhin – es ist zu verstehen. Ich habe Euch schon gesagt, daß immer ein Mädchen zu mir kommt. Sie ist zwar ein Waisenkind, aber sehr gelehrig und verständig. Der bringe ich also meine Lieder bei: Vier hat sie schon übernommen von mir. Ihr glaubt es nicht? Wartet, ich werde Euch gleich ...«

Lukerja sammelte sich ... Der Gedanke, daß dieses halbtote Wesen sich zum Singen anschickte, erfüllte mich unwillkürlich mit Grauen. Doch ehe ich noch ein Wort sagen konnte, schwang in meinem Ohr ein langgezogener, kaum vernehmbarer, doch reiner und richtiger Ton ... ihm folgte ein zweiter und ein dritter. Lukerja sang das Lied ›In den Wiesen‹. Sie sang, ohne den Ausdruck ihres versteinerten Gesichts zu verändern, nicht einmal die Augen bewegten sich. Aber dieses ärmliche, angestrengte, wie ein Rauchfähnchen zitternde Stimmchen sang so rührend, und sie wollte ihre ganze Seele in diesem Liedchen verströmen lassen ... Ich verspürte kein Entsetzen mehr: Unsägliche Trauer preßte mir das Herz zusammen.

»Aber ich kann nicht mehr!« sagte sie plötzlich, »die Kräfte reichen nicht ... Allzusehr habe ich mich über Euch gefreut.«

Sie schloß die Augen.

Ich legte die Hand auf ihre winzigen, kalten Finger ... Sie blickte mich an – und ihre dunklen Lider, wie bei alten Statuen mit goldig schimmernden Wimpern umsäumt, schlossen sich wieder. Einen Augenblick später blitzten sie noch einmal im Halbdunkel auf... Eine Träne hatte sie genetzt.

Ich rührte mich noch immer nicht.

»Was habe ich nur?« sagte Lukerja plötzlich mit überraschend starker Stimme und bemühte sich, durch weites Öffnen der Augen die haftende Träne fortzublinzeln. »Ich sollte mich schämen. Was will ich nur? Das ist mir schon lange nicht mehr widerfahren... das letzte Mal, als Wasja Poljakow bei mir war, im vergangenen Frühjahr. Solange er dasaß und mit mir redete – nun, da ging es; doch als er fort war, habe ich still vor mich hingeweint! Woher das nur gekommen sein mag? Uns Frauen sitzen die Tränen sehr locker... Herr«, fügte Lukerja hinzu, »Ihr habt doch ein Taschentuch... Ekelt Euch nicht, trocknet mir die Augen.«

Ich beeilte mich, ihr den Wunsch zu erfüllen – und ließ ihr mein Taschentuch. Sie wollte es zuerst nicht nehmen... »Was soll ich mit einem solchen Geschenk anfangen?« Das Tüchlein war sehr einfach, aber rein und weiß. Dann ergriff sie es mit ihren schwachen Fingern und ließ es nicht mehr los. Schon an die Dunkelheit gewöhnt, in der wir beide uns befanden, konnte ich deutlich ihre Züge unterscheiden, konnte ich sogar die leichte Röte bemerken, welche durch die Bronze ihres Gesichts hindurchschimmerte, und konnte ich in diesem Gesicht – so schien es mir wenigstens – die Spuren ihrer früheren Schönheit entdecken.

»Ihr habt mich gefragt, Herr«, begann Lukerja wiederum, »ob ich schlafe. Ich schlafe eigentlich recht selten, habe jedoch immer Träume – schöne Träume! Niemals sehe ich mich krank: Im Traum bin ich jedesmal gesund und jung... Nur eins ist schlimm: Wenn ich aufwache, möchte ich mich gern wohlig rekeln und strecken – aber ich bin ja wie zusammengeschmiedet. Einmal hatte ich einen sehr wunderlichen Traum! Wollt Ihr, daß ich ihn erzähle? Nun, dann hört... Es war mir, als stünde ich in einem Feld, und ringsum war lauter hohes, reifes, goldenes Korn... Und neben mir lief ein rotbraunes, giftig-böses Hündchen – das wollte mich immer beißen. Und in der Hand hatte ich eine Sichel, aber keine gewöhnliche Sichel, sondern den Mond selbst, wie er ist, wenn er eine Sichel bildet. Und mit diesem Mond mußte ich das ganze Kornfeld säuberlich abmähen. Aber die Hitze setzte mir arg zu, und der Mond blendete mich, und die Müdigkeit stellte sich ein; doch rings um mich wuchsen Kornblumen, und was für große! Und alle wandten mir die Köpfchen zu. Ich dachte mir: Ich will sie alle pflücken. Wasja hat versprochen herzukommen – da will ich mir zuerst ein Kränzchen winden; mit dem Mähen werde ich schon fertig. Ich begann also die Kornblumen zu pflücken, aber sie zerrannen mir eine nach der anderen zwischen den Fingern, ich wußte mir nicht zu helfen! Und ich konnte mir keinen Kranz winden. Aber schon hörte ich, wie jemand auf mich zukam, immer näher kam und dabei rief: ›Luscha! Luscha!‹... Ach, dachte ich mir, wie schade! nun bin ich nicht fertig geworden. Aber das macht nichts, ich will mir statt der Kornblumen den Mond auf den Kopf setzen. Ich setzte also den Mond auf, wie einen Kokoschnik – und begann im nämlichen Augenblick selber zu strahlen und erleuchtete ringsum das Feld. Ich blickte mich um – auf den Spitzen der Kornähren glitt jemand eilends auf mich zu, aber nicht Wasja – sondern Christus selbst! Woran ich erkannte, daß es Christus selbst war, kann ich nicht sagen, so wird Er auch nicht gemalt – aber es konnte nur Er sein! Bartlos, hochgewachsen, jung, ganz weiß gekleidet, nur der Gürtel golden, kam er auf mich zu und streckte mir die Hand entgegen. ›Fürchte dich nicht, meine auserkorene Braut‹, sprach er, ›folge Mir nach; du wirst bei Mir im Himmelreich die Reigen anführen und paradiesische Tanzlieder singen.‹ Ich schmiegte mich sogleich an seine Hand. Wie mir da dieses Hündchen an die Beine fuhr... aber schon schwebten wir empor! Er voran... Seine Flügel, lang wie bei einer Möwe, breiteten sich über den ganzen Himmel aus – und ich hinter Ihm her. Und das Hündchen mußte von mir ablassen. Erst da begriff ich, daß dieses Hündchen – meine Krankheit ist und daß im Himmelreich kein Platz für sie sein wird.«

Lukerja verstummte einen Augenblick lang.

»Und dann hatte ich noch ein Traumgesicht«, begann sie von neuem, »aber vielleicht war es auch eine Erscheinung, ich weiß es

nicht mehr. Es war mir, als ob ich in diesem Schuppen läge und meine
verstorbenen Eltern zu Besuch kämen – Väterchen und Mütterchen –
und sich tief vor mir verneigten, ohne selber ein Wort zu sprechen.
Da fragte ich sie: ›Warum verneigt ihr euch, Väterchen und Mütterchen, vor mir?‹ – ›Deshalb‹, antworteten sie, ›weil du dadurch, daß du
auf dieser Welt soviel leiden mußt, nicht nur deiner eigenen Seele
Erleichterung verschaffst, sondern auch uns eine große Last abgenommen hast. Auch uns ist es in jener Welt viel erträglicher geworden. Mit dem Verbüßen deiner Sünden bist du fertig; jetzt hilfst du
unsere Sünden tilgen.‹ Und nachdem sie das gesagt hatten, verneigten
sich die Eltern wieder – und dann waren sie nicht mehr zu sehen: Nur
die Wände standen da. Ich habe dann viel darüber nachgedacht, was
es gewesen sein könnte. Sogar dem geistlichen Vater habe ich es erzählt.
Aber er war der Meinung, daß es keine Erscheinung gewesen sein
könnte, weil solche nur Personen geistlichen Standes zuteil würden.

Und dann hatte ich wieder einmal einen Traum«, fuhr Lukerja fort.
»Ich sah mich auf der Landstraße unter einer Weide sitzen, mit einem
angespitzten Stöckchen in der Hand, einen Sack auf dem Rücken und
ein Tuch um den Kopf geschlungen – wie eine richtige Pilgerin! Und
ich mußte eine weite, weite Wallfahrt machen. Und lauter Pilger gingen an mir vorbei; sie gingen langsam, gleichsam widerwillig, alle in
einer Richtung; ihre Gesichter waren verwelkt und sahen einander alle
sehr ähnlich. Und zwischen ihnen drängte und zwängte sich eine
Frau, die um einen ganzen Kopf größer war als die übrigen, und
sie hatte ein besonderes, ganz fremdartiges, nicht russisches Gewand
an. Und ihr Gesicht war auch ein besonderes, ein strenges Fastengesicht. Und es war, als hielten sich alle von ihr fern; und mit einemmal
machte sie kehrt – und kam geradewegs auf mich zu. Sie blieb stehen
und betrachtete mich; Augen hatte sie wie ein Falke: gelb, groß und
hell – fast durchsichtig. Da fragte ich sie: ›Wer bist du?‹ Und sie
antwortete: ›Ich bin dein Tod.‹ Doch statt zu erschrecken, erfüllte
mich eine große Freude, und ich bekreuzigte mich! Und diese Frau,
mein Tod, sprach: ›Es tut mir leid, Lukerja, aber ich kann dich nicht
mitnehmen… Leb wohl!‹ Ach Gott, wie traurig mir da zumute wurde… ›Nimm mich mit, Mütterchen‹, sagte ich, ›Täubchen, nimm mich

mit!‹ Und mein Tod wandte sich nach mir um und begann mich zu schelten… Ich verstand, daß sie mir mein letztes Stündlein angab, aber so unverständlich und unklar… So nach Peter und Paul etwa… Damit erwachte ich… So merkwürdige Träume habe ich also!«

Lukerja hob den Blick zur Decke und wurde nachdenklich…

»Nur eins ist schlimm: Es vergeht manchmal eine ganze Woche, ohne daß ich ein einziges Mal schlafen kann. Im vorigen Jahr ist eine Gutsbesitzerin durchgefahren, sie hat mich besucht und mir ein Fläschchen mit einer Medizin gegen die Schlaflosigkeit geschenkt; zehn Tropfen sollte ich jeweils einnehmen. Das hat mir sehr geholfen, und ich konnte schlafen; nur ist das Fläschchen jetzt längst leer… Wißt Ihr nicht, was für eine Medizin das gewesen sein mag und wie man sie bekommen könnte?«

Die durchreisende Gutsbesitzerin hatte Lukerja augenscheinlich Opium gegeben. Ich versprach ihr, ein solches Fläschchen zu besorgen, und konnte mich abermals nicht laut genug über ihre Geduld wundern.

»Ach, Herr!« entgegnete sie. »Was redet Ihr da? Das soll Geduld sein? Simeon der Säulensteher, ja, der hatte Geduld, eine wahrhaft große Geduld: Dreißig Jahre lang ist er auf einer Säule gestanden! Und ein anderer Büßer hat sich bis zur Brust in die Erde eingraben lassen, und die Ameisen haben sein Gesicht verzehrt… Und ein anderer Schriftkundiger hat mir erzählt: Es habe ein Land gegeben, und dieses Land hätten die Heiden erobert, und sie hätten alle seine Bewohner gemartert und ermordet; und was die Bewohner auch versucht hätten, sich zu befreien wären sie nicht imstande gewesen. Aber dann sei unter den Bewohnern eine heilige, wundertätige Jungfrau aufgetreten; sie habe ein großes Schwert genommen, eine zwei Pud schwere Rüstung angelegt, sei gegen die Heiden gezogen und habe sie alle zurück über das Meer getrieben. Und als sie dieses Werk vollbracht hatte, habe sie zu ihnen gesagt: ›Jetzt verbrennt mich, weil ich das Gelübde abgelegt habe, für mein Volk den Feuertod zu sterben.‹ Und darauf hätten die Heiden sie gepackt und verbrannt, aber ihr Volk sei von dieser Zeit an für immer befreit gewesen! Das war eine Heldentat! Aber ich? das läßt sich gar nicht vergleichen…«

Ich wunderte mich im stillen, wohin und in welcher Gestalt die Legende der Jeanne d'Arc gewandert war, und fragte Lukerja nach einer kleinen Pause, wie alt sie sei.

»Achtundzwanzig... oder neunundzwanzig... Dreißig werden es noch nicht sein. Aber weshalb die Jahre zählen? Ich werde Euch noch etwas erzählen...«

Lukerja begann plötzlich dumpf zu hüsteln und zu stöhnen.

»Du redest zu viel«, bemerkte ich, »das kann dir schaden.«

»Das ist wahr«, flüsterte sie kaum hörbar, »mit unserer Unterhaltung ist es aus; aber was tut es schon! Wenn Ihr jetzt wegfahrt, habe ich Zeit genug zum Schweigen. Wenigstens habe ich mich einmal aussprechen können...«

Ich begann mich von ihr zu verabschieden, wiederholte mein Versprechen, ihr die Medizin zu schicken, und bat sie noch einmal, gut nachzudenken und mir zu sagen, ob sie noch etwas brauchte.

»Gar nichts brauche ich; ich bin, Gott sei Dank, mit allem zufrieden«, stieß sie mit großer Anstrengung, aber dennoch sehr gerührt, hervor. »Schenke Gott allen Gesundheit! Aber, Herr, könnt Ihr nicht Eurer Mutter zureden, den hiesigen Bauern – sie sind recht arm – eine Kleinigkeit vom Pachtzins abzulassen? Sie haben zu wenig Grund und Boden und fast kein Weideland... Sie würden für Euch beten... Ich dagegen brauche nichts und bin mit allem zufrieden.«

Ich gab Lukerja das Wort, ihre Bitte zu erfüllen, und ging schon auf die Tür zu, als sie mich noch einmal zurückrief.

»Wißt Ihr noch, Herr«, sagte sie – und etwas Wundervolles blitzte in ihren Augen auf und umspielte ihre Lippen, »was für einen herrlichen Zopf ich hatte? Könnt Ihr Euch erinnern? – bis an die Knie! Ich konnte mich lange nicht entschließen... Das waren Haare... Aber wie sollte ich sie mir kämmen? In meiner Lage!... Da habe ich sie mir abschneiden lassen... Ja... Nun, lebt wohl, Herr! Ich kann nicht mehr...«

Am gleichen Tag noch, bevor ich mich auf die Jagd begab, hatte ich eine Unterredung bezüglich Lukerjas mit dem Aufseher des Weilers. Ich erfuhr von ihm, daß man sie im Dorf die »lebende Reliquie« nannte und daß sie im übrigen niemandem zur Last fiele; kein Mensch hätte von ihr jemals eine Klage oder ein Murren gehört. »Sie verlangt nichts für sich, im Gegenteil – sie ist für alles dankbar; und so still, so still ist sie, daß es sich gar nichts sagen läßt. Von Gott gezeichnet«, schloß der Aufseher, »wahrscheinlich für ihre Sünden; aber darum kümmern wir uns nicht. Oder daß wir sie vielleicht verurteilten – nein, wir verurteilen sie nicht. Mag sie in Frieden leben!«

Ein paar Wochen später erfuhr ich, daß Lukerja gestorben sei. Der Tod war tatsächlich »nach Peter und Paul« gekommen, um sie zu holen. Man erzählte, daß sie an ihrem Todestag immer Glockengeläute vernommen habe, obwohl es von Alexejewka bis zur Kirche über fünf Werst sind und obwohl es nicht Sonntag war. Im übrigen habe Lukerja gesagt, daß dieses Läuten nicht von der Kirche, sondern »von oben« komme. Wahrscheinlich hatte sie nicht gewagt zu sagen: vom Himmel.

FJODOR DOSTOJEWSKI

DER GROSSINQUISITOR

»In seiner unermeßlichen Barmherzigkeit zeigt Er sich noch einmal den Menschen in derselben Gestalt, in welcher Er vor fünfzehn Jahrhunderten drei Jahre lang unter ihnen gewandelt ist. Er läßt sich herab auf die ›brennenden Plätze‹ der südlichen Stadt, in der noch am Vorabend in Gegenwart des Königs, des gesamten Hofstaates, der Ritterschaft, der Kardinäle und entzückender Frauen vor der ganzen Einwohnerschaft Sevillas durch den Kardinal-Großinquisitor nicht weniger als ein volles Hundert Ketzer auf einmal ad majorem dei gloriam verbrannt worden war.

Leise und unauffällig erscheint Er unter den Menschen, und siehe, es erkennen Ihn alle. Das Volk drängt sich an Ihn heran mit unbezwinglicher Gewalt. Es umgibt Ihn, wächst um Ihn und folgt Ihm.

Schweigend schreitet Er unter ihnen, mit dem stillen Lächeln unendlichen Mitleids auf den Lippen. Die Sonne der Liebe brennt in seinem Herzen, Strahlen des Lichtes, der Erleuchtung und Kraft strömen aus seinen Augen und gießen sich über die Menge und wekken die Herzen der Menschen. Er streckt ihnen seine Hand entgegen und segnet sie, und aus der Berührung mit seinem Körper, ja schon aus seinem Gewande fließt heilende Kraft. Ein Greis, der seit der Kindheit blind war, ruft aus der Schar: ›Herr, heile mich, damit ich Dich erkenne!‹ Und siehe, von seinen Augen fällt es wie Schuppen, und der Blinde sieht. In den Augen der Menschen sind Tränen, das Volk küßt die Erde, über die Er hinwandelt, die Kinder werfen Blumen vor seine Schritte, singen Lieder und rufen Hosianna. ›Er ist es, Er‹, wiederholen alle, ›Er muß es sein und kein anderer.‹ So kommt Er vor das Tor der Kathedrale, wo Menschen unter Heulen und Wehklagen einen weißen offenen Kindersarg tragen, darin ein siebenjähriges Mädchen liegt, die einzige Tochter eines angesehenen Bürgers der Stadt. Das tote Kind liegt da, ganz in Blumen gebettet. ›Er wird dein Kind auferwecken vom Tode‹, rufen Stimmen der weinenden

Mutter zu. Aus der Kathedrale tritt dem Sarg ein Priester entgegen, er vermag nicht gleich zu fassen, was hier geschieht, und runzelt die Stirne. Da hört er ein Aufschluchzen: Es ist die Mutter des toten Mädchens, sie wirft sich zu seinen Füßen nieder und hebt ihre Hand zu Ihm auf und ruft aus: ›Wenn Du es bist, dann wecke mein Kind vom Tode auf!‹ Die Prozession bleibt stehen, der Sarg wird vor Ihm auf den Boden gelassen. Er sieht auf ihn hernieder voll Rührung, und sein Mund spricht noch einmal: ›Talitha kumi.‹ Und das Mädchen erhebt sich im Sarg, setzt sich auf und blickt im Kreise um sich mit erstaunten offenen Augen. In den Händen hält es das Sträußlein weißer Rosen, mit dem es im Sarg gelegen hat. Das Volk ist bewegt, Stimmen, Schreie, Schluchzen. In diesem Augenblicke geht an der Kathedrale über den Platz der Kardinal vorbei, der Großinquisitor, ein Greis von bald neunzig Jahren, hoch und aufrecht, mit vertrocknetem Gesicht und tiefliegenden Augen, in welchen noch verborgen das Feuer glüht. Heute ist er nicht in den Prunkgewändern, in denen er sich gestern dem Volke gezeigt hatte, da er die Feinde des römischen Glaubens verbrannte – nein, heute trägt er die alte grobe Mönchskutte. Ihm folgen in gemessener Entfernung seine düsteren Gehilfen und Knechte, die ›heiligen‹ Wächter. Er bleibt vor der Menge stehen und sieht zu, was geschieht. Er hat alles gesehen; er hat gesehen, wie sie den Sarg vor Ihn hingestellt haben, er hat gesehen, wie sich das Mädchen im Sarg erhoben hat, und über sein Gesicht legt sich ein dunkler Schatten. Er zieht seine dichten, grauen Brauen zusammen, und sein Blick verkündet Unheil. Indem er auf Ihn mit dem Finger weist, heißt er die Wächter Ihn ergreifen. Und so groß ist seine Gewalt, und so gehorsam und ergeben ist ihm das Volk, daß die Menge den Wächtern Platz macht und diese unter aller tiefem plötzlichen Schweigen Hand an Ihn legen und Ihn fortführen. Die Volksmenge ist wie ein Mann, und die Köpfe neigen sich vor dem greisen Inquisitor zu Boden; er segnet schweigend die Menschen und setzt seinen Weg fort.

Die Wache hat inzwischen den Gefangenen in ein enges, dunkles, gewölbtes Verlies im alten Gebäude des heiligen Tribunals geführt und hinter Ihm die Tür geschlossen. Der Tag vergeht, die Nacht bricht herein, die dunkle, glühende, atemlose Nacht Sevillas. Die Luft ist voll vom Duft des Lorbeers und der Zitronenblüte. Um Mitternacht öffnet sich das eiserne Tor des Gefängnisses, und der Großinquisitor tritt leisen Schrittes herein, in der Hand hält er ein Licht. Er ist allein, hinter ihm schließt sich das Tor.

Er bleibt am Eingang stehen und sieht Ihm lange, ein bis zwei Minuten lang, ins Gesicht. Dann tritt er näher heran, stellt den Leuchter auf den Tisch und spricht zu Ihm: ›Bist Du es?‹ Da er keine Antwort erhält, fügt er schnell hinzu: ›Antworte nicht, schweige! Was kannst Du auch sagen? Ich weiß sehr gut, was Du sagen willst; doch Du hast kein Recht, auch nur ein Wort zu dem hinzuzufügen, was einst von Dir selber gesagt worden ist. Warum bist Du gekommen, uns zu stören? Denn dazu bist Du gekommen, Du weißt es selber. Weißt Du aber auch, was morgen geschehen wird? Ich weiß nicht, wer Du bist, ich will auch nicht wissen, ob Du es wirklich bist oder ob Du nur seine Gestalt angenommen hast: Aber morgen werde ich Dich richten und verurteilen und Dich auf dem Scheiterhaufen verbrennen als den gefährlichsten aller Ketzer, und dasselbe Volk, das heute Dir die Füße geküßt hat, wird sich morgen auf einen Wink von meiner Hand hin zum Scheiterhaufen stürzen, um dort die Kohlen zu schüren, weißt Du das? Es ist möglich, daß Du es weißt‹, fügte er hinzu, ohne auch nur eine Sekunde den Blick von dem Gefangenen zu lassen.«

»Ich verstehe nicht, Iwan, was das heißen soll«, unterbrach ihn lächelnd Aljoscha, der die ganze Zeit schweigend zugehört hatte. »Ist das Ganze nur die uferlose Phantasie oder eine Verwirrung im Kopfe des Greises, eine unmögliche Verwechslung?«

»Nimm das letzte an«, lachte Iwan, »wenn dich der zeitgenössische Realismus schon so verdorben hat, daß du etwas Phantastisches nicht mehr vertragen kannst! Wenn es eine Verwechslung sein soll, meinetwegen. Es ist wahr, der Greis zählt neunzig Jahre und hat somit Zeit gehabt, den Verstand zu verlieren über seiner Idee; zudem konnte ihn der Gefangene auch durch sein Äußeres aus der Fassung bringen. Vielleicht aber ist es nur der Wahn, das Fiebergesicht eines neunzigjährigen Greises vor dem Tode, das Gehirn hat sich vom Autodafé

der hundert verbrannten Ketzer erhitzt. Ist es aber nicht ganz gleichgültig, was es ist, ob eine Verwechslung oder eine uferlose Phantasie?
Es handelt sich hier doch nur darum, daß der Greis sich ausspricht,
daß er endlich einmal nach neunzig Jahren davon laut redet, worüber
er neunzig Jahre lang geschwiegen hat.«

»Und der Gefangene schweigt, er sieht ihn an und sagt kein Wort?«

»Ja! So muß es auch sein, in allen Fällen«, lachte Iwan. »Der Greis
hat Ihn doch selber darauf aufmerksam gemacht, daß Er gar nicht
einmal das Recht habe, etwas zu dem hinzuzufügen, was von Ihm
schon gesagt worden ist. Wenn du willst, kannst du darin den Grund-
zug des römischen Katholizismus erblicken, nach meiner Meinung
wenigstens: ›Alles wurde von Dir einst dem Papste übergeben, und
alles ist jetzt beim Papst, tue Du uns nur den einen Gefallen, nicht
wiederzukommen und uns zu stören in der Zeit!‹ In diesem Sinne
reden sie nicht nur, sondern schreiben sie auch, die Jesuiten wenigstens. Ich selbst habe es so bei ihren Gelehrten gelesen. ›Hast Du das
Recht, auch nur ein einziges von den Geheimnissen jener Welt aufzu-
decken, aus der Du zu uns herniedergestiegen bist?‹ fragt ihn mein
Greis, und er selber gibt sich die Antwort: ›Nein, Du hast nicht das
Recht; denn sonst müßtest Du etwas zu dem noch hinzufügen, was
von Dir gesagt worden war, und den Menschen die Freiheit nehmen,
für die Du einst, da Du auf Erden warst, mit solcher Überzeugung
eingetreten bist. Alles, was Du von neuem verkünden könntest, würde
somit einen Eingriff in die Glaubensfreiheit der Menschen bedeuten,
denn es würde uns wie ein Wunder vorkommen; aber die Freiheit des
Glaubens galt Dir damals mehr als jedes andere Gut, damals, vor
anderthalbtausend Jahren. Kam das Wort nicht immer wieder aus
Deinem Munde: Ich will euch frei machen? Nun, jetzt hast Du sie
gesehen, die freien Menschen!‹ ›Ja, das Werk hat uns viel gekostet‹,
fügte er gleich hinzu, indem er Ihn streng anblickte, ›aber wir haben es
zu Ende geführt, endlich, in Deinem Namen. Fünfzehn Jahrhunderte
lang haben wir uns mit dieser Freiheit geplagt, aber jetzt sind wir
damit fertig, fertig für alle Zeiten. Glaubst Du nicht, daß wir damit
fertig geworden sind für alle Zeiten? Du siehst mich mit Deinen
sanften Augen an und würdigst mich nicht einmal Deines Zornes.

So wisse: Jetzt, gerade heute sind die Menschen mehr denn je davon
überzeugt, sie wären frei, ganz frei, frei wie nie die Menschheit vor
ihnen. In Wahrheit aber haben sie selber uns ihre Freiheit gebracht
und demütig uns vor die Füße gelegt. Das war unser Werk. War es
diese Freiheit, die Du wünschtest?‹«

»Ich verstehe wiederum nicht«, unterbrach ihn Aljoscha; »er ironi-
siert Ihn und macht sich über Ihn lustig.«

»Nicht im geringsten: Er rechnet es sich und den Seinen durchaus
als Verdienst an, daß sie endlich die Freiheit niedergerungen haben,
und nur darum, um die Menschen glücklich zu machen; denn jetzt
erst ist es möglich geworden, an das Glück der Menschen zu denken.
Der Mensch ist zum Empörer geschaffen: Können Empörer glück-
lich sein? ›Du wurdest gewarnt‹, fährt der Greis zu ihm fort, ›es fehlte
Dir nicht an Mahnungen und Zeichen, aber Du achtetest nicht darauf.
Du kehrtest Dich ab von dem einzigen Wege, auf dem das Heil der
Menschen lag, aber zum Glück hast Du uns Dein Werk überlassen, da
Du von uns schiedest. Du hast es uns versprochen, Du hast es mit
Deinen eigenen Worten bekräftigt, Du hast uns das Recht gegeben, zu
binden und zu lösen, darum darf Dir jetzt auch nicht einmal der
Gedanke kommen, uns dieses Recht zu nehmen. Warum willst Du
uns also stören?‹«

»Was heißt das: Es hat Dir nicht an Mahnungen und Zeichen gefehlt?« fragte Aljoscha.

»Gerade darüber mußte sich der Greis aussprechen, denn darauf
kommt alles an. ›Der furchtbare und kluge Geist, der Geist der Selbstvernichtung und des Nichtseins‹, fuhr der Greis fort, ›der große Geist
redete zu Dir in der Wüste, und uns ist in den Büchern überliefert,
daß er Dich dort versuchte. Ist das so richtig? Ist irgendwo, frage ich,
mehr Wahrheit enthalten als in den drei Fragen, die er Dir stellte und
die Du verwarfst und die in den heiligen Büchern Deine Versuchung
genannt werden? Wenn jemals auf Erden ein vollkommenes, ein wirkliches, ein die Erde in ihren Grundfesten erschütterndes Wunder
geschehen ist, so ward es an jenem Tage, am Tage der drei Versuchungen. Und nur darin, daß diese Fragen gestellt worden sind, liegt
das Wunder. Denken wir uns, diese drei Fragen des furchtbaren

Geistes wären ohne eine Spur aus den heiligen Büchern verschwunden und müßten wieder dort eingesetzt, von neuem ausgedacht und verfaßt werden, damit sie wieder in den Büchern wären, denken wir uns, alle Weisen der Erde, die Rechtsgelehrten, die Theologen, die Philosophen und die Dichter würden zusammengerufen, und ihnen sollte die Aufgabe gestellt werden: Sinnet drei Fragen aus, welche nicht nur der ungeheuren Tatsache eines versuchten Gottes entsprechen, sondern außerdem in drei Worten, in drei menschlichen Sätzen die ganze zukünftige Geschichte der Erde und der Menschheit enthalten — glaubst Du wirklich, die ganze vereinigte Gelehrsamkeit der Erde vermöchte etwas zu ersinnen, was an Kraft und Tiefe sich jenen drei Fragen vergleichen ließe, die Dir damals in der Wüste von dem mächtigen und klugen Geiste gestellt worden sind? Schon daran, daß sie überhaupt gestellt wurden, erkennst Du, daß Du es hier nicht mit einem menschlichen, fließenden, sondern mit dem ewigen, dauernden Geiste zu tun hast; denn in diesen drei Fragen liegt wie im Schoße die ganze weitere Geschichte der Menschheit, die Zukunft ist darin vorausgesagt, und in drei Bildern vermagst Du alle unlösbaren Widersprüche der menschlichen Natur zu erkennen. Damals konnte es noch nicht offenbar sein, denn die Zukunft lag noch verborgen; aber heute, nach fünfzehn Jahrhunderten, ist es ersichtlich, daß in den drei Fragen alles also recht geraten und vorausgesagt ward und sich bewahrheitet hatte, daß wir weder etwas hinzuzufügen noch wegzunehmen haben. Entscheide selber, wer damals recht hatte, Du oder der Dich fragte! Erinnere Dich der ersten Frage! Sie lautete nicht buchstäblich, doch wohl dem Geiste nach also: Du willst unter die Menschen treten und gehst zu ihnen mit leeren Händen, Du gehst zu ihnen mit einem Versprechen von einer Freiheit, die sie in ihrer Einfalt und angeborenen Stumpfheit nicht zu fassen vermögen, ja, vor der sie Furcht haben — denn es hat niemals für den einzelnen Menschen sowohl wie für das ganze Menschengeschlecht etwas gegeben, das diese weniger zu ertragen fähig waren als eben die Freiheit. Sieh die Steine zu Deinen Füßen ringsum in der nackten und glühenden Wüste: verwandle sie in Brot, und die Menschheit wird Dir folgen wie dem Hirten die Herde, dankbar und gehorsam, wenn auch ewig davor zitternd, Du könntest Deine Hand von ihr nehmen und ihr Dein Brot entziehen! Aber Du wolltest den Menschen nicht der Freiheit berauben, und darum verwarfst Du, was Dir geboten worden war. Denn wo ist da Freiheit, schlossest Du, wenn der Gehorsam mit Broten erkauft wird? Deine Antwort war, daß der Mensch nicht allein vom Brote lebe. Weißt Du aber auch, daß im Namen gerade dieses irdischen Brotes der Geist der Erde sich gegen Dich erheben, sich mit Dir messen und Dich besiegen wird und daß alle Menschen ihm nachfolgen und ausrufen werden: Wer gleicht diesem Tiere, so uns das Feuer vom Himmel gebracht hat?! Weißt Du auch, daß die Zeiten nicht ausbleiben werden, da den Menschen durch den Mund der Weisen verkündet werden wird: Es gibt keine Verbrechen, es gibt auch keine Sünde, es gibt nur Menschen, die hungern? Mache sie zuerst satt, und dann verlange von ihnen die Tugend: Das werden sie auf die Fahne schreiben, mit der sie gegen Dich in den Kampf gehen und in Deinen Tempel eindringen werden. Und an Stelle dieses Deines Tempels wird sich ein neues Gebäude, wird sich zum zweiten Male jener grauenhafte Turm von Babel erheben. Und wenn auch dieser neue genau so wie jener erste nicht zu Ende gebaut werden wird: Du hättest es dazu gar nicht kommen lassen sollen, Du hättest die Leiden der Menschheit um tausend Jahre abkürzen können – denn siehst Du, jetzt werden sie zu uns kommen, jetzt, nachdem sie sich tausend Jahre mit ihrem Turm gequält haben. Sie werden uns abermals unter der Erde suchen, sie werden uns aus den Katakomben holen (denn von neuem werden wir verfolgt und gemartert werden) und uns, da sie uns gefunden, zurufen: Macht uns satt, denn die, so uns das Feuer vom Himmel versprochen, waren Betrüger! So werden wir, wir ihnen den Turm zu Ende bauen; denn der baut ihn auf, der die Menschen satt macht, und wir werden sie satt machen in Deinem Namen – denn so wollen wir es dann sagen und lügen, daß es in Deinem Namen geschehe. Niemals, zu keiner Zeit werden sie ohne uns den Hunger stillen. Nie wird ihnen eine Wissenschaft das Brot geben, solange sie frei bleiben, und das Ende wird sein, daß sie uns ihre Freiheit zu Füßen legen und zu uns reden werden: Macht uns, wenn es nicht anders geht, zu euren Knechten, aber macht uns satt!

Sie werden endlich selber einsehen, daß die Freiheit und das Brot, beide zusammen, nicht denkbar sind, denn niemals werden die Menschen das Brot untereinander zu teilen verstehen. Zudem werden sie sich davon überzeugen, daß sie auch darum nicht frei sein können, weil sie kleinmütig, lasterhaft und nichtig sind und voll von Empörung stecken. Du hast ihnen das Himmelsbrot versprochen, aber ich wiederhole: Kann dieses Himmelsbrot sich in den Augen eben dieses schwachen, ewig lasterhaften und ewig undankbaren Geschlechtes mit dem irdischen vergleichen? Und wenn Dir auch im Namen des Himmelsbrotes Tausende und Zehntausende folgen, was geschieht dann mit den Millionen und zehntausend Millionen von Schwachen, die nicht die Kraft haben, das irdische Brot von sich zu weisen und dafür das himmlische zu nehmen? Sprich, sind Dir vielleicht nur die zehntausend Starken und Großen lieb, und sollen die Millionen, die zahllos wie der Sand am Meere und schwach sind, aber Dich lieben, sollen diese nur Stoff sein in der Hand der Großen und Starken? Nein, uns sind auch die Schwachen lieb. Freilich sind sie Sünder und Empörer, aber schließlich werden sie doch den Gehorsam lernen. Und sie werden uns anstaunen und darum für Götter halten, weil wir, nunmehr die Herren, darin eingewilligt haben, die Freiheit, vor der sie zurückgeschreckt sind, auf uns zu nehmen und also die Herrschaft zu führen – so entsetzlich wird es für sie geworden sein, frei zu sein. Wir aber werden zu ihnen reden, daß wir Dir gehorchen und in Deinem Namen herrschen. Wir werden sie abermals betrügen, denn Dich werden wir nun nicht mehr zu uns einlassen. In diesem Betrug wird auch unser Leiden liegen, denn wir werden zur Lüge gezwungen sein. Das war der Sinn der ersten Frage und Versuchung in der Wüste. Und Du hast sie verworfen im Namen der Freiheit, die Du höher stelltest als alle Güter der Erde. Und in dieser Frage war das große Geheimnis dieser Welt enthalten. Wenn Du die Brote angenommen hättest, so würdest Du damit auch eine Antwort gefunden haben auf die große, leidvolle Frage, die sich der einzelne Mensch nicht weniger als die ganze Menschheit ewig stellt, auf die Frage: Wen sollen wir anbeten? Es gibt keine Sorge, die den freien Menschen so ununterbrochen quälte wie diese, das Wesen so schnell es geht zu suchen, vor dem er sich in Andacht verneigen könnte; denn der Mensch sehnt sich danach, ihn drängt es, das anzubeten, das unbedingt und zweifellos ist, damit auf diese Weise alle Menschen ohne Unterschied in diese Andacht einwilligten. Denn die Sorge dieser erbarmungswürdigen Geschöpfe liegt nicht darin, den Gegenstand zu suchen, vor dem ich oder ein anderer uns verneigten, sondern eben jenen, an den alle glaubten, und vor dem sie dann in die Kniee sänken, alle, alle zusammen. Siehst Du, dieses Verlangen nach gemeinsamer Anbetung peinigt den einzelnen Menschen ebenso wie die ganze Menschheit mehr denn jedes andere seit dem Beginne der Zeiten. Und darum, um der gemeinsamen Anbetung willen, rottet ein Volk das andere aus mit dem Schwerte; die Menschen schaffen sich Götter und rufen einander zu: Werft die euren in den Staub und betet zu den unseren, sonst seid ihr und euer Gott des Todes. Und so wird es bis zum Ende der Welt sein, auch dann noch, wenn aus der Welt die Götter gewichen sind. Die Menschen werden dann vor Götzen in die Kniee sinken. Du hast um dieses Geheimnis der menschlichen Natur gewußt, Du mußtest darum wissen, aber Du hast das einzige Mittel und Zeichen von Dir gewiesen, welches Dir angeboten worden war, um die Menschen alle dazu zu bringen, sich vor Dir in gemeinsamer Andacht zu verneigen, das Zeichen des irdischen Brotes. Und Du hast es verworfen im Namen der Freiheit und des himmlischen Brotes. Und höre zu, was Du weiter tatest, und wiederum im Namen der Freiheit! Ich habe Dir gesagt, der Mensch kenne keine quälendere Sorge, als den ausfindig zu machen, dem er so schnell wie möglich jenes kostbare Geschenk der Freiheit zurückgeben könnte, mit dem dieses unselige Geschöpf in die Welt gesetzt worden ist. Aber nur der bemächtigt sich der Freiheit der Menschen, der ihr Gewissen beruhigt. Mit dem Brote ward Dir die unbestrittene Macht über die Menschen geboten: Gibst Du Brot, so werden Dich die Menschen anbeten, denn am Brote zweifelt niemand. Wenn aber zu gleicher Zeit einer sich ihrer Gewissen bemächtigt, ohne daß sie darum wüßten – o glaube mir, dann wird er auch Dein Brot von sich werfen und dem nachfolgen, der sein Gewissen beruhigt. Darin hattest Du recht; denn das Geheimnis des Menschenlebens liegt nicht allein darin, daß der Mensch lebe, sondern auch in dem Zweck, wofür er lebt. Ohne die zwingende, bedeutende Vorstellung eines Zweckes, für den er leben dürfe, vermag kein Mensch in das Leben selber einzuwilligen, und er wird sich eher das Leben nehmen, als daß er unter solchen Bedingungen auf der Erde verweilte, wenn auch rings um ihn alles zu Brot geworden wäre. Das ist die Wahrheit, aber was tatest Du? Statt das Gewissen zu beherrschen, hast Du es nur noch tiefer gemacht. Oder hast Du vergessen, daß Ruhe, daß der Tod sogar dem Menschen lieber seien als die freie Wahl zwischen Gut und Böse? Gewiß ist für ihn nichts so verführerisch wie die Gewissensfreiheit, nichts aber peinigt ihn auch mehr. Statt ihm nun ein für allemal feste Satzungen zu geben zu seiner Gewissensberuhigung, suchst Du alles, was ungewöhnlich, rätselhaft und schwankend ist, wählst Du alles, was über die Kräfte der Menschen geht, und handelst ganz wie einer, der die Menschen nicht liebt, Du, der Du gekommen warst, Dein Leben für die Menschen zu lassen! Statt also Dich der Freiheit der Menschen zu bemächtigen, hast Du deren Grenzen nur erweitert und hast die Seele des Menschen für alle Zeiten mit neuem Leid überladen. Dein Wunsch war die freie Liebe des Menschen; frei sollte er Dir nachfolgen, von Dir gelockt und gefangen. Statt sich nach den alten harten Gesetzen zu richten, sollte der Mensch von nun an freien Herzens vor sich selber entscheiden, was gut und was böse sei, mit Deinem Beispiel vor der Seele. Ist Dir damals nie der Gedanke gekommen, daß der Mensch Deine Wahrheit bestreiten und Dein Beispiel verleugnen wird, wenn ihn Deine Wahrheit mit einer solchen Last, wie es die Wahl zwischen Gut und Böse ist, drücken muß? Die Menschen werden es laut verkünden, endlich, daß die Wahrheit gar nicht in Dir sei; denn es war nicht möglich, sie in ärgerer Qual und Not zu lassen, als Du es tatest, da Du ihnen nur Sorge und unauflösbare Rätsel auf Erden zurückließest. Auf solche Weise hast Du selber den Grund gelegt zur Zerstörung Deines Reiches, gib also niemand anderem mehr die Schuld daran! Es gibt drei Gewalten, drei, nicht mehr, auf Erden, die mächtig sind, für ewig das Gewissen dieser erbärmlichen Empörer zu unterjochen und zu knechten, zu ihrem Glück. Und diese drei Gewalten sind: das Wunder, das Geheimnis und die Autorität. Du hast die eine

und die andere und auch die dritte von Dir gewiesen und den Menschen also ein Beispiel gegeben. Als der furchtbare und weise Geist
Dich auf die Zinnen des Tempels führte, sprach er zu Dir: Wenn Du
wissen willst, ob Du der Sohn Gottes seist, so stürze Dich von hier
hinab: Denn es steht geschrieben, daß Engel Dich auffangen und
tragen werden und Du nicht fallen noch Deinen Leib zerschmettern
wirst, und also wirst Du wissen, daß Du Gottes Sohn bist, und wirst
den Menschen für ewig zeigen, wie groß Dein Glaube an den Vater
im Himmel ist! Du aber, da Du den bösen Geist also hörtest, wiesest
diesen Antrag von Dir und warfst Dich nicht hinab von den Zinnen
des Tempels. O gewiß, in diesem Augenblick warst Du stolz und
herrlich wie ein Gott, aber sage: Sind auch die Menschen, dieses
schwache Geschlecht von Empörern, Götter? Du wußtest damals,
daß, so Du nur einen Schritt machst, eine einzige Bewegung, um Dich
hinabzustürzen, Du Gott selber in Versuchung führen und Deinen
Glauben an ihn verlieren und Deine Glieder an derselben Erde zerschmettern würdest, die Du zu erlösen gekommen warst, und daß
also der kluge Geist frohlocken würde, da er Dich also verführt hatte.
Aber ich wiederhole: Gibt es viele so wie Du? Konntest Du auch nur
den Augenblick lang annehmen, daß eine solche Versuchung nicht
ganz und gar über die Kraft des Menschen ginge? Ist die menschliche
Natur stark genug, daß sie das Wunder von sich weisen und in den
furchtbaren Augenblicken des Lebens, in den Augenblicken der
schrecklichsten und quälendsten Zweifel der Seele, allein stehen dürfe, allein mit dem freien Entschluß des Herzens? Du wußtest wohl,
daß Dein Sieg in den Büchern der Menschen aufbewahrt werden und
bis ans Ende der Zeiten und bis an die letzten Grenzen der Erde
gelangen würde, und Deine Hoffnung war, daß auch der Mensch,
indem er Deinem Beispiel folgte, bei Gott ausharren und des Wun-
ders nicht bedürfen würde. Aber Du wußtest nicht, daß der Mensch
mit dem Wunder auch Gott verwerfen müsse; denn der Mensch sucht
Gott nicht mit mehr Eifer, als er nach dem Wunder verlangt. Und
weil der Mensch ohne Wunder zu bleiben nicht die Kraft hat, so wird
er sich selber neue, eigene schaffen. Er wird an die Wunder von
Zauberern und an die Hexenkünste alter Weiber glauben, wie gewaltig

und kühn auch seine Empörung, seine Ketzerei und Gottlosigkeit sein mögen. Du bist nicht vom Kreuz herabgestiegen, als sie Dir, indem sie Dir die Kleider vom Leibe rissen und Dich verhöhnten, zuriefen: Steig vom Kreuz herab, und wir werden glauben, daß Du der Sohn Gottes bist. Du bist deshalb nicht herabgestiegen, weil Du wiederum die Menschen nicht mit dem Wunder knechten wolltest und Dich nach dem freien und nicht nach dem Wunderglauben dürstete, Du sehntest Dich nach der freien Liebe und verwarfst das feige Entzücken der Sklaven vor der Macht. Aber Du dachtest zu hoch von den Menschen, denn sie sind nun einmal Sklaven, wenn auch zur Empörung geschaffen. Blicke um Dich und urteile selbst! Fünfzehn Jahrhunderte sind vergangen, komm, sieh Dir die Menschen an: Wen hast Du da bis zu Dir emporgehoben? Ich bezeuge es: Der Mensch ist schwächer und niedriger, als Du dachtest. Kann er wirklich alles das erfüllen, was Du ihn gewiesen hast? Indem Du also hoch von ihm dachtest, hast Du wie einer gehandelt, der kein Mitleid mit ihm fühlt, da Du allzuviel von ihm verlangtest – und das tatest Du, der Du ihn mehr liebst als Dich selber. Hättest Du ihn niedriger eingeschätzt, so würdest Du weniger von ihm verlangt haben, und es würde mehr der Liebe geglichen haben, denn die Bürde wäre leichter zu tragen gewesen. Er ist schwach, und er ist gemein. Was liegt schließlich daran, daß er sich allerorten jetzt gegen unsere Macht empört und sich darauf viel einbildet, daß er sich empört! Ich sage Dir, es ist die Empörung von Kindern und Schulknaben; das sind kleine Kinder, die sich in der Klasse zusammenrotten und den Lehrer davonjagen. Doch diesem Jubeln der Kinder wird bald ein Ende gesetzt sein, und es wird sie teuer zu stehen kommen. Sie reißen die Tempel ein und begießen die Erde mit Blut, aber endlich werden sie es selber spüren, diese törichten Knaben, daß, wenn sie auch Empörer sind, ihre Empörung doch nur erbärmlich ist und daß sie selber ihre eigene Empörung nicht lange aushalten. So werden sie wie dumme Kinder zu heulen anfangen und einsehen, daß Er, der sie zu Empörern geschaffen hat, sich ganz zweifellos über sie hatte lustig machen wollen. Sie werden es in ihrer Verzweiflung so aussprechen, und ihre Rede wird Gotteslästerung sein, um derentwillen sie noch unglücklicher sein werden. Denn die menschliche Natur vermag Gotteslästerungen nicht zu ertragen und straft sich schließlich selber dafür. Unruhe, Verwirrung und Unglück: Da hast Du das Los der gegenwärtigen Menschen nach allem, was Du für deren Freiheit gelitten hast. Dein großer Prophet spricht in seinen Gesichten, daß er alle gesehen, die an der Auferstehung teilgenommen hätten, und daß es aus jedem Stamme zwölftausend gewesen wären – aber wenn es nicht mehr sind, so waren sie eben nicht Menschen, sondern schon Götter. Sie haben Dein Kreuz getragen, sie haben zehn Jahre in der hungernden und nackten Wüste gelebt und sich dort von Heuschrecken und Wurzeln genährt – gewiß kannst Du jetzt mit Stolz auf sie hinweisen, auf diese Kinder der Freiheit, der freien Liebe, des freien, erhabenen Opfers in Deinem Namen, doch vergiß nicht, daß ihrer nur einige tausend und daß sie Götter waren! Was geschieht aber mit den anderen, was haben Dir die übrigen schwachen Menschen getan, daß sie das nicht aushielten, was die starken zu tragen die Kraft hatten? Ist es die Schuld der schwachen Seele, daß sie nicht mächtig sei, so furchtbare Geschenke in sich zu fassen? Bist Du nur zu den Auserwählten und ihretwegen geraden Weges vom Himmel heruntergestiegen? Wenn ja, so ist dies ein Geheimnis, das wir nicht zu begreifen vermögen. Und wenn es ein Geheimnis ist, so haben auch wir das Recht, das Geheimnis zu verkünden und sie zu lehren, daß nicht der freie Entschluß des Herzens und nicht die Liebe, sondern eben das Geheimnis entscheide, welchem sie blind, ja gegen ihr eigenes Gewissen gehorchen sollten. Und so haben wir auch gehandelt. Wir haben Deine Tat verbessert und sie auf dem Wunder, auf dem Geheimnis und auf der Autorität neu aufgebaut. Und die Menschen sind froh, daß wir sie abermals führen wie eine Herde und daß wir aus ihren Herzen die furchtbare Gabe wieder stahlen, die ihnen soviel Qual gebracht hat. Sprich, haben wir recht gehandelt? Haben wir die Menschheit nicht geliebt, indem wir in Demut deren Schwäche erkannten und mit Liebe die Bürde leichter machten und die schwache Natur von der Sünde freisprachen? Warum bist Du also gekommen, uns zu stören? Warum blickst Du mich so still und durchdringend mit Deinen sanften Augen an? Zürnst Du mir dafür, daß ich Deine Liebe nicht will, weil ich Dich selber nicht liebe? Warum sollte ich es vor Dir verheimlichen, ich weiß ja nicht, zu wem ich rede; was ich Dir zu sagen habe, das weißt Du im voraus, ich lese es in Deinen Augen. Soll ich Dir unser Geheimnis enthüllen? Vielleicht willst Du es aus meinem Munde hören, so vernimm denn: Wir sind nicht mit Dir, sondern mit *ihm*, das ist unser Geheimnis. Schon lange sind wir nicht mit Dir, sondern mit *ihm*, schon acht Jahrhunderte. Acht Jahrhunderte ist es her, daß wir das von *ihm* annahmen, was Du mit Zorn zurückgewiesen hast, jenes letzte Geschenk, das er Dir anbot, indem er vor Deinen Augen die Reiche der Erde ausbreitete. Wir haben aus seiner Hand Rom und das Schwert Cäsars empfangen und uns als die Herren der Erde erklärt, die einzigen, wenn auch unser Werk bis jetzt noch nicht zu Ende geführt ist. Wer ist aber daran schuld? Oh, unser Werk ist noch in seinen Anfängen, aber es hat begonnen; noch lange müssen wir auf dessen Vollendung warten, und noch viel Leiden wird auf der Erde sein, aber wir werden es vollenden und die Herren der Erde sein, und dann erst wird die Zeit gekommen sein, daß wir an das allgemeine, ewige Glück der Menschen denken. Und doch hättest Du damals schon das Schwert Cäsars an Dich reißen können! Warum hast Du auch dieses letzte Geschenk zurückgewiesen? Wärest Du damals seinem Rate gefolgt, so würdest Du alles gehabt haben, wonach den Menschen auf Erden verlangt: den Gott, den er anbeten, den Herrn, dem er sein Gewissen übergeben will, und den Weg und die Weise, wie sich die ganze Menschheit endgültig zu einem einzigen, einträchtigen Ameisenhaufen vereinen kann. Denn dieses Verlangen nach weltumspannender Einheit ist die dritte und letzte Sorge des Menschen. Seit jeher ist das Streben der ganzen Menschheit die Welteinheit gewesen. Es hat viele große Völker gegeben mit großer Geschichte, aber je höher sie aufstiegen, um so glücklicher waren sie, denn um so stärker empfanden sie die Notwendigkeit der Einigung aller Völker. Die großen Heerführer, ein Timur und Dschingis-Chan, sind wie ein Wirbelwind über die Erde dahingejagt und haben die Welt mit dem Schwerte zu erobern gesucht. Aber auch sie drückten, wenn auch unbewußt, denselben gewaltigen Drang der Menschheit nach dem Weltreich aus. Hättest Du das Reich und den Purpur Cäsars damals angenommen, so würdest Du das Weltenreich gegründet und der Welt ewigen Frieden gegeben haben. Wer soll denn über die Menschen herrschen, wenn nicht der, der ihr Gewissen unterjocht und in dessen Hand das Brot ist? Wir nun haben uns mit dem Schwerte Cäsars gegürtet und Dich damit für alle Zeiten besiegt und sind ihm nachgefolgt. O gewiß, es werden noch Jahrhunderte des Mißbrauchs der menschlichen Geisteskraft kommen, Jahrhunderte der Wissenschaft und Menschenfresserei – denn wenn sie ihren babylonischen Turm ohne uns zu Ende führen wollen, werden sie bei der Menschenfresserei aufhören. Dann aber wird das Tier zu uns gekrochen kommen und uns die Füße lecken und mit blutigen Tränen netzen. Und wir werden uns auf das Tier setzen und den Kelch hochheben, und auf diesem wird geschrieben stehen: Geheimnis. Aber dann erst und nicht früher wird für die Menschen das Reich des Friedens und des Glückes gekommen sein. Du bist stolz auf Deine Auserwählten, denn Du hast nur Auserwählte, wir aber werden allen Menschen Ruhe und Frieden bringen. Doch das ist noch nicht alles, vergiß nicht: Gar viele von den Auserwählten, von den Starken, die da Auserwählte hätten werden können, sind des Wartens auf Dein Kommen müde geworden und haben die Kraft ihres Geistes und die Glut ihres Herzens in ein fremdes Land gebracht und auf einen fremden Acker getragen und tragen es noch immer dorthin, so daß sie schließlich gegen Dich die Fahne der Freiheit, die Du selbst einst aufgerichtet hattest, aufpflanzen werden. Bei uns aber werden alle glücklich sein, alle ohne Unterschied, und es wird keine Empörung mehr unter den Menschen herrschen, und sie werden sich nicht mehr gegenseitig das Schwert in den Leib stoßen, wie sie es in Deinem freien Reiche immer getan haben. Wir werden sie davon überzeugen, daß sie nur dann frei sein können, wenn sie sich von ihrer Freiheit zu unseren Gunsten lossagen und sich uns ergeben. Werden wir recht damit tun, oder werden wir lügen? Die Menschen selber werden davon überzeugt sein, daß wir recht haben; denn sie werden es nie vergessen, zu welchen Schrecknissen der Knechtschaft und Erniedrigung Deine Freiheit sie geführt hat. Die Freiheit, der freie Geist, die freie Wissenschaft werden sie vor solche Abgründe bringen und vor solche Wunder und unenthüllbare Geheimnisse stellen, daß die einen, die Unruhigen und Unbändigen, sich das Leben nehmen, daß die anderen, die wohl unruhig, aber schwach sind, sich gegenseitig töten werden; die übrigen aber, die Demütigen und Unglücklichen, die werden zu uns gekrochen kommen und zu uns reden: Ja, ihr hattet recht, ihr allein seid die Herren des Geheimnisses, und wir kehren zu euch zurück; rettet uns vor uns selber! Da sie aus unseren Händen das Brot empfangen, werden sie natürlich sehr gut wissen, daß wir nur ihr mit eigenen Händen erworbenes Brot genommen haben und jetzt unter sie verteilen, ohne jedes Wunder. Sie werden keinen Augenblick darüber im Zweifel sein, daß wir durchaus nicht Steine in Brot verwandelt haben. Aber wahrlich mehr noch als über diese Brote werden sie sich darüber freuen, daß sie es aus unseren Händen haben. Denn nur zu gut werden sie sich dessen erinnern, daß früher, ohne uns, in ihren Händen das Brot sich in Steine verwandelt hatte, daß jetzt aber, da sie zu uns zurückgekehrt sind, die Steine zu Broten würden. Zu gut werden sie es zu würdigen wissen, zu gut, sage ich, was es heißt, sich für immer zu unterwerfen. Denn solange die Menschen das nicht begreifen, werden sie unglücklich sein. Wer vor allen aber hat sie dazu befähigt, das nicht zu begreifen? Wer hat die Herde zerstückt und auf unbekannten Wegen zerstreut? Antworte! Doch die Herde wird sich von neuem sammeln und von neuem beruhigen und von da an für immer. Wir werden ihnen das stille Glück, den Frieden der schwächlichen Menschen geben, zu dem sie auch geschaffen sind; wir werden sie davon überzeugen, daß Stolz und Übermut zu nichts taugen, denn Du hast sie über sich selber gehoben und sie also den Hochmut gelehrt; wir werden ihnen beweisen, daß sie Schwächlinge, daß sie kleine klagende Kinder seien, daß aber kein Glück so süß sei wie eben das Glück der Kinder. Sie werden zaghaft werden und zu uns aufblikken und sich an uns schmiegen in ihrer Furcht wie die Küchlein an die Henne. Und sie werden uns anstaunen und Angst haben vor uns und doch stolz darauf sein, daß wir so mächtig und so klug seien und daß wir es verstanden haben, die aufrührerische Herde zu bändigen. Sie werden ohnmächtig vor unserem Zorn zittern, ihr Geist wird zaghaft werden, und ihre Augen werden sich mit Tränen füllen wie die Augen der Kinder und Weiber; aber leicht werden sie auf einen Wink von uns zur Heiterkeit und zum Lachen übergehen, zu heller Freude und glückseligen Kinderliedern. Gewiß, auch wir werden sie zur Arbeit anhalten; aber in den arbeitsfreien Stunden werden wir ihnen das Leben wie ein Kinderspiel gestalten, mit Kinderliedern, Kinderchören und unschuldigen Tänzen. Wir werden sie von ihren Sünden lossprechen, denn sie sind schwach und erbärmlich, und sie werden uns lieben wie Kinder dafür, daß wir ihnen die Sünde erlauben. Wir werden ihnen sagen, daß jede Sünde ihnen abgekauft wird, wenn sie mit unserer Erlaubnis geschah, und wir werden ihnen darum zu sündigen erlauben, weil wir sie lieben; die Strafe aber für ihre Sünden werden wir auf uns nehmen. So wird es sein. Wir werden selber die Sünde tragen, und sie werden uns verehren als ihre Wohltäter, weil wir vor Gott ihre Sünden auf uns nehmen. Sie werden kein Geheimnis vor uns haben, wir werden ihnen bald erlauben, bald verbieten, mit ihren Frauen oder Geliebten zu leben, Kinder zu haben oder nicht; es wird alles von ihrem Gehorsam abhängen, und sie werden sich unserem Willen mit Freude und Entzücken ergeben. Auch die quälendsten Geheimnisse ihres Gewissens – alles, alles werden sie uns bringen, und wir werden sie davon befreien, und sie werden unserer Entscheidung frohen Herzens glauben, weil diese sie von dem großen Kummer und der Qual der persönlichen unfreien Entscheidung entbunden hat. Alle werden sie glücklich sein, alle diese Millionen von Untertanen, alle mit Ausnahme von den Hunderttausenden, die über sie herrschen; denn wir, wir, die wir das Geheimnis bewahren, wir allein werden unglücklich sein. Es wird tausend Millionen glückliche Kinder geben und hunderttausend Märtyrer, die da auf sich genommen haben die verfluchte Erkenntnis des Guten und Bösen. In Frieden werden sie sterben, stille verlöschen, mit Deinem Namen auf den Lippen, und jenseits des Grabes nur den Tod finden. Wir aber werden das Geheimnis hüten und zu ihrem Heil sie locken zu himmlischer ewiger Belohnung. Denn selbst, wenn es dort oben etwas wie Belohnung gäbe, so wäre es doch nicht für solche wie sie. Es heißt und wurde verkündet, daß Du wiederkommen und von neuem siegen, daß Du mit Deinen Auserwählten, mit den Stolzen und Starken kommen wirst. Nun, so werden wir erklären, daß sie sich selber, wir aber alle erlöst haben. Es heißt, daß die Buhlerin, die auf dem Tiere sitzt und in ihren Händen das Geheimnis hält, beschimpft werden wird, daß von neuem die Schwächlinge sich empören werden, daß sie den Purpur zerreißen und den schamlosen Körper des Weibes entblößen werden – dann aber werde ich mich erheben und Dir die tausend Millionen glücklicher Kinder zeigen, die nichts von Sünde wissen. Und wir, die wir die Sünde zu deren Glück auf uns genommen haben, wir werden uns vor Dir erheben und sagen: Richte uns, wenn Du es kannst und wagst! Wisse, daß ich Dich nicht fürchte, wisse, daß auch ich in der Wüste gelebt habe und mich dort von Heuschrecken und Wurzeln genährt habe, daß auch ich die Freiheit gesegnet habe, mit der Du die Menschen gesegnet hast, daß auch ich mich vorbereitet hatte, unter die Auserwählten zu treten, unter die Stolzen und Starken, dürstend, daß die Zahl voll werde! Doch ich bin erwacht und wollte Dir nicht mehr mit dem Wahnsinn dienen, ich bin umgekehrt und habe mich der Schar derer angeschlossen, die Deine Tat verbessern wollten. Ich bin aus der Reihe der Stolzen ausgeschieden und bin zurückgekehrt zu denen, die sich gedemütigt haben zum Heile der Sterblichen. – Das, was ich zu Dir gesprochen habe, wird sein, und unser Reich wird gegründet werden. Ich wiederhole Dir: Morgen wirst Du selber die gehorsame Schar sehen, die auf den ersten Wink meiner Hand sich zum Scheiterhaufen stürzen wird, um die Kohlen zu schüren, auf welchen Du dafür brennen sollst, daß Du gekommen bist, uns zu stören; denn wenn jemand lebt, der mehr als alle Ketzer unseren Scheiterhaufen verdient, so bist Du es. Morgen werde ich Dich ver-brennen.‹

Da der Inquisitor seine Rede beendet hat, wartet er, daß der Ge-fangene ihm antworte, denn daß dieser schweigt, bedrückt ihn. Er sieht, wie der Gefangene ihm die ganze Zeit über aufmerksam zuhört und ihm dabei gerade ins Auge sieht, ohne daß Er auch nur im geringsten den Wunsch verriete, ihm zu erwidern. Der Greis möchte, daß Er ihm ein Wort nur sagte, ein stolzes meinetwegen, ein furcht-bares. Doch Er steht plötzlich auf, tritt an den Greis heran und küßt ihn sanft auf dessen blutlose Lippen. Das war seine Antwort. Der

Greis erbebt. Seine Mundwinkel bewegen sich. Er geht zur Tür, öffnet sie und spricht zu Ihm: ›Gehe hinaus und kehre nicht wieder – kehre nie wieder – nie, nie!‹ Er läßt Ihn hinaus auf die ›dunklen schweigenden Plätze‹ der Stadt. Der Gefangene geht hinaus.«

MICHAIL SALTYKOW-SCHTSCHEDRIN

WIE DAS GEWISSEN VERLORENGING

Das Gewissen war abhanden gekommen. Wie immer drängten sich die Menschen auf den Straßen und in den Theatern. Wie immer jagten sie bald einander nach, bald überholten sie sich; wie immer schwirrten sie hin und her und fingen die Bissen im Fluge. Und keiner kam auf den Gedanken, daß plötzlich etwas fehlte und in dem allgemeinen großen Orchester des Lebens ein wichtiges Instrument nicht mehr mitspielte. Viele Menschen fühlten sich sogar forscher und freier. Leichter wurde ihr Gang. Bebender ließ sich dem Nächsten ein Bein stellen, bequemer schmeicheln, kriechen, betrügen, verleumden und schmähen. Alle Beschwernis war plötzlich wie weggeblasen. Die Menschen gingen nicht, sondern es trug sie gleichsam dahin. Nichts kränkte sie, nichts veranlaßte sie nachzudenken. Vergangenheit und Zukunft – beide schienen sich in ihre Hand begeben zu haben. Glückliche Leute! Sie merkten nichts vom Verlust des Gewissens.

Das Gewissen war ganz plötzlich verlorengegangen. Noch gestern hatte einem dieser lästige Schmarotzer nur so vor den Augen geflimmert und eingebildete Vorstellungen erregt, und plötzlich war es fort! Die ärgerlichen Gespenster waren verschwunden, und zugleich hatte sich auch jene innere Wirrnis gelegt, welche das entlarvende Gewissen mit sich zu bringen pflegte. Man brauchte fürderhin nur auf Gottes Welt zu schauen und froh zu sein. Die Weltkundigen begriffen, daß sie endlich vom letzten Joch befreit waren, das ihre Bewegungen erschwert hatte, und beeilten sich verständlicherweise, die Früchte dieser Freiheit auszukosten. Die Menschen wüteten drauflos. Raub und Mord herrschten im Lande, und überall wurde es wüst und wild.

Unterdessen lag das arme Gewissen auf der Straße zerrissen, bespien und von den Füßen der Vorbeigehenden zertrampelt. Jedermann schleuderte es wie einen unnützen Haderlumpen möglichst weit von sich weg, und alle wunderten sich, wie sich in einer wohl einge-

richteten Stadt und noch dazu am belebtesten Platz ein so himmel-
schreiender Unflat herumtreiben konnte. Gott weiß, wie lange das
arme verjagte Gewissen auf diese Weise herumgelegen hätte, wenn es
nicht irgendein unglückseliger Trunkenbold aufgehoben hätte, der
mit seinen umnebelten Augen sogar nach diesem unnützen Zeug
äugte, weil er hoffte, ein Fläschchen Branntwein dafür zu erhalten.

Plötzlich jedoch hatte er das Gefühl, als ob ihn geradezu ein elek-
trischer Strom durchdringe. Mit verglasten Augen schaute er um sich.
Er spürte ganz deutlich, wie sein Kopf von Spritdünsten frei wurde
und allmählich jenes bittere Bewußtsein der Wirklichkeit in ihn zurückkehrte, dessen er sich unter Aufwand der besten Kräfte seines
Daseins entledigt hatte. Zuerst empfand er nur Angst, jenen stumpfen
Schreck, der den Menschen im bloßen Vorgefühl einer drohenden
Gefahr unruhig macht. Dann stellte sich das Gedächtnis wieder ein,
und die Einbildung hub an zu reden. Schonungslos zog das Gedächtnis aus dem Dunkel der beschämenden Vergangenheit alle Einzelheiten an Gewalttaten, Verrat, Herzensdürre und Unwahrhaftigkeit
hervor. Die Einbildungskraft wandelte die Einzelheiten in lebendige
Gestalt. Da wurde er wach, und hielt über sich selbst Gericht ab...

Dem elenden Trunkenbold erschien seine ganze Vergangenheit als
eine einzige Zuchtlosigkeit, als Verbrechen. Er stellte keine Untersuchungen an, fragte nicht, erwog nichts. Das vor ihn gestellte Bild
seiner sittlichen Verkommenheit bedrückte ihn dermaßen, daß dieses
Selbstgericht, dem er sich freiwillig unterzog, ihn unvergleichlich
schmerzhafter und strenger schlug, als das strengste weltliche Gericht
es getan hätte. Er wollte sogar nicht in Rechnung stellen, daß der
größere Teil des Vergangenen, wofür er sich so verdammte, überhaupt nicht ihm, dem armen, beklagenswerten Trunkenbold zuzuschreiben war, sondern irgendeiner geheimen, unirdischen Macht,
die ihn umkreiste und umschwebte, wie der Geist in der Steppe das
nichtige Gräschen umkreist und umschwebt. Was war seine Vergangenheit? Warum hatte er so und nicht anders gelebt? Was war er
selber? Auf alle diese Fragen konnte er nur mit Verwunderung und
völliger Unbewußtheit antworten. Bedrückung hatte sein Leben gebildet. Unterm Joch war er geboren worden, unterm Joch würde er

auch in die Grube fahren. Und da kam nun das Bewußtsein über ihn. Wozu brauchte er es ? Warum stellte er so schonungslose Fragen, die er nicht beantworten konnte? Deshalb etwa, damit das verdorbene Leben sich von neuem in den zerstörten Tempel ergieße, der dem Prall der Wogen auch so schon nicht mehr standhalten konnte?

Oh weh! Das erwachte Bewußtsein brachte weder Befriedung noch Hoffnung für ihn mit sich, und das aufgestörte Gewissen wies ihm nichts als den Ausweg fruchtloser Selbstanklage. Die gleiche Finsternis umgab ihn wie früher, nur war sie, mit quälenden Erscheinungen bevölkert. Die gleichen schweren Ketten wie früher klirrten an seinen Händen, nur hatte sich ihr Gewicht um das Zweifache verstärkt, denn es war ihm zum Bewußtsein gekommen, daß es Ketten seien. Wie ein Strom flossen die nutzlosen Tränen des Trunkenboldes, so daß die ehrsamen Leute vor ihm stehenblieben und behaupteten, der Fusel weine aus ihm.

»Bei Gott, ich kann nicht mehr... es ist unerträglich!« rief der bedauernswerte Trunkenbold laut, doch die Menge brach in Gelächter aus und machte sich über ihn lustig. Sie merkte nicht, daß er nie so frei vom Rauschgeist gewesen war wie in diesem Augenblick, und daß er nur einen unglückseligen Fund gemacht hatte, der sein armes Herz in Stücke riß. Wären die Leute selbst auf diesen Fund gestoßen, hätten sie gewiß Verständnis für den Trunkenbold gehabt und begriffen, daß es auf Erden ein Weh, das grimmigste aller Leiden, gibt, nämlich die Qual des unerwartet gefundenen Gewissens. Sie hätten hingesehen, daß sie selbst genauso unter dem Joch gebeugte und am Geist verunstaltete Menschen waren, wie der vor ihnen jammernde, niedergedrückte und sittlich verkommene Trunkenbold.

»Nein, man muß es irgendwie loswerden, sonst komme ich damit um wie ein Hund!« dachte der bedauernswerte Säufer und wollte seinen Fund schon auf die Straße werfen, doch hinderte ihn ein in der Nähe stehender Polizist daran.

»Du scheinst dich damit zu beschäftigen, Lumpen für den Kehricht wegzuwerfen, Bruder«, sagte er und drohte ihm mit dem Finger. »Bei mir, mein Freund, wird nicht lange gefackelt, eins, zwei, drei, sitzt du auf der Wache!«

Der Trunkenbold verbarg den Fund geschwind in der Tasche und entfernte sich damit. Sich verstohlen umsehend näherte er sich der Kneipe, die sein alter Bekannter Prochorytsch gepachtet hatte. Zuerst schaute er vorsichtig durchs Fenster. Als er sah, daß sich niemand in der Schankstube aufhielt und Prochorytsch mutterseelenallein hinter der Theke schlummerte, öffnete der Trunkenbold blitzschnell die Tür und lief in die Stube. Ehe Prochorytsch zur Besinnung kommen konnte, lag der schreckliche Fund bereits in seiner Hand.

Prochorytsch stand eine Weile mit weit aufgerissenen Augen da, dann brach er plötzlich in Schweiß aus. Es kam ihm aus irgendeinem Grunde zum Bewußtsein, daß er seinen Ausschank ohne Erlaubnisschein betrieb. Bei genauerem Hinsehen überzeugte er sich jedoch, daß alle Bestätigungsurkunden – sowohl die blaue wie die grüne und die gelbe – vorhanden waren. Er betrachtete den Fetzen, der sich in seinen Händen befand. Er kam ihm bekannt vor.

»Hallo!« entsann er sich, »ist das nicht derselbe Wisch, dessen ich mich gewaltsam entledigte, bevor ich die Schankurkunde kaufte? Richtig, es ist derselbe!«

Nachdem er sich davon überzeugt hatte, bildete sich in ihm sofort aus irgendeinem Grunde die Vorstellung, daß er jetzt ruiniert sein müsse.

»Wenn jemand ein Geschäft hat und sich dieses ekelhafte Ding an ihn heftet, kann er ruhig sagen: Du bist verloren, aus dir wird nichts und kann nichts werden!« stellte er fast mechanisch fest. Er zitterte plötzlich am ganzen Körper und machte ein Gesicht, als ob ihn ein bis dahin unbekannter unheimlicher Anblick erschreckte.

»Es ist eine Gemeinheit, das arme Volk zum Trunk zu verleiten«, flüsterte das erwachende Gewissen.

»Frau! Arina Iwanowna!« rief der Wirt ganz außer sich vor Entsetzen.

Arina Iwanowna kam herbeigelaufen, doch sobald sie sah, welche Erwerbung Prochorytsch gemacht hatte, schrie sie mit einer Stimme, die nicht mehr ihr selbst zu gehören schien: »Zu Hilfe, Leute! Räuber!«

›Warum soll gerade ich dieses Schurken wegen in einem einzigen

Augenblick alles verlieren?‹ dachte Prochorytsch. Offenbar meinte er
den Trunkenbold, der ihm seinen Fund angedreht hatte. Dicke
Schweißtropfen traten auf die Stirn des Wirts.

Indessen füllte sich die Schankstube allmählich mit Leuten. Statt
die Besucher jedoch mit der üblichen Liebenswürdigkeit zu bewirten,
weigerte sich Prochorytsch zum höchsten Erstaunen der Gäste, ihnen
Branntwein einzuschenken; ja, er bewies ihnen sogar mit äußerst
rührsamen Worten, daß der Branntwein die Ursache allen Unglücks
für den armen Mann sei.

»Wenn du nur ein einziges Gläschen trinken würdest, möchte es
angehen, dann ist's sogar förderlich!« sagte er mit Tränen in den Augen.
»Aber du gierst ja danach, einen ganzen Eimer zu saufen! Und was
folgt daraus? Alsobald schleppt man dich wegen deiner Trunkenheit
zur Wache; dort verbläut man dir das Fell, und du gehst von dannen, als
ob du eine Belohnung erhalten hättest! Und dabei bestand die ganze
Belohnung aus hundert Rutenhieben. Also bedenke, lieber Mann, ist es
der Mühe wert, sich deswegen anzustrengen und noch mir Dummkopf
deine schwer erarbeiteten paar Groschen hinzutragen?«

»Was ist denn mit dir los, Prochorytsch, bist du übergeschnappt?«
sagten die verwunderten Gäste zu ihm.

»Da soll man nicht den Verstand verlieren, Bruder, wenn einem so
eine Geschichte passiert«, antwortete Prochorytsch. »Schau lieber her,
was ich mir heute für eine Urkunde erworben habe.«

Prochorytsch zeigte den Gästen das ihm aufgedrehte Gewissen
und fragte, ob jemand bereit sei, es in Benutzung zu nehmen. Als
die Gäste jedoch erfuhren, worum es sich handle, erklärte sich nicht
nur niemand bereit, das Angebot anzunehmen, sondern sie drückten
sich sogar ängstlich beiseite und rückten weiter von Prochorytsch ab.

»Seht ihr, das ist eine Urkunde!« fügte er nicht ohne Wut hinzu.

»Was wirst du jetzt tun?« fragten ihn die Gäste.

»Ich meine, mir bleibt nichts anderes übrig, als zu sterben. Denn
betrügen kann ich jetzt nicht mehr; arme Leute mit Wodka trunken zu
machen, bin ich auch nicht einverstanden; was bleibt mir da anderes
zu tun, als zu sterben?«

»Laß das Räsonieren!« Die Gäste machten sich über ihn lustig.

»Ich überlege mir jetzt sogar«, fuhr Prochorytsch fort, »ob ich nicht das ganze Geschirr, wie es hier steht, entzweischlagen und den Branntwein in die Gosse schütten soll. Wenn nämlich jemand von der Tugend befallen ist, dann kann ihm schon der bloße Geruch des Fusels das Innerste umkehren.«

»Das wage nur! Noch bin ich hier!« trat endlich Arina Iwanowna dazwischen. Ihr Herz war offenbar von der Wohltat nicht berührt worden, mit der Prochorytsch so unvermutet gesegnet worden war. »Sieh mal einer an, was für Tugenden er plötzlich zum Vorschein bringt!«

Es war jedoch bereits schwierig, Prochorytsch zum Schweigen zu bringen. Er vergoß bittere Tränen und redete immerzu.

»Wenn schon jemandem dieses Unglück widerfährt«, sagte er, »dann muß er auch unglücklich bleiben. Er darf sich nicht der Meinung hingeben, er sei noch ein Händler oder Kaufmann. Das wäre vergeblich, es würde ihn nur noch stärker beunruhigen. Nein, er soll so von sich denken: Ich bin der unglücklichste Mann auf dieser Erde.«

Solcher Art verging der ganze Tag in philosophischen Betrachtungen. Wenn Arina Iwanowna auch dem Vorhaben ihres Mannes, das Geschirr zu zerschlagen und den Branntwein in die Gosse zu schütten, entschlossen Widerstand leistete, so verkauften sie doch an diesem Tage nicht einen Tropfen. Gegen Abend wurde Prochorytsch sogar guter Laune. Als er sich zu Bett legte, sagte er zu der weinenden Arina Iwanowna:

»Sieh mal, Seelchen, geliebte Frau, wenn wir heute auch nichts erübrigt haben, aber wie leicht ist es dafür einem Menschen, der ein gutes Gewissen hat.«

Und tatsächlich schlief er auch sofort ein, nachdem er sich niedergelegt hatte. Er wälzte sich nicht im Schlaf umher und schnarchte nicht einmal, wie er es früher tat, als er zwar viel Geld verdient, aber kein Gewissen gehabt hatte.

Arina Iwanowna dachte jedoch etwas anders darüber. Sie verstand sehr gut, daß beim Branntweinhandel das Gewissen durchaus keine so angenehme Errungenschaft sei, von der man Gewinn erwarten konnte. Darum war sie entschlossen, den unerwünschten Gast los-

zuwerden, koste es, was es wolle. Ihr Herz verhärtend, wartete sie die
Nacht ab, doch sowie das Licht durch die verstaubten Fenster der
Kneipe schimmerte, stahl sie dem schlafenden Manne das Gewissen
und rannte damit spornstreichs auf die Straße.

Es war gerade Markttag. Von den benachbarten Dörfern zogen
schon die Bauern mit ihren Fuhren heran, und der Revieraufseher
Gierhals begab sich in höchsteigener Person auf den Markt, um auf
die Wahrung der Ordnung zu achten. Kaum erblickte Arina Iwanowna den herbeieilenden Gierhals, als ihr ein glücklicher Gedanke in den
Kopf kam. Sie rannte aus Leibeskräften hinter ihm drein, und als sie
Seite an Seite mit ihm war, steckte sie mit erstaunlicher Behendigkeit
das Gewissen behutsam in die Tasche seines Mantels.

Wenn auch Gierhals kein völlig ausgescharrter Bursche war, so liebte
er es dennoch, sich keinen Zwang aufzulegen und ließ seinen Pfoten
ziemlich freien Lauf. Er war kein typischer Raffer, aber worauf er
versessen war, das mußte er haben. Zwar waren seine Hände nicht
völlig außer Rand und Band, doch hielten sie gerne fest, was sie
unterwegs erlangen konnten. Mit einem Wort, Gierhals wucherte
nicht übel und packte ordentlich zu.

Mit einem Male begann dieser selbige Mensch aus den Fugen zu
gehen wie ein alter Kasten.

Als er auf dem Marktplatz anlangte, schien ihm, daß alles, was dort
auf Fahrzeugen, in Kisten und Buden aufgestellt war – daß all das
nicht ihm, sondern anderen gehöre. So etwas war ihm noch nie zuvor
passiert. Er rieb sich die ausgeschamten Augen und dachte: ›Hat mich
denn die Pest, oder erlebe ich dies alles im Traum?‹ Er trat an eine
Fuhre heran und wollte die Hand ausstrecken, aber die Tatze war
nicht hochzukriegen. Dann begab er sich zu einem anderen Wagen
und wollte dem Bauern am Bart zupfen – entsetzlich, die Hand wollte
sich nicht ausstrecken.

Gierhals erschrak.

›Was ist denn heute mit mir los?‹ dachte er. ›Auf diese Art verderbe
ich mir ja für alle Zeiten das Geschäft. Wäre es nicht vernünftiger,
lieber nach Hause zu gehen?‹

Er hoffte jedoch, es könne vielleicht vorübergehen, und begann, über den Markt zu spazieren. Da sah er allerlei Eßbares liegen und mancherlei Stoffe ausgebreitet, aber alles schien zu sagen: ›Die Hand ist wohl nahe, aber sie greift nicht zu.‹

Die Bauern hatten unterdessen Mut gefaßt. Als sie sahen, daß der Mann wie ein Kranker herumging und kaum auf Hab und Gut zu schielen wagte, begannen sie ihre Scherze zu machen. Sie verloren jeden Respekt und nannten Gierhals einfach bei Vor- und Vaternamen Fofan Fofanytsch.

›Nein, das ist krankhaft mit mir!‹ stellte Gierhals fest und begab sich, so wie er war, ohne Beute und mit leeren Händen nach Hause.

Daheim wartete schon Frau Gierhals auf ihn und dachte: ›Wieviel Sack voll Eßwaren wird mir mein lieber Mann heute wohl mitbringen?‹ Aber siehe da, er hatte gar nichts. Da kochte es in ihr, und sie stürzte sich auf Gierhals.

»Wo hast du die Säcke gelassen?« herrschte sie ihn an.

»Vor dem Angesicht meines Gewissens bezeuge ich...«, wollte Gierhals beginnen.

»Wo du die Säcke mit Eßwaren hast, frage ich dich!«

»Vor dem Angesicht meines Gewissens bezeuge ich...«, setzte Gierhals noch einmal an.

»Meinetwegen, dann kannst du aber auch mit deinem Gewissen bis zum nächsten Markttag essen, wo du willst, ich habe für dich kein Mittagbrot!« entschied Frau Gierhals.

Gierhals ließ den Kopf hängen; er wußte, daß an den Worten seiner Frau nicht zu rütteln war. Er zog den Mantel aus – und mit einem Schlag war er wie umgewandelt. Als das Gewissen zusammen mit dem Mantel an der Wand hing, wurde es Gierhals wieder leicht und frei zumute. Er kam abermals zu der Ansicht, daß es auf Erden nichts Fremdes gebe, sondern alles ihm gehöre.

Und er fühlte von neuem die Fähigkeit in sich, zu schlingen und zu raffen.

»Nein, jetzt entkommt ihr mir nicht, Freundchen!« sagte Gierhals händereibend und zog sich schnell den Mantel an, um mit vollen Segeln auf den Marktplatz zu eilen.

Aber – welch Wunder! Kaum hatte er den Mantel an, da begann er von neuem unsicher zu werden. Es war, als ob zwei Menschen in ihm stäken: der eine ohne Mantel, unverschämt, rafferisch und erpresserisch; der andere mit Mantel, zurückhaltend und scheu. Denn kaum war Gierhals vor die Tür getreten, da merkte er, daß er wieder friedfertig wurde. Trotzdem ließ er von seinem Vorhaben, auf den Markt zu gehen, nicht ab. ›Vielleicht‹, dachte er, ›überwinde ich mich.‹

Je mehr er sich jedoch dem Markt näherte, desto stärker schlug ihm das Herz, desto unweigerlicher sprach sich in ihm das Verlangen aus, sich mit allen diesen geringen und kleinen Leuten zu versöhnen, die da wegen der paar Pfennige Verdienst den ganzen Tag in Regen und Kälte herumstanden. Gierhals gelüstete es gar nicht mehr, nach fremder Leute Sachen zu schauen. Sein eigener Beutel, den er in der Tasche trug, wurde ihm zur Last, als ob er plötzlich aus zuverlässiger Quelle erfahren habe, daß in diesem Beutel nicht sein, sondern fremder Leute Geld liege.

»Hier Freundchen, hast du fünfzehn Kopeken!« sagte er zu einem Bauern und reichte ihm das Geld hin.

»Wofür denn, Fofan Fofanytsch?«

»Weil ich dich früher oft genug gekränkt habe, Bruder. Verzeih mir um Christi willen!«

»Nun, mag Gott dir verzeihen!«

Auf diese Weise ging Gierhals an allen Marktständen vorbei und verteilte das ganze Geld, das er bei sich hatte.

Er fühlte zwar, wie ihm sein Tun das Herz erleichterte, doch bohrte es immerzu in seinem Gehirn.

»Nein, das ist heute irgendeine Krankheit mit mir«, sagte er abermals zu sich. »Besser ist's, ich gehe heim. Ja, und bei der Gelegenheit werde ich unterwegs soviel Bettler wie möglich aufgreifen und ihnen zu essen geben, was mir Gott gesandt hat!«

Gesagt – getan. Er sammelte alle Bettler, deren er ansichtig wurde, und brachte sie auf seinen Hof. Frau Gierhals schlug einfach die Hände überm Kopf zusammen und wartete darauf, was er noch für Streiche verüben werde. Doch er ging still an ihr vorüber und sagte zärtlich:

»Hier, Fedossjuschka, sind die armen Obdachlosen, die ich dir bringen sollte: Gib ihnen um Christi willen zu essen!«

Doch kaum hatte er seinen Mantel an den Nagel gehängt, da wurde ihm so leicht und frei wie früher. Er blickte durchs Fenster und gewahrte die aus der ganzen Stadt zusammengeströmten Bettelbrüder auf seinem Hof. Schaute und schaute und begriff nichts.

Warum ist das Volk hier? Soll er wirklich die ganze Bande heute auspeitschen?

»Was ist das für ein Pack?« rief er außer sich und rannte auf den Hof.

»Dumme Frage! Das sind die armen Obdachlosen, denen ich zu essen geben soll!« sagte Frau Gierhals bissig.

»Jag sie zum Teufel! Da, so!« schrie er mit unnatürlicher Stimme und stürzte wie ein Verrückter wieder ins Haus.

Lange ging er in den Zimmern auf und ab und dachte immerzu darüber nach, was ihm widerfahren sei. Er war stets ein Mann von Genauigkeit gewesen, hinsichtlich seiner Dienstobliegenheiten geradezu ein Löwe – und plötzlich war er ein alter Waschlappen geworden.

»Fedossja Petrowna! Mütterchen! binde mich um Gottes willen fest! Ich fühle, daß ich heute Dinge fertigbringe, die ich in einem ganzen Jahr nicht wieder gutmachen kann!« flehte er sie an.

Da merkte auch Frau Gierhals, daß es ihrem Manne verquer war. Sie zog ihn aus, packte ihn ins Bett und gab ihm einen Heißen zu trinken. Erst nach einer Viertelstunde ging sie ins Vorzimmer und dachte: ›Mußt doch mal in seinem Mantel nachsehen, ob sich nicht vielleicht in den Taschen einige Groschen finden.‹ Als sie die eine Tasche auskramte, fand sie den leeren Geldbeutel. In der anderen Tasche entdeckte sie einen schmutzigen, beschmierten Papierfetzen. Wie sie ihn auseinanderfaltete, schrie sie laut auf.

»Da haben wir's, weshalb er heute auf solche Dummheiten verfallen ist«, sagte sie zu sich. »Er hat das Gewissen in der Tasche gehabt!«

Sie überlegte, an wen sie dieses Gewissen loswerden konnte. Sie wollte nicht, daß es den Menschen gleich zugrunde richtete, aber ein wenig beunruhigen mochte es ihn immerhin. Und sie kam zu dem

Schluß, daß es am besten bei dem Juden Schmul Davidson Goldstein, einem ehemaligen Pächter und jetzigen Finanzmann und Eisenbahnunternehmer, aufgehoben sei.

»Der hat wenigstens einen dicken Hals«, überlegte sie. »Wenn er auch ein wenig drunter leidet, aber er hält's aus!«

Nachdem sie ihren Entschluß gefaßt hatte, packte sie das Gewissen vorsichtig in einen Briefumschlag, schrieb Goldsteins Adresse darauf und warf das Gewissen in den Kasten.

»So, mein Lieber, jetzt kannst du getrost wieder auf den Markt gehen«, sagte sie zu ihrem Mann, als sie heimkam.

Samuel Davidson Goldstein saß im Kreise seiner Familie am Mittagtisch und war glücklich. Er wollte sich eben eine ungewöhnliche Schüssel zu Gemüte führen, die mit Brüsseler Spitzen und einer Art Straußenfedern verziert war, als ihm der Diener auf silbernem Tablett einen Brief brachte.

Kaum hatte Samuel Davidson den Umschlag in der Hand, als er sich wie ein Aal auf dem Rost nach allen Seiten hin wand.

»Ai, was geschieht m'r? Was soll m'r das?« heulte er auf und zitterte am ganzen Leibe.

Obwohl keiner der Anwesenden etwas begriff, wurde doch bei diesem Wehgeschrei allen klar, daß an eine Fortsetzung des Mahls nicht zu denken war.

Ich will nicht die Qualen beschreiben, die Samuel Davidson an diesem für ihn höchst denkwürdigen Tag erlitt. Ich sage nur das eine: Dieser äußerlich schwache, kränkliche Mann hielt heldenhaft die grimmigsten Foltern aus, ohne einzuwilligen, auch nur fünf Dreier aus seinem Vermögen wieder herauszugeben.

»Wie heißt! Na wenn schon! Halt m'r nur so fest wie de kannst, Lea!« redete er während der allerverzweifeltsten Anfälle seiner Frau zu. »Wenn ich dich werd' bitten um die Schatulle – nie nie nie – lieber sterb' ich!«

Doch da es keine so schwierige Lage auf Erden gibt, aus der ein Ausweg unmöglich wäre, so wurde er auch in diesem Falle gefunden. Samuel Davidson entsann sich, daß er schon längst versprochen hatte, einer Wohltätigkeitsanstalt, die von einem ihm bekannten General treu verwaltet wurde, eine Stiftung zu machen, doch hatte er die Angelegenheit aus irgendeinem Grunde von einem Tag auf den andern verschoben. Jetzt kam ihm der Vorfall gelegen, das lang gehegte Vorhaben auszuführen.

Gedacht – getan. Samuel Davidson entsiegelte vorsichtig den ihm von der Post gebrachten Brief, zog mit der Zuckerzange das Geschenk daraus hervor, packte es in einen andern Umschlag, steckte noch einen Hundertrubelschein dazu, versiegelte das Geschenk und begab sich zu dem ihm bekannten General.

»Ich mechte machen eine Stiftung, Exzellenz!« sagte er und legte den Brief auf den Tisch vor dem erfreuten General nieder.

»Bittschön, sehr löblich!« antwortete der General. »Ich wußte immer, daß Sie... als Jude... nach Davids Gesetz... spielet und singet... so war es doch, nicht?«

Der General verhedderte sich, weil er nicht genau im Bilde war, ob David die Gesetze gegeben hatte oder wer anders.

»Stimmt genau. Aber was sind m'r schon für Juden, Exzellenz!« beeilte sich Samuel Davidson zu sagen, dem schon ganz leicht ums Herz war. »Bloß dem Aussehen nach sind m'r Juden, aber dem Herzen nach sind m'r Russen zu hundert Perzent!«

»Danke!« sagte der General. »Nur eins bedauere ich... als Christ... warum dürfte es Ihnen, beispielsweise...? Wie?«

»Exzellenz... nur dem Aussehen nach, Ehrenwort, bloß äußerlich!«

»Aber...?«

»Exzellenz!«

»Na, schon gut! Christus sei mit Ihnen!«

Samuel Davidson eilte wie auf Flügeln nach Hause. Noch am gleichen Abend hatte er die ausgestandenen Qualen vollkommen vergessen und dachte einen so ausgefeimten Coup zum Schaden der Allgemeinheit aus, daß am andern Tage alle, wie sie es erfuhren, nur so stöhnten.

Lange noch irrte das arme, verjagte Gewissen auf solche Weise durch die weite Welt und ging durch viele tausend Hände. Doch keiner wollte es behalten, im Gegenteil, jeder dachte nur, wie er sich seiner entledigen und möglichst rasch loswerden könne, und sei es mit Betrug.

Schließlich wurde es dem Gewissen selbst leid, daß es armes Ding keinen Ort hatte, wo es den Kopf hinlegen konnte, und daß es sich sein Leben lang bei fremden Leuten herumtreiben und ohne Bleibe sein sollte. Da wandte es sich flehentlich an seinen letzten Besitzer, einen kleinen Handelsmann, der in einem Durchgang irgendwelchen Plunder verkaufte und bei diesem Geschäft auf keinen grünen Zweig kommen wollte, wie sehr er sich auch anstrengte.

»Weshalb tut ihr mir Gewalt an?« beklagte sich das arme Gewissen. »Warum springt ihr mit mir um wie mit einem Stück Schund?«

»Was soll ich denn mit dir machen, liebes Gewissen, wenn dich niemand braucht?« fragte das Kleinbürgerchen zurück.

»Ich will dir etwas sagen«, antwortete das Gewissen. »Suche mir ein kleines russisches Kind, tue mir sein reines Herz auf und lege mich hinein! Vielleicht gewährt mir das unschuldige Knäblein eine Herberge und hegt mich fein, vielleicht läßt es mich mit sich groß werden und begibt sich sodann mit mir unter die Menschen, ohne mich zu verabscheuen.«

Nach dem Wunsch des Gewissens geschah es denn auch. Der Handelsmann fand ein russisches Kindlein, öffnete sein reines Herz und schreinte dort das Gewissen ein.

Und mit dem Kinde wächst nun auch das Gewissen in ihm. Und wenn das kleine Kind ein großer Mann geworden ist, wird auch das Gewissen in ihm groß sein. Und schwinden wird dann jegliche Unwahrheit, Tücke und Gewalt, denn das Gewissen hat dann seine Scheu verloren und wird alle Menschen nach seinem Willen lenken.

LEW TOLSTOJ

NACH DEM BALL

»Sie sagen, daß der Mensch von selbst nicht erkennen könne, was gut und was böse sei, daß alles auf seine Umgebung ankomme, daß das Milieu den Charakter bilde. Ich glaube aber, alles ist nur Zufall. Da kann ich von mir selbst erzählen…«

So redete der von uns allen hoch verehrte Iwan Wasiljewitsch nach einem Gespräch darüber, daß eine sittliche Besserung des einzelnen nur möglich sei, wenn die Verhältnisse geändert würden, unter denen die Menschen leben. Eigentlich hatte niemand behauptet, daß der Mensch nicht fähig sei, selbst zu erkennen, was gut und was böse sei, aber Iwan Wasiljewitsch hatte nun einmal die Gewohnheit, seine eigenen, im Laufe des Gesprächs auftauchenden Gedanken zu beantworten und im Anschluß an diese Gedanken allerlei Selbsterlebtes zu erzählen. Oft vergaß er völlig den Anlaß zu seiner Erzählung, weil diese selbst ihn hinriß, und das um so mehr, weil er stets sehr aufrichtig war und immer die Wahrheit sagte.

So war es auch jetzt.

»Ich kann mich da auf mich selbst berufen. Mein ganzes Leben hat sich so und nicht anders gestaltet, nicht weil meine Umgebung bestimmend einwirkte, sondern aus ganz andern Gründen.«

»Aus welchen denn?« fragten wir.

»Ja, das ist eine lange Geschichte. Damit Sie es verstehen, müßte ich sehr viel erzählen.«

»Nun, so erzählen Sie doch.«

Iwan Wasiljewitsch schüttelte nachdenklich den Kopf:

»Ja«, sagte er, »mein ganzes Leben wurde anders infolge einer einzigen Nacht, richtiger eines Morgens.«

»Wie kam denn das?«

»Das kam daher, weil ich leidenschaftlich verliebt war. Ich war oft verliebt gewesen, aber das war meine stärkste Leidenschaft. Das alles liegt weit zurück; sie hat jetzt schon verheiratete Töchter. Es war

Fräulein B., ja, Warenka B.« – Iwan Wasiljewitsch nannte den Namen –; »Sie war auch noch mit fünfzig Jahren eine auffallende Schönheit, in der Jugend aber, so mit achtzehn, war sie ganz entzückend:
groß, schlank, graziös und würdevoll – jawohl, würdevoll! Sie hielt
sich immer sehr gerade, als könnte sie gar nicht anders, und warf
dabei den Kopf ein wenig zurück. Und gerade diese Haltung verlieh
ihr bei ihrer Schönheit und ihrem hohen Wuchs, obgleich sie recht
mager, ja sogar knochig war, etwas Majestätisches, das vielleicht hätte
abschrecken können, wäre nicht das freundliche, immer heitere Lächeln gewesen, das um ihren Mund, um die herrlichen, blitzenden
Augen, ja um ihr ganzes holdes, junges Wesen spielte!«

»Wie der Iwan Wasiljewitsch das ausmalt!«

»Ach was, malen kann ich, soviel ich will, Sie werden doch nie
begreifen, wie schön sie war, aber darauf kommt es auch gar nicht
an. Was ich Ihnen jetzt erzählen möchte, hat sich in den vierziger
Jahren abgespielt. Ich war damals Student an der Universität einer
Provinzstadt. Ich weiß nicht, ob das gut oder schlecht war, aber zu
jener Zeit gab es an unserer Universität keine literarischen und philosophischen Zirkel, wir gaben uns nicht mit Theorien ab, sondern
waren einfach jung und lebten so, wie es der Jugend zukommt: Wir
lernten und waren lustig. Ich war ein sehr flotter, toller Bursche,
zudem auch sehr reich. Ich hatte einen prächtigen Gaul, einen Paß-
gänger, rodelte mit den jungen Damen (Schlittschuhe waren damals
noch nicht Mode), zechte mit den Kommilitonen (wir tranken damals
ausschließlich Champagner; hatten wir kein Geld, so tranken wir gar
nichts; nie aber tranken wir Schnaps, wie man das heute tut). Mein
Hauptvergnügen waren Bälle und Gesellschaften. Ich war ein guter
Tänzer und nicht gerade häßlich.«

»Seien Sie nicht zu bescheiden«, fiel ihm eine von den Damen ins
Wort, »wir haben ja noch ein Daguerreotyp von Ihnen gesehen. Sie
waren nicht nur nicht häßlich, sondern wirklich ein schöner junger
Mann.«

»Schön oder nicht, darauf kommt es nicht an. Die Sache war nämlich die, daß ich in der Zeit meiner leidenschaftlichsten Verliebtheit
am letzten Abend der Karnevalswoche einen Ball beim Gouverne-

ments-Adelsmarschall, einem gutmütigen und gastfreundlichen, sehr
reichen alten Kammerherrn, mitmachte. Die Gäste wurden von der
ebenso gutmütigen Gattin des Hausherrn empfangen; sie erschien in
einem Samtkleid, ein Brillantendiadem um die Stirn, die alten, fetten
weißen Schultern und die Brust entblößt, wie ein Bildnis der Kaiserin
Elisabeth. Der Ball war glänzend. Ein herrlicher Saal mit einer Galerie, auf der die berühmte Hauskapelle eines für seine Musikliebhaberei
bekannten Gutsbesitzers sich hören ließ, ein vorzügliches Büfett und
Champagner, der in Strömen floß. So gern ich sonst Champagner
trank, verzichtete ich diesmal fast ganz darauf, denn ich war auch
ohne Wein schon berauscht, berauscht von meiner Liebe; dafür tanzte
ich aber auch bis zum Umfallen Walzer und Polka, natürlich, soweit es
irgend möglich war, mit Warenka. Sie hatte ein weißes Kleid mit
einem rosa Gürtel, weiße Glacéhandschuhe, die nicht ganz bis an
die mageren, spitzen Ellbogen reichten, und weiße Atlasschuhe.
Zur Mazurka entführte sie mir der widerliche Ingenieur Anisimow
– ich kann es ihm bis auf den heutigen Tag nicht verzeihen! Er hatte
sie schon engagiert, als sie eben erst den Saal betreten hatte; ich aber
war etwas zu spät gekommen, weil ich meine Handschuhe beim Friseur abholen mußte. Die Mazurka tanzte ich also nicht mit ihr, sondern mit einer jungen Deutschen, der ich früher ein wenig den Hof
gemacht hatte; ich fürchte aber, daß ich diesen Abend nicht sehr
höflich gegen sie gewesen bin. Ich sprach kaum mit ihr, schenkte
ihr keinen Blick, sondern sah immer nur die hohe, schlanke Gestalt
im weißen Kleid mit dem rosa Gürtel und ihr strahlendes, leicht
gerötetes Gesicht mit den Grübchen und den lieben, freundlichen
Augen. Und nicht ich allein, alle sahen nach ihr und freuten sich an
ihr, die Männer sowohl als die Frauen, obgleich sie doch alle in
Schatten gestellt hatte. Man konnte nicht anders als sie bewundern.

Sozusagen offiziell tanzte ich also die Mazurka nicht mit ihr, in
Wirklichkeit aber tanzte ich fast die ganze Zeit mit ihr. Ohne verlegen
zu werden, ging sie durch den ganzen Saal gerade auf mich zu, und ich
sprang auf, ohne erst eine Aufforderung abzuwarten, und sie dankte
mir mit einem Lächeln für meinen Scharfsinn. Wenn man uns zu ihr
hinführte und sie meinen Decknamen nicht erriet und ihre Hand dem

anderen Kavalier reichte, zuckte sie mit den mageren Schultern und lächelte mich an, um gleichzeitig ihr Bedauern zu zeigen und mich zu trösten. Als die Mazurkatour kam, die im Walzerschritt getanzt wird, tanzte ich lange mit ihr, und sie sagte ganz außer Atem lächelnd zu mir: ›Encore‹, und ich drehte mich immer weiter und fühlte meinen Körper nicht.«

»Wie ist denn das möglich, wenn Sie ihre Taille umfaßt hielten? Sie haben wohl nicht nur den eignen, sondern auch ihren Körper sehr deutlich gefühlt, meine ich«, bemerkte einer der Gäste.

Iwan Wasiljewitsch wurde plötzlich ganz rot und sagte ärgerlich mit lauter, fast schreiender Stimme: »Ja, so seid ihr, die Jugend von heute. Außer dem Körper seht ihr nichts. Zu unserer Zeit war das anders. Je leidenschaftlicher ich verliebt war, desto unkörperlicher wurde sie für mich. Ihr seht heute die Füße, die Knöchel und noch allerlei, ihr zieht die Frauen, in die ihr verliebt seid, in Gedanken aus, für mich aber war, wie Alphonse Karr sagt – das war ein guter Schriftsteller –, die Geliebte immer in bronzene Gewänder gehüllt. Wir zogen sie nicht nur nicht aus, wir suchten, wie der fromme Sohn Noahs, die Blöße zu bedecken. Aber das versteht ihr ja nicht.«

»Kümmern Sie sich nicht um ihn. Was geschah weiter?« fragte einer von uns.

»Ja, ich tanzte also fast unausgesetzt mit ihr und merkte nicht, wie die Zeit verging. Die Musikanten spielten schon mit einer gewissen Verzweiflung der Müdigkeit – wie das gegen Schluß eines Balles immer ist – unaufhörlich das gleiche Mazurkamotiv, die Väter und Mütter erhoben sich in Erwartung des Abendessens schon von den Kartentischen in den Salons, die Diener liefen öfter hin und her und trugen allerlei durch den Saal. Es war nicht weit von drei Uhr. Man mußte die letzten Augenblicke ausnutzen. Ich engagierte sie noch einmal, und zum hundertsten Mal gingen wir durch den Saal.

›Nach dem Abendessen tanzen Sie die Quadrille mit mir‹, sagte ich zu ihr, als ich sie zu ihrem Platz führte.

›Selbstverständlich, wenn meine Eltern nicht nach Hause fahren‹, sagte sie lächelnd.

›Das erlaube ich nicht‹, sagte ich.

›Geben Sie mir doch meinen Fächer wieder‹, sagte sie.

›Ich möchte ihn gar nicht aus der Hand geben‹, sagte ich, ihr den weißen, billigen Fächer reichend.

›Nun, da haben Sie etwas zum Troste‹, sagte sie, riß eine Feder vom Fächer ab und reichte sie mir.

Ich nahm die Feder und konnte nur durch einen Blick mein ganzes Entzücken und meine Dankbarkeit ausdrücken. Ich war nicht nur froh und zufrieden, ich war glücklich, selig, ich war gut, ich war nicht mehr ich, ich war ein anderes, überirdisches Wesen, das nichts Böses wußte und nur zu guten Taten fähig war.

Ich schob die Feder in meinen Handschuh und stand da, unfähig, sie zu verlassen.

›Sehen Sie doch, Papa soll tanzen!‹ sagte sie und zeigte auf die hohe, stattliche Gestalt ihres Vaters, eines Obersten mit silbernen Epauletten, der mit einigen Damen in der Tür stand.

›Warenka, kommen Sie doch einmal her‹, vernahmen wir die laute Stimme der Gastgeberin mit dem Brillantendiadem und den Schultern à la Elisabeth.

Warenka ging nach der Tür zu, ich folgte ihr.

›Überreden Sie doch Ihren Vater zu einer Tour mit uns, ma chère! Bitte, bitte, Peter Wladislawowitsch‹, sagte die alte Dame zum Oberst.

Warenkas Vater war ein sehr schöner, stattlicher, hochgewachsener, frischer alter Herr. Er hatte ein rosiges Gesicht, trug den weißen Schnurrbart à la Nikolaus I. gekräuselt, dazu einen ebenfalls weißen Backenbart, der mit dem Schnurrbart zusammenstieß, und die Schläfenhaare nach vorn gekämmt. Dasselbe heitere Lächeln, das der Tochter so schön zu Gesicht stand, spielte auch um seine leuchtenden Augen und die Lippen. Er war prachtvoll gebaut, die Brust breit und nach militärischer Art vorgewölbt, mit nicht allzu vielen Orden geschmückt, die Schultern kräftig und die Beine lang und schlank. Er war der Typus des alten Militärs aus der Schule Nikolaus' I.

Als wir uns der Tür näherten, hörten wir, wie der Oberst sich weigerte zu tanzen: er hätte es ganz verlernt. Dann aber legte er doch mit einem Lächeln die Hand an die linke Hüfte, zog den Degen aus dem Gehenk, gab ihn einem dienstEifrigen jungen Mann ab, zog einen wild-

ledernen Handschuh auf die rechte Hand – ›es muß alles seine Ordnung
haben‹, sagte er lächelnd –, nahm den Arm seiner Tochter und stellte
sich in Positur, um im richtigen Moment anfangen zu können.

Als ein neuer Mazurkatakt einsetzte, stampfte er flott mit dem
einen Fuß auf, schob den andern vor, und seine hohe, schwere Gestalt
begann sich bald langsam in wiegendem Schritt, bald lärmend und
stürmisch, mit der Sohle aufstampfend und die Hacken aneinander-
schlagend, rund um den Saal zu bewegen. Warenkas graziöse Gestalt
schwebte neben ihm her, unmerklich zur rechten Zeit die Schritte
ihrer kleinen weißen Atlasfüßchen beschleunigend oder hemmend.
Der ganze Saal verfolgte gespannt jede Bewegung des Paares. Ich
freute mich nicht nur an dem Anblick, ich betrachtete die beiden
mit Entzücken und Rührung. Besonders gerührt war ich über seine
Stiefel, um die sich die Hosenstrippen spannten – gute kalblederne
Stiefel, aber nicht nach der neuen Mode mit schmalen Spitzen, sondern mit breiten, viereckigen, wie in der alten Zeit, und ohne Absätze,
augenscheinlich eine Schöpfung des Bataillonsschusters. ›Damit seine
Tochter Bälle besuchen und sich kleiden kann, kauft er sich keine
modernen Stiefel, sondern läßt sie sich zu Hause anfertigen‹, dachte
ich, und diese viereckigen Stiefelspitzen erfüllten mich mit besonderer
Rührung. Man sah ihm an, daß er einmal ein vorzüglicher Tänzer
gewesen war, jetzt aber war er etwas schwerfällig geworden, und seine
Beine waren nicht mehr elastisch genug für alle die schönen, schnellen
Pas, die er zu machen bemüht war. Immerhin machte er sehr gewandt
zwei Runden, und als er die Beine schnell auseinanderspreizte, sie
wieder zusammenschlug und, wenn auch etwas schwerfällig, auf die
Knie niedersank, während sie ihn lächelnd und ihren Rock zusam-
menraffend, an dem er hängengeblieben war, graziös umkreiste, da
klatschten alle laut Beifall. Er erhob sich nicht ohne Anstrengung,
faßte seine Tochter zärtlich und neckisch an beiden Ohren, küßte sie
auf die Stirn und führte sie mir zu in der Meinung, ich tanze mit ihr.
Ich sagte ihm, daß ich diesmal nicht ihr Kavalier sei.

›Tut nichts, machen Sie jetzt mal mit ihr eine Runde‹, sagte er
freundlich lächelnd und steckte seinen Degen wieder ins Gehenk.

Wie aus einer Flasche nach den ersten, langsam sickernden Tropfen der Inhalt plötzlich in starken Strömen herausfließt, so hatte auch in meiner Seele die Liebe zu Warenka meine ganze Fähigkeit zu lieben freigemacht. Ich liebte die Frau des Hauses mit dem Diadem und der elisabethanischen Büste, ich liebte ihren Mann und ihre Gäste, ihre Diener, ja sogar den Ingenieur Anisimow, der mir ein schiefes Gesicht machte. Für ihren Vater aber mit seinen altmodischen Stiefeln und dem freundlichen Lächeln, das so sehr an das ihre erinnerte, empfand ich eine geradezu begeisterte, zärtliche Zuneigung.

Die Mazurka war zu Ende, die Hausfrau bat die Gäste zu Tisch, doch Oberst B. dankte, da er morgen sehr früh aufstehen müsse, und verabschiedete sich von den Gastgebern. Ich erschrak, denn ich glaubte, er würde auch seine Tochter mitnehmen, allein sie blieb mit der Mutter noch da.

Nach dem Souper tanzte ich mit ihr die versprochene Quadrille, und obgleich ich schon glaubte, unendlich glücklich zu sein, wuchs mein Glücksgefühl doch noch mit jedem Augenblick. Wir sprachen gar nicht von Liebe; ich fragte weder sie noch mich selbst, ob sie mich denn auch liebe. Es war mir genug, daß ich sie liebte. Und ich fürchtete nur eins: daß unser Glück gestört werden könnte.

Als ich nach Hause gekommen war, mich ausgekleidet hatte und ans Schlafen dachte, begriff ich sofort, daß dies ganz unmöglich sei. In der Hand hielt ich die Feder von ihrem Fächer und einen Handschuh von ihr, den sie mir gegeben hatte, als sie in den Wagen stieg und ich erst ihrer Mutter und dann ihr selbst hineinhalf. Ich betrachtete diese Gegenstände und, ohne die Augen zu schließen, sah ich sie vor mir: bald in dem Augenblick, wo sie, zwischen zwei Kavalieren wählend, meinen Decknamen erriet, mit ihrer lieben Stimme sagte: ›Stolz, nicht wahr‹ und mir froh die Hand reichte, bald beim Souper, wie sie das Champagnerglas an die Lippen führte und mit ihren zärtlichen Augen von unten herauf zu mir emporblickte. Aber immer wieder sah ich sie, wie sie mit ihrem Vater tanzte, wie sie mit abgemessenen, graziösen Schritten ihn umkreiste und voller Stolz und Freude über ihn und sich selbst zu den entzückten Zuschauern hinüberblickte – und unwillkürlich umfaßte ich ihn und sie mit der gleichen zärtlichen, gerührten Zuneigung.

Ich wohnte damals mit meinem verstorbenen Bruder zusammen. Mein Bruder hatte für die große Welt nicht viel übrig und besuchte keine Bälle; zudem bereitete er sich jetzt gerade zum Staatsexamen vor und führte ein äußerst regelmäßiges Leben. Er schlief. Ich betrachtete seinen tief ins Kissen gesunkenen und bis zur Hälfte in die Flanelldecke gehüllten Kopf, und ein zärtlich mitleidiges Gefühl überkam mich, mitleidig, weil er das Glück, das mir zuteil geworden, nicht kannte und nicht teilte. Unser leibeigener Diener Petruschka kam mir mit Licht entgegen und wollte mir beim Auskleiden behilflich sein, ich schickte ihn aber fort. Der Anblick seines verschlafenen Gesichts mit den wirren Haaren schien mir ungemein rührend. Bemüht, keinen Lärm zu machen, ging ich auf Zehenspitzen in mein Zimmer und setzte mich aufs Bett. Nein, ich war zu glücklich, ich konnte nicht schlafen. Außerdem war es mir in den überheizten Zimmern zu warm; ohne meine Uniform abzulegen, ging ich ins Vorzimmer, warf den Mantel über, öffnete die Haustür und trat auf die Straße hinaus.

Ich hatte den Ball gegen halb fünf Uhr verlassen, über dem Heimweg und meinem Aufenthalt in unserer Wohnung waren noch etwa zwei Stunden verflossen, so daß es schon hell war, als ich die Straße betrat. Es war das richtige Karnevalswetter; die Luft war trüb und neblig, der nasse Schnee schmolz auf den Straßen, und von allen Dächern tropfte es. Oberst B. mit seiner Familie wohnte damals am äußersten Ende der Stadt vor einem großen freien Feld; an dessen einem Ende befand sich ein Mädchenpensionat, am andern Ende ein Rummelplatz mit allerlei Schaubuden und Volksbelustigungen. Ich durchschritt unsere stille Seitengasse und bog in eine große Straße ein, in der mir Fußgänger und Lastfuhrleute mit Brennholz auf Schlitten, deren Kufen schon gegen das nackte Pflaster stießen, entgegenkamen. Die Pferde mit den unter dem glänzenden Krummholz taktmäßig schwankenden Köpfen, die in Bastmatten gehüllten Fuhrleute, die in riesigen Stiefeln neben den Schlitten einherstapften, die Häuser, die im Nebel sehr hoch aussahen – alles schien mir heute besonders lieb und bedeutungsvoll.

Als ich auf das Feld hinaustrat, an dem sich ihr Haus befand, sah ich ganz ferne, in der Richtung zum Rummelplatz hin, etwas Großes,

Schwarzes und hörte Trommel- und Flötentöne. In meinem Herzen sang es die ganze Zeit, und ab und zu unterschied ich deutlich das Motiv der Mazurka. Dieses hier aber war eine andere, harte, unschöne Musik.

›Was ist das?‹ dachte ich und ging auf dem ausgefahrenen, schlüpfrigen Wege quer über das Feld in der Richtung, aus der die Töne kamen. Als ich etwa hundert Schritte gegangen war, erkannte ich durch den Nebel eine Menge schwarzer Gestalten, offenbar Soldaten. ›Sie exerzieren wohl‹, dachte ich und ging mit einem Schmied in einer speckigen Pelzjacke und Lederschürze, der etwas auf dem Arm trug und die ganze Zeit vor mir her gegangen war, näher heran. Soldaten in schwarzen Uniformen standen in zwei Reihen, Gewehr bei Fuß, einander gegenüber und rührten sich nicht. Hinter ihnen standen Trommler und ein Flötenspieler und wiederholten unausgesetzt die gleiche unangenehme kreischende Melodie.

›Was machen sie denn da?‹ fragte ich den Schmied, der neben mir stehengeblieben war.

›Ein Deserteur, ein Tatar, muß Spießruten laufen‹, sagte der Schmied ingrimmig und starrte nach dem weitentfernten Ende der Doppelreihe.

Ich richtete den Blick ebenfalls dahin und sah zwischen den beiden Reihen etwas Entsetzliches auf mich zukommen. Dieses Entsetzliche war ein Mann mit entblößtem Oberkörper, an die Gewehre zweier Soldaten gebunden, die ihn führten. Hinter ihm ging ein hochgewachsener Offizier in Mantel und Mütze, dessen Gestalt mir bekannt vorkam. Der Delinquent stapfte mit den Füßen durch den schmelzenden Schnee, und sein ganzer Körper zackte unter den Schlägen, die von beiden Seiten auf ihn niederfielen. Mehrmals war er nahe daran zusammenzubrechen, aber wenn er nach rückwärts zu fallen drohte, wurde er von den Unteroffizieren, die ihn führten, vorwärts gestoßen, und wenn er vornüber stürzte, hielten die Unteroffiziere ihn fest und zerrten ihn zurück. Und dicht hinter ihm ging mit festem, wiegendem Schritt der hochgewachsene Offizier. Es war Warenkas Vater mit dem rosigen Gesicht und dem weißen Schnurr- und Bakkenbart.

Bei jedem Schlag wandte der Delinquent wie erstaunt sein vom Schmerz verzerrtes Gesicht nach der Seite, woher der Schlag kam, und wiederholte, die weißen Zähne fletschend, immer die gleichen Worte. Erst als er ganz nahe herangekommen war, verstand ich, was er sagte. Er sprach nicht, sondern schluchzte: ›Brüder, erbarmt euch! Brüder, erbarmt euch!‹ Doch die Brüder kannten kein Erbarmen, und als der Zug dicht an mir vorüberging, sah ich, wie der mir gegenüberstehende Soldat energisch vortrat, den Stock schwenkte, daß er pfiff, und ihn aus aller Kraft auf den Rücken des Tataren niedersausen ließ. Der Tatar stürzte vornüber, aber die Unteroffiziere fingen ihn auf, und ein ebenso starker Schlag traf ihn von der andern Seite, dann wieder von drüben und wieder von dieser Seite... Der Oberst ging hinterher, den Blick bald auf seine Füße, bald auf den Delinquenten gerichtet, atmete mit vollen Backen die feuchte Luft ein und stieß sie dann durch die vorgeschobene Lippe wieder hinaus. Als der Zug an der Stelle, wo ich stand, vorübergekommen war, sah ich flüchtig zwischen den Reihen der Soldaten hindurch den Rücken des Delinquenten. Das war etwas so Buntes, Nasses, Rotes, Unnatürliches, daß ich es gar nicht für den Teil eines menschlichen Körpers halten mochte.

›O mein Gott!‹ sagte der Schmied neben mir.

Der Zug entfernte sich langsam. Immer weiter fielen von beiden Seiten die Hiebe auf den stolpernden, zuckenden Menschen, nach wie vor rasselten die Trommeln und pfiff die Flöte, und immer im gleichen festen Schritt bewegte sich die hohe, stattliche Gestalt des Obersten neben dem Delinquenten. Plötzlich blieb der Oberst stehen und wandte sich hastig an einen Soldaten.

›Ich werde dich schon schmieren lehren!‹ vernahm ich seine zornige Stimme. ›Wirst du noch schmieren? Wirst du noch?‹ Und ich sah, wie seine kräftige Hand im wildledernen Handschuh den erschrokkenen, kleinen, schwächlichen Soldaten ins Gesicht schlug, weil er seinen Stock nicht kräftig genug auf den roten Rücken des Tataren hatte fallen lassen. ›Frische Spießruten her!‹ schrie er, sich umsehend, und erblickte mich. Er tat, als kenne er mich nicht, und drehte sich mit zornig gerunzeltem Gesicht hastig um. Ich schämte mich so, daß

ich nicht wußte, wohin ich sehen sollte. Es war mir, als wäre ich bei
einer unsagbar schändlichen Tat ertappt worden; ich schlug die Augen
nieder und eilte nach Hause. Auf dem ganzen Heimweg klangen mir
bald die Trommelwirbel und die Flötentriller in den Ohren, bald
glaubte ich die Worte zu hören: ›Brüder, erbarmt euch!‹ oder die
selbstbewußte, zornige Stimme des Obersten: ›Wirst du noch schmieren? Wirst du noch?‹ Dazu im Herzen ein nagendes Schmerzgefühl,
das sich fast bis zur physischen Übelkeit steigerte, so daß ich mehrere
Male stehenbleiben mußte und glaubte, nun müßte ich sofort das
ganze Grauen erbrechen, das bei diesem Schauspiel in mein Inneres
gedrungen war. Ich weiß nicht mehr, wie ich nach Hause kam und
mich zu Bett legte. Kaum aber begann ich einzuschlummern, so sah
und hörte ich wieder alles und sprang auf.

›Offenbar weiß er irgend etwas, was ich nicht weiß‹, dachte ich von
dem Obersten. ›Wenn ich das wüßte, was er weiß, würde ich auch
verstehen, was ich gesehen habe, und es würde mich nicht so quälen.‹
Aber soviel ich auch grübelte, ich konnte nicht erfassen, was der
Oberst wußte, und ich schlief erst am Abend ein, und auch das erst,
nachdem ich einen Freund aufgesucht hatte und wir beide uns ganz
toll bezecht hatten.

Meinen Sie nun, ich hätte damals entschieden, daß das, was ich da
gesehen hatte, etwas sehr Böses sei? Keineswegs. ›Wenn das mit solch
ruhiger Sicherheit ausgeführt und von allen für notwendig gehalten
wird, so müssen sie eben etwas wissen, was ich nicht weiß‹, dachte ich
und gab mir die größte Mühe, mir dieses Wissen anzueignen. Allein
so sehr ich mich damals und auch noch später bemühte, ich habe es
nie erfahren. Weil ich es aber nicht erfahren konnte, wurde ich auch
nicht Militär, wie ich anfangs beabsichtigt hatte. Zivilbeamter bin ich
freilich auch nicht geworden, war also, wie Sie sehen, zu gar nichts zu
brauchen!«

»Nun, das wissen wir schon, wozu Sie zu brauchen sind«, sagte
einer von uns. »Sagen Sie bloß: wieviel Menschen würden heute zu
nichts zu brauchen sein, wenn wir Sie nicht hätten?«

»Na, das ist schon ganz dummes Geschwätz«, sagte Iwan Wasiljewitsch in ehrlichem Ärger.

»Nun, und Ihre Liebe?« fragten wir.

»Die Liebe? Ja, die Liebe begann von diesem Tage an zu schwinden. Wenn sie, wie das oft bei ihr der Fall war, mit lächelndem Gesicht vor sich hin sann, mußte ich gleich an den Oberst auf dem Exerzierplatz denken, ein peinliches, unangenehmes Gefühl überkam mich, und ich ging ihr immer mehr aus dem Wege. So versiegte die Liebe allmählich ganz. Ja, so geht es, solche Dinge können das ganze Leben eines Menschen umgestalten und in neue Bahnen lenken. Und Sie behaupten...«

LEW TOLSTOJ

GÖTTLICHES UND MENSCHLICHES

I

Das war in den siebziger Jahren in Rußland, zur Zeit des heftigsten Kampfes der Revolutionäre mit der Regierung.

Der Generalgouverneur der südrussischen Provinzen, ein kräftiger Deutscher mit herabhängendem Schnauzbart, kaltem Blick und ausdruckslosem Gesicht, saß in seinem Uniformrock, ein weißes Ordenskreuz am Hals, abends in seinem Arbeitszimmer am Schreibtisch, auf dem vier brennende Lichter mit grünen Schirmen standen, und las und unterzeichnete eine Anzahl Aktenstücke, die ihm sein Kanzleivorsteher vorgelegt hatte. ›Generaladjutant Soundso‹ schrieb er mit einem langen Schnörkel auf jedes Blatt und legte es dann beiseite.

Unter den Akten befand sich auch die Verurteilung des Kandidaten der Universität Odessa Anatolij Swetlogub zum Tode durch den Strang für Beteiligung an einer Verschwörung, deren Ziel der Umsturz der herrschenden Regierungsform war. Der General zog ein besonders finsteres Gesicht und unterzeichnete auch dieses Blatt. Mit seinen weißen, von Alter und Seife runzlig gewordenen, wohlgepflegten Fingern strich er die Ränder der Blätter sorgfältig glatt und legte sie beiseite. Das folgende Aktenstück bezog sich auf die Anweisung eines Geldbetrags zur Beschaffung von Proviant. Er las es aufmerksam durch und überlegte, ob die einzelnen Posten richtig berechnet waren, da fiel ihm plötzlich ein Gespräch mit seinem Stellvertreter über den Fall Swetlogub ein. Der General war der Meinung, daß das bei Swetlogub gefundene Dynamit noch nicht als Beweis für seine verbrecherischen Absichten gelten könne. Sein Stellvertreter hob dagegen hervor, daß außer dem Dynamit noch zahlreiche andere Beweise vorlagen, aus denen sich unwiderleglich ergab, daß eben Swetlogub das Haupt der ganzen Bande gewesen war. Als dem General das nun wieder einfiel, wurde er nachdenklich, und unter seinem auf der Brust wattierten Rock mit den steifen Aufschlägen, die aus Pappe hätten sein können, begann sein Herz ungleichmäßig zu schlagen, und er atmete so schwer, daß das große weiße Ordenskreuz, sein Stolz und seine Freude, sich auf seiner Brust hin und her bewegte. Er konnte den Kanzleivorsteher noch zurückrufen und das Todesurteil wenn nicht aufheben, so doch seine Vollstreckung hinausschieben.

›Soll ich ihn rufen? Soll ich ihn nicht rufen?‹

Der Herzschlag wurde noch unregelmäßiger. Er klingelte. Mit schnellem, lautlosem Schritt trat eine Ordonnanz ein.

»Ist Iwan Matwejewitsch schon fort?«

»Nein, noch nicht, Exzellenz, er ist in die Kanzlei gegangen.«

Das Herz des Generals setzte zeitweise ganz aus, um dann wieder besonders heftig zu pochen. Er dachte an die Warnung des Arztes, der ihn erst vor einigen Tagen behorcht hatte.

»Vor allem«, hatte der Arzt gesagt, »sobald Sie den Herzschlag fühlen, lassen Sie Ihre Arbeit liegen und zerstreuen Sie sich. Das Schlimmste ist Aufregung. Davor müssen Sie sich sehr in acht nehmen und es gar nicht so weit kommen lassen.«

»Soll ich Iwan Matwejewitsch rufen?«

»Nein, es ist nicht nötig«, sagte der General. ›Ja‹, dachte er, ›die Unschlüssigkeit wirkt immer aufregend. Ist es unterschrieben, dann ist es erledigt. Ein jeder macht sich sein Bett und muß darauf schlafen‹, zitierte er sein Lieblingssprichwort. ›Das geht mich auch schließlich nichts an. Ich bin nur der Vollstrecker des Allerhöchsten Willens und muß über derartigen Erwägungen stehen‹, fügte er hinzu, die Brauen zusammenziehend, um sich zur Grausamkeit zu zwingen, von der sein Herz frei war.

Und nun fiel ihm seine letzte Unterredung mit dem Zaren ein, wie der Zar mit strengem Gesicht seinen gläsernen Blick auf ihn gerichtet und gesagt hatte: »Ich verlasse mich auf dich. Wie du im Kriege dich nicht geschont hast, so wirst du auch im Kampf gegen die Roten mit derselben Energie vorgehen, wirst dich nicht betrügen und nicht einschüchtern lassen. Auf Wiedersehn!« Und der Zar hatte ihn umarmt und ihm seine Schulter zum Kuß hingehalten. Daran mußte der Ge-

neral jetzt denken und ebenso an die Antwort, die er dem Zaren
gegeben hatte: »Ich habe nur einen Wunsch: mein Leben für meinen
Zaren und mein Vaterland hinzugeben.«

Und er dachte an das Gefühl der demütigen Rührung, das er im
Bewußtsein seiner selbstlosen Zarentreue gehabt hatte, verscheuchte
den Gedanken, der ihn für einen Augenblick verwirrt hatte, unterzeichnete die letzten Papiere und klingelte noch einmal.

»Ist der Tee fertig?« fragte er.

»Er wird gerade serviert, Exzellenz.«

»Es ist gut, du kannst gehen.«

Der General seufzte tief, und die Brust an der Stelle reibend, wo
sich das Herz befand, ging er mit schweren Schritten in den großen
leeren Saal und über den frisch gewachsten Parkettboden des Saales in
das Wohnzimmer, aus dem Stimmen zu ihm drangen.

Seine Frau hatte Besuch: den Gouverneur mit seiner Frau, eine alte
Prinzessin und große Patriotin und einen Gardeoffizier, den Bräutigam der jüngsten, noch unverheirateten Tochter des Generals.

Die Frau des Generals, eine hagere Dame mit kaltem Gesicht und
schmalen Lippen, saß vor einem niedrigen Tischchen, auf dem das
Teeservice mit der silbernen Teekanne stand, und erzählte in unauf-
richtig betrübtem Ton der dicken Frau des Gouverneurs, die jünger
scheinen wollte, als sie war, daß der Gesundheitszustand ihres Mannes ihr ernsthafte Sorgen mache.

»Jeden Tag werden durch neue und immer neue Berichte Ver-
schwörungen und allerlei schauderhafte Dinge aufgedeckt... Und
das alles lastet auf Basil, er muß alles entscheiden.«

»Ach, reden Sie nicht davon!« sagte die Prinzessin. »Je deviens
feroce quand je pense à cette maudite engeance.«

»Ja, ja, es ist entsetzlich! Glauben Sie mir, er arbeitet zwölf Stunden
am Tag – und mit seinem schwachen Herzen! Ich fürchte ernstlich...«

Sie sprach nicht zu Ende, da sie ihren Mann eintreten sah.

»Ja, Sie müssen ihn durchaus hören, Barbini ist ein vorzüglicher
Tenor«, sagte sie, der Gouverneurin freundlich zulächelnd, und dieses
Lob des im Stadttheater gastierenden Sängers klang so natürlich, daß

man wirklich glauben konnte, die Damen hätten die ganze Zeit von ihm gesprochen.

Die Tochter des Generals, ein hübsches, üppiges Mädchen, saß mit ihrem Bräutigam etwas abseits in der Ecke hinter einem chinesischen Schirm. Sie stand auf und ging mit ihrem Bräutigam dem Vater entgegen.

»Wahrhaftig, wir haben uns heute noch gar nicht gesehen«, sagte der General, küßte seine Tochter und drückte dem Schwiegersohn die Hand.

Nachdem er die Gäste begrüßt hatte, setzte der General sich ans Tischchen und unterhielt sich mit dem Gouverneur über die neuesten Ereignisse.

»Nein, nein, keine amtlichen Gespräche, das ist verboten!« fiel die Generalin dem Gouverneur ins Wort. »Ach! da kommt ja Kopjow wie gerufen! Er muß uns etwas Lustiges erzählen!«

Und Kopjow, der bekannte Witzbold und Spaßmacher, erzählte wirklich die neueste Anekdote, über die alle herzlich lachen mußten.

2

»Nein, nein! Das ist unmöglich, das kann nicht, kann nicht sein! Laßt mich zu ihm!« kreischte die Mutter Swetlogubs und stieß den Gymnasiallehrer, einen Studiengenossen ihres Sohnes, und den Arzt, die sie zurückhalten wollten, mit Gewalt von sich.

Swetlogubs Mutter war eine noch junge, hübsche Frau mit graumelierten Locken und feinen Fältchen um die Augen. Der Lehrer, ein Studiengenosse ihres Sohnes, hatte erfahren, daß das Urteil unterzeichnet war, und wollte sie schonend auf die entsetzliche Nachricht vorbereiten; doch kaum hatte er angefangen, von ihrem Sohn zu reden, als sie an dem Ton seiner Stimme, an seinem scheuen Blick erriet, daß eben das geschehen war, was sie gefürchtet hatte.

Die geschilderte Szene spielte sich in einem kleinen Zimmer im besten Gasthof der Stadt ab.

»Warum halten Sie mich fest? Lassen Sie mich los!« schrie sie und stieß den Arzt, einen alten Freund ihrer Familie, zurück. Er hatte mit der einen Hand ihren mageren Ellbogen gefaßt, während er mit der anderen ein Fläschchen mit Tropfen auf den ovalen Tisch vor dem Sofa stellte. Sie war froh, daß man sie festhielt, denn sie fühlte, daß sie etwas unternehmen mußte, wußte aber nicht was, und fürchtete sich vor sich selbst.

»Beruhigen Sie sich. Da, nehmen Sie etwas Baldrian«, sagte der Arzt und reichte ihr ein Gläschen mit einer trüben Flüssigkeit.

Sie wurde plötzlich ganz still und klappte förmlich zusammen, indem sie den Kopf auf die eingefallene Brust sinken ließ und mit geschlossenen Augen auf das Sofa fiel.

Und sie mußte daran denken, wie ihr Sohn vor drei Monaten mit einem so seltsamen, traurigen Gesicht von ihr Abschied genommen hatte. Und dann sah sie ihn als achtjährigen Knaben in einer Samtjakke mit nackten Beinchen und langen blonden Ringellocken.

»Und ihn, ihn, diesen selben Knaben... Ihm wollen sie das antun!«

Sie sprang auf, stieß den Tisch zurück und riß sich vom Arzt los. Als sie bis zur Tür gekommen war, sank sie in einen Lehnstuhl.

»Und sie sagen, es gibt einen Gott! Ein schöner Gott, der so etwas zuläßt! Hol ihn der Teufel, diesen Gott!« schrie sie, bald weinend, bald hysterisch lachend. »Hängen wollen sie ihn, der auf alles verzichtet, seine Karriere, sein Vermögen andern geopfert, dem Volk alles hingegeben hatte«, sagte sie, die ihrem Sohn sonst immer Vorwürfe wegen dieser jetzt als Verdienst gepriesenen Selbstaufopferung gemacht hatte. »Ihn, ihn... Ihm wollen sie das antun! Und Sie sagen, daß es einen Gott gibt!«

»Ich sage gar nichts, ich bitte Sie nur, die Tropfen zu nehmen.«

»Ich will nichts haben! Hahaha!« lachte und schluchzte sie, sich an ihrer eigenen Verzweiflung berauschend.

Gegen Abend war sie so ermattet, daß sie weder sprechen noch weinen konnte. Sie starrte nur mit ganz seelenlosem, wahnsinnigem Blick vor sich hin. Der Arzt machte ihr eine Morphiumeinspritzung, und sie schlief ein.

Ihr Schlaf war traumlos, aber um so entsetzlicher war das Erwachen. Das furchtbarste war, daß die Menschen so grausam sein konnten: nicht nur diese entsetzlichen Generale mit den glattrasierten Wangen und die Gendarmen, sondern alle, alle: das Zimmermädchen, das mit ruhigem Gesicht kam, um die Stube aufzuräumen, und die Bewohner der Nebenzimmer, die sich fröhlich begrüßten und sich lachend unterhielten, als wäre nichts geschehen.

3

Swetlogub war seit mehr als einem Monat in Einzelhaft und hatte in dieser Zeit viel erlebt.

Von Kindheit an hatte Swetlogub unbewußt das Unrecht seiner bevorzugten Stellung als Sohn reicher Eltern empfunden, obgleich er bemüht war, dieses Gefühl zu unterdrücken; oft, wenn er die Not des Volkes sah, ja mitunter auch nur, wenn ihm selbst sehr wohl und heiter zumute war, mußte er sich vor diesen Leuten – Bauern, Greisen, Frauen, Kindern – schämen, die geboren wurden, aufwuchsen und starben, ohne etwas von all den Freuden zu wissen, die er genoß, ohne sie zu schätzen, ja, die überhaupt nichts anderes kannten als angestrengte Arbeit und bittere Not. Als er die Universität verlassen hatte, richtete er, um dieses Gefühl seiner Schuld loszuwerden, in seinem Dorf eine Musterschule, einen Konsumverein und ein Spital für alte Männer und Frauen ein... Aber seltsam! wenn er sich mit diesen Dingen befaßte, schämte er sich vor dem Volk noch mehr, als wenn er mit seinen Kommilitonen gezecht oder sich ein kostbares Reitpferd gekauft hatte. Er fühlte, daß das alles nicht das Rechte war, ja noch viel schlimmer: Hier steckte etwas Böses, Unsittliches drin.

Als er wieder einmal von seinem Wirken auf dem Lande schwer enttäuscht war, reiste er nach Kiew und traf hier mit einem Studiengenossen zusammen, der ihm besonders nahegestanden hatte. Dieser Freund wurde drei Jahre darauf im Festungsgraben von Kiew standrechtlich erschossen.

Der Hingerichtete war ein leidenschaftlicher, schnell begeisterter und hochbegabter Mensch gewesen; er hatte Swetlogub dazu gebracht, einem Bund beizutreten, dessen Aufgabe es war, Bildung unter dem Volk zu verbreiten, es über seine Rechte aufzuklären und Verbände zu organisieren, die für die Befreiung des Volkes von der Gewalt der Großgrundbesitzer und der Regierung wirken sollten. Die Gespräche mit diesem Mann und seinen Freunden weckten gleichsam alles zu klarem Bewußtsein, was Swetlogub bis dahin nur dunkel empfunden hatte. Nun hatte er begriffen, was er tun mußte. Ohne die Beziehungen zu den neuen Freunden abzubrechen, reiste er aufs Land zurück und begann dort eine ganz neue Tätigkeit. Er wurde selbst Schullehrer, richtete Fortbildungsklassen für Erwachsene ein, las den Leuten aus Büchern und Broschüren vor, klärte die Bauern über ihre Lage auf; außerdem veröffentlichte er illegale Schriften für das Volk und gab, so viel er konnte, ohne seine Mutter darben zu lassen, für die Einrichtung ähnlicher Arbeitsstätten in andern Dörfern hin.

Gleich bei den ersten Schritten auf diesem neuen Wege stieß Swetlogub auf zwei unerwartete Hindernisse. Das erste bestand darin, daß die Mehrzahl der einfachen Leute sich nicht nur seinen Predigten gegenüber gleichgültig verhielt, sondern ihn fast verächtlich ansah. Verständnis und Teilnahme fand er nur bei einzelnen Ausnahmepersönlichkeiten und oft auch bei Leuten, die sittlich nicht ganz einwandfrei waren. Das zweite Hindernis kam von seiten der Regierung. Seine Schule wurde geschlossen, bei ihm und den Seinigen fanden Haussuchungen statt und wurden Bücher und Papiere beschlagnahmt.

Swetlogub kümmerte sich wenig um das erste Hindernis, die Gleichgültigkeit des Volkes, da das zweite ihn zu sehr empörte: die sinnlosen und kränkenden Gewalttaten der Regierung. Dasselbe hatten auch seine Genossen zu erdulden, die an anderen Orten tätig waren, und die Empörung über die Regierung stieg, von allen Seiten geschürt, endlich so hoch, daß der größte Teil des Bundes beschloß, die Regierung mit Gewalt zu bekämpfen.

Das Haupt dieses Bundes war ein gewisser Meschenetzkij, ein Mann von unerschütterlicher Willenskraft, unwiderleglicher Folgerichtigkeit des Denkens und ganz dem Werk der Revolution ergeben. Wenigstens glaubten alle das von ihm.

Swetlogub geriet völlig unter den Einfluß dieses Mannes und gab

LEW TOLSTOJ

sich mit derselben Energie, mit der er früher im Volk gearbeitet hatte, der terroristischen Tätigkeit hin.

Diese Tätigkeit war gefährlich, aber gerade die Gefahr lockte Swetlogub.

Er sagte:»Sieg oder Märtyrertum, und Märtyrertum ist auch Sieg, wenn auch erst in der Zukunft.« Und die Flamme, die in ihm entbrannt war, erlosch in den sieben Jahren seiner revolutionären Tätigkeit nicht, sondern sie loderte immer stärker empor, unterstützt durch die Liebe und die Achtung der Menschen, mit denen er umging.

Daß er fast sein ganzes vom Vater ererbtes Vermögen für diese Sache hingegeben hatte, hielt er für ganz unwichtig, ebenso wie die viele Arbeit und die Not, die er bei seiner Tätigkeit oft leiden mußte. Eines nur betrübte ihn: der Schmerz, den er durch diese Tätigkeit seiner Mutter und jenem Mädchen bereitete, das er liebte und das als Pflegetochter im Hause seiner Mutter wohnte.

Vor einiger Zeit hatte ein Terrorist, den er keineswegs sehr gern hatte, ja, der ihm geradezu unangenehm war, ihn gebeten, eine Ladung Dynamit bei sich zu verstecken, da er selbst von der Polizei verfolgt wurde. Swetlogub ging ohne Zögern darauf ein, gerade weil er den Genossen nicht mochte; am folgenden Tage fand in Swetlogubs Wohnung eine Haussuchung statt, und das Dynamit wurde gefunden. Auf alle Fragen, wie und woher er das Dynamit bekommen habe, verweigerte Swetlogub die Antwort.

Und nun war das Märtyrertum, das er erwartet hatte, für ihn gekommen. In der letzten Zeit, als so viele von seinen Freunden hingerichtet, eingesperrt, verschickt wurden, als so viele Frauen leiden mußten, hatte Swetlogub dieses Märtyrertum fast gewünscht. Und in den ersten Minuten nach der Verhaftung und beim Verhör verspürte er eine besondere Erregung, nahezu Freude.

Er hatte dieses Gefühl auch, als man ihn auskleidete und einer Leibesvisitation unterzog, als man ihn ins Gefängnis führte und die eiserne Tür hinter ihm zuschloß. Aber als ein Tag und noch einer vergangen war, eine Woche, eine zweite, eine dritte in der schmutzigen, feuchten, von Insekten wimmelnden Zelle, in völliger Einsamkeit und ohne jede Beschäftigung außer dem Austausch von Klopfzeichen mit den Genossen in den Nebenzellen, die ihm lauter schlimme, traurige Mitteilungen machten, und gelegentlichen Vernehmungen durch kalte, feindselige Leute, die Angaben über seine Genossen erpressen wollten – da erlahmten seine seelischen Kräfte zugleich mit den körperlichen, und er quälte sich und verlangte nur, wie er zu sich selbst sagte, nach einem Ende dieses unerträglichen Zustands. Seine Qual war um so größer, als er an seinen Kräften zu zweifeln begann. im zweiten Monat ertappte er sich mehrmals bei dem Gedanken, ob er nicht die ganze Wahrheit gestehen sollte, nur um freizukommen. Er entsetzte sich über seine eigene Schwäche, fand aber seine alte Kraft nicht mehr, haßte und verachtete sich und litt noch schwerer.

Das Furchtbarste aber war, daß es ihm in der Haft leid ward um die jungen Kräfte und Freuden, die er so leicht hingeopfert hatte, als er noch frei war, und die ihm jetzt so verlockend schienen, daß er seine ganze Tätigkeit bereute, die Handlungen bereute, die er für gut gehalten hatte. Ihm kamen Gedanken, wie glücklich, wie schön er in der Freiheit hätte leben können – auf seinem Gut, im Ausland, unter Freunden, die er liebhatte und die ihn liebten. Er hätte ›sie‹ heiraten können oder eine andere und hätte mit ihr ein einfaches, frohes, lichtes Leben führen können.

4

An einem der qualvoll eintönigen Tage im zweiten Monat der Haft brachte der Aufseher bei seinem üblichen Rundgang Swetlogub ein kleines Buch mit einem goldenen Kreuz auf braunem Deckel und sagte, die Frau Gouverneur hätte das Gefängnis besucht und eine Anzahl Evangelienbücher dagelassen, die unter die Häftlinge verteilt werden sollten. Swetlogub dankte, lächelte flüchtig und legte das Büchlein auf den Tisch, der an die Wand angeschraubt war.

Als der Aufseher gegangen war, meldete Swetlogub seinem Nachbar durch Klopfzeichen, daß der Aufseher dagewesen sei, nichts Neues gesagt und nur ein Evangelienbuch dagelassen habe. Der Nachbar erwiderte, bei ihm sei er auch gewesen.

Nach dem Essen schlug Swetlogub das Buch auf, dessen Blätter von der Feuchtigkeit zusammengeklebt waren, und fing an zu lesen. Swetlogub hatte das Evangelium als Buch noch nie gelesen. Alles, was er von ihm wußte, war das, was der Lehrer in der Religionsstunde durchgenommen hatte und was die Popen und Diakone in der Kirche mit singendem Tonfall vorlasen.

›Das erste Kapitel. Dies ist das Buch von der Geburt Jesu Christi, der da ist ein Sohn Davids, des Sohns Abrahams... Isaak zeugte Jakob, Jakob zeugte Juda und seine Brüder‹, las er. ›Serubabel zeugte Abiud‹, las er weiter. Das war gerade, was er erwartet hatte: ein verworrener, ganz unnützer Unsinn. Wäre er nicht im Gefängnis gewesen, hätte er nicht eine Seite zu Ende lesen können, jetzt aber las er weiter, nur um zu lesen, ›wie der Diener Petruschka bei Gogol‹, dachte er im stillen. Er las das erste Kapitel von der Geburt durch die Jungfrau und von der Weissagung, die darauf hinauslief, daß der Neugeborene Immanuel genannt werden solle, ›das ist verdolmetscht: Gott mit uns‹. – ›Wo steckt denn hier die Weissagung?‹ dachte er und las weiter. Er las auch das zweite Kapitel von dem laufenden Stern und das dritte von Johannes, der sich von Heuschrecken nährte, und das vierte von irgendeinem Teufel, der Christus vorschlug, vom Dach herunterzuturnen. Alles das schien ihm so uninteressant, daß er trotz der Langenweile im Gefängnis das Buch schon zuklappen und an seine übliche Abendbeschäftigung – Flöhefangen im ausgezogenen Hemd – gehen wollte, da fiel ihm plötzlich ein, daß er bei der Prüfung in der fünften Gymnasialklasse eine der Seligpreisungen vergessen hatte und daß der rotbackige, kraushaarige Pfarrer plötzlich böse geworden war und ihm die Zensur ›ungenügend‹ gegeben hatte. Er konnte sich nicht mehr darauf besinnen, welcher Spruch es gewesen war, und las die Seligpreisungen. ›Selig sind, die um Gerechtigkeit willen verfolgt werden, denn das Himmelreich ist ihr‹, las er. ›Das bezieht sich allenfalls auch auf uns‹, dachte er. ›Selig seid ihr, wenn euch die Menschen um meinetwillen schmähen und verfolgen. Seid fröhlich und getrost; denn also haben sie verfolgt die Propheten, die vor euch gewesen sind.‹ – ›Ihr seid das Salz der Erde. Wo nun das Salz dumm wird, womit soll man's salzen? Es ist hinfort zu nichts nütze, denn daß man es hinausschütte und lasse es die Leute zertreten.‹

›Das geht nun ganz und gar auf uns‹, dachte er und las weiter. Nachdem er das ganze fünfte Kapitel gelesen hatte, versank er in Gedanken. ›Zürnet nicht, brecht nicht die Ehe, widerstrebt nicht dem Übel, liebet eure Feinde.‹

›Ja, wenn alle so lebten‹, dachte er, ›dann wäre die Revolution unnötig.‹ Und wie er weiterlas, drang er immer tiefer in den Sinn jener Stellen des Buches ein, die an sich völlig verständlich waren. Und je weiter er las, desto klarer wurde ihm, daß in diesem Buch etwas besonders Wichtiges gesagt war. Wichtig und einfach und rührend, etwas, was er vorher nie gehört hatte, was ihn aber wie etwas längst Bekanntes anmutete.

›Da sprach er zu ihnen allen: Wer mir folgen will, der verleugne sich selbst und nehme sein Kreuz auf sich täglich und folge mir nach. Denn wer sein Leben erhalten will, der wird es verlieren; wer aber sein Leben verliert um meinetwillen, der wird es erhalten. Und welchen Nutzen hätte der Mensch, ob er die ganze Welt gewönne und verlöre sich selbst oder beschädigte sich selbst?‹

»Ja, ja, das ist es!« rief er plötzlich mit Tränen in den Augen.

›Dasselbe wollte ich auch tun. Ja, das wollte ich: meine Seele hingeben; nicht bewahren, sondern hingeben. Das ist Freude, das ist Leben! Vieles habe ich um der Menschen willen getan, um den Ruhm bei den Menschen‹, dachte er, ›nicht den Ruhm bei der Menge, sondern den Ruhm der guten Meinung, die ich achtete und liebte: Natascha, Dmitrij Schelomow. Und damals zweifelte ich und war unruhig. Wohl war mir nur, wenn ich etwas einzig aus dem Grunde tat, weil meine Seele es verlangte, wenn ich mich selbst, mich ganz hingeben wollte.‹

Seitdem verbrachte Swetlogub den größten Teil seiner Zeit mit Lesen und in Gedanken über das, was in diesem Büchlein geschrieben stand. Das Buch versetzte ihn nicht nur in eine gerührte Stimmung, die ihn über seine augenblickliche Umgebung hinwegtrug, sondern regte ihn auch zu einer Gedankenarbeit an, deren er sich früher bei sich nie bewußt gewesen war. Er dachte darüber nach, warum nicht alle Menschen so lebten, wie es in diesem Buch gelehrt wurde. ›Es ist doch so gut, nicht allein, sondern mit allen in Gemeinschaft zu leben. Man braucht nur so zu leben, und es gibt keinen Kummer, keine Not mehr, sondern nur noch Seligkeit. Wenn das hier nur zu Ende wäre, wenn ich wieder freikäme‹, dachte er mitunter, ›einmal müssen sie mich doch entlassen oder nach Sibirien schicken. Es ist alles gleich, man kann überall so leben. Und ich werde so leben. Man kann so leben und muß so leben; anders leben ist Wahnsinn.‹

5

An einem jener Tage, da er sich in einer so freudigen, erregten Stimmung befand, kam der Aufseher zu ganz ungewohnter Zeit in seine Zelle und fragte ihn, ob er es hier gut habe und ob er nicht irgend etwas wünsche. Swetlogub war erstaunt und begriff nicht, was dieses so ganz veränderte Benehmen bedeuten sollte, bat sich jedoch Zigaretten aus, in der Erwartung, daß man sie ihm verweigern würde. Der Aufseher sagte aber, er wolle sie ihm gleich schicken, und in der Tat brachte der Schließer ihm eine Schachtel Zigaretten nebst Streichhölzern.

›Es hat wohl jemand ein gutes Wort für mich eingelegt‹, dachte Swetlogub, steckte sich eine Zigarette an und begann in der Zelle auf und ab zu gehen und über die Bedeutung dieses Wechsels nachzudenken.

Tags darauf wurde er vor das Gericht geführt. Im Gerichtsgebäude, wo er schon einige Male gewesen war, unterzog man ihn keinem neuen Verhör. Aber einer der Richter erhob sich, ohne ihn anzusehen, von seinem Sitz, die anderen folgten seinem Beispiel, und der Richter begann mit lauter, unnatürlich ausdrucksloser Stimme etwas von einem großen Blatt, das er vor sich hielt, abzulesen.

Swetlogub hörte zu und sah den Richtern ins Gesicht. Aber keiner sah ihn an, und alle hörten mit würdevollen, traurigen Gesichtern zu.

In dem Papier stand geschrieben, daß Anatolij Swetlogub für die nachgewiesene Beteiligung an einem revolutionären Unternehmen, dessen Zweck der Umsturz der herrschenden Regierung in der näch-

sten oder ferneren Zukunft sei, zum Verlust aller bürgerlichen Ehrenrechte und zum Tode durch den Strang verurteilt sei.

Swetlogub hörte die Worte, die der Offizier aussprach, und verstand sie. Auch die Unsinnigkeit der Worte ›in der nächsten oder
ferneren Zukunft‹ und des ›Verlusts der Ehrenrechte‹ bei einem Menschen, der zum Tode verurteilt war, fiel ihm auf; aber was er ganz und
gar nicht verstand, war die Bedeutung, die das verlesene Urteil für ihn
persönlich haben sollte.

Erst lange nachdem man ihm gesagt hatte, daß er jetzt gehen
könne, und er mit den Gendarmen auf die Straße getreten war, begann er zu begreifen, was ihm da mitgeteilt worden war.

›Hier stimmt irgend etwas nicht... Hier steckt ein Widersinn...
Das ist unmöglich‹, dachte er, als er in der Kutsche saß, die ihn ins
Gefängnis zurückbrachte.

Er fühlte eine solche Lebenskraft in sich, daß er sich den Tod gar
nicht vorstellen konnte; er konnte sein Ich-Bewußtsein in keine Verbindung mit dem Tod, mit dem Nicht-Ich bringen.

In sein Gefängnis zurückgekehrt, setzte sich Swetlogub auf das
Bett, schloß die Augen und versuchte sich lebhaft vorzustellen, was
ihm bevorstand, brachte es aber nicht fertig.

Er konnte sich einfach nicht vorstellen, daß er nicht sein würde,
konnte sich auch nicht vorstellen, daß die Menschen den Wunsch
haben könnten, ihn zu töten.

›Mich, der ich so jung bin, so gut, so glücklich, den so viele Menschen liebhaben‹, dachte er und dachte weiter an die Liebe seiner
Mutter, Nataschas, der Freunde, ›mich will man töten, hängen? Wer
will das tun und wozu? Und was wird dann weiter sein, wenn ich nicht
mehr bin? Das kann nicht sein!‹ sagte er zu sich selbst.

Der Aufseher kam. Swetlogub hatte gar nicht gehört, wie er eintrat.

»Wer ist da? Was wollen Sie?« sagte Swetlogub, der den Aufseher gar
nicht erkannte. »Ach ja, Sie sind es! Wann ist es denn soweit?« fragte
er.

»Das weiß ich nicht«, sagte der Aufseher, stand ein paar Sekunden
schweigend da und begann dann plötzlich mit weicher, einschmei-

chelnder Stimme: »Unser Gefängnispfarrer würde Sie gerne... vor-
berei... würde Sie gerne sehen.«

»Ich brauche ihn nicht! Nein, nein! Ich brauche nichts! Gehen Sie!«
rief Swetlogub.

»Haben Sie vielleicht an jemand zu schreiben? Das ist erlaubt«,
sagte der Aufseher.

»Ja, ja, schicken Sie mir Papier und Tinte. Ich will schreiben.« Der
Aufseher entfernte sich.

›Also morgen früh‹, dachte Swetlogub. ›So machen sie es immer.
Morgen früh bin ich nicht mehr... Nein, das kann nicht sein, das ist
ein Traum.‹

Aber da kam der Schließer, der wohlbekannte Schließer und
brachte zwei Federn, ein Tintenfaß, ein Paket Briefpapier und blaue
Umschläge und rückte den Schemel an den Tisch. Alles das war
Wirklichkeit und kein Traum.

›Nicht denken, nicht denken! Ja, ja! Ich will an Mama schreiben‹,
dachte Swetlogub, setzte sich an den Tisch und fing sofort an zu
schreiben.

›Du Liebe, Gute!‹ schrieb er und brach in Tränen aus. ›Vergib mir,
vergib mir all das Leid, das ich Dir zugefügt habe. Ob ich irrte oder
nicht – ich konnte nicht anders. Nur um eines bitte ich Dich: Vergib
mir! ‹ – ›Das habe ich doch schon geschrieben?‹ dachte er. ›Ach was, es
ist ja ganz gleich, ich habe auch keine Zeit mehr, wieder von vorn
anzufangen.‹ – ›Trauere nicht um mich‹, schrieb er weiter, ›ein wenig
früher, ein wenig später – ist es nicht ganz gleich? Ich fürchte mich
nicht und bereue nicht, was ich getan habe. Ich konnte nicht anders.
Nur Du sollst mir vergeben. Und zürne ihnen nicht, weder jenen, mit
denen ich gearbeitet habe, noch jenen, die mich töten. Weder diese
noch jene konnten anders. Vergib ihnen, denn sie wissen nicht, was
sie tun. Ich wage es nicht, diese Worte auch auf mich zu beziehen,
aber sie sind in meiner Seele und erheben und beruhigen mich.

Vergib mir, ich küsse Deine lieben, runzligen, alten Hände!‹ Zwei
Tränen fielen, eine nach der anderen, auf das Blatt und zerflossen
darauf. ›Ich weine, aber nicht vor Schmerz oder Angst, sondern vor
Rührung angesichts der feierlichsten Minute meines Lebens und weil

ich Dich liebhabe. Meinen Freunden sollst Du keine Vorwürfe machen, sondern sie lieben. Besonders Prochorow, gerade weil er schuld an meinem Tode war. Es gewährt so viel Freude, den Menschen zu lieben, der nicht eigentlich schuldig ist, sondern den man tadeln, den man hassen möchte. Einen solchen Menschen, einen Feind lieben ist ein großes Glück! Sage Natascha, daß ihre Liebe mein Trost und meine Freude war. Ich habe das nicht immer klar verstanden, aber in der Tiefe meiner Seele gefühlt. Es war mir leichter zu leben, weil ich wußte, daß sie da war und mich liebte. Nun habe ich alles gesagt. Leb wohl!«

Er faltete den Brief zusammen, klebte ihn zu und setzte sich aufs Bett, stützte die Hände auf die Knie und kämpfte gegen seine Tränen an.

Er glaubte immer noch nicht, daß er sterben müsse. Mehrere Male schon hatte er sich gefragt, ob er nicht träume, und vergeblich versucht zu erwachen. Und dieser Gedanke brachte ihn auf einen anderen: ob nicht das ganze Leben auf dieser Erde ein Traum sei, aus dem wir im Tode erwachen. Wenn dem aber so ist, ist dann das Lebensgefühl unseres gegenwärtigen Daseins nicht vielleicht bloß das Erwachen aus dem Traum eines vorhergegangenen Lebens, dessen Einzelheiten uns gar nicht mehr erinnerlich sind? Unser Erdenleben ist also gar kein Anfang, sondern nur eine neue Form. Ich sterbe und gehe in eine neue Form über. Dieser Gedanke gefiel ihm; aber als er sich auf ihn zu stützen versuchte, fühlte er, daß dieser Gedanke, ja auch jeder andere Gedanke, er sei wie er wolle, die Furcht vor dem Tode nicht bannen könne. Endlich war er des Denkens müde. Das Gehirn arbeitete nicht mehr. Er schloß die Augen und saß lange da, ohne zu denken.

Er las seinen Brief noch einmal durch, und als er unten den Namen Prochorow sah, fiel ihm plötzlich ein, daß man den Brief vielleicht, ja ganz gewiß lesen werde und daß Prochorow dann verloren sei.

»Mein Gott, was habe ich da getan!« schrie er plötzlich auf, zerriß den Brief in lange Streifen und verbrannte sie sorgsam an der Lampe.

Er hatte sich in verzweifelter Stimmung zum Schreiben gesetzt, nun aber fühlte er sich ruhig, beinahe froh.

Er nahm ein zweites Blatt und fing sofort zu schreiben an. Die Gedanken drängten sich förmlich in seinem Hirn.

›Liebe gute Mutter!‹ schrieb er, und wieder verdunkelten Tränen seinen Blick, und er mußte mit dem Ärmel seines Schlafrocks die Augen wischen, um sehen zu können, was er schrieb. ›Wie habe ich mich selbst nur so wenig gekannt, die Macht der Liebe zu Dir und die Dankbarkeit, die immer in meinem Herzen lebendig war! Jetzt weiß ich es und fühle es, und wenn ich an unsere Verstimmungen denke, die häßlichen Worte, die ich oft zu Dir gesprochen, dann tut es mir weh, und ich schäme mich und kann es kaum begreifen. Vergib mir und denke nur an das Gute, wenn etwas Gutes an mir gewesen ist.

Den Tod fürchte ich nicht. Aufrichtig gesagt – ich verstehe ihn nicht, ich glaube nicht an ihn. Wenn es wirklich einen Tod, eine Vernichtung gibt – ist es dann nicht gleich, ob man dreißig Jahre oder ebenso viele Minuten früher oder später stirbt? Wenn es aber keinen Tod gibt, so ist es erst recht gleich, ob es früher oder später geschieht.‹

›Aber was philosophiere ich da?‹ dachte er. ›Ich muß dasselbe sagen, was ich im ersten Brief gesagt hatte; es stand da am Schluß etwas so Gutes und Freundliches. Ja, das wars! –‹

›Mache meinen Freunden keine Vorwürfe, sondern habe sie lieb, besonders jenen, der die unschuldige Ursache meines Todes wurde. Küsse Natascha in meinem Namen und sage ihr, daß ich sie immer geliebt habe.‹

›Nun? Und was kommt weiter?‹ dachte er wieder. ›Nichts? Nein, es kommt noch etwas. Aber was?‹

Und mit einem Mal wurde ihm völlig klar, daß ein Mensch, der noch auf Erden lebt, auf diese Fragen nie eine Antwort finden kann.

›Warum plage ich mich denn damit? Warum frage ich immer wieder? Warum? Du sollst nicht fragen, du sollst leben! So wie ich lebte, als ich diesen Brief schrieb. Wir sind ja schon längst verurteilt, wir sind es von jeher, und wir leben dennoch. Wir leben gut und froh, wenn... wir lieben! Ja, wenn wir lieben. Da schrieb ich diesen Brief, ich liebte, und mir war wohl. So muß man auch leben. Und so kann man immer und überall leben, in der Freiheit und im Gefängnis, heute und morgen und bis zum Ende.‹

Er hatte das Verlangen, sofort mit jemand herzlich und freundlich zu reden. Er klopfte an die Tür, und als der Wächter zu ihm hereinschaute, fragte er ihn, wie spät es sei und wann er abgelöst werde, doch der Wächter gab ihm keine Antwort. Da bat er, den Aufseher zu holen. Der Aufseher kam und fragte, was er wünsche.

»Hier habe ich einen Brief an meine Mutter geschrieben, befördern Sie ihn bitte«, sagte er, und Tränen traten in seine Augen beim Gedanken an seine Mutter.

Der Aufseher nahm den Brief, versprach ihn weiterzugeben und wollte wieder gehen, aber Swetlogub hielt ihn zurück.

»Hören Sie, Sie sind doch ein gutherziger Mensch. Wie können Sie da ein so schweres Amt bekleiden?« sagte er, ihn freundlich am Ärmel fassend.

Der Aufseher lächelte unnatürlich wehmütig, schlug die Augen nieder und sagte: »Man muß doch von etwas leben.«

»Geben Sie diese Stelle auf. Sie können sich doch immer anders einrichten. Sie sind ein so guter Mensch. Vielleicht könnte ich...«

Der Aufseher schluchzte plötzlich auf, drehte sich schnell um, ging hinaus und schlug die Tür hinter sich zu.

Die Erregung des Aufsehers hatte Swetlogub noch mehr gerührt, und die Freudentränen zurückdrängend, ging er in seiner Zelle auf und ab, ohne jetzt die geringste Furcht zu empfinden. Er war vielmehr in einem Zustand freudiger Ergriffenheit, der ihn hoch über die ganze Welt erhob.

Die alte Frage, was mit ihm nach dem Tode sein werde, die er so gern gelöst hätte und nicht zu lösen vermochte, schien ihm jetzt mit einem Mal gelöst, und zwar nicht durch eine positive, verstandesmäßige Antwort, sondern durch das Bewußtsein des wahren Lebens, das er in sich fühlte.

Und er gedachte der Worte des Evangeliums: ›Wahrlich, wahrlich, ich sage euch, es sei denn, daß das Weizenkorn in die Erde falle und ersterbe, so bleibts allein; wo es aber erstirbt, so bringt es viele Früchte.‹ – ›So falle auch ich in die Erde. Wahrlich, wahrlich‹, dachte er.

›Wenn ich doch einschlafen könnte‹, dachte er plötzlich, ›damit ich später nicht schwach werde.‹ Er legte sich auf seine Pritsche, schloß die Augen und schlief sofort ein.

Er erwachte um sechs Uhr morgens, ganz unter dem Eindruck eines lichten, heiteren Traumes. Er hatte geträumt, er klettere mit einem kleinen blonden Mädchen auf breitästigen Bäumen herum, die von oben bis unten mit reifen schwarzen Kirschen besät waren, und sammele die Früchte in eine kupferne Schüssel. Die Kirschen fallen nicht in die Schüssel, sondern auf die Erde, und seltsame Tiere, die wie Katzen aussehen, fangen die Kirschen auf, werfen sie in die Höhe und fangen sie wieder auf. Das Mädchen sieht das und lacht so lustig, so ansteckend, daß auch Swetlogub in seinem Traum laut lachen muß, ohne recht zu wissen worüber. Plötzlich gleitet die Schüssel aus den Händen des kleinen Mädchens, Swetlogub möchte sie auffangen, kommt aber zu spät, und die Schüssel stürzt dröhnend und gegen die Äste schlagend auf die Erde. Er erwacht, lächelt und hört immer noch die Schüssel dröhnen. Das Dröhnen kommt von den eisernen Riegeln, die im Korridor zurückgeschoben werden. Schritte tönen draußen, Gewehre klirren. Und mit einem Mal ist ihm alles wieder gegenwärtig. ›Ach, wenn ich doch noch einmal einschlafen könnte!‹ denkt Swetlogub, aber es ist keine Zeit mehr zum Schlafen. Die Schritte nähern sich seiner Zelle. Er hört, wie der Schlüssel ins Schloß gesteckt wird und wie die Tür beim Aufgehen knarrt.

In die Zelle treten ein Gendarmenoffizier, der Aufseher und die Begleitmannschaften.

›Der Tod ? Nun, was ist denn dabei ? Ich will gehen. Es ist gut so. Alles ist gut‹, denkt Swetlogub und fühlt, wie ihm die feierliche Rührung wiederkehrt, die ihn gestern ergriffen hatte.

6

In demselben Gefängnis, in dem Swetlogub saß, war auch ein alter Sektierer, der an seinen Lehrern irre geworden war und den wahren Glauben suchte. Er verneinte nicht nur die herrschende nikonianische Kirche, sondern auch die Regierung von Peter dem Großen an, den er für den Antichrist hielt. Die zaristische Regierung nannte er die ›Tabaksherrschaft‹ und sprach dreist aus, was er dachte. Er warf den Popen und den Beamten ihre Vergehen vor, kam dafür vor Gericht, wurde verurteilt und aus einem Gefängnis in das andere geschleppt. Daß er nicht frei war, sondern im Gefängnis, daß die Aufseher ihn beschimpften, daß man ihm Fußfesseln anlegte, daß die Mitgefangenen ihn verspotteten, daß sie alle wie die Gewalthaber sich von Gott losgesagt hatten und sich gegenseitig schmähten und Gottes Ebenbild in sich auf jede Weise entwürdigten – das alles beschäftigte ihn gar nicht, denn das alles hatte er überall in der Welt gesehen, als er noch frei war. Er wußte: Das alles kam daher, weil die Menschen den wahren Glauben verloren hatten und nach allen Seiten auseinandergekrochen waren, wie blinde junge Hunde von ihrer Mutter wegkriechen. Dabei aber wußte er, daß es einen wahren Glauben gab. Er wußte es, weil er diesen Glauben in seinem Herzen fühlte. Und er suchte diesen Glauben überall. Am ehesten meinte er ihn in der Offenbarung Johannis finden zu können.

›Wer böse ist, der sei fernerhin böse, und wer unrein ist, der sei fernerhin unrein; aber wer fromm ist, der sei fernerhin fromm, und wer heilig ist, der sei fernerhin heilig. Siehe, ich komme bald und mein Lohn mit mir, zu geben einem jeglichen, wie seine Werke sein werden.‹ Und er las beständig in diesem geheimnisvollen Buch und wartete jeden Augenblick auf den kommenden Heiland, der nicht nur jeden nach seinen Werken belohnen, sondern auch den Menschen die ganze Wahrheit offenbaren würde.

Am Morgen der Hinrichtung Swetlogubs hörte er Trommelwirbel, stieg auf das Fenster und sah durch das Gitter, wie der Wagen vorgefahren kam und wie aus dem Gefängnis ein Jüngling mit hellen Augen und lockigem Haar trat und lächelnd auf den Karren stieg. In seiner kleinen weißen Hand hielt der junge Mensch ein Buch. Er preßte es an sein Herz – der Alte erkannte, daß es das Evangelium war –, nickte lächelnd zu den Fenstern des Gefängnisses hinüber und wechselte einen Blick mit dem Sektierer. Die Pferde zogen an, und der Wagen mit dem lichten, engelgleichen Jüngling fuhr rasselnd zum Tor hinaus, von einer Eskorte begleitet.

Der Sektierer stieg vom Fenster herunter, setzte sich auf sein Bett und fing an zu grübeln. ›Dieser hat die Wahrheit erkannt‹, dachte er, ›darum legen ihm die Knechte des Antichrists auch den Strick um den Hals, daß er sie keinem entdecke.‹

7

Es war ein trüber Herbstmorgen. Die Sonne war unsichtbar. Vom Meer wehte ein feuchter, warmer Wind.

Die frische Luft, der Anblick der Häuser, der Stadt, der Pferde, der Menschen, die sich nach ihm umsahen, alles das zerstreute Swetlogub. Er saß mit dem Rücken zum Kutscher auf der Bank im Karren, und unwillkürlich betrachtete er die Gesichter der Begleitmannschaften und der Leute, die ihm auf der Straße begegneten.

Es war ganz früh am Morgen, die Straßen, durch die er fuhr, waren noch fast leer, nur Arbeiter waren zu sehen. Kalkbespritzte Maurer in Schürzen kamen ihm schnellen Schritts entgegen, blieben stehen, kehrten um und gingen dem Karren nach. Einer von ihnen sagte etwas, machte eine verneinende Handbewegung, und alle kehrten um und gingen zurück, ihrer Arbeit nach. Lastfuhrleute mit klirrenden Eisenschienen auf ihren Wagen lenkten ihre großen, kräftigen Pferde zur Seite, um dem Karren Platz zu machen, blieben stehen und sahen Swetlogub mit neugierigem Befremden an. Einer von ihnen nahm die Mütze ab und bekreuzigte sich; eine Köchin in weißer Schürze und Häubchen, einen Korb auf dem Arm, kam aus einem Haus, lief aber schnell wieder hinein, als sie den Karren erblickte, und kam dann mit einer zweiten Frauensperson heraus; beide starrten, ohne Atem zu holen, dem Karren mit weit aufgerissenen Augen nach, bis er aus ihrem Gesichtsfeld verschwunden war; ein schäbig gekleideter, unrasierter, grauköpfiger Mann sagte mit energischen Gesten etwas augenscheinlich Mißbilligendes zu einem Hausknecht und zeigte dabei auf Swetlogub. Zwei Jungen holten den Karren im Trab ein und gingen dann neben ihm auf dem Bürgersteig her, den Kopf nach der Seite gewandt und ohne vor sich hin zu blicken. Der eine, der etwas älter war, ging sehr schnell; der andere, ein kleiner Junge ohne Mütze, hielt sich an dem großen fest, schaute mit Entsetzen auf den Karren und konnte auf seinen kurzen, stolpernden Beinchen mit dem großen kaum Schritt halten. Als Swetlogubs Blicke denen des Knaben begegneten, nickte er ihm zu. Diese Bewegung des schrecklichen Menschen auf dem Henkerkarren verwirrte den Jungen so, daß er Mund und Augen weit aufsperrte und dem Weinen nahe war. Da warf ihm Swetlogub freundlich lächelnd eine Kußhand zu. Und der Knabe erwiderte sie ganz unerwartet mit einem lieben, gütigen Lächeln.

Während der ganzen Fahrt konnte das Bewußtsein dessen, was ihn erwartete, Swetlogubs feierlich ruhige Stimmung nicht stören.

Erst als der Karren vor dem Galgen hielt, als Swetlogub absteigen mußte und die Pfosten mit dem Querbalken und dem im Winde leicht hin und her schwankenden Strick sah, fühlte er etwas wie einen Schlag vor die Brust. Es wurde ihm plötzlich übel. Doch das dauerte nicht lange. Rund um das Gerüst sah er schwarze Reihen von Soldaten mit Gewehren.

Vor den Soldaten gingen Offiziere hin und her. Und als er vom Karren herabgestiegen war, ertönte plötzlich ganz unerwartet ein lauter Trommelwirbel, der ihn zusammenzucken ließ. Hinter den Reihen der Soldaten sah Swetlogub Wagen mit Damen und Herren, die eigens gekommen waren, um sich das Schauspiel anzusehen. Das ganze Bild wirkte im ersten Augenblick verblüffend auf Swetlogub, dann aber dachte er sofort daran, wie er selbst vor seiner Gefängnishaft gewesen war, und es tat ihm weh, daß diese Menschen nicht wußten, was er jetzt wußte. ›Sie werden es aber erkennen. Ich sterbe, allein die Wahrheit stirbt nicht. Sie werden es wissen. Und wie könnten schon jetzt alle, nicht nur ich, sondern sie alle glücklich sein! Sie werden es sein!‹

Man führte ihn auf das Gerüst, ein Offizier folgte ihm. Die Trommeln verstummten, und der Offizier verlas mit unnatürlicher Stimme, die auf dem weiten Feld und nach dem Trommelgewirbel besonders schwach klang, das Todesurteil, das man ihm schon vor dem Gericht verlesen hatte, mit seinen dummen Redensarten von dem Verlust der

Ehrenrechte des zu Mordenden und von der nahen und fernen Zukunft. ›Warum, warum tun sie das alles?‹ dachte Swetlogub. ›Wie schade, daß sie es noch nicht wissen und daß ich ihnen noch nicht alles sagen konnte. Aber sie werden es erfahren. Alle werden es erfahren.‹

Ein hagerer Priester mit langen dünnen Haaren in einer lila Kutte, ein kleines vergoldetes Kreuz auf der Brust und ein zweites großes silbernes in der schwachen, weißen, sehnigen, mageren Hand, die unter dem schwarzsamtenen Ärmelaufschlag hervortrat, näherte sich Swetlogub.

»Der gnädige Gott...«, fing er an, das Kreuz aus der linken Hand in die rechte legend und es Swetlogub hinhaltend.

Swetlogub zuckte zusammen und trat zurück. Fast hätte er dem Priester ein unfreundliches Wort gesagt, weil er an diesem Werk teilnahm und dabei von Gnade zu reden wagte, aber er gedachte der Worte des Evangeliums: ›Sie wissen nicht, was sie tun!‹, bezwang sich und sagte schüchtern: »Entschuldigen Sie, aber ich brauche das nicht. Bitte, verzeihen Sie mir, aber ich brauche es wirklich nicht! Ich danke Ihnen.«

Er streckte dem Priester die Hand hin. Der Priester legte das Kreuz wieder in die linke Hand, drückte Swetlogub die Hand und stieg vom Gerüst hinab. Dabei vermied er es, Swetlogub ins Gesicht zu sehen. Wieder wirbelten die Trommeln und übertönten alle anderen Laute. Hinter dem Geistlichen war mit schnellen, kräftigen Schritten, unter denen das ganze Gerüst erzitterte, ein Mann mittleren Wuchses, mit herabfallenden Schultern und muskulösen Armen, ein Jackett über das bunte Hemd gezogen, auf Swetlogub zugegangen. Er musterte Swetlogub mit einem schnellen Blick, trat dicht an ihn heran, hauchte ihn mit einem unangenehmen Geruch von Branntwein und Schweiß an, packte ihn mit seinen krallenartigen Fingern an den Handgelenken, preßte sie so zusammen, daß es Swetlogub weh tat, bog sie ihm auf den Rücken und schnürte sie fest zusammen. Dann hielt er einen Augenblick an, als müßte er noch etwas überlegen, und sah bald auf Swetlogub, bald auf allerlei Gegenstände, die er mitgebracht und auf das Gerüst gelegt hatte, bald auf den vom Querbalken herabhängenden Strick. Nachdem er sich klargeworden war, was er zu tun hatte, ging er auf den Strick zu, machte sich an ihm zu schaffen und schob Swetlogub vor, näher zum Strick und zum Rand des Gerüstes.

Wie Swetlogub bei der Verlesung des Todesurteils die ganze Bedeutung dessen, was ihm verkündet wurde, nicht hatte verstehen können, so konnte er auch jetzt die ganze Bedeutung des bevorstehenden Augenblicks nicht erfassen und sah erstaunt auf den Henker, der sein entsetzliches Werk schnell, geschickt und sorgsam ausführte. Das Gesicht des Henkers war das ganz gewöhnliche Gesicht eines einfachen russischen Arbeiters, nicht böse, sondern gespannt, wie das Gesicht eines Menschen, der sich bemüht, sein schwieriges, aber notwendiges Werk möglichst sorgfältig zu erledigen.

»Rück doch mal... oder rücken Sie noch etwas mehr hierher«, sagte der Henker mit heiserer Stimme und stieß ihn auf den Galgen zu. Swetlogub machte einen Schritt vorwärts.

»Herr, hilf mir, erbarme dich meiner!« sagte er.

Swetlogub glaubte an keinen Gott und hatte sogar oft über die Leute gelacht, die an einen Gott glauben; er glaubte auch jetzt nicht an Gott, glaubte nicht, weil er sein Wesen weder in Worten auszudrücken noch auch in Gedanken zu fassen vermochte. Aber die Gewalt, die er jetzt anrief, war – das wußte er – das Realste von allem, was ihm überhaupt bekannt war. Er wußte auch, daß diese Anrufung notwendig und wichtig war. Er wußte es, weil diese Anrufung ihn sofort stärkte und beruhigte.

Er rückte näher an den Galgen heran, musterte unwillkürlich mit einem flüchtigen Blick die Soldaten und die bunte Menge der Zuschauer und dachte wieder: ›Warum, warum tun sie das?‹ Und es wurde ihm leid um sie und um sich selbst, und die Tränen traten ihm in die Augen.

»Ist es dir nicht leid um mich?« sagte er, den Blick der lebhaften grauen Augen des Henkers auffangend.

Der Henker stockte einen Augenblick. Sein Gesicht nahm plötzlich einen bösen Ausdruck an.

»Na, na! Ich hab keine Zeit, mit euch zu reden!« brummte er, bückte sich schnell zum Boden nieder, wo sein Leibrock und ein Leinensack lagen, umfaßte Swetlogub mit einer geschickten Armbe-

wegung von hinten, warf ihm den Sack über den Kopf und zog ihn
bis zur Brust und über den Rücken herunter.

›In deine Hände befehle ich meinen Geist‹, dachte Swetlogub an die
Worte des Evangeliums.

Sein Geist widersetzte sich dem Tode nicht, aber sein starker, gesunder Körper wollte ihn nicht annehmen, fügte sich nicht und wollte
kämpfen.

Er wollte aufschreien, sich losreißen, doch im selben Augenblick
fühlte er, wie er gestoßen wurde und den Stützpunkt verlor. Das
plötzliche Aussetzen des Atems erfüllte ihn mit tierischer Angst, in
seinen Ohren sauste es – und dann war mit einem Mal alles verschwunden.

Swetlogubs Körper hing schwankend am Strick. Zweimal hoben
sich und senkten sich die Schultern.

Der Henker wartete noch zwei Minuten; dann legte er mit finster
gerunzeltem Gesicht die Hände auf die Schulter des Leichnams und
zog ihn mit einer kräftigen Bewegung herunter. Die zuckenden Bewegungen des Körpers hörten nun völlig auf; man sah nur noch die
im Sack hängende Puppe mit dem unnatürlich vorgestreckten Kopf
und den baumelnden Beinen in groben Sträflingsstrümpfen am Strick
langsam hin und her schwanken.

Der Henker stieg vom Gerüst herunter und meldete dem Offizier,
die Leiche könne jetzt aus der Schlinge genommen und bestattet
werden.

Nach einer Stunde wurde die Leiche vom Galgen genommen und
auf dem Friedhof in ungeweihter Erde bestattet.

Der Henker hatte vollbracht, was er zu tun übernommen und
gewollt hatte. Aber es war ihm nicht leicht geworden.

Swetlogubs Worte: ›Ist es dir nicht leid um mich?‹ gingen ihm nicht
aus dem Sinn. Er war ein zu Zwangsarbeit verurteilter Mörder, und
das Amt des Henkers gab ihm eine gewisse Freiheit, gewisse Bequem-
lichkeiten, doch von diesem Tag an weigerte er sich, die übernom-
mene Pflicht weiter zu erfüllen. In derselben Woche vertrank er nicht
nur alles Geld, das er für die Hinrichtung bekommen hatte, sondern
auch seine verhältnismäßig reichen Bestände an Kleidungsstücken

und brachte es so weit, daß er mit Karzer bestraft und aus dem Karzer ins Lazarett geschafft werden mußte.

8

Einer der Führer der revolutionären Terroristen, Ignatij Meschenetzkij, derselbe, der Swetlogub für den Terrorismus gewonnen hatte, wurde aus dem Gouvernement, wo er verhaftet worden war, nach Petersburg geschafft. In demselben Gefängnis saß auch der alte Sektierer, der Swetlogub auf seinem letzten Gang gesehen hatte. Er sollte nach Sibirien abtransportiert werden. Er grübelte immer noch darüber, wie und wo er wohl erfahren könnte, worin der rechte Glaube bestehe, und gedachte zuweilen des lichten Jünglings, der auf dem Weg zum Tode so freudig gelächelt hatte.

Als er hörte, daß in demselben Gefängnis ein Genosse jenes Jünglings saß, ein Mann desselben Glaubens, war der Alte sehr erfreut und bat den Wächter, ihn zu dem Freunde Swetlogubs zu führen.

Meschenetzkij hörte trotz der strengen Gefängnisdisziplin nicht auf, mit seinen Parteigenossen zu verkehren, und wartete Tag für Tag auf Nachricht über die Mine, die nach seinem Plan gelegt werden sollte, um den kaiserlichen Eisenbahnzug in die Luft zu sprengen. Jetzt waren ihm einige Einzelheiten eingefallen, die er nicht genügend in Betracht gezogen hatte, und er sann auf Mittel, wie er seine Genossen darüber unterrichten könnte. Als der Wächter in seine Zelle kam und ihm vorsichtig mit leiser Stimme sagte, ein Gefangener wolle ihn sehen, da freute er sich, denn er hoffte, diese Unterredung werde ihm die Möglichkeit geben, sich mit seiner Partei in Verbindung zu setzen.

»Wer ist es?« fragte er.

»Ein Bauer.«

»Was will er denn?«

»Er will über den Glauben sprechen.« Meschenetzkij lächelte.

»Nun gut, schick ihn her«, sagte er. ›Diese Sektierer hassen auch die Regierung. Vielleicht kann ich ihn brauchen‹, dachte er.

Der Wächter ging, kam nach einigen Minuten wieder und ließ den

Besucher ein. Es war ein magerer, kleiner, alter Mann mit dichtem Haar, einem spärlichen, angegrauten Ziegenbart und gütigen, müden blauen Augen.

»Was wünschen Sie?« fragte Meschenetzkij.

Der Alte sah zu ihm auf, schlug die Augen sofort nieder und reichte ihm seine kleine, energische, trockene Hand.

»Was wünschen Sie?‹ wiederholte Meschenetzkij.

»Ich hätte dir etwas zu sagen.«

»Was denn?«

»Über den Glauben.‹

»Was für einen Glauben?«

»Man sagte mir, du wärest eines Glaubens mit dem Jüngling, den in Odessa die Knechte des Antichrists mit dem Strick erwürgt haben.«

»Was war das für ein Jüngling?«

»In Odessa im Herbst haben sie ihn erwürgt.«

»Vielleicht Swetlogub?‹

»Ganz recht, der war es! War er dein Freund?« Der Alte sah bei jeder Frage aus seinen gütigen Augen forschend in Meschenetzkijs Gesicht und schlug den Blick dann sofort nieder.

»Ja, er stand mir nahe.«

»Und wart ihr eines Glaubens?‹

»Ich glaube wohl«, sagte Meschenetzkij lächelnd.

»Eben darüber möchte ich mit dir sprechen.«

»Was wollen Sie denn eigentlich?«

»Euren Glauben kennenlernen.«

»Unsern Glauben... Nun, so setzen Sie sich«, sagte Meschenetzkij achselzuckend. »Unser Glaube ist folgender: Wir glauben, daß es Menschen gibt, die die Gewalt an sich gerissen haben und das Volk peinigen und betrügen, daß man sich nicht schonen darf, sondern mit diesen Leuten kämpfen muß, um das Volk von ihnen zu befreien, damit sie es nicht mehr exploitieren...«, sagte Meschenetzkij nach alter Gewohnheit und verbesserte sich dann: »... ausbeuten können. Diese Leute muß man vernichten. Sie sind Mörder, darum müssen auch wir sie morden, bis sie zur Vernunft kommen.«

Der alte Sektierer seufzte, ohne die Augen aufzuheben.

»Unser Glaube besteht darin, daß wir unser nicht schonen, sondern die despotische Regierung stürzen und die auf allgemeiner Wahl begründete Volksherrschaft einführen.«

Der Alte seufzte schwer, stand auf, schob die Schöße seines Rocks auseinander, kniete nieder und warf sich vor Meschenetzkij hin, mit der Stirn gegen die schmutzigen Dielenbretter schlagend.

»Was soll dieser Fußfall?«

»Betrüge mich nicht, sag mir, worin dein Glaube besteht!« sagte der Alte, ohne aufzustehen und ohne den Kopf zu heben.

»Ich habe Ihnen gesagt, woran wir glauben. Stehen Sie doch auf, sonst rede ich überhaupt nicht mit Ihnen.«

Der Alte erhob sich.

»War das auch der Glaube jenes Jünglings?« fragte er, vor Meschenetzkij stehend, ihm mit seinen gütigen Augen ab und zu ins Gesicht sehend und dann den Blick sofort senkend.

»Ja, das war sein Glaube, und dafür ist er gehenkt worden. Und ich komme für diesen Glauben wieder in die Peter-Pauls-Festung.«

Der Alte bückte sich bis zur Erde und ging schweigend aus der Zelle.

›Nein, das war der Glaube jenes Jünglings nicht‹, dachte er. ›Jener Jüngling kannte den wahren Glauben, dieser aber prahlt bloß damit, daß er eines Glaubens mit ihm war, oder er will mir die Wahrheit nicht sagen…Nun, ich will weitersuchen. Hier und in Sibirien, überall ist Gott, überall sind Menschen. Stehst du auf dem Wege, so mußt du nach dem Wege fragen‹, dachte der Alte, nahm sich das Neue Testament vor, das ganz von selbst immer bei der Offenbarung aufging, setzte die Brille auf, ließ sich am Fenster nieder und fing an zu lesen.

9

Sieben Jahre waren vergangen. Meschenetzkij hatte die Einzelhaft in der Peter-Pauls-Festung abgebüßt und wurde nach Sibirien transportiert.

Er hatte viel ausgestanden in diesen sieben Jahren, aber die Richtung seiner Gedanken war die gleiche geblieben, und seine Energie war nicht geschwächt. Im Verhör vor der Festungshaft hatte er die Richter durch seine Festigkeit und die Verachtung gegen die Menschen, in deren Gewalt er sich befand, in Staunen gesetzt. In seinem innersten Herzen litt er darunter, daß er gefangen war und das begonnene Werk nicht vollenden konnte, aber er ließ es sich nicht anmerken; kaum kam er mit Menschen in Berührung, so wurde die Energie des Hasses in ihm lebendig. Auf die Fragen, die man ihm im Verhör stellte, antwortete er durch Schweigen; er redete nur dann, wenn sich eine Gelegenheit zu einem Angriff auf die Leute bot, die ihn verhörten – den Gendarmenoffizier oder den Staatsanwalt.

Als man ihm die übliche Phrase gesagt hatte: »Sie können Ihr Schicksal mildern durch ein offenes Geständnis«, hatte er verächtlich gelächelt und nach kurzem Schweigen erklärt:

»Wenn Sie glauben, Sie könnten mich durch Versprechungen oder durch Angst dazu bringen, meine Genossen zu verraten, so urteilen Sie nach sich selbst. Glauben Sie wirklich, daß ich, als ich an das Werk ging, um dessentwillen Sie mich heute richten, nicht auf das Schlimmste gefaßt war? Sie können mich durch nichts in Staunen oder in Furcht versetzen. Machen Sie, was Sie wollen – ich sage nichts.«

Und es war ihm angenehm zu sehen, wie sie verlegene Blicke wechselten.

Als er in der Peter-Pauls-Festung in eine kleine feuchte Zelle mit einer dunklen Scheibe im hohen Fenster gesperrt wurde, begriff er, daß es sich hier nicht um Monate, sondern um Jahre handelte, und Entsetzen packte ihn. Entsetzlich war diese wohlgeordnete, tote Stille und das Bewußtsein, daß er nicht allein war, sondern daß hinter diesen undurchdringlichen Wänden andere Gefangene saßen, die zu zehn, zwanzig Jahren verurteilt waren, die sich selbst das Leben nahmen und gehenkt wurden, die den Verstand verloren und langsam an der Schwindsucht zugrunde gingen. Hier waren Männer und Frauen, vielleicht auch Freunde von ihm... ›Es werden Jahre vergehen, und du wirst ebenfalls verrückt oder erhängst dich oder stirbst, und keiner erfährt es‹, dachte er.

Und in seiner Seele erhob sich eine Wut gegen alle Menschen und besonders gegen jene, die an seiner Gefangenschaft schuld waren. Diese Wut verlangte nach einem Gegenstand, an dem er sie auslassen konnte, nach Bewegung, nach Lärm. Hier aber herrschte Totenstille, nichts als die leisen Schritte schweigender Menschen, die auf die an sie gerichteten Fragen nicht antworteten, zu bestimmten Stunden Speise und Trank, durch trübe Scheiben ein leiser Schimmer der aufgehenden Sonne, dann wieder Finsternis und immer die gleiche Stille, dieselben weichen Schritte, dieselben Laute... Und die Wut, die keinen Ausweg fand, fraß an seinem Herzen.

Er versuchte an die Wand zu klopfen, aber er erhielt keine Antwort, und sein Klopfen rief wieder dieselben weichen Schritte hervor und die eintönige Stimme des Wächters, der ihm mit Karzer drohte.

Die einzige Zeit, wo er Erholung und Erleichterung fand, war die Zeit des Schlafes. Aber entsetzlich war das Erwachen. Im Traum sah er sich immer frei und meist mit Dingen beschäftigt, die seiner Meinung nach in Widerspruch zu seiner revolutionären Tätigkeit standen. Bald spielte er auf einer sonderbaren Geige, bald machte er jungen Mädchen den Hof, bald ruderte er im Kahn, bald ging er auf die Jagd; dann wieder wurde er für eine seltsame wissenschaftliche Entdeckung von einer auswärtigen Universität zum Doktor ernannt und hielt eine große Dankrede beim Festmahl. Diese Träume waren so bunt und die Wirklichkeit so langweilig und eintönig, daß die Erinnerungen sich wenig von der Wirklichkeit unterschieden.

Quälend war bei diesen Träumen nur, daß er meist in dem Augenblick erwachte, wenn gerade das geschehen sollte, wonach er gestrebt und was er sich gewünscht hatte. Plötzlich traf ihn ein Stoß ins Herz, und das ganze heitere Bild verschwand; es blieb nur das quälende, ungestillte Verlangen, und wieder diese graue Wand mit den feuchten Flecken, das qualmende Lämpchen, und unter seinem Leib die harte Pritsche mit dem zerdrückten Strohsack.

Der Schlaf war sein größtes Glück. Aber je länger seine Haft dauerte, desto weniger schlief er. Er wartete auf den Schlaf, er sehnte ihn herbei, aber je mehr er nach ihm verlangte, desto munterer wurde er. Und er brauchte nur sich selbst zu fragen: ›Schlafe ich ein?‹, so war seine ganze Schläfrigkeit vergangen.

Umherlaufen und Springen im Käfig half nicht viel. Die angestrengte Körperbewegung machte ihn nur schwach und reizte die
Nerven noch mehr, er fühlte Schmerzen im Hinterkopf, und er
brauchte nur die Augen zu schließen, da erschienen auf dunklem,
mit leuchtenden Punkten besätem Hintergrund allerlei Fratzen, zottig
und kahlköpfig, mit großen und mit schiefen Mäulern, eine gräßlicher
als die andere. Sie schnitten die scheußlichsten Gesichter. Bald sah er
sie auch mit offenen Augen, und es waren nicht nur Gesichter, sondern ganze Gestalten, die vor ihm herumtanzten und zu ihm redeten.
Entsetzen packte ihn, er sprang auf, schlug mit dem Kopf gegen die
Wand und schrie. Das Fensterchen in der Tür tat sich auf.

»Schreien ist verboten«, sagte eine ruhige, eintönige Stimme. »Holen Sie den Aufseher!« schrie Meschenetzkij.

Er erhielt keine Antwort, und das Fensterchen fiel zu.

Und Meschenetzkijs bemächtigte sich eine solche Verzweiflung,
daß er nur noch eines wünschte: zu sterben.

Einmal beschloß er in dieser Verfassung, sich das Leben zu nehmen. In der Zelle war eine Ofenklappe, an der sich ein Strick mit einer
Schlinge befestigen ließ. Dann konnte man auf die Pritsche steigen
und sich erhängen. Aber Meschenetzkij hatte keinen Strick. Er zerriß
sein Bettuch in schmale Streifen, aber es kamen nicht genug Streifen
heraus. Da beschloß er sich zu Tode zu hungern und aß zwei Tage
nicht. Aber am dritten Tag war er ganz schwach geworden und hatte
mehr und schrecklichere Halluzinationen als je vorher. Als man ihm
sein Essen brachte, lag er ohnmächtig auf dem Fußboden mit offenen
Augen.

Der Arzt wurde geholt, er gab ihm Rum und Morphium, und
Meschenetzkij schlief ein.

Als er am nächsten Tag erwachte, stand der Arzt vor ihm und
schüttelte den Kopf. Und plötzlich kam über Meschenetzkij das
ihm von früher her bekannte aufstachelnde Gefühl der Wut, das er
schon lange nicht mehr empfunden hatte.

»Schämen Sie sich denn gar nicht?« sagte er zu dem Arzt, während
dieser sich über ihn beugte und seinen Puls zählte. »Wie können Sie
hier angestellt sein? Warum behandeln Sie mich, um mich wieder

peinigen zu lassen? Das ist ja nichts anderes als zusehen, wie einer geprügelt wird, und dann gestatten, die Exekution zu wiederholen.«

»Wollen Sie sich bitte auf den Rücken legen«, sagte der Arzt, ohne sich beirren zu lassen und ohne ihn anzusehen. Dabei zog er sein Hörrohr aus der Seitentasche.

»Jene heilten den Leuten die Wunden, damit sie den Rest der fünf-tausend Spießruten aushalten! Zum Teufel mit dem ganzen Kram!« schrie Meschenetzkij plötzlich, die Beine vom Bett werfend. »Packen Sie sich! Ich kann auch ohne Sie krepieren!«

»Das ist nicht recht, junger Mann, auf Grobheiten wissen wir zu antworten.«

»Zum Teufel! Zum Teufel!«

Und Meschenetzkij gebärdete sich so entsetzlich, daß der Arzt eiligst hinausging.

10

Ob das nun von der Arznei kam oder ob er eine Krisis durchgemacht hatte oder ob ihn der Zorn über den Arzt geheilt hatte – kurz und gut, von da ab nahm er sich in die Hand und fing ein ganz neues Leben an.

›Auf ewig hierbehalten können sie und werden sie mich nicht‹, dachte er. ›Irgendwann einmal lassen sie mich schon frei. Vielleicht – und das ist das Wahrscheinliche – bekommen wir eine neue Regie-rung, denn unsere Leute arbeiten weiter, und da muß ich mein Leben hüten, damit ich gesund und kräftig aus der Haft komme und meine Arbeit fortsetzen kann.‹

Er dachte lange darüber nach, welche Lebensweise sich dazu am meisten eignen würde, und beschloß endlich folgendes: Er legte sich um neun Uhr zu Bett und zwang sich – gleichviel ob er schlief oder nicht – bis fünf Uhr so zu liegen. Um fünf Uhr stand er auf, säuberte seine Zelle, wusch sich und turnte. Und dann kamen, wie er es nannte, die Geschäftsgänge. Er wanderte in seiner Einbildung durch Peters-burg, vom Mazurka-Prospekt bis zur Nadeschdinskaja, und bemüh-te sich, sich alles vorzustellen, was ihm auf diesem Weg begegnen konnte: Aushängeschilder, Häuser, Schutzleute, entgegenkommende Wagen und Fußgänger. In der Nadeschdinskaja betrat er das Haus eines Bekannten und Mitarbeiters, und dort wurde im Verein mit den anderen Genossen, die sich eingefunden hatten, ein neues Unternehmen besprochen. Man stritt und debattierte. Meschenetzkij sprach für sich und für die andern. Manchmal sprach er ganz laut, so daß der Wächter ihm durch die Öffnung in der Tür eine Bemerkung machte, aber Meschenetzkij beachtete ihn gar nicht und setzte seinen eingebildeten Petersburger Tag fort. Nachdem er sich zwei Stunden bei seinem Freund aufgehalten hatte, ging er nach Hause und aß zu Mittag, erst in der Einbildung, dann wirklich das Essen, das ihm gebracht wurde, und er aß immer sehr mäßig. Dann saß er in der Einbildung zu Hause und beschäftigte sich mit Geschichte oder Mathematik, sonntags bisweilen auch mit schöner Literatur. Die Beschäftigung mit der Geschichte bestand darin, daß er irgendeine Epoche oder ein Volk wählte und sich auf die dazugehörigen Tatsachen und Jahreszahlen zu besinnen suchte. Die Beschäftigung mit der Mathematik bestand darin, daß er geometrische Lehrsätze und Aufgaben aus dem Gedächtnis löste. Diese Beschäftigung hatte er besonders gern. An Sonntagen suchte er sich Puschkin, Gogol, Shakespeare ins Gedächtnis zurückzurufen und dichtete auch selbst.

Vor dem Schlafengehen machte er noch einen kleinen Ausflug in der Einbildung, führte mit Genossen, Männern und Frauen, scherzhafte, heitere, manchmal auch ernste Gespräche; zum Teil rief er sich dabei alte Unterhaltungen ins Gedächtnis zurück, zum Teil erfand er auch neue. Und so ging es bis in die Nacht hinein. Ganz zuletzt ging er zur körperlichen Übung noch zweitausend Schritt in seinem Käfig auf und ab; dann legte er sich auf sein Bett und schlief meistens schnell ein.

Am nächsten Tag trieb er es ebenso. Manchmal reiste er auch nach dem Süden, wühlte das Volk auf, organisierte einen Aufstand, vertrieb gemeinsam mit dem Volk die Gutsbesitzer und verteilte das Land unter die Bauern. Alles das malte er sich aber nicht mit einem Mal aus, sondern Schritt für Schritt, mit allen Einzelheiten. In seiner Phantasie triumphierte die revolutionäre Partei immer, die Regierung wurde schwach und mußte eine Nationalversammlung einberufen. Das Herrenhaus und alle Unterdrücker des Volkes verschwanden, die Republik wurde eingesetzt und er, Meschenetzkij, zum Präsidenten gewählt. Manchmal ging das zu schnell, und dann fing er wieder von vorn an und erreichte das Ziel auf andere Weise.

So lebte er ein Jahr, zwei Jahre, drei Jahre; mitunter wich er von dieser strengen Lebensordnung ab, meist aber kehrte er wieder zu ihr zurück. Durch Beherrschung seiner Phantasie befreite er sich von den unfreiwilligen Halluzinationen. Nur hin und wieder hatte er Anfälle von Schlaflosigkeit und sah Fratzen und Ungeheuer; dann blickte er zur Ofenklappe hinauf und überlegte, wie er den Strick daran befestigen, eine Schlinge machen und sich erhängen werde. Aber diese Anfälle dauerten nicht lange. Er überwand sie.

So lebte er fast sieben Jahre. Als die Zeit seiner Haft um war und man ihn nach Sibirien transportierte, war er ganz gesund, frisch und im vollen Besitz seiner geistigen Kräfte.

II

Als besonders gefährlicher Verbrecher mußte er den Weg nach Sibirien ganz allein machen; jede Möglichkeit eines Verkehrs mit andern war ausgeschlossen. Erst im Gefängnis von Krasnojarsk gelang es ihm zum ersten Mal, sich mit anderen politischen Verbrechern zu verständigen, die ebenfalls nach Sibirien abgingen; es waren sechs Personen: zwei Frauen und vier Männer, durchweg junge Leute von einem neuen, Meschenetzkij noch unbekannten Typus. Es waren Revolutionäre der auf ihn folgenden Generation, seine Erben, und darum interessierten sie ihn ganz besonders. Meschenetzkij hatte erwartet, in ihnen Menschen zu finden, die in seine Fußstapfen traten und daher alles von ihren Vorgängern, vor allem aber von ihm, Meschenetzkij, Geleistete besonders hochschätzen mußten. Er gedachte sie freundlich und nachsichtig zu behandeln. Aber er war sehr unangenehm überrascht, als er erkannte, daß diese jungen Leute nicht nur weit davon entfernt waren, in ihm ihren Vorläufer und Lehrer zu sehen, daß sie ihn vielmehr etwas von oben herab behandelten und seine veralteten Anschauungen zu überhören und zu entschuldigen bemüht waren. Nach der Meinung dieser neuen Revolutionäre war alles, was Meschenetzkij und seine Freunde getan hatten, waren alle Versuche, die Bauern aufzuwiegeln, hauptsächlich aber der Terror und alle Morde – des Gouverneurs Krapotkin, Mesenzows, endlich des Zaren Alexander II. selbst – nichts als eine Reihe grober Fehler. Alles das habe nur zur Reaktion geführt, die nun unter Alexander III. triumphiere und die Gesellschaft fast in die Zeit der Leibeigenschaft zurückgeworfen habe. Der Weg der Volksbefreiung war nach Ansicht der neuen Generation ein ganz anderer.

Zwei Tage und fast zwei Nächte lang debattierte Meschenetzkij unausgesetzt mit seinen neuen Bekannten. Besonders einer von ihnen, Roman – alle nannten ihn nur beim Vornamen –, tat Meschenetzkij furchtbar weh dadurch, daß er von seinem Recht unerschütterlich überzeugt war und die ganze einstige Tätigkeit Meschenetzkijs und seiner Genossen nachsichtig, sogar spöttisch ablehnte.

Das Volk war nach Romans Ansicht eine rohe Menge, die noch auf einer so niedrigen Entwicklungsstufe stand, daß mit ihr nichts anzufangen war. Alle Versuche, die russische Landbevölkerung geistig zu heben, könnten ebensowenig Erfolg haben wie der Versuch, einen Stein oder einen Eisklumpen in Brand zu stecken. Das Volk müsse erzogen, müsse an Solidarität gewöhnt werden, und das könne nur durch eine hochentwickelte Industrie und die aus ihr emporgewachsene sozialistische Organisation des Volkes erreicht werden. Das Volk brauche kein Land; dieses sei es vielmehr, das das Volk konservativ und zum Sklaven mache. Nicht nur bei uns, auch in Europa. Und er zitierte aus dem Gedächtnis die Urteile der Autoritäten und statistische Ziffern. Das Volk müsse vom Boden befreit werden. Und je schneller es dazu komme, desto besser. Je mehr Leute in die Fabriken gingen, und je mehr Land in die Hände der Kapitalisten gelange, je mehr sie das Volk unterdrückten, um so besser. Vernichtet werden könne der Despotismus und vor allem der Kapitalismus nur durch Zusammenschluß der Menschen, des Volkes; dieser Zusammenschluß könne aber nur durch Verbände, Korporationen von Arbeitern verwirklicht werden, das heißt erst dann, wenn die Volksmassen aufhörten, Grundbesitzer zu sein, und Proletarier würden.

Meschenetzkij widersprach und erhitzte sich. Besonders reizte ihn eine von den Frauen, eine nicht häßliche Brünette mit dichtem langem Haar und sehr glänzenden Augen, die am Fenster saß und nicht unmittelbar am Gespräch teilnahm, aber ab und zu ein paar Worte dazwischenwarf, die Romans Ausführungen bestätigten, oder über Meschenetzkijs Worte verächtlich lachte.

»Kann man denn das ganze Bauernvolk in Fabrikarbeiter verwandeln?« fragte Meschenetzkij.

»Warum denn nicht?« erwiderte Roman. »Das ist ein allgemeingültiges nationalökonomisches Gesetz.«

»Woher wissen wir denn, daß dieses Gesetz allgemeingültig ist?« fragte Meschenetzkij.

»Lesen Sie Kautsky«, warf die Brünette mit spöttischem Lächeln ein.

»Wenn man es auch gelten lassen könnte«, sagte Meschenetzkij, »ich für meine Person lasse es nicht gelten, daß das ganze Volk zu Proletariern werden muß – warum glauben Sie, daß es gerade in dieser von Ihnen vorherbestimmten Weise geschehen muß?«

»Weil das wissenschaftlich erwiesen ist«, fiel die Brünette am Fenster ein.

Als die Rede auf die Form des Wirkens kam, die am ehesten zum Ziel führen könne, traten die Gegensätze noch schärfer hervor. Roman und seine Freunde blieben dabei, daß eine Armee von Arbeitern ausgebildet werden müsse, daß die Umwandlung der Bauern in Fabrikarbeiter zu fördern sei und daß der Sozialismus unter den Arbeitern verbreitet werden müsse. Man solle nicht nur jeden offenen Kampf gegen die Regierung vermeiden, sondern im Gegenteil sich der Regierung zur Erreichung der eigenen Ziele bedienen.

Meschenetzkij dagegen behauptete, die Regierung müsse bekämpft und terrorisiert werde, die Regierung sei stärker und schlauer als die Revolutionäre. »Nicht ihr werdet die Regierung betrügen, sondern sie euch. Wir haben im Volk Propaganda getrieben und zugleich gegen die Regierung gekämpft!«

»Und sehr viel erreicht!« sagte die Brünette höhnisch.

»Ja, ich glaube, daß der unmittelbare Kampf gegen die Regierung nur unnütze Kraftvergeudung ist«, sagte Roman.

»Der 1. März unnütze Kraftvergeudung!« rief Meschenetzkij. »Wir haben uns geopfert, unser Leben aufs Spiel gesetzt, und ihr sitzt ruhig zu Hause, genießt euer Leben und tut nichts als predigen!«

»Von Genießen kann wohl nicht gut die Rede sein«, sagte Roman ruhig mit einem Blick auf seine Genossen und brach in sein zwar nicht fortreißendes, aber lautes, helles und selbstbewußtes Lachen aus.

Die Brünette schüttelte den Kopf und lächelte verächtlich.

»Von Genießen kann nicht gut die Rede sein«, sagte Roman. »Wenn wir aber hier sitzen, so danken wir es der Reaktion, und die Reaktion ist eine Folge des 1. März.«

Meschenetzkij schwieg. Er fühlte, daß der Zorn ihm den Atem raubte, und ging in den Korridor hinaus.

12

Um sich zu beruhigen, ging Meschenetzkij im Korridor auf und ab. Die Türen der Zellen standen bis zur Kontrolle am Abend offen. Ein hochgewachsener blonder Sträfling mit einem Gesicht, dessen gutmütiger Ausdruck durch den zur Hälfte rasierten Kopf nicht entstellt wurde, ging auf Meschenetzkij zu.

»Ein Sträfling in unserer Zelle hat Euer Gnaden gesehen und bittet, Sie möchten zu ihm kommen.‹

»Was für ein Sträfling?«

»Man nennt ihn allgemein ›die Tabaksherrschaft‹. Ein ganz alter Mann, ein Sektierer. Rufe mir jenen Herrn, sagt er. Damit meint er Euer Gnaden.«

»Wo ist er denn?«

»Hier, in unserer Zelle. Rufe mir jenen Herrn, sagt er.«

Meschenetzkij trat mit dem Sträfling in die Zelle, auf deren Pritschen die Sträflinge saßen und lagen.

Auf den nackten Brettern am Rande der Pritsche lag unter dem grauen Schlafrock derselbe alte Sektierer, der vor sieben Jahren zu Meschenetzkij gekommen war, um ihn nach Swetlogub auszufragen. Das bleiche Gesicht des Alten war ganz vertrocknet und zusammengeschrumpft, das Haar war noch ebenso dicht, der dünne Bart war ganz grau geworden und starrte nach oben. Die Augen waren noch ebenso blau, gütig und aufmerksam. Er lag auf dem Rücken und fieberte augenscheinlich; auf den eingefallenen Wangen zeigte sich ein krankhaftes Rot.

Meschenetzkij trat vor ihn hin.

»Was wünschen Sie?« fragte er.

Der Alte richtete sich mühsam auf dem Ellbogen auf und reichte ihm seine zitternde, trockene, kleine Hand. Ehe er zu reden anfing, mußte er sich scheinbar in Schwung bringen; er atmete mehrmals schwer auf und begann dann mit großer Anstrengung langsam zu sprechen:

»Du hast es mir damals nicht offenbart – mag Gott dir vergeben! Ich offenbare es allen.«

»Was denn?«

»Vom Lamm ... die Offenbarung vom Lamm. Der Jüngling damals war eins mit dem Lamm. Es steht aber geschrieben: Das Lamm wird siegen, über alle wird es siegen. Und die mit ihm sind, das sind die Auserwählten und Getreuen.«

»Das verstehe ich nicht«, sagte Meschenetzkij.

»Du sollst es verstehen im Geiste. Die Könige werden Macht fangen mit dem Tier. Und das Lamm wird sie überwinden.«

»Was für Könige?« sagte Meschenetzkij.

»Es sind sieben Könige: Fünf sind gefallen, und einer ist, und der andere ist noch nicht gekommen; und wenn er kommt, muß er eine kleine Zeit bleiben ... das heißt, sein Ende wird bald da sein ... Hast du verstanden?«

Meschenetzkij schüttelte den Kopf. Er glaubte, der Alte rede im Fieber und seine Worte seien sinnlos. So dachten auch die Stubengenossen des Kranken. Der rasierte Sträfling, der Meschenetzkij gerufen hatte, trat an ihn heran, stieß ihn leise mit dem Ellbogen an, damit er ihn beachte, und zwinkerte nach dem Alten hinüber.

»So schwatzt er und schwatzt er ohne Ende, unser Tabakskönig«, sagte er. »Und weiß selbst nicht, was er redet.«

Dasselbe dachten Meschenetzkij und die anderen Sträflinge, wenn sie den Alten ansahen. Der Alte aber wußte sehr gut, was er redete. Und seine Worte hatten für ihn einen klaren und tiefen Sinn. Der Sinn war, daß das Böse nicht lange mehr herrschen werde, daß das Lamm durch Güte und Demut alles überwinden müsse. Das Lamm wird alle Tränen trocknen, und es wird kein Weinen, keine Krankheit, kein Tod mehr sein. Und er fühlte, daß dieses schon geschah, in der ganzen Welt geschah, weil es in seiner durch die Nähe des Todes verklärten Seele vor sich ging.

»Ja, ich komme bald. Amen, ja komm, Herr Jesu!« sagte er und lächelte leicht, bedeutsam und, wie es Meschenetzkij dünkte, wahnsinnig.

13

›Der ist nun so ein Vertreter des Volkes!‹ dachte Meschenetzkij, als er den Alten verlassen hatte. ›Das ist noch einer von den Besten! Diese geistige Finsternis! Sie‹ – er meinte Roman und dessen Freunde – ›sagen, mit einem solchen Volk ließe sich nichts anfangen.‹

Meschenetzkij hatte eine Zeitlang seine revolutionäre Arbeit unter dem einfachen Volk getan und kannte die ganze ›Indolenz‹ des russischen Bauern, wie er es nannte; er hatte mit Soldaten, aktiven und Reservisten, verkehrt, kannte ihren stumpfsinnigen Glauben an den Fahneneid, an die Notwendigkeit des blinden Gehorsams und wußte, daß man durch logische Beweisgründe bei ihnen nichts erreichen konnte. Alles das wußte er, ohne daß er je aus diesem Wissen die unabweislichen Schlüsse gezogen hätte. Das Gespräch mit den neuen Revolutionären hatte ihn verstimmt und gereizt. ›Sie sagen, alles, was wir, was Chalturin, Kibaltschitsch, die Perowskaja getan haben, sei überflüssig gewesen, wo nicht gar schädlich; gerade dadurch sei die Reaktion unter Alexander III. möglich geworden; durch sie sei das Volk zu der Überzeugung gelangt, die ganze Revolution gehe von den Gutsbesitzern aus, die den Zaren ermordet hätten, weil er ihnen die

Leibeigenen genommen habe. Was für ein Unsinn! Welch ein Mangel an Verständnis und welch eine Frechheit, so zu denken!‹ grübelte er, im Korridor auf und ab gehend.

Alle Zellen waren geschlossen, mit Ausnahme der einen, in der sich die neuen Revolutionäre befanden. Als Meschenetzkij sich ihr näherte, hörte er die verhaßte Brünette lachen; dazwischen klang die knarrende, energische Stimme Romans. Sie redeten augenscheinlich von ihm. Meschenetzkij blieb stehen und lauschte. Roman sprach:

»Weil sie die volkswirtschaftlichen Gesetze nicht begriffen, gaben sie sich keine Rechenschaft über ihr Tun. Eine große Rolle spielte dabei...«

Meschenetzkij konnte und wollte nicht weiterhören, was hier eine so große Rolle gespielt hatte; er brauchte es auch nicht zu wissen. Der bloße Ton der Stimme dieses Menschen bekundete die tiefe Verachtung, die diese jungen Leute ihm, Meschenetzkij, dem Helden der Revolution, entgegenbrachten, der zwölf Jahre seines Lebens an das große Werk hingegeben hatte.

Und in Meschenetzkijs Seele stieg eine Wut auf, so furchtbar, wie er sie noch nie gefühlt hatte. Wut auf alles und alle, auf diese ganze sinnlose Welt, in der nur Menschen leben konnten, die Tieren ähnlicher sahen als Menschen, wie dieser Alte mit seinem Lamm und alle die halbtierischen Henker und Kerkermeister und diese frechen, selbstbewußten, totgeborenen Doktrinäre.

Der Wächter erschien und führte die politischen Sträflinge weiblichen Geschlechts in die Frauenabteilung. Meschenetzkij zog sich an das äußerste Ende des Korridors zurück, um ihnen nicht zu begegnen. Als der Wächter zurückgekommen war, schloß er die Zelle der neuen ›Politischen‹ zu und forderte Meschenetzkij auf, sich in seine Zelle zu begeben. Meschenetzkij gehorchte mechanisch, bat aber, ihn nicht einzuschließen.

Als er wieder in seiner Zelle war, legte er sich mit dem Gesicht zur Wand auf die Pritsche.

›Sind denn wirklich alle Kräfte unnütz vergeudet worden: Energie, Tatkraft, Genialität‹ – er glaubte geistig und seelisch allen überlegen zu sein –, ›alles nutzlos vertan?‹ Er dachte an den Brief, den er vor

kurzem, schon auf dem Wege nach Sibirien, von Swetlogubs Mutter
erhalten hatte. Sie machte ihm in echt weiblicher, törichter Weise, wie
er meinte, bittere Vorwürfe, daß er ihren Sohn verführt, ihn für die
terroristische Partei gewonnen habe. Als er diesen Brief erhielt, hatte
er nur verächtlich gelächelt: Was verstand diese dumme Frauensperson von den hohen Zielen, die ihm und Swetlogub vorschwebten?
Jetzt aber, als ihm wieder der Brief und der liebe, treuherzige, leidenschaftliche Swetlogub einfiel, mußte er lange erst an ihn, dann an sich
selbst denken. War sein ganzes Leben wirklich ein Irrtum gewesen?
Er schloß die Augen und wollte einschlafen, aber plötzlich fühlte er
mit Entsetzen, daß der Zustand wiedergekehrt war, den er im ersten
Monat in der Peter-Pauls-Festung erlebt hatte. Wieder der Schmerz im
Hinterkopf, wieder die entsetzlichen, zottigen Fratzen mit den großen
Mäulern auf dem dunklen, sternbesäten Hintergrund, und wieder
die Gestalten, die er auch mit offenen Augen vor sich sah. Neu war
die Erscheinung eines Sträflings in grauen Hosen, mit geschorenem
Kopf, der sich schaukelnd über ihm hin und her bewegte. Und wieder
begann er auf Grund der alten Gedankenverbindung sich nach einer
Ofenklappe umzusehen, an der er sich aufhängen könnte.

Eine unerträgliche Wut, die nach Entladung verlangte, brannte in
Meschenetzkijs Seele. Er konnte nicht ruhig liegen, konnte nicht
stillhalten, konnte nicht die Gedanken verscheuchen.

›Wie mach ichs?‹ fragte er sich schon. ›Eine Arterie aufschneiden?
Das bringe ich nicht fertig. Mich erhängen? Natürlich, das ist das
einfachste.‹

Er dachte an den Strick, mit dem das im Korridor liegende Bündel
Holz zusammengeschnürt war. ›Auf den Holzhaufen oder auf eine
Bank steigen. Im Korridor geht der Wächter auf und ab. Aber er kann
einschlafen oder hinausgehen. Das muß ich abwarten, dann den Strick
zu mir in die Zelle nehmen und ihn an der Klappe befestigen.‹

Meschenetzkij stand hinter seiner Tür, horchte auf die Schritte des
Wächters und lauerte ab und zu durch den Türspalt, wenn der Wächter sich am anderen Ende des Korridors befand. Der Wächter ging
aber nicht fort und schlief auch nicht ein. Meschenetzkij horchte
gespannt auf den Klang seiner Schritte und wartete.

In diesem Augenblick vollzog sich in der Zelle, in der sich der kranke Greis befand, in der Finsternis, durch die kaum der Schimmer der schwelenden Nachtlampe drang, inmitten all der schläfrigen, nächtlichen Laute – Brummen, Ächzen, Schnarchen, Husten – das größte Wunder der Welt. Der alte Sektierer lag im Sterben, und seinem geistigen Blick offenbarte sich alles, was er so leidenschaftlich gesucht und gewünscht hatte sein ganzes Leben lang. In blendend hellem Licht sah er das Lamm in Gestalt eines strahlenden Jünglings, und eine große Schar von Menschen aus allen Völkern stand vor ihm in weißen Gewändern, und alle freuten sich, und es gab nichts Böses mehr auf Erden. Der Alte wußte, daß sich das alles in seiner Seele und in der ganzen Welt vollzogen hatte, und er fühlte eine große Freude und Ruhe.

Die Leute in der Zelle aber hörten den Alten nur laut röcheln, und sein Nachbar erwachte und weckte die andern; und als das Röcheln aufgehört hatte und der Alte kalt und still geworden war, klopften seine Stubengenossen an die Tür.

Der Wächter schloß die Tür auf und trat in die Kammer. Nach zehn Minuten trugen zwei Sträflinge die Leiche aus der Zelle hinaus in die Totenkammer im unteren Stockwerk. Der Wächter ging mit ihren und schloß die Tür hinter sich zu. Der Korridor blieb leer.

›Schließ nur zu, schließ nur zu‹, dachte Meschenetzkij, der hinter seiner Tür alle Vorgänge beobachtet hatte, ›du kannst mich nicht hindern, daß ich all diesem grauenvollen Unsinn für ewig den Rücken kehre.‹

Meschenetzkij spürte jetzt nicht mehr jenes innere Grauen, das ihn bis dahin gequält hatte; er war ganz von dem einen Gedanken erfüllt: daß er durch nichts bei der Ausführung seines Vorhabens gestört werde.

Mit bebendem Herzen trat er vor das Holzbündel, löste den Strick, zog ihn unter dem Holz hervor und ging mit ihm, sich immer nach der Tür umsehend, in seine Zelle. In der Zelle stieg er auf einen Schemel und warf den Strick über die Ofenklappe. Er band beide Enden des Stricks mit einem kräftigen Knoten zusammen und machte aus dem doppelten Strick eine Schlinge. Die Schlinge hing zu tief

herab. Er schlang den Strick noch einmal herum, machte eine neue
Schlinge, legte sie zur Probe um seinen Hals, nahm sie wieder ab,
stieg, unruhig aufhorchend und nach der Tür schielend, auf den
Schemel, steckte den Kopf in die Schlinge, schob sie zurecht, stieß
den Schemel fort und blieb hängen...

Erst bei seinem Rundgang am Morgen entdeckte der Wächter den
toten Meschenetzkij. Er kniete neben dem umgestürzten Schemel.
Man zog ihn aus der Schlinge. Der Aufseher kam herbeigeeilt, und
da er hörte, daß Roman Arzt sei, rief er ihn zu Hilfe.

Es wurden alle in solchen Fällen üblichen Wiederbelebungsversu-
che gemacht, aber Meschenetzkij wurde nicht wieder lebendig.

Meschenetzkijs Körper wurde in die Totenkammer getragen und
auf die Bretter neben die Leiche des alten Sektierers gelegt.

NIKOLAI LESKOW

QUALSUCHT DES GEISTES

Unter den Menschen, die an meiner Erziehung teilhatten, befand sich ein langer, hagerer Deutscher. Er hieß Iwan Jakowlewitsch, wir hatten ihm jedoch den Beinamen »Ziege« gegeben. Seinen richtigen Familiennamen weiß ich nicht mehr. Da sein Äußeres jedoch an eine Ziege erinnerte, pflegten wir ihn nur »Ziege« zu nennen, allerdings nur dann, wenn er nicht zugegen war.

Es war bei meinen reichen Verwandten im Dorfe, im Gouvernement Orjol. Ich wuchs bei ihnen auf und erhielt dort meine Erziehung, bevor man mich in die städtische Schule schickte. Im Dorfe waren einige Lehrer für uns angestellt. Ein Russe namens Iwan Stepanowitsch Ptitzyn, der mit seiner Frau im Seitengebäude wohnte, und ein Franzose, Monsieur Louis, ebenfalls verheiratet. Sein Sohn Alwin lernte mit uns zusammen. Sie wohnten ebenfalls in einem Nebengebäude. Dann war noch ein Deutscher namens Kotberg da, ein Junggeselle, der oft betrunken war und zu Schlägereien neigte. Er geriet mit den Hausangestellten so oft in Streit, daß es meinem Onkel leid wurde und er ihn Knall und Fall entließ. An seiner Stelle wurde »Ziege« genommen, der zuvor schon in einigen Gutshäusern der Umgebung angestellt gewesen war, es jedoch nirgendwo lange ausgehalten hatte. Es hieß, er sei ein sehr friedliebender und guter Mensch, neige jedoch zu »Phantasien«. Er wurde denn auch bei uns mit der Bedingung angestellt, daß er bei uns wohne, uns Deutsch lehren, aber sich nicht unterstehen solle, irgendwelche seiner Phantasien an den Tag zu legen.

Er bemühte sich, diesem Wunsch Folge zu leisten und hielt sich an die drei Monate geflissentlich an das Gebot, doch dann konnte er plötzlich nicht widerstehen und offenbarte eine solche Phantasie, als ob er nie eine Zusicherung gegeben hätte.

Einmal zur Sommerszeit kam die Gattin des Gouverneurs, die sich auf dem Wege zu ihrem Gut befand, zum Onkel auf Besuch. Sie war von ihrem Sohn begleitet, einem sehr verzogenen, unfolgsamen Knaben von ungefähr elf Jahren. Wir gingen in den Obstgarten, und dort riß der Gast die Früchte eines Pflaumenbaumes ab. Es war eine seltene Art, und der Onkel pflegte die Früchte zu zählen. Wir waren über diese Tat sehr erschrocken und schworen uns, alles in Abrede zu stellen und nichts zu sagen.

Als der Onkel abends in den Garten kam und den zerrupften Baum sah, wurde er sehr böse, ließ den Knaben Kostja, den Sohn des Gärtners kommen und fragte ihn, wer die Pflaumen abgerissen habe. Kostja wußte es nicht. Der Verdacht fiel auf ihn, daß er die Pflaumen abgerissen habe und nun leugne. Als man befahl, ihn deswegen mit Stachelbeerreisern auszupeitschen, erschrak er und sagte, er habe in der Tat die Pflaumen gegessen. – Man peitschte ihn trotzdem aus. Wir aber wußten, wer die Früchte abgerissen hatte, sagten jedoch nichts, um unsern Schwur nicht zu brechen und den Gast nicht zu beschämen.

Abends begann unser Vergehen jedoch einige von uns unerträglich zu peinigen, und als wir schlafen gingen, hielt ich es nicht aus und sagte Iwan Jakowlewitsch, daß Kostja unschuldig bestraft worden sei – nicht er sei der Dieb, sondern jener da, und daß wir alle geschworen hätten, ihn nicht anzugeben.

Iwan Jakowlewitsch wurde plötzlich ganz bleich und rief: »Wie? Geschworen? Wie könnt ihr euch erdreisten, einen Schwur zu leisten? Seid ihr denn keine Christen? Wer hat euch erlaubt, bei irgend etwas zu schwören? Da seht ihr, wieviel Unheil daraus entsteht, denn jetzt kann ich nicht länger bei euch bleiben.«

Wir gerieten noch stärker in Erregung und bestürmten ihn mit Fragen, er jedoch bestätigte: »Nein, ich gehe fort von hier, unbedingt gehe ich fort, und nicht aus freien Stücken, sondern man wird mich aus dem Hause jagen, und so wird's gut sein... es wird zum Besten führen.«

Während er dieses sprach, kamen ihm die Tränen, und dann lehnte er plötzlich die Stirn an die Fensterscheibe, seufzte tief und rannte aus dem Zimmer.

Wohin und warum er weglief, konnten wir nicht erraten. Lange warteten wir auf seine Rückkehr, schliefen jedoch dann ein, ohne sein Wiederkommen abgewartet zu haben. Als uns am nächsten Morgen jedoch die alte Magd Wassilissa Matwejewna frische Wäsche brachte, erfuhren wir, daß Iwan Jakowlewitsch überhaupt nicht wieder zu uns zurückkehren werde, weil er den Verstand verloren habe.

Mein Gott!... Wir waren ganz erstarrt... Der arme gute Iwan Jakowlewitsch hatte den Verstand verloren!... Daran waren nur wir schuld. Aber was hatte er eigentlich getan?

»Er erschien, außer sich und kaum einem Menschen ähnlich, bei den Herrschaften und gab eine Phantasie von sich, woraufhin ihm aufgekündigt wurde.«

Die »Phantasie« bestand darin, daß der von unsrer doppelten Untat erregte Iwan Jakowlewitsch in das Gästezimmer hinabgegangen und »mit einem unmenschlichen Ausdruck im Gesicht« an die Gattin des Gouverneurs herangetreten war und ihr mit ganz ruhiger »unmenschlicher Stimme« gesagt hatte: »Ihr Sohn hat ein schlechtes Herz: er hat eine Handlung begangen, um derentwillen man einen armen Jungen ausgepeitscht und gezwungen hat, über sich selbst eine Lüge hervorzubringen... Ihr unglücklicher Sohn hatte die Kraft, dies zu dulden und lehrte noch die anderen schwören, was Jesus Christus niemandem erlaubt und nie zu tun gebeten hat. Ihr armer, unaufgeklärter Sohn tut mir leid. Helfen Sie ihm die Augen öffnen, die lichte Welt erblicken und sich bessern, sonst wird ein schlechter Mensch aus ihm, der seinen Geist tötet und viele andere ins Verderben bringen kann.«

Der Gouverneurin wurde es übel; sie bekam eine hysterischen Anfall.

Der über die vorgefallene Szene schrecklich erzürnte Onkel stieß »Ziege« zur Tür hinaus und befahl, ihn sofort im Kontor einzuschließen. Heute bereits sollte er auf einer Bauernfuhre nach Orjol gebracht werden.

Wir fühlten uns für ihn beleidigt und sagten: »Warum denn auf einer Bauernfuhre?«

»Worauf denn sonst?« antwortete Wassilissa.

»Man könnte doch den Wagen anspannen lassen, mit dem man zur Post fährt.«

»Was denn noch alles! In diesem Wagen fährt man den Popen zur Wasserweihe, warum diesem dummen Deutschen dieselbe Ehre antun wie dem Herrn Pfarrer! Das Väterchen betet für unsere Sünden am Altar, jenem aber geschähe recht, wenn man ihn nicht auf einer Fuhre, sondern auf dem Mistkarren wegbrächte.«

»Und warum lieben Sie ihn so wenig?«

»Weil er ein Narr und Lügenbeutel ist.«

»Er lügt niemals, sondern sagt immer die Wahrheit.«

»Gerade das ist durchaus nicht notwendig. Was hat's mit seiner Wahrheit auf sich? Auch Wahrheit ist gut, aber sie taugt nicht zu jeder Zeit, und man kann mit ihr nicht an alles herankriechen. Mag er seine Wahrheit für sich behalten, aber nicht anderen mit seinem Gesetz an die Gurgel fahren. Wir haben unser eigenes Gesetz, das ist noch viel vollkommener als das ihrige. Wenn wir auch lügen, so können wir doch so viel es beliebt wieder abbeten; wir besitzen auch Wundertäter und Leidensdulder und Märtyrer und Heilige. Er hat keinen Grund, sich unsertwegen aufzuregen. Deshalb hat man ihm auch gezeigt, wo Gott ist und wo die Schwelle.«

»Wie hat man es ihm denn gezeigt?«

»Wo Gott ist?«

»Ja.«

»Man stellt einen Menschen mit dem Gesicht zur Tür und versetzt ihm von hinten kräftig eins in den Nacken, so daß er vor dem Haustor landet.«

»Und das bedeutet nach Ihrer Meinung, einem Menschen zeigen, wo Gott ist?«

»Ja: Raus mit dir und basta!«

»Auf diese Weise hat man also auch ihm gezeigt, ›wo Gott ist‹?«

»Nun, wie anders, man hat ihm gezeigt, ›wo Gott ist‹, und das war alles.«

»Nun ja: Er erblickt ihn ... und dürfte froh sein, daß man ihn fortgejagt hat.»

»Mag er sich darüber freuen, wenn es ihm gefällt. Wir haben keine Ursache, ihn zu bedauern.«

Mir tat Iwan Jakowlewitsch sehr leid; stärker noch beklagte ihn der Sohn des Franzosen Louis, der kleine Alwin. Er kam tränenüberströmt zu uns ins Zimmer und redete mir zu, gemeinsam mit ihm zu den Flachsfeldern der Bauern hinter der Viehweide zu laufen und uns dort im Hanf zu verstecken, bis man Iwan Jakowlewitsch auf der Fuhre vorbeibringen würde. Dann wollten wir den Karren anhalten und uns von Iwan Jakowlewitsch verabschieden.

Dies taten wir denn auch. Wir liefen hin und versteckten uns, doch ließ das Gefährt sehr lange auf sich warten. Es erwies sich, daß Iwan Jakowlewitsch Mitleid mit dem Bauern gehabt hatte, der ihn fahren sollte, und daß er ihn von dieser Verpflichtung befreit hatte, indem er zu Fuß ging. Er hatte seinen grünen Frack an und trug einen grauen Umhang aus geköpertem Zeug: In den Händen schwang er ein winziges Wäschebündel und einen blauen Schirm aus Zwillich. »Ziege« ging nicht nur ruhig seines Weges, sondern gleichsam triumphierend. Sein Gesicht war sogar fröhlich und drückte Zufriedenheit aus. Als er unser ansichtig wurde, blieb er stehen und rief: »Wunderbar, Kinder, wunderbar! Oh, wieviel Freude bereitet mir diese Minute!« Er breitete seine Arme aus, um uns zu umschlingen, und in seinen Augen schimmerten Tränen.

Wir stürzten zu ihm hin, weinten ebenfalls und riefen immer wieder: »Verzeihen Sie uns, verzeihen Sie!« Wofür wir jedoch seine Verzeihung erbaten, konnten wir selbst nicht genau sagen. Er half unserem Verständnis nach und sagte: »Ihr habt schlecht gehandelt, weil ihr eure Freiheit nicht gewahrt habt und euch zum Schwören verleiten ließet. Indem ihr geschworen hattet, hörtet ihr bereits auf, frei zu sein, ihr wurdet Hörige eures Schwurs... Ja, ihr hattet schon nicht mehr die Freiheit, die Wahrheit zu sagen und seht, deswegen wurde dieser arme Junge für einen Dieb gehalten und ausgepeitscht. Es hätte geschehen können, daß dieser Vorwurf für sein ganzes Leben an ihm haften geblieben wäre... und vielleicht wäre er dann tatsächlich ein Dieb geworden. Dies mußte man in der Wurzel zerstören... und ich habe es in der Wurzel zerstört... man mußte rebellieren, und ich habe rebelliert... (Iwan Jakowlewitsch entflammte sich) ich konnte nicht anders... in mir empörte sich der Geist... der Geist erwachte und

wurde lebendig... der von jedem Schwur freie Geist... und ich ging
hin... ich sprach... ich machte reinen Tisch... ich verwarf den Eid...
man soll nicht schwören... Sei gerecht ohne Schwur!... Seht, das ist
notwendig... lüge nirgendwo und vor niemandem... Lüge nicht mit
dem Wort und nicht mit dem Gesicht... Fürchte niemand!... Was in
den Vorschriften geschrieben steht, daß man irgend jemanden fürchten soll – das ist alles Unsinn! Jesus Christus bedeutet mehr als alle
Vorschrift... Ja, ich denke, daß er mehr bedeutet! Was denkt ihr, wer
mehr bedeutet?«

»Christus ist mehr.«

»Nun, gewiß. Christus ist mehr. Er hat gesagt: ›Fürchtet niemand.‹
Er hat die Furcht besiegt... Furcht, wo ist dein Stachel... es gibt
keine Furcht... Sogar ich!... ich habe die Furcht überwunden! Ich
habe sie fortgejagt... jagt auch ihr sie fort!... und sie weicht... wo ist
sie hier? Sie ist hier nicht. Hier sind wir drei, und wer ist unter uns?
Nun!... Wer? Die Furcht? Nein, nicht die Furcht, sondern unser
Christus! Er ist mit uns. Was?... Seht ihr es? Fühlt ihr es?... Begreift
ihr es?«

Wir wußten nicht, was wir ihm antworten sollten, aber wir ›begriffen‹, daß wir etwas ganz Wunderbares ›fühlten‹, und so sagten wir es
auch.

»Ziege« war außer sich vor Freude und rief: »Seht, das ist's, was
nötig ist. Gebe Gott, daß ihr es niemals wieder vergeßt. Dafür allein
lohnt es, stets bei allen Lebensvorfällen gerecht zu sein. Ein reines
Gewissen offenbart Gott bei jeder Gelegenheit, die Lüge aber, wo
immer ihr sie trefft, entfernt von Gott. Fürchtet niemand und lügt um
keinen Preis!‹

»Oh, ja, ja!« antworteten wir, »wir werden nie wieder lügen und nie
wieder schwören, aber wie sollen wir das Böse gutmachen, das wir
verübt haben?«

»Gutmachen... gutmachen kann nur Gott allein, gutmachen ist
nicht unsere Sache. Habt Kostja lieb und erinnert die anderen daran,
daß er unschuldig ist – daß er sich vor Angst selbst verleugnet hat.«

»Wir werden alles tun, was Sie uns geheißen haben. Aber sagen Sie,
Iwan Jakowlewitsch, wohin gehen Sie? Haben Sie irgendwo Ihr Haus?«

Er schüttelte verneinend den Kopf und sagte: »Wozu brauche ich ein Haus?«

»Haben Sie denn... Familienangehörige, von denen Sie geliebt werden?«

»Familienangehörige?... Nein!... Warum soll ich Angehörige haben?«

»Wer sind die Ihrigen?«

»Wer die Meinigen sind?... Wer sind die Meinigen!... Nun, ihr seid jetzt die Meinigen... Die ›Meinigen‹ – das sind alle, die das gleiche lieben wie ich...«

»Besondere Nächste haben Sie also nicht?«

»Wozu denn besondere? Was fällt euch ein?... Man muß alles gemeinsam tun, aber keineswegs gesondert.«

»Und wohin begeben Sie sich jetzt?«

Er zuckte mit den Schultern und antwortete fröhlich: »Wohin ich gehe? Zur ewigen Seligkeit. Auf welchem Wege ich jedoch dahin gelange, ist ganz gleichgültig man muß nur überall Gottes Sache tun.«

Wir begriffen nicht, was »Gottes Sache tun« bedeutete und ließen nicht ab mit unserem jammernden Gefrage.

»Es tut uns leid, daß Sie ganz grundlos entlassen worden sind.«

Er schüttelte still den Kopf und antwortete: »Nein, ich bin keineswegs ohne Grund entlassen worden.«

»Wieso nicht? Sie haben doch ehrenhafter als wir alle gehandelt und nichts Böses getan.«

»Alles schön und gut! Wozu etwas Böses tun? Das braucht es nicht... aber ich habe Unruhe verursacht: Ich habe mich empört gegen die Finsternis dieser Zeit... also mußte man mich fortjagen. Das ist schon so... und es ist sehr gut so!«

»Sie sagen es, als ob Sie sogar froh darüber seien.«

»Richtig, sogar froh! Ja, ich bin froh! Ich bin sehr froh. Denn wir führen unseren Kampf nicht gegen Fleisch und Blut, sondern gegen die Finsternis der Zeit – mit den Geistern des Bösen, die auf Erden hausen. Wir führen Krieg gegen die Finsternis der Zeit und gegen die Geister der Bosheit, und sie jagen und töten uns, wie ehedem jene, die weit besser waren als wir, gejagt und getötet worden sind.«

»Aber warum? Weshalb jagt man die, welche niemandem etwas Böses zugefügt haben, das ist furchtbar!«

»Mitnichten«, antwortete »Ziege« und strahlte noch mehr, »im Gegenteil, es ist gut... gerade das ist gut, daß man sie grundlos jagt: das erzieht sie, das stärkt sie... möchtet ihr wirklich, daß man mich nicht so jagt, wie es jetzt wegen meines Aufstandes gegen die Finsternis der Zeit und die Geister der Bosheit geschieht, sondern daß ich selbst jemandem Böses zufüge?«

»Oh nein!«

»Nun also!... Alles ist, wie es sein muß... alles ist herrlich... Wenn ihr mit der Zeit begreift, worin das Leben besteht, und ihr auf die beste Art leben wollt, das heißt, wenn ihr so leben wollt, daß euch die Geister des Bösen jagen... dann werdet ihr mich verstehen... Wenn sie euch jagen... das ist herrlich, das ist Freude... das ist Glück! Aber...!«

Er nahm uns bei den Schultern und fuhr mit gesenkter Stimme fort: »Aber wenn sie schön mit euch tun und euch loben... seht, dann...«

»Sie sagen etwas Schreckliches...«

»Ja, es ist schrecklich. Dann fürchtet euch, dann gebt Obacht, dann... sucht Rettung bei eurem himmlischen Vater.«

»Beim himmlischen Vater! Aber wir wissen doch nicht, wie wir suchen, was wir tun sollen.«

»Was tun?«

»Daß er uns rette.«

»Aha! Ja, das weiß auch ich nicht... auch ich... bin dessen nicht wert, doch er...«

In Iwan Jakowlewitschs Brust lösten sich die Tränen, und er sprach gleichsam in Verzückung. »Ich bin ein armer Sünder, der aus dem Nichts gekommen ist: Ich bin ein Wurm, gekrochen aus dem Schmutz. Er jedoch hält mich auf seinen Knieen, er trägt mich auf seinen Armen, wie einen Sohn, der nicht laufen kann, und verwirft mich nicht, zürnt nicht, daß ich so kleinen Verstandes bin. Wenn ich auch dumm bin, aber er flüstert mir alles zu, was ein Mensch braucht, und ich glaube, daß ich in seinen Armen genau so viel verstehe, wie ich brauche, und... ihr werdet es auch begreifen... der Geist wird es euch sagen... Dann kommt die Rettung, und ihr werdet mich fragen: Wie ist sie gekommen?... und so soll es sein... Still... pst... Gott geht in der Stille... Still!«

»Ziege« senkte plötzlich den Kopf, faltete die Hände auf der Brust und begann das Vaterunser in deutscher Sprache zu beten. Ohne aufgefordert zu werden, zogen wir unsere Mützchen vom Kopf und beteten mit. Nachdem er das Gebet beendet hatte, legte er seine Hände auf unsere Köpfe, und betete, indem sich seine Augen mit Tränen füllten, auf russisch weiter.

»Vater unser!« sagte er, »ich danke dir, daß du mir von neuem die Freude bereitet hast, in Erfüllung deines heiligen Willens verjagt zu werden. Stärke das Herz derer, die im Gehorsam vor deinem Willen dulden und erleuchte die Augen der Menschen, die uns hetzen, mit Verstand und Barmherzigkeit. Lasse auch diese deine Kinder nicht lange in der Wüste. Führe sie zum rechten Verständnis und lasse sie die Seligkeit kosten, die ich jetzt dank deiner Güte in meinem Geiste verspüre. Laß sie begreifen, worin dein Wille besteht.«

Und er umarmte uns noch einmal, küßte uns und schritt der Stadt zu, ganz obdachlos und ganz glücklich. Wir jedoch, die alles in Fülle besaßen, und für die alles bereitstand, knieten auf dem staubigen Wege, blickten dem Lehrer nach und weinten.

Es war, als habe er in uns etwas Scharfes hineingeschleudert, was uns dennoch zugleich begeisternd froh machte. »Ziege« hatte etwas auf uns herabbeschworen. Etwas hatte uns angehaucht. Wir wollten es erfassen, um endlich die Herzen im Gebet zu erweichen, sprangen plötzlich beide auf, jagten dem Lehrer nach und riefen: »Iwan Jakowlewitsch! Iwan Jakowlewitsch!«

Er blieb stehen und wandte sich um. Es schien uns, als ob er plötzlich ein anderer geworden sei: als ob er wüchse und im Licht erstrahle. Es kam wahrscheinlich daher, daß er jetzt auf dem Hügel stand und ihn die Sonne beleuchtete. Indes war auch seine Stimme eine ganz andere geworden. Sie goß die Worte gleichsam durch die Luft: »Was wollt ihr noch? Was wollt ihr?«

Wir wußten jedoch nicht, was wir ihm eigentlich sagen wollten und fragten: »Werden wir uns jemals wiedersehen?

Er antwortete deutlich: »Ihr werdet mich sehen.«

»Wann wird es sein?«

Seine Stimme klang dumpfer, als er antwortete: »Vielleicht... wird es ganz unerwartet geschehen, und dann wird es wieder nicht geschehen, und dann wird es abermals zuweilen geschehen...«

Wir sind ihm dann scheint's nachgelaufen, da er jedoch selbst vorwärts schritt, blieben wir immer weiter zurück und riefen: »Wo werden wir uns wiedersehen?«

Er antwortete schon aus weiter Ferne: »Ganz gleich« und breitete die Arme nach beiden Seiten aus, als ob er erklären wollte, daß wir überall, ganz gleich in welcher Richtung, ihn »zuweilen« wiedersehen könnten. Der Raum ist für ihn nicht vorhanden, »ganz gleich... zuweilen werden wir uns wiedersehen... und ein andermal nicht... zuweilen«, und noch etwas dieser Art, und dabei entschwand er dem Blick immer mehr und mehr. Plötzlich wedelte er ganz komisch mit den Händen und lief und lief und verschwand.

Seit diesem Tage sind viele Jahre vergangen, und ich hatte lange, sehr lange nicht mehr an »Ziege« gedacht, doch dann erschien er mir einmal ganz unerwartet, und dann ein zweites und ein drittes Mal. Und er war so dicht bei mir, als ob er nie wieder von mir gehen wollte, doch statt dessen... lief und lief er vorwärts... In solchen Augenblikken schien mir, als ob auch ich nicht ganz still stände... Auch ich schien mich zuweilen weiter zu winden und mich ein wenig vorwärts zu bewegen, aber dabei empfand ich auch die Schwäche, die Müdigkeit und die Kraftlosigkeit, mich weiter zu bewegen... Immer endete es damit, daß ich zurückblieb und ihn wiederum aus den Augen verlor!... Stets aber kam unerwartet Hilfe. Irgendwo erhob sich jemand und zeigte mir, »wo Gott ist«... Und dann schaute man sofort wieder um sich, fühlte alle die Seinigen im eigenen Herzen und hatte keine Angst, sich von auch nur einem trennen zu sollen, denn »alle, die des gleichen Geistes voll sind, müssen das Leben auf gleiche Weise verstehen«.

WLADIMIR KOROLENKO

DER ALTE GLÖCKNER

Es dunkelt. Das an einem Flüßchen sich erstreckende kleine Dorf im Tann liegt in jener eigenartigen Dämmerung versunken, welche die sternenklaren Nächte im Frühling erfüllt, wenn der feine, vom Boden steigende Nebel die Schatten der Wälder noch dunkler macht und die offenen Flächen mit einem silberblauen Brodem verhüllt... Alles ist ruhig, voll Sinnen und Schwermut. Still schlummert das Dorf. Kaum heben sich die schwarzen Umrisse der ärmlichen Hütten von der dunklen Erde ab. Irgendwo flackern Lichter auf. Hin und wieder knarrt ein Tor. Ein Hofhund schlägt an und verstummt wieder. Zuweilen treten aus der dunklen Masse des leise rauschenden Waldes Gestalten hervor, jemand reitet vorbei, ein Fuhrwerk rasselt. Es sind die Bewohner der einzelnen Walddörfchen, die sich zu ihrer Kirche begeben, um Ostern, das Fest des Frühlings zu feiern.

Die Kirche steht auf einer Anhöhe genau in der Mitte des Dorfes. Ihre Fenster schimmern im Kerzenlicht. Die Spitze des Glockenturms – alt ist er, hoch und dunkel – versinkt im Blau.

Die Stufen der Treppe knarren... der alte Glöckner Michejitsch steigt empor. Bald wird sein Laternchen gleich einem aus fernen Welten herbeigeflogenen Stern im Freien schweben.

Dem Greis macht es Mühe, die steile Stiege emporzuklimmen. Die alten Beine versagen schon den Dienst, die Augen sehen schlecht, er ist am Ende seiner Kräfte. Längst ist es an der Zeit zur ewigen Ruhe zu gehen, doch Gott schickt den Tod nicht. Die Söhne hat er begraben. Alte und Junge hat er zu Grabe geleitet, aber er selbst ist immer noch am Leben. Schwer ist's!...

So viele Male schon hat er dem Fest des Frühlings entgegengesehen. Er kann es nicht zählen, wie oft er hier auf dem Glockenturm die bestimmte Stunde erwartet hat. Nun hat ihn Gott wieder so weit gebracht.

Der Greis tritt an einen Ausblick des Turmes und stützt sich auf das Geländer. Unten, rings um die Kirche heben sich in der Dunkelheit die Gräber des Dorffriedhofes undeutlich ab. Die alten Kreuze scheinen sie mit ausgebreiteten Armen zu bewachen. Hier und dort neigen sich kahlästige Birken über sie. Der würzige Duft der jungen Knospen steigt aus der Tiefe zu Michejitsch empor. Die traurige Stille des ewigen Schlafes weht ihn an...

Was wird übers Jahr mit ihm sein? Wird er wieder hier hinaufsteigen, in den Raum unter der ehernen Glocke, um mit tönendem Schlag die leise schlummernde Nacht aufzuwecken, oder wird er da unten liegen, in einer dunklen Ecke des Friedhofes unter dem Kreuz? Gott weiß es... Er ist bereit. Jetzt aber läßt ihn Gott noch einmal den Feiertag einläuten. »Der Herr sei gepriesen!« flüstern die Lippen des Greises den gewohnten Spruch. Michejitsch blickt zu dem von Millionen Lichtern entflammten Sternenhimmel empor und bekreuzigt sich...

»Michejitsch, Michejitsch!« ruft ihm von unten eine brüchige, ebenfalls greisenhafte Stimme zu. Der alte Küster blickt hinauf zum Glockenturm. Obwohl er sogar die Handfläche über die blinzelnden, tränenden Augen hält, sieht er Michejitsch nicht.

»Was ist? Ich bin hier!« antwortet der Glöckner und beugt sich vom Turm herab. »Siehst du mich nicht?«

»Nein... Ist es noch nicht Zeit, mit dem Geläut zu beginnen? Was meinst du?«

Beide richten den Blick zu den Sternen hinauf. Tausend Leuchten Gottes strahlen aus der Höhe zu ihnen hinunter. Der flammende Wagen steht schon hoch über ihnen... Michejitsch überlegt. »Nein, warte noch ein wenig... ich weiß schon Bescheid...«

Er weiß Bescheid. Eine Uhr braucht er nicht. Gottes Sterne sagen ihm, wann es an der Zeit ist. Erde und Himmel, die weiße Wolke, die still im dunklen Blau schwimmt, der finstere Tannenwald, der da unten sein unverständliches Lied singt, und das Geplätscher des unsichtbar in der Finsternis dahinströmenden Flüßleins – all das ist ihm bekannt, alles ist ihm heimatlich vertraut. Nicht umsonst ist hier sein ganzes Leben verflossen... Die ferne Vergangenheit steht lebendig vor ihm auf. Er erinnert sich, wie er zum ersten Male mit seinem Vater auf den Glockenturm stieg... Herr Gott, wie lange war das her... und wie schnell verging die Zeit...! Er sieht sich als flachshaarigen Jungen. Seine Augen leuchten. Der Wind – nicht der, welcher den Straßenstaub aufwirbelt, sondern ein besonderer, hoch über der Erde mit lautlosen Flügelschlägen gleitender Wind, zerzaust ihm die Härchen. Tief, tief unten gehen irgendwelche kleinen Menschen dahin. Die Häuser des Dorfes sind ebenfalls ganz klein. Der Wald ist weit in die Ferne gerückt, und die runde Lichtung, in der das Dorf liegt, scheint riesig, fast grenzenlos zu sein. Da liegt sie in ihrer ganzen Größe! lächelt der grauhaarige Greis und blickt auf die kleine Lichtung hinab.

Und mit dem Leben ist es ebenso... In der Jugend sieht man ihm kein Ende und Aufhören an... Doch da liegt es nun wie auf der Handfläche ausgebreitet, vom Beginn bis zu jener Grabstätte, die er sich in der Ecke des Friedhofs erwählt hat... Warum nicht – der Herr sei gepriesen! – es ist Zeit, zur Ruhe zu gehen. Der schwere Weg ist ehrenhaft zu Ende geschritten, und die feuchte Erde ist ihm eine Mutter... Bald, warte nur, bald...

Indessen, es ist an der Zeit. Nachdem Michejitsch auf die Sterne geblickt hat, erhebt er sich, nimmt die Kappe ab, bekreuzigt sich und ergreift die Glockenstränge. Einen Augenblick später erzittert die nächtliche Luft von einem dröhnenden Schlag. Ein zweiter, dritter, vierter folgen... einer nach dem anderen erfüllt die leise schlafende Nacht, und gewaltig sich dehnend, klingend und singend strömen die Töne dahin...

Das Geläut verstummt. In der Kirche beginnt der Gottesdienst. Früher ist Michejitsch immer hinabgestiegen und hat sich in die Ecke neben der Tür gestellt, um zu beten und dem Gesang zu lauschen. Doch heute bleibt er im Glockenstuhl. Es ist ihm zu beschwerlich, die Treppe hinabzusteigen. Außerdem spürt er eine gewisse Mattigkeit.

Er setzt sich auf das Bänkchen, lauscht dem stiller werdenden Dröhnen des ausschwingenden Erzes und fällt in tiefes Sinnen. Worüber? Er hätte wohl selbst kaum auf diese Frage antworten können... Der Glockenstuhl ist von der Laterne schwach beleuchtet... Die dumpf dröhnenden Glocken versinken in der Finsternis. Von unten aus der Kirche klingen von Zeit zu Zeit Bruchstücke fernen Gesanges herauf. Die an den eisernen Glockenherzen befestigten Stränge schwingen im Nachtwind... Der Greis läßt sein graues Haupt auf die Brust sinken. Zusammenhanglose Bilder ziehen an seinen Augen vorüber.

»Jetzt singen sie den Lobgesang!« denkt er und sieht sich ebenfalls in der Kirche. Auf dem Chor erschallen einige Dutzend Kinderstimmen. Ein alter Priester, der verstorbene Vater Nahum, läßt mit zitternder Stimme die Lobgesänge ertönen. Hunderte von Bauernköpfen senken sich wie reife Ähren im Wind und erheben sich von neuem. Die Bauern bekreuzigen sich. Alle ihre Gesichter sind ihm bekannt. Trotzdem sind es Tote... Da ist das strenge Antlitz des Vaters, der älteste Bruder bekreuzt sich, wie es der Brauch will. Er steht neben dem Vater und seufzt. Da ist auch er selbst, strotzend vor Kraft und Gesundheit steht er da, voll heimlicher Hoffnung auf das Glück, auf die Freude des Lebens...

Wo ist es gewesen, das Glück? Das Denken des Greises lodert auf wie eine erlöschende Flamme. Sein heller, schneller Strahl beleuchtet alle Winkel des verflossenen Lebens. Unerträgliche Arbeit war es, Kummer und Sorge... Wo blieb das Glück? Das schwere Los furcht Runzeln in das junge Gesicht, beugt den mächtigen Rücken, lehrt auch ihn seufzen wie den ältesten Bruder... Doch da, zur Linken, unter den Bauersfrauen, steht mit friedfertig gesenktem Kopf seine ›Schöne‹. War ein gutes Weib, Gott schenke ihr das ewige Leben! Hat mancherlei Mühsal erfahren, die Brave... Not und Arbeit und das unausbleibliche Frauenleid dörrten das hübsche Weib aus. Die Augen verloren den Glanz, und die ewige dumpfe Angst vor den unerwarteten Schlägen des Lebens veränderte die hohe Schönheit der Jugend... Ja, wo war ihr Glück gewesen?... Der einzige Sohn, der ihnen blieb, ihre Hoffnung und Freude, auch den überwältigte die menschliche Ungerechtigkeit...

Siehe da, auch er, der reiche Widersacher, macht seine Verneigungen bis zur Erde, und erfleht Vergebung für die blutigen Tränen der Waisen. Eilsam schlägt er das Kreuzeszeichen über sich, fällt auf die Knie und stößt die Stirn auf den Boden... Michejitsch's Herz wallt zornig auf. Die dunklen Gesichter der Ikonen aber blicken streng von der Wand auf das menschliche Leid und die menschliche Ungerechtigkeit hernieder...

All das ist Vergangenheit, alles liegt weit hinter ihm. Jetzt ist dieser dunkle Glockenstuhl, wo der Wind in der Finsternis sein Lied singt und mit den Glockensträngen spielt, seine ganze Welt...»Gott sei euer Richter, Er richte euch!« flüstert der Greis und senkt den grauen Kopf. Leise rinnen die Tränen über die alten Wangen des Glöckners...

»Michejitsch, he Michejitsch! Was ist mit dir, bist du eingeschlafen?« ruft man unten.

»Wie?« läßt sich der Greis vernehmen. Er springt schnell auf die Füße. Mein Gott, sollte er wirklich eingeschlafen sein? Eine solche Schande wäre ihm noch nie widerfahren!

Michejitsch ergreift schnell mit geübter Hand die Stricke. Unten wimmelt die bäuerliche Menge wie ein Ameisenhaufen. Die Kirchenfahnen flattern im Wind. Der goldene Brokat glitzert. Jetzt ist die Kreuzprozession rings um die Kirche vorüber, und zu Michejitsch hinauf dringen frohe Rufe: »Christ ist erstanden von den Toten!« Der Ruf ergießt sich wie eine Woge in das Herz des Greises. Michejitsch will es scheinen, daß die Flammen der Wachskerzen heller in der Finsternis lodern, und die Menge in immer stärkere Erregung gerät. Die Fahnen knattern. Der erwachende Wind nimmt alle Laute in sich auf und trägt sie in breitem Schwall zur Höhe, wo sie mit dem lauten, feierlichen Schall der Glocken zusammenströmen...

So hat der alte Michejitsch noch nie in seinem Leben geläutet. Das übervolle Herz des Greises scheint in dem Erz aufgegangen zu sein. Die Töne singen. Sie leben gleichsam; sie mischen sich und weinen, verflechten sich zu einem zauberhaften Band und schwingen zum Sternenhimmel empor. Und die Sterne flammen strahlender auf und

entbrennen; die Töne zittern und verströmen und fallen mit liebender
Gnade wieder auf die Erde zurück... Laut dröhnt der tiefe Baß und
schmettert die erhabenen, mächtigen, auf Erden wie im Himmel wi-
derschallenden Klänge in den Raum:»Christ ist erstanden!«

Die beiden Tenöre, die vom regelmäßigen Schlag der eisernen Herzen erzittern, fügen sich froh und wohllautend ein:»Christ ist erstanden!«

Die beiden kleinsten, die Diskante, die sich gleichsam beeilen, um
nicht zurückzubleiben, drängen sich zwischen die Großen und singen
fröhlich wie kleine Kinder, einander überspielend:»Christ ist erstanden!«

Der alte Glockenturm zittert und schwankt. Der Wind, der über
das Gesicht des Glöckners weht, rauscht mit mächtigen Flügeln einher und wiederholt:»Christ ist erstanden!«

Das alte Herz denkt nicht mehr an das von Sorgen und Leid erfüllte Leben. Der Greis vergißt, daß sein Dasein auf den düsteren,
engen Glockenstuhl beschränkt ist, daß er wie ein alter Baumstumpf,
den das böse Wetter zerschmettert hat, allein in der Welt steht... er
lauscht den singenden und klagenden Tönen, die zur himmlischen
Höhe emporfliegen und auf die arme Erde zurückfallen, und er hat
das Gefühl, von seinen Söhnen und Enkeln umgeben zu sein. Ihre
frohen Stimmen, die Stimmen von Jung und Alt, strömen in einem
einzigen Chor zusammen, und ihr Gesang birgt alles Glück und alle
Freude, die er selbst bei Lebzeiten nicht gekannt hat... Während der
alte Glöckner die Stränge zieht, rinnen ihm die Tränen über das Gesicht, und sein Herz schlägt höher im Traum vom Glück...

Unten lauschen die Menschen und sagen einander, daß der alte Michejitsch noch niemals so wunderbar geläutet habe.

Doch plötzlich geht ein unbestimmtes Zittern durch die große
Glocke, und sie verstummt...

Verwirrt zerflattern die Beistimmen in einem ungelösten klirrenden
Klang. Er bricht ebenfalls ab und fügt sich willig in den traurig
dröhnenden langen Ton, der bebt und verhallt und weint und allmählich in der Luft zerrinnt.

Kraftlos läßt sich der alte Glöckner auf die Bank nieder. Seine letzten beiden Tränen rinnen leise über die bleichen Wangen...

WSEWOLOD GARSCHIN

DIE ROTE BLUME

Dem Andenken Iwan Turgenjews
gewidmet

I

»Im Namen Seiner Kaiserlichen Majestät, des Zaren Peter des Ersten, verkünde ich hiermit eine Revision dieses Irrenhauses.«

Diese Worte wurden mit einer lauten, scharfen, hellklingenden Stimme gesprochen. Der Schreiber des Krankenhauses, der den Patienten in ein großes abgegriffenes Buch auf einem mit Tintenklecksen beschmutzten Tisch eintrug, konnte sich eines Lächelns nicht erwehren. Doch die beiden jungen Leute, die den Patienten begleiteten, lachten nicht; sie konnten sich kaum noch auf den Beinen halten, nachdem sie zweimal vierundzwanzig Stunden schlaflos, allein mit dem Irren, in der Eisenbahn verbracht hatten. Auf der vorletzten Station war er von einem besonders heftigen Tobsuchtsanfall gepackt worden; sie hatten irgendwo eine Zwangsjacke aufgetrieben und sie mit Hilfe des Schaffners und eines Gendarmen dem Kranken angelegt. So schleppten sie ihn in die Stadt, und so lieferten sie ihn in das Krankenhaus ein.

Er sah entsetzenerregend aus. Über dem grauen Anzug, den er während des Anfalls in Fetzen zerrissen hatte, umspannte eine Jacke aus grobem Segeltuch mit einem breiten Ausschnitt seinen Körper; die langen Ärmel preßten seine Hände kreuzweise an die Brust und waren hinten zusammengebunden. Die entzündeten, weit aufgerissenen Augen (er hatte zehn Tage nicht geschlafen) glühten in reglosem, heißem Glanz; ein nervöser Krampf zuckte am Rande seiner Unterlippe; eine Strähne seines wirren Kraushaares fiel auf die Stirn; er ging mit schnellen, schweren Schritten von einer Ecke des Büros in die andere, indem er forschend die alten Aktenschränke und die mit Wachstuch überzogenen Stühle betrachtete und hin und wieder einen Blick auf seine Reisebegleiter richtete.

»Bringen Sie ihn in die Abteilung, rechts.«

»Ich weiß, ich weiß. Ich war schon einmal im vorigen Jahr hier bei Ihnen. Wir hatten damals das Krankenhaus besichtigt. Ich weiß alles, und es wird schwer sein, mich zu hintergehen«, sagte der Patient.

Er wandte sich zur Tür. Der Wärter öffnete sie vor ihm; mit dem gleichen schnellen, schweren und entschlossenen Gang verließ er, das verstörte Haupt hoch erhoben, das Büro und eilte fast im Laufschritt nach rechts zu der Abteilung für Geisteskranke. Seine Begleiter konnten ihm kaum folgen.

»Läutet. Ich kann nicht. Mir sind die Hände gebunden.«

Der Pförtner öffnete die Tür, und die Reisegefährten betraten die Anstalt.

Es war ein großes steinernes Gebäude im Stil der alten staatlichen Bauweise. Zwei große Säle, der eine – das Speisezimmer, der andere – ein Aufenthaltsraum für die ruhigen Patienten, ein breiter Korridor mit einer Glastür, die in einen Garten mit Blumenbeeten führte, und etwa zwei Dutzend Einzelzimmer, in denen die Kranken wohnten, bildeten die untere Etage; dort befanden sich auch zwei dunkle Kammern, die eine mit Matratzen, die andere mit Brettern an den Wänden, in die man die Tobsüchtigen einsperrte, und außerdem ein düsterer Raum mit Gewölben – das Badezimmer. Das obere Stockwerk bewohnten die weiblichen Insassen. Von dort vernahm man ständig einen wirren Lärm, unterbrochen von Heulen und Jammern. Man hatte das Krankenhaus für achtzig Patienten eingerichtet, doch da es das einzige im weiten Umkreis war, wurden bis zu dreihundert Kranke dort untergebracht. In den kleinen Kammern standen vier oder fünf Betten; so kam es, daß im Winter, wenn die Kranken nicht in den Garten gelassen wurden und die Fenster hinter den Gitterstäben fest geschlossen waren, die Luft in der Anstalt unerträglich stickig war.

Man führte den neuen Patienten in das Zimmer mit den Wannen. Schon auf einen gesunden Menschen wirkte es bedrückend, wieviel beklemmender mußte es erst auf die Phantasie eines Menschen mit zerrütteten, erregten Nerven wirken. Es war ein großer Raum mit Gewölben, mit einem schlüpfrigen steinernen Fußboden, nur durch ein in der Ecke eingesetztes Fenster erleuchtet; die Wände und Wöl-

bungen waren mit dunkelroter Ölfarbe angestrichen; in dem von
Schmutz schwarzen Fußboden waren in gleicher Höhe mit ihm zwei
steinerne Wannen eingelassen – wie zwei ovale, mit Wasser gefüllte
Gruben. Der riesengroße kupferne Ofen mit einem zylinderförmigen
Kessel zum Erwärmen des Wassers und mit einem ganzen System
von kupfernen Röhren und Hähnen nahm die Ecke gegenüber dem
Fenster ein; alles hatte ein für ein gestörtes Gemüt ungewöhnlich
düsteres und phantastisches Gepräge, und der Wärter, der die Auf-
sicht über die Wannen hatte, ein dicker, stets schweigender Ukrainer,
verstärkte mit seinem finsteren Gesichtsausdruck nur noch den de-
primierenden Eindruck.

Als man den Patienten in dieses schreckliche Zimmer brachte, um
ihn zu baden und ihm dann gemäß der Heilmethode des Chefarztes
der Anstalt eine Spanische Fliege auf den Nacken zu legen, geriet er in
Entsetzen und Wut. Sinnlose Gedanken, einer wunderlicher als der
andere, kreisten in seinem Kopf. Was soll das? Inquisition? Ein Ort
heimlicher Hinrichtung, an dem seine Feinde ihm den Garaus machen wollen? Vielleicht sogar die Hölle selbst? Schließlich kam ihm
sogar in den Sinn, daß dies eine Art Tortur sei. Man entkleidete ihn
trotz seines verzweifelten Widerstandes. Mit einer durch die Krankheit verdoppelten Kraft riß er sich aus den Händen einiger Wärter los,
so daß sie hinfielen; endlich überwältigten ihn vier, indem sie ihn an
Armen und Beinen packten und in das warme Wasser tauchten. Es
erschien ihm kochend heiß, und in seinem verrückten Hirn zuckte der
zusammenhanglose, sprunghafte Gedanke von einer Tortur mit sie-
dendem Wasser und glühendem Eisen auf. Wasser schluckend und
krampfhaft mit den Armen fuchtelnd und den Beinen strampelnd, an
denen ihn die Wärter festhielten, sprudelte er kreischend sinnlose
Worte heraus, von denen man keine Vorstellung haben kann, wenn
man sie nicht selbst gehört hat. Gebete und Flüche mischten sich
durcheinander. Er schrie so lange, bis ihn die Kräfte verließen und er
schließlich leise, unter heißen Tränen, einen Satz murmelte, der in gar
keinem Zusammenhang mit dem vorausgegangenen Gefasel stand.

»Heiliger großer Märtyrer Georg! In deine Hände befehle ich meinen Leib. Doch den Geist – nein, o nein!«...

Die Wärter hielten ihn immer noch, obwohl er sich beruhigt hatte. Das warme Wasser und die Eisbeutel auf dem Kopf hatten ihre Wirkung getan. Aber als man ihn fast bewußtlos aus dem Wasser hob und auf einen Hocker setzte, um ihm das Pflaster aufzulegen, begehrten der Rest seiner Kräfte und die sinnlosen Gedanken gewissermaßen von neuem auf.

»Wofür? Wofür?« schrie er. »Ich wollte niemand Böses antun. Wofür tötet man mich? O mein Gott! O ihr, die ihr vor mir gemartert wurdet! Ich flehe euch an, befreit mich…«

Die brennende Berührung am Nacken veranlaßte ihn, verzweifelt um sich zu schlagen. Die Wärter konnten nicht mit ihm fertig werden und wußten nicht, was sie tun sollten.

»Nichts zu machen«, sagte der Soldat, der die Operation vollzog. »Man muß es abwischen.«

Diese einfachen Worte ließen den Patienten erzittern. Abwischen!… ›Was abwischen? Wen abwischen? Mich?‹ dachte er in tödlichem Erschrecken und schloß die Augen. Der Soldat nahm ein grobes Handtuch an beiden Enden und zog es, kräftig aufdrückend, über den Nacken, wobei er das Pflaster samt der oberen Hautschicht abriß, so daß eine entblößte, rote wunde Stelle zurückblieb. Der Schmerz bei dieser Prozedur, der schon für einen ruhigen und gesunden Menschen unerträglich ist, schien dem Kranken das Ende von allem zu sein. Er bäumte sich verzweifelt mit seinem ganzen Körper auf, riß sich aus den Händen der Wärter, und sein nackter Körper wälzte sich auf den Steinfliesen. Er dachte, daß ihm der Kopf abgeschlagen worden sei. Er wollte schreien und konnte es nicht. Man trug ihn zu seiner Pritsche in besinnungslosem Zustand, der in einen tiefen, todesähnlichen Schlaf überging.

2

Er erwachte in der Nacht. Alles war still; aus dem großen Nachbarzimmer hörte man das Atmen schlafender Patienten. Irgendwo in der Ferne hielt ein Kranker, der für die Nacht in das dunkle Zimmer gesperrt war, mit monotoner, seltsamer Stimme ein Selbstgespräch, und oben in der Frauenabteilung sang eine heisere Altstimme ein wildes Lied. Der Patient lauschte diesen Tönen. Er verspürte eine schreckliche Schwäche und Zerschlagenheit in allen seinen Gliedern; der Hals schmerzte ihm heftig.

Wo bin ich? Was geschieht mit mir? überlegte er. Und plötzlich trat mit ungewöhnlicher Klarheit der letzte Monat seines Lebens in seine Vorstellung, und er begriff, daß er krank war und woran er litt. Ihm kam eine Folge von vernunftwidrigen Gedanken, Worten und Handlungen in den Sinn, und Schauer durchrieselten ihn.

»Doch das ist nun zu Ende, Gott sei Dank, zu Ende!« flüsterte er und schlummerte wieder ein.

Das offene Fenster mit dem eisernen Gitter ging auf ein krummes Gäßchen zwischen großen Gebäuden und einer Steinmauer hinaus; dieses Gäßchen wurde nie von einem Menschen betreten, und es war von wildem Gesträuch und Flieder überwuchert, der in dieser Jahreszeit üppig blühte... Hinter dem Gesträuch, direkt gegenüber dem Fenster, ragte dunkel die hohe Mauer auf, hinter der die vom Mondschein übergossenen und durchsickerten Wipfel stattlicher Bäume eines großen Gartens zu sehen waren. Rechts erhob sich das weiße Gebäude der Anstalt mit seinen von innen erleuchteten, vergitterten Fenstern; links die weiße, vom Mond beschienene blinde Wand der Leichenhalle. Das Mondlicht fiel durch das Fenstergitter in das Innere des Zimmers auf den Fußboden und schien auf einen Teil des Bettes und das zerquälte bleiche Antlitz des Patienten, der mit geschlossenen Augen dalag; jetzt war nichts Irres mehr an ihm. Er schlief den tiefen, schweren Schlaf eines erschöpften Menschen, ohne Träume, ohne die geringste Bewegung und fast ohne zu atmen. Für einige Augenblicke wachte er bei vollem Bewußtsein auf wie ein Gesunder, am Morgen stand er aber wie zuvor als Irrsinniger auf.

3

»Wie fühlen Sie sich?« fragte ihn am nächsten Tag der Arzt.

Der Patient, der eben erst erwacht war, lag noch unter der Bettdecke.

»Ausgezeichnet!« antwortete er, sprang heraus, schlüpfte in die Pantoffeln und griff nach seinem Schlafrock. »Ausgezeichnet! Nur eins: das hier!« Er zeigte auf seinen Nacken.

»Wenn ich den Hals drehe, tut es weh. Aber das macht nichts. Alles ist gut, wenn man es begreift, und ich begreife es.«

»Sie wissen, wo Sie sich befinden?«

»Natürlich, Herr Doktor! Ich bin in einem Irrenhaus. Aber wie gesagt, wenn man es begreift, so ist wirklich alles gleichgültig. Wirklich alles gleichgültig.«

Der Arzt sah ihm unverwandt in die Augen. Sein schönes, gepflegtes Gesicht mit dem sorgfältig gekämmten goldblonden Bart und den ruhigen blauen Augen, die durch eine goldene Brille schauten, war unbeweglich und undurchdringlich. Er beobachtete ihn.

»Warum schauen Sie mich so unverwandt an? Sie werden nicht lesen, was in meiner Seele vorgeht«, setzte der Patient fort, »aber ich lese in Ihrer! Warum tun Sie Böses? Weshalb haben Sie diese Schar von Unglücklichen versammelt und halten sie hier? Mir ist alles gleich: Ich begreife alles und bin ruhig, aber die anderen? Wozu diese Qualen? Ein Mensch, der erreicht hat, daß in seiner Seele ein großer Gedanke lebt, ein Gedanke, der die Allgemeinheit betrifft, dem ist es gleich, wo er lebt, was er fühlt. Selbst ob er lebt oder ob er nicht lebt... Ist es nicht so?«

»Vielleicht«, erwiderte der Arzt und setzte sich auf einen Stuhl in der Ecke des Zimmers, von wo er den Patienten sah, der hastig von einer Ecke in die andere rannte, wobei er mit seinen riesigen Pantoffeln aus Roßleder schlurfte und die Schöße seines rotgestreiften und großgeblümten baumwollenen Schlafrocks hin und her schwenkte. Der Krankenpfleger und der Aufseher, die Begleiter des Arztes, standen derweilen immer noch an der Tür.

»Und ich habe ihn!« rief der Patient plötzlich. »Und als ich ihn fand, fühlte ich mich wie neugeboren. Die Gefühle sind stärker geworden, das Gehirn arbeitet wie noch nie. Was früher nur auf dem langen Wege von logischen Schlüssen und Mutmaßungen erreichbar war, erkenne ich jetzt intuitiv. Ich erlangte in Wirklichkeit das, was die Philosophie herausgearbeitet hat. Ich durchlebe nun selbst die große Idee, daß Raum und Zeit nur fiktive Begriffe sind. Ich lebe in allen Jahrhunderten. Ich lebe ohne Raum, überall und nirgends, wie Sie wollen. Und deshalb ist es mir ganz gleich, ob Sie mich hier festhalten oder ob Sie mich freilassen, ob ich frei oder ob ich gebunden bin. Ich habe bemerkt, daß es hier noch einige solcher Leute gibt wie mich. aber für die vielen anderen ist eine solche Lage entsetzlich. Warum geben Sie sie nicht frei? Wer braucht...«

»Sie sagten«, unterbrach ihn der Arzt, »daß Sie außerhalb der Zeit und des Raumes leben. Sie können doch aber nicht leugnen, daß wir in diesem Zimmer zusammen sind und daß es jetzt« – er zog die Uhr aus der Tasche – »halb elf ist, am 6. Mai 18... Was denken Sie darüber?«

»Nichts. Mir ist es ganz gleich, wo ich bin und wann ich lebe. Wenn mir das alles gleich ist, bedeutet das denn nicht, daß ich überall und immer bin?«

Der Arzt schmunzelte.

»Eine seltsame Logik«, sagte er und stand auf. »Vielleicht haben Sie recht. Auf Wiedersehen. Darf ich Ihnen eine Zigarre anbieten?«

»Ich danke Ihnen.« Er blieb stehen, nahm die Zigarre und biß nervös die Spitze ab. »Das hilft denken«, sagte er. »Das ist eine Welt, ein Mikrokosmos. An dem einen Ende sind Alkalien, am anderen Säuren... So ist auch das Gleichgewicht der Welt, in dem sich entgegengesetzte Prinzipien neutralisieren. Leben Sie wohl, Herr Doktor!«

Der Arzt ging weiter. Die meisten Patienten erwarteten ihn in strammer Haltung neben ihren Betten. Keine Obrigkeit erfreut sich eines solchen Respektes bei ihren Untergebenen wie der Psychiater bei seinen Geisteskranken.

Unser Patient setzte jedoch, nachdem er allein zurückgeblieben war, sein ungestümes Wandern von einer Ecke in die andere fort. Man brachte ihm Tee; ohne sich zu setzen, leerte er den großen Krug in zwei Zügen und verschlang in einem Augenblick ein gehöriges Stück Weißbrot. Dann verließ er das Zimmer und rannte mit seinen hastigen und schweren Schritten einige Stunden lang pausenlos von einem Ende des Gebäudes zum anderen.

Der Tag war regnerisch, und die Kranken wurden nicht in den Garten hinausgelassen. Als der Krankenpfleger den neuen Patienten suchen kam, wies man ihn an das Ende des Korridors; hier stand er, das Gesicht an die Scheibe der Glastür gedrückt, die in den Garten führte, und starrte unverwandt auf das Blumenbeet. Eine ungewöhnlich grelle rote Blume, eine Mohnart, erregte seine Aufmerksamkeit.

»Kommen Sie gefälligst zum Wiegen«, sagte der Krankenpfleger und berührte ihn an der Schulter.

Und als der Kranke ihm sein Gesicht zuwandte, fuhr er vor Schreck zurück: Soviel wilde Bosheit und Haß flammten in den irren Augen. Doch als er den Pfleger erkannte, veränderte er sofort seinen Gesichtsausdruck und folgte ihm gehorsam, ohne ein Wort zu sprechen, als sei er in tiefes Sinnen versunken. Sie gingen in das Untersuchungszimmer des Arztes; der Patient trat von selbst auf die Plattform der kleinen Dezimalwaage; der Pfleger wog ihn und vermerkte in dem Buch hinter seiner Nummer: 109 Pfund. Am nächsten Tage waren es 107, am dritten Tage 106 Pfund.

»Wenn das so weitergeht, übersteht er es nicht«, sagte der Arzt und ordnete an, ihn so gut wie möglich zu verpflegen.

Aber ungeachtet dessen und trotz des ungewöhnlichen Appetits magerte der Patient mit jedem Tage immer mehr ab, und der Krankenpfleger schrieb von Tag zu Tag immer weniger und weniger Pfund in das Buch ein. Der Patient schlief fast gar nicht und verbrachte alle Tage in unausgesetzter Bewegung.

WSEWOLOD GARSCHIN

4

Er war sich bewußt, daß er in einem Irrenhaus war; er wußte sogar, daß er krank war. Zuweilen erwachte er nach einem ganzen Tag rastloser Bewegung, wie in der ersten Nacht, inmitten der Stille und verspürte dann Zerschlagenheit in allen Gliedern und eine schreckliche Schwere im Kopf, aber er war bei vollem Bewußtsein. Vielleicht bewirkte das Fehlen von Eindrücken in der nächtlichen Stille und im Halbdunkel, vielleicht auch die schwache Tätigkeit des Gehirns bei einem eben erwachten Menschen, daß er in solchen Minuten seinen Zustand deutlich erkannte und sich gesund fühlte. Aber dann brach der Tag an; zusammen mit dem Licht und dem Erwachen des Lebens in der Heilanstalt überfluteten ihn wieder die Eindrücke wie eine Welle, und er verfiel wieder in Irrsinn. In seinem Hirn war eine seltsame Mischung von richtigen Urteilen und sinnlosen Gedanken. Er begriff, daß überall Kranke um ihn waren, aber zugleich sah er in jedem von ihnen eine sich heimlich verbergende oder heimlich verborgen gehaltene Person, die er früher gekannt oder von der er gelesen oder gehört hatte. Das Krankenhaus war von Menschen aller Zeiten und aller Länder bevölkert. Hier gab es Lebende und Tote. Hier gab es Berühmtheiten und Machthaber der Welt und im letzten Krieg gefallene und wiederauferstandene Soldaten. Er sah sich in einem wundersamen Zauberkreis, der alle Kraft der Erde umschloß und für dessen Mittelpunkt er sich in stolzer Verzückung hielt. Sie alle, seine Gefährten im Krankenhaus, waren deswegen hier zusammengekommen, um eine Tat zu vollbringen, die er sich verworren als ein gigantisches Unternehmen vorstellte, das auf die Vernichtung des Bösen auf der Erde gerichtet war. Er wußte nicht, worin sie bestand, aber er verspürte in sich genügend Kraft, sie auszuführen. Er konnte die Gedanken anderer Menschen lesen; er sah in den Dingen ihre ganze Geschichte; die großen Rüstern im Anstaltsgarten erzählten ihm ganze Legenden aus der Vergangenheit; das Gebäude selbst, das tatsächlich schon vor langer Zeit errichtet worden war, hielt er für ein Bauwerk Peters des Großen und war davon überzeugt, daß der

Zar zur Zeit der Schlacht von Poltawa hier gewohnt hatte. Er las das von den Mauern, von der abgebröckelten Stukkatur, von Ziegel- und Kachelbruchstücken ab, die er im Garten gefunden hatte; die ganze Geschichte des Hauses und des Gartens stand auf ihnen geschrieben. Er bevölkerte die kleine Leichenhalle mit Dutzenden und Hunderten längst verstorbener Menschen und schaute unverwandt in das Fensterchen, das aus dem Erdgeschoß auf einen Winkel des Gartens hinausging, wobei er aus der unregelmäßigen Spiegelung des Lichtes in dem regenbogenfarbigen und schmutzigen Glas bekannte Züge erspähte, die er irgendeinmal im Leben oder auf Bildern gesehen hatte.

Inzwischen war gutes, klares Wetter eingetreten; die Patienten verbrachten ganze Tage an der Luft, im Garten. Der ihnen zur Verfügung stehende, nicht allzu große, doch dicht mit Bäumen bestandene Teil des Gartens prangte überall, wo sich nur die Möglichkeit dazu bot, im Blumenschmuck. Der Aufseher ließ alle einigermaßen Arbeitsfähigen dort arbeiten; sie fegten alle Tage und bestreuten die Wege mit Sand, jäteten und gossen die Blumen-, Gurken-, Arbusen- und Melonenbeete, die sie mit ihren eigenen Händen angelegt hatten. Eine Ecke des Gartens war dicht mit Kirschbäumen bestanden; daneben zog sich eine Allee von Rüstern hin; in der Mitte, auf einem künstlich aufgeworfenen Hügel, befand sich die schönste Blumenanlage des ganzen Gartens; leuchtende Blumen wuchsen am oberen Rande, doch im Mittelpunkt prangte eine große, stattliche und seltsame Dahlie mit gelben, rotgetüpfelten Blüten. Sie bildete in ihrer erhobenen Lage die größte Sehenswürdigkeit des Gartens; man konnte bemerken, daß viele Patienten ihr eine besonders geheimnisvolle Bedeutung beimaßen. Auch der neue Patient sah in ihr etwas Außergewöhnliches, eine Art Palladium des Gartens und des Hauses. Die Ränder der Wege hatten die Patienten ebenfalls bepflanzt. Da gab es alle möglichen Blumen, wie sie in ukrainischen Gärten anzutreffen sind: hochstämmige Rosen, leuchtende Petunien, hohe Tabakstauden mit kleinen rosigen Blüten, Minze, Tausendschönchen, Kapuzinerkresse und Mohn. Dort, unweit von der Freitreppe, wuchsen auch drei Mohnstauden einer besonderen Art: Sie waren bedeutend kleiner als der gewöhnliche Mohn und zeichneten sich durch eine außeror-

dentlich grell leuchtende hellrote Farbe aus. Diese Blume hatte bereits
einen starken Eindruck auf unseren Patienten gemacht, als sie ihm am
ersten Tage nach seiner Einlieferung in die Anstalt durch die Glastür
aufgefallen war.

Als er zum erstenmal in den Garten hinaustrat, starrte er schon von
der Treppe aus diese leuchtenden Blumen an. Es waren nur zwei;
zufällig standen sie, getrennt von anderen, an einer ungejäteten Stelle,
so daß Melde und allerhand Steppengras sie umgaben.

Die Patienten traten nacheinander aus der Tür, an der ein Wärter
stand, der jedem von ihnen eine dicke weiße, aus Baumwolle ge-
strickte Kappe mit einem roten Kreuz auf der Stirnseite gab. Diese
Kappen stammten noch aus dem Kriege und waren bei einer Auktion
gekauft worden. Aber unser Patient schrieb selbstverständlich dem
roten Kreuz eine besondere, geheimnisvolle Bedeutung zu. Er nahm
die Kappe ab, betrachtete das Kreuz, dann die Mohnblüten. Letztere
leuchteten mehr.

»Er siegt«, sagte der Patient, »aber wir wollen mal sehen.«

Und er schritt die Freitreppe hinunter. Nachdem er sich scheu
umgeblickt und den Wärter nicht bemerkt hatte, der hinter ihm stand,
überschritt er das Beet und streckte die Hand nach der Blüte aus, aber
er konnte sich nicht entschließen, sie abzureißen. Er verspürte ein
Brennen und Stechen in der ausgestreckten Hand und dann im ganzen Körper, als ob ein starker Strom einer ihm unbekannten Kraft
von den roten Blütenblättern ausginge und seinen ganzen Körper
durchdränge. Er trat näher heran und berührte fast die Blüte mit
der Hand, doch schien es ihm, als wehrte sie sich, indem sie einen
giftigen, tödlichen Atem verbreitete. Ihm schwindelte; er machte die
letzte verzweifelte Anstrengung und packte sie bereits am Stengel, als
sich ihm plötzlich eine schwere Hand auf die Schulter legte. Der
Wärter hatte ihn gepackt.

»Nicht abreißen!« sagte der alte Ukrainer, »und nicht aufs Beet
treten! Viele von euch Verrückten wollen das. Wenn jeder von euch
eine Blume abreißt, geht der ganze Garten zum Teufel«, fügte er
nachdenklich hinzu und hatte immer noch die Hand auf der Schulter
des Kranken liegen.

Der Patient starrte ihm ins Gesicht, befreite sich von der Hand und schritt dann aufgeregt auf dem Wege weiter. ›O ihr Unglücklichen!‹ dachte er. Ihr seht nichts, ihr seid bis zu einem solchen Grade verblendet, daß ihr ihn noch verteidigt. Aber was auch kommen mag, ich werde ihm den Garaus machen. Wenn nicht heute, so werden wir morgen unsere Kräfte messen. Und wenn ich dabei zugrunde gehe, das macht nichts...

Er spazierte bis zum Abend im Garten umher, knüpfte Bekanntschaften an und führte seltsame Gespräche, aus denen jeder Partner nur Antworten auf die eigenen irrsinnigen Gedanken heraushörte, die sich in einfältig geheimnisvollen Worten ausdrückten. Unser Patient ging bald mit dem einen, bald mit dem andern Gefährten und gelangte gegen Abend immer mehr zu der Überzeugung, daß ›alles bereit‹ sei, wie er zu sich selbst sagte. Bald, bald werden die eisernen Gitter fallen, werden alle Eingesperrten ins Freie gelangen und nach allen Gegenden der Erde eilen, und die Welt wird erzittern, wird die alte Hülle von sich streifen und in neuer, wunderbarer Schönheit erstehen. Er hatte fast die Blume vergessen, aber als er den Garten verließ und die Treppe hinaufstieg, erblickte er wieder in dem dichten, schon dunklen und vom Tau benetzten Grase etwas wie zwei rotglühende Kohlen. Da blieb der Patient hinter der Menge zurück, stellte sich hinter den Wärter und wartete auf einen günstigen Augenblick. Niemand sah, wie er über das Beet sprang, die Blume abriß und sie hastig auf seiner Brust unter dem Hemd verbarg. Als die frischen, taufeuchten Blätter seinen Körper berührten, wurde er totenblaß und riß vor Entsetzen die Augen weit auf. Kalter Schweiß trat ihm auf die Stirn.

In der Anstalt wurden die Lampen angezündet. In Erwartung des Abendessens legten sich die meisten Kranken in die Betten, außer einigen Ruhelosen, die hastig im Korridor und in den Sälen auf und ab gingen. Der Patient mit der Blume war unter ihnen. Er ging, die übereinandergekreuzten Arme krampfhaft an die Brust gedrückt: Es war, als wollte er die auf ihr verborgene Pflanze zermalmen. Wenn er anderen begegnete, machte er einen weiten Bogen um sie, aus Angst, sie mit dem Saum seines Gewandes zu berühren. »Kommen Sie mir nicht zu nahe, kommen Sie mir nicht zu nahe!« schrie er. Doch auf solche Ausrufe achtete niemand in der Anstalt. Und er ging immer schneller und machte immer größere Schritte, eine Stunde, zwei Stunden, wie in einer Raserei.

»Ich werde dich müde machen, werde dich ersticken!« sprach er dumpf und boshaft vor sich hin.

Bisweilen knirschte er mit den Zähnen.

Im Speisezimmer wurde das Abendessen aufgetragen. Man stellte einige bemalte und vergoldete Holzschüsseln mit dünnem Hirsebrei auf die großen Tische ohne Tischdecken; die Patienten nahmen auf den Bänken Platz; jeder erhielt eine Schnitte Schwarzbrot. Acht Mann aßen mit hölzernen Löffeln aus einer Schüssel. Einige, die den Vorzug besserer Kost genossen, bekamen ihr Essen gesondert. Unser Patient, dem ein Wärter das Essen auf sein Zimmer brachte, verschlang schnell seine Portion; sie reichte ihm jedoch nicht, und er ging in den gemeinsamen Speisesaal.

»Gestatten Sie mir, hier Platz zu nehmen«, sagte er zu dem Aufseher.

»Haben Sie denn nicht schon zu Abend gespeist?« fragte dieser, während er die zusätzlichen Portionen Grützbrei austeilte.

»Ich bin sehr hungrig. Und ich muß mich gründlich stärken. Meine ganze Kraft nehme ich aus der Nahrung; Sie wissen, daß ich fast gar nicht schlafe.«

»Essen Sie nur, mein Lieber, damit Sie gesund werden. Taras, gib ihm einen Löffel und Brot.«

Er setzte sich vor eine der Schalen und aß noch eine gehörige Portion Grütze.

»Genug, genug, genug«, sagte schließlich der Aufseher, als schon alle ihre Mahlzeit beendet hatten, aber unser Patient immer noch über seiner Schüssel saß, mit der einen Hand die Grütze löffelte und die andere an die Brust drückte. »Sie werden sich noch überessen.«

»Ach, wenn Sie wüßten, wieviel Kraft ich brauche, wieviel Kraft! Leben Sie wohl, Nikolai Nikolajewitsch«, antwortete der Patient, indem er aufstand und dem Aufseher die Hand schüttelte. »Leben Sie wohl.«

»Wohin wollen Sie denn?« fragte jener mit einem Lächeln.

»Ich? Nirgendwohin. Ich bleibe da. Aber vielleicht sehen wir uns morgen doch nicht mehr. Ich danke Ihnen für Ihre Güte.«

Und er drückte dem Aufseher noch einmal kräftig die Hand. Seine Stimme zitterte, und in seinen Augen erglänzten Tränen.

»Beruhigen Sie sich, mein Lieber, beruhigen Sie sich«, erwiderte der Aufseher. »Wozu solche düsteren Gedanken? Gehen Sie, legen Sie sich hin und schlafen Sie gut. Sie müssen mehr schlafen; wenn Sie gut schlafen, werden Sie auch schnell wieder gesund.«

Der Patient schluchzte. Der Aufseher wandte sich ab, um den Wärtern zu befehlen, die Speisereste schneller abzuräumen. Nach einer halben Stunde schliefen in der Anstalt alle außer einem Menschen, der unausgekleidet auf seinem Bett im Eckzimmer lag. Er zitterte wie im Fieber und preßte krampfhaft die Hände auf die Brust, die, wie es ihm schien, von einem unerhört tödlichen Gift durchtränkt war.

5

Er schlief die ganze Nacht nicht. Er hatte die Blüte abgerissen, weil ihm dieser Verstoß gegen die Ordnung als eine Heldentat erschienen war, die zu vollführen er sich verpflichtet gefühlt hatte. Bei seinem ersten Blick durch die Glastür hatten die roten Blütenblätter seine Aufmerksamkeit erregt, und es schien ihm, daß er in diesem Augenblick die Aufgabe vor sich sähe, die er auf Erden zu vollbringen habe. In dieser leuchtend roten Blume war alles Böse der Welt enthalten. Er wußte, daß aus Mohn Opium hergestellt wird: Vielleicht veranlaßte ihn dieser Gedanke, der sich ausweitete und wunderliche Formen annahm, ein schreckliches, phantastisches Gebilde zu erschaffen. Die Blume verkörperte in sich alles Böse; sie hatte alles unschuldig vergossene Blut aufgesogen (deswegen war sie so rot), alle Tränen, alle Bitternis der Menschheit. Sie war ein geheimnisvolles, schreckliches Geschöpf, ein Widersacher Gottes – Ahriman, der eine bescheidene, unschuldige Gestalt angenommen hatte. Also mußte man sie abreißen und vernichten. Doch damit nicht genug – man durfte auch nicht zulassen, daß sie beim Sterben ihre ganze Bosheit in die Welt ergoß. Deshalb verbarg er sie an der Brust. Er hoffte, daß die Blume gegen Morgen ihre ganze Kraft verlieren würde. Das Böse würde dann in seine Brust, in seine Seele eindringen, und dort sollte es besiegt werden oder siegen – in diesem Falle ginge er selbst zugrunde, stürbe, aber er stürbe als ein ehrlicher Kämpfer und als erster Kämpfer für die Menschheit, weil es bisher noch niemand gewagt hatte, mit dem gesamten Bösen der Welt auf einmal zu kämpfen.

»Sie haben es nicht gesehen. Ich sah es jedoch. Darf ich sie leben lassen? Lieber sterben.«

Und so lag er da, während er in einem eingebildeten Kampf mit einem Trugbild seine Kräfte erschöpfte. Am Morgen fand ihn der Krankenpfleger halbtot. Aber trotzdem gewann nach einiger Zeit die Erregung wieder die Oberhand, er sprang aus dem Bett und rannte wie früher durch die Anstalt, wobei er bald mit anderen Kranken, bald mit sich selbst sprach, lauter und verworrener als je. Man ließ ihn nicht in den Garten; der Arzt verabfolgte ihm eine starke Morphiumeinspritzung, weil er sah, daß er abnahm, nicht schlief und immer nur umherlief. Er leistete keinen Widerstand: Zum Glück stimmten seine irren Gedanken mit dieser Operation überein. Er schlummerte schnell ein; seine Raserei hatte aufgehört, und das laute Motiv, das ihn stets begleitete und das sich aus dem Takt seiner ungestümen Schritte ableitete, war in seinen Ohren verstummt. Alles um ihn versank, er dachte an nichts mehr, nicht einmal an die zweite Blume, die zu pflücken er sich vorgenommen hatte.

Und doch riß er sie drei Tage später vor den Augen des Alten ab, dem es nicht mehr gelungen war, ihn daran zu hindern. Der Wärter lief ihm nach. Mit einem lauten Triumphgeheul stürmte der Kranke in die Anstalt, in sein Zimmer und versteckte die Pflanze an der Brust.

»Warum reißt du die Blumen ab?« fragte der herbeigelaufene Wärter. Aber der Patient, der bereits in der üblichen Stellung mit gekreuzten Armen auf seinem Bett lag, begann so wirres Zeug zu schwatzen, daß der Wärter ihm nur schweigend die Kappe mit dem roten Kreuz abnahm, die er während der eiligen Flucht aufbehalten hatte, und fortging. Und der eingebildete Kampf brach von neuem aus. Der

Patient glaubte zu sehen, wie sich der Blume das Böse in langen, schlangenähnlichen Strömen entwand; sie umstrickten ihn, drückten und preßten seine Glieder zusammen und durchtränkten seinen ganzen Körper mit ihrem fürchterlichen Inhalt. Er weinte und betete zwischen den Verwünschungen, die gegen seinen Feind gerichtet waren, zu Gott. Gegen Abend verwelkte die Blume. Der Patient zertrat die schwarz gewordene Pflanze, sammelte die Reste von dem Fußboden auf und trug sie in das Badezimmer. Nachdem er das formlose grüne Häufchen in den mit Steinkohlen geheizten Ofen geworfen hatte, sah er lange zu, wie sein Feind zischte, sich krümmte und schließlich in ein zartes schneeweißes Aschehäufchen verwandelte. Er pustete darauf, und alles verschwand.

Am nächsten Tage verschlimmerte sich der Zustand des Patienten. Schrecklich bleich, mit eingefallenen Wangen und tief in die Höhlen eingesunkenen, glühenden Augen setzte er, schon mit schwankendem Gang und oft stolpernd, seine rasenden Gänge fort und sprach, sprach unentwegt.

»Ich möchte nicht gern Gewalt anwenden«, sagte der Oberarzt zu seinem Gehilfen.

»Aber man muß doch dieser Unrast Einhalt gebieten. Heute wog er nur noch 93 Pfund. Wenn das so weitergeht, stirbt er in zwei Tagen.«

Der Oberarzt überlegte.

»Morphium? Chloral?« sagte er halb fragend.

»Gestern hat das Morphium schon nicht mehr gewirkt.«

»So lassen Sie ihn fesseln. Im übrigen bezweifle ich, daß er am Leben bleibt.«

6

Und man fesselte den Patienten. Er lag in der Zwangsjacke auf seinem Bett, mit Leinengurten straff an dessen eiserne Querstangen gebunden. Aber die Wildheit seiner Bewegungen verminderte sich nicht, sondern wurde eher größer. Im Laufe mehrerer Stunden machte er hartnäckige Anstrengungen, sich von seinen Fesseln zu befreien. Endlich zerriß er mit einem starken Ruck einen der Gurte, befreite seine Beine und begann, nachdem er aus dem andern geschlüpft war, mit gebundenen Armen im Zimmer auf und ab zu gehen, wobei er wüste, unverständliche Worte schrie.

»Oh, daß dich!...« rief der eintretende Wärter. »Was für ein Teufel hilft dir! Gritzko! Iwan! Kommt schnell, er hat sich losgerissen.«

Zu dritt warfen sie sich auf den Patienten, und es begann ein langer Kampf, ermüdend für seine Bändiger und quälend für den sich wehrenden Menschen, der den letzten Rest seiner erschöpften Kräfte verausgabte. Schließlich warfen sie ihn auf das Bett und banden ihn fester als zuvor.

»Ihr wißt wohl nicht, was ihr tut!« schrie der Patient, dem Ersticken nahe. »Ihr geht zugrunde. Ich habe eine dritte, kaum aufgeblühte Blume gesehen. Jetzt ist sie gewiß schon offen. Laßt mich doch die Sache beenden! Man muß sie töten, töten! Dann ist alles aus, alles gerettet. Ich würde euch schicken, aber das kann nur ich allein. Ihr würdet schon bei der Berührung sterben.«

»Schweigen Sie, Herrchen, schweigen Sie!« sagte der alte Wärter, der an seinem Bett wachte.

Der Patient verstummte plötzlich. Er beschloß, die Wärter zu täuschen. Er blieb den ganzen Tag gefesselt, und man ließ ihn in dieser Lage auch über Nacht. Nachdem ihm der Wärter das Abendessen gebracht hatte, richtete er sich neben dem Bett des Kranken eine Lagerstätte ein und legte sich nieder. Nach einer Minute lag er in tiefem Schlaf, und der Patient machte sich an die Arbeit.

Er krümmte seinen ganzen Körper, um die eisernen Querstangen des Bettes zu erreichen, und als er sie mit der im langen Ärmel der Zwangsjacke versteckten Hand gefunden hatte, begann er schnell und kräftig den Ärmel am Eisen zu reiben. Nach einiger Zeit gab das dicke Segeltuch nach, und er konnte den Zeigefinger befreien. Jetzt ging die Arbeit schneller vonstatten. Mit einer schon für einen gesunden Menschen völlig unwahrscheinlichen Geschicklichkeit und Geschmeidigkeit löste er den Knoten, der die Ärmel auf dem Rücken zusammenhielt, schnürte das Hemd auf und lauschte lange dem Schnarchen des Alten. Dieser schlief fest. Der Patient zog das Hemd aus und band sich vom Bett los. Er versuchte die Tür zu öffnen: Sie war von innen verschlossen und den Schlüssel hatte vermutlich der Wärter in der Tasche. Aus Furcht, ihn zu wecken, wagte er nicht, seine Taschen zu durchsuchen, und beschloß, das Zimmer durch das Fenster zu verlassen.

Es war eine stille, warme und dunkle Nacht; das Fenster war offen; am schwarzen Himmel glänzten die Sterne. Er sah zu ihnen empor, erkannte die ihm vertrauten Sternbilder und freute sich darüber, daß sie für sein Vorhaben Verständnis und Teilnahme zeigten. Blinzelnd sah er unendliche Strahlen, die sie ihm sandten, und seine törichte Entschlossenheit wuchs. Es galt, den dicken Stab des eisernen Gitters zurückzubiegen, durch die enge Öffnung in das mit Sträuchern bewachsene Gäßchen zu kriechen und dann über die hohe Steinmauer zu klettern. Dort würde der letzte Kampf stattfinden, und dann – wenn es sein sollte, wollte er sterben.

Er versuchte, den dicken Stab mit den bloßen Händen zu biegen, aber das Eisen gab nicht nach. Dann drehte er aus den festen Ärmeln der Zwangsjacke einen Strick, befestigte ihn an dem speerartig geschmiedeten Stabe und hängte sich mit dem ganzen Körper daran. Nach verzweifelten Anstrengungen, die fast über seine Kräfte gingen, bog sich der Speer; ein enger Durchgang war offen. Er zwängte sich durch, wobei er Schultern, Ellbogen und die bloßen Knie arg abschürfte, arbeitete sich durch das Buschwerk und blieb vor der Mauer stehen. Alles war still; die brennenden Nachtlämpchen erleuchteten nur schwach von innen die Fenster des riesengroßen Gebäudes; man konnte nichts hinter ihnen sehen. Niemand werde ihn bemerken: Der Alte, der an seinem Bett wachte, schläft wahrscheinlich einen gesegneten Schlaf. Die Sterne blinzelten zärtlich, ihre Strahlen drangen ihm bis zum Herzen.

»Ich komme zu euch«, flüsterte er mit einem Blick zum Himmel.

Nachdem er bei seinem ersten Versuch, die Mauer zu übersteigen, mit abgerissenen Nägeln, blutig zerschundenen Händen und Füßen ausgerutscht war, bemühte er sich, eine günstigere Stelle ausfindig zu machen. Dort, wo die Gartenmauer an die der Leichenhalle stieß, waren aus der Wand einige Ziegel herausgefallen. Der Patient betastete diese Bruchstelle und benutzte sie. Er kletterte auf die Mauer, packte den Ast einer Rüster, die drüben im Garten wuchs, und ließ sich am Stamm des Baumes herunter.

Er rannte zu der ihm vertrauten Stelle in der Nähe der Treppe. Die Blume mit ihrem noch geschlossenen Knöspchen sah dunkel aus, hob sich jedoch deutlich von dem taufeuchten Grase ab.

»Die letzte!« flüsterte der Patient. »Die letzte. Heute gilt es, Sieg oder Tod. Aber das ist mir alles gleich. Wartet«, fügte er mit einem Blick zum Himmel hinzu, »bald werde ich bei euch sein.«

Er riß die Pflanze heraus, zerpflückte und zerdrückte sie und kehrte, sie in der Hand haltend, auf demselben Wege wieder in das Zimmer zurück. Der Alte schlief. Kaum hatte der Patient sein Bett erreicht, so brach er bewußtlos darauf zusammen.

Am Morgen fand man ihn tot. Sein Gesicht war ruhig und hell: Die ausgemergelten Züge mit den dünnen Lippen und den tief eingefallenen, geschlossenen Augen drückten ein großes, stolzes Glück aus. Als man ihn auf die Tragbahre legte, versuchte man, die zusammengeballte Hand zu öffnen und die rote Blume herauszunehmen. Aber die Hand war erstarrt, und so nahm er seine Trophäe mit ins Grab.

ANTON TSCHECHOW

EIN FALL AUS DER PRAXIS

Der Professor erhielt ein Telegramm von der Ljalikowschen Fabrik: Man bat ihn, so rasch wie möglich zu kommen. Die Tochter der Frau Ljalikow, wahrscheinlich der Besitzerin der Fabrik, war krank. Näheres aber ließ sich aus dem langen, unklar abgefaßten Telegramm nicht ersehen. Und der Professor reiste nicht selber hin, sondern schickte seinen Oberarzt Koroljow.

Von Moskau aus mußte er zwei Stationen mit dem Zuge und dann etwa vier Werst mit dem Wagen fahren. Man hatte für Koroljow eine Troika auf die Station geschickt; der Kutscher trug einen Hut mit einer Pfauenfeder und antwortete laut und soldatenmäßig auf alle Fragen: »Nein, durchaus nicht« oder »Genau so!« Es war Samstagabend, die Sonne sank. Aus der Fabrik gingen die Arbeiter in ganzen Scharen zur Station und grüßten den Wagen, in dem Koroljow fuhr. Und ihn bezauberten der Abend und die Landgüter und die Häuschen zu seiten des Weges und die Birken und die ganze geruhsame Stimmung ringsum, da sich, so schien es, Feld und Wald und Sonne jetzt am Vorabend des Feiertages gemeinsam mit den Arbeitern vorbereiteten, auszuruhen – auszuruhen und vielleicht zu beten...

Er war in Moskau geboren und aufgewachsen und kannte das Dorf nicht. Für Fabriken hatte er sich niemals interessiert, war auch nie in ihnen gewesen. Aber es geschah öfters, daß er über Fabriken etwas las oder bei Fabrikanten zu Gast weilte und sich mit ihnen unterhielt; und wenn er von weitem oder aus der Nähe eine Fabrik sah, dann dachte er jedesmal daran, daß von außen alles still und friedlich sei, innen aber wahrscheinlich eine undurchdringliche Unwissenheit und der stumpfe Egoismus der Besitzer, die langweilige, ungesunde Mühsal der Arbeiter herrsche, Gezänk, Schnaps, Ungeziefer. Und jetzt, da die Arbeiter ehrerbietig und schreckhaft der Kutsche auswichen, erriet er aus ihren Gesichtern, Mützen und ihrer Art zu gehen physische Unreinheit, Trunksucht, Nervosität, Zerfahrenheit.

Sie fuhren ins Fabriktor hinein. Zu beiden Seiten tauchten die Häuschen der Arbeiter auf, Gesichter von Frauen, Wäsche und Dekken auf den Veranden. »Vorsicht!« rief der Kutscher, der die Pferde nicht anhielt. Vor ihnen war ein weiter Hof ohne Gras, auf ihm fünf gewaltige Gebäude mit Schornsteinen, ein wenig voneinander getrennt, Warenlager, Baracken – und auf allem lag eine graue Schicht wie von Staub. Hie und da, wie Oasen in der Wüste, klägliche Gärtchen und grüne oder rote Hausdächer, in denen die Verwalter wohnten. Der Kutscher zügelte plötzlich die Pferde, und der Wagen hielt vor einem Hause, das mit grauer Farbe frisch gestrichen war; dort befand sich ein Gärtchen mit staubbedeckten Fliederbüschen, und auf der gelbgestrichenen Veranda roch es stark nach Farbe.

»Bitte, Herr Doktor«, sagten Frauenstimmen im Flur und im Vorzimmer, und dabei vernahm man Seufzer und Geflüster. »Bitte, wir haben Sie sehnlichst erwartet... Was für ein Jammer! Bitte, hier herein.«

Frau Ljalikow, eine stark bejahrte Dame in schwarzem Seidenkleid mit modischen Ärmeln, ihrem Gesichtsausdruck nach eine einfache, wenig gebildete Frau, blickte unruhig den Doktor an und konnte sich nicht entschließen, ihm die Hand zu reichen, wagte es nicht. Neben ihr stand eine Person mit kurzgeschnittenem Haar und Pincenez, in bunter geblümter Jacke, hager und nicht mehr jung. Die Dienstboten nannten sie Christina Dmitrijewna, und Koroljow erriet, daß es die Gouvernante sei. Wahrscheinlich hatte man es ihr als der gebildetsten Person im Hause aufgetragen, den Doktor zu empfangen und zu begrüßen, weil sie sofort hastig die Ursachen der Krankheit mit kleinen, aufdringlichen Details darzulegen begann, ohne jedoch zu sagen, wer die Kranke sei und worum es sich handele.

Der Doktor und die Gouvernante saßen und sprachen miteinander, die Hausherrin aber stand unbeweglich an der Tür und wartete. Aus der Unterhaltung verstand Koroljow, daß Lisa, die einzige Tochter des Hauses, die Erbin der Fabrik, ein zwanzigjähriges Mädchen, krank sei; sie kränkelte schon lange und wurde von verschiedenen Ärzten behandelt, doch in der vergangenen Nacht hatte sie von abends bis morgens so starkes Herzklopfen gehabt, daß niemand im Hause schlief, und man fürchtete, sie könnte sterben.

»Sie kränkelte, kann man wohl sagen, von Kind an«, erzählte Christina Dmitrijewna mit singender Stimme und wischte sich immerfort mit der Hand den Mund.

»Die Ärzte sagen, daß es die Nerven seien, aber als sie klein war, haben ihr die Ärzte die Skrofeln in den Körper getrieben, und davon kann das wohl kommen, wie ich glaube.«

Sie gingen zur Kranken hinein. Völlig erwachsen, groß, von gutem Wuchs, aber unschön, der Mutter ähnlich, mit ebenso kleinen Augen und einer breiten, übermäßig entwickelten unteren Gesichtspartie, unfrisiert, bis zum Kinn zugedeckt, machte sie im ersten Augenblick auf Koroljow den Eindruck eines armen, unglücklichen Geschöpfes, das man aus Mitleid hier aufgenommen habe, und man wollte nicht glauben, daß sie die Erbin von fünf gewaltigen Fabrikgebäuden sei.

»Nun, ich komme zu Ihnen«, begann Koroljow, »ich bin gekommen, Sie zu behandeln. Guten Tag.«

Er stellte sich ihr vor und drückte ihre Hand – eine große, kalte, häßliche Hand. Sie setzte sich hin und, offensichtlich längst schon an Ärzte gewöhnt, gleichgültig dagegen, daß Schulter und Brust bloß waren, ließ sie sich untersuchen.

»Ich habe Herzklopfen«, sagte sie. »Die ganze Nacht war es entsetzlich... ich starb fast vor Schreck! Geben Sie mir irgend etwas.«

»Ich werde es tun. Beruhigen Sie sich.«

Koroljow untersuchte sie und zuckte die Achseln.

»Das Herz ist, wie es sein soll«, sagte er, »alles ist in Ordnung, alles steht gut. Die Nerven sind Ihnen wahrscheinlich ein wenig durchgegangen, aber das ist so das Übliche. Der Anfall, muß man annehmen, ist schon zu Ende, legen Sie sich schlafen.«

In dem Augenblick brachte man die Lampe ins Schlafzimmer. Die Kranke blinzelte in das Licht und umfaßte auf einmal mit den Händen den Kopf und brach in Schluchzen aus. Der Eindruck eines armen und unschönen Wesens war plötzlich verschwunden, und Koroljow bemerkte nicht mehr die kleinen Augen, nicht die grob entwickelte untere Gesichtspartie; er erblickte den weichen Ausdruck einer Leidenden, der so vernünftig und rührend war, und sie schien ihm ganz ebenmäßig, weiblich, schlicht, und es kam ihn die Lust an, sie nicht

ANTON TSCHECHOW

mit Medikamenten, nicht mit Ratschlägen, sondern mit einem einfachen zärtlichen Wort zu beruhigen. Die Mutter umfaßte ihren Kopf und drückte ihn an sich. Wieviel Verzweiflung, wieviel Leid lag auf dem Antlitz der Alten! Sie, die Mutter, hatte die Tochter ernährt und großgezogen, hatte nichts gespart, gab das ganze Leben dafür hin, sie die französische Sprache, Tänze, Musik zu lehren, zog für sie ein Dutzend Lehrer herbei, die besten Ärzte, hielt eine Gouvernante, und jetzt konnte sie nicht begreifen, woher diese Tränen kamen, warum sie so viel litt, faßte es nicht und war wie verloren, und in ihrem Gesicht erschien ein schuldbewußter, beunruhigter, verzweifelter Ausdruck, so, als ob sie noch etwas sehr Wichtiges versäumt, etwas noch nicht getan, irgend jemanden noch nicht herangezogen hätte, aber wen – das wußte sie nicht.

»Lisanjka, schon wieder weinst du«, rief sie und preßte die Tochter an sich. »Liebste, Teuerste, mein Kindchen, sage doch, was du hast? Erbarme dich meiner und sage es.«

Beide weinten bitterlich. Koroljow setzte sich an den Bettrand und ergriff Lisas Hand.

»Nun aber genug, lohnt es denn zu weinen?« sagte er freundlich. »Es gibt in der Welt ja nichts, das diese Tränen verdiente. Nun wollen wir nicht mehr weinen, es ist nicht nötig.«

Bei sich aber dachte er: ›Es wäre an der Zeit, zu heiraten...‹

»Unser Fabrikarzt gab ihr Kaliumbromid«, sagte die Gouvernante, »aber danach wurde ihr, wie ich bemerken muß, nur schlechter. Nach meiner Meinung sollte man ihr Tropfen geben, wenn überhaupt etwas, gegen das Herz... ich vergaß, wie sie heißen... Maiglöckchentropfen oder so.«

Und wieder folgten alle Details. Sie unterbrach jeden Augenblick den Arzt, hinderte ihn, zu sprechen, und in ihrem Gesicht war das Bemühen zu lesen, als wenn sie meinte, sie sei als die gebildetste Person im Hause verpflichtet, mit dem Doktor eine ununterbrochene Unterhaltung zu führen und unbedingt über medizinische Dinge.

Koroljow wurde das zuviel.

»Ich kann nichts Besonderes finden«, sagte er, das Schlafzimmer verlassend zu der Mutter gewendet. »Wenn der Fabrikarzt Ihre Tochter behandelt hat, so soll er es auch weiterhin tun. Die Behandlung war bisher ordentlich, und ich sehe keine Notwendigkeit, den Arzt zu wechseln. Was hat das für einen Zweck? Es ist eine so gewöhnliche Krankheit, nichts Ernsthaftes...«

Er sprach, ohne zu hasten, und zog die Handschuhe an, Frau Ljalikow aber stand unbeweglich da und sah ihn mit verweinten Augen an.

»Bis zum Zuge um neun Uhr ist noch eine halbe Stunde Zeit«, sagte er, »hoffentlich komme ich nicht zu spät.«

»Können Sie denn nicht bei uns bleiben?« fragte sie, und von neuem flossen Tränen über ihre Wangen. »Es ist wohl unrecht, Sie zu beunruhigen, aber seien Sie so gut... um Gottes willen«, fuhr sie leise fort und sah sich nach der Tür um, »übernachten Sie doch bei uns. Es ist mein einziges Kind... meine einzige Tochter... Sie hat uns in der vergangenen Nacht großen Schrecken eingejagt, so daß ich gar nicht zur Besinnung kommen kann... Fahren Sie um Gottes willen nicht fort.«

Er wollte ihr sagen, daß ihn in Moskau viel Arbeit erwarte und seine Familie seiner harre; es fiel ihm schwer, ohne besondere Not in einem fremden Hause einen ganzen Abend und eine ganze Nacht zu verbringen, aber als er ihr Gesicht sah, seufzte er und begann schweigend die Handschuhe abzuziehen.

Man zündete im Saal und Salon für ihn alle Lampen und Kerzen an. Er saß am Klavier und durchblätterte die Noten, dann besah er die Bilder an den Wänden und die Porträts. Die Ölgemälde in Goldrahmen stellten Ansichten der Krim dar, das stürmische Meer mit einem Schiffchen, einen katholischen Mönch mit einem Weinglas, und alles das war trocken, talentlos gemalt... Auf den Porträts nicht ein schönes, interessantes Gesicht, alles breite Kinnladen, erstaunte Augen; Ljalikow, Lisas Vater, hatte eine niedrige Stirn und ein selbstzufriedenes Gesicht, die Uniform saß sackartig auf seinem großen, nicht von guter Rasse zeugenden Leib, auf der Brust hatte er eine Medaille und das Zeichen des Roten Kreuzes. Eine dürftige Kultur, ein zufälliger Luxus, der nicht durchdacht, der kein rechtes Maß hatte, wie diese Uniform; die Fußböden reizten durch ihren Glanz, der Lüster reizte, und unwillkürlich mußte man an die Anekdote von dem Kaufmann denken, der mit einer Medaille am Hals ins Badehaus ging... Aus dem Vorzimmer hörte man Flüstern, jemand schnarchte leise. Und auf einmal waren von draußen scharfe, abgehackte, metallische Klänge zu vernehmen, wie sie Koroljow früher niemals gehört hatte und die er jetzt nicht begriff; sie hallten in seiner Seele seltsam und unangenehm wider.

»Um keinen Preis möchte ich hier wohnen bleiben...«, dachte er und griff wieder nach den Noten.

»Herr Doktor, bitte zum Essen zu kommen!« rief halblaut die Gouvernante.

Er ging zum Abendessen. Der Tisch war groß, mit einer Menge Sakuski und Wein bestellt; aber nur zwei aßen: er und Christina Dmitrijewna. Sie trank Madeira, aß rasch und sprach, durchs Pincenez ihn anblickend: »Die Arbeiter sind mit uns sehr zufrieden. In unsrer Fabrik gibt es in jedem Winter Vorführungen; die Arbeiter selber spielen dabei, dann gibt es Vorträge mit Lichtbildern, eine prachtvolle Teestube und noch manches andere. Die Arbeiter sind uns sehr ergeben, und als sie erfuhren, daß es Lisanjka schlechter ging, bestellten sie ein Bittgebet. Sie sind ungebildet, haben aber auch Gefühle.«

»Es sieht so aus, als ob in Ihrem Hause kein einziger Mann ist«, sagte Koroljow.

»Kein einziger. Pjotr Nikanorytsch starb vor anderthalb Jahren, und wir blieben allein. So leben wir zu dreien. Im Sommer hier, im Winter in Moskau auf der Poljanka. Ich lebe schon elf Jahre im Hause. Ich fühle mich als zu ihnen gehörig.«

Als Abendessen gab es Sterlet, Hühnerkoteletts und Kompott; die Weine waren kostspielig, französischer Herkunft.

»Doktor, essen Sie, ohne Umstände zu machen«, sagte Christina Dmitrijewna, essend und sich den Mund mit der Hand abwischend, und es war zu sehen, daß sie hier zu ihrer vollsten Zufriedenheit lebte. »Essen Sie, bitte.«

Nach dem Essen führte man den Doktor in das Zimmer, wo für ihn das Bett bereitet war. Aber ihn verlangte nicht nach Schlaf, es war dumpf, und im Zimmer roch es nach Farbe; er zog den Paletot an und ging hinaus.

Draußen war es kühl; es begann zu dämmern, und in der feuchten Luft zeichneten sich alle fünf Fabrikgebäude mit ihren langen Schornsteinen und die Baracken und Lager ab. Wegen des Feiertags wurde nicht gearbeitet, in den Fenstern war es dunkel, und nur in einem der Gebäude brannte noch ein Ofen, zwei Fenster waren purpurrot, und aus dem Schornstein schlug bisweilen mit dem Rauch eine Flamme heraus. Weit hinter dem Hof quakten Frösche, sang eine Nachtigall.

Indem er die Fabrik und die Baracken, in denen die Arbeiter schliefen, ansah, dachte er wiederum darüber nach, worüber er immer nachdachte, wenn er Fabriken sah. Mag es hier Vorstellungen für die Arbeiter, Lichtbildervorträge, Betriebsärzte und allerlei Verbesserungen geben, dennoch unterschieden sich die Arbeiter, denen er heute auf dem Wege von der Bahnstation begegnete, dem Äußern nach in nichts von den Arbeitern, wie er sie schon in seiner Kindheit gesehen hatte, als es Verbesserungen und Vorstellungen in den Fabriken nicht gab. Er als Arzt, der ein klares Urteil über chronische Leiden hatte, deren Grundursache unbekannt und unheilbar war, sah auch die Fabriken als etwas Unnormales an, dessen Ursache ebenfalls nicht zu erkennen und nicht zu beseitigen war, und alle Verbesserungen im Leben der Fabrikarbeiter hielt er zwar nicht für überflüssig, verglich sie aber mit dem Herumkurieren an unheilbaren Krankheiten.

›Hier besteht etwas Unnormales, natürlich...‹, dachte er, wenn er die purpurroten Fenster ansah. ›Eintausendfünfhundert bis zweitausend Arbeiter arbeiten unaufhörlich, unter ungesunden Verhältnissen, stellen schlechten Kattun her, leben halbhungrig und befreien sich nur bisweilen in der Schenke von diesem Alpdruck; hundert Leute überwachen die Arbeit, und das ganze Leben dieser hundert vergeht im Zudiktieren von Strafen, im Schelten, in Ungerechtigkeiten, und nur zwei oder drei, die sogenannten Herren, genießen alle Vorteile, obwohl sie überhaupt nicht arbeiten und den schlechten Kattun verachten. Aber was sind das für Vorteile, und wie machen sie von ihnen Gebrauch? Frau Ljalikow und ihre Tochter sind unglücklich, es ist ein Jammer, sie anzuschauen, allein Christina Dmitrijewna, dies bejahrte, törichte Frauenzimmer mit Pincenez lebt zu ihrer vollen Zufriedenheit. Und so ergibt sich, daß alle diese fünf Fabrikgebäude nur darum arbeiten und daß auf den östlichen Märkten nur darum schlechter Kattun verkauft wird, damit Christina Dmitrijewna Sterlet essen und Madeira trinken kann.‹

Plötzlich ertönten wieder die seltsamen Laute, die Koroljow schon vor dem Essen gehört hatte. Bei einem der Fabrikgebäude schlug jemand an eine Metallplatte, schlug und hielt sofort den Ton an, so daß kurze, scharfe, unreine Töne, die wie »der… der… der…« klangen, entstanden. Danach eine halbe Minute Stille, und dann erklangen an einem anderen Gebäude dieselben Töne, ebenso abgerissen und unangenehm, aber tiefer, mehr zum Baß hin – »dryn… dryn… dryn…« Elfmal. Augenscheinlich schlugen die Wächter elf Uhr.

Am dritten Gebäude hörte man: »shak… shak… shak…« Und so bei allen Gebäuden und dann hinter den Baracken und den Toren. Und es machte den Eindruck, als wenn inmitten der nächtlichen Stille das Ungeheuer mit den purpurroten Augen selber diese Töne hervorbrächte, der Teufel selbst, der hier über Herren und Arbeiter herrschte und die einen wie die andern betrog.

Koroljow ging vom Hof ins Feld.

»Wer da?« rief man ihn mit grober Stimme am Tore an.

»Ganz wie im Gefängnis…«, dachte er und antwortete nicht.

Hier waren die Nachtigallen und Frösche besser zu hören, hier spürte man die Mainacht. Von der Station drang der Lärm eines Zuges her; irgendwo krähten verschlafene Hähne, aber im ganzen war die Nacht still, friedlich schlief die Welt. Im Felde, nicht weit von der Fabrik, stand ein Holzgebinde, Baumaterial war dort aufgestapelt. Koroljow setzte sich auf die Bretter und dachte weiter nach.

»Nur die Gouvernante fühlt sich hier wohl, und die Fabrik arbeitet für ihr Wohlbehagen. Aber das scheint nur so, sie ist nur der Strohmann: Die Hauptperson, um dessentwillen hier alles geschieht – ist der Teufel.«

Und er dachte an den Teufel, an den er nicht glaubte, und blickte sich nach den beiden Fenstern um, in denen das Feuer leuchtete. Und ihm schien es, daß der Teufel selber mit diesen purpurroten Augen ihn anblickte; diese unbekannte Kraft, die die Beziehungen zwischen Starken und Schwachen, diesen groben Mißstand geschaffen hatte, den man durch nichts mehr verbessern kann. Es ist nötig, daß der Starke den Schwachen am Leben hindere, so will es das Naturgesetz – aber all dies ist nur in einem Zeitungsartikel oder in einem Lehrbuch verständlich und nur in ihnen leicht unterzubringen, weil sie derselbe Brei, den das gewöhnliche Leben von sich aus darstellt, sind, dieselbe Wirrnis lauter Kleinigkeiten, aus denen die menschlichen Beziehungen gewebt sind. Das ist nun aber kein Gesetz mehr, sondern eine logische Ungereimtheit, wenn der Starke wie der Schwache gleicherweise ihren gegenseitigen Beziehungen zum Opfer fallen, unfreiwillig irgendeiner lenkenden, unbekannten, außerhalb des Lebens stehenden und dem Menschen fremden Kraft unterworfen.

So dachte Koroljow, als er auf den Brettern saß, und nach und nach beherrschte ihn eine Stimmung, als sei diese unbekannte, geheimnisvolle Kraft tatsächlich nahe und schaue zu. Inzwischen wurde der Osten immer blasser und blasser, die Zeit floß schnell. Die fünf Gebäude und Schornsteine auf dem großen Hintergrund der Morgendämmerung, als ringsum nicht eine Seele war und alles ausgestorben schien, boten einen besonderen Anblick und sahen nicht so wie am Tage aus; man vergaß völlig, daß es dort im Innern Dampfmotoren, Elektrizität, Telephone gab, sondern dachte immer irgendwie an Pfahlbauten, an Steinzeit, fühlte die Gegenwart einer rohen, unbewußten Kraft...

Und wiederum vernahm man: »Der... der... der... der...«

Zwölfmal. Dann war es still, war eine halbe Minute still – und nun ertönte es am andern Hofende: »Dryn... dryn... dryn...«

»Schrecklich unangenehm«, dachte Koroljow.

»Shak... shak...« erklang es an der dritten Stelle abgerissen, scharf, gleichsam ärgerlich, »shak... shak...«

Und um zwölf Uhr zu schlagen, waren vier Minuten erforderlich. Dann ward alles still; und wiederum hatte man den Eindruck, als sei alles ringsumher ausgestorben.

Koroljow saß noch ein wenig da und kehrte ins Haus zurück, doch legte er sich noch lange nicht schlafen. In den benachbarten Zimmern flüsterte man, hörte man das Schlurfen von Pantoffeln und nackten Füßen.

»Ob sie nicht wieder einen Anfall hat?« dachte Koroljow.

Er ging, nach der Kranken zu sehen. In den Zimmern war es schon ganz hell, und im Saal an der Wand und auf dem Fußboden zitterte schwaches Sonnenlicht, das durch den Morgennebel hindurch hier eingedrungen war. Die Tür zu Lisas Zimmer stand offen, und Lisa selbst saß im Lehnstuhl am Bett, im Morgenkleid, in einen Schal gehüllt und unfrisiert. Die Vorhänge an den Fenstern waren heruntergelassen.

»Wie fühlen Sie sich?« fragte Koroljow.

»Ich danke sehr.«

Er fühlte ihren Puls, ordnete ihr dann das Haar, das auf die Stirn gefallen war.

»Sie schlafen nicht«, sagte er. »Draußen ist wunderschönes Wetter, es ist Frühling, die Nachtigallen schlagen, und Sie sitzen im Dunkeln und grübeln über irgend etwas nach.«

Sie hörte ihn an und blickte ihm ins Gesicht; ihre Augen waren traurig, klug, und es war deutlich, daß sie ihm etwas sagen wollte.

»Geschieht das häufig mit Ihnen?« fragte er.

Sie bewegte die Lippen und antwortete: »Häufig. Mir ist fast jede Nacht schwer.«

In diesem Augenblicke begannen die Wächter draußen zwei Uhr zu schlagen. Man hörte das »der... der...«; sie fuhr zusammen.

»Dieses Klopfen beunruhigt Sie?« fragte er.

»Ich weiß nicht. Hier beunruhigt mich alles«, antwortete sie und dachte nach.

»Alles beunruhigt mich. Aus Ihrer Stimme höre ich Anteilnahme heraus, mir schien es aus irgendeinem Grunde, seit ich Sie das erstemal sah, daß ich mit Ihnen über all das sprechen darf.«

»So reden Sie, bitte.«

»Ich will Ihnen meine Meinung sagen. Mir scheint, daß ich nicht krank bin, sondern daß ich nur in Unruhe bin und voller Angst, weil es so sein muß und anders nicht sein kann. Sogar der gesündeste Mensch muß in Unruhe geraten, wenn zum Beispiel unter seinem Fenster ein Räuber herumgeht. Man behandelt mich häufig«, fuhr sie fort und blickte auf ihre Knie, verschämt lächelnd, »natürlich bin ich sehr dankbar dafür und leugne den Nutzen der Behandlung nicht, aber ich möchte nicht mit einem Arzt, sondern mit einem nahestehenden Menschen, mit einem Freunde sprechen, der mich begreifen und mich überzeugen könnte, daß ich recht oder unrecht habe.«

»Haben Sie denn keine Freunde?« fragte Koroljow.

»Ich bin ganz einsam. Ich habe meine Mutter, und ich liebe sie, aber dennoch bin ich einsam. Mein Leben hat sich so gestaltet... Einsame Menschen lesen viel, sprechen aber wenig und hören wenig, das Leben ist für sie geheimnisvoll; sie sind Mystiker und sehen häufig den Teufel dort, wo er nicht ist. Lermontows ›Tamara‹ war einsam und sah den Teufel.«

»Und Sie lesen viel?«

»Ja. Ich habe ja immer Zeit, vom Morgen bis zum Abend. Am Tage lese ich, nachts aber habe ich einen leeren Kopf, statt Gedanken erfüllen mich allerhand Schatten.«

»Sehen Sie etwas in den Nächten?« fragte Koroljow.

»Nein, aber ich fühle...«

Sie lächelte wiederum, blickte den Doktor an und sah so traurig, so klug aus; und ihm schien, daß sie ihm vertraue, aufrichtig mit ihm sprechen wolle, und daß sie genauso denke wie er. Aber sie schwieg und wartete vielleicht, daß er zu reden begänne. Und er wußte, was man ihr sagen mußte: Für ihn war es klar, daß sie so schnell wie möglich die fünf Fabrikgebäude und die Million, falls sie sie besaß, aufgeben und diesen Teufel fahrenlassen müsse, der in den Nächten schaut und schaut; für ihn war es auch klar, daß auch sie selber so dachte und nur wartete, daß jemand, dem sie vertraute, ihr das bestätigte.

Aber er wußte nicht, wie er das sagen solle. Wie? Verurteilte scheut man sich zu fragen, warum man sie verurteilt hat; so ist es auch peinlich, reiche Leute zu fragen, wozu sie so viel Geld brauchen, warum sie ihren Reichtum so schlecht verwenden, warum sie ihn nicht aufgeben, selbst dann nicht, wenn sie in ihm ihr Unheil sehen; und wenn man darüber ein Gespräch beginnt, so verläuft es meist schamhaft, peinlich und langweilig.

›Wie soll ich es sagen?‹ zerbrach sich Koroljow den Kopf. ›Und muß man überhaupt sprechen?‹

Und er sagte das, was er sagen wollte, nicht unmittelbar, sondern auf Umwegen: »Sie sind als eine Fabrikbesitzerin und reiche Erbin unzufrieden, Sie glauben nicht an Ihr Recht und schlafen daher nicht; natürlich ist das besser, als wenn Sie zufrieden wären, fest schlafen und denken würden, daß alles vortrefflich bestellt sei. Sie leiden an einer ehrbaren Schlaflosigkeit; wie dem auch sei, sie ist ein gutes Zeichen. In der Tat, bei unsern Eltern wäre ein solches Gespräch, wie wir es jetzt führen, nicht denkbar gewesen, nachts unterhielten sie sich nicht, sondern schliefen fest, aber wir von unserer Generation schlafen schlecht, quälen uns ab, sprechen viel und untersuchen immer zu entscheiden, ob wir im Recht sind oder nicht. Für unsere Kinder oder Enkel aber wird diese Frage – ob sie im Recht sind oder nicht – bereits entschieden sein. Sie werden klarer sehen als wir. Das Leben wird schön sein in fünfzig Jahren, nur schade, daß wir es nicht erleben werden. Es wäre interessant, es anzusehen.«

»Was werden denn unsere Kinder und Enkel tun?« fragte Lisa.

»Ich weiß es nicht... Vielleicht geben sie alles auf und gehen fort.«

»Wohin werden sie gehen?«

»Wohin?... Nun, wohin sie wollen«, sagte Koroljow und lachte auf. »Gibt es denn so wenige Orte, wohin ein guter und kluger Mensch gehen kann?«

Er sah nach der Uhr.

»Inzwischen ist die Sonne schon aufgegangen«, sagte er. »Für Sie ist es an der Zeit, zu schlafen. Ziehen Sie sich aus und schlafen Sie sich gesund. Ich freue mich sehr, daß ich Sie kennengelernt habe«, fuhr er fort und drückte ihre Hand. »Sie sind ein trefflicher, interessanter Mensch. Gute Nacht!«

Er ging in sein Zimmer und legte sich schlafen.

Am andern Tage morgens, als die Kutsche vorfuhr, gingen alle auf die Veranda, ihn zu begleiten. Lisa war festtäglich in weißem Kleid, mit einer Blume im Haar, blaß und matt; wie gestern sah sie ihn traurig und klug an, lächelte, redete, und immer tat sie das mit einem Ausdruck, als wolle sie etwas Besonderes, Wichtiges sagen – nur ihm allein. Man hörte, wie die Lerchen sangen, wie man in der Kirche läutete. Die Fenster in den Fabrikgebäuden glänzten heiter, und als er über den Hof und dann zur Station fuhr, dachte er weder an die Arbeiter noch an die Pfahlbauten, noch an den Teufel, sondern er dachte an die vielleicht nahe Zeit, da das Leben ebenso licht und freudevoll sein werde wie dieser stille Sonntagmorgen; und er dachte auch daran, wie angenehm es sei, an einem solchen Morgen im Frühling in einer Troika zu fahren, in einer schönen Kalesche, und sich in der Sonne zu wärmen.

ANTON TSCHECHOW

DER MENSCH IM FUTTERAL

Ganz am Rande des Dorfes Mironossizkoje ließen sich verspätete Jäger in der Scheune des Starosten Prokofij zur Nacht nieder. Es waren nur zwei: der Tierarzt Iwan Iwanytsch und der Gymnasiallehrer Burkin. Iwan Iwanytsch hatte einen recht seltsamen, doppelten Familiennamen – Tschimscha-Himalaiskij, der gar nicht zu ihm paßte, und im ganzen Gouvernement nannte man ihn einfach mit Vor- und Vatersnamen. Er wohnte nahe der Stadt auf einem Gestüt und war jetzt auf die Jagd gefahren, um frische Luft zu schöpfen. Der Gymnasiallehrer Burkin dagegen war jeden Sommer Gast der Grafen P. und fühlte sich in dieser Gegend schon lange heimisch.

Sie schliefen nicht. Iwan Iwanytsch, ein hochgewachsener, hagerer älterer Mann mit langem Schnurrbart, saß draußen am Eingang und rauchte seine Pfeife; der Mond beleuchtete ihn. Burkin lag drinnen auf dem Heu, in der Dunkelheit konnte man ihn nicht sehen.

Sie erzählten sich allerhand Geschichten. Unter anderem sprachen sie davon, daß des Starosten Weib, Mawra, eine gesunde und gar nicht dumme Frau, in ihrem ganzen Leben nie aus ihrem Heimatdorf herausgekommen sei, nie eine Stadt oder eine Eisenbahn gesehen, die letzten zehn Jahre immer hinter dem Ofen gesessen habe und nur nachts auf die Straße ginge.

»Was ist daran Seltsames!« sagte Burkin. »Menschen, die von Natur einsam sind, sich wie Einsiedlerkrebse oder Schnecken gerne in ihr Gehäuse zurückziehen, sind gar nicht so selten auf dieser Welt. Vielleicht liegt hier ein Atavismus vor, eine Rückkehr zu der Zeit, als der Vorfahr des Menschen noch kein geselliges Tier war und einsam in seiner Höhle lebte, oder vielleicht ist es einfach eine Varietät des menschlichen Charakters, wer weiß? Ich bin kein Naturwissenschaftler, und es ist nicht meine Sache, solche Fragen anzuschneiden; ich will nur sagen, daß solche Menschen wie Mawra gar keine seltene Erscheinung sind. Nun, wir brauchen nicht weit zu suchen. Vor etwa zwei Monaten starb in unserer Stadt mein Kollege Belikow, der Lehrer für Griechisch. Natürlich haben Sie von ihm gehört. Er fiel dadurch auf, daß er immer, sogar bei sehr schönem Wetter, mit Galoschen und Regenschirm und unfehlbar in einem warmen, wattierten Mantel ausging. Sein Schirm steckte in einem Futteral, die Uhr war in einem Futteral aus grauem Leder, und wenn er sein Federmesser herausnahm, um den Bleistift zu spitzen, so steckte auch das Messer in einem Futteral; auch sein Gesicht schien in einer Hülle zu stecken, weil er es ständig in dem aufgeschlagenen Mantelkragen verbarg. Er trug eine dunkle Brille, eine Strickjacke, die Ohren hatte er mit Watte verstopft, und wenn er sich in eine Droschke setzte, ließ er das Verdeck hochschlagen. Mit einem Wort, dieser Mensch hatte das beständige, unüberwindliche Bestreben, sich mit einer Hülle zu umgeben, sich sozusagen ein Futteral zu schaffen, das ihn isolierte und vor äußeren Einflüssen schützte. Die Wirklichkeit beunruhigte und schreckte ihn, hielt ihn in ständiger Aufregung, und um seine Zaghaftigkeit und Abneigung gegen die Gegenwart zu rechtfertigen, lobte er vielleicht immer die Vergangenheit und solche Dinge, die niemals existiert hatten; die alten Sprachen, die er unterrichtete, waren für ihn im Grunde ebenfalls nur Galoschen und Schirme, mit denen er sich vor dem wirklichen Leben schützte.

›Oh, wie klangvoll, wie schön ist die griechische Sprache!‹ pflegte er mit süßlichem Gesichtsausdruck zu sagen; und zum Beweise seiner Worte kniff er die Augen zusammen, hob den Finger in die Höhe und sprach: ›Anthropos!‹

Auch seine Ansichten suchte Belikow in ein Futteral zu verpacken. Klar waren für ihn nur die Verordnungen und Zeitungsartikel, in denen etwas verboten wurde. Wenn in einer Verordnung den Schülern verboten wurde, sich nach neun Uhr abends auf der Straße sehen zu lassen, oder wenn in einem Zeitungsartikel das Verbot der fleischlichen Liebe gefordert wurde, so war das für ihn klar und bestimmt: Es war verboten – und damit basta. In einer Genehmigung aber, in einer Erlaubnis verbarg sich für ihn immer etwas Zweifelhaftes, etwas Unausgesprochenes und Unklares. Wenn in der Stadt ein dramatischer Zirkel, eine Lesehalle oder eine Teestube genehmigt wurde, pflegte er

den Kopf zu schütteln und leise zu sagen: ›Das ist natürlich alles ganz
schön und gut, aber wenn da nur nichts passiert!‹

Jede Störung, Umgehung, Abweichung von der Regel machte ihn
niedergeschlagen, auch wenn es ihn eigentlich gar nichts anging.
Wenn sich ein Kollege bei der Andacht verspätete oder Gerüchte
über irgendeinen Gymnasiastenstreich umgingen oder wenn man eine
Lehrerin spätabends mit einem Offizier gesehen hatte, geriet er in
große Erregung und sagte fortwährend: ›Wenn da nur nichts passiert
ist!‹ Und bei den Lehrerkonferenzen fiel er uns einfach lästig mit
seiner Vorsicht, seinem Argwohn und seinen futteralhaften Hinweisen, daß zum Beispiel die Jugend im Knaben- und Mädchengym-
nasium sich schlecht aufführe, in den Klassen lärme – ach, daß das
nur nicht zur vorgesetzten Behörde gelange und etwas daraus ent-
stehe! – Und wenn man aus der zweiten Klasse den Petrow, aus der
vierten den Jegorow ausschließe, so wäre das sehr gut. Und was
meinen Sie? Mit seinen Seufzern, seiner Ängstlichkeit, seiner dunklen
Brille auf dem bleichen, kleinen Gesicht – wissen Sie, so einem kleinen Iltisgesicht – bedrückte er uns alle, und wir gaben nach, erteilten
Petrow und Jegorow im Betragen schlechte Noten, sperrten sie in
Arrest und jagten beide schließlich von der Schule.

Er hatte die seltsame Gewohnheit, uns einen nach dem andern in
unseren Wohnungen aufzusuchen: Er kommt zu einem Kollegen,
setzt sich und schweigt, als wolle er etwas ausspionieren. So sitzt er
stumm ein, zwei Stunden lang und geht dann wieder. Das nannte er
›gute Beziehungen zu den Kollegen aufrechterhalten‹; es fiel ihm
augenscheinlich schwer, zu uns zu gehen und bei uns zu sitzen,
und er kam nur, weil er es für seine kollegiale Pflicht hielt. Wir Lehrer
fürchteten ihn. Ja, sehen Sie, unsre Lehrer sind doch denkende, tüchtige Leute, die Turgenjew und Schtschedrin gelesen haben, aber dieses
Männchen mit Galoschen und Regenschirm tyrannisierte das ganze
Gymnasium volle fünfzehn Jahre! Was sage ich, das Gymnasium? Die
ganze Stadt! Unsre Damen wollten samstags keine Liebhaberauffüh-
rungen mehr veranstalten, weil sie fürchteten, er könnte davon
Kenntnis erhalten; auch die Geistlichkeit genierte sich, während der
Fastenzeit in seiner Gegenwart Verbotenes zu essen und Karten zu

spielen. Unter dem Einfluß solcher Leute wie Belikow begann man sich in den letzten zehn, fünfzehn Jahren in unsrer Stadt vor allem zu fürchten; man fürchtete sich, laut zu sprechen, Briefe zu schreiben, Bekanntschaften zu machen, Bücher zu lesen, man fürchtete sich, den Armen zu helfen und den Leuten das Lesen und Schreiben beizubringen...«

Iwan Iwanytsch wollte etwas sagen, räusperte sich, zündete sich erst seine Pfeife an, sah zum Mond empor und sagte dann gedehnt: »Ja, denkende, tüchtige Leute lesen Schtschedrin und Turgenjew und Buckle und so weiter – und dann ordnen sie sich unter und dulden alles... Ja, so ist's.«

»Belikow wohnte im selben Hause wie ich«, fuhr Burkin fort. »Auf derselben Etage, Tür an Tür; wir sahen uns häufig, und ich kannte sein häusliches Leben. Auch zu Hause dieselbe Geschichte: Schlafrock, Nachtmütze, Fensterläden, Riegel, eine ganze Reihe Verbote, Beschränkungen, und – ach! daß nur nichts passiert! Fastenspeisen essen ist schädlich, aber zur Fastenzeit Fleischspeisen essen, geht auch nicht, weil man möglicherweise sagen könnte, daß Belikow die Fasten nicht halte; also aß er Zander mit Kuhbutter – keine Fastenspeise, aber auch keine Fleischspeise. Weibliche Bedienung hielt er nicht, aus Furcht, man könne schlecht von ihm denken; er hielt sich den Koch Afanasij, einen alten Mann von etwa sechzig Jahren, der meist betrunken und halb verrückt war; er war Offiziersbursche gewesen und verstand sich etwas aufs Kochen. Dieser Afanasij stand gewöhnlich mit gekreuzten Armen vor der Tür und murmelte seufzend immer dasselbe vor sich hin: ›Heutzutage haben *die* sich schon tüchtig eingenistet!‹

Belikow hatte ein Schlafzimmer, klein wie eine Truhe; sein Bett hatte einen Vorhang. Wenn er sich schlafen legte, zog er die Decke über den Kopf; es war heiß und schwül darin, der Wind rüttelte an den verschlossenen Türen, im Ofen summte es; aus der Küche klangen Seufzer, unheilverkündende Seufzer...

Und er hatte Angst unter seiner Decke. Er fürchtete, es könnte etwas geschehen, Afanasij ihn ermorden, Diebe sich einschleichen, und wenn er dann einschlief, hatte er schreckliche Träume; morgens aber, wenn wir zusammen ins Gymnasium gingen, war er unlustig, blaß, und man konnte sehen, daß das Gymnasium mit seinen vielen Menschen seinem ganzen Wesen schrecklich zuwider und daß es ihm, dem von Natur einsamen Menschen, eine Qual war, neben mir zu gehen.

›Es ist jetzt immer sehr laut bei uns in den Klassen‹, sagte er, indem er sich bemühte, für seine gedrückte Stimmung sozusagen eine Erklärung zu geben. ›Es ist wirklich ganz ungehörig.‹

Und dieser Lehrer des Griechischen, dieser Mensch im Futteral, können Sie sich das vorstellen, hätte beinahe geheiratet.«

Iwan Iwanytsch sah sich rasch um und sagte: »Machen Sie keinen Spaß!«

»Ja, er hätte beinahe geheiratet, so komisch das klingt. Wir bekamen einen neuen Lehrer für Geschichte und Geographie, einen gewissen Michail Sawwitsch Kowalenko, einen Ukrainer. Er kam nicht allein, sondern mit seiner Schwester Warinjka. Er war jung, hochgewachsen, brünett und hatte riesige Hände; man sah es seinem Gesicht an, daß er eine Baßstimme hatte, und tatsächlich kam seine Stimme wie aus einem Faß: bu-bu-bu ... Warinjka war nicht mehr jung, ungefähr dreißig Jahre, aber auch hochgewachsen, schlank, mit schwarzen Augenbrauen und roten Wangen, mit einem Wort, kein Mädchen, sondern ein Bonbon, und sehr lebhaft, laut, sang immer ukrainische Romanzen und lachte. Kaum sagte man etwas, so klang auch schon ihr lautes Lachen: ha-ha-ha!

Unsere erste nähere Bekanntschaft mit den Kowalenkos machten wir, wie ich mich entsinne, bei der Namenstagsfeier des Direktors. Inmitten der mürrischen, strengen, langweiligen Pädagogen, die zum Namenstag auch nur aus Pflichtgefühl erschienen waren, erlebten wir plötzlich, wie eine neue Aphrodite aus dem Schaum geboren ward: Sie ging, die Hände in die Seiten gestemmt, lachte, sang, tanzte ... Sie sang gefühlvoll auf ukrainisch. ›Die Winde wehen‹, dann noch eine Romanze, und noch eine, und bezauberte uns alle – alle, sogar Belikow. Er setzte sich neben sie und sagte mit seinem süßesten Lächeln: ›Der ukrainische Dialekt erinnert in seiner Zartheit und seinem Wohlklang an das Altgriechische.‹

Das schmeichelte ihr, und sie begann gefühlvoll und anschaulich davon zu erzählen, daß sie im Kreise Hadjatsch einen Gutshof besäße und daß dort ihr Mamachen lebe, und dort gebe es solche Birnen, solche Zuckermelonen, solche ›Kabaken‹! Bei den Ukrainern heißen die Kürbisse nämlich ›Kabaken‹, die Wirtshäuser aber Schenken, und man koche bei ihnen einen Borschtsch aus roten und blauen Rüben, und ›der schmecke einfach schrecklich schön‹.

Wir hörten zu und hörten zu, und plötzlich kam uns allen derselbe Gedanke.

›Es wäre doch gut, die beiden zu verheiraten‹, sagte die Frau Direktor leise zu mir.

Wir erinnerten uns plötzlich daran, daß unser Belikow nicht verheiratet sei, und es kam uns jetzt merkwürdig vor, daß wir bisher eine so wichtige Einzelheit seines Lebens gar nicht bemerkt und gänzlich außer acht gelassen hatten. Wie verhält er sich überhaupt zum weiblichen Geschlecht, wie löst er für sich diese wichtige Frage? Früher hätte uns das überhaupt nicht interessiert; vielleicht hielten wir es gar nicht für möglich, daß ein Mensch, der bei jedem Wetter in Galoschen ging und unter einem Bettvorhang schlief, lieben könne.

›Er ist schon längst über vierzig, und sie ist dreißig…‹, sagte die Frau Direktor zur Erläuterung ihres Gedankens.

›Ich glaube, sie würde ihn nehmen.‹

Was geschieht nicht alles aus Langweile bei uns in der Provinz, wieviel Unnötiges und Törichtes! Und zwar nur, weil das, was notwendig wäre, eben nicht geschieht. Nun also, was hatten wir plötzlich für eine Veranlassung, diesen Belikow zu verheiraten, den man sich als Ehemann überhaupt nicht vorstellen konnte? Die Frau Direktor, die Frau Schulinspektor und alle unsere Damen vom Gymnasium lebten förmlich auf, wurden sogar hübscher, als ob sie plötzlich ein Lebensziel vor sich sähen. Die Direktorsfrau nimmt im Theater eine Loge, und wir sehen – in ihrer Loge sitzt Warinjka mit einem Fächer, strahlend, glücklich, und neben ihr Belikow, klein, zusammengekrümmt, als hätte man ihn mit Zangen aus seiner Behausung geschleppt. Ich gebe eine Abendgesellschaft, und die Damen verlangen, ich solle unbedingt Belikow und Warinjka dazu einladen. Mit einem Worte, die Maschine begann zu arbeiten.

Es erwies sich, daß Warinjka nicht abgeneigt war zu heiraten. Bei ihrem Bruder war das Leben nicht besonders gemütlich, man wußte, daß sie ganze Tage lang disputierten und sich zankten. Zum Beispiel: Kowalenko geht auf der Straße, ein hochgewachsener, gesunder Tölpel in gesticktem Hemd, eine Haarsträhne hängt ihm unter der Mütze hervor; mit der einen Hand hält er einen Stoß Bücher, in der andern einen dicken Knotenstock. Hinter ihm geht seine Schwester, ebenfalls mit Büchern.

›Aber, Michajlik, du hast es doch gar nicht gelesen!‹ schreit sie laut. ›Ich sage dir, ich schwöre, du hast es überhaupt nicht angesehn!‹

›Und ich sage dir, ich habe es gelesen!‹ ruft Kowalenko und stößt den Stock auf den Boden.

›Ach, mein Gott, Mintschik! Was regst du dich auf, wir führen doch ein sachliches Gespräch!‹

›Und ich sage dir: Ich habe es gelesen!‹ schreit Kowalenko noch lauter.

Zu Haus herrschte auch Streit, wenn Besuch da war. So zu leben war ihr offenbar langweilig geworden, sie verlangte nach einem eigenen Heim, und man mußte ja auch ihr Alter berücksichtigen: Die Zeit, wo sie nur zu wählen brauchte, war vorbei, sie mußte den ersten besten heiraten, und sei es auch ein Griechischlehrer. Und man muß sagen, der Mehrzahl unserer jungen Damen ist es ganz gleich, wen sie heiraten, wenn sie nur überhaupt heiraten. Wie dem nun auch sei, jedenfalls begann Warinjka Belikow deutlich ihre Gunst zu zeigen.

Und Belikow? Er kam zu Kowalenko ebenso wie zu uns. Er kam zu ihm, saß da und schwieg. Er schwieg, und Warinjka sang ihm auf ukrainisch vor ›Die Winde wehen‹ oder sah ihn mit ihren dunklen Augen nachdenklich an oder lachte plötzlich los: ›Ha-ha-ha!‹

In Liebessachen und besonders beim Heiraten spielt die Überredung eine große Rolle. Alle – sowohl die Kollegen als auch die Damen – begannen Belikow zuzureden, daß er unbedingt heiraten müsse, daß ihm nichts anderes mehr im Leben übrigbleibe, als zu heiraten: Wir alle wünschten ihm Glück, sagten mit ernsten Gesichtern allerhand Banalitäten, zum Beispiel, die Ehe sei ein ernster Schritt im Leben. Zudem war Warinjka keineswegs häßlich, sie war interessant, Tochter eines Staatsrats, besaß einen Gutshof, und vor allem war sie die erste Frau, die ihm freundlich, ja herzlich entgegenkam – sein Kopf begann sich zu drehen, und er kam zu der Überzeugung, er müsse in der Tat heiraten.«

»Da hätte man ihm aber Galoschen und Regenschirm wegnehmen sollen«, sagte Iwan Iwanytsch.

»Nein, stellen Sie sich vor, das erwies sich als unmöglich. Er stellte Warinjkas Porträt auf seinen Schreibtisch, kam dann zu mir und sprach von Warinjka, vom Familienleben und davon, daß die Ehe im Leben ein ernsthafter Schritt sei; er war häufig bei den Kowalenkos, änderte aber seine Lebensart in keiner Weise. Im Gegenteil: Der Entschluß zu heiraten wirkte geradezu krankhaft auf ihn, er magerte ab, wurde blaß und schien sich noch tiefer in sein Futteral zu verkriechen.

›Warwara Sawwischna gefällt mir‹, sagte er einmal mit einem schwachen, schiefen Lächeln zu mir, ›und ich weiß, daß sich jeder Mensch unbedingt verheiraten muß, aber... wissen Sie, das ist alles so plötzlich gekommen... Man muß sich das gründlich überlegen.‹

›Was ist dabei schon zu überlegen?‹ sagte ich zu ihm. ›Heiraten Sie, und damit gut.‹

›Nein, die Ehe ist ein ernster Schritt im Leben, man muß zuvor die Verpflichtungen, die einen erwarten, die Verantwortung abwägen... damit nachher nicht irgendwas passiert. Das beunruhigt mich so, ich kann jetzt keine Nacht mehr schlafen. Und ich habe Angst, aufrichtig gesagt: Sie und ihr Bruder haben so merkwürdige Ansichten, sie haben, wissen Sie, so seltsame Urteile, und sie hat einen sehr lebhaften Charakter. Man heiratet, aber später, ehe man sich's versieht, gerät man in wer weiß was für Verhältnisse.‹

Und er machte ihr keinen Antrag, schob ihn zum großen Ärger der Frau Direktor und aller unserer Damen immer wieder hinaus; ständig erwog er die bevorstehenden Verpflichtungen und die Verantwortung, ging aber inzwischen fast jeden Tag mit Warinjka spazieren: vielleicht dachte er, in seiner Lage wäre das seine Pflicht. Ständig kam er zu mir, um über das Familienleben zu sprechen. Und aller Wahrscheinlichkeit nach hätte er ihr ja zu guter Letzt seinen Antrag gemacht, und es wäre eine der unnötigen, törichten Ehen zustande gekommen, wie sie bei uns aus Langweile und Müßiggang zu Tausenden geschlossen werden, wenn nicht plötzlich ein ›kolossaler Skandal‹ entstanden wäre. Ich muß hinzufügen: Warinjkas Bruder Kowalenko haßte Belikow vom ersten Tage ihrer Bekanntschaft an und konnte ihn nicht ausstehen.

›Ich begreife nicht‹, sagte er zu uns und zuckte die Achseln, ›ich begreife nicht, wie Sie diesen Schleicher verdauen können, diese widerliche Fratze. Ach, meine Herren, wie können Sie hier überhaupt leben! Bei Ihnen herrscht ja eine ekelhafte, erstickende Atmosphäre. Sind Sie etwa Pädagogen, Lehrer? Sie sind Stellenjäger, bei Ihnen ist kein Tempel der Wissenschaft, sondern eine Wohlfahrtsbehörde, und es stinkt so säuerlich wie auf einer Polizeiwache. Nein, meine Lieben, ein Weilchen mache ich das noch mit, und dann fahre ich auf meinen Gutshof und fange Krebse und unterrichte die Bauernkinder. Ich fahre weg, aber Sie! Bleiben Sie nur hier mit Ihrem Judas – hol ihn der Teufel!‹

Oder er schüttelte sich vor Lachen, lachte bis zu Tränen bald in tiefem Baß, bald mit dünner, piepender Stimme und fragte mich: ›Was hockt er nur immer bei mir? Was will er? Hockt und glotzt!‹

Er gab Belikow den Spitznamen ›die Spinne‹. Natürlich vermieden wir, mit ihm darüber zu sprechen, daß seine Schwester Warinjka drauf und dran war, ›die Spinne‹ zu heiraten. Und als die Frau Direktor einmal darauf anspielte, es wäre doch gut, seine Schwester bei einem so soliden, allgemein geachteten Menschen wie Belikow an den Mann zu bringen, runzelte er die Stirn und brummte: ›Das geht mich nichts an. Meinetwegen mag sie eine Viper heiraten, ich mische mich nicht in fremder Leute Sachen.‹

Hören Sie jetzt, was weiter geschah. Irgendein Spaßvogel zeichnete eine Karikatur: Belikow geht in Galoschen und aufgekrempelten Hosen unter aufgespanntem Regenschirm und an seiner Seite Warinjka; darunter die Unterschrift: ›Der verliebte Anthropos‹. Der Ausdruck, wissen Sie, war großartig getroffen. Der Zeichner mußte mehr als eine Nacht dran gearbeitet haben, weil alle Lehrer des Knaben- und Mädchengymnasiums, die Seminarlehrer, die Beamten je ein Exemplar erhielten. Auch Belikow erhielt eines. Auf ihn machte die Karikatur einen furchtbaren Eindruck.

Wir gingen zusammen aus dem Hause – es war gerade der erste Mai, ein Sonntag, und wir alle, Lehrer und Gymnasiasten, hatten verabredet, uns beim Gymnasium zu treffen und dann zusammen zu Fuß zur Stadt hinaus in das Wäldchen zu gehen –, wir gingen also zusammen, er aber war verdüstert, finsterer als eine Regenwolke.

›Was gibt es doch für schlechte, böse Menschen!‹ sagte er, und seine Lippen bebten.

Er tat mir geradezu leid. Wie wir so nebeneinander hingehen, fährt plötzlich – können Sie sich das vorstellen! –, also da fährt Kowalenko auf dem Veloziped an uns vorüber, hinter ihm Warinjka, auch zu Rad, rot, erhitzt, aber strahlend und vergnügt.

›Wir fahren voraus!‹ ruft sie. ›Es ist so herrliches Wetter, herrlich, einfach toll!‹

Und beide verschwanden. Mein Belikow wechselte die Gesichtsfarbe und wurde schneeweiß, er war wie erstarrt. Er blieb stehen und sah mich an... ›Erlauben Sie, was bedeutet das?‹ fragte er. ›Aber vielleicht täuscht mich mein Gesichtssinn? Schickt es sich denn für einen Gymnasiallehrer und für eine Dame, Veloziped zu fahren?‹

›Was ist denn Unschickliches dabei?‹ sagte ich. ›Lassen Sie sie doch spazierenfahren, soviel sie wollen.‹

›Aber ist denn so was möglich!‹ rief er, über meine Ruhe erstaunt. ›Was sagen Sie da?!‹

Und er war so betroffen, daß er nicht weitergehen wollte und umkehrte.

Am andern Tage rieb er sich immerzu nervös die Hände und fuhr oft zusammen – man sah seinem Gesicht an, daß er sich schlecht fühlte. Er brach sogar den Unterricht ab, das erstemal in seinem Leben. Zu Mittag aß er nichts. Gegen Abend aber zog er sich so warm als möglich an, obwohl draußen ganz sommerliches Wetter war, und schleppte sich zu den Kowalenkos hin. Warinjka war nicht zu Hause, er traf nur ihren Bruder an.

›Setzen Sie sich, bitte‹, sagte Kowalenko kalt und runzelte die Augenbrauen; er sah verschlafen aus, er hatte gerade seinen Mittagsschlummer gehalten und war sehr schlechter Laune.

Belikow saß etwa zehn Minuten schweigend da und fing dann an:

›Ich bin zu Ihnen gekommen, um mein Herz zu erleichtern. Ich bin betrübt, sehr betrübt. Irgendein Spötter hat mich in lächerlicher Gestalt karikiert und dazu noch eine uns beiden sehr nahestehende Person. Ich halte es für meine Pflicht, Ihnen zu versichern, daß ich daran ganz unschuldig bin... Ich habe zu solchem Spott nicht den geringsten Anlaß gegeben – im Gegenteil, die ganze Zeit über habe ich mich als ein durchaus korrekter Mensch benommen.‹

Kowalenko, voll heimlicher Wut, saß da und schwieg. Belikow wartete ein Weilchen und fuhr dann leise, mit trauriger Stimme fort: ›Und dann muß ich Ihnen noch etwas anderes sagen. Ich bin ein alter Lehrer, Sie aber stehen erst am Anfang Ihrer Laufbahn, und ich halte es für meine Pflicht als älterer Kollege, Sie zu warnen. Sie fahren Rad, aber dieses Vergnügen ist für einen Erzieher der Jugend durchaus unschicklich.‹

›Warum denn?‹ fragte Kowalenko mit tiefer Baßstimme.

›Ja, muß man denn noch etwas erklären, Michail Sawwitsch, ist das nicht ganz selbstverständlich? Wenn ein Lehrer Veloziped fährt, was bleibt dann für die Schüler übrig? Auf den Händen zu gehen? Solange es nicht durch eine Verordnung erlaubt ist, darf man das eben nicht. Ich war gestern entsetzt! Als ich dann noch Ihr Fräulein Schwester sah, wurde mir schwarz vor den Augen. Eine Frau oder ein junges Mädchen auf dem Veloziped – das ist entsetzlich!‹

›Was wollen Sie eigentlich von mir?‹

›Ich will nur eins – Sie warnen, Michail Sawwitsch. Sie sind jung, Sie haben noch eine Zukunft vor sich, Sie müssen sich sehr, sehr vorsichtig aufführen, aber Sie hauen so oft daneben, ach, wie Sie danebenhauen! Sie laufen im gestickten Hemd herum, gehen auf der Straße beständig mit irgendwelchen Büchern unterm Arm, und nun fahren Sie auch noch Veloziped! Daß Sie und Ihre Schwester radfahren, wird der Direktor erfahren, dann kommt es vor den Schulrat... Was kann da Gutes herauskommen?‹

›Daß ich und meine Schwester radfahren, geht keinen Menschen was an!‹ sagte Kowalenko und wurde dunkelrot. ›Und wer sich in meine häuslichen und familiären Angelegenheiten mischt, den soll der Teufel holen!‹

Belikow erbleichte und erhob sich.

›Wenn Sie in diesem Ton mit mir sprechen, kann ich nicht fortfahren‹, sagte er. ›Ich bitte Sie, in meiner Gegenwart niemals in dieser Weise von unseren Vorgesetzten zu sprechen. Sie haben die Pflicht, sich der Obrigkeit gegenüber respektvoll zu verhalten.‹

›Habe ich denn etwas Schlechtes über die Obrigkeit gesagt?‹ fragte Kowalenko und sah ihn wütend an. ›Lassen Sie mich gefälligst in Ruhe. Ich bin ein gerader Kerl und habe keine Lust, mich mit Leuten wie Ihnen zu unterhalten. Denunzianten kann ich nicht leiden.‹

Belikow begann sich in nervöser Erregung rasch anzukleiden, den Ausdruck höchsten Schreckens im Gesicht. Zum erstenmal in seinem Leben hatte man ihm solche Grobheiten gesagt.

›Meinetwegen können Sie sagen, was Ihnen beliebt‹, sagte er, aus dem Flur auf den Treppenabsatz tretend. ›Ich muß Sie nur darauf aufmerksam machen: Vielleicht hat uns jemand gehört, und damit man unsere Unterhaltung nicht falsch auslegt und etwas daraus entsteht, muß ich dem Herrn Direktor den Inhalt unserer Unterhaltung mitteilen... wenigstens in den Hauptzügen. – Das ist meine Pflicht.‹

›Berichten? Dann geh nur, berichte nur!‹

Kowalenko ergriff ihn hinten am Kragen und gab ihm einen Stoß, so daß Belikow mit klappernden Galoschen die Treppe hinunterkollerte. Die Treppe war hoch und steil, aber er kam wohlbehalten unten an, stand auf und faßte sich an die Nase, ob die Brille noch heil wäre. Aber gerade in dem Augenblick, als er die Treppe hinunterkollerte, trat Warinjka mit zwei Damen ins Haus; sie standen unten und sahen alles mit an, und für Belikow war dies das entsetzlichste. Lieber hätte er Hals und Beine gebrochen, als daß er zum Gespött der Leute wurde: Jetzt wird es die ganze Stadt erfahren, es wird bis zum Direktor, bis zum Schulrat dringen – ach, wenn da bloß nichts daraus entsteht! – Man wird eine neue Karikatur zeichnen, und alles wird damit enden, daß man ihm befiehlt, seinen Abschied einzureichen... Als er sich erhob, erkannte ihn Warinjka, und als sie sein lächerliches Gesicht, den zerdrückten Mantel, die Galoschen sah – denn sie begriff nicht gleich, um was es sich handelte, und meinte, daß er aus Versehen hinuntergefallen wäre –, da konnte sie sich nicht

halten und begann laut zu lachen, daß es das ganze Haus hörte: ›Ha-
ha-ha‹

Und dieses schallende, schmetternde ›Ha-ha-ha‹ machte allem ein
Ende: der Heirat und der irdischen Existenz Belikows. Er hörte schon
nicht mehr, was Warinjka sagte, und sah nichts mehr. Nach Hause
gelangt, nahm er vor allem ihr Bild vom Schreibtisch, legte sich ins
Bett und stand nicht mehr auf.

Nach etwa drei Tagen kam Afanasij zu mir und fragte, ob man
nicht nach dem Doktor schicken sollte, mit seinem Herrn sei etwas
nicht in Ordnung. Ich ging zu Belikow. Er lag hinter seinem Bettvorhang mit der Decke zugedeckt und schwieg; wenn man ihn fragte,
sagte er nur ja oder nein – sonst keinen Ton. Er lag da, und in der
Nähe ging Afanasij auf und ab, düster, finster; er seufzte schwer, und
ein Schnapsgeruch strömte von ihm aus wie von einer Kneipe.

Einen Monat darauf starb Belikow. Wir alle begruben ihn, das heißt
beide Gymnasien und das Seminar. Jetzt, da er im Sarg lag, hatte sein
Gesicht einen sanften, angenehmen, beinahe heiteren Ausdruck, als
wäre er froh, daß man ihn endlich in ein Futteral gelegt hat, das er nie
wieder zu verlassen braucht. Ja, er hatte sein Ideal erreicht! Während
der Beerdigung herrschte sozusagen ihm zu Ehren düsteres Regen-
wetter, und wir alle trugen Galoschen und Schirme. Warinjka nahm
auch an dem Begräbnis teil, und als man den Sarg ins Grab hinunter-
ließ, vergoß sie ein paar Tränen. Ich habe die Beobachtung gemacht,
daß Ukrainerinnen nur weinen oder lachen, eine mittlere Stimmung
gibt es bei ihnen nicht.

Ich muß gestehen, es bereitet einem großes Vergnügen, solche
Leute wie Belikow zu beerdigen. Als wir vom Friedhof zurückkehr-
ten, zogen wir demütige, scheinheilige Gesichter, niemand wollte
zeigen, daß ihn ein Gefühl der Erleichterung überkam – ähnlich
dem, das wir vor langer Zeit, in unserer Kindheit, empfanden, wenn
die Großen das Haus verlassen hatten und wir ein paar Stunden im
Garten herumtollen und die volle Freiheit genießen durften! Auch
eine Freiheit, Freiheit! Schon die bloße Ahnung, die schwächste Hoffnung, sie zu erlangen, verleiht der Seele Flügel, nicht wahr?

Wir kehrten in lustiger Stimmung vom Friedhof zurück. Aber es verging kaum eine Woche, und das Leben rann wieder wie früher dahin, dasselbe grobe, ermüdende, sinnlose Leben, ein zwar nicht durch Verordnungen verbotenes, aber auch kein eigentlich gestattetes Leben: Nichts war besser geworden. Und in der Tat – Belikow hatten wir begraben, aber wieviel von solchen Futteral-Menschen waren noch vorhanden! Wieviel wird es noch geben!«

»Das ist's ja eben«, sagte Iwan Iwanytsch und zündete sich eine Pfeife an.

»Wieviel wird es noch geben!« wiederholte Burkin.

Der Gymnasiallehrer trat aus der Scheune heraus. Er war klein, dick, ganz kahl, mit einem schwarzen Bart, der fast bis zum Gürtel reichte; zwei Hunde kamen mit ihm aus der Scheune.

»Der Mond, der Mond!« sagte er und sah zum Himmel empor.

Es war schon Mitternacht. Rechts sah man das ganze Dorf, die lange Straße dehnte sich weit hin, etwa fünf Werst. Alles war in stillen, tiefen Schlaf versunken; keine Bewegung, kein Laut, es schien kaum glaublich, daß es in der Natur so still sein könne. Wenn man in einer Mondnacht eine breite Dorfstraße mit ihren Hütten, Heuschobern und schlummernden Weidensträuchern sieht, wird es in der Seele still; in dieser Ruhe, unter den nächtlichen Schatten geborgen vor Mühen, Sorgen und Kummer, wie ist da alles so sanft, so melancholisch, so schön! Als ob selbst die Sterne freundlich und gerührt herniederblickten, als gäbe es nichts Böses mehr auf der Welt und wäre nur Glück und tiefer Frieden. Links am Dorfrand hin dehnten sich die Felder; man sah weit über sie hin bis an den Horizont, und in der ganzen endlosen Weite dieser Felder im Mondlicht regte sich nichts, kein einziger Laut.

»Das ist's ja eben«, wiederholte Iwan Iwanytsch, »daß wir in den Städten in Dumpfheit und Enge leben, unnützes Papier vollschreiben und Karten spielen – ist das etwa kein Futteral? Und daß wir das ganze Leben mitten unter Tagedieben, Intriganten, dummen, unnützen Frauen verbringen, allen möglichen Unsinn reden und anhören – ist das etwa kein Futteral?«

»Nein, es ist Zeit zum Schlafen«, sagte Burkin. »Bis morgen.«

Beide gingen in die Scheune und legten sich aufs Heu. Schon

hatten sie sich zugedeckt und waren am Einschlummern, als sie plötzlich leichte Schritte hörten: »Tap, tap...«

»Das ist Mawra, die da rumläuft«, sagte Burkin.

Die Schritte verstummten.

»Sehen und hören, wie gelogen wird«, sagte Iwan Iwanytsch und
drehte sich auf die andere Seite, »und dann noch ein Dummkopf
genannt werden, weil man diese Lügen duldet; Kränkungen und Demütigungen ertragen, nicht offen zu erklären wagen, daß man auf
Seiten der ehrlichen und freien Menschen steht, und selbst lügen
und lächeln, und all das für ein Stückchen Brot, für einen warmen
Winkel und irgendeinen kleinen Titel, der nicht einen Groschen wert
ist, nein, so kann man doch nicht weiterleben!«

»Nun, das ist schon ein Lied aus einer andern Oper, Iwan Iwanytsch«, sagte der Lehrer. »Lassen Sie uns lieber schlafen.«

Und nach etwa zehn Minuten war Burkin bereits eingeschlafen.
Iwan Iwanytsch aber drehte sich von einer Seite auf die andre und
seufzte. Schließlich stand er auf, ging wieder hinaus, setzte sich vor die
Tür und rauchte seine Pfeife.

FJODOR SOLOGUB

DER KLEINE MENSCH

I

Jakow Alexejewitsch Saranin war knapp mittelgroß, seine Frau Aglaja Nikiforowna, eine Kaufmannstochter, hingegen groß und dick. Schon jetzt, im ersten Jahr der Ehe, hatte die zwanzigjährige Frau so zugenommen, daß ihr kleiner, hagerer Mann neben ihr wie ein Zwerg wirkte.

Und wenn sie noch korpulenter wird? dachte Jakow Alexejewitsch. Das dachte er, obwohl er aus Liebe geheiratet hatte, aus Liebe zu ihr und der Mitgift.

Der Größenunterschied zwischen den Eheleuten veranlaßte ihre Bekannten nicht selten zu spöttischen Bemerkungen. Solche leichtsinnigen Scherze vergällten Saranins Ruhe, Aglaja brachten sie zum Lachen.

Einmal, nach einem Abendessen bei Arbeitskollegen, wo er sich nicht wenige Sticheleien hatte anhören müssen, kam Saranin ganz verstimmt nach Hause.

Als er neben Aglaja im Bett lag, murrte er und nörgelte an ihr herum. Aglaja entgegnete träge, unwillig und schläfrig: »Was soll ich machen? Ich kann nichts dafür.«

Sie war ein sehr ruhiger, friedfertiger Mensch.

Saranin knurrte: »Iß nicht so viel Fleisch, nasch nicht so viele Mehlspeisen. Den ganzen Tag stopfst du Bonbons in dich hinein.«

»Ich kann doch nicht gar nichts essen, wenn ich solchen Appetit habe«, erwiderte Aglaja. »Vor der Ehe war mein Appetit noch besser.«

»Das kann ich mir vorstellen! Du hast wohl einen ganzen Ochsen auf einmal verspeist?«

»Einen Ochsen kann man nicht auf einmal aufessen«, widersprach Aglaja gelassen.

Sie schlief bald ein, Saranin aber fand in dieser seltsamen Herbstnacht keinen Schlaf.

Lange drehte er sich im Bett hin und her.

Findet ein Russe keinen Schlaf, so grübelt er. Auch Saranin widmete sich dieser Beschäftigung, die sonst so gar nicht seine Sache war. Er war Beamter – da hatte er nicht viel zu denken, und viel Sinn hätte das Denken auch nicht gehabt.

›Es muß doch irgendein Mittel dagegen geben‹, überlegte Saranin. ›Die Wissenschaft bringt tagaus, tagein wunderbare Entdeckungen; in Amerika fabriziert man den Leuten Nasen von beliebiger Form, läßt ihnen eine neue Gesichtshaut wachsen. Und all die Operationen – Schädeldächer werden durchbohrt, Därme und Herzen aufgeschnitten und wieder zugenäht. Sollte es kein Mittel dafür geben, daß Aglaja abnimmt? Irgendein geheimes Mittel? Doch wie kann ich es finden? Wie? Ja, wenn ich im Bett liege, werde ich es nicht entdecken. Unter einen liegenden Stein rinnt kein Wasser. Ich muß mich auf die Suche machen... Ein geheimes Mittel! Womöglich läuft der Erfinder auf der Straße herum und sucht einen Käufer. Was denn sonst? Er kann so etwas doch nicht in der Zeitung annoncieren... Auf der Straße aber kann man sonstwas unter der Hand verkaufen, das ist sehr gut möglich. Er geht und preist es heimlich an. Wer ein geheimes Mittel braucht, wird sich nicht im Bett herumwälzen.‹

Nach diesen Überlegungen zog sich Saranin geschwind an, wobei er vor sich hin murmelte: »Um zwölf Uhr nachts...«

Daß seine Frau wach werden könnte, befürchtete er nicht. Er wußte, Aglaja hatte einen tiefen Schlaf. »Wie die Kaufleute«, sagte er laut; bei sich dachte er: ›Wie die Bauern.‹

Saranin kleidete sich an und trat auf die Straße. Der Schlaf war ihm völlig vergangen. Er fühlte sich beschwingt wie ein Abenteuersucher, dem ein neues, aufregendes Ereignis bevorsteht.

Ein friedlicher Beamter, der still und farblos drei Jahrzehnte hinter sich gebracht hatte, fühlte er plötzlich die Seele eines unternehmungslustigen, freien Jägers der wilden Wüsten in sich, eines Helden von Cooper oder Reid.

Doch nach einigen Schritten, auf dem gewohnten Weg zum Departement, blieb er stehen und überlegte. Wohin sollte er gehen? Alles war still und ruhig, so ruhig, daß die Straße wie der Korridor eines riesigen Gebäudes erschien – gewöhnlich, sicher, von allem Äußeren

und Unverhofften abgeschirmt. An den Toren dösten Hausknechte.
Auf der Kreuzung war ein Polizist zu sehen. Die Straßenlaternen
brannten. Die Bürgersteigplatten und die Pflastersteine schimmerten
feucht, weil es vor kurzem geregnet hatte.

Saranin dachte eine Weile nach. In stiller Unschlüssigkeit ging er
geradeaus und bog nach rechts ab.

2

An einer Kreuzung sah er im Laternenlicht einen Menschen näher
kommen, und in freudiger Vorahnung krampfte sich sein Herz zusammen.

Es war eine seltsame Gestalt.

Bunter orientalischer Mantel mit breitem Gürtel. Hohe, spitze,
schwarzgemusterte Mütze. Langer, schmaler, mit Safran gefärbter
Kinnbart. Blitzende weiße Zähne. Glühende schwarze Augen. An den
Füßen Pantoffeln.

›Ein Armenier!‹ dachte Saranin aus unerfindlichem Grund.

Der Armenier trat auf ihn zu und sagte: »Was suchst du denn
mitten in der Nacht, mein Bester? Geh lieber schlafen oder besuche
Damen. Soll ich dich zu schönen Frauen führen?«

»Nein, ich habe an meiner genug«, sagte Saranin. Und vertrauens-
voll klagte er dem Armenier sein Leid.

Der Armenier bleckte die Zähne und lachte wiehernd.

»Eine große Frau, ein kleiner Mann – zum Küssen muß er eine
Leiter anstellen. Gut ist das nicht!«

»Was ist schon gut auf der Welt!«

»Folge mir! Einem guten Menschen helfe ich.«

Lange gingen sie durch die stillen, korridorähnlichen Straßen, der
Armenier voran, Saranin hinterdrein.

Von Laterne zu Laterne vollzog der Armenier eine seltsame Ver-
wandlung. Er wuchs in der Dunkelheit, und je weiter er sich von der
Laterne entfernte, desto größer wurde er. Manchmal schien die Spitze
seiner Mütze höher als die Häuser in den wolkigen Himmel zu ragen.

Näherte er sich dem Licht, so wurde er kleiner, an der Laterne nahm er wieder die vormalige Größe an und sah aus wie ein einfacher, gewöhnlicher Straßenhändler. Merkwürdigerweise war Saranin über diese Erscheinung nicht verwundert. Er war so vertrauensselig, daß ihm die tollsten Wunder aus den arabischen Märchen als normal erschienen wären, wie langweilige Erlebnisse von grauer Alltäglichkeit.

Am Torweg eines ganz gewöhnlichen vierstöckigen gelben Gebäudes blieben sie stehen. Die Laterne am Tor ließ die stummen Zeichen erkennen. Saranin las: Nr. 41.

Sie gingen auf den Hof, betraten die Treppe des Hintergebäudes. Das Treppenhaus war halb dunkel. Doch die Tür, vor der der Armenier haltmachte, wurde von einem matten Lämpchen beleuchtet, und Saranin erkannte die Nummer: 43.

Der Armenier griff in die Tasche, zog ein Glöckchen hervor, solch eines, mit dem man in der Sommerfrische den Diener zu rufen pflegt, und läutete. Das klang silberhell.

Sofort öffnete sich die Tür. Hinter der Tür stand ein barfüßiger kleiner Junge, hübsch, brünett, mit leuchtendroten Lippen. Seine weißen Zähne blitzten – er lächelte halb freudig, halb spöttisch. Ja, es war, als lächelte er immer. Die Augen des niedlichen kleinen Burschen schimmerten grünlich. Er war geschmeidig wie eine Katze und schemenhaft wie ein Gespenst aus einem stummen Alptraum. Er blickte Saranin an und lächelte. Dem wurde es unheimlich.

Sie traten ein. Der Junge schloß die Tür, wobei er sich gelenkig und geschickt vorbeugte, dann schritt er ihnen voran durch den Korridor, in der Hand eine Laterne. Er öffnete eine Tür, wieder mit einer schemenhaften Bewegung und lachend.

Ein schreckliches finsteres, schmales Zimmer, an den Wänden Schränke voller Flaschen und kleiner Glasbehälter. Es roch sonderbar ätzend und fremdartig.

Der Armenier zündete eine Lampe an, öffnete einen Schrank und kramte eine Glasblase mit grünlicher Flüssigkeit hervor.

»Das sind gute Tropfen«, sagte er. »Einen Tropfen auf ein Glas Wasser, und sie schläft ruhig ein, wacht nie mehr auf.«

»Nein, so etwas will ich nicht«, versetzte Saranin ärgerlich.

»Deswegen bin ich doch nicht hier!«

»Mein Lieber«, begütigte der Armenier, »du nimmst dir eine andere Frau, die zu deiner Größe paßt. Ganz einfach.«

»Nein!« schrie Saranin.

»Schrei doch nicht!« gebot der Armenier. »Warum wirst du gleich wütend, mein Bester, du regst dich unnötig auf. Wenn du die Tropfen nicht willst, brauchst du sie ja nicht zu nehmen. Ich gebe dir andere. Aber die sind teuer, oh, sehr teuer.«

Der Armenier hockte sich hin, so daß seine hochgewachsene Gestalt komisch aussah, und holte eine viereckige Flasche hervor. Darin schimmerte eine durchsichtige Flüssigkeit. Leise, geheimnistuerisch erklärte er: »Trinkt man einen Tropfen, so nimmt man ein Pfund ab. Jeder Tropfen – ein Pfund. Für jeden Tropfen zahlst du mir einen Rubel.«

Saranin war Feuer und Flamme.

›Wieviel brauche ich?‹ überlegte er. ›Zweihundert Pfund wiegt Aglaja bestimmt. Wenn sie hundertzwanzig abnimmt, ist sie eine zierliche kleine Frau. Das wäre fein.‹

»Gib mir hundertzwanzig Tropfen.«

Der Armenier schüttelte den Kopf. »Du willst zuviel, das geht nicht gut.«

Saranin brauste auf. »Ach was, das ist meine Sache!«

Der Armenier blickte ihn prüfend an. »Gib mir das Geld.«

Saranin zog seine Brieftasche. ›Ich nehme alles, was ich heute beim Kartenspielen gewonnen habe, und noch etwas dazu‹, dachte er.

Der Armenier holte unterdessen ein Kristallfläschchen hervor und füllte die Tropfen ein.

Plötzlich kamen Saranin Zweifel.

›Hundertzwanzig Rubel sind keine Kleinigkeit. Und wenn der Armenier mich betrügt?‹

»Ist die Wirkung auch sicher?« fragte er unschlüssig.

»Ich kann die Tropfen bestens empfehlen«, sagte der Armenier. »Ich werde die Wirkung gleich vorführen. Gaspar!« rief er.

Der barfüßige kleine Junge trat ein. Er trug eine rote Jacke und eine

kurze blaue Hose, die seine braunen Beinen oberhalb der Knie unbedeckt ließ. Sie sahen hübsch und schlank aus, bewegten sich rasch
und gewandt.

Auf ein Zeichen des Armeniers legte Gaspar geschwind seine Kleidung ab und trat zum Tisch.

Trübes Kerzenlicht fiel auf seinen gelben, wohlgebauten, starken
und schönen Körper. Auf das gehorsame, lasterhafte Lächeln. Auf die
schwarzen Augen und die blauen Ringe darunter.

»Nimmt man die Tropfen pur, so wirken sie schlagartig. Mischt
man sie in Wasser oder Wein, ist die Wirkung langsam, unmerklich.
Wenn man sie jedoch nicht gut mischt, ist sie sprunghaft und unschön.«

Er nahm einen schmalen Becher mit Teilstrichen, goß etwas von
der Flüssigkeit ein und reichte ihn Gaspar. Mit der Gebärde eines
verwöhnten Kindes, dem man Süßigkeiten gibt, trank Gaspar den
Becher aus, warf den Kopf in den Nacken und leckte die letzten
süßen Tropfen mit seiner langen, spitzen Zunge auf, die wie ein
Schlangenzünglein war, und sofort begann er, vor Saranins Augen
kleiner zu werden. Er stand gerade, schaute Saranin lachend an und
verwandelte sich, wie eine aufgeblasene Puppe, die zusammenfällt,
wenn man die Luft herausläßt.

Der Armenier packte ihn am Arm und stellte ihn auf den Tisch.
Der Junge war so groß wie eine Kerze. Er tanzte und schnitt Grimassen.

»Und was wird jetzt aus ihm?« fragte Saranin.

»Mein Lieber, wir lassen ihn wieder wachsen«, antwortete der Armenier.

Er öffnete einen Schrank, nahm vom oberen Fach ein Gefäß von
ebenfalls seltsamer Form. Es enthielt eine grüne Flüssigkeit. In ein
Gläschen, so groß wie ein Fingerhut, goß er ein wenig Flüssigkeit und
reichte es Gaspar.

Wieder trank Gaspar.

Langsam und stetig, wie das Wasser in der Badewanne steigt, wuchs
und wuchs der nackte Knabe. Schließlich erreichte er seine vormalige
Größe.

Der Armenier erklärte: »Man kann die Tropfen in Wein, Wasser, Milch oder einer anderen Flüssigkeit einnehmen, nur nicht in russischem Kwas – sonst sieht man sehr verschossen aus.«

3

Es vergingen einige Tage.

Saranin strahlte vor Freude. Und lächelte geheimnisvoll.

Er wartete auf eine Gelegenheit.

Sie stellte sich ein.

Aglaja klagte über Kopfschmerzen.

»Dagegen habe ich ein Mittel«, sagte Saranin. »Das hilft vorzüglich.«

»Dagegen hilft kein Mittel«, erwiderte Aglaja mit saurer Miene.

»Nein, dieses hilft. Ich habe es von einem Armenier gekauft.«

Er sagte es so überzeugt, daß Aglaja an die Wirksamkeit des von dem Armenier gekauften Mittels glaubte.

»Na gut, gib es mir.«

Er holte das Fläschchen.

»Schmeckt es scheußlich?« fragte Aglaja.

»Es schmeckt herrlich und hilft vortrefflich. Nur wirkt es ein wenig abführend.«

Aglaja verzog das Gesicht.

»Trink nur, trink.«

»Kann ich die Tropfen in Madeira einnehmen?«

»Natürlich.«

»Trink ein Gläschen mit mir«, sagte Aglaja launisch.

Saranin schenkte zwei Gläser Madeira ein, und in das Glas seiner Frau goß er die Mixtur.

»Mir ist ein bißchen kalt«, sagte Aglaja leise und träge. »Ich hätte gern mein Tuch.«

Saranin holte rasch ihr Umschlagtuch. Als er zurückkehrte, standen die Gläser wie zuvor da. Aglaja saß und lächelte.

Sie hüllte sich in ihr Tuch.

»Ich glaube, mir wird schon besser«, sagte sie. »Soll ich das trinken?«

»Trink nur, trink!« rief Saranin. »Auf dein Wohl.«

Er nahm sein Glas. Sie tranken.

Aglaja lachte.

»Was ist?« fragte Saranin.

»Ich habe die Gläser vertauscht. Soll es bei dir abführend wirken, aber nicht bei mir.«

Saranin schrak zusammen und erbleichte.

»Was hast du getan?!« rief er verzweifelt.

Aglaja lachte schallend. Ihr Lachen erschien Saranin widerwärtig und grausam.

Plötzlich fiel ihm ein, daß der Armenier ein Gegenmittel besaß. Saranin machte sich auf den Weg zu dem Armenier.

›Das wird mich teuer zu stehen kommen!‹ dachte er besorgt. ›Ach was, soll er all mein Geld nehmen, Hauptsache, er rettet mich vor der entsetzlichen Wirkung dieser Mixtur.‹

4

Doch anscheinend sollte das Verhängnis über Saranin hereinbrechen.

Die Wohnungstür des Armeniers war verschlossen. Verzweifelt griff Saranin zur Klingel. Wilde Hoffnung beseelte ihn. Er läutete Sturm.

Die Klingel hinter der Tür tönte laut und vernehmlich, schallte mit jener unerbittlichen Klarheit, wie sie nur in einer leeren Wohnung möglich ist.

Saranin lief zum Hausmeister. Er war bleich. Kleine Schweißperlen, winzig wie Tautropfen auf einem kalten Stein, traten auf sein Gesicht, vor allem auf die Nase.

Er stürzte in die Hausknechtstube und rief: »Wo ist der Armenier?«

Ein apathischer schwarzbärtiger Mann, der Hausmeister, schlürfte Tee von einer Untertasse. Er blickte Saranin von der Seite an, fragte unerschütterlich: »Was wollen Sie von ihm?«

Fassungslos starrte Saranin ihn an, wußte nicht, was er sagen sollte.

»Wenn Sie mit dem zu schaffen haben«, sagte der Hausmeister und musterte Saranin argwöhnisch, »dann gehen Sie lieber fort, mein Herr. Er ist Armenier – bestimmt kriegen Sie es mit der Polizei zu tun.«

»Wo steckt denn der verfluchte Armenier«, rief Saranin verzweifelt. »Der aus der Nummer dreiundvierzig.«

»Der Armenier ist nicht hier«, antwortete der Hausmeister. »Er war hier, das stimmt, ich will es nicht verheimlichen. Aber jetzt ist er nicht mehr hier.«

»Wo steckt er denn?«

»Er ist weggefahren.«

»Wohin?« schrie Saranin.

›Wer weiß«, erwiderte der Hausmeister gleichgültig. »Er hat sich einen Reisepaß ausstellen lassen und ist ins Ausland gefahren.«

Saranin erbleichte.

»Versteh doch«, sagte er mit zitternder Stimme, »es ist bitter nötig.« Er brach in Tränen aus.

Teilnahmsvoll sah der Hausmeister ihn an, sagte: »Machen Sie sich nichts daraus, gnädiger Herr. Wenn Sie den verfluchten Armenier unbedingt brauchen, fahren Sie doch auch ins Ausland. Dort gehen Sie in ein Adreßbüro, und dann finden Sie ihn.«

Saranin wurde gar nicht bewußt, wie absurd dieser Vorschlag war. Er freute sich.

Sogleich lief er nach Hause, stürmte wie ein Wirbelwind zum Hausmeister, wollte sich einen Reisepaß ausstellen lassen. Doch plötzlich fiel ihm ein: Wohin soll ich denn fahren?

5

Die verfluchte Mixtur übte ihre böse Wirkung mit schicksalhafter Langsamkeit, aber unaufhaltsam aus. Saranin wurde von Tag zu Tag kleiner. Die Kleidung hing wie ein Sack an ihm.

Seine Bekannten wunderten sich, fragten: »Sind Sie etwas kleiner geworden? Tragen Sie keine Schuhe mit Absätzen mehr?« – »Mager sind Sie auch geworden.« – »Sie arbeiten zuviel.« – »Sie wollen wohl ganz von Kräften kommen?«

Schließlich jammerten die Bekannten, wenn sie ihn trafen: »Was haben Sie denn bloß?«

Hinter seinem Rücken spotteten sie über ihn. »Er wächst in den Boden.« – »Er strebt dem Minimum zu.«

Seiner Frau fiel es erst ein wenig später auf. Sie sah ihn ständig, und daß er allmählich kleiner wurde, merkte sie nur an der Kleidung, die wie ein Sack an ihm hing. Anfangs lachte sie über die sonderbare Verkleinerung ihres Mannes. Dann ärgerte sie sich.

»Komisch! Und richtig ungehörig!« meinte sie. »Als ob ich einen Liliputaner geheiratet hätte.«

Bald mußte sie seine gesamte Kleidung umändern – die Sachen fielen ihm vom Leib, die Hosen reichten bis zu den Ohren, der Zylinder rutschte auf die Schultern.

Eines Tages kam der Hausmeister in ihre Küche.

»Was ist denn bei Ihnen los?« fragte er die Köchin streng.

»Mich geht das nichts an!« wollte die dicke, rotgesichtige Matrjona aufbrausen, doch sie besann sich sofort und sagte: »Gar nichts ist bei uns los. Alles ist wie gewöhnlich.«

»Aber was sich Ihr gnädiger Herr für Sachen leistet, das geht doch nicht. Eigentlich müßte man ihn zur Polizei bringen«, sagte er sehr streng.

Die Uhrkette auf seinem Bauch schaukelte zornig.

Matrjona ließ sich plötzlich auf die Truhe sinken und begann zu weinen.

»Sagen Sie bloß nichts, Sidor Pawlowitsch«, versetzte sie, »die gnädige Frau und ich, wir wundern uns auch und können nicht fassen, was mit ihm los ist.«

»Wie kommt das? Aus welchem Grund?« rief der Hausmeister zornig. »Wie ist so etwas möglich?«

»Das einzig Erfreuliche ist«, sagte die Köchin schluchzend, »er verlangt weniger Essen.«

Saranin aß immer weniger.

Das Dienstmädchen, die Schneider, alle, mit denen Saranin zu tun

hatte, begegneten ihm mit unverhohlener Verachtung. Wenn er zum
Dienst eilte und, so klein er war, die riesige Aktentasche mühsam mit
beiden Händen schleppte, hörte er hinter sich das hämische Gelächter
des Pförtners, des Hausmeisters, der Kutscher und der Straßenjungen.

»Ein Herrchen«, sagte der Hausmeister.

Saranin empfand viel Bitterkeit. Er verlor seinen Trauring. Seine
Frau machte ihm eine Szene. Sie schrieb den Eltern nach Moskau.

›Der verfluchte Armenier!‹ dachte Saranin.

Ihm fiel häufig ein, wie der Armenier die Tropfen abgefüllt hatte.

»Ach!« schrie Saranin.

»Macht nichts, mein Bester, das war mein Fehler, dafür nehme ich
nichts.«

Saranin ging sogar zum Arzt. Der untersuchte ihn, wobei er ironische Bemerkungen machte. Er fand, es sei alles in Ordnung.

Wenn Saranin jemanden besuchen ging, wollte ihn der Portier nicht
einlassen.

»Wer sind Sie denn?!«

Saranin stellte sich vor.

»Ich weiß nicht«, meinte der Pförtner. »So welche werden von
unseren Herrschaften nicht empfangen.«

6

Im Dienst im Departement gab es zunächst scheele Blicke und Gelächter. Vor allem bei den jungen Leuten. Die Tradition des Gogol-
schen Akaki Akakijewitsch Baschmatschkin war zählebig.

Dann folgten Mißmut und Tadel.

Der Pförtner nahm ihm schon sichtlich unwillig den Mantel ab.

»So ein Knirps will Beamter sein«, murrte er. »Was wird der einem
zum Feiertag für ein Trinkgeld geben?«

Um sein Prestige zu retten, mußte Saranin häufiger und reichlicher
Trinkgeld zahlen als früher. Doch das half nicht viel. Die Pförtner
steckten das Geld ein, blickten aber Saranin mißtrauisch an.

Saranin verriet manchen seiner Kollegen, daß ihm ein Armenier einen bösen Streich gespielt habe. Im Departement verbreitete sich das Gerücht von einer armenischen Intrige. Es gelangte auch in andere Departements...

Eines Tages begegnete der Direktor des Departements auf dem Korridor dem kleinen Beamten. Er betrachtete ihn verwundert, sagte jedoch nichts und ging in sein Arbeitszimmer.

Nun hielt man es für nötig, ihm Bericht zu erstatten. Der Direktor erkundigte sich: »Ist das schon lange so?«

Der Stellvertreter war verlegen.

»Ich bedaure, daß Sie mich nicht rechtzeitig informiert haben«, sagte der Direktor mit saurer Miene, ohne die Antwort abzuwarten. »Merkwürdig, daß ich nichts davon erfahren habe. Sehr bedauerlich.«

Er ließ Saranin rufen.

Als Saranin zum Arbeitszimmer des Direktors ging, blickten ihm alle Beamten streng mißbilligend nach.

Bangen Herzens betrat Saranin das Arbeitszimmer des Chefs. Noch hegte er eine schwache Hoffnung, nämlich, daß Seine Exzellenz ihm eine höchst schmeichelhafte Aufgabe zu stellen beabsichtige, bei der seine Kleinwüchsigkeit zustatten käme: daß er ihn zur Weltausstellung schicke oder ihm einen Geheimauftrag gebe. Doch bei den ersten Worten der mißlaunigen Stimme zerstreute sich diese Hoffnung wie Rauch.

»Setzen Sie sich«, sagte Seine Exzellenz und deutete auf einen Stuhl.

Mühsam erklomm Saranin den Stuhl. Der Direktor warf einen zornigen Blick auf die in der Luft baumelnden Beine des Beamten.

»Herr Saranin«, fragte er, »sind Ihnen die Gesetze für die Einstellung von Beamten bekannt, die die Regierung erlassen hat?«

»Euer Exzellenz«, stammelte Saranin und faltete flehentlich seine Händchen auf der Brust.

»Wie können Sie es wagen, sich dermaßen dreist über die Absichten der Regierung hinwegzusetzen?«

»Glauben Sie mir, Euer Exzellenz...«

»Weshalb haben Sie das getan?« fragte der Direktor.

Saranin brachte kein Wort mehr hervor. Ihm kamen die Tränen. In letzter Zeit war er sehr weinerlich geworden.

Der Direktor musterte ihn kopfschüttelnd und sagte sehr streng: »Herr Saranin, ich habe Sie rufen lassen, um Ihnen mitzuteilen, daß Ihr unerklärliches Verhalten untragbar ist.«

»Aber, Euer Exzellenz, ich war doch ganz korrekt«, stammelte Saranin. »Nur mein Wuchs...«

»Eben, eben!«

»Aber für dieses Unglück kann ich nichts.«

»Ich vermag nicht zu beurteilen, inwiefern dieser seltsame und unschickliche Vorgang für Sie ein Unglück ist und inwiefern Sie dafür können, doch ich muß Ihnen sagen, für das mir anvertraute Departement bedeutet Ihre merkwürdige Verkleinerung einen Skandal – in der Stadt gehen bereits ärgerliche Gerüchte um. Ob sie zutreffen, vermag ich nicht zu beurteilen, jedenfalls weiß ich, diese Gerüchte bringen Ihr Verhalten in Zusammenhang mit der Agitation des armenischen Separatismus. Nun, Sie müssen zugeben, das Departement kann kein Ort für armenische Intrigen sein, die sich auf die Verkleinerung des russischen Staatswesens richten. Wir können uns keine Beamten leisten, die sich derart seltsam verhalten.«

Saranin sprang vom Stuhl, piepste bebend: »Es ist ein Spiel der Natur, Euer Exzellenz.«

»Merkwürdig, doch der Dienst...« Der Direktor wiederholte seine Frage: »Weshalb haben Sie das getan?«

»Euer Exzellenz, ich weiß selbst nicht, wie das passiert ist.«

»Was sind das für Instinkte! Sie können Ihre Kleinwüchsigkeit ausnutzen und ohne weiteres jeder Dame, mit Verlaub unter den Rock kriechen. Derlei kann nicht geduldet werden.«

»So etwas habe ich nie getan!« rief Saranin.

Doch der Direktor beachtete dies nicht und fuhr fort: »Mir ist sogar zu Ohren gekommen, Sie hätten es aus Sympathie für die Japaner getan. Das geht zu weit.«

»Wie hätte ich so etwas tun können, Euer Exzellenz?«

»Ich weiß nicht. Aber hören Sie bitte auf. Im Dienst können Sie bleiben, allerdings nur in der Provinz. Und daß mir dies sofort auf-

hört und Sie zu Ihrer alten Körpergröße zurückkehren! Zur Wieder-
herstellung Ihrer Gesundheit bekommen Sie vier Monate Urlaub.
Bitte, kommen Sie nicht mehr ins Departement. Die Papiere, die
Sie brauchen, werden Ihnen zugeschickt. Habe die Ehre!«

»Euer Exzellenz, ich kann doch arbeiten. Wozu den Urlaub?«

»Wegen Krankheit.«

»Aber ich bin gesund, Euer Exzellenz.«

»Genug!«

Saranin bekam vier Monate Urlaub.

7

Kurze Zeit später reisten Aglajas Eltern an. Es war nachmittags.
Aglaja hatte ihren Mann beim Mittagessen ausgiebig verhöhnt und
sich nun zurückgezogen.

Saranin begab sich schüchtern in sein Arbeitszimmer, das jetzt viel
zu groß für ihn war, kletterte auf den Diwan, verkroch sich in eine
Ecke und weinte. Schwere Zweifel quälten ihn.

Warum hatte dieses Unglück gerade ihn getroffen? Dieses gräßli-
che, unerhörte Unglück.

So ein Leichtsinn!

Er schluchzte auf und flüsterte verzweifelt: »Warum, warum habe
ich das getan?«

Plötzlich hörte er aus dem Vorsaal bekannte Stimmen. Vor Angst
begann er zu zittern. Auf Zehenspitzen schlich er zum Waschbecken
– niemand sollte seine verweinten Augen sehen. Doch das Waschen
war schwierig, er mußte einen Stuhl anstellen.

Die Gäste betraten schon die Halle. Saranin begrüßte sie. Er verbeugte sich, piepste etwas Undeutliches. Aglajas Vater starrte ihn
mit weit aufgerissenen Augen verständnislos an. Er war groß, dick,
hatte einen Stiernacken und ein rotes Gesicht. Aglaja kam ganz nach
ihm.

Nachdem er eine Weile breitbeinig vor dem Schwiegersohn gestanden hatte, sah er sich vorsichtig um, nahm behutsam Saranins Hand,

beugte sich zu ihm und sagte mit gesenkter Stimme: »Wir wollten Sie besuchen, Schwiegersöhnchen.«

Offenbar gedachte er sich politisch zu verhalten. Er sondierte das Terrain.

Hinter seinem Rücken tauchte Aglajas Mutter auf, eine dürre, gehässige Person, und kreischte: »Wo steckt er? Wo? Zeig ihn mir, Aglaja! Zeig mir diesen Pygmalion.«

Sie übersah Saranin. Sie blickte absichtlich über ihn hinweg. Die Blumen an ihrem Hut schaukelten komisch. Sie schritt direkt auf Saranin zu. Quiekend sprang er zur Seite.

Aglaja fing an zu weinen und sagte: »Da ist er doch, Mutter.«

»Hier bin ich, Mutter«, piepste Saranin und machte einen Kratzfuß.

»Du Bösewicht, was hast du mit dir angestellt? Wieso bist du so zusammengeschrumpft?«

Das Dienstmädchen prustete vor Lachen.

»Über deine Herrschaft hast du nicht zu lachen!«

Aglaja errötete, sagte: »Mutter, gehen wir in den Salon.«

»Nein, du Bösewicht, sag, weshalb du so ein Zwerg geworden bist.«

»Nun warte doch ab!« gebot ihr der Mann.

Darauf herrschte die Mutter auch ihn an. »Ich habe dir ja gesagt, gib unsere Tochter nicht einem Bartlosen zur Frau. Siehst du, das haben wir davon!«

Der Vater warf einen vorsichtigen Blick auf Saranin und versuchte, die Unterhaltung auf die Politik hinzulenken.

»Die Japaner«, sagte er, »sind nicht sonderlich groß, aber anscheinend sind sie ein gescheites und, nebenbei bemerkt, sogar ein pfiffiges Volk.«

8

Saranin wurde immer kleiner. Er lief schon, ohne anzustoßen, unterm Tisch herum. Und er wurde von Tag zu Tag winziger. Den Urlaub hatte er noch nicht ganz hinter sich. In den Dienst ging er jedoch nicht. Und irgendwohin zu reisen hatten sie sich noch nicht entschlossen.

FJODOR SOLOGUB

Aglaja, die ihn bald verhöhnte, bald weinte, sagte: »Wohin soll ich mit dir fahren? Diese Schande, diese Schmach!«

Vom Arbeitszimmer ins Eßzimmer zu gehen war für Saranin ein beträchtlicher Weg. Und dann den Stuhl erklimmen...

Im übrigen war die Müdigkeit angenehm. Der Appetit wuchs und damit auch die Hoffnung, größer zu werden. Saranin stürzte sich aufs Essen. Angesichts seiner Miniaturgestalt verschlang er Unmengen. Doch er wuchs nicht. Im Gegenteil, er wurde kleiner und kleiner. Das Schlimmste war, daß sich diese Verkleinerung mitunter sprungweise und im unpassendsten Moment vollzog. Als wollte er ein Zauberkunststück vorführen.

Aglaja kam auf die Idee, ihn als Knaben auszugeben und aufs Gymnasium zu schicken. Sie begab sich in das nächstgelegene Gymnasium, aber das Gespräch mit dem Direktor entmutigte sie.

Es wurden persönliche Unterlagen verlangt. Wie sich herausstellte, war der Plan undurchführbar.

Höchst befremdet sagte der Direktor zu Aglaja: »Wir können den Herrn Hofrat nicht als Schüler aufnehmen. Was sollten wir mit ihm anfangen? Wenn der Lehrer ihm befiehlt, in der Ecke zu stehen, und er sagt: ›Ich bin Träger des Sankt-Annen-Ordens‹ – das wäre sehr unschicklich.«

Aglaja machte eine flehentliche Miene und wollte ihn überreden. »Ließe es sich nicht irgendwie einrichten? Er wird sich keine Frechheiten herausnehmen – dafür sorge ich.«

Der Direktor blieb unbeugsam.

»Nein«, sagte er hartnäckig, »einen Beamten kann man nicht aufs Gymnasium schicken. So etwas ist nirgendwo, in keiner Vorschrift vorgesehen. Und der Obrigkeit solch einen Vorschlag zu unterbreiten, das wäre höchst peinlich. Was würde das für einen Eindruck machen? Womöglich gäbe es große Unannehmlichkeiten. Nein, dies geht auf gar keinen Fall. Wenn Sie wollen, wenden Sie sich an den Kurator des Gymnasiums.«

Doch Aglaja brachte es nicht fertig, sich an die Obrigkeit zu wenden.

9

Eines Tages erschien ein sehr elegant gekleideter und frisierter junger Mann bei Aglaja. Er machte einen ungemein galanten Kratzfuß und stellte sich vor: »Ich bin Vertreter der Firma Strigal und Co. Ein erstklassiger Modesalon, der von der Petersburger Aristokratie rege besucht wird. Wir haben eine Menge Kunden in den besten und höchsten Kreisen der Gesellschaft.«

Für alle Fälle machte Aglaja dem Vertreter der berühmten Firma schöne Augen. Ihre mollige Hand wies einladend auf einen Stuhl. Sie selbst setzte sich mit dem Rücken zum Fenster, hielt den Kopf schief, bereit zum Zuhören.

Der ausgezeichnet frisierte junge Mann fuhr fort: »Wir haben erfahren, daß Ihr Ehegatte eine originelle miniaturisierte Körpergröße angenommen hat. Um den allerneuesten Tendenzen in der Damen- und Herrenmode entgegenzukommen, erlauben wir uns, Ihnen, gnädige Frau, folgendes vorzuschlagen: Zur Reklame und mithin kostenlos würden wir für den Herrn Anzüge nach bestem Pariser Chic nähen.«

»Umsonst?« fragte Aglaja träge.

»Nicht nur das, gnädige Frau, wir würden Ihnen sogar einen Zuschlag zahlen. Jedoch unter einer kleinen, leicht erfüllbaren Bedingung.«

Saranin, der hörte, daß von ihm die Rede war, schlich in den Salon. Er ging um den jungen Mann mit der prachtvollen Frisur herum, stampfte mit den Absätzen auf, hüstelte – und ärgerte sich sehr, daß ihm der Vertreter der Firma Strigal & Co. nicht die geringste Beachtung schenkte.

Schließlich trat er auf den jungen Mann zu und quäkte laut: »Hat man Ihnen denn nicht gesagt, daß ich zu Hause bin?«

Der Vertreter der berühmten Firma erhob sich, machte einen galanten Kratzfuß und setzte sich wieder. Er wandte sich an Aglaja: »Nur unter einer kleinen Bedingung.«

Saranin schnaufte verächtlich. Aglaja lachte und erwiderte, wobei ihre Augen neugierig blitzten: »Nun, sagen Sie, unter welcher Bedingung.«

»Unter der Bedingung, daß der Herr bereit ist, als lebende Reklame in unserem Schaufenster zu sitzen.«

Aglaja lachte schadenfroh.

»Ausgezeichnet. So kommt er mir wenigstens aus den Augen.«

»Damit bin ich nicht einverstanden«, quäkte Saranin gellend. »So etwas geht nicht. Ich bin Hofrat und Träger des Sankt-Annen-Ordens. Als Schaufensterpuppe dasitzen – das wäre doch lächerlich.«

»Halt den Mund!« rief Aglaja. »Du bist nicht gefragt.«

»Wieso bin ich nicht gefragt?« kreischte Saranin. »Das lasse ich mir nicht bieten von Fremdstämmigen!«

»Oh, der Herr irrt sich!« widersprach der junge Mann liebenswürdig. »Unsere Firma hat nichts gemein mit fremdstämmigen Elementen. Bei uns arbeiten ausschließlich Russisch-Orthodoxe und Lutheraner aus Riga. Juden gibt es bei uns nicht.«

»Ich will nicht im Schaufenster sitzen!« schrie Saranin.

Er stampfte mit den Füßen auf. Aglaja packte ihn an der Hand und zerrte ihn ins Schlafzimmer.

»Wo schleppst du mich hin?« brüllte Saranin. »Ich will nicht, laß mich los!«

»Dich werde ich zur Räson bringen!« keifte Aglaja.

Sie schloß die Tür.

»Jetzt gibt's Prügel!« stieß sie durch die Zähne.

Sie verprügelte ihn. Ohnmächtig zappelte er in ihren mächtigen Händen.

»Du Pygmäe bist in meiner Gewalt. Mit dir mache ich, was ich will. Ich kann dich in die Tasche stecken. Wehe, du widersetzt dich! Dein Dienstrang kümmert mich nicht, du kriegst solch eine Tracht Prügel, daß du die Engel singen hörst.«

»Ich werde dich verklagen!« quäkte Saranin.

Doch bald sah er die Sinnlosigkeit seines Widerstandes ein. Er war zu klein, und Aglaja gedachte offensichtlich ihre ganze Kraft einzusetzen.

»Genug, genug!« jammerte er. »Ich gehe in Strigals Schaufenster. Dir zur Schande setze ich mich dorthin, mit Dienstuniform und Rangabzeichen.«

Aglaja lachte schallend.

»Du ziehst an, was dir Strigal gibt«, rief sie.

Sie zerrte ihren Mann wieder in den Salon, schubste ihn zu dem Vertreter hin und rief: »Da! Nehmen Sie ihn gleich mit! Und das Geld zahlen Sie mir im voraus. Jeden Monat.«

Wie hysterisch schrie sie das.

Der junge Mann zog die Brieftasche und zählte zweihundert Rubel ab.

»Das ist zuwenig!« rief Aglaja.

Lächelnd legte der junge Mann noch einen Hunderter dazu.

»Mehr zu zahlen bin ich nicht befugt«, versetzte er höflich. »In einem Monat bekommen Sie die nächste Zahlung.«

Saranin lief im Zimmer umher.

»Ins Schaufenster! Ins Schaufenster!« schrie er. »Du verfluchter Armenier, was hast du mit mir gemacht?«

Dabei wurde er plötzlich noch etwa zehn Zentimeter kleiner.

10

Saranins Verzagtheit und seine ohnmächtigen Tränen, was kümmerten sie Strigal & Co.?

Sie zahlten. Sie nahmen ihr Recht wahr. Das grausame Recht des Kapitals.

Unter der Macht des Kapitals fügt sich sogar ein Hofrat und Ordensträger in eine Stellung, die genau seinen Körpermaßen entspricht, aber nicht seinem Stolz. Der nach der letzten Mode gekleidete Liliputaner läuft im Schaufenster des Modesalons herum – bald gafft er nach schönen Frauen (wie riesig die sind!), bald droht er den kichernden Kindern wütend mit den Fäusten.

Vor dem Schaufenster von Strigal & Co. steht eine Menschenmenge.

Im Modesalon Strigal & Co. müssen die Angestellten bis zum Umfallen arbeiten.

Die Werkstatt von Strigal & Co. ist mit Aufträgen überhäuft.

Strigal & Co. sind berühmt.

Strigal & Co. erweitern ihre Werkstatt.

Strigal & Co. sind reich.

Strigal & Co. kaufen Häuser.

Strigal & Co. sind großzügig: Sie geben Saranin fürstliches Essen und scheuen nicht die Ausgaben für seine Frau.

Aglaja bekommt schon tausend Rubel im Monat.

Aglaja hat noch weitere Einkünfte.

Und Bekanntschaften.

Und Liebhaber.

Und Brillanten.

Und Kutschen.

Und ein Haus.

Aglaja ist fröhlich und zufrieden. Sie ist noch korpulenter geworden. Sie trägt Stöckelschuhe und wählt Hüte von gigantischer Größe.

Wenn sie ihren Mann besucht, streichelt sie ihn, gibt ihm wie einem Vogel mit dem Finger Futter. Saranin, im Frack mit kurzen Schößen, trippelt vor ihr auf dem Tisch herum und piepst. Seine Stimme ist hoch und durchdringend, wie das Sirren einer Mücke. Doch seine Worte versteht man nicht.

Die kleinen Leute können sprechen, doch ihr Piepsen ist den Menschen von großem Wuchs unverständlich – sowohl Aglaja als auch Strigal und allen seinen Kompagnons. Umgeben von den Angestellten, hört Aglaja das Piepsen und Wispern eines Menschen. Sie lacht. Und geht weg.

Saranin wird ins Schaufenster getragen, wo, auf einer Unterlage aus weißem Stoff, eine komplette Wohnung für ihn eingerichtet ist – zum Publikum hin offen.

Die Straßenjungen sehen, wie sich das Menschlein an den Tisch setzt und Bittgesuche schreibt. Winzige Bittgesuche bezüglich der Wiederherstellung seiner von Aglaja, Strigal & Co. verletzten Rechte.

Er schreibt, steckt den Brief in einen winzigen Umschlag. Die Jungen lachen.

Unterdessen steigt Aglaja in ihre prächtige Kutsche. Sie unternimmt vor dem Mittagessen eine Spazierfahrt.

11

Weder Aglaja noch Strigal & Co. bedachten, wie das alles enden würde. Sie waren mit dem Gegenwärtigen zufrieden. Der Goldregen, der auf sie niederging, schien kein Ende zu haben. Doch ein Ende kam. Ein ganz banales. Wie zu erwarten.

Saranin wurde unentwegt kleiner. Jeden Tag wurden für ihn mehrere neue Anzüge genäht, immer kleinere.

Und plötzlich, er hatte soeben eine neue Hose angezogen, wurde er vor den Augen der erstaunten Angestellten des Modesalons klitzeklein und rutschte aus der Hose heraus. Er war nur noch so groß wie ein Stecknadelkopf.

Es gab leichten Durchzug. Saranin, winzig wie ein Staubkorn, flog in die Luft, wirbelte umher, mischte sich in eine Wolke von Staubkörnchen, die in den Sonnenstrahlen tanzten.

Und verschwand.

Alles Suchen blieb vergeblich. Nirgendwo wurde er wiedergefunden.

Aglaja, Strigal & Co., die Polizei, die Geistlichkeit, die Obrigkeit, alle waren in größter Verlegenheit.

Wie sollte man Saranins Verschwinden amtlich regeln?

Zu guter Letzt wurde im Einvernehmen mit der Akademie der Wissenschaften beschlossen, davon auszugehen, daß er eine Dienstreise zu wissenschaftlichen Zwecken angetreten habe.

Dann wurde er vergessen.

Mit Saranin war es zu Ende.

IWAN BUNIN

GRAMMATIK DER LIEBE

Eines Tages, es war Anfang Juni, fuhr ein gewisser Iwlew in eine abgelegene Gegend seines Kreises.

Die Reisekutsche mit dem staubigen, schiefen Verdeck hatte ihm sein Schwager zur Verfügung gestellt, auf dessen Gut er den Sommer verbrachte. Das Dreigespann – kleine, aber tüchtige Pferde mit dichten, wirren Mähnen – hatte Iwlew im Dorf bei einem reichen Bauern gemietet. Sie wurden vom Sohn dieses Bauern gelenkt, einem stumpfen Burschen von achtzehn Jahren, der nur auf wirtschaftlichen Vorteil bedacht war. Er grübelte in einem fort unzufrieden vor sich hin, schien gekränkt und verstand keine Scherze. So überließ sich Iwlew, der sich davon überzeugte, daß mit dem Burschen zu keiner Unterhaltung zu kommen war, der ruhigen und ziellosen Betrachtung, die sich so gut mit Pferdegetrappel und dem Gebimmel von Schellen verträgt.

Es fuhr sich zunächst angenehm. Der Tag war warm und trüb, die Straße gut eingefahren, auf den Fluren viel Blumen und Lerchen; von den Getreidefeldern, die mit niedrigem, blaugrauem Roggen bestanden waren und sich dahinzogen, soweit das Auge reicht, wehte ein weicher Wind, der den Blütenstaub über die Hänge forttrug und da und dort vor sich hertrieb wie Rauch, so daß die Ferne gleichsam im Nebel lag. Der Bursche, der eine neue Mütze und eine ungeschlachte Lüsterjacke anhatte, saß kerzengerade da; der Umstand, daß er so herausstaffiert war und man ihm die Pferde ganz und gar anvertraut hatte, machte ihn besonders ernst. Die Pferde aber husteten und trotteten ohne Eile dahin; das Zugscheit des linken Beipferds schleifte zuweilen über das Rad hin oder hing straff über ihm, und immerfort blitzte ein abgenutztes Hufeisen hell und stahlblank unter ihm auf.

»Fahren wir beim Grafen vor?« fragte der Bursche, ohne sich umzuwenden, als vorn ein Dorf auftauchte, das sich mit seinen Weidengehölzen und einem Garten vor den Himmelsrand schob.

»Und wozu?« fragte Iwlew.

Der Bursche schwieg ein Weilchen, schlug mit der Peitsche eine große Bremse herunter, die auf dem einen der Pferde festsaß, und gab finster zur Antwort: »Na, um Tee zu trinken.«

»Dir liegt nicht der Tee im Sinne«, sagte Iwlew. »Du willst nur die Pferde schonen.«

»Nicht den Weg fürchtet das Pferd, sondern das Füttern«, sagte der Bursche in belehrendem Ton.

Iwlew sah sich um; das Wetter war unfreundlicher geworden, von allen Seiten zogen farblose Wolken herauf, und es tröpfelte schon; solche bescheidenen, unansehnlichen Tage enden immer mit einem Landregen. Ein alter Mann, der in der Nähe des Dorfes pflügte, sagte, daß nur die junge Gräfin zu Hause sei, aber man fuhr dennoch vor. Der Bursche nahm seinen Rock um die Schultern und ließ sich, zufrieden, daß die Pferde ausruhten, ruhig auf dem Bock der Reisekutsche naßregnen, die auf dem schmutzigen Hof vor einem steinernen Futtertrog hielt; der Trog war in die Erde hineingewachsen, die Erde um ihn herum von den Hufen des Viehs zerstampft. Der Bursche besah seine Stiefel und schob hier und da mit dem Peitschenstiel das Hintergeschirr des Mittelpferdes zurecht; indessen saß Iwlew im Besuchszimmer, das vom Regen verdunkelt war, plauderte mit der Gräfin und wartete auf den Tee; es roch bereits nach brennendem Kienspan, und an den offenen Fenstern zog dicht und grünlich der Rauch eines Samowars vorbei, in den eine barfüßige Magd auf den Treppenstufen vor dem Eingang Bündel von Kleinholz stopfte; es war mit Petroleum übergossen und flammte grellrot. Die Gräfin trug ein weites Morgenkleid in Rosa, mit einem Ausschnitt, in dem man den gepuderten Busen sah; sie rauchte, zog den Rauch tief in sich ein und tastete immerfort nach dem Haar, wobei sich die festen und runden Arme bis an die Schultern hinauf entblößten; sie lenkte, während sie rauchte und lachte, die Unterhaltung in einem fort auf die Liebe und kam unter anderem auf ihren nächsten Nachbarn, den Gutsbesitzer Chwoschtschinskij, zu sprechen. Dieser war, wie Iwlew von Kindestagen an wußte, sein Leben lang von der Liebe zu seinem früh verstorbenen Dienstmädchen Luschka besessen gewesen.

»Ach, diese legendäre Luschka!« bemerkte Iwlew in scherzhaftem
Ton, um gleich darauf etwas verlegen zu bekennen: »Weil dieser Kauz
sie vergöttert hat und sein Leben mit verrückten Träumen von ihr
hinbrachte, war ich in meiner Jugend beinahe selber in sie verliebt und
stellte sie mir Gott weiß wie wunderbar vor, obwohl sie, wie man
behauptet, keineswegs hübsch gewesen ist.«

»Wirklich?« fragte die Gräfin, ohne recht zuzuhören. »Er ist im
vorigen Winter gestorben. Und Pissarew, den er aus alter Freundschaft als einzigen gelegentlich bei sich sah, behauptet, daß er in allem
übrigen völlig normal gewesen sei, was ich auch glaube – er paßte nur
nicht unter die heutigen Menschen.«

Die barfüßige Magd trug endlich mit ungewöhnlicher Vorsicht ein
altes Silbertablett herein, auf dem ein Glas starken, schwarzgrauen
abgestandenen Tees und ein Körbchen mit fliegenbeschmutztem Gebäck standen.

Als man weiterfuhr, begann es richtig zu gießen. Es blieb nichts
übrig, als das Verdeck aufzuschlagen, sich mit der harten, vertrockneten Wetterdecke zuzudecken und zusammenzukauern. Die Pferde
polterten darauflos wie die Auerhähne, Bäche von Regenwasser ran-
nen an ihren dunklen, glänzenden Schenkeln herab, unter den Rädern
raschelte mitten im Getreide das Gras eines Feldrains, den der Bursche in der Hoffnung, den Weg zu verkürzen, entlanggefahren war;
ein warmer Roggengeruch, der sich zu dem Geruch der alten Reisekutsche gesellte, sammelte sich unter dem Verdeck.

›So also ist das, Chwoschtschinskij ist tot‹, überlegte Iwlew. ›Man
sollte auf keinen Fall versäumen, sich das verödete Heiligtum dieser
geheimnisvollen Luschka anzusehen, wenn auch nur flüchtig. Was
mag dieser Chwoschtschinskij wohl für ein Mensch gewesen sein?
Ein Irrer oder ganz einfach eine verstiegene, nur auf das eine aus-
gerichtete Seele?‹ Nach den Erzählungen seiner Altersgefährten, der
älteren Gutsbesitzer, zu urteilen, hat er im Kreis zu seiner Zeit als
außerordentlich heller Kopf gegolten. Bis plötzlich diese Liebe über
ihn hereinbrach, erst diese Luschka, dann ihr unerwarteter Tod – da
war für ihn die Welt verloren: Er zog sich in sein Haus zurück, in
jenes Zimmer, in dem Luschka gelebt hatte und gestorben war, und

brachte mehr als zwanzig Jahre auf ihrem Bette sitzend zu. Er fuhr nicht nur nirgends mehr hin, sondern ließ sich sogar im eigenen Hause vor niemand sehen, saß die Matratze auf Luschkas Bett völlig durch und schrieb buchstäblich alles, was in der Welt geschah, ihrem Einfluß zu: Zog ein Gewitter auf, so schickte es Luschka, wurde ein Krieg erklärt, so hatte ihn Luschka beschlossen, trat eine Mißernte ein, so hatten es ihr die Bauern nicht recht gemacht...

»Du hältst wohl auf Chwoschtschinskoje zu, nicht wahr?« rief Iwlew und steckte den Kopf in den Regen hinaus.

»Ja, auf Chwoschtschinskoje«, entgegnete undeutlich durch den rauschenden Regen der Bursche, von dessen herunterhängender Mütze das Wasser troff. »Über die Pissarewschen Höhen.«

Diesen Weg kannte Iwlew nicht. Die Gegend wurde immer ärmer und öder. Der Rain war zu Ende, die Pferde gingen im Schritt und zogen die schief liegende Kutsche bergab durch eine ausgewaschene Mulde auf irgendwelche noch ungemähten Wiesen zu, die sich mit ihren grünen Hängen traurig gegen die niedrigen Wolken abzeichneten. Weiter wand sich der Weg, bald verschwindend, bald erneut sichtbar, im Zickzack auf dem Grunde von Schluchten, durch Erdklüfte, zwischen Erlen- und Weidenbüschen dahin... Da war eine kleine Imkerei, die Gott weiß wem gehörte; einige Bienenstöcke im hohen Gras, das rot von Erdbeeren war, standen an einem Hang. Man umfuhr irgendein altes Wehr, das in Brennesseln versank, und einen längst ausgetrockneten Teich – eine tiefe, von mehr als mannshohem Gras überwucherte Senke. Ein schwarzes Schnepfenpärchen schoß klagend aus ihm hervor und schwang sich in den regnerischen Himmel. Auf dem Wehr aber blühte inmitten der Brennesseln ein üppiger alter Strauch voll kleiner blaßrosa Blüten, jenes liebliche Bäumchen, das man den »Gottesbaum« nennt, und plötzlich erinnerte sich Iwlew wieder der Gegend, erinnerte sich, in seiner Jugend hier öfter vorübergeritten zu sein.

»Man sagt, daß sie sich hier ertränkt hat«, bemerkte unerwartet der Bursche.

»Du meinst wohl Chwoschtschinskijs Geliebte?« fragte Iwlew. »Das ist nicht wahr, sie hat gar nicht daran gedacht, sich zu ertränken.«

»Doch hat sie sich ertränkt«, widersprach der Bursche. »Ich glaube allerdings, er hat nur seiner Armut wegen den Verstand verloren, und nicht durch sie.«

Er schwieg, dann setzte er grob hinzu: »Wir müssen aber wieder haltmachen… in diesem Chwoschtschino, oder wie das heißt. Da, wie erschöpft die Pferde sind!«

»Also bitte, tu mir den Gefallen!« sagte Iwlew.

Auf einer Kuppe, zu der die vom Regenwasser bleigraue Straße hinaufführte, stand mitten auf einem Kahlschlag, zwischen nassen faulenden Spänen und Blättern, zwischen Stümpfen und bitter und frisch duftendem jungen Espengehölz einsam ein Bauernhaus. Ringsum war keine Menschenseele zu sehen, und nur die Ammern, die selbst im Regen auf hohen Blumenstielen herumsaßen, erfüllten den ganzen spärlichen Wald, der hinter dem Hause lag, mit ihrem Gezwitscher. Als aber das Dreigespann durch den Schlamm heranpatschte und sich auf gleicher Höhe mit der Hausschwelle befand, stürzte irgendwoher ein ganzes Rudel riesiger schwarzer, schokoladenfarbener und rauchgrauer Hunde herbei, umwimmelte mit wütendem Gebell die Pferde, schnellte sich bis unmittelbar unter ihre Schnauzen hoch, drehte sich in der Luft um sich selber und versuchte sogar, unter das Kutschenverdeck zu springen. Im gleichen Augenblick und ebenso überraschend zerbarst der Himmel über der Kutsche mit einem ohrenbetäubenden Donnerschlag, der Bursche peitschte erbittert auf die Hunde ein, und die Pferde zogen im Galopp an den vorüberflimmernden Espenstämmen davon.

Hinter dem Wald wurde bereits Chwoschtschinskoje sichtbar. Die Hunde ließen ab, waren auf einmal still und liefen ernüchtert zurück zum Hause, der Wald trat auseinander, und vorn erstreckten sich wieder Felder. Es dämmerte, die Wolken verzogen sich, oder sie zogen jetzt von drei Seiten herauf: von links eine beinahe schwarze, die hellblaue Durchblicke offenließ, von rechts eine graue, in der ununterbrochen der Donner grollte, vom Westen aber, hinter dem Chwoschtschinskijschen Gutshof und hinter den Hügelhängen über dem Flußtal hervor eine trübblaue, von staubgrauen Regenstreifen durchschnittene, durch die die rosigen Gipfel weiter entfernter Wol-

kengebirge hindurchschimmerten. Über der Reisekutsche ließ der
Regen indessen nach, und Iwlew, der völlig mit Schlamm bespritzt
war, erhob sich ein wenig von seinem Sitz, schlug mit Vergnügen das
schwer gewordene Verdeck zurück und atmete befreit die duftende
Feuchtigkeit der Felder.

Er blickte auf den näher kommenden Gutshof, sah endlich vor
sich, wovon er soviel gehört hatte, aber wie früher erschien ihm,
daß Luschka nicht vor zwanzig Jahren, sondern vor beinah undenklichen Zeiten gestorben sei. Unten im Tal verlor sich die Spur eines
seichten Flüßchens zwischen den Binsen; eine Möwe flog über ihm
hin und her. Weiter fort, auf der halben Höhe des Berges, lagen
dunkelgeregnete Reihen von Heu; in weiten Abständen zogen sich
zwischen ihnen alte Silberpappeln dahin. Das Herrenhaus, ziemlich
groß und einstmals geweißt, stand unter dem nassen, glänzenden
Dach auf einer vollkommen kahlen Stelle. Weder ein Garten noch
irgendwelche Nebengebäude waren ringsum zu sehen: nichts als zwei
Ziegelpfeiler statt eines Tors und Kletten, die längs der Gräben wuchsen. Während die Pferde das Flüßchen durchwateten und wieder berg-
an stiegen, trieb ein Weib, das einen leichten Herrenmantel mit aus-
geweiteten Taschen anhatte, Puten an diesen Kletten entlang. Die
Front des Hauses wirkte außerordentlich grämlich: Es gab nur wenige Fenster in ihr, und alle waren klein und steckten in dicken Wänden. Riesig waren dafür die finsteren Freitreppen. Von einer dieser
Treppen blickte den Ankömmlingen ein junger Mann in einer grauen,
mit einem breiten Riemen gegürteten Gymnasiastenbluse entgegen,
schwarzhaarig, mit hübschen Augen und überhaupt sehr angenehm
anzusehen, obwohl sein Gesicht blaß und vor lauter Sommersprossen
scheckig wie ein Vogelei war.

Man mußte seinen Besuch irgendwie erklären. Iwlew stieg die Stufen hinauf, nannte seinen Namen und sagte, daß er die Bibliothek, die,
wie er von der Gräfin wisse, der Verstorbene hinterlassen habe, be-
sichtigen und möglicherweise kaufen wolle, und der junge Mann, der
tief errötete, führte ihn sogleich ins Haus. Das also ist der Sohn der
berühmten Luschka, sagte sich Iwlew, während er mit dem Blick über
alles hinglitt, woran man vorbeikam, sich häufig umsah und redete,

was ihm gerade in den Sinn kam, nur um den Hausherrn, der für seine
Jahre zu jung erschien, ein übriges Mal anzusehen. Seine Antworten
waren hastig, aber einsilbig, und manchmal verwirrte er sich, augenscheinlich sowohl aus Schüchternheit wie aus Habgier. Daß er sich
schrecklich darüber freute, die Bücher möglicherweise verkaufen zu
können, und sich auch vornahm, sie nicht zu billig loszuschlagen,
äußerte sich gleich in seinen ersten Worten, zeigte sich in der peinli-
chen Eile, mit der er erklärte, Bücher wie die, die er besitze, seien um
keinen Preis zu haben. Durch den halbdunklen, mit Stroh ausgelegten
Flur – das Stroh war vor lauter Feuchtigkeit rot – führte er Iwlew in
einen großen Vorraum.

»Hier hat also Ihr Vater gelebt?« fragte Iwlew und nahm, während
man eintrat, die Mütze ab.

»Ja, ja, hier«, beeilte sich der junge Mann zu bestätigen. »Das heißt
selbstverständlich nicht hier. Er hielt sich meistenteils im Schlafzimmer auf. Aber manchmal ist er natürlich auch hier gewesen.«

»Ja, ich weiß, er war ja krank«, sagte Iwlew.

Der junge Mann errötete.

»Das heißt, wieso krank?« fragte er, und männlichere Töne klangen
in seiner Stimme an. »Das ist alles nur Klatsch, er war geistig keineswegs krank. Er hat nur immerfort gelesen und ist nirgends hinge-
gangen, das ist alles. Aber nein, bitte behalten Sie Ihre Mütze doch
auf, es ist kalt hier, diese Räume werden von uns nicht bewohnt.«

In der Tat, es war im Hause viel kälter als draußen an der Luft. Im
unfreundlichen, mit Zeitungspapier tapezierten Vorzimmer stand ein
Wachtelkäfig aus Bast auf dem Fensterbrett; die Wolken ließen das
Fenster traurig erscheinen. Auf dem Fußboden hüpfte ein graues
Säckchen umher, scheinbar aus eigener Kraft. Der junge Mann bückte
sich, fing es ein und legte es auf eine Bank; und Iwlew verstand, daß in
dem Säckchen eine Wachtel saß; darauf betrat man den Saal. Dieser
Raum, dessen Fenster nach Westen und Norden gingen, nahm fast die
Hälfte des ganzen Hauses ein. Durch eines der Fenster war eine
hundertjährige, völlig schwarze Trauerbirke zu sehen, die sich vom
goldenen Abendhimmel zwischen den auseinandertretenden Wolken
abhob. Die ganze vordere Ecke nahm ein Bilderschrein ein: ohne

Scheiben, aber mit Heiligenbildern vollgestellt oder vollgehängt; unter ihnen fiel durch Größe wie durch Alter eine Ikone mit Silberverkleidung auf, auf der, gelb und wächsern wie der Körper eines Toten, zwei Traukerzen mit blaßgrünen Schleifen lagen.

»Entschuldigen Sie«, begann Iwlew, der seine Scham überwinden mußte, »war denn Ihr Vater…«

»Nein, nein, das ist nur so«, murmelte der junge Mann, der augenblicklich verstanden hatte. »Er hat diese Kerzen erst nach ihrem Tode gekauft… Auch einen Trauring hat er immer getragen.«

Die Möbel im Saal waren plump. Dafür standen zwischen den Fenstern wunderbare Vitrinen mit Teegeschirr und schlanken, goldgerandeten Gläsern auf hohen Stielen. Der Fußboden war mit vertrockneten Bienen, die unter den Füßen knackten, übersät. Mit Bienen übersät war auch das völlig leere Wohnzimmer. Nachdem man dieses und noch ein weiteres düsteres Zimmer, in dem eine Ofenbank stand, durchschritten hatte, blieb der junge Mann vor einer niedrigen Tür stehen und zog einen großen Schlüssel aus seiner Hosentasche. Er drehte ihn mit Mühe in dem rostigen Schlüsselloch um, stieß die Tür auf, murmelte etwas, und Iwlew erblickte eine zweifenstrige Kammer; an der einen Wand stand ein kahles eisernes Bettgestell, an der anderen sah man zwei kleine, aus karelischer Birke gefertigte Bücherschränke.

»Das wäre also die Bibliothek?« fragte Iwlew und trat auf einen der Schränke zu.

Der junge Mann, der sich beeilte, seine Frage zu bejahen, half ihm, das Schränkchen zu öffnen, und folgte habgierig seinen Händen.

Höchst seltsame Bücher enthielt diese Bibliothek! Iwlew öffnete die dicken Buchdeckel, schlug das gerauhte graue Vorsatzpapier um und las: ›Die mit dem Bannfluch belegte Grenze‹, ›Der Morgenstern und die nächtlichen Dämonen‹, ›Betrachtungen über die Geheimnisse der Erschaffung der Welt‹, ›Wunderbare Reise ins Zauberland‹, ›Das neueste Traumbuch‹. Immerhin zitterten ihm ein wenig die Hände. Das also war die Nahrung der einsamen Seele gewesen, die sich in diesem Kämmerchen für immer vor der Welt verschlossen und es erst vor so kurzer Zeit verlassen hatte. Aber vielleicht war diese Seele tatsächlich des Verstandes nicht völlig beraubt gewesen?

»Es ist ein Sein«, diese Verse von Baratynskij fielen Iwlew ein, »es ist ein Sein, jedoch wie nenn ich es? Nicht Traum ist es, nicht Wachen, denn es ist verwandt dem einen wie dem andern, und es grenzt im Menschen aneinander Wahnsinn und Verstand...«

Im Westen war der Himmel reingefegt, Gold lugte aus dieser Richtung hinter schönen, ins Violett spielenden Wolken hervor und überglänzte seltsam das ärmliche Liebesasyl, dieses Asyl einer unbegreiflichen Liebe, die ein ganzes menschliches Leben in ein ekstatisches Einsiedlerdasein verwandelt hatte, ein Leben, das möglicherweise völlig alltäglich hätte verlaufen sollen, wäre nicht diese in ihrem Zauber so rätselhafte Luschka aufgetaucht.

Iwlew zog ein Bänkchen unter dem Bett hervor, ließ sich vor dem Schrank auf ihm nieder und holte seine Zigaretten heraus, wobei er sich unbemerkt im Zimmer umsah, um alles im Gedächtnis zu behalten.

»Rauchen Sie?« fragte er den jungen Mann, der neben ihm stand.

Der wurde wieder rot.

»Ja, ich rauche«, murmelte er und versuchte zu lächeln. »Das heißt, ich rauche nicht wirklich, so mehr zum Spaß. Im übrigen, wenn Sie gestatten, sehr verbunden...«

Und er nahm ungeschickt eine Zigarette, steckte sie mit zitternden Händen an, ging zum Fenster und setzte sich auf das Fensterbrett; sein Körper verdeckte das gelbe Abendlicht.

»Und was ist das?« fragte Iwlew und beugte sich zum Mittelfach vor, in dem sich weiter nichts befand als ein sehr kleines Bändchen, das aussah wie ein Gebetbuch, und eine Schatulle, die an den Ecken mit nachgedunkeltem Silber beschlagen war.

»Das ist nur so... In dieser Schatulle liegt eine Halskette meiner verstorbenen Mutter«, sagte der junge Mann, ein wenig stockend, aber bemüht, lässig zu sprechen.

»Darf man sie ansehen?«

»Bitte sehr. Sie ist allerdings sehr einfach, sie wird wohl kaum von Interesse für Sie sein.«

Iwlew öffnete die Schatulle und erblickte eine abgetragene Schnur, auf der billige hellblaue Kügelchen aufgereiht waren; sie sahen aus wie aus Stein. Und beim Anblick dieser Kügelchen, die einst um den Hals jener gelegen hatten, der beschieden gewesen war, so sehr geliebt zu werden, und deren nebelhafte Gestalt nun nicht mehr anders als schön erscheinen konnte, ergriff eine solche Erregung von ihm Besitz, daß ihm vor Herzklopfen vor den Augen flimmerte. Nachdem er sich satt gesehen hatte, stellte er die Schatulle behutsam an ihren Platz; dann nahm er sich das Büchlein vor. Es war ein winziges, vor beinah hundert Jahren erschienenes und reizend ausgestattetes Bändchen: *Die Grammatik der Liebe oder Die Kunst, zu lieben und wiedergeliebt zu werden.*

»Dieses Büchlein kann ich leider nicht verkaufen«, brachte der junge Mann mit Mühe heraus. »Es wäre zu teuer...Vater verwahrte es sogar unter seinem Kopfkissen.«

»Aber vielleicht erlauben Sie, daß ich es mir wenigstens ansehe?« fragte Iwlew.

»Bitte«, flüsterte der junge Mann.

Und Iwlew, der eine Verlegenheit zu überwinden hatte und unter dem unverwandten Blick des anderen irgendwie litt, begann langsam in der ›Grammatik der Liebe‹ zu blättern. Sie war in lauter kleine Kapitel unterteilt: Von der Schönheit, Vom Herzen, Vom Verstand, Von den Liebeszeichen, Von Angriff und Verteidigung, Von Zerwürfnis und Versöhnung, Von der platonischen Liebe... Jedes Kapitel bestand aus kurzen, eleganten, gelegentlich auch sehr feinen Sentenzen, und manche von ihnen waren diskret mit Feder und roter Tinte angestrichen. »Die Liebe ist in unserem Leben keine bloße Episode«, las Iwlew. – »Unsere Vernunft widerspricht dem Herzen und überzeugt es nicht.« – »Die Frauen sind nie so stark, wie wenn sie sich mit Schwäche wappnen.« – »Wir vergöttern die Frau, weil sie die Herrscherin unserer Träume vom Ideal ist.« – »Die Eitelkeit wählt aus, die wahre Liebe nicht.« – »Die schöne Frau muß die zweite Stufe einnehmen; die erste gebührt der Frau, die man liebt. Ebendiese wird zur Herrscherin unseres Herzens: Bevor wir uns Rechenschaft davon geben, ist unser Herz auf ewig von der Liebe versklavt.« Es folgte eine »Erläuterung der Sprache der Blumen«, und wieder war dies und das angemerkt: »Roter Mohn: Gram.« – »Blüte des Spindelbaums:

Dein Liebreiz ist meinem Herzen eingeprägt.« – »Immergrün: süße
Erinnerungen.« – »Trauergeranie: Melancholie.« – »Wermut: ewiges
Herzeleid«. Auf einer freien Seite aber, ganz am Ende des Buchs, war
in kleiner, perlfeiner Schrift mit immer der gleichen roten Tinte ein
Vierzeiler aufgezeichnet.

Der junge Mann reckte den Hals, sah mit hinein in die »Grammatik
der Liebe« und sagte mit geheucheltem Spott: »Das hat er selber
erfunden.«

Eine halbe Stunde später verabschiedete sich Iwlew mit Erleichterung von ihm. Von allen Büchern hatte er nur dieses eine Bändchen
um einen hohen Preis erworben. Das trübgoldene Abendrot ver-
glomm in den Wolken hinter den Feldern, die Pfützen spiegelten es
wider, und auf den Fluren war es naß und grün. Der Bursche hatte es
nicht eilig, aber Iwlew trieb ihn auch nicht zur Eile an. Der Bursche
erzählte, daß jene Frau, die vorhin die Puten an den Kletten ent-
langgetrieben habe, die Frau des Diakons sei und daß der junge
Chwoschtschinskij mit ihr lebe. Iwlew hörte nicht zu. Er dachte in
einem fort an Luschka, dachte an ihre Halskette zurück, die ein
kompliziertes Gefühl in ihm hinterlassen hatte – dem ähnlich, das
er vor langer Zeit in einem italienischen Städtchen empfunden hatte,
als er die Reliquien einer Heiligen sah. Jetzt ist sie für immer in mein
Leben eingegangen, dachte er. Und er zog die »Grammatik der Liebe«
aus der Tasche und überlas beim Schein des Abendrots langsam die
Verse, die auf der letzten Seite geschrieben standen.

> Die Herzen, die geliebt, sie sagen:
> »Gib dich den Wonnen der Erinn'rung hin!«
> So sei dies Buch in künft'gen Tagen
> Auch deinen Enkeln ein Gewinn!

MICHAIL KUSMIN

DIE GRÜNE NACHTIGALL

Das grüne Haus glich so sehr einem Aufbau aus Pistazieneis, daß man wirklich erwartete, es werde sich sogleich in den Strahlen der Märzsonne auflösen: Die Säulen werden zerschmelzen, die Gesimse heruntertropfen und der kleine morsche Balkon sich ganz langsam nach links, zur Kirche zu, neigen und so hängenbleiben.

Die Hausbesitzer und die Sonne hatten offenbar Mitleid mit dem freundlichen alten Haus und ließen es in seinem Grün die wenigen Lenze, die ihm noch blieben, begrüßen: Im Hofe war aber das offizielle und unverblümt einträgliche graue Ungetüm von einem Zinshaus errichtet. Das Asphalttrottoir machte am niederen Zaun eine Biegung und floß direkt zur Einfahrt, auf der, wie auf einer Festung, eine Fahne flatterte und sich im Wind ein Leinwandstreifen blähte, der die Inschrift trug: ›Lazarett der Mieter des Umnowschen Hauses‹.

Die Sonnenstrahlen drangen auch hierher; sie machten keinen Unterschied zwischen dem grünen Haus und dem grauen Zinsungetüm, zwischen dem Lazarett und den gemütlichen alten Zimmern.

Am Fenster glänzte ein Spielzeug: eine goldene Schachtel mit einer runden Rosette auf dem Deckel. Drehte man einen Schlüssel um, so klappte die Rosette auf, auf ihrer inneren Seite erblühte ein Rosenbusch, und ein flinker Vogel sprang heraus; er schüttelte den grünen Schwanz, schlug die blauen Flügel, und aus dem Innern der Schachtel klang etwas wie Nachtigallenschlag. Die Musik dauerte genau zwei Minuten, dann verschwand der Vogel, der Deckel klappte wieder zu – und Schluß. Der Vogel tauchte immer so rechtzeitig unter, daß ihn die Rosette beim Herunterklappen niemals traf; so war es eben eingerichtet: Der Vogel machte husch, der Rosenbusch – klapp, die Mechanik – kling, und die Schachtel war wieder eine Schachtel wie jede andere.

Mit der Nachtigall spielte ein Kranker. Er hatte einen Schlafrock an, und es war unbekannt, ob er Soldat oder Offizier war. Im Lazarett

MICHAIL KUSMIN

kann man ja wie im Dampfbad keine Chargen unterscheiden. Auf eine seiner Wangen fiel ein Sonnenstrahl, auf der anderen spielte der Reflex von einem im Krankensaal zufällig vergessenen Spiegel. Der junge Mann hörte gar nicht aufmerksam zu, und doch drehte er den Schlüssel, wenn das Spiel zu Ende war, immer von neuem um. Die Töne regten ihn anscheinend sehr auf; als der Sonnenstrahl zum vernickelten Bettpfosten hinüberglitt und der Reflex zur Zimmerdekke hinaufstieg, zeigte es sich, daß die Wangen des Kranken sehr bleich waren und auf seiner Stirn Schweißtropfen standen. Er fiel sogar in seine Kissen zurück, als ob er für einen Augenblick die Besinnung verloren hätte.

Die Schwester trat mit einem Teller gelber Bouillon in der Hand an sein Bett. Vielleicht war sie eine Dame aus der Gesellschaft, obwohl ihr rundes, rotes, vom Kopftuch allzu eng umfaßtes und daher noch aufgedunsener erscheinendes Gesicht ebensogut einer Hökerin hätte gehören können.

»Ist Ihnen nicht wohl?«

»Nein, nein... Erfahren Sie bitte, wer diese Schachtel hergeschickt hat. Ich habe sie in der Lotterie gewonnen... Nummer neunundzwanzig.«

Die Schwester warf einen Blick auf den Boden der Schachtel.

»Die ist von Maria Lwowna Koroljow.«

»Wie? Wie?«

»Von Maria Lwowna Koroljow.«

»Es heißt wohl – Korolkow?!«

»Vielleicht auch Korolkow. Regen Sie sich aber doch nicht so auf!«

»Wohnt sie hier in diesem Hause?«

»Höchstwahrscheinlich. Alle Spenden kommen von den Mietern dieses Hauses«

»Erfahren Sie es bitte, Schwester, und sagen Sie ihr, sie möchte hierherkommen!«

»Gut, ich werde mir Mühe geben. Beruhigen Sie sich nur!«

»Ich bin ja ruhig«, sagte lächelnd der Kranke und machte sich an die Bouillon.

Seine Hand zitterte so sehr, daß die Schwester den Löffel nehmen mußte. Nachdem er gegessen hatte, lehnte er sich in die Kissen zurück und wurde wieder unruhig.

»Schwester, sagen Sie es ihr bitte...«

»Ja, gut!«

»Sie sagen es nur so, zu meiner Beruhigung. Tun Sie es aber wirklich! Mein Gott, mein Gott!«

»Sind Sie aber aufgeregt! Nichts wollen Sie mir glauben. Also mein Ehrenwort: Ich will alles erfahren und Ihre Bitte ausrichten.«

Der Kranke hörte offenbar gar nicht, was sie sagte; er hielt die Augen geschlossen, um sich ganz in ein Bild zu versenken: Er sah den Bretterzaun auf dem Gut im Moskauer Gouvernement, den himbeerroten Sonnenuntergang und die weit auseinanderstehenden, dunklen Augen Maschas... Es war vor sechs Jahren... Auch die goldene chinesische Schachtel mit dem grünen Vogel gehörte in das gleiche Bild... Es war in der Mädchenkammer, in die er durch das Fenster hineingestiegen war. Mascha schrie auf und verhüllte ihren braunen Hals und die nackten Schultern mit einem Tuch; ihr Zorn war natürlich nicht echt. Auch später zürnte sie nicht, als man sie gewaltsam verheiratete. Nein, sie schwieg nur, war aber vor Empörung zu Stein erstarrt. Sie hielt sogar ihre Augen gesenkt, um das Feuer in ihnen zu verbergen. Wäre Aljoscha älter gewesen, so hätte er ihren zukünftigen Mann nicht beneidet. Sie sprach mit ihm wie mit einem ganz kleinen Jungen, wie mit einem Kind, als ob sie gar nicht ihn meinte, als ob er ihr im Wege wäre.

›Gewiß, niemand zwingt mich ja zu heiraten, es ist aber beinahe doch so... Ich kann das verstehen, ich hätte es ja ebenso gemacht... Ich liebe dich, doch was kannst du tun, und was kann ich tun? Kein Geistlicher würde uns trauen, denn du bist noch zu klein... Man sagt, er sei ein guter Mensch; ich weiß es auch selbst: Ich kenne ihn ja, Gott sei Dank, schon länger! Aber jetzt, jetzt wäre ich imstande, alle in Stücke zu reißen!‹

Sie wollte ihm, wie einem kleinen Jungen, ein Spielzeug schenken: die chinesische Nachtigall. Er kann sich noch erinnern, wie er das Spielzeug empört ins Gras schleuderte; Mascha hob es aber auf und sagte: ›Wie du willst!‹

Und nun bekommt er von ihr wieder das gleiche Geschenk. Es ist derselbe Vogel; die gleichen Töne kommen aus der Schachtel, und genau so schön wie vor Jahren blüht der Rosenbusch.

Der Kranke blickte wiederholt zum Fensterbrett, wo die Schachtel in mattem Gold glänzte.

Als man ihm am nächsten Tage sagte, Frau Koroljow werde gleich kommen, geriet er in solche Aufregung, daß die Schwester die Begegnung aufschieben wollte.

»Nein, ich bitte Sie!... Sie möchte gleich kommen! Ich bin ganz ruhig...« Und er wurde wirklich ruhig.

In der Tür zeigte sich eine schlanke, dunkelgekleidete Dame, mit großen schwarzen Augen im gelblichen Gesicht.

»Ich war die ganze Zeit über auf dem Gut, bin erst gestern in die Stadt zurückgekehrt und hatte noch nicht Zeit, unsere lieben Gäste aufzusuchen«, sagte sie freundlich, doch etwas offiziell.

Alexej Dmitrijewitsch hatte sich vorgebeugt und starrte sie unverwandt an. Endlich sagte er leise:

»Sie haben sich verändert, ich kann Sie aber wiedererkennen... Die Augen sind zahmer geworden... ja, ja... darin liegt eben der ganze Unterschied...«

Die Dame sagte in unbestimmtem Ton:

»Was soll man machen? Alle verändern sich...« Nach einer Pause fuhr sie fort: »Ich glaube, Sie sind nur leicht verwundet? Wir haben ja hier lauter Leichtverwundete; es kommen aber auch sonderbare Komplikationen vor, besonders bei Quetschwunden.«

Der Kranke schien auf ihre Worte gar nicht zu hören. Er sagte: »In der Familie nannte man Sie Mascha. Weder Marie, noch Marussja, noch Mura, noch Manja oder Mara, sondern Mascha.«

»Sie haben es erraten. Doch was folgt daraus?«

»Erkennen Sie mich nicht?«

Die Dame betrachtete ihn aufmerksamer und sagte:

»Nein. Es ist ja möglich, daß wir uns schon einmal begegnet sind. Aber ich glaube, daß ich Sie jetzt zum erstenmal im Leben sehe.«

»Als Sie noch nicht verheiratet waren, es war kurz vor Ihrer Verheiratung... Können Sie sich noch an den Knaben erinnern, der Sie so sehr liebte, der so verliebt war?...«

»Ist Nikolai Sergejewitsch gefallen?«

»Was für ein Nikolai Sergejewitsch?«

»Djornow… Verzeihen Sie: Ich glaubte, Sie sprechen von ihm.«

»Nein, nein… Ich spreche von jenem Abend, als ich Ihre Nachtigall ins Gras schleuderte. Sie wollten sie mir wie einem Kinde schenken. Ihre Augen sind zwar zahmer geworden, aber mein Herz ist noch nicht zahm. Mascha, erkennen Sie mich denn nicht? Haben Sie den Aljoscha Chochlow ganz vergessen? Mein Kopf ist jetzt kurz geschoren, ich habe mich auch sonst verändert, und dann diese Lazarettkleidung… Sie können sich aber noch an mich erinnern?« –

»Nein….«, begann die Dame unentschlossen und stockte.

»Nun?«

»Es ist so sonderbar! Alles, was Sie sagen, habe ich wohl tatsächlich erlebt, aber einen Aljoscha Chochlow hat es in meinem Leben nie gegeben…«

»Sie heißen doch Korolkow? Maria Lwowna Korolkow?«

»Ich heiße allerdings Maria Lwowna, doch der Familienname meines Mannes ist Koroljow und nicht Korolkow.«

»Ach so! Das ist ja der Name Ihres Mannes!«

»Gewiß, ich bin doch verheiratet. Das wußten Sie aber schon!«

»Verzeihen Sie, ich hatte es mir nicht überlegt…«

Der Kranke drückte sein Gesicht in die Kissen und begann plötzlich zu schluchzen. Die Dame wartete eine Weile und fragte ihn dann:

»Soll ich vielleicht die Schwester rufen? Sie sind so erregt!«

Der Kranke machte eine abwehrende Handbewegung und begann, fast ohne den Kopf vom Kissen zu heben:

»Es kann nicht sein, daß Sie es nicht sind. Sie haben es nur vergessen, nicht wahr? Woher denn sonst diese Ähnlichkeit, warum heißen Sie Mascha, warum habe ich solches Herzklopfen?«

»Ich weiß es nicht.«

»Und warum kommt mir diese chinesische Nachtigall zum zweitenmal in die Hände?«

»Sie ist gar nicht chinesisch. Ich habe das Spielzeug einmal aus der Schweiz mitgebracht. Ich habe niemanden in China, und ich bin nicht so reich, um mir so teure Sachen kaufen zu können.«

»Seien Sie doch aufrichtig!«

»Ich spreche die Wahrheit.«

Der Kranke setzte sich etwas auf, ergriff ihre Hand und sah ihr lange ins Gesicht, ohne die Tränen, die ihm die Wangen hinunterliefen, abzuwischen. »So ähnlich! So ähnlich!«

Maria Lwowna lächelte flüchtig und fragte:

»Haben Sie jene Mascha Korolkow sehr lieb gehabt?«

Er nickte stumm mit dem Kopf.

»Auch ich... ich liebe jemanden, der jetzt im Felde ist... Und er ist nicht mein Mann...«

»Er heißt Nikolai Sergejewitsch Djornow?«

»Ja. Woher wissen Sie das?«

»Sie haben es ja vorhin selbst gesagt.«

»Ja, gewiß... Was wollte ich denn noch sagen? Ja... Sie tun mir wirklich sehr leid. Wenn es nicht so komisch wäre, würde ich wohl mit Ihnen weinen. Ich verstehe Sie so vollkommen, als ob ich jenes Mädchen wäre, das Sie geliebt haben. Wissen Sie was? Wenn die Erinnerungen Ihnen teuer sind und Sie nicht zu sehr bedrücken, so behalten Sie diese Schachtel zum Andenken an mich, obwohl sie nur aus der Schweiz ist. Die Nachtigall singt wirklich gar nicht schlecht.« Sie drehte den Schlüssel um, und der grüne Vogel sprang heraus, schüttelte den Schwanz und schlug wie eine Nachtigall. Beide hörten schweigend zu. Als der Deckel zuklappte, nahm Chochlow Maria Lwowna wieder bei der Hand und sagte etwas unentschlossen:

»Ich danke Ihnen. Kommen Sie doch bitte, solange ich hier bin, öfter her. Das wird mir mehr Freude machen als dieser Vogel. Sie sehen ihr so ähnlich...«

»Wie das Schweizer Spielzeug dem chinesischen ähnlich sieht?«

»Lachen Sie nicht über mich! Wir werden von Ihrer... von meiner... von unserer Liebe sprechen... Nicht wahr?«

»Gut«, sagte Maria Lwowna und küßte ihn auf die Stirn. Und der Kranke sah, daß ihre Augen gar nicht so zahm waren, wie sie ihm im ersten Augenblick erschienen.

WALERI BRJUSSOW

IM SPIEGEL

Aus dem Archiv eines Psychiaters

Ich liebe Spiegel, seit ich denken kann. Als Kind weinte und zitterte ich, wenn ich in ihre durchsichtig-wahrheitsgetreue Tiefe schaute. Mein Lieblingsspiel damals war es, durch die Räume und den Garten zu spazieren mit einem Spiegel in der Hand, in seinen Abgrund zu blicken und bei jedem Schritt dessen Rand zu überschreiten, wobei mir vor Entsetzen und Schwindel der Atem stockte. Schon als Mädchen stellte ich mein ganzes Zimmer voller Spiegel, große und kleine, getreue und ein wenig verzerrende, klare und etwas trübe. Ich gewöhnte mich daran, ganze Stunden und Tage in den sich überschneidenden Welten zuzubringen, die ineinander übergingen, ins Schwanken gerieten, entwichen und neu erstanden. Es wurde zu meiner einzigen Leidenschaft, meinen Körper diesen lautlosen Weiten anheimzugeben, Perspektiven ohne Echo, gesonderten Welten, die unsere kreuzen und unserem Bewußtsein zum Trotz zur selben Zeit und am selben Ort mit ihr existieren. Diese seitenverkehrte, durch die glatte Glasscheibe von uns getrennte und unserem Tastsinn unzugängliche Wirklichkeit reizte mich, lockte mich wie ein Abgrund, wie ein Geheimnis.

Mich zog auch die Erscheinung an, die jedesmal vor mir erstand, wenn ich mich dem Spiegel näherte, und mein Ich merkwürdig verdoppelte. Ich suchte zu erraten, was diese andere Frau von mir unterschied, wie es möglich sei, daß meine rechte Hand ihre linke war und daß alle Finger dieser Hand entgegengesetzt angeordnet waren, obwohl an dem einen doch mein Trauring steckte. Mein Denken trübte sich, wenn ich in dieses Rätsel einzudringen, es zu entwirren trachtete. In dieser Welt, wo man alles berühren konnte, wo Stimmen ertönten, lebte mein wirkliches Ich; in jener widergespiegelten Welt, die man nur betrachten konnte, existierte sie, das Spiegelbild. Sie war fast wie ich, und doch ganz und gar nicht ich; sie wiederholte alle meine

Bewegungen, aber nicht eine davon entsprach den meinen vollständig. Jene andere wußte, was ich nicht erraten konnte, sie war im Besitz jenes Geheimnisses, das meinem Verstand für allezeit verschlossen war.

Doch ich bemerkte, daß jeder Spiegel seine eigene, besondere Welt besaß. Stellen Sie zwei Spiegel an die gleiche Stelle, einen hinter den anderen – und es entstehen zwei verschiedene Welten. Und in den verschiedenen Spiegeln tauchten verschiedene Erscheinungen vor mir auf, alle mir ähnlich, aber keine mit der anderen identisch. In meinem kleinen Handspiegel lebte ein naives Mädchen, mit klaren Augen, die mich an meine früheste Jugend erinnerten. Der runde Boudoirspiegel barg eine schamlose, ungezügelte, schöne und furchtlose Frau, die alle Wonnen der Liebe ausgekostet hatte. Aus dem viereckigen Schrankspiegel trat mir stets eine herbe, gebieterische, unnahbare Gestalt mit kaltem Blick entgegen. Ich kannte noch andere Doppelgängerinnen von mir – in meinem Trumeau, in dem dreiflügligen vergoldeten Frisierspiegel, in dem Wandspiegel mit Eichenrahmen, in dem Spiegelchen, das ich am Halse trug, und in meinen vielen, vielen anderen Spiegeln. Allen Geschöpfen, die sich in ihnen verbargen, gab ich einen Vorwand und die Möglichkeit, in Erscheinung zu treten. Gemäß den sonderbaren Bedingungen ihrer Welt mußten sie die Gestalt dessen annehmen, der sich vor das Spiegelglas stellte, doch in diesem geliehenen Äußeren bewahrten sie ihre eigenen Züge.

Es gab Spiegelwelten, die ich liebte, und andere, die ich haßte. In die einen mochte ich mich stundenlang begeben, mich in ihrer verführerischen Weite verlieren. Die anderen mied ich. Meine Doppelgängerinnen liebte ich insgeheim nicht alle. Ich wußte, daß sie mir alle feindlich gesinnt waren, allein deswegen, weil sie mein ihnen verhaßtes Äußeres annehmen mußten. Doch einige der Spiegelgestalten taten mir leid, ich verzieh ihnen ihren Haß und brachte ihnen beinahe Freundschaft entgegen. Andere verachtete ich; ich lachte über ihre ohnmächtige Wut, ärgerte sie mit meiner Unabhängigkeit und ließ sie meine Macht über sie qualvoll spüren. Es gab aber auch solche, die ich fürchtete, die zu stark waren und es wagten, ihrerseits über mich zu lachen und mir zu befehlen. Von den Spiegeln, in denen diese

Frauen lebten, suchte ich mich eilends zu befreien, ich schaute nicht hinein, versteckte sie, gab sie weg oder zerbrach sie gar. Doch jedesmal, wenn ich einen Spiegel zerschlagen hatte, mußte ich tagelang weinen, weil ich mir bewußt wurde, daß ich eine eigene Welt zerstört hatte. Und die vorwurfsvollen Gesichter der vernichteten Welt schauten mich aus den Scherben tadelnd an.

Den Spiegel, der mir zum Verhängnis werden sollte, kaufte ich im Herbst, auf einer Versteigerung. Es war ein großer Trumeau, der sich in den Scharnieren hin und her bewegen ließ. Er verblüffte mich durch seine außerordentlich klare Widerspiegelung. Die Spiegel-Wirklichkeit veränderte sich bei der geringsten Neigung der Glasfläche, doch sie war selbständig und lebendig bis zum äußersten. Als ich mir diesen Trumeau auf der Auktion ansah, blickte mich die Frau, die mich darin verkörperte, hochmütig und herausfordernd an. Ich wollte nicht klein beigeben, ihr nicht zeigen, daß sie mich erschreckt hatte – so kaufte ich den Trumeau und ließ ihn in mein Boudoir stellen. Allein geblieben, trat ich sogleich vor den neuen Spiegel und starrte meiner Rivalin in die Augen. Doch sie tat das gleiche, und so standen wir einander gegenüber und durchbohrten uns, wie Schlangen, mit Blicken. Ich spiegelte mich in ihren Pupillen, sie in den meinen. Mein Herzschlag stockte, und mir wurde schwindlig von diesem durchdringenden Blick. Unter Aufbietung aller Willenskraft riß ich meine Augen schließlich von den fremden Augen los, stieß mit dem Fuß gegen den Spiegel, daß er ins Wanken geriet und die Erscheinung meiner Rivalin jämmerlich hin und her schwankte, und ging aus dem Zimmer.

Mit dieser Stunde begann unser Kampf. Am Abend nach unserem ersten Aufeinandertreffen wagte ich mich nicht in die Nähe des neuen Trumeaus, ich ging mit meinem Mann ins Theater, lachte übertrieben und gab mich heiter. Am nächsten Morgen, beim hellen Licht des Septembertages, ging ich mutig allein in mein Boudoir und setzte mich absichtlich direkt vor den Spiegel. Im selben Augenblick trat jene andere ebenfalls ein, ging mir entgegen, durchquerte das Zimmer und setzte sich ebenfalls mir gegenüber. Unsere Augen trafen sich. Ich las in den ihren Haß auf mich, sie in den meinen Haß auf sie. Ein neuer Zweikampf begann, ein Zweikampf der Augen, zweier unnachgiebiger Blicke, gebieterisch, drohend, hypnotisierend. Jede von uns versuchte, Macht über den Willen der Rivalin zu erlangen, ihren Widerstand zu brechen, sie ihren Wünschen zu unterwerfen. Für einen Außenstehenden wäre es schrecklich gewesen, die beiden reglos einander gegenübersitzenden Frauen zu sehen, die mit Blicken magisch aneinander gefesselt und vor psychischer Anspannung beinahe bewußtlos waren... Plötzlich wurde ich gerufen. Der Zauber schwand. Ich erhob mich und ging aus dem Zimmer.

Dieser Zweikampf wiederholte sich jetzt Tag für Tag. Ich begriff, daß diese Abenteurerin absichtlich in mein Heim eingedrungen war, um mich zu vernichten und meinen Platz in unserer Welt einzunehmen. Mich dem Kampf mit ihr zu entziehen, fehlte mir jedoch die Kraft. Diese Rivalität hatte ihren geheimen wollüstigen Reiz. Allein die Möglichkeit einer Niederlage verlockte ungemein. Manchmal zwang ich mich, tagelang nicht vor den Trumeau zu treten, lenkte mich ab, zerstreute mich – doch in tiefster Seele war stets der Gedanke an die Rivalin gegenwärtig, die geduldig und selbstsicher wartete, daß ich zu ihr zurückkehrte. Und ich kehrte zurück, sie trat vor mich hin, triumphierender denn je, durchbohrte mich mit siegesbewußtem Blick und fesselte mich an den Platz ihr gegenüber. Mein Herz stockte, und mit ohnmächtiger Wut fühlte ich mich in der Gewalt dieses Blicks. Manchmal, in der Freiheit, kam mir der Gedanke, aus meinem Heim zu fliehen, in eine andere Stadt zu fahren, mich vor meiner Gegnerin zu verstecken, doch sofort wurde mir klar, daß dies für mich unmöglich war, daß ich, der faszinierenden Kraft des feindlichen Blicks gehorchend, ja doch hierher zurückkehren würde, in dieses Zimmer, vor meinen Spiegel. Manchmal wollte ich auf das Glas einschlagen, es zertrümmern, diese mir unbekannte, aber bedrohliche Welt vernichten – und in rasendem Zorn war ich sogar mit einem schweren Gegenstand bewaffnet auf den Spiegel zugestürzt, doch das verächtliche Lächeln meiner Rivalin hielt mich zurück. Ein Sieg um solch einen Preis hätte das Eingeständnis ihrer Überlegenheit und meiner Niederlage bedeutet. So ging der Kampf weiter und weiter, bis eine von uns siegen würde. Bald merkte ich jedoch, daß meine Rivalin stärker war als ich. Bei jeder neuen Begegnung hatte sich mehr Macht über mich in ihrem Blick angesammelt. Allmählich brachte ich es nicht mehr fertig, nicht wenigstens ein einziges Mal am Tag vor meinen Spiegel zu treten. *Sie* befahl mir, täglich mehrere Stunden ihr gegenüber zuzubringen. *Sie* beherrschte meinen Willen wie ein Magnetiseur den Willen einer Somnambulen. *Sie* bestimmte über mein Leben wie eine Herrin über das Leben der Sklavin. Ich tat, was sie verlangte, führte wie ein Automat ihre stummen Befehle aus. Ich wußte, sie führte mich wohlüberlegt, behutsam, aber unausweichlich ins Verderben, doch ich wehrte mich nicht mehr. Ich erriet ihren geheimen Plan: mich in die Welt des Spiegels zu stürzen, um selbst aus ihr in unsere Welt herauszutreten – aber ich hatte nicht die Kraft, sie daran zu hindern. Mein Mann und meine Verwandten hielten mich für geistesgestört, weil ich ganze Stunden, Tage und Nächte vor dem Spiegel zubrachte, und wollten mich heilen. Ich aber wagte nicht, ihnen die Wahrheit preiszugeben, es war mir verboten, ihnen das ganze schreckliche Geheimnis zu enthüllen, das Entsetzliche, auf das ich mich zubewegte.

Ein Dezembertag, vor den Feiertagen, wurde mir zum Verhängnis. Ich erinnere mich an alles ganz klar und deutlich, bis in alle Einzelheiten; nichts ist in meinem Gedächtnis durcheinandergeraten. Wie gewöhnlich betrat ich mein Boudoir sehr früh, im ersten winterlichen Morgendämmer. Ich schob den weichen Sessel ohne Rückenlehne vor den Spiegel, setzte mich und gab mich ihr anheim. Ohne Zögern erschien sie auf meinen Ruf hin, schob ebenfalls den Sessel heran, setzte sich ebenfalls und blickte mich an. Dunkle Ahnungen peinigten meine Seele, doch ich vermochte mein Gesicht nicht abzuwenden und mußte den dreisten Blick meiner Rivalin in mich eindringen lassen. Die Stunden vergingen, die Schatten senkten sich herab. Keine von uns beiden zündete Licht an. Die Spiegelscheibe schimmerte schwach in der Dunkelheit. Die Gestalt war kaum mehr zu sehen, aber die selbstsicheren Augen blickten mit unveränderter Kraft. Ich empfand nicht Wut oder Entsetzen wie sonst, nur unstillbare Trauer und das bittere Bewußtsein, daß ich mich in der Macht der anderen befand. Die Zeit schwand dahin, und ich entschwand mit ihr in die Unendlichkeit, in den schwarzen Abgrund von Ohnmacht und Willenlosigkeit.

Plötzlich stand sie, das Spiegelbild, vom Sessel auf. Ich erbebte vor Kränkung. Doch etwas Unbesiegbares, ein äußerer Zwang, veranlaßte mich, ebenfalls aufzustehen. Die Frau im Spiegel trat einen Schritt vor. Ich ebenfalls. Die Frau im Spiegel streckte die Hände aus. Ich ebenfalls. Mir mit hypnotisierendem und befehlendem Blick direkt in die Augen sehend, bewegte sie sich unverwandt vorwärts, und ich ging ihr entgegen. Und seltsam: So entsetzlich meine Lage war und so sehr ich meine Rivalin haßte – irgendwo tief in meiner Seele flakkerte ein merkwürdiger Trost, glühte eine heimliche Freude: Endlich würde ich diese geheimnisvolle Welt betreten, in die ich seit meiner Kindheit einzudringen suchte, die mir aber bis heute verschlossen war. Sekundenlang wußte ich fast nicht, wer wen zu sich zog: sie mich oder ich sie, trachtete sie nach meinem Platz, oder hatte ich den ganzen Kampf nur ersonnen, um ihren Platz einzunehmen?

Doch als ich im Vorwärtsgehen mit meinen Händen an der Spiegelscheibe die ihren berührte, erstarrte ich vor Abscheu. Sie aber nahm mich gebieterisch bei der Hand und zog mich gewaltsam zu sich. Meine Hände tauchten in den Spiegel wie in glühendes Eiswasser. Die Kälte des Glases drang mit so entsetzlichem Schmerz in mich ein, als würden sämtliche Zellen meines Körpers durcheinandergeschüttelt. Im nächsten Augenblick berührte mein Gesicht das meiner Rivalin, sah ich ihre Augen unmittelbar vor den meinen, verschmolzen unsere Lippen in einem ungeheuerlichen Kuß. Alles versank in einer unvergleichlich qualvollen Pein – und als ich aus der Ohnmacht erwachte, sah ich mein Boudoir vor mir, aber ich blickte bereits aus dem Spiegel darauf. Meine Rivalin stand vor mir und lachte. Und ich, vor Schmerz und Demütigung vergehend, mußte – o grausames Spiel! – ebenfalls lachen, mußte alle ihre Grimassen wiederholen und dabei triumphierend fröhlich lachen. Noch hatte ich meine Lage kaum begriffen, da wandte sich meine Rivalin um, ging zur Tür, verschwand aus meinen Augen, und ich fiel in einen Zustand der Erstarrung, des Nichtseins.

Nun begann mein Spiegel-Dasein. Ein seltsames, halbbewußtes Leben, nicht ohne heimlichen Reiz. Es gab viele solcher dumpfen, dahindämmernden Seelen in diesem Spiegel. Wir konnten nicht miteinander sprechen, doch wir fühlten uns einander nahe, liebten uns. Wir sahen nicht, hörten nur verschwommen, und da wir nicht atmen konnten, glich unser Zustand völliger Erschöpfung. Nur wenn ein Wesen aus der Menschenwelt vor den Spiegel trat, konnten wir, in seine Gestalt schlüpfend, in diese Welt blicken, Stimmen unterscheiden, aus voller Brust atmen. Ich glaube, so muß das Leben der Toten sein – ein unklares Bewußtsein seines eigenen Ichs, eine vage Erinnerung an die Vergangenheit und das quälende Verlangen, wenigstens für einen Augenblick wieder Gestalt anzunehmen, zu sehen, zu hören, zu sprechen... Und jeder von uns hegte und pflegte den sehnsüchtigen Traum, sich zu befreien, einen neuen Körper zu finden, in die Welt der Unwandelbarkeit und Beständigkeit zu entfliehen.

Die ersten Tage fühlte ich mich todunglücklich in meiner neuen Lage. Ich wußte nichts und konnte nichts. Gehorsam und gedankenlos nahm ich die Gestalt meiner Rivalin an, wenn sie sich dem Spiegel näherte und sich über mich lustig machte. Und sie tat das recht häufig. Es bereitete ihr großen Genuß, mit ihrer Lebendigkeit und Realität vor mir zu prahlen. Sie setzte sich, und auch ich mußte Platz nehmen, sie stand auf und frohlockte, weil auch ich aufstand, sie schwenkte die Arme, tanzte, zwang mich, ihre Bewegungen mitzumachen, und lachte, lachte, damit auch ich lachte. Sie schrie mir verletzende Worte ins Gesicht, und ich konnte ihr nichts entgegnen. Sie drohte mir mit der Faust und verspottete mich, weil ich die Geste pflichtschuldig nachahmte. Plötzlich versetzte sie dem Spiegel einen Stoß, daß er sich um die eigene Achse drehte, und schleuderte mich in den Zustand des Nichtseins zurück.

Doch die Beleidigungen und Demütigungen riefen allmählich mein Bewußtsein wach. Ich begriff, daß meine Rivalin jetzt mein Leben lebte, meine Kleider trug, als Ehefrau meines Mannes galt, meinen Platz in der Gesellschaft einnahm. Haß und Rachsucht wuchsen in meiner Seele wie zwei flammende Blumen. Ich verwünschte bitterlich, daß ich mich aus Schwäche oder aus verbrecherischer Neugier hatte besiegen lassen. Ich gelangte zu der Gewißheit, daß diese Abenteurerin niemals über mich hätte triumphieren können, wenn ich ihr bei ihren Intrigen nicht geholfen hätte. Und nun, da ich mich den Bedingungen meines neuen Daseins einigermaßen angepaßt hatte, beschloß ich, gegen sie ebenso zu kämpfen, wie sie es mit mir getan hatte. Wenn sie, ein Schatten, den Platz einer leibhaftigen Frau hatte einnehmen können, sollte dann ich, ein Mensch, der nur zeitweilig zum Schatten geworden, nicht stärker sein als die Spiegel-Erscheinung?

Ich holte sehr weit aus. Zunächst tat ich, als quälte mich der Spott meiner Rivalin immer unerträglicher. Absichtlich ließ ich sie alle Wonnen des Sieges auskosten. Ich schürte in ihr die geheimen Henkerinstinkte, indem ich mich als verschmachtendes Opfer stellte. Sie fiel auf diesen Köder herein. Sie fand Gefallen an diesem Spiel mit mir und verschwendete ihre Phantasie darauf, immer neue Foltern für mich zu ersinnen. Tausende Listen erfand sie, um mir immer und immer wieder zu zeigen, daß ich nur ein Spiegelbild war und kein eigenständiges Leben besaß. Bald spielte sie mir Klavier vor und marterte mich durch die Lautlosigkeit meiner Welt. Dann wieder saß sie vor dem Spiegel, trank in kleinen Schlucken meine Lieblingsliköre und zwang mich, so zu tun, als trinke ich ebenfalls. Und schließlich holte sie Männer, die ich haßte, in mein Boudoir und ließ sie vor meinen Augen ihren Körper küssen, wobei sie annahmen, sie küßten mich. Wieder allein mit mir, lachte sie hämisch und triumphierend. Doch dieses Gelächter verletzte mich nicht mehr, seine bittere Spitze wurde versüßt durch meine bevorstehende Rache.

In den Stunden, während sie mich verhöhnte, veranlaßte ich meine Rivalin unmerklich, mir in die Augen zu sehen, und gewann allmählich Gewalt über ihren Blick. Bald schon konnte ich sie mit meinem Willen zwingen, die Lider zu heben oder zu senken, das Gesicht hierhin oder dorthin zu bewegen. Nun begann *ich* zu triumphieren, obwohl ich dieses Gefühl unter der Maske des Leids verbarg. Meine seelische Kraft wuchs, und ich wagte meiner Widersacherin zu befehlen: Heute machst du dies und fährst dorthin, morgen kommst du dann und dann zu mir. Und *sie* führte die Befehle aus! Ich umgarnte ihre Seele mit dem Netz meiner Wünsche, knüpfte einen festen Faden, an dem ich ihren Willen dirigierte, und frohlockte insgeheim über meine Erfolge. Als sie eines Tages während ihres Schmähgelächters plötzlich ein siegessicheres Lächeln auf meinen Lippen auffing, war es bereits zu spät. Nun lief *sie* wutentbrannt aus dem Zimmer, doch während ich wieder in den Schlaf meines Nichtseins sank, wußte ich, sie würde zurückkehren, wußte ich, sie würde sich mir unterwerfen! Und die Siegesfreude schwebte über meiner willenlosen Ohnmacht, sie durchschnitt wie ein fächerförmiger Regenbogen das Dunkel meines vermeintlichen Todes.

Und sie kehrte zurück! Sie kam zu mir voll Zorn und Furcht, schrie mich an, drohte mir. Ich aber gab ihr Befehle. Und sie mußte gehorchen. Ein Katz-und-Maus-Spiel begann. Wann immer ich wollte, konnte nun ich sie zurück in die Spiegeltiefe stürzen und selbst in die mit Lauten erfüllte, feste Wirklichkeit hinaustreten. Sie wußte, daß dies in meinem Willen lag, und dieses Bewußtsein quälte sie doppelt. Doch ich zögerte. Es bereitete mir Genuß, zeitweilig ins Nichtsein zu sinken. Allein die Möglichkeit berauschte mich. Schließlich (und das ist merkwürdig, nicht wahr?) bekam ich plötzlich Mitleid mit meiner Rivalin, meiner Widersacherin, meinem Henker. Immerhin war in ihr etwas von mir, und ich fand es entsetzlich, sie aus der Lebenswirklichkeit herauszureißen und in eine Spiegel-Erscheinung zu verwandeln. Ich schwankte und brachte es nicht über mich, schob es Tag um Tag hinaus, ich wußte selbst nicht, was ich wollte und was ich fürchtete.

An einem hellen Frühlingstag kamen plötzlich Männer mit Brettern und Beilen in mein Boudoir. Ich lag leblos, in wollüstiger Entrücktheit, doch obwohl ich sie nicht sah, wußte ich, sie waren da. Die Männer begannen an dem Spiegel, der meine Welt war, herumzuklopfen. Und die Seelen, die sie mit mir zusammen bevölkerten, wurden eine nach der anderen wach und nahmen ihre Schattengestalt in Form von Spiegelbildern an. Eine entsetzliche Unruhe bemächtigte sich meiner schlummernden Seele. Im Vorgefühl eines grauenvollen, nicht wiedergutzumachenden Unheils nahm ich all meine Willenskraft zusammen. Welcher Anstrengung bedurfte es, gegen die Mattigkeit des Halbentrücktseins anzukämpfen! So kämpfen lebendige Menschen manchmal gegen Alpträume an, um sich aus deren würgenden Fesseln loszureißen und in die Wirklichkeit zurückzukehren.

Ich konzentrierte meine ganze Suggestionskraft darauf, meiner Rivalin zuzurufen: »Komm hierher!« Ich hypnotisierte und magnetisierte sie unter letzter Aufbietung meines halb schlummernden Willens. Es war keine Zeit zu verlieren. Der Spiegel schwankte bereits. Schon wollten sie ihn in den vorbereiteten Brettersarg legen, um ihn wer weiß wohin zu schaffen. In einer Aufwallung von Todesangst rief ich immer wieder: »Komm!« Und plötzlich spürte ich, wie ich zum Leben erwachte. *Sie*, meine Widersacherin, öffnete die Tür und kam auf meinen Ruf hin bleich und halbtot auf mich zu, widerstrebend, wie zur Hinrichtung. Ich bannte ihre Augen in die meinen, fesselte ihren Blick an den meinen und wußte: Der Sieg war mein.

Augenblicklich ließ ich sie die Männer aus dem Zimmer schicken. *Sie* gehorchte ohne jeden Widerspruch. Wieder waren wir beide allein. Ich durfte nicht länger zögern. Auch konnte ich ihr die Intrigen nicht nachsehen. Gnadenlos befahl ich ihr, zu mir zu kommen. Ihre Lippen öffneten sich in qualvollem Stöhnen, die Augen wurden weit, als erblickten sie ein Gespenst, sie kam, schwankend und fallend – aber sie kam. Auch ich ging ihr entgegen, mit triumphverzerrten Lippen und freudegeweiteten Augen, taumelnd vor trunkenem Glück. Wieder berührten sich unsere Hände, wieder näherten sich unsere Lippen, versanken wir ineinander, und in unaussprechlichem Schmerz verbrennend, verwandelte sich die eine wieder zurück in die andere. Eine Sekunde später war ich bereits vor dem Spiegel, ich atmete in vollen Zügen, stieß einen lauten und sieghaften Schrei aus und fiel vor dem Trumeau erschöpft zu Boden.

Sie kamen gelaufen, mein Mann und ein paar Leute. Ich konnte gerade noch sagen, daß man, wie ich schon vorhin befohlen hatte, den Spiegel aus dem Haus schaffen sollte, für immer. Dann schwanden mir die Sinne.

Man legte mich ins Bett. Rief einen Arzt. Nach allem, was ich durchgemacht hatte, bekam ich Nervenfieber. Meine Angehörigen hatten mich schon lange für krank und anormal gehalten. In meiner ersten Glücksaufwallung war ich so unvorsichtig und erzählte ihnen alles, was mit mir geschehen war. Man brachte mich in eine psychiatrische Klinik, wo ich mich bis heute aufhalte. Mein ganzes Wesen, das gebe ich zu, ist noch zutiefst erschüttert. Aber ich darf nicht lange hier bleiben. Ich habe noch eine Aufgabe, noch eine Sache, die ich unbedingt bald erledigen muß.

Ich zweifle nicht an meinem Sieg, nein und nochmals nein! Ich weiß, daß ich ich bin. Aber wenn ich an jene andere denke, die in meinem Spiegel eingeschlossen ist, befällt mich eine seltsame Unsicherheit: Was, wenn mein wirkliches Ich dort ist? Dann wäre ich selbst, ich, die das denkt, ich, die das schreibt, ein Schatten, eine Erscheinung, ein Spiegelbild. In mich wären nur die Erinnerungen, Gedanken und Gefühle jener anderen, meines wirklichen Ichs, übergegangen. In Wirklichkeit aber befände ich mich in der Spiegeltiefe, im Nichtsein, würde mich verzehren, dahinsiechen, vergehen. Ich weiß es, weiß es fast bestimmt, daß das nicht wahr ist. Aber um auch das letzte Wölkchen des Zweifels zu zerstreuen, muß ich erneut, noch einmal, ein letztes Mal den Spiegel sehen. Ich muß noch einmal hineinschauen, um mich zu überzeugen, daß jene dort eine Usurpatorin ist, meine Feindin, die einige Monate lang meine Rolle gespielt hat. Sowie ich das gesehen habe, wird meine Sinnenverwirrung weichen, und ich werde wieder sorglos, heiter und glücklich sein. Wo ist der Spiegel, wo finde ich ihn? Ich muß, ich muß noch einmal in seine Tiefe blicken!

ALEXEJ REMISOW

DAS LICHT DES WORTES

Alles Lebendige, vom Stern bis zum Kieselstein, und alles von Menschenhand, von Pfoten und Pfötchen Geschaffene, Nester, Städte, Häuser, Spielsachen, Maschinen haben ihr eigenes Licht,
auch die menschlichen Gedanken und Einfälle haben ihr eigenes Licht, das Wort hat sein eigenes Licht.
Etwas Gutes über den Menschen zu sagen, ist allemal angenehmer, als herumzuschimpfen.
Nicht nur angenehmer – weit mehr! Etwas Gutes im Menschen zu finden, bedeutet – großes Glück.
Und das Glück kommt vom Licht.
Und das Licht vom Menschlichen im Menschen, und das Menschliche im Menschen – ist die Sehnsucht der menschlichen Seele, ist jener Pfeiler, auf dem die zersplitterte, verarmte Welt ruht –
Mund an Mund
und Herz an Herz.
Mitten in der Grausamkeit, um die die Menschen wetteifern, mitten in Herzlosigkeit, Zank und Streit, mitten in dieser undurchdringlichen Finsternis blitzt die Sehnsucht wie ein warmer Funke auf und leuchtet – wie wenn du an einem bleiernen, kalten Abend über den Mazurka gehst und irgendwo hinter der Kasaner Kathedrale der Himmel plötzlich aufreißt und ein Streifen Abendrot erstrahlt –, nur ist ihr Licht noch heller als das Nordlicht.
Ich habe sie gesehen, gefühlt.
Ich habe sie sogar in jenem sogenannt Tierischen im Menschen gesehen, von dem die Tiere selbst sich lossagen, wenn man nur menschlich spricht – man frage die Wölfe, Füchse und verschiedenen Hasen.
Ich habe viel Gutes von seiten des Menschen erlebt auch während dieses gewaltigen Zwists, der das menschliche Leben in diesen entscheidenden Jahren in Aufruhr gebracht hat.

Und in diesen Jahrzehnten oder Jahrhunderten habe ich Klinken-
putzer und Herumtreiber, ich geduldig und nicht ohne Furcht in
Empfangszimmern Schlangestehender, ich Verfasser von Bittschrif-
ten, oft genug vertrieben, erniedrigt, eingeschüchtert, fast verstummt
oder vor verzweifelter Wut verendet, habe ich beim Herumstreifen
durch die Straßen, der eigenen Verlassenheit und Schutzlosigkeit bewußt, aber offen für alles, mit glühender Inbrunst – –
an die Wölfe, Füchse und verschiedenen Hasen, an all die stummen
Brüder und Schwestern gedacht.

Und einmal ging ich so über den Litejnyj –

Seit dem frühen Morgen, als ich auf die Straße trat, lief alles schief:
An einem Ort schlug man mir meine Bitte ab, an einem andern betrog
man mich, an einem dritten widerfuhr mir nicht nur beides, sondern
ich wurde auch noch beschuldigt und ausgeschimpft und nahm dies
ergeben und widerstandslos hin, ich weiß nicht mehr, ob aus furcht-
samer Abhängigkeit, als würde ich mit einer Antwort das Dümmste
anstellen, oder – in der Verzweiflung gibt's auch dies! – um schnurstracks in den Abgrund zu fliegen – und die Steine hinterher, trefft
mich nur! –, und so fliegt man halt.

Einmal also ging ich über den Litejnyj, mit dem Herzen bei den
Tieren, und unterhielt mich mit ihnen, mit den Wölfen, Füchsen und
verschiedenen Hasen, da war mir, als ziehe mich plötzlich jemand am
Ärmel, ich verlangsamte meinen Schritt und höre – –

Zwei Frauen holten mich ein, einfache.

Und die eine erzählt der andern von einem Menschen, ihrem Bekannten, ich höre es ungewöhnlich deutlich, als flüsterte es mir jemand ins Ohr, von einem Menschen, der nichts besitzt, einfach gar
nichts, so eine grenzenlose Armut, daß er nicht einmal etwas teilen
kann, und er sagt, dieser Mensch:

»Nun«, sagt er, »wenn nichts da ist, kann man wenigstens freundliche Worte tauschen.«

»Freundliche Worte tauschen!« Das war, wie wenn am Mittag, überrascht er dich auf dem Schloßplatz, die Kanone losdonnert. »Freundliche Worte tauschen!«

Und plötzlich war es wie ein Erwachen –

Ich sah den Himmel, tiefblau, nicht von hier – und meine Seele
reckte sich –
nicht schüchtern, nicht verquält,
vielhändig,
vielflüglig –
Und ich wurde groß.
Und ein einziges Gefühl erfüllte mein Herz, das riesig war wie die
Welt.
Und aus meinem Siechtum erweckte es mich durch das Wort.
Auch ich besitze nichts und kann nichts teilen – ein Straßen-
mensch bin ich, ein Bettler! –, doch habe ich etwas, das alle Reich-
tümer und Vorräte übertrifft – ich habe das Wort, und dieses Wort
will ich teilen. Sagen will ich der ganzen zersplitterten, verarmten
Welt, dem hoffnungslos verzweifelten, verlorenen Menschen, der sich
voll Neid nach den Tieren sehnt, dem Menschen, der vor übermä-
ßiger Anstrengung in diesem grausamen Kampf zusammenbricht: Sei
auf Erden Mensch –

> Mund an Mund
> und Herz an Herz.

JEWGENI SAMJATIN

DIE HÖHLE

Gletscher, Mammute, Einöden. Nächtliche, schwarze, aus der Ferne
wie Häuser wirkende Felsen; in den Felsen gibt es Höhlen. Und
niemand weiß, wer des Nachts auf steinernem Pfad zwischen den
Felsen trompetet und, den Pfad ausspähend, weißen Schneestaub
umherwirbelt: vielleicht – der Wind; es kann aber auch sein, daß
der Wind das eisige Heulen eines übermammutgroßen Mammuts
ist. Klar ist nur eins: der Winter. Und man muß die Zähne fester
zusammenbeißen, damit sie nicht klappern, und man muß mit der
Steinaxt Holz spalten; und jede Nacht muß man sein Feuer von einer
Höhle in die andere tragen, immer tiefer hinein; und man muß sich in
immer mehr struppige Tierfelle wickeln...

Inmitten der Felsen, wo sich vor Jahrhunderten noch Petersburg
befand, streifte nachts das graurüsselige Mammut umher. Und die in
Felle, Mäntel, Decken und Lumpen gehüllten Höhlenmenschen traten
den Rückzug von einer Höhle zur andern an. Am Tag Mariä Schutz
und Fürbitte begannen Martin Martinytsch und Mascha ihr Studierzimmer zu zerhacken; zum Fest der Ikone der Gottesmutter von
Kasan zogen sie aus dem Eßzimmer aus und verkrochen sich im
Schlafraum. Noch weiter konnten sie nicht zurückweichen; hier mußten sie der Belagerung standhalten – oder sterben.

Im Petersburger Höhlenschlafzimmer war es so wie unlängst einmal in der Arche Noah: sintflutgemäß reines und unreines Getier
miteinander vermischt. Martin Martinytschs Schreibtisch; Bücher;
steinzeitliche keramikartige Plätzchen: Skrjabins Opus 74; ein Bügel-
eisen; fünf liebevoll weißgewaschene Kartoffeln; die vernickelten Gitter der Betten; eine Axt; eine Chiffoniere; Brennholz. Und im Mittelpunkt dieses Universums war Gott. Der kurzbeinige, rötlich-rostige,
kleinwüchsige, gierige Höhlengott: der gußeiserne Ofen.

Der Gott bullerte mächtig. In der dunklen Höhle ereignete sich das
große Feuerwunder. Die Menschen – Martin Martinytsch und Mascha

JEWGENI SAMJATIN

— streckten ihm andächtig, schweigend und dankbar ihre Hände entgegen. Für eine Stunde war Frühling in der Höhle:

Für eine Stunde fielen die Tierfelle, Klauen, Stoßzähne ab, und der vereisten Hirnrinde entsprossen grüne Hälmchen – die Gedanken.

»Mart, hast du vergessen, daß morgen – Nun, ich sehe schon: Du hast es vergessen!«

Im Oktober, wenn die Blätter schon gelb, glanzlos und welk geworden sind, gibt es mitunter blauäugige Tage; man braucht an einem solchen Tag nur den Kopf zurückzuwerfen, damit man die Erde nicht sieht, und schon kann man glauben, daß es noch Freude, noch einen Sommer gibt. Auch mit Mascha verhält es sich so: Wenn man die Augen schließt und sie nur hört, kann man glauben, sie sei ganz die alte, gleich werde sie auflachen, sich vom Bett erheben, dich umarmen, und vor einer Stunde wie mit einem Messer über Glas – das ist nicht ihre Stimme, ganz und gar nicht sie selbst...

»Ach, Mart, Mart! Wie alles... Früher hast du es nie vergessen. Der neunundzwanzigste: Marientag...«

Der gußeiserne Gott bullerte noch immer. Wie üblich brannte kein Licht: Es kam erst um zehn. Die zottigen, dunklen Gewölbe der Höhle wankten. Martin Martinytsch, zusammengekauert wie ein Bündel – straffer! noch straffer verschnürt! –, schaut mit zurückgeworfenem Kopf noch immer zum Oktoberhimmel hinauf, um die welk und fahl gewordenen Lippen nicht zu sehen. Aber Mascha – –

»Verstehst du, Mart: Wenn wir morgen gleich in der Frühe Feuer machten, so daß es den ganzen Tag über wäre wie jetzt! Ja? Wieviel Holz haben wir? Ein halber Klafter wird wohl noch im Studierzimmer sein?«

In das polare Studierzimmer hatte Mascha schon seit ewigen Zeiten nicht mehr vordringen können, und so wußte sie nicht, daß dort bereits... Straffer das Bündel verschnürt! noch straffer!

»Ein halber Klafter? Ich glaube, dort...«

Jäh wurde es hell: Um Punkt zehn. Martin Martinytsch kniff, ohne den Satz zu beenden, die Augen zusammen und wandte sich ab: Bei Licht ist es schwieriger als im Dunkeln. Und bei Licht erkennt man deutlich – sein Gesicht ist zerfurcht und lehmig: Viele haben jetzt lehmige Gesichter: Es geht zurück zu Adam. Aber Mascha – –

»Und weißt du, Mart, ich würde versuchen – vielleicht stehe ich auf... wenn du gleich am frühen Morgen Feuer machst.«

»Aber natürlich. Mascha... An so einem Tag... Aber natürlich – gleich am frühen Morgen.«

Der Höhlengott wurde leiser, schrumpfte zusammen, verstummte, knisterte nur noch ein bißchen. Man hörte: Unten, bei den Obertyschews, spalteten sie mit der Axt das knorrige Holz eines Bootes – mit der Steinaxt hackten sie Martin Martinytsch in Stücke. Ein Stück von Martin Martinytsch lächelte Mascha mit lehmigem Gesicht zu und mahlte in der Kaffeemühle getrocknete Kartoffelschalen für die Plätzchen – und ein Stück von Martin Martinytsch stieß wie ein Vogel, der sich aus der Freiheit ins Zimmer verflogen hat, blind und ohne Verstand an die Decke, die Fensterscheiben, die Wände: ›Wo Holz hernehmen – wo Holz hernehmen – wo Holz hernehmen?‹

Martin Martinytsch zog sich den Mantel an; schnallte einen Ledergürtel um (bei den Höhlenmenschen war der Mythos verbreitet, davon würde es wärmer); er schepperte in der Ecke neben der Chiffonniere mit einem Eimer.

»Wo willst du hin, Mart?«

»Ich bin gleich zurück. Ich gehe nur hinunter, Wasser holen.«

Auf der dunklen, vom verschütteten Wasser vereisten Treppe blieb Martin Martinytsch stehen, schwankte, seufzte und – stieg dann, mit dem Eimerchen rasselnd, zu den Obertyschews hinab: Bei ihnen lief noch Wasser. Obertyschew öffnete die Tür selbst, er trug einen Mantel, der mit einem Strick verschnürt war, schon lange hatte er sich nicht mehr rasiert, sein Gesicht war ein Brachland, das mit rötlichem, ganz bestaubtem Unkraut bewachsen war. In dem Unkraut blinkten gelbe Steinzähne, und zwischen den Steinen huschte ein rasches Eidechsenschwänzchen, ein Lächeln, hindurch.

»Ah, Martin Martinytsch! Sie wollen Wasser holen? Kommen Sie, kommen Sie, kommen Sie.«

In dem engen Käfig zwischen äußerer und innerer Tür konnte man sich mit dem Eimer nicht drehen – in dem Käfig lag das Obertyschewsche Brennholz. Der lehmige Martin Martinytsch stieß mit der Seite schmerzhaft an die Scheite – in seinem Lehm blieb eine tiefe Beule zurück. Und eine noch tiefere von der Ecke der Kommode im dunklen Korridor. Sie gingen durch das Eßzimmer – dort saßen das Obertyschewweibchen und drei Obertyschewjunge: Schnell versteckte das Weibchen die Schüssel unter einer Serviette: Da kommt ein Mensch aus einer anderen Höhle, weiß Gott, ob er nicht plötzlich zum Tisch stürzt und sich etwas greift.

Inder Küche drehte Obertyschew den Wasserhahn auf und lächelte mit seinen Steinzähnen:

»Nun, wie geht es der Gattin? Wie geht es der Gattin? Wie geht es der Gattin?«

»Wie soll es gehen, Alexej Iwanytsch, immer das gleiche. Schlecht. Und morgen – hat sie Namenstag, aber ich habe...«

»Alle, Martin Martinytsch, alle sind so gestellt, alle, alle...«

In der Küche kann man hören, wie der verirrte Vogel aufflattert, mit den Flügeln rauscht, nach rechts, nach links fliegt und auf einmal verzweifelt und blindlings mit der Brust gegen die Wand klatscht.

»Alexej Iwanytsch, ich wollte... Alexej Iwanytsch, könnte ich von Ihnen nicht vielleicht fünf, sechs Holzscheite...«

Gelbe Steinzähne blinken im Unkraut, gelbe Zähne – in den Augen, der Obertyschew ist auf einmal überall mit Zähnen bewachsen, und die Zähne werden immer größer.

»Was glauben Sie, Martin Martinytsch, was glauben Sie! Wir selber... Sie wissen doch, wie das jetzt alles ist, Sie wissen doch, wissen doch selbst...«

Straffer das Bündel! Straffer – noch straffer verschnürt! Martin Martinytsch raffte sich zusammen, nahm den Eimer auf – und fort ging er durch die Küche, den dunklen Flur, das Eßzimmer. Auf der Schwelle des Eßzimmers streckte Obertyschew ihm seine schnelle, eidechsenflinke Hand hin:

»Na, alles Gu... Nur die Tür, Martin Martinytsch, vergessen Sie nicht, die Tür zuzuschlagen, vergessen Sie es nicht, beide Türen, beide, beide – es ist ja nicht warmzukriegen.«

Auf dem dunklen vereisten Treppenabsatz stellte Martin Marti-

nytsch den Wassereimer ab, dann kehrte er zurück und schlug die
erste Tür fest zu. Er lauschte, hörte aber nur ein trockenes knöchernes Erschauern in seinem Innern und seinen flatternden, hingetüp-
felten Atem. In dem engen Käfig zwischen den beiden Türen streckte
er die Hand aus, tastete – ein Holzscheit, noch eins und noch... Nein!
Schnell stieß er sich ab, sprang hinaus auf den Treppenabsatz, schloß
die Tür. Jetzt mußte er sie nur noch etwas fester andrücken, damit das
Schloß einschnappte...

Und da – verließ ihn die Kraft. Er sah sich außerstande, die Tür zu
Maschas Morgen zuzuschlagen. Und auf jener Linie, die der kaum
merkliche getüpfelte Atem zog, gerieten zwei Martin Martinytschs auf
Tod und Leben aneinander: Der eine aus der alten Zeit mit Skrjabin-
Musik, der wußte: Es durfte nicht sein –, und der neue, aus der Höhle,
der wußte: Es ging nicht anders. Der aus der Höhle knirschte mit den
Zähnen, trampelte nieder, erwürgte –, und so öffnete Martin Martinytsch die Tür, brach sich dabei die Fingernägel ab, tauchte die Hand
in das Holz – ein Scheit, vier, fünf – unter den Mantel, hinter den
Gürtel, in den Eimer – schlug die Tür zu und hetzte wie ein wildes
Tier die Treppe hinauf. Auf halber Treppe, auf einer vereisten Stufe
erstarrte er plötzlich, preßte sich gegen die Wand: Unten schnappte
von neuem das Türschloß auf – und Obertyschews staubige Stimme
ertönte:

»Wer ist da? Wer ist da? Wer ist da?«

»Ich bin es nur, Alexej Iwanytsch. Ich – ich hatte die Tür vergessen... Ich wollte... Ich bin zurückgekommen, um die Tür fester
zu...«

»Sie? Hm... Aber wie konnten Sie nur? Man muß akkurat sein,
akkurat sein. Jetzt stehlen alle. Sie wissen es ja selbst, ja selbst. Wie
konnten Sie nur?«

Es ist der Neunundzwanzigste. Seit dem frühen Morgen hängt ein
löchriger Wattehimmel tief herab, und durch die Löcher weht es eisig.
Aber der Höhlengott hat sich schon in der Frühe den Bauch voll-
geschlagen und summt gnädig – sollen dort ruhig Löcher sein, soll der
mit Zähnen bewachsene Obertyschew ruhig die Holzscheite zählen –
na schön, ganz egal: Wenn es nur heute so bliebe; ›morgen‹ – das

kennt man nicht in der Höhle; erst in Jahrhunderten wird man wissen, was ›morgen‹ oder ›übermorgen‹ ist.

Mascha war aufgestanden und kämmte sich, von einem unsichtbaren Wind gewiegt, auf althergebrachte Weise das Haar: über die Ohren, mit einem Scheitel in der Mitte. Und dies glich dem letzten, an einem kahlen Baum flatternden, verblichenen Blatt. Aus der mittleren Schreibtischschublade holte Martin Martinytsch Papiere, Briefe, ein Thermometer (ein bestimmtes dunkelblaues Fläschchen schob er hastig zurück, damit Mascha es nicht sah) – und schließlich aus dem verstecktesten Winkel ein schwarzes Lackdöschen hervor: Dort, auf dem Boden, war noch ein wenig echter – ja! völlig echter Tee! Sie tranken echten schwarzen Tee. Mit zurückgeworfenem Kopf lauschte Martin Martinytsch der Stimme, die der früheren so ähnlich war:

»Mart, erinnerst du dich noch: mein dunkelblaues Schlafzimmer, und das Klavier mit dem Schonbezug, und auf dem Klavier – das hölzerne Pferdchen – der Aschenbecher, und wie ich spielte, und wie du von hinten her zu mir kamst – –«

Ja, an jenem Abend war das Universum erschaffen worden, und auch die erstaunliche, weise Fratze des Mondes, und der Nachtigallenschlag der Glocken im Korridor.

»Erinnerst du dich, Mart: das offene Fenster, ein grüner Himmel – und von unten, aus einer anderen Welt das Spiel des Leierkastenmannes?«

Leierkastenmann, wunderbarer Leierkastenmann – wo bist du geblieben?

»Und auf der Uferstraße... Die noch kahlen Zweige, das rosige Wasser, und die letzte blaue Eisscholle trieb vorüber wie ein Sarg. Und wir müssen lachen wegen des Sarges – weil es doch klar ist: Wir werden niemals sterben. Erinnerst du dich?«

Unten begannen sie mit der Steinaxt zu hacken. Plötzlich hielten sie inne, ein Hin- und Herrennen, ein Geschrei war zu hören. Und der mittendurch gespaltene Martin Martinytsch sah mit seiner einen Hälfte den unsterblichen Leierkastenmann, das unsterbliche Holzpferdchen, die unsterbliche Eisscholle, doch mit der anderen zählte er – stockenden Atems – zusammen mit Obertyschew die Brennholzscheite. Jetzt war Obertyschew fertig mit Zählen, jetzt zog er, über und über mit Zähnen bewachsen, den Mantel an –, schlug wütend die Tür hinter sich zu, und – –

»Warte mal, Mascha, ich glaube – es klopft bei uns.«

Nein. Niemand. Bis jetzt noch niemand. Noch kann man atmen, den Kopf zurückwerfen und der Stimme lauschen, die der anderen von früher so ähnlich ist.

Dämmerung. Der neunundzwanzigste Oktober wird alt und grau. Aufmerksame, trübe gealterte Augen – und alles duckt sich, bekommt Falten und krümmt sich zusammen unter dem durchdringenden Blick. Die gewölbte Decke senkt sich herab, flach an den Boden gepreßt sind die Sessel, der Schreibtisch, Martin Martinytsch, die Betten und auf dem Bett – völlig flach und dünn wie Papier – Mascha.

In der Dämmerung kam Selichow, der Hauskomiteevorsitzende, zu ihnen. Irgendwann einmal war er ein sechs Pud schwerer Mann gewesen, aber jetzt hatte er die Hälfte seines Gewichtes bereits eingebüßt und schlingerte in der Jackenschale hin und her wie eine Nuß in der Kinderklapper. Doch ließ er in gewohnter Weise sein polterndes Lachen ertönten.

»Nun, Martin Martinytsch, erstens und zweitens gratuliere ich Ihrer Gattin zum Namenstag. Wie denn, wie denn! Obertyschew hat es mir verraten...«

Martin Martinytsch katapultierte es aus seinem Sessel, er flog, er beeilte sich zu sprechen, etwas zu sagen...

»Ein bißchen Tee... sofort – in einer Sekunde... Wir haben heute richtigen schwarzen Tee! Ich habe gerade...«

»Tee? Wissen Sie, ich würde Champagner vorziehen. Keiner da? Aber ich bitte Sie! Ha-ha-ha! Sehen Sie, ich habe vorgestern mit einem Freund Sprit aus Hoffmannstropfen gebrannt. Das war ein Spaß! Und wie der getrunken hat!... Und dann sagte er auf einmal: ›Ich bin Sinowjew: runter auf die Knie‹ Ein toller Spaß! Als ich von dort nach Hause ging, kam mir auf dem Marsfeld ein Mann entgegen, der hatte bloß eine Weste an, bei Gott! ›Was ist denn mit Ihnen los?‹ fragte ich. – ›Ach, nichts weiter‹, antwortete er. ›Sie haben mich eben ausgezogen, ich laufe nur bis nach Hause auf die Wassiljew-Insel.‹ So ein Spaß!«

Die plattgedrückte, papierdünne Mascha auf dem Bett lachte. Martin Martinytsch, der sich zu einem straffen Bündel verschnürt hatte, lachte immer lauter, um Selichow einzuheizen, damit er nicht damit aufhörte, damit er nur ja nicht aufhörte, sondern noch etwas anderes zum besten...

Selichow hörte auf, schniefte ein bißchen und verstummte. Er schlingerte in seiner Jackenschale hin und her; er erhob sich.

»Nun, Namenstagskind, das Händchen her. Ha-de-e! Das kennen Sie nicht? Das ist in ihrem Stil: ›Habe die Ehre‹ – h.d.E. So ein Spaß!«

Er polterte im Korridor, im Vorzimmer herum. Es war die letzte Sekunde – jetzt geht er oder...

Der Fußboden schwankte ein wenig und drehte sich unter Martin Martinytschs Füßen. Lehmig lächelnd lehnte er sich an den Türpfosten. Selichow keuchte, als er die Füße in seine riesigen Überschuhe zwängte.

Als er in den Überschuhen, im Pelz steckte, wie ein Mammut – richtete er sich auf, holte Atem. Dann faßte er Martin Martinytsch schweigend unter, öffnete ohne ein Wort die Tür zum polaren Studierzimmer, nahm ohne ein Wort auf dem Sofa Platz.

Der Fußboden im Kabinett war eine Eisscholle; die Eisscholle barst kaum vernehmlich, löste sich vom Ufer und – trieb, trieb von dannen, wirbelte Martin Martinytsch im Kreis herum, und von drüben – vom fernen Sofa-Ufer her – war Selichow kaum noch zu hören.

»Erstens und zweitens, mein Herr, muß ich Ihnen sagen: Ich würde diesen Obertyschew wie eine Laus zer..., bei Gott. Aber, Sie werden verstehen: Wenn er erst einmal eine offizielle Erklärung abgibt, wenn er spricht – dann gehe ich morgen zur Kriminalpolizei... So eine Laus! Ich kann Ihnen nur das eine raten: Noch heute, sofort zu ihm zu gehen – stopfen Sie ihm das Maul mit diesen Holzscheiten.«

Die Eisscholle trieb immer schneller. Der winzige, plattgedrückte – ja, platt wie ein Spänchen – der kaum noch zu erkennende Martin Martinytsch antwortete – sich selbst; und nicht etwa zum Thema der Holzscheite – nein, zu einem anderen.

»Gut. Noch heute. Auf der Stelle...«

»Na, das ist ja ausgezeichnet! Das ist eine derartige Laus, eine derartige Laus, sage ich Ihnen...«

In der Höhle ist es noch dunkel. Lehmig, kalt und blind stößt Martin Martinytsch stumpf an die Gegenstände, die in der Höhle sintflutartig miteinander vermischt sind. Auf einmal fährt er zusammen: Eine Stimme, wie die von Mascha, der Mascha von einst, erklingt:

»Worüber hast du da drüben mit Selichow gesprochen? Was ist denn los? Ging es um die Lebensmittelkarten? Und ich, Mart, ich habe die ganze Zeit hier herumgelegen und gedacht: Wenn man sich doch ein Herz fassen würde – und irgendwohin, vielleicht nach dem Süden... Ach, was machst du nur für einen Lärm! Als ob du es absichtlich tätest! Du weißt doch – ich kann nicht, ich kann nicht, ich kann nicht!«

Wie wenn man mit dem Messer über Glas fährt. Übrigens – es ist jetzt alles gleichgültig. Die Hände und Füße bewegen sich rein mechanisch. Man muß sie heben und senken wie beim Stapellauf die Schiffsstützen mit Hilfe von Ketten und einer Winde, und um diese Winde zu drehen, reicht ein Mensch allein nicht aus: Drei müssen es sein. Martin Martinytsch zog mit äußerster Anstrengung die Ketten straff, er stellte den Teekessel und die Kasserolle zum Aufwärmen auf den Ofen, warf die letzten Scheite von Obertyschew ins Feuer.

»Hörst du, was ich dir sage? Warum schweigst du denn? Hörst du?«

Das war natürlich nicht Mascha, nein, das war nicht ihre Stimme. Immer langsamer bewegte sich Martin Martinytsch, seine Füße versanken im Treibsand, immer schwerer ließ sich die Winde drehen. Plötzlich riß an einer Rolle die Kette, die Stütze – die Hand – fiel krachend hinab, streifte sinnlos den Teekessel, die Kasserolle – alles polterte zu Boden, wie eine Schlange zischte der Höhlengott. Und von drüben, vom fernen Ufer, vom Bett ertönte eine fremde, schrille Stimme:

»Das hast du mit Absicht getan! Raus mit dir! Auf der Stelle! Und ich brauche niemand und nichts, nichts, überhaupt nichts! Raus mit dir!«

Es starb der neunundzwanzigste Oktober und mit ihm der un-

sterbliche Leierkastenmann wie auch die Eisschollen auf dem vom
Sonnenuntergang rosiggefärbten Wasser, wie auch Mascha. Und es
war gut so. Und nötig, damit es kein unglaubliches Morgen gäbe und
keinen Obertyschew und keinen Selichow und keinen Martin Martinytsch, damit alles stürbe.

Der mechanische, weit entfernte Martin Martinytsch tat noch den
einen oder anderen Handgriff. Vielleicht fachte er den Ofen wieder an
und tat vom Boden die Speisereste zurück in die Kasserolle und
kochte Wasser im Teekessel; und vielleicht sagte Mascha etwas – er
hörte es nicht: Er spürte nur die dumpf schmerzenden Eindrücke im
Lehm, die von gewissen Worten und von den Ecken und Kanten der
Chiffoniere, der Stühle, des Schreibtisches herrührten.

Langsam kramte Martin Martinytsch Bündel von Briefen, ein Thermometer, Siegellack, die Dose mit dem Tee und weitere Briefe aus
dem Schreibtisch hervor. Und endlich vom tiefsten Grunde der
Schublade das dunkelblaue – düstere Fläschchen.

Zehn Uhr: Das Licht kam. Nackt, hart, prosaisch, kalt – wie das
Höhlenleben und wie der Tod –, so war das elektrische Licht. Und
nicht minder gewöhnlich war – neben dem Plätteisen, dem Opus 74
von Skrjabin und den Plätzchen – das blaue Fläschchen.

Der gußeiserne Gott begann gnädig zu summen, als er das perga-
mentene, bläuliche, weiße Papier der Briefe verschlang. Ganz leise
machte sich auch der Teekessel bemerkbar, er klapperte mit seinem
Deckel. Mascha wandte sich um:

»Hast du Tee gekocht? Mart, Lieber, gib mir –«

Sie hatte es gesehen. Die vom hellen, nackten, grausamen elektrischen Licht unterjochte Sekunde: Der vor dem Ofen kauernde Martin Martinytsch; auf den Briefen – ein Widerschein rosig wie das
Wasser bei Sonnenuntergang; und dort – das dunkelblaue Fläschchen.

»Mart... Du... du willst schon...«

Leise und gleichmütig die unsterblichen, bitteren, zärtlichen, gelben, weißen, himmelblauen Worte verschlingend, schnurrte der gußeiserne Gott vor sich hin. Und Mascha – sagte genauso einfach, wie
sie um Tee gebeten hatte:

»Mart, Lieber! – Gib es mir!«

Martin Martinytsch lächelte aus weiter Ferne:

»Aber du weißt doch, Mascha: es reicht nur für einen.«

»Mart, mich gibt es ja sowieso schon nicht mehr. Das bin ja nicht ich – ich bin ja... Mart, du verstehst – Mart, hab doch Mitleid mit mir!«

Ach, die gleiche, genau die gleiche Stimme... Und wenn man den Kopf zurücklegt...

»Mascha, ich habe dich getäuscht: Wir haben im Studierzimmer kein einziges Scheit Holz mehr. Und ich bin zu Obertyschew gegangen, und dort, zwischen den beiden Türen... Ich hab gestohlen – und Selichow... Ich soll sofort alles zurückgeben – aber ich habe alles schon verbrannt – alles!«

Gleichmütig schlummerte der gußeiserne Ofen ein. Im Erlöschen erschauern die Gewölbe der Höhle, es erschauern die Häuser, die Felsen, die Mammute und Mascha.

»Mart, wenn du mich nicht liebst... Ach Mart, erinnere dich doch!«

Das unsterbliche Holzpferdchen, der Leierkastenmann, die Eisscholle. Martin Martinytsch erhob sich von den Knien. Langsam, mit Mühe die Winde drehend, nahm er das dunkelblaue Fläschchen vom Tisch und reichte es Mascha.

Sie schlug die Decke zurück, setzte sich im Bett auf, rosig, behend, unsterblich – wie damals das Wasser beim Sonnenuntergang gewesen war, nahm das Fläschchen in die Hand und lachte auf.

»Da siehst du: Ich habe nicht umsonst hier gelegen und gedacht – man müßte wegfahren. Mach noch eine Lampe an – die dort auf dem Tisch. So. Jetzt wirf noch etwas in den Ofen.«

Ohne hinzusehen, raffte Martin Martinytsch irgendwelche Papiere aus dem Schreibtisch und warf sie in den Ofen.

»Jetzt... Geh ein bißchen spazieren. Da draußen scheint, glaube ich, der Mond – *mein* Mond: Weißt du noch? Vergiß nicht, den Schlüssel mitzunehmen, sonst schlägst du die Tür zu, und aufmachen... wer soll die dann aufmachen?«

Nein, es gab keinen Mondschein. Tiefe, dunkle, geballte Wolken – Gewölbe – und das Ganze war eine einzige unermeßliche, stille Höhle. Schmale, endlose Gänge zwischen den Wänden; an Häuser erin-

nernde düstere, vereiste Felsen; und in den Felsen – tiefe, von pur-
purrotem Licht erfüllte Löcher: dort, in den Löchern, am Feuer kau-
ernd – Menschen. Ein leichter eisiger Luftzug wirbelte unter den
Füßen weißen Staub auf, und, von keinem vernommen – durch den
weißen Staub, über die Schollen, durch die Höhlen, über die hinge-
kauerten Menschen hinweg – der gewaltige, wohlbemessene Schritt
eines übermammutgroßen Mammuts.

BORIS PASTERNAK

LUFTWEGE

I

Die Kinderfrau schlief, an den Stamm des alten Maulbeerbaumes gelehnt. Als die gewaltige violette Gewitterwolke am Ende der Straße erschien, zwang sie die hitzig im Grase schnarrenden Heuschrecken zum Schweigen, und in den Lagern seufzten die Trommeln und verebbten. Dunkelheit überfiel das Land. Das Leben auf der Erde hörte auf.

»Wohin – wohin?« – heulte die schwachsinnige Hirtin mit der Hasenscharte über die Welt. Und einen wilden Zweig wie einen Blitz hinter dem jungen Stier schwingend, tauchte sie hinkend in der dunstigen Wolke in jenem Winkel des Gartens auf, wo die Wildnis beginnt: giftiger Nachtschatten, Ziegelsteine, verbogener Draht, fauliges Halbdunkel. Und verschwand.

Die Wolke warf einen Blick auf die ärmlichen, ausgedörrten Stoppelfelder. Sie dehnten sich bis zum Horizont. Die Wolke wiegte sich empor. Die ärmlichen Stoppelfelder dehnten sich noch weiter – bis zu den Lagern. Die Wolke ließ sich auf ihre Vorderbeine nieder, und über die Straße gleitend, schleifte sie geräuschlos am vierten Gleis des Rangierbahnhofs entlang. Die Sträucher entblößten ihre Köpfe, mit dem ganzen Bahndamm bogen sie sich hinter ihr her. Sie wogten zurück, verneigten sich ehrerbietig grüßend. Die Wolke antwortete ihnen nicht.

Beeren und Schmetterlinge fielen von den Büschen, lösten sich ab; gedunsen vor Hitze, sanken sie in die Schürze der Kinderfrau, hörten auf, noch irgend etwas zu denken.

Das Kind kroch zur Wasserleitung. Es kroch schon lange. Es kroch weiter.

Wenn endlich der Regen kommt und wenn die beiden Schienenpaare an schiefen Zäunen vorbeifliegen, sich retten vor der schwarzen, wässerigen Nacht, die auf sie herabfällt; wenn die stürmische,

hastige Nacht euch zuruft: Ängstigt euch nicht, ich heiße Schauer
oder Liebe oder noch anders, dann erzähle ich euch, daß die Eltern
des Knaben, der entführt wird, am Abend vorher ihre weißen Piqué-
Kleider zurechtgelegt hatten, daß es noch sehr früh war, als sie ganz
in Schneeweiß wie zu einer Tennis-Gesellschaft durch den noch
dunklen Garten gingen und den Pfosten mit dem Namen der Station
gerade in dem Augenblick erreichten, als der dickleibige Teller des
Dampfkessels hinter dem Gemüsegarten auftauchte und die türkische
Bäckerei mit Wolken von kurzatmigem, gelbem Rauch einhüllte.

Sie fuhren zum Hafen, um jenen Seekadetten zu treffen, der früher
die Frau geliebt hatte und mit dem Mann befreundet war. Er wurde an
diesem Morgen in der Stadt erwartet, nach seiner Schulfahrt um die
Welt.

Der Mann brannte vor Ungeduld, seinen Freund so schnell wie
möglich in den tiefen Sinn der Vaterschaft, die ihm selbst noch nicht
langweilig geworden war, einzuweihen. So geht es oft: Ein ganz einfaches Ereignis überfällt dich zum erstenmal mit dem Zauber seines
ursprünglichen Sinnes. Es ist so neu für dich, daß, wenn du mit
jemandem zusammentriffst – und hat der auch die ganze Welt um-
segelt, unendlich viel gesehen, unendlich viel zu erzählen –, du
glaubst, er müsse der Zuhörer sein, und du besiegtest ihn durch deine
Beredsamkeit.

Die Frau dagegen zog es – wie einen im Wasser treibenden Anker –
in den eisernen Lärm des Hafengewühls, zu den rostroten, drei-
schornsteinigen Giganten, zu dem in Strömen sich in den Schiffs-
bauch ergießenden Korn, unter den hellen Glanz des Himmels, der
Segelschiffe und Matrosen. Ihre Antriebe waren anders als die seinen.

Der Regen strömt, strömt wie aus Kübeln. Ich will mit der ver-
sprochenen Geschichte anfangen. Über dem Graben knacken die
Zweige des Haselnußstrauches. Zwei Gestalten laufen über das Feld.
Der Mann hat einen schwarzen Bart. Die struppigen Haare der Frau
zaust der Wind. Der Mann trägt einen grünen Kaftan und silberne
Ohrringe, im Arm hält er ein jauchzendes Kind. Der Regen strömt,
strömt wie aus Kübeln.

II

Wie sich herausstellte, war er nicht mehr Seekadett, sondern schon zum Fähnrich befördert worden.

Elf Uhr nachts. Der letzte Zug aus der Stadt lief in die Station ein. Er jammerte sich satt. Nach dem Wenden war ihm schon fröhlicher zumute, und irgendwie schüttelte er seine Sorgen ab. Jetzt, nachdem er die Luft ringsum mit Blättern, Sand und Tau aufgesogen hat, steht er still, klatscht in die Hände, schweigt und wartet auf den Widerhall. Das Echo wird lange von all den kleinen Wegen in ihn einfließen. Wenn er es hören wird, wenden sich eine Dame, ein Seemann und ein Staatsbeamter, alle drei weiß gekleidet, von der Straße ab auf einen Fußweg, und gerade vor ihnen taucht unter den Pappeln die glänzende Scheibe des betauten Daches hervor. Die drei werden am Zaun entlanggehen, die Pforte zuschlagen, und der eiserne Planet, der nichts von den Dachrinnen, Giebelbalken, Gesimsen, die wie Ohrringe am Dach hängen, vergißt, versinkt im gleichen Maß, wie die Leute sich dem Hause nähern. Das Geräusch des davonziehenden Zuges wird sich unerwartet weit fortpflanzen, sich selbst und andere mit plötzlicher Stille täuschen und schließlich wie ein dünnes Rinnsal Seifenwasser versickern. Und dann scheint es, als sei es überhaupt kein Zug gewesen, sondern Wasserraketen, mit denen das Meer seinen Spaß treibt. Aus dem Wäldchen am Bahnhof wird der Mond herauskommen. Und beim Anblick dieser Szene glaubst du, sie sei ganz und gar erfunden, von einem berühmten, aber für immer vergessenen Dichter, und man schenke sie noch jetzt den Kindern zu Weihnachten. Du wirst dich erinnern, daß dieser selbe Zaun dir früher einmal im Traum erschienen ist, und damals hieß er Ende der Welt.

An der vom Mond gewaschenen Treppe schimmerte ein Eimer mit Farbe, und ein Malerpinsel lehnte mit den Borsten nach oben an der Wand. Später wurde ein Fenster zum Garten hin geöffnet.

»Sie haben heute geweißt«, sagte eine leise Frauenstimme, »merkst du es? Kommt Abendbrot essen.«

Und wieder breitete sich Stille aus. Sie währte nicht lang. Im Hause erhob sich Tumult:

»Wie? Was soll das heißen – nicht da? Verschwunden?« rief ein wie eine gesprungene Geigensaite heiserer Baß und ein in Hysterie glitzernder Alt:

»Unter dem Baum? Unter dem Baum? Steh auf, sofort. Heul nicht! Ums Himmels willen, laß meine Hände los. Oh, mein Gott, es ist doch nicht möglich! Mein Toscha, Toschenka! Wag es nicht, wag es nicht auszusprechen! Unverantwortliches, schamloses Frauenzimmer, dreckige – – –« Klagelaute, schon nicht mehr Worte vereinten sich, stockten, entfernten sich, waren nicht mehr zu hören.

Die Nacht schwand. Aber bis zum Morgen war es noch weit. Auf der Erde lagen Schatten wie Heuhaufen, betäubt von Stille. Sie ruhten aus. Die Entfernungen zwischen ihnen wuchsen mit dem Hellerwerden nur deswegen, damit sie sich besser erholen konnten. Die Schatten zergingen und entfernten sich. In den Zwischenräumen keuchten und schnüffelten unhörbar verfrorene Wiesen unter verschwitzten Pferdedecken. Manchmal erwies sich einer der Schatten als ein Baum, eine Wolke oder etwas Vertrautes. Öfter aber waren es verschwommene Anhäufungen, namenlos. Ihnen war ein wenig schwindelig, und im Halbdunkel konnten sie kaum feststellen, hört der Regen auf oder fängt er eben erst an zu tröpfeln. Sie wurden unaufhörlich von der Vergangenheit in die Zukunft hinübergewiegt und von der Zukunft zurück in die Vergangenheit, wie der Sand im Stundenglas hin- und zurückrinnt. Aber in einer weit von ihnen entfernten Zone schimmerten wirr wie Wäschestücke, die ein frühmorgendlicher Windstoß von der Hecke gerissen und, weiß der Teufel wohin, geweht hat, am jenseitigen Rande des Feldes drei menschliche Gestalten auf, und am anderen Ende des Feldes zog hin und her das ewig dampfende Rauschen des weiten Meeres. Diese vier, das Meer und die drei Menschen, wurden nur von der Vergangenheit in die Zukunft getragen, für sie gab es keine Rückkehr. Die Menschen in Weiß liefen von einem Ort zum andern. Sie bückten sich, richteten sich auf, sprangen in Gräben, verschwanden, tauchten an ganz anderen Stellen wieder auf. Wenn sie weit auseinandergeraten waren, verständigten sie sich durch Zurufe und Winke. Und da diese Zeichen jedesmal falsch verstanden wurden, gestikulierten sie heftiger, aufgeregter und häufiger zum Zeichen, daß sie die Signale nicht verstanden hätten, etwas anderes meinten oder um nicht zurückzukommen und dort weiterzusuchen, wo sie gerade waren. Die einmütige Aufregung dieser drei Gestalten erweckte den Eindruck, als spielten sie nächtlicherweile Fußball, hätten den Ball verloren, suchten ihn in den Gräben und würden ihr Spiel fortsetzen, sobald nur der Ball wieder da wäre.

Bei den ruhenden Schatten herrschte völlige Windstille, man konnte schon an den nahenden Tag glauben. Beim Anblick jener drei Menschen aber, die wie losgerissene Fetzen über die Erde wirbelten, schien es, als würde das Feld durchgerüttelt und zerwühlt vom Wind in Finsternis und Unruhe wie von einem schwarzen Kamm, dem drei Zinken ausgebrochen sind.

Es gibt ein Gesetz, nach dem niemand durchleben kann, was im anderen geschieht. Dieses Gesetz haben die Schriftsteller oft zum Thema. Seine Unumstößlichkeit besteht darin, daß unsere Freunde uns noch so lange erkennen, wie wir unser Unglück noch für abwendbar halten. Wenn uns aber das Bewußtsein der Endgültigkeit durchdringt, hören die Freunde auf, uns zu erkennen, und in Bestätigung dieses Gesetzes verändern wir uns, werden zu jenen, die aufgerufen sind zu verbrennen, vernichtet zu werden, dem Gericht zu verfallen oder ins Irrenhaus zu kommen.

Solange noch normale Menschen sich mit Vorwürfen auf die Kinderfrau stürzten, sah es so aus, als hinge es nur von der Heftigkeit des Gerichts ab, danach ins Kinderzimmer zu gehen und mit einem Seufzer der Erleichterung das Kind zu finden, durch ihren Kummer und Schrecken zurückgelangt auf seinen Platz. Der Anblick des leeren Bettes nahm ihren Stimmen die Haut. Noch als sie mit zerrissenen Seelen sich zuerst in den Garten stürzten und dann auf ihrer Suche sich weiter und weiter vom Haus entfernten, blieben sie Menschen unseres Jahrzehnts, das heißt, sie suchten, um zu finden. Indessen gingen die Stunden dahin. Das Gesicht der Nacht wandelte sich, und mit ihr verwandelten auch sie sich. Und jetzt, gegen Ende der Nacht, waren es ganz andere Menschen geworden, nicht mehr zu erkennen. Sie hatten aufgehört zu begreifen, für welche Sünden und warum die grausame Weite sie rastlos hin- und herriß von einem Ende des Landstrichs zum andern, jenes Landstrichs, auf dem sie ihren Sohn niemals und nirgendwo mehr sehen würden. Sie hatten auch längst den Fähnrich vergessen, der auf der anderen Seite des Hohlweges suchte.

Verbirgt der Autor wegen dieser fragwürdigen Beobachtungen vor dem Leser Dinge, die ihm selber gut bekannt sind? Denn besser als jeder andere weiß er, daß, sobald der Bäcker im Dorf seinen Laden aufmachte und die ersten Züge fuhren, das Gerücht von dem Unglück schon von Datscha zu Datscha flog und schließlich die beiden Schüler vom Olga-Gymnasium darüber aufklärte, wohin sie ihren namenlosen Bekannten, die Trophäe ihres gestrigen Sieges, zu bringen hatten.

Schon lösten sich unter den Bäumen wie unter tief ins Gesicht gezogenen Kapuzen die ersten Regungen des noch schlafenden Morgens. In Intervallen begann es zu tagen. Plötzlich war es, als rausche das Meer gar nicht, es wurde noch stiller als vorher. Ein süßes, anhaltendes Zittern – man weiß nicht woher – überlief die Bäume. Von silbrigem Tau überrieselt, fielen sie kaum gestört der Reihe nach, einer nach dem andern aufs neue in einen langen Traum. Zwei seltene Diamanten, ungleich und jeder für sich, spielten in den tiefen Nestern dieses dämmrigen Überflusses: ein Vogel und sein Lied. Erschreckt von seiner Einsamkeit und beschämt von seiner Geringfügigkeit, unfähig, seine Gedanken auf Zerstreuung oder Träumereien zu richten, versuchte er mit aller Kraft, sich spurlos aufzulösen im unübersehbaren Meer des Morgentaus. Es überwältigte ihn. Den Kopf zur Seite gelegt, mit zusammengepreßten Lidern, überließ er sich der Dummheit und Melancholie der neugeborenen Erde und genoß seine Selbstaufgabe. Doch dann reichten seine Kräfte nicht mehr aus. Plötzlich zerriß sein Widerstand, er ließ ihn fallen, und in unveränderlichen Motiven, auf unwandelbarer Höhe entzündete sich wie ein kalter Stern sein mächtiges Lied. Der federnde Wirbel flog nadelspitz, Spritzer klirrten, froren und wunderten sich mit weitaufgerissenen, erstaunten Augen, es war, als werde ein Schüsselchen ausgegossen.

Nun wurde es überall hell. Der ganze Garten füllte sich mit feuchtem, weißem Licht. Am dichtesten legte es sich auf die Stuckwand, auf die Kieswege und auf die Stämme der Obstbäume, die mit einer weißlichen Vitriol-Mixtur, wie Kalk, bestrichen waren. Und da, mit demselben toten Schimmer im Gesicht, schleppte sich die eben vom Feld zurückgekehrte Mutter des Kindes durch den Garten. Ohne stehenzubleiben, taumelte sie hindurch und merkte nicht, wohin sie ihre Füße setzte. Das Auf- und Niederwogen der Gräser am Wegrand warf sie vor und zurück, als ob ihre Erregung noch durchgerüttelt werden müßte. Sie ging durch den Gemüsegarten und kam an jenes Zaunstück, von dem aus man den Weg zu den Lagern sehen konnte. Auf die gleiche Stelle ging vom Feld her der Fähnrich zu. Er wollte hier über den Zaun klettern, um nicht ganz um den Garten herumgehen zu müssen. Der Ostwind wehte ihn an die Umzäunung heran wie das volle Segel eines kreuzenden Bootes. Sie wartete auf ihn, hielt sich am Zaunpfahl. Es war deutlich zu erkennen, daß sie ihm etwas sagen wollte, und auch, wie sie sich auf ihren kurzen Satz vorbereitete.

Die gleiche Nähe von eben vergossenem oder noch zu erwartendem Regen spürte man am Himmel und am Strand. Woher kam nur das Rauschen die ganze Nacht diesseits des Bahndammes? Das Meer lag frierend, glatt wie Quecksilber auf der Rückseite von Spiegeln, und nur am Ufer fiel es ihm ein, ein bißchen zu schluchzen. Der Horizont färbte sich mit kränklich-bösem Gelb. Das war die sich entschuldigende Morgenröte, die auf die Rückwand eines riesigen, hundert Werst langen, schmutzigen Stalles drückte, aus dem jeden Augenblick von allen Ecken die Wogen hervorbrechen und sich erheben konnten. Jetzt krochen sie auf dem Bauch und rieben sich kaum merklich aneinander wie eine unzählbare Herde schwarzer, schmieriger Schweine. Über die Uferfelsen kam der Fähnrich. Er ging mit raschem, entschlossenem Schritt, manchmal von Stein zu Stein springend. Oben angekommen, sah er etwas Ungewohntes: Er hob vom Sand einen zerborstenen Ziegelstein auf und warf ihn flach übers Wasser. Der Stein, als schlüpfe er über Speichel, schlug seitwärts auf mit dem gleichen nicht wiederzugebenden kindlich-weinerlichen Ton, in dem das seichte Wasser ringsum schluchzte. Erst als das Suchen hoffnungslos geworden war, wandte sich der Fähnrich zur Datscha und kam über das Feld auf Ljolja zu, als sie gerade aus dem Haus heraus und an den Zaun taumelte. Sie gab ihm ein Zeichen, dicht heranzukommen, und sagte schnell:

»Wir können nicht mehr. Rette ihn. Finde ihn. Er ist dein Sohn.«

Lewa griff nach ihrer Hand, aber sie riß sich los und rannte davon. Und als er über den Zaun in den Garten geklettert war, konnte er sie nirgends mehr finden. Wieder nahm er einen Stein auf, ständig Steine werfend, entfernte er sich und verschwand schließlich hinter einem Felsvorsprung. Hinter ihm lebten und bewegten sich seine Fußspuren. Auch sie waren müde. Der aufgestörte Sand kroch vorwärts, sank zusammen, seufzte, drehte sich hin und her, suchte sich bequem zu betten, um in vollkommener Ruhe zu schlafen.

III

Mehr als fünfzehn Jahre vergingen. Draußen dämmerte es, in den Zimmern war es schon dunkel. Die fremde Dame fragte schon zum drittenmal nach dem Mitglied des Gouvernementvollzugskomitees, dem ehemaligen Marineoffizier Lewa Poliwanow. Der Dame gegenüber stand ein gelangweilter Soldat. Aus dem Vorzimmerfenster sah man auf einen Hof mit einem Haufen zugeschneiter Ziegelsteine. Im hintersten Winkel, wo früher einmal eine Müllgrube gewesen war, jetzt aber seit langem nicht weggeräumter Schutt sich türmte, schien der Himmel in träumender Vernachlässigung entlangzuwachsen am Hang dieses Grabes von Katzen und Konservendosen, die auferstehen werden, wieder zu Atem kommen und anfangen werden, nach längst vergangenen Frühjahren zu stinken – tröpfelnd, zwitschernd, sich schüttelnd in Freiheit. Aber man braucht nur den Blick von diesem Winkel abzuwenden und die Augen zu heben, um betroffen zu staunen, wie neu dieser Himmel ist.

Seine neue Fähigkeit, vom Meer und vom Bahnhof her runde vier-

undzwanzig Stunden den Lärm von Geschütz- und Gewehrfeuer her-
überzutragen, führte seine Erinnerung zurück bis zum Jahr 1905. Wie
von einer Dampfwalze von einem Ende zum anderen festgerammt
durch die trunkene Kanonade und nun endgültig eingeebnet und
erschlagen, runzelte er schweigend die Stirn und zog ungerührt davon, wie Eisenbahnschienen im Winter ihr eintöniges Band abspulen.
   Was für ein Himmel war das? Er erinnerte auch bei Tage an das
Bild jener Nacht, das wir nur sehen, wenn wir jung sind oder auf
Reisen. Er warf sich einem auch bei Tage ins Gesicht, maßlos, unum-
gänglich, er sättigte sich auch bei Tage an der verwüsteten Erde, stieß
die Schläfrigen von den Beinen und riß die Träumer auf die Füße.
   Es waren Luftwege, die täglich wie ein Zug die geradlinigen Gedanken Liebknechts, Lenins und einiger anderer großer Geister mit-
brachten. Es waren Wege, auf einer Ebene errichtet, von der aus sie
jede Art Grenze, wie man sie auch nennen mochte, überschreiten
konnten. Eine dieser Linien war schon während des Krieges eröffnet
worden und hatte ihre strategische Höhe bewahrt. Sie war ihren Er-
bauern aufgenötigt worden durch die Natur der Grenzen, über denen
sie angelegt worden war. Diese alte militärische Linie hatte irgendwo
an ihrem Ort und zu ihrer Stunde die Grenzen Polens und später
Deutschlands durchschnitten – hier an ihrem Ursprung trat sie vor
aller Augen heraus aus den Grenzen, die dem Verständnis und der
Duldung der Mittelmäßigen gesetzt sind.
   Die Linie führte über den Hof, der erschrak vor der Unermeßlich-
keit ihrer Bedeutung und vor ihrem erdrückenden Umfang, so wie die
Eisenbahn den Stadtrand erschreckt, der Hals über Kopf vor ihr
ausreißt. Es war der Himmel der Dritten Internationale.
   Der Soldat antwortete der Dame, Poliwanow sei noch nicht zurückgekehrt. Dreifache Langeweile klang aus seiner Stimme. Die Langeweile eines Wesens, das an flüssigen Schmutz gewöhnt ist und sich nun
von trockenem Schmutz umgeben sieht. Es war die Langeweile eines
Menschen, der sich in Sperr- und Requirierungstrupps zu Hause fühlt,
wo *er* die Fragen stellte und Damen dieser Art verwirrt und furchtsam
zu antworten hatten; gelangweilt auch, weil der Ablauf einer ordentlichen Unterhaltung umgedreht und zerstört war. Schließlich war es

auch jene künstliche Gleichgültigkeit, die dem völlig Neuen den An-
strich des Alltäglichen geben will. Er wußte genau, wie unerträglich
dieser Dame die Ordnung der jüngsten Zeit sein mußte, aber er stellte
sich dumm, als habe er keinerlei Vorstellungen von ihren Empfindungen und habe nie eine andere Luft als die der Diktatur geatmet.

Plötzlich trat Lewuschka ein. Ein gewaltiger Treibriemen schleuderte ihn mit dem Schwung von Riesenschritten aus der freien Luft in
die zweite Etage und brachte den Geruch von Schnee und unbeleuch-
teter Stille mit. Der Soldat faßte den Eintretenden an jenem Gegenstand, der wohl ein Portefeuille sein sollte, so, wie man ein Karussell
im vollen Schwung anhält.

»Delegierte von den Kriegsgefangenen waren da«, wandte er sich
an den Mann.

»Wieder wegen der Ungarn?«

»Nun ja.«

»Man hat ihnen doch schon mitgeteilt, daß mit Dokumenten allein
die Sache nicht getan ist.«

»Was kann ich dafür? Ich begreife sehr gut, daß es von der Schiffs-
gelegenheit abhängt. Das habe ich denen auch gesagt.«

»Na, und?«

»Wir – sagten sie – wissen das auch ohne euch. Eure Sache ist es, die
Papiere in Ordnung zu bringen für die Einschiffung. Und dann, sozusagen, schwimmt die Sache. Unterkunft sollen wir ihnen auch geben.«

»So. Und was noch?«

»Aber sonst nichts. Nur Geschwätz wegen der Papiere und der
Unterkunft.«

»Schluß«, unterbrach Poliwanow, »wozu wiederholen? Das kann ich
nicht leiden.«

»Von der Kanatnaja kam ein Paket«, sagte der Soldat. Er meinte
damit die Straße, in der die Tscheka residierte, und auf Poliwanow
zutretend, senkte er die Stimme zum Flüstern wie auf Wache.

»Was fällt dir ein? So. Unmöglich«, sagte Poliwanow gleichgültig
und zerstreut. Der Soldat ging zurück. Einen Augenblick standen sie
beide schweigend.

»Haben Sie Brot gebracht?« fragte der Soldat unerwartet säuerlich.

Der Umfang des Portefeuilles machte eine Antwort überflüssig, und er fügte hinzu:

»Ja, da ist auch noch... eine Bürgerin will Sie sprechen.«

»Soso«, erwiderte Poliwanow mit der gleichen Zerstreutheit.

Der Treibriemen der Riesenschritte zitterte und zog. Das Portefeuille geriet in Bewegung. »Bitte, Genossin«, wandte er sich an die Dame und lud sie in sein Arbeitszimmer ein. Er erkannte sie nicht.

Im Vergleich zu dem dunklen Vorzimmer herrschte hier völlige Finsternis. Sie folgte ihm und blieb an der Tür stehen. Wahrscheinlich bedeckte ein Teppich das ganze Zimmer, denn nach zwei, drei Schritten war er versunken, und dann hörte man dieselben Schritte am andern Ende der Finsternis. Geräusche kamen zu ihr herüber. Jemand räumte auf einem Tisch Gläser, Zwieback, Zuckerstücke, Teile eines auseinandergenommenen Revolvers, sechseckige Bleistifte beiseite. Er fuhr sacht über den Tisch, mit den Fingern gleitend und tastend, und suchte Streichhölzer.

Ihre Einbildungskraft hatte gerade das Zimmer mit Bildern vollgehängt, mit Schränken eingerichtet, mit Palmen, mit einer Bronze und herübergetragen in eine der breiten Straßen des alten St. Petersburg, und nun stand ihre Phantasie mit voll brennendem Licht, um alle Winkel auszuleuchten, als das Telefon läutete. Und sofort erinnerte sie der rasselnde Ton, den ein Dorf oder ein Vorort verursacht hatte, daran, daß der Draht sich bis hierher durchschlich, durch die mit absoluter Dunkelheit beladene Stadt, und daß dies alles sich ja in der Provinz und unter den Bolschewiken ereignete.

»Ja« – wahrscheinlich bedeckte er die Augen mit der Hand –, antwortete der mißmutige, ungeduldige, tödlich ermüdete Mensch. »Ja, ich weiß. Unsinn. Kontrollier die Linie. Unsinn. Ich war mit dem Stab verbunden. Shmerinka antwortet schon seit einer Stunde. Ist das alles? Ja, ich werde es auch sagen. Nein, in zwanzig Minuten. Alles?«

»Nun, Genossin?« – mit der Schachtel in der einen Hand und einem bläuliche Tropfen spuckenden Streichholz in der andern, wandte er sich wieder seiner Besucherin zu; und dann, fast gleichzeitig mit dem Klang der fallenden und sich verstreuenden Streichhölzer, kam ihr abgehacktes, erregtes Flüstern.

»Ljolja«, Poliwanow rief es außer sich. »Nein, das kann nicht sein. Verzeihung – nein – Ljolja?!«

»Ja – ja – guten T... – laß mich erst ruhig werden – das hat Gott gefügt«, sie flüsterte eintönig, seufzend und schluchzend.

Plötzlich war alles verschwunden. Beim Licht der nun angezündeten Petroleumlampe standen sie einander gegenüber: der von zu wenig Schlaf verzehrte Mann in der schmutzigen, nicht zugeknöpften Jacke und die vom Bahnhof gekommene, seit langem ungewaschene Frau. Als habe es Meer und Jugend nie gegeben. Bei der Lampe erzählte sie von ihrer Reise, vom Tode Dmitrijs, ihres Mannes, vom Tode der Tochter, von deren Existenz Poliwanow gar nichts gewußt hatte. Mit einem Wort: Alles, was bei der Lampe erzählt wurde, erwies sich als bedrückend in seiner verpflichtenden Wirklichkeit, die den Zuhörer an ein Grab einlud, wie oberflächlich sein Mitgefühl sich auch in leeren Worten erschöpfen mochte.

Beim Licht der Lampe betrachtete er sie und dachte an jene Geschichte, um derentwillen sie sich jetzt beim Wiedersehen nicht geküßt hatten. Er lächelte unwillkürlich und wunderte sich über die Lebensdauer solcher Vorurteile. Beim Licht der Lampe waren die Vorstellungen, die sie sich von der Einrichtung des Zimmers gemacht hatte, dahingeschwunden. Dieser Mensch war ihr vollkommen fremd, unabänderlich fremd geworden. Um so entschiedener verfocht sie ihre Sache. Und wieder, wie damals, stürzte sie sich in ihre Worte, blindlings, wie auswendig gelernt, als führe sie einen fremden Auftrag aus.

»Wenn Ihnen Ihr Kind lieb ist«, begann sie.

»Wieder!« brauste Poliwanow augenblicklich auf und begann zu sprechen, sprechen, sprechen – schnell und ohne einzuhalten. Er sprach, als schriebe er einen Leitartikel – mit Relativpronomen und Kommas. Er ging im Zimmer hin und her, blieb stehen, gestikulierte. Zwischendurch runzelte er die Stirn und zupfte nachdenklich mit drei Fingern die Haut über der Nasenwurzel. Er tat sich absichtlich weh und rieb die Stelle, als sei sie die Quelle seines brennenden, aufregenden Ärgers. Er bat sie, doch endlich damit aufzuhören, zu glauben, die Menschen seien wertloser als ihre Einfälle, und man könne sie nach Belieben ausnutzen. Er forderte sie auf, bei allem, was ihr teuer sei, nie mehr solche Geschmacklosigkeiten von sich zu geben, zumal sie sich doch damals ihrer Täuschung bewußt gewesen wäre. Er sagte, selbst wenn man diese Faseleien hinnähme, sie genau das Gegenteil von dem erreichte, was sie wollte. Auf keine Weise kann man den Menschen begreiflich machen, daß das, was vor einer Minute noch nicht vorhanden war und plötzlich erscheint, kein Gewinn, sondern ein Verlust ist. Er erinnerte sich, welche Leichtigkeit und Freiheit ihn erfüllt hatte, als er ihrem Märchen glaubte, wie er sofort jede Lust verloren hatte, weiterzusuchen in Gräben und Hecken, sondern baden wollte.

»So daß, selbst wenn die Zeit rückwärts liefe«, versuchte er ihr auseinanderzusetzen, und es wieder einmal nötig werden sollte, eins ihrer Familienmitglieder zu suchen, er sich wieder abplagen würde – ihretwegen oder wegen XYZ, aber niemals für sich selbst oder für ihre Lächerlichkeiten...

»Sind Sie fertig?« fragte Ljolja und ließ ihm Zeit, sich zu beruhigen.

»Sie haben recht. Ich stand nicht zu meinen Worten. Aber verstehen Sie denn nicht? Gewiß, es war gemein und kleinmütig. Ich war ohne Verstand vor Glück, als der Junge wieder da war. Und wie wunderbar ist es zugegangen! Sie erinnern sich? Konnte ich damals den Mut finden, mein und Dmitrijs Leben zu zerstören? Ich verleugnete mich. Aber es geht nicht um mich. Er ist Ihr Sohn. Ach, Lewa, wenn Sie wüßten, in welcher Gefahr er schwebt! Ich weiß nicht, wo ich anfangen soll. Also der Reihe nach. Seit jenem Tage haben wir uns nicht mehr gesehen. Sie kennen ihn nicht. Aber er ist so vertrauensselig. Das wird ihn eines Tages vernichten. Da ist so ein Tunichtgut, so ein Windbeutel – nun, Gott wird ihn richten – er heißt Neploschajew, er war mit Toscha im Kadettenkorps.«

Bei diesen Worten blieb Poliwanow, der im Zimmer herumgegangen war, wie angewurzelt stehen und hörte ihr nicht mehr zu. Sie hatte einen Namen genannt, der neben vielen anderen vor kurzem von dem flüsternden Soldaten erwähnt worden war. Er kannte die Sache. Sie war hoffnungslos für die Angeklagten, in einer Stunde würde alles vorbei sein.

»Hat er unter seinem eigenen Namen gearbeitet?«

Sie wurde blaß bei dieser Frage. Das bedeutet, er weiß mehr als sie, und die Sache steht noch schlechter, als sie angedeutet hatte. Sie vergaß, in welchem Lager sie sich befand, glaubte, das Hauptvergehen bestünde im falschen Namen, und verteidigte den Sohn auf einer ganz unnötigen Seite.

»Aber Lewa, er konnte doch nicht offen kämpfen...«

Wieder hörte er nicht mehr zu. Er hatte verstanden, daß ihr Kind sich unter irgendeinem Namen verbarg, der ihm von den Akten her geläufig war. Er stand am Tisch, telefonierte hierhin und dorthin, erfuhr dies und jenes. Von Kombination zu Kombination drang er tiefer und weiter in die Stadt, in die Nacht, bis sich vor ihm der Abgrund der letzten und endgültig richtigen Nachricht auftat.

Er sah sich um, Ljolja war nicht mehr im Zimmer. Ihm war, als habe er einen furchtbaren Schlag zwischen die Augen bekommen. Als er sich im Zimmer umsah, schwamm es vor ihm mit Tropfsteinen und Bachgeriesel. Er wollte die Haut über der Nasenwurzel zupfen, statt dessen fuhr er mit der Hand über die Augen, und durch diese Bewegung begannen die Tropfsteine zu tanzen und auseinanderzuschwimmen. Ihm wäre leichter gewesen, wenn sie nicht so oft und nicht so stumm gezuckt hätten.

Später fand er Ljolja. Wie eine riesige unzerbrechliche Puppe lag sie zwischen Tischfuß und Stuhl gerade in jener Schicht von Schmutz und Staub, die sie in der Dunkelheit, als sie noch bei Bewußtsein gewesen war, für einen Teppich gehalten hatte.

OSSIP MANDELSTAM

JÜDISCHES CHAOS

Eines Tages erschien eine wildfremde Person bei uns, ein Mädchen von ungefähr vierzig Jahren, mit rotem Hut, spitzem Kinn und bösen schwarzen Augen. Sie berief sich auf ihre Herkunft aus dem Dorf Schawli und verlangte, daß wir sie in Petersburg verheirateten. Sie blieb eine Woche bei uns, bis es uns gelang, sie loszuwerden.

Manchmal kamen auch wandernde Autoren, lästige, langröckige Menschen, Talmudphilosophen, die mit ihren Denksprüchen und Aphorismen hausieren gingen. Sie hängten einem mit eigenhändiger Unterschrift versehene Exemplare ihrer Werke auf und beklagten sich über die Verfolgungen, die sie von ihren bösen Frauen zu leiden hatten.

Ein- oder zweimal in meinem ganzen Leben wurde ich in die Synagoge mitgenommen, nach langen, umständlichen Vorbereitungen, wie zu einem Konzertbesuch – es fehlte nur noch, daß bei einem der Schwarzhändler hinter dem Marientheater, die Theaterkarten zu Wucherpreisen verkaufen, Eintrittskarten besorgt wurden. Von dem, was ich in der Synagoge sah und hörte, kehrte ich vollkommen betäubt nach Hause zurück.

In Petersburg gibt es ein jüdisches Viertel; es beginnt gleich hinter dem Marientheater, dort, wo die Schwarzhändler mit ihren Theaterkarten fast erfrieren, hinter dem Gefängnisengel des Litowskij-Palais, das in der Revolution niedergebrannt wurde. Dort sieht man jüdische Ladenschilder mit einem Ochsen oder einer Kuh, man begegnet Frauen mit falschen Haaren, die unter dem Kopftuch heraushängen, und vielerfahrenen, kinderlieben Greisen, die in langen, bis zur Erde reichenden Röcken dahergetrippelt kommen. Die Synagoge mit ihren konischen Mützen und ihren Zwiebelkuppeln steht so verloren wie ein üppiger, fremdartiger Feigenbaum inmitten der armseligen Gebäude ringsum. Samtbaretts mit Ponpons, ausgemergelte Synagogendiener und Chorsänger, schwere Trauben siebenarmiger Leuchter, ossip mandelstam

hohe Samtmützen. Von einem uralten Sturm in eine Männerhälfte und eine Frauenhälfte gespalten, schwimmt das jüdische Schiff mit seinen sonoren Altchören und den lauten Kinderstimmen mit vollen Segeln.

Ich hatte mich auf der Frauenempore verirrt und stahl mich wie ein Dieb von Dachsparren zu Dachsparren. Der Kantor drohte den mächtigen Bau niederzureißen, wie einst Samson. Die Samtmützchen antworteten ihm, und das wunderbare Gleichgewicht von Vokalen und Konsonanten in den deutlich ausgesprochenen Worten verlieh dem Gesang eine unzerstörbare Kraft. Aber wie peinlich, wie beleidigend klingt die widerliche, wenn auch sprachlich einwandfreie Rede des Rabbiners, welche Geschmacklosigkeit, wenn er die Worte »Zar und Imperator« ausspricht, wie geschmacklos alles, was er sagt! Und plötzlich treten zwei Herren in Zylindern, blendend angezogen, vor Reichtum glänzend, mit eleganten, weltmännischen Bewegungen, aus dem Kreis vor, berühren ein schweres Buch und vollziehen in aller Namen und Auftrag eine feierliche Handlung – die Hauptsache. »Wer ist das?« – »Baron Ginsburg.« – »Und das?« »Warschawskij.«

In meiner Kindheit habe ich überhaupt kein Jiddisch gehört; erst später habe ich mich an dieser singenden, stets verwundert und enttäuscht klingenden, fragenden Sprache mit scharfem Iktus auf den Halbtönen bis zum Überdruß satt gehört. Die Sprache des Vaters und der Mutter – nährt sich unsere Sprache nicht unser Leben lang von der Verschmelzung dieser beiden Sprachen, bestimmen sie nicht ihren Charakter? Die Sprache meiner Mutter war die großrussische Schriftsprache, klar und klangvoll, ohne jede fremde Beimischung, mit etwas gedehnten und sehr offenen Vokalen. Ihr Wortschatz war nicht reich, ihre Redewendungen waren einförmig – aber das war eine Sprache, sie hatte etwas Kraftvolles und Überzeugtes. Meine Mutter sprach gern und freute sich am Klang des etwas verarmten Großrussischen der Intellektuellen. War sie nicht als erste in unserer Familie zu reinen und klaren russischen Lauten vorgedrungen?

Mein Vater hatte überhaupt keine Sprache, er redete ein sonderbares Kauderwelsch. Das Russisch eines polnischen Juden? Nein. Die Sprache eines deutschen Juden? Auch nicht. Vielleicht ein besonderer kurländischer Akzent? Einen solchen Akzent habe ich nie gehört. Er hatte eine völlig abstrakte, künstliche Sprache, die rhetorische, geschraubte Ausdrucksweise eines Autodidakten, in der sich alltägliche Wörter mit der altmodischen philosophischen Terminologie Herders, Leibniz' und Spinozas mischten, die verdrehte Sprache eines Talmudisten mit unnatürlich langen, nicht immer zu Ende geführten Sätzen. Das war alles, was man wollte, nur keine Sprache, weder Russisch noch Deutsch.

Mein Vater versetzte mich in eine völlig andere Zeit und in eine völlig fremde Umgebung, die alles andere als jüdisch war. Es war, wenn man will, das reinste achtzehnte oder gar siebzehnte Jahrhundert in irgendeinem aufgeklärten Ghetto, etwa in Hamburg. Religiöse Interessen hatte man fast ganz verbannt und die Philosophie der Aufklärung in einen komplizierten talmudistischen Pantheismus umgewandelt. Irgendwo in der Nachbarschaft züchtet Spinoza seine Spinnen in Gläsern, man ahnt Rousseau und seinen natürlichen Menschen voraus. Alles ist unglaublich abstrakt, kompliziert und schematisch. Mein Vater, den man zwingen wollte, Rabbiner zu werden, und dem man die Lektüre weltlicher Bücher verbot, lief mit vierzehn Jahren von zu Hause weg, kam nach Berlin und besuchte dort die Höhere Talmudschule, wo er ebenso eigenwillige, aufgeklärte Jungen traf, die in öden Provinznestern davon geträumt hatten, Genies zu werden. Statt des Talmuds las er Schiller, und er las ihn – man beachte das – wie ein neues Buch. Er hielt es nicht lange auf dieser seltsamen Universität aus und kehrte in die kochende Atmosphäre der siebziger Jahre Rußlands zurück, um den Milchladen in der Karawannaja, von dem aus eine Mine gelegt wurde, um Alexander II. zu töten, für immer im Gedächtnis zu behalten, und predigte dann in der Handschuhmacherwerkstatt und in der Lederfabrik den verdutzten, schmerbäuchigen Kunden die philosophischen Ideale des achtzehnten Jahrhunderts.

Als ich zu meinen Großeltern nach Riga mitgenommen wurde, sträubte ich mich und weinte fast, denn ich glaubte, man wolle mich in die Heimat der unverständlichen Philosophie meines Vaters bringen. Eine ganze Artillerie von unförmigen Pappschachteln und sperrigen Schließkörben setzte sich in Marsch. Die Wintersachen wurden mit grobkörnigem Naphthalin bestreut, die Sessel standen in ihren Schutzüberzügen da wie Pferde mit weißen Decken. Die Vorbereitungen zu unserem Umzug an den Rigaer Strand behagten mir wenig. Ich sammelte damals Nägel – eine verrückte Sammlerschrulle. Ich schüttete ganze Berge von Nägeln auf, wie der geizige Ritter sein Geld, und freute mich, wie mein stachliger Reichtum wuchs. Und nun wurden mir die Nägel zum Einpacken weggenommen.

Die Reise war aufregend. Irgendwelche Vereine, die von einem großen Sängerfest zurückkamen, stürmten nachts in Dorpat mit lauten estnischen Liedern unseren halbdunklen Waggon und kamen mit schrecklichem Getrampel zur Tür hereingestürzt. Ich hatte große Angst.

Der Großvater, ein blauäugiger Greis mit einem Käppchen, das die halbe Stirn bedeckte, und mit ernsten, etwas strengen Zügen wie viele ehrwürdige alte Juden, lächelte, freute sich und versuchte, zärtlich zu mir zu sein, aber es gelang ihm nicht. Er zog die dichten Brauen zusammen, und als er mich auf den Arm nehmen wollte, weinte ich fast. Meine gute Großmutter mit einem schwarzen falschen Zopf auf den grauen Haaren und einer gelbgeblümten Haube trippelte aufgeregt über die knarrenden Dielen und bot uns in einem fort etwas zu essen an.

Sie fragte immer wieder: »Habt ihr schon gegessen? Habt ihr schon gegessen?« – die einzigen russischen Worte, die sie konnte. Aber das altväterische, würzige Gebäck mit seinem Bittermandelgeschmack schmeckte mir nicht. Dann gingen meine Eltern in die Stadt. Der bekümmerte Großvater und die traurige, geschäftige Großmutter versuchten sich mit mir zu unterhalten und plusterten sich auf wie alte zornige Vögel. Ich beeilte mich, ihnen klarzumachen, daß ich zu Mama wollte – sie verstanden mich nicht. Da bekundete ich meinen Wunsch, fortzugehen, dadurch, daß ich Zeigefinger und Mittelfinger über den Tisch spazieren ließ.

Plötzlich holte der Großvater ein schwarz und gelbes Seidentuch aus der Kommodenschublade, warf es mir um die Schultern und hieß mich Worte nachsprechen, die aus unbekannten Geräuschen bestan-

den. Er war höchst unzufrieden mit meinem Gestammel, wurde richtig böse und schüttelte mißbilligend den Kopf. Ich erinnere mich
nicht mehr genau, wie Mama gerade im rechten Augenblick zurückkam und mir aus der Klemme half.

Mein Vater sprach oft von der Ehrlichkeit meines Großvaters als
einer hohen geistigen Eigenschaft. Für einen Juden ist Ehrlichkeit
Weisheit und fast Heiligkeit. Je älter die Generationen, desto ehrlicher
und strenger waren diese ernsten, blauäugigen Greise. Mein Urgroß-
vater Benjamin sagte eines Tages: »Ich gebe mein Geschäft und den
Handel auf, ich brauche kein Geld mehr.« Und sein Geld reichte genau
bis zu dem Tag, an dem er starb – er hinterließ keine einzige Kopeke.

Der Rigaer Strand ist ein ganzes Land. Er ist berühmt für seinen
erstaunlich feinen und sauberen gelben Sand (so ein Sand ist nicht
einmal in den Sanduhren!) und für seine löchrigen Stege aus ein, zwei
Brettern, die man überall in dieser zwanzig Werst langen Datscha-
Sahara sieht.

Eine so ausgedehnte Datscha-Kolonie wie am Rigaer Strand findet
man in keinem anderen Badeort. Kleine Brücken, Beete, Zäunchen
und Glaskugeln ziehen sich wie eine unendliche Riesenstadt hin, alles
auf gelbem Sand, der fein ist wie gebeuteltes Weizenmehl und zart wie
der Sand, den man Kindern zum Spielen und Kanarienvögeln zum
Baden gibt.

In den Hinterhöfen trocknen die Letten Schollen, einäugige, grä-
tige Fische, platt und breit wie eine Handfläche. Kinderweinen, Ton-
leitergeklimper, das Stöhnen der Patienten zahlloser Zahnärzte, das
Tellergeklapper an den kleinen Tables d'hotes in den Pensionen, die
Koloraturen der Sänger und die Schreie der Hausierer verstummen
nie in diesem Labyrinth von Küchengärtchen, Bäckerläden und Stacheldraht, und auf dem Schienenhufeisen des sandigen Bahndamms
fahren, so weit das Auge blickt – von dem steifen deutschen Bilder-
lingshof bis zu dem engen, windelduftenden jüdischen Dubbeln –
winzige Spielzeugzüge, vollgestopft mit blinden Passagieren, die im
Fahren auf- und abspringen. Durch die lichten Kieferwäldchen streifen Wandermusikanten, zwei Trompeten, eine Klarinette und eine
Posaune. Überall weggejagt, unbarmherzig ihr blechernes Falsch bla-

send, entladen sie sich bald hier, bald dort im Galopp von der schönen Karoline.

Das ganze Gebiet gehörte einem monokeltragenden Baron namens Firks. Er hatte sein Land in zwei Teile geteilt, in einen von Juden freien und in einen für Juden. In dem judenfreien Gebiet saßen Korpsstudenten und rieben ihre Bierkrüge auf den Tischplatten. Im Judengebiet hingen Windeln und wurden Tonleitern geklimpert. Bei den Deutschen in Majorenhof spielte die Musik, ein Symphonieorchester in einem Pavillon, »Tod und Verklärung« von Richard Strauss. Ältliche deutsche Damen mit rosa Bäckchen und in frischer Trauer fanden dort Trost.

Bei den Juden in Dubbeln schluchzte das Orchester die »Pathétique« von Tschaikowski, und man hörte, wie die beiden Streichernester einander zuriefen.

Tschaikowski liebte ich damals mit krankhafter, nervöser Intensität, die an Netotschka Neswanowas Verlangen erinnerte, ein Violinkonzert hinter den flammendroten Seidenvorhängen zu hören. An dem Stacheldrahtzaun stehend, lauschte ich den breiten, fließenden Streicherstellen Tschaikowskis und zerriß mir mehr als einmal die Kleider und zerkratzte mir die Hände, um ohne Eintrittskarte bis zu der Muschel des Orchesters vorzudringen. Sogar in dem mißtönenden Datschalärm, der wie ein verrücktes Grammophon klang, hörte ich noch Fetzen von mächtiger Streichmusik heraus. Ich entsinne mich nicht mehr, woher meine Verehrung für das Symphonieorchester eigentlich kam, aber ich glaube, daß ich Tschaikowski richtig verstand, als ich in seiner Musik ein besonderes Empfinden für das Konzertante vermutete.

Wie überzeugend klangen diese weichen, von italienischer Passivität erfüllten, aber doch russischen Geigenstimmen in dieser schmutzigen jüdischen Kloake! Und welch ein langer Faden zieht sich von diesen ersten, kümmerlichen Konzerten zu der seidenlohenden Adelsgesellschaft und dem schmächtigen Skrjabin: Im nächsten Augenblick wird ihn der noch stumme Halbkreis der Sänger und der Geigenwald des »Prometheus« erdrücken, über dem gleich einem Schild ein Schallverstärker hängt – ein seltsames gläsernes Gerät.

ILJA EHRENBURG

DIE PFEIFE DES JUDEN

Wenn man einem Esel sagt: Vor dir ist eine Ruhestätte, hinter dir eine Felsschlucht, so wiehert er und wendet sich zurück. Dafür ist er ein Esel. Außer den Eseln wird sich aber niemand gegen offenkundige und ewige Wahrheiten auflehnen. Als der Saloniker Althändler Joschua für eine alte Pfeife aus rotem Levanteton mit einem Jasminstiel und einer Bernsteinspitze zwei Lire forderte, ärgerte ich mich, denn in dem Tabakladen nebenan kostete die gleiche Pfeife, sauber, neu, ohne Risse und ohne Flecken, zwei Piaster. Aber Joschua sagte:

»Natürlich, eine Lire ist nicht ein Piaster, aber die Pfeife Joschuas ist auch keine neue Pfeife. Alles, was für die Unterhaltung der Dummen geschaffen ist, verdirbt mit dem Altern und wird billiger. Alles, was für den Genuß der Weisen geschaffen ist, steigt mit den Jahren im Wert. Für ein junges Mädchen zahlt ein Gent zwanzig Piaster, für eine alte Herumtreiberin hat er kein Schälchen Kaffee übrig. Jedoch der große Maimonides war mit zehn Jahren ein Kind unter anderen Kindern; als er aber fünfzig Jahre alt war, drängten sich die Weisen Europas, Asiens und Afrikas im Vorraum seines Hauses und warteten auf ein Wort aus seinem Munde, deren jedes war wie ein vollgewichtiger Dukaten. Ich fordere von dir zwei Lire für die Pfeife, weil ich sie jeden Tag siebenmal geraucht habe, außer am Tage des Sabbat, an dem ich überhaupt nicht rauche. Und zum ersten Male habe ich sie geraucht nach dem Tode meines unvergeßlichen Vaters Eleasar ben Elia, als ich achtzehn Jahre alt war, und jetzt bin ich achtundsechzig. Sind etwa fünfzig Jahre Arbeit Joschuas nicht zwei Lire wert?«

Ich tat nicht wie ein Esel und lehnte mich nicht gegen die Wahrheit auf. Ich gab Joschua zwei Lire und dankte ihm von ganzem Herzen für die wertvolle Belehrung. Das rührte den greisen Althändler so sehr, daß er mich aufforderte, mit in sein Haus zu kommen. Hier setzte er mich in einen behaglichen asiatischen Sessel, zwischen die völlig gelähmte Urgroßmutter und den auf einem runden europäischen Gegenstand postierten Urenkel, während er mich sogleich mit der ganzen Süße und Bitterkeit des jüdischen Volkes, das heißt mit Meerrettich und Honig bewirtete, und fuhr in seinen Belehrungen fort, vielleicht aus angeborenem Proselytenmachertum, vielleicht aber, weil er hoffte, auch für sie gute türkische Lire zu erhalten.

Ich hörte viele große abstrakte Wahrheiten und viele kleine praktische Ratschläge. Ich erfuhr, daß, wenn jemand geboren wird, man sich freuen müsse, denn das Leben sei besser als der Tod, wenn aber jemand sterbe, so sei ebenfalls kein Grund zur Betrübnis, denn der Tod sei besser als das Leben. Ich erfuhr ferner, daß man eine neu erworbene Pelzmütze am besten mit Lavendelwasser besprenge, um den seligen Biber vor einer nach seinem Ableben eintretenden Kahlheit zu bewahren, und daß, wenn man viel auf Hammelfett gebackene Kuchen äße, man Lakritzenwurzel dazu essen und wiederholt den Leib sanft von rechts nach links reiben müsse, um kein Sodbrennen zu bekommen. Ich erfuhr noch vieles andere, was zwar weder im Talmud noch in der Hagada steht, was aber jeder Jude wissen muß, der seine Söhne allseitig zu erziehen wünscht. Diese Lehren des Saloniker Althändlers Joschua werde ich höchstwahrscheinlich einmal veröffentlichen; für diesmal muß ich mich darauf beschränken, eine Geschichte wiederzugeben, die eng mit meinem Erwerb verknüpft ist, darzustellen, wie und warum der junge Joschua dazu gekommen ist, die Pfeife aus rotem Levanteton mit einem Jasminstiel und einer Bernsteinspitze zu rauchen. Ich gebe die Geschichte in ihrer ganzen beredten Schlichtheit wieder. Die Weisheit eines alten Volkes verbindet sich mit der nicht zu erstickenden Leidenschaftlichkeit, die nach den Steppen der gemäßigten Länder der Diaspora aus der schwülen kanaanitischen Erde herübergebracht wurde. Ich weiß, daß es viele ketzerisch nennen und daß manche Hebräer sogar bezweifeln werden, daß ich ein tatsächlich beschnittener Jude bin, ungeachtet aller Sinnfälligkeit dieser Tatsache. Aber in der Geschichte der Pfeife Joschuas ist unter einer groben Hülle viel duftende Wahrheit verborgen, und der Wahrheit widerstreben, wie ich schon sagte, nur die Esel.

Fünfzig Jahre vor meinem Erlebnis war der alt gewordene Eleasar

ben Elia plötzlich an einer Verdauungsstörung erkrankt. Wahrscheinlich hatte er im Laufe seines Lebens nicht wenig mit Hammelfett
gebackene Pasteten gegessen, und da nicht die Söhne die Väter belehren – besonders nicht Tote –, konnte auch Joschua, der erst viel
später von der heilsamen Wirkung der Lakritzenwurzel erfuhr, des
Vaters Leiden damals nicht im mindesten erleichtern. Da er sein Ende
herannahen fühlte, versammelte Eleasar ben Elia seine vier Söhne:
Jehuda, Lejb, Itzok und Joschua um sein Lager. Außer diesen vier
Söhnen besaß Eleasar ben Elia auch noch vier Töchter, aber diese ließ
er nicht zu sich rufen, erstens weil sie alle vier verheiratet waren,
zweitens weil Frauen nichts dabei zu schaffen haben, wenn ein Mann
einen anderen belehrt. Denn eben zu weiser Belehrung und nicht zu
leerem Geschwätz hatte Eleasar seine Söhne kommen lassen.

Zunächst wandte er sich an alle vier mit der tiefgründigen Einlei-
tung: »Eitelkeit der Eitelkeiten, alles ist eitel und Ermüdung des Geistes«, aber da dies durchaus nicht neu war und alle vier zu ihrer Zeit
für leichte Entstellungen dieses Textes die Berührung der Handfläche
des Lehrers mit ihren pausbäckigen Kinderwangen gespürt hatten, so
waren sie, als sie die bekannten Worte hörten, nicht im mindesten
erstaunt, sondern warteten geduldig des Weiteren. Der Vater bemühte
sich, den Gedanken des Ekklesiasten durch die Erfahrung seines
langen und lastenschweren Lebens zu unterstützen. In fünfundsiebenzig Jahren hatte er die Nichtigkeit aller Wünsche erfahren und
beschwor seine Söhne, Sehnsüchte aller Art von sich zu weisen.
Das Leben glich nach seinen Worten einem Schmetterling: Aus der
Ferne herrlich anzusehen, verliert er in der Nähe seinen Schimmer
und beschmutzt den Finger des Menschen mit seinem elenden Staub.
Nachdenken über irgend etwas heißt: vieles beherrschen. Irgend etwas erhalten heißt: sofort alles verlieren. Aber auch diese tiefen Wahrheiten kamen den Söhnen bekannt vor, wie etwas, das sie viele Male
gehört hatten, zwischen der biblischen Handfläche des Lehrers und
den erfrischenden Ohrfeigen, weshalb sie den Vater ehrfürchtig ba-
ten, zum Kern der Sache selbst überzugehen. Eleasar ben Elia winkte
darauf seinen ältesten Sohn Jehuda zu sich heran.

»Als ich jung war wie du, seufzte ich nach Liebe. In der Synagoge –

statt meinen Oberkörper zu wiegen und ehrlich zu beten – reckte ich meinen Kopf in die Höhe und sah nach den Frauen, die an die Schwälbchen erinnern, die unter dem Dache zwitschern. Einmal, als ich an einem türkischen Bade vorüberging, hörte ich den Klang eines Kusses und fand ihn herrlicher als die Weisen des Morgengebetes und des Abendgebetes.

Als ein bescheidener und armer Hebräer, der Sohn des weisen Pelzhändlers Elia, konnte ich keines der Cafés oder Badehäuser betreten, wo Griechen und Türken für wenige Piaster alles erstehen konnten; für die Augen: das Gefieder der Schwälbchen von jenseits des Meeres; für die Ohren: den silbernen Klang der Küsse; für die Nase: den Duft des Rosenöles und der schwarzen, von der Sonne getönten Haare; für die Finger: die Berührung der Haut, die zarter ist als die Teppiche aus Konstantinopel; für die Zunge: Speichel, süßer als Kreterwein. All das war nicht für mich. Aber der Herr hatte Nachsicht mit dem armen Eleasar, und nach drei Jahren ermattender, süßester Erwartung fand ich endlich die Tochter Boruchs, eines Schneiders aus Adrianopel, Rebekka, deine Mutter. Allerdings, ihr Äußeres glich dem eines mausernden Raben, ihre Haut war rauher als die Pflastersteine der Kais von Saloniki, ihre Küsse krachten wie das Trommeln eines Stockes auf einem Blechtopf, der Geruch, der von ihr ausging, erinnerte an Schweiß, Senföl und Schollen, und ihr Speichel an Fischgalle. Aber Rebekka war ein ehrliches, hebräisches Mädchen, das sich der Ehe mit dem armen Eleasar nicht widersetzte.

Mein Sohn, ich lasse kein böses Wort auf deine Mutter kommen, möge ihr die Erde leichter als Kamelhaar sein. Aber, sterbend sage ich dir: Ich kannte die Liebe, bis zu der Stunde, wo ich endlich erkannte, was Liebe ist. Ich lasse dir als Erbe diesen zinnernen Ring, den ich einst an den schmutzigen Finger Rebekkas steckte – trage du ihn selbst. An deiner Hand wird er ein Reif der Liebe sein, an der Hand eines Weibes zu der Kette eines Galeerensträflings werden.«

»Vater«, antwortete Jehuda, »dein Leben war besser als deine Lehre. Hättest du nur von türkischen Badehäusern oder griechischen Cafés geträumt, so hätten weder ich noch meine Brüder das Licht der Welt erblickt.«

Mit diesen Worten nahm er den zinnernen Ring und ging. Nach den Worten Jehudas haben das Geschenk des Vaters und seine Lehren Jehuda zu einem glücklichen Leben verholfen, denn er begann sofort und mit erstaunlicher Beharrlichkeit, sich eine Braut zu suchen, lernte bald die schöne und dazu reiche Kaufmannstochter Channah kennen und streifte, gerührt, an ihren rosaroten Finger den bescheidenen väterlichen Ring.

Darauf begann Eleasar ben Elia seinen zweiten Sohn Lejb zu belehren:

»Als ich eingesehen hatte, daß die Liebe nur ein Traum ist, wandte ich mich der Freude zu. Ich beneidete alle, die lachten, sangen und tanzten. Von weitem sah ich die Tänze bei griechischen Hochzeiten, belauschte die Lieder der Araber, schlenderte durch die Basare, und wenn mir da eine Schar Betrunkener begegnete, schmunzelte ich vor Begeisterung. Ich war nicht lustig – es ist sehr schwer, lustig zu sein, für einen armen Hebräer, noch dazu für einen mit Weib und Kindern –, aber ich glaubte, wenn man es heftig wolle, so könne man lustig werden. Ich begann also verstohlen im Hofe, damit deine Mutter Rebekka nichts merke, zu hüpfen, die Beine zu werfen und mit dem Kopf zu wackeln, wie es die geschickten Griechen machten. Ich erlernte sogar die Kunst, eine Türkin nachzuahmen, die auf dem Basar tanzt und dabei ihren dürren, hängenden Bauch so bewegt, daß der übrige Körper völlig unbewegt bleibt. Mit den Tänzen fertig, ging ich zu den Liedern über. Ich erlernte das Gezwitscher der Griechen, den weinerlichen Singsang der Türken, die Liebesseufzer der Araber und selbst die sonderbaren, an Schlucken erinnernden Laute der herbeigereisten Magyaren. Nachdem ich so in alle Geheimnisse der Lustigkeit eingedrungen war, verkaufte ich meine letzten Hosen und kaufte mir für den Erlös eine Flasche Wein, die ich bis auf den Grund leer trank, und begann mich zu belustigen, das heißt zur gleichen Zeit zu tanzen, zu singen und zu lachen. Aber die Lustigkeit, in der Nähe betrachtet, erwies sich als sehr langweilig. Mein Sohn, ich beschwöre dich, laß es dir genügen, wenn andere sich erlustigen, gehe du selbst stets mit gesenktem Kopf einher, und du wirst glücklich sein. Ich lasse dir als Erbstück die leere Flasche. Wenn dich die Gier nach Fröhlichkeit ergreift, so hebe sie hoch in die Höhe und betrachte lange ihren leeren Grund.«

Diese Lehre schien Aussicht zu haben, auf einen dankbaren Boden gefallen zu sein, denn Lejb zeichnete sich von Geburt durch eine seltene Trübseligkeit aus. Wenn er zur Zeit des fröhlichen Feiertages Simchasthora in die Synagoge kam, so dachten die hinfälligen, schon fast kindisch gewordenen Frommen, wenn sie sein niedergeschlagenes Fastengesicht sahen, sie hätten sich im Tage des Kalenders geirrt, und begannen die Gebete zu sagen, die für den Tag der Zerstörung des Tempels bestimmt sind. Als Lejb die Worte des Vaters zu Ende gehört hatte, war er doch außerordentlich interessiert, die ihm bis dahin unbekannten vokalen und choreographischen Fähigkeiten Eleasar ben Elias kennenzulernen, und er sprach:

»Vater, laß mich durch den Augenschein erfahren, wie du dich erlustigt hast, und ich werde für alle Zeiten die Nichtigkeit dieser Beschäftigung erkennen.«

Eleasar liebte seine Kinder leidenschaftlich. Deshalb stand er, ungeachtet seiner fünfundsiebenzig Jahre und der ihn obendrein quälenden Magenverstimmung von seinem Lager auf und begann zu hüpfen, seinen faltigen, alten Leib vielfach zu verdrehen, Trab zu laufen, Galopp zu springen, zu schlucken wie hundert Magyaren auf einmal und zu zwitschern wie ein kleines Kanarienvögelchen. Seine Bemühungen waren nicht vergeblich: Lejb, der bis zu dieser Stunde niemals gelächelt hatte, brach in ein lautes Lachen aus, konnte nicht einmal dem gakkernden und mit den alten, tugendhaften Beinen zuckenden Vater etwas erwidern, packte schließlich die leere Flasche und eilte hinaus.

Auch sein Leben ordnete sich unter dem lichten Eindruck der väterlichen Ratschläge zum besten. Da er der lustigste Mensch Salonikis geworden war, wurde er Spaßmacher in der Schaubude des Hauptbasars und verdiente da nicht wenig. Besser als er konnte keiner bauchtanzen, keiner tiefere Bauchtöne hervorbringen oder auf einer leeren Flasche Trauermärsche blasen, daß die fetten Griechen sich vor Lachen auf dem Boden wälzten. Etwas verwirrt von dem starken Eindruck, den seine Weisheit auf seinen Sohn Lejb ausgeübt hatte, sprach Eleasar ben Elia zu seinem dritten Sohne Itzok:

»Als ich die Nichtigkeit des Frohsinns erkannt hatte, öffnete ich die Bücher und ging zu den Wissenschaften über. Aber als armer Jude mußte ich mich mit nur drei Büchern begnügen: einem Gebetbuch, einem arabischen Traumbuch und einer Zinsberechnungsanleitung. Ich las sie durch von Anfang bis zu Ende, wie Hebräer lesen, dann noch mal vom Ende bis zum Anfang nach der Gewohnheit der Christen, und, ach, verstand alles nur zu leicht und schnell. Wissen ist nur dann verlockend, wenn es unerreichbar scheint. Ich erfuhr, daß, wenn ich wirklich fromm wäre und mich nicht mit Bauchtanz befaßte, Gott mich, Eleasar, und mein ganzes Geschlecht bis ins zwanzigste Glied einschließlich, belohnen werde mit fetten Weideplätzen, ferner, daß, wenn ich von weißen Mäusen träumte, ich einen reichen Schwiegervater beerben würde, wenngleich ich gar keinen Schwiegervater hatte, weder einen armen noch einen reichen, und endlich, daß, wenn mir jemand etwas schuldig wäre, und wäre es auch nur ein Piaster, ich nach allen Regeln errechnen könnte, wieviel Prozente auf diesen Piaster anwuchsen. Alles das erfüllte mich mit Langeweile. Ich war schon im Begriff, die Wissenschaften zu verachten, wie ich die Liebe und die Fröhlichkeit verachtete. Aber neue Versuchungen erstanden mir. Deine Mutter Rebekka haßte die Bücher, und als ich einmal beim Ausrechnen von Prozenten eingeschlummert war, verwandelte sie alle drei Bände in Brennmaterial für das Kohlenbekken. Sie erbarmte sich nur der ledernen Einbände, die ihr unschädlich und sogar von einigem Wert erschienen. Den Verlust meiner Bücher, obwohl sie von mir ihrer Pseudoweisheit entkleidet waren, beweinend, streichelte ich die Einbände gleich Kleidungsstücken geliebter Toter, als ich plötzlich bemerkte, daß unter dem Leder, das noch vor kurzem einem Gebetbuch als Einband gedient hatte, ein Blatt mit Briefen in einer mir unbekannten Sprache aufgeklebt war. Ich erriet sofort, daß gerade hier sich unergründliche Wissenschaft verberge. Ich trug das Blatt zu dem weisen Abraam ben Israel, und er sagte mir, daß die Worte in der holländischen, auch ihm fremden Sprache geschrieben seien. Mein Sohn, zum zweiten Male im Leben verkaufte ich den notwendigsten Gegenstand, die Hosen, und erstand ein Lehrbuch der holländischen Sprache. Die Nächte hindurch, wenn Rebekka schlief, erlernte ich Tausende der schwersten Worte, die wie Wunderblumen die sonderbarsten Wurzeln hatten. Drei Jahre vergingen, bevor ich endlich feststellen konnte, was auf dem Blättchen stand, das unter das Leder des ehemals ein Gebetbuch umschließenden Einbandes geklebt war. Es waren Ratschläge für den besten Schliff großer Edelsteine. Aber niemals habe ich selbst auch nur den kleinsten Edelstein gesehen. Allerdings habe ich am Meeresufer manchmal schimmernde Steine gefunden. Aber diese wollten sich durchaus nicht schleifen lassen. Ich hinterlasse dir dieses Blatt als einen offenkundigen Beweis für die Nichtigkeit alles Wissens. Begnüge dich mit dem angenehmen Bewußtsein, daß es in der Welt eine Menge unverständlicher Sprachen und ungelesener Bücher gibt. Mögen andere studieren, sich die Augen verderben und zwecklos Öl verbrennen.«

Itzok dankte dem Vater für das Blatt mit der sorgfältig von der Hand Eleasar ben Elias dazu geschriebenen Übersetzung und sagte: »Nach meiner Meinung hast du die holländische Sprache nicht vergeblich erlernt. Das Öl wäre ohnedies verbrannt, und deine Augen wären ohnedies verdorben, denn dem Öle geziemt es, zu verbrennen, und den Augen, mit den Jahren zu verderben. Auf jeden Fall hast du mich gelehrt, wie große Edelsteine zu schleifen sind. Wer weiß, vielleicht finde ich ein weiteres Blatt, auf dem geschrieben steht, wie man diese Steine findet, und ich werde dann zum reichsten Kaufmann Salonikis.« Joschua erzählte mir, daß Itzok tatsächlich reich geworden ist. Allerdings hat er kein Traktat gefunden, aus dem hervorging, wie man Diamanten findet, aber offenbar haben andere von ihm durchlesene Folianten die Lehre des Vaters ergänzt, da er eine Werkstatt falscher Brillanten eröffnete. Sein Geschäft geht glänzend, und sein Gewissen ist rein, denn wenn auch im Talmud Falschmünzer verdammt sind, so ist doch nirgends etwas gesagt über diejenigen, die ehrlich falsche Diamanten herstellen.

Nachdem er seine drei älteren Söhne abgefertigt und mit Belehrung und Erbschaft zufriedengestellt hatte, blieb Eleasar ben Elia allein mit seinem jüngsten Sohne zurück, der damals ein dummer Knabe ohne bestimmte Beschäftigung war, und der jetzt der geachtetste Althändler von Saloniki ist.

»Mein jüngster und geliebtester Sohn«, begann Eleasar nachdrück-
lich, »als du geboren wurdest, war ich schon alt und weise. Ich gab
mich weder der Wissenschaft noch der Fröhlichkeit, noch der Liebe
mehr hin. Ich kann sogar, nebenbei bemerkt, wenn ich es ernsthaft
bedenke, trotz aller meiner Weisheit nicht verstehen, wie es möglich
war, daß du geboren wurdest. Ich hatte lange darüber nachgedacht,
womit ich mich zunächst befassen sollte, womit ich die rauhen Waden
deiner Mutter Rebekka, die leere Flasche und die auf dem Kohlenbekken verbrannten Bücher ersetzen sollte. Nachdenklich ging ich abends
durch die Straßen und sah, wie auf den Schwellen ihrer Häuser Türken, Griechen und Juden saßen und lange Pfeifen rauchten, deren
Köpfe den geöffneten Kelchen von Tulpen glichen. Ich hatte schon
früher beobachtet, daß Leute, die sich der Liebe, der Lustigkeit, der
Wissenschaft hingeben, sehr bald ihrer Beschäftigung müde werden.
Der Türke faßt seine Scharowari zusammen und macht, daß er von
einem Dutzend der schönsten Frauen so schnell wie möglich fort-
kommt. Der Grieche, der seinen Kreterwein getrunken, gesungen
und getanzt hat, legt sich in die Gosse und beginnt vor Erschöpftheit
und vor Schmerzen sich zu winden. Der weiseste Hebräer nickt über
dem Talmud ein. Offenbar stand die Pfeife über allen anderen Freuden, denn nie ist jemand müde geworden, sie an den ewig durstigen
Mund zu führen. Als ich dahintergekommen war, mein Sohn, verkaufte ich zum dritten und letztenmal meine Hosen, die mir erst kurz
vorher Rebekka aus ihrem Hochzeitskleid gemacht hatte. Für die
daraus erlösten zwei Piaster kaufte ich mir eine gute Pfeife aus Levanteton mit einem Jasminstiel und einer Bernsteinspitze. Aber als ich
sie zu Hause hatte und, nachdem ich ein Päckchen Smyrnatabak ent-
siegelt hatte, im Begriffe war, ein Stückchen Kohle in die Tulpenblüte
zu legen, hielt die Stimme der Weisheit mich zurück. Eleasar, sagte ich
mir, hast du wirklich vergeblich Rebekka geliebkost, den Bauchtanz
geübt und die Wurzeln des Holländischen studiert? Die in Brand
gesteckte Pfeife wird sich als schlimmer erweisen als diese nie er-
probte. Dummkopf, laß dein Glück nicht im Rauche des Augenblicks
verfliegen! – Seit jenem Tage nahm ich die vor den eifersüchtigen
Blicken Rebekkas sorgfältig gehütete schicksalsschwere Pfeife jeden

Abend unter dem Bett hervor und berührte ehrfürchtig mit den Lippen den goldenen Bernstein. Sie erinnerte mich an die Sonne und an die Brustzipfel der herrlichen Frauen, die ich in den türkischen Badehäusern erblickt hatte, und die ein armer Jude im Wachen nicht zu sehen bekommt. Ich sog den Duft des Jasminholzes ein, und der Stiel schien weiße Blüten zu treiben. Darauf sangen Nachtigallen, besser als der geschickteste Grieche. Die rote Erde erinnerte mich an die Heilige Erde, in der die Knochen der Patriarchen und Propheten ruhen mit aller Weisheit, die größer ist als die der hebräischen und selbst der holländischen Bücher. So war ich mit meiner Pfeife, ohne sie zu rauchen, glücklicher als alle Türken, Griechen und Hebräer, die auf den Schwellen ihrer Häuser ihr ganzes Glück verständnislos in Asche sich verflüchtigen ließen. Mein Sohn, ich hinterlasse dir diese Pfeife, und ich flehe dich an, denke nicht daran, durch Feuer ihren kühlen mädchenhaften Leib zu verderben.«

Groß war der Unwillen des jungen Joschua, als er diese Rede gehört hatte.

»Vater, hättest du nicht in die Pfeife gespuckt wie ein Eunuche, sondern sie vernünftig geraucht, so hätte sie derart durchgeraucht jetzt einen Wert von wenigstens zehn Piastern.«

Joschua war von stürmischer und leidenschaftlicher Gemütsart. Aufgebracht über den Verlust von acht Piastern, noch mehr aber über die Dummheit des Vaters, der sich als weise ausgab, ergriff er die Pfeife und schlug ihren Pfeifenkopf, der einer geöffneten Tulpe glich, Eleasar ben Elia um den Schädel. Entgegen der allgemeinen Ansicht, daß der Levanteton sich durch Zerbrechlichkeit auszeichne, blieb die Pfeife heil, obgleich die Stirn des weisen Eleasar ben Elia für ihre – eines Marmorblockes würdige – Härte in Saloniki berühmt war. Dagegen schloß Eleasar kurz danach für immer die durch das Lesen der holländischen Traktate verdorbenen Augen. Selbstverständlich haben damit Joschua und sein edler Unwille nichts zu schaffen gehabt. Wie aus dem Vorangegangenen zu ersehen, war der Greis bereit gewesen, an Magenverstimmung zu sterben, und brachte dieses Vorhaben, nachdem er seine Belehrung erteilt hatte, auch zur Ausführung.

Joschua übrigens dachte in dieser Minute nicht weiter weder über die juridische noch über die medizinische Aufklärung der unmittelbaren Todesursache Eleasar ben Elias nach, eilte in die Küche, entnahm dem Kohlenbecken ein Stückchen Kohle und machte sich eiligst daran, die geerbte Pfeife anzurauchen. Von dieser Zeit an hat er sich im Laufe von fünfzig Jahren nicht mehr von ihr getrennt. Da er fromm und gottesfürchtig war, untersuchte er späterhin seine Handlungsweise vor dem Tode seines Vaters und fand sie, überlegend, gottgefällig. Die Ehrung der Eltern bringt langes Leben, und da Joschua schon achtundsechzig Jahre alt gewesen und sich noch einer ausgezeichneten Gesundheit erfreut hatte, so war es klar, daß eine Nichtachtung seinerseits nicht vorgelegen hatte. Anderseits hatte Eleasar selbst vor seinem Tode Joschua angedeutet, daß die Ursachen seiner, Joschuas, Geburt unklar seien, so wie sich späterhin die Ursachen von des Vaters Tod als unklar erwiesen. Endlich waren Gebote und Gesetze für den Gebrauch des Alltags gegeben und nicht für solche Ausnahmefälle wie die Vererbung einer nicht gerauchten Pfeife eines pseudoweisen Vaters an seinen Sohn. Und so rauchte Joschua seine Pfeife bis zum achtundsechzigsten Lebensjahr und verkaufte sie dann nur, weil er noch mindestens dreißig weitere Jahre zu leben hoffte und beschlossen hatte, eine zweite Pfeife durchzurauchen, von der ersten, die ihm zwei Lire reinen Gewinn eingebracht hatte, vollauf befriedigt.

Sorgfältig bewahre ich die Pfeife Joschuas und rauche sie oft des Abends, auf dem Diwan liegend, ohne sie jemals zu Ende rauchen zu können. Das erklärt sich nicht etwa durch ihre Geräumigkeit, sondern ausschließlich durch hohe geistige Erlebnisse. Jedesmal, wenn meine Lippen die Bernsteinspitze berühren, gedenke ich des elenden Daseins Eleasar ben Elias, das zu spät durch die Lehre Joschuas gekrönt wurde. Und ich beginne zu bedauern, nicht, was mein Leben enthalten hat, sondern das viele, was hätte sein können und nicht gewesen ist. Vor meinen Augen beginnt es von Landkarten mir unbekannter Länder, von den verschiedenfarbigen Augen von mir nicht geküßter Frauen und bunten Einbänden von mir nicht geschriebener Bücher zu flimmern. Und ich stürze an den Schreibtisch oder an die Tür. Da aber Reisen, Küssen oder Erzählungen schreiben mit einer so großen

Pfeife, die an eine erschlossene Tulpenblüte erinnert, unmöglich ist, so bleibt sie liegen, kaum durch den ersten Hauch erwärmt. Habe ich dann aber eine neue Stadt gesehen, wo die Menschen sich vermehren und sterben wie überall, oder eine Frau geküßt, die anfangs Verse liest, dann aber schnarchend einschläft, eine Erzählung geschrieben von einem halben Druckbogen wie tausend andere Erzählungen von Liebe oder Tod, von Weisheit oder Dummheit, kehre ich auf denselben durchgescheuerten Diwan zurück und bedaure, daß ich nicht meine Pfeife zu Ende geraucht habe.

So habe ich für zwei türkische Lire einen Gegenstand erworben, der zwischen den Zähnen eines anderen eine Quelle der Seligkeit und Ruhe gebildet hätte, in den meinen aber zu einem Tantaluskelch wurde, der neben mir schäumte und doch ewig unerreichbar blieb.

MICHAIL BULGAKOW

TSCHITSCHIKOWS ABENTEUER

Ein Poem in zehn Kapiteln
mit Prolog und Epilog

>»Halt, halt doch an, du Idiot!«
>rief Tschitschikow Selifan zu.
>»Ich zieh dir mit dem Degen eins über!«
>brüllte ein vorüberjagender Feldjäger
>mit ellenlangem Schnurrbart.
>»Der Teufel hole deine Seele, siehst du
>denn nicht, daß dies ein Dienstwagen ist?«

Prolog

Seltsamer Traum... Als hätte im Reich der Schatten, über dessen Eingang das nie verlöschende Lämpchen mit der Inschrift ›Die Toten Seelen‹ brennt, ein übermütiger Teufel die Tore geöffnet. Das Totenreich geriet in Bewegung und entließ eine unendliche Reihe von Gestalten.

Manilow im Pelz von mächtigen Bärenfellen, Nosdrjow in einer fremden Equipage, Derschimorda auf einer Feuerspritze, Selifan, Petruschka, Fetinja...

Als letzter aber erschien er – Pawel Iwanowitsch Tschitschikow in seiner berühmten Kalesche.

Und die ganze Schar begab sich in das Sowjetische Rußland, und es ereigneten sich dort wunderliche Dinge. Welche – wird im folgenden berichtet...

I

Nachdem Tschitschikow in Moskau in ein Automobil umgestiegen war und nun durch die Moskauer Straßenschluchten dahinsauste, beschimpfte er Gogol auf unflätige Weise:

»Daß ihm doch faustdicke Blasen aus den Augen hervorquöllen,

diesem Satansbraten! Beschmutzt und besudelt hat er meinen Namen,
so daß ich nirgendwo meine Nase mehr sehen lassen kann. Wenn sie
erfahren, daß ich Tschitschikow bin, werden sie mich, mir nichts dir
nichts, zu des Teufels Großmutter jagen! Aber vielleicht gut, wenn sie
mich hinauswerfen, am Ende ließe ich mich noch, Gott bewahre, auf
der Lubjanka nieder. Und an all dem ist Gogol schuld, daß ihm und
seiner ganzen Sippschaft...«

Unter solchen Gedanken bog er in das Tor eben jenes Gasthofes
ein, aus dem er vor hundert Jahren abgefahren war.

Hier war entschieden alles genauso wie früher: Aus den Ritzen
lugten Schaben hervor und sie schienen sogar noch dicker geworden,
doch gab es auch einige Veränderungen.

So hing zum Beispiel anstelle des Schildes ›Gasthaus‹ ein Fetzen
mit der Aufschrift ›Gemeinschaftswohnung Nr. soundso‹, und natürlich lag derart viel Schmutz und Unrat herum, wie Gogol sich nicht
einmal hätte vorstellen können.

»Ein Zimmer!«

»Die Einweisung bitte!«

Nicht eine Sekunde ließ sich der geniale Pawel Iwanowitsch in
Verlegenheit bringen.

»Den Verwalter!«

»Pardauz!« der Verwalter war ein alter Bekannter: der kahlköpfige
Pimen, der einst die ›Akulka‹ betrieben, jetzt aber auf dem Twerskoj
ein Kaffeehaus auf russischer Grundlage, mit deutschen Einfällen,
eröffnet hatte: mit Limonaden, Pflanzensäften und, natürlich, Prosti-
tuierten. Der Gast und der Verwalter küßten sich, flüsterten miteinander, und die Sache war im Nu ohne jederlei Einweisung abgetan.
Pawel Iwanowitsch verzehrte, was Gott gegeben, und stürzte fort, um
sich an seine Arbeit zu machen.

II

Er zeigte sich überall, bezauberte die Leute mit ein wenig zur Seite geneigten Verbeugungen und seiner überragenden Erfahrung, die ihn immer schon ausgezeichnet hatte.

»Füllen Sie den Fragebogen aus.«

Sie gaben Pawel Iwanowitsch einen ellenlangen Fragebogen, auf dem hundert der verfänglichsten Fragen standen: woher er stamme, und wo er gewesen, und warum? ... Keine fünf Minuten brauchte Pawel Iwanowitsch und der Fragebogen war ausgefüllt. Nur seine Hand zitterte, als er ihn abgab.

›Nun‹, dachte er bei sich, ›werden sie gleich lesen, was für ein Früchtchen ich bin, und...‹

Doch nichts dergleichen geschah.

Erstens las niemand den Fragebogen, zweitens geriet er in die Hand einer Registraturangestellten, die wie üblich mit ihm verfuhr: Sie trug ihn nicht unter den Eingängen, sondern unter den Ausgängen ein und steckte ihn anschließend irgendwohin, so daß der Fragebogen spurlos verschwand.

Tschitschikow schmunzelte und ging ans Werk.

III

Und weiter verlief alles leicht und leichter. Zuallererst sah sich Tschitschikow nach allen Seiten um und, wohin er auch schaut, sitzt ein Bekannter. Er eilte in ein Gebäude, wo, angeblich, Verpflegungsrationen ausgegeben werden, und hört:

»Ich kenne euch, Geizkrägen: Da fangt ihr einen lebendigen Kater, zieht ihm das Fell ab und gebt ihn als Ration aus! Aber ich will eine Hammelkeule mit Grütze. Denn eure Frösche, und seien sie mit Zukker bestreut, nehme ich nicht in den Mund, und einen verfaulten Hering schlucke ich auch nicht!«

Er drehte sich um – Sobakewitsch.

Dieser war, kaum angekommen, spornstreichs losgegangen, um seine Ration zu fordern. Und er erhielt sie tatsächlich! Er aß sie auf und verlangte Zulagen. Man gab sie ihm. Nicht genug! Daraufhin spendierte man ihm eine zweite Ration; er war ein einfacher Mann – also eine Stoßbrigadenration. Zu wenig! Dann irgendeine schon reservierte. Er verschlang auch sie und forderte mehr. Und dann schlug er Krach! Er schimpfte sie alle Halsabschneider, sagte, daß Gauner auf Gauner säße, und einer den anderen aufhetze, und daß es nur einen anständigen Menschen, den Schriftführer, gäbe, aber auch der sei, um die Wahrheit zu sagen, ein Schwein!

Er bekam die Akademikerration.

Sobald Tschitschikow sah, wie Sobakewitsch die Rationen manipulierte, wußte er sich sofort ebenfalls einzurichten. Aber freilich übertraf er Sobakewitsch noch. Für sich selbst bezog er eine Ration, für seine nicht existierende Frau mit Kind bezog er eine Ration, für Selifan, für Petruschka, für jenen Onkel, von dem Betrischtschew erzählt hatte, für seine alte Mutter, die niemand je auf der Welt gesehen. Und für alle die akademische. So daß man ihm zuletzt seine Lebensmittel mit einem Lastwagen zustellen mußte.

Nachdem er auf diese Weise die Ernährungsfrage geregelt, begab er sich in andere Amtsgebäude, um einige Pöstchen zu ergattern.

Als er eines schönen Tages im Automobil den Kusnezkij entlangfuhr, traf er Nosdrjow. Dieser teilte ihm als erstes mit, daß er seine Uhr samt Kette verkauft habe. Und wahrhaftig, er hatte weder Uhr noch Kette mehr. Doch ließ Nosdrjow keineswegs den Kopf hängen. Er erzählte, welches Glück er in der Lotterie gehabt, als er einen halben Liter Pflanzenöl, ein Lampenglas und Schuhsohlen für Kinderstiefel gewonnen, wie er dann aber wieder alles verloren, und er, welche Niedertracht, noch seine sechshundert Millionen draufzahlen mußte. Er erzählte, wie er dem Außenhandelsministerium vorgeschlagen, ins Ausland eine Partie echter kaukasischer Dolche abzuschieben. Was geschehen war. Und er würde eine Unmenge verdient haben, wenn nicht diese Schurken von Engländern die Inschrift ›Meister Sawelij Sibirjakow‹ auf den Dolchen entdeckt und sie samt und sonders zurückgewiesen hätten. Er schleppte Tschitschikow in sein Quartier und setzte ihm einen angeblich wundervollen aus Frankreich stammenden Kognak vor, der jedoch kräftigst nach Hausbranntwein schmeckte. Zu guter Letzt verstieg sich Nosdrjow zu solchen Lügen, daß er zu beteuern begann, man hätte ihm achthundert Ellen Textilwaren zugeteilt, ein blaues Auto mit Goldverzierung und den Einweisungsschein für einen Wohnraum in einem Gebäude mit Säulen.

Als sein Schwager Mischujew Zweifel äußerte, beschimpfte Nosdrjow ihn einfach als Gesindel.

Mit einem Wort, er fiel Tschitschikow derart auf die Nerven, daß dieser nicht wußte, wie sich von ihm befreien.

Aber die Erzählungen Nosdrjows brachten ihn auf den Gedanken, sich ebenfalls auf den Außenhandel zu verlegen.

IV

Und das tat er. Und wieder füllte er einen Fragebogen aus und begann zu handeln und bewährte sich glänzend. In doppelten Pelzen brachte er Hammel über die Grenze, aber zwischen den Pelzen Brabanter Spitzen; Brillanten steckten in den Rädern, den Wagendeichseln, den Ohren, und weiß der Teufel wo noch.

Und in allerkürzester Zeit fand er sich im Besitz von fünfhundert Apfelsinen.

Doch gab er sich nicht zufrieden, sondern reichte an entsprechender Stelle eine Erklärung ein, daß er ein gewisses Unternehmen zu pachten wünsche und malte in den ungewöhnlichsten Farben aus, welche Vorteile dem Staate daraus erwüchsen.

Im Amtsgebäude sperrten sie lediglich die Mäuler auf – die Vorteile schienen in der Tat ungeheuerlich. Man bat um nähere Angaben über den Betrieb. Bitte schön. Er befindet sich auf dem Twerskoj Boulevard, direkt gegenüber vom Strastnij Kloster, und nennt sich Pampusch na Twerbulje. Man zog eine Erkundigung beim entsprechenden Amt ein: Gibt es dort so etwas. Und bekam zur Antwort: Ja, das gibt es und ist ganz Moskau bekannt. Na, großartig.

»Reichen Sie den technischen Kostenvoranschlag ein.«

Tschitschikow trug den Kostenvoranschlag schon unter dem Hemd auf der Brust. Er erhielt die Pacht.

Daraufhin eilte Tschitschikow, ohne Zeit zu verlieren, zur nächsten Instanz:

»Einen Vorschuß bitte.«

»Fertigen Sie eine Liste in drei Exemplaren, mit den nötigen Unterschriften, unter Beifügung der Stempel, an.«

Es vergingen keine zwei Stunden und Tschitschikow legte auch diese Liste vor. Ganz ordnungsgemäß. Die Stempel waren so zahlreich wie Sterne am Himmel. Und die Unterschriften vorhanden.

Als Leiter unterzeichnete – Njeuwaschaj-Koryto, als Sekretär – Kuwschinnoje Rylo, als Vorsitzender der Tarifkommission – Jelisawet Worobej.

»In Ordnung. Hier die Anweisung.«

Der Kassier räusperte sich lediglich, als er die Summe betrachtete.

Tschitschikow unterschrieb und brachte die Geldwerte in drei Fuhren fort.

Dann ins nächste Amtsgebäude:

»Bitte ein Darlehen für Waren.«

»Zeigen Sie die Waren vor.«

»Seien Sie so gut, geben Sie mir einen Agenten.«

»Einen Agenten!«

Tfu! Auch der Agent war ein Bekannter: Jemeljan, der Gaffer.

Tschitschikow lud ihn ein und fuhr los. Bis zum erstbesten Keller, auf den sie stießen. Jemeljan sieht sich um – riesige Mengen von Lebensmitteln.

»Hmja... Und das alles gehört Ihnen?«

»Alles mir.«

»Nun«, sagt Jemeljan, »wenn dem so ist, beglückwünsche ich Sie. Sie sind kein Millionär, Sie sind ein Trillionär.«

Nosdrjow, der sich an ihre Fersen geheftet hatte, goß noch Öl ins Feuer:

»Siehst du«, sagte er, »den Lastwagen mit Stiefeln dort ins Tor einbiegen? Die Stiefel gehören ebenfalls ihm.«

Dann geriet er in Fahrt, zerrte Jemeljan auf die Straße hinaus und sagt:

»Siehst du die Geschäfte? Gehören alle ihm. Alles auf dieser Seite der Straße – alles gehört ihm. Und auf jener – ebenfalls. Siehst du die Straßenbahn? Auch seine. Die Laternen?... Seine. Siehst du? Siehst du?«

Und er dreht ihn nach allen Seiten, daß Jemeljan fleht:

»Ich sehe, ich glaube... nur laß meine arme Seele in Frieden.«

Sie fuhren zurück ins Amtsgebäude. Dort wird gefragt:

»Nun, wie steht es?«

Jemeljan winkt nur mit der Hand ab:

»Das«, sagt er, »ist unbeschreibbar!«

»Na, wenn unbeschreibbar – sind ihm n+1 Milliarden zu bewilligen.«

V

Daraufhin nahm Tschitschikows Karriere einen schwindelerregenden Charakter an. Unbegreiflich, was er alles auf die Beine brachte. Er gründete einen Trust für die Herstellung von Eisen aus Sägemehl und bekam auch hierfür ein Darlehen. Er trat als Teilhaber in eine riesige Konsumgenossenschaft ein und belieferte ganz Moskau mit Wurst aus verdorbenem Fleisch. Die Gutsbesitzerin Korobotschka, als sie hörte, daß in Moskau jetzt ›alles erlaubt sei‹, wünschte eine Liegenschaft zu erwerben; er schloß sich mit Samuchryschkin und Uteschitelnij zusammen und verkaufte ihr die Manege, die sich gegenüber der Universität befindet. Er unterzeichnete einen Kontrakt für die Elektrifizierung einer Stadt, von der aus man, selbst wenn man drei Jahre unterwegs war, nirgendwo landete, und nachdem er Kontakt mit dem ehemaligen Stadthauptmann aufgenommen, ließ er irgendeinen Zaun niederreißen und Absteckpflöcke einschlagen, um eine Planierung vorzutäuschen, betreffs der Gelder aber, die er für die Elektrifizierung eingestrichen hatte, schrieb er, sie seien ihm von den Banden des Hauptmann Kopejkin abgejagt worden. Kurz, er vollbrachte Wunder. In Moskau munkelte man alsbald, daß Tschitschikow – ein Trillionär war. Die Organisationen begannen sich um ihn zu reißen. Schon mietete Tschitschikow für fünf Milliarden eine Fünfzimmerwohnung, schon aß Tschitschikow zu Mittag und Abend im ›Empire‹.

VI

Da plötzlich platzte die ganze Sache.

Zu Fall brachte Tschitschikow, genau wie Gogol es vorhergesagt, Nosdrjow, und den Rest gab ihm die Korobotschka. Nicht in der Absicht, eine Gemeinheit an ihm zu begehen, sondern einfach in betrunkenem Zustand, schwatzte Nosdrjow eifrigst sowohl über das Sägemehl, als auch davon, daß Tschitschikow einen überhaupt nicht vorhandenen Betrieb gepachtet habe, und all das beschloß er mit den Worten, daß Tschitschikow ein Spitzbube sei, und er ihn erschießen würde.

Sein Publikum wurde nachdenklich, und wie ein Lauffeuer verbreitete sich dieses Gerücht.

Zudem drängte sich noch die Korobotschka in ein Amtsgebäude, um zu erfahren, wann sie in der Manege wohl ihren Bäckerladen eröffnen dürfe. Vergeblich beteuerte man ihr, daß die Manege ein staatliches Gebäude sei, und man es weder kaufen noch irgend etwas darin eröffnen könne – die dumme Person verstand einfach nichts.

Der Stadtklatsch über Tschitschikow wurde schlimm und schlimmer. Man überlegte hin und her, was für ein Vogel dieser Tschitschikow war, und wo er herkam. Gerüchte tauchten auf, eins unheilverkündender und ungeheuerlicher als das andere. Unruhe bemächtigte sich der Seelen. Die Telefone begannen zu klingeln, Beratungen wurden abgehalten ... Es beriet sich die Aufbaukommission mit der Kontrollkommission, die Kontrollkommission mit der Wohnungskommission, die Wohnungskommission mit dem Volkskommissariat für Gesundheitswesen, das Volkskommissariat für Gesundheitswesen mit der Hauptverwaltung für Heimindustrie, die Hauptverwaltung für Heimindustrie mit dem Volkskommissariat für Volksbildung, das Volkskommissariat für Volksbildung mit dem Proletkult etc.

Man stürzte sich auf Nosdrjow. Das war natürlich idiotisch. Alle wußten, daß Nosdrjow ein Aufschneider war, daß man Nosdrjow nicht ein Wort glauben durfte. Aber man ließ ihn kommen, und Nosdrjow beantwortete die Fragen Punkt für Punkt.

Er erklärte, daß Tschitschikow in der Tat einen nicht vorhandenen Betrieb in Pacht genommen habe, und daß er, Nosdrjow, nicht einsehe, warum nicht, da sich doch alle etwas zu nehmen wüßten. Auf die Frage: Ist Tschitschikow ein weißgardistischer Spion, antwortete er, daß er ein Spion sei und daß man ihn unlängst sogar erschießen wollte, aber aus irgendeinem Grund nicht erschossen hatte. Auf die Frage: Ist Tschitschikow ein Falschmünzer, antwortete er, er sei ein Falschmünzer, und erzählte obendrein eine Anekdote über die ungewöhnliche Geschicklichkeit Tschitschikows: Als er erfahren, daß die Regierung neue Banknoten herausgeben wolle, mietete sich Tschitschikow eine Wohnung im Marijno-Viertel und setzte von dort aus falsche Noten im Werte von achtzehn Milliarden in Umlauf, und das zwei Tage bevor die echten Noten herauskamen, und als man ihn dort überrumpelte und die Wohnung versiegelte, hatte Tschitschikow in einer einzigen Nacht alle noch vorhandenen falschen Scheine mit echten vermengt, so daß nicht einmal der Teufel selbst mehr hätte entscheiden können, welche Scheine falsch, welche echt waren. Auf die Frage: ob Tschitschikow seine Milliarden in Brillanten anlege, um ins Ausland zu fliehen, antwortete Nosdrjow, das sei die Wahrheit, er selbst habe es sogar übernommen, in dieser Angelegenheit zu helfen und mitzuwirken, denn hätte er nicht mitgemacht, wäre nicht das geringste bei der ganzen Geschichte herausgekommen.

Nach Nosdrjows Erzählungen bemächtigte sich aller eine totale Niedergeschlagenheit. Augenscheinlich gab es keinerlei Möglichkeit, zu erfahren, wer Tschitschikow war. Und wer weiß, wie alles geendet hätte, wäre nicht unter den Anwesenden einer gewesen. Natürlich auch eine Gogolfigur, wie alle, der die Sache nicht etwa in die Hand nahm, aber doch einen winzigen Funken gesunden Menschenverstand besaß.

Er rief aus:

»Wissen Sie, was dieser Tschitschikow ist?«

MICHAIL BULGAKOW

Und als alle im Chor ausbrachen:
»Was?«
Sagte er mit Grabesstimme:
»Ein Gauner.«

VII

Da erst ging allen ein Licht auf. Sie stürzten fort, um den Fragebo-
gen zu suchen. Er war nicht da. Unter den Eingängen – nichts. Im
Schrank – nichts. Zur Registraturangestellten. »Woher soll ich das
wissen? Liegt bei Iwan Grigorjitsch.«
　Zu Iwan Grigorjitsch:
»Wo?«
»Nicht mein Ressort. Fragen Sie beim Sekretär«, etc. etc.
　Und plötzlich fand sich unerwartet in einem Korb für wertlose
Akten – der Fragebogen.
　Sie begannen ihn zu lesen und erstarrten:
　Vorname? Pawel. Vatername? Iwanowitsch. Familienname? Tschit-
schikow. Beruf? Gogolsche Romanfigur. Womit vor der Revolution
beschäftigt? Mit dem Ankauf toter Seelen. Einstellung zur Wehr-
pflicht? Weder diese noch jene, noch weiß der Teufel welche Ein-
stellung. Parteizugehörigkeit? Sympathisierender (aber mit wem –
unbekannt). Vorstrafen? Wellige Zackenlinie. Adresse? In den Hof
einschwenken, zweite Etage rechts, im Auskunftsbüro nach der Stabsoffiziersfrau Podtotschina fragen, die weiß es.
　Eigenhändige Unterschrift? Unleserlich!!
　Sie hatten ihn durchgelesen und waren versteinert.
　Sie riefen nach dem Instruktor Bobtschinskij:
»Los, auf den Twerskoj Boulevard, zum Pampusch na Twerbulje, zu
dem verpachteten Betrieb, und auf den Hof, wo seine Waren liegen,
vielleicht klärt sich dort etwas!«
　Bobtschinskij kehrt zurück. Mit runden Augen.
»Außerordentliche Begebenheit!«
»Nun!!«

»Keinerlei Betrieb vorhanden. Seine Adresse meinte das Puschkin-denkmal. Und die Vorräte gehören nicht ihm, sondern der ›Ara‹.«

Nun heulten alle auf

»Oh, ihr heiligen Helfershelfer! So ein seltsamer Vogel! Und wir haben ihm Milliarden zugestopft! Jetzt heißt es, ihn fangen!«

Und sie begannen ihm nachzustellen.

VIII

Sie drückten auf einen Knopf:

»Den Kurier.«

Die Tür öffnete sich und Petruschka erschien. Er hatte Tschitschi-kow längst verlassen und diente dem Amtsgebäude als Eilbote.

»Nehmen Sie unverzüglich diese Postsache und begeben Sie sich unverzüglich auf den Weg.«

Petruschka sagte:

»Jawoohl.«

Nahm unverzüglich die Postsache, machte sich unverzüglich auf den Weg und verlor gleich danach die Unterlagen.

Sie telefonierten Selifan in die Garage:

»Den Wagen. Dalli.«

»Zofort.«

Selifan schüttelte den Schlaf ab, hüllte den Motor in ein wollenes Tuch, zog seine Jacke an, sprang auf den Sitz, stieß einen Pfiff aus, und flog dahin.

Welcher Russe hat das schnelle Fahren nicht gern?!

Auch Selifan liebte ein flottes Tempo und hatte deshalb, gerade beim Einbiegen in die Lubjanka, zu wählen zwischen einer Straßen-bahn und dem Schaufensterglas eines Geschäfts. Selifan entschied sich in Sekundenlangsamkeit für das letztere, wich der Straßenbahn aus und schoß mit dem Schrei: »Zur Seite!« wie ein Wirbelwind durch das Fenster in den Laden.

Hier riß sogar Tentetnikow, dem Selifan und Petruschka unterstan-den, der Geduldsfaden:

»Jagt die beiden zum Teufel!«

Man entließ sie. Man schickte zum Arbeitsamt. Von dort wurden: für Petruschka – Pljuschkins Proschka, für Selifan – Grigorij Dojesschaj-nje-Dojedesch abkommandiert. Währenddessen lief die Sache auf Hochtouren!

»Die Darlehensliste!«

»Wie belieben.«

»Bestellen Sie Njeuwaschaj-Koryto hierher.«

Dies erwies sich als unmöglich. Njeuwaschaj war vor zwei Monaten von der Partei ausgeschlossen worden, aus Moskau hatte er sich gleich darauf selbst entfernt, da er in der Stadt entschieden nichts mehr zu suchen hatte.

»Kuwschinnoje Rylo?«

War dorthin gefahren, wo sich Füchse und Hasen gute Nacht sagen, um eine Gouvernementsabteilung zu instruieren.

Daraufhin wollte man sich Jelisawet Worobej vorknöpfen. Den gab es aber nicht! Es gab zwar eine Stenotypistin Jelisaweta, doch hieß sie nicht Worobej. Und es gab einen Gehilfen beim Stellvertreter des Unterschriftführers vom Stellvertreter des Unterabteilungsleiters mit Namen Worobej, aber der hieß nicht Jelisawet!

Man klammerte sich an die Stenotypistin:

»Sind Sie das?!«

»Nichts dergleichen! Warum denn ich? Hier existiert ein Jelisawet mit hartem Zeichen, aber wieso komme ich dazu? Ganz im Gegenteil . . .«

Tränen. Man ließ sie in Ruhe.

Während man sich also mit diesem Worobej herumschlug, ließ der Rechtsanwalt Samoswistow Tschitschikow unter der Hand wissen, daß das Spektakel begonnen habe, und, verständlicherweise, ist Tschitschikow schon über alle Berge.

Vergeblich raste der Wagen zu der angegebenen Adresse: Nach rechts einschwenkend, fanden sie, natürlich, kein Auskunftsbüro vor, statt dessen eine vernachlässigte und heruntergekommene Kantine der Gemeinschaftsküche. Den Ankommenden trat die Kellnerin Fetinja entgegen und erklärte, daß hier niemand wohne.

Nebenan aber, nach links einbiegend, entdeckten sie ein Auskunftsbüro, doch saß dort keineswegs die Stabsoffiziersfrau, sondern
irgendeine Podstega Sidorowna und wußte, was sich von selbst versteht, nicht nur Tschitschikows Adresse nicht, sondern auch ihre
eigene nicht.

IX

Verzweiflung überfiel alle. Der Fall war derart verworren, daß auch
der Teufel keinen Geschmack an ihm gefunden hätte. Die nicht vor-
handene Pacht geriet mit Sägemehl durcheinander, die Brabanter
Spitzen mit der Elektrifizierung, der Korobotschkasche Ankauf mit
Brillanten. In der Klemme saß Nosdrjow, in die Sache verwickelt
erwiesen sich auch der sympathisierende Gaffer Jemeljan und der
parteilose Dieb Antoschka, aufgedeckt war ein weiterer Panama-
Skandal mit Sobakewitschs Verpflegungsrationen. Und alles wurde
immer noch komplizierter!

Samoswistow arbeitete unermüdlich und förderte in dem allgemeinen Durcheinander auch noch die Fahrten gewisser Koffer wegen
zutage und die Angelegenheit mit den gefälschten Reiserechnungen
(einer einzigen zufolge hatten bis zu fünfzigtausend Personen ihre
Hand dabei im Spiele) und anderes mehr. Kurz, es war die Hölle
los. Und die, denen man Milliarden vor der Nase abgenommen,
und die, die sie ausfindig zu machen hatten, waren von Entsetzen
geschüttelt, fest stand nur eine einzige unbestreitbare Tatsache:

»Milliarden waren verschwunden.«

Zu guter Letzt erhob sich ein Onkel Mitjaj und sagte:

»So ist das also, Brüder... Augenscheinlich können wir nicht um-
hin, eine Untersuchungskommission einzusetzen.«

X

Und eben da (was man nicht alles im Traum sieht!) tauchte, wie ein gewisser Deus ex machina, ich auf und sagte:

»Vertrauen Sie sich mir an.«

Man war überrascht:

»Ja... verstehen Sie... denn?«

Und ich:

»Seien Sie ganz beruhigt.«

Sie schwankten. Dann mit roter Tinte:

»Wir vertrauen.«

Also begann ich (nie im Leben sah ich einen angenehmeren Traum!).

Von allen Seiten rasten fünfunddreißigtausend Motorradfahrer mir entgegen:

»Ist etwas nicht in Ordnung?«

Und ich zu ihnen:

»Nichts ist in Ordnung. Kommt euren Aufgaben nach. Ich selbst nehme die Zügel in die Hand.«

Ich schöpfte Luft und brüllte so laut, daß die Scheiben erzitterten:

»Man gebe mir Ljapkin-Tjapkin! Auf der Stelle! Übers Telefon!«

»Das ist unmöglich... Das Telefon ist kaputt.«

»So-o! Kaputt! Ist die Leitung zerrissen? Damit sie nicht unnütz hin- und herbaumelt, knüpft denjenigen daran auf, der die Störung meldete!!«

Meine Güte! Welcher Anfang!

»Erbarmen Sie sich... Sie... Diese... che-che... Minute noch... He! Die Handwerker! Die Drähte! Sofort reparieren!«

Im Handumdrehen war das Telefon repariert und mir übergeben.

Und ich brüllte weiter:

»Tjapkin? Ein Schu-urke! Ljapkin? Greift diesen Spitzbuben! Die Listen her! Was? Sind nicht fertig? In fünf Minuten sind sie fertig, oder ihr findet euch selbst auf den Totenlisten! Hee – was ist das? Die Frau Manilows ist die Registraturangestellte? Fliegt! Ulinka Betrischtschewa – die Stenotypistin? Fliegt! Sobakewitsch? Fangt ihn! Hier arbeitet dieser Halunke von Mursofejkin? Dieser Betrüger Uteschitelnij? Fangen!! Und den, der sie ernannt hat – ebenfalls! Packt ihn! Und diesen! Und jenen! Hinweg mit der Fetinja. Den Poeten Trjapitschkin, Selifan, und Petruschka in die Kontrollabteilung! Nosdrjow in den Keller... Schneller! Schneller!! Wer hat das Verzeichnis unterschrieben? Her mit dieser Canaille!! Und wenn er vom Grund des Meeres herauf muß!!«

Ein Donner rollte durch die Hölle...

»Da sauste der Teufel vorbei! Wo haben sie den bloß aufgestöbert?!«

Ich aber rief:

»Her mit Tschitschikow!!«

»U... u... unmöglich zu finden. Hat sich versteckt...«

»Ach, versteckt? Phantastisch! Dann rückt ihr an seine Stelle.«

»Erbarm...«

»Schweigt!!«

»Diese Minute... Diese... Gedulden Sie sich ein Sekündchen. Sie suchen schon.«

Und zwei Augenblicke später war er gefunden!

Vergeblich lag Tschitschikow vor mir auf den Knien und raufte sich die Haare und zerriß seinen Rock und schwor, eine arbeitsunfähige Mutter zu haben.

»Eine Mutter?« schrie ich, »eine Mutter?... Wo sind die Milliarden? Wo ist das Vermögen des Volkes?! Erzgauner!! Sezieren, diesen Banditen! Er hat die Brillanten im Bauch!«

Sie sezierten ihn. Da waren sie.

»Alle?«

»Alle.«

»Einen Stein um den Hals und ins Eisloch mit ihm!«

Es wurde still, die Luft war rein.

Und ich ins Telefon:

»Erledigt.«

Und die Antwort:

»Danke. Sagen Sie uns, was Sie sich wünschen.«

Ich reckte und streckte mich neben dem Telefon. Und fast hätte ich alle meine Anschaffungswünsche preisgegeben, die mir schon lange auf der Seele lagen:

»Ein paar Hosen... ein Pfund Zucker... einen Leuchter mit fünfundzwanzig Kerzen...«

Doch erinnerte ich mich plötzlich, daß ein ehrenhafter Schriftsteller selbstlos zu sein hat, ich sank in mich zusammen und murmelte in den Hörer:

»Nichts als die Gesammelten Werke Gogols, die ich unlängst allesamt auf dem Trödelmarkt verkaufen mußte.«

Und... Peng! Auf meinem Tisch lag eine Goldschnittausgabe!

Ich freute mich über Nikolaj Wassiljewitsch, der mich in so manchen finstren schlaflosen Nächten getröstet hatte, so sehr, daß ich ausrief:

»Hurra!«

Und...

Epilog

... erwachte natürlich. Und da war nichts: kein Tschitschikow, kein Nosdrjow, und vor allem keine Gogolausgabe... »Che-che«, dachte ich bei mir und kleidete mich an, und von neuem paradierte grau das alltägliche Leben an mir vorbei.

BORIS PILNJAK

DAS GANZE LEBEN

I

Die Schlucht war tief und öde.

Ihre gelben, lehmigen Hänge, mit rotstämmigen Kiefern bewachsen, stürzten in steilen Wänden abwärts, auf ihrem Grund floß eine Quelle. Über der Schlucht breitete sich nach rechts und links Kiefernwald aus – er war alt, dicht, mit Moos überzogen und von Erlengestrüpp durchwachsen. Und darüber hing tief ein schwerer grauer Himmel.

Menschen kamen selten hierher.

Die Gewitter, das Wasser und die Zeit rodeten die Bäume, die niederfielen, den Boden bedeckend, faulten und den starken, süßlichen Geruch von vermodertem Kiefernholz verbreiteten. Disteln, Zichorie, Leinkraut, Wermut, viele Jahre ungebrochen, deckten die Erde mit stachligen Borsten zu. Am Grund der Schlucht war eine Bärenhöhle. Im Wald gab es viele Wölfe.

Auf einem steilen, schmutziggelben Abhang war eine Kiefer gestürzt, übergekippt und für viele Jahre an den Wurzeln aufgehängt. Ihre Wurzeln, die einem erstarrten Waldgeist glichen, der seine Beine nach oben spreizt, waren schon mit Haarmoos und Wacholder bewachsen.

Und in diesen Wurzeln hatten sich zwei große Vögel – ein Männchen und ein Weibchen – ihr Nest gebaut.

Die Vögel waren groß und schwer, sie hatten graugelbe und braune, dichtgewachsene Federn. Ihre Flügel waren kurz, breit und stark; ihre mit schwarzen Daunen bedeckten Füße hatten große Krallen. Auf den kurzen, dicken Hälsen saßen große quadratische Köpfe mit gelben, gebogenen Raubvogelschnäbeln und mit runden, streng und kalt blickenden Augen. Das Weibchen war kleiner als das Männchen. Ihre Füße schienen schlanker und schöner zu sein, und in ihrer Art, sich zu bewegen, den Hals zu drehen und den Kopf zu neigen, lag eine schwerfällige, derbe Grazie. Das Männchen war finster und plump, der eine von seinen Flügeln, der linke, ließ sich nicht mehr richtig falten: Er hing etwas seit der Zeit, als das Männchen mit anderen Männchen um das Weibchen gekämpft hatte.

Das Nest steckte zwischen den Wurzeln. Unter ihm führte auf drei Seiten die Steilwand hinab. Über ihm breitete sich der Himmel und spannten sich einige abgerissene Wurzelfasern. Ringsherum und auch unten lagen Knochen, schon abgewaschen von den Regen und weiß. Das Nest selbst war mit Steinen und Lehm ausgelegt und mit Daunen gepolstert.

Das Weibchen saß immer im Nest.

Das Männchen aber hockte auf dem Wurzelknorren, über der Sturzwand – einsam, mit eingezogenem Kopf und schwer herunterhängenden Flügeln und überwachte mit schwerem Blick die Weite ringsum und auch die Tiefe unten.

2

Hier, nicht weit von der Schlucht, waren sich die beiden großen Vögel begegnet, als der Frühling schon im Erwachen war. Auf den Abhängen taute der Schnee. Im Wald und in den Niederungen wurde er grau und porös. Die Kiefern verbreiteten starken Duft. Auf dem Grund der Schlucht war die Quelle bereits munter. Am Tage wärmte schon die Sonne. Die Dämmerungen waren grün, lang und widerhallend. Die Wölfe lösten sich vom Rudel, und die Wölfinnen warfen Junge.

Sie begegneten sich auf einer Waldlichtung, in der Dämmerung.

Dieser Frühling, die Sonne, der flatterhafte Wind und die Geräusche des Waldes erzeugten im Körper des Männchens frühlingshafte, irdische Schwere. Früher war er geflogen oder hatte still dagesessen, geschrien oder geschwiegen, war langsam oder schnell geflogen, weil es um ihn herum und in seinem Innern Gründe gab: Wenn er Hunger hatte, flog er, um einen Hasen zu finden, ihn zu schlagen und aufzufressen; wenn die Sonne blendete oder der Wind

zu scharf war, versteckte er sich vor ihnen; wenn er den heranschlei-
chenden Wolf sah, flog er fort, um sich zu retten.

Jetzt war es anders.

Es waren nicht mehr der Hunger und der Selbsterhaltungstrieb, die
ihn zwangen zu fliegen, zu sitzen, zu schreien oder zu schweigen.
Etwas, das außerhalb seiner selbst und seiner Empfindungen lag, be-
herrschte ihn. Sobald sich die Dämmerung senkte, erhob er sich in die
Luft und flog wie benebelt, ohne zu wissen, warum, von Lichtung zu
Lichtung, von Hang zu Hang, bewegte geräuschlos seine großen
Schwingen und äugte scharf in die grüne, spannungsvolle Finsternis.

Und als er schließlich auf einer Lichtung seine Artgenossen und ein
Weibchen unter ihnen erspähte, stürzte er hin, ohne zu wissen, warum, verspürte er riesige Kraft in sich und einen großen Haß auf jene
anderen Männchen.

Mit aufgeplusterten Flügeln und hoch erhobenem Kopf stapfte er
langsam um das Weibchen herum. Haßerfüllt schielte er auf die
Männchen. Einer von ihnen, der vor ihm Sieger gewesen war, versuchte ihn zu behindern und stürzte sich dann auf ihn mit zum Schlag
bereitem Schnabel. Und es begann ein Kampf – grausam, stumm und
andauernd. Sie flogen hart gegeneinander, schlugen sich mit den
Schnäbeln, Brüsten, Schwingen und Krallen, sie schrien dumpf und
zerrissen einander die Leiber. Sein Gegner war schwächer und ließ
von ihm ab. Er aber stürzte wieder zu dem Weibchen und lief um sie
herum, etwas hinkend und seinen linken, blutüberströmten Flügel
über den Boden nachschleifend.

Um die Lichtung standen Kiefern. Die Erde war mit Nadeln bedeckt. Blau schimmerte, von Sternen zusammengeschmiedet, der
nächtliche Himmel.

Das Weibchen war gegen alle, auch gegen ihn gleichgültig. Sie lief
ruhig auf der Lichtung hin und her, stocherte in der Erde, fing eine
Maus und verspeiste sie ohne Hast. Die Männchen schien sie gar
nicht zu beachten.

So war es die ganze Nacht.

Als aber die Nacht zu verblassen begann und im Osten ein grün-
lich-lila Streifen den nahenden Sonnenaufgang anzeigte, kam sie zu

ihm, der alle besiegt hatte, lehnte sich an seine Brust, berührte zärtlich
mit dem Schnabel seinen verwundeten Flügel, liebkosend und ermutigend, löste sich langsam von der Erde und flog zur Schlucht.

Und er flog, mühsam den kranken Flügel bewegend, aber ohne ihn
zu spüren, berauscht, mit trunkenen Schreien, ihr nach.

Sie ließ sich gerade an den Wurzeln jener Kiefer nieder, wo sie
später ihr Nest bauten. Das Männchen setzte sich neben sie. Er war
plötzlich unentschlossen, verwirrt vor Glück.

Das Weibchen umkreiste einige Male das Männchen, beruhigend
und ermutigend, preßte dann die Brust an die Erde, spreizte die Beine
und die Flügel, schloß die Augen und rief das Männchen zu sich. Er
stürzte zu ihr, griff mit dem Schnabel ihr Gefieder, schlug mit seinen
schweren Schwingen die Erde, wurde dreist und gebieterisch – durch
seine Adern strömte so wonnevolle Qual, so unbändige Freude, daß
er nichts mehr sah, nichts mehr fühlte außer dieser süßen Qual; er
stieß dumpfe Schreie aus, die in der Schlucht widerhallten und den
nahenden Morgen aufstörten.

Das Weibchen war gefügig.

Im Osten zeigte sich schon das rote Band des Sonnenaufgangs, der
Schnee in den Niederungen färbte sich lila.

3

Im Winter standen die Kiefern reglos, ihre Stämme färbten sich bräunlich. Der Schnee war tief, die verharschten Schneewehen hingen finster
am Rand der Schlucht. Über allem spannte sich der graue Himmel. Die
Tage waren kurz, die Dämmerung hielt an. In der Nacht knackten vor
Frost Baumstämme, barsten Zweige. In der Stille schien der Mond,
und es war, als machte er den Frost noch stärker. Die Nächte waren
qualvoll, der Fröste und dieses phosphoreszierenden Mondlichtes wegen. Die Vögel saßen im Nest, dicht aneinandergeschmiegt, um sich zu
wärmen, aber der Frost drang unter das Gefieder, lief wie ein Schauer
den Körper entlang, kühlte die Beine, den Rücken und die Haut um
den Schnabel. Und das umherirrende Mondlicht machte bang, flößte

Furcht ein, als bestünde die Welt nur aus einem riesigen Wolfsauge und leuchtete deshalb so furchterregend.

Die Vögel fanden keinen Schlaf.

Sie drehten sich im Nest hin und her, wechselten die Plätze, ihre großen Augen waren gerundet und leuchteten wie faules Holz. Wären die Vögel fähig gewesen zu denken, sie hätten sich am sehnlichsten den Morgen herbeigewünscht.

Schon eine Stunde vor der Morgendämmerung, wenn der Mond verschwand und die Dunkelheit sich zu lockern begann, verspürten die Vögel Hunger. Im Rachen war ein unangenehmer, gallebitterer Geschmack, von Zeit zu Zeit krampfte sich schmerzhaft der Kropf zusammen.

Wenn der Morgen sich endgültig grau färbte, flog das Männchen nach Beute aus. Er flog langsam, mit weit ausgebreiteten Flügeln und schlug nur selten mit ihnen, während er mit den Augen scharf vor sich auf die Erde spähte. Er machte meistens Jagd auf Hasen. Manchmal konnte er lange keine Beute finden. Er flog über der Schlucht dahin, entfernte sich weit vom Nest, ließ die Schlucht hinter sich und kam auf die große weiße Fläche, wo im Sommer die Kama floß. Wenn es keine Hasen gab, stürzte er sich auch auf junge Füchse und Elstern, obwohl ihr Fleisch schlecht schmeckte. Die Füchse verteidigten sich lange und beharrlich; sie bissen und kratzten, man mußte sie geschickt angreifen: erst mit dem Schnabel am Hals, dicht unterm Kopf, einhacken, sie zugleich mit den Greifern am Rücken packen und sich in die Luft erheben. In der Luft wehrte sich der Fuchs dann nicht mehr.

Mit der Beute flog das Männchen zu seiner Schlucht, ins Nest. Dort verspeiste er mit dem Weibchen alles auf einmal. Sie fraßen nur einmal am Tage, aber so, daß sie sich hinterher kaum bewegen konnten und der Kropf ihnen schwer herunterhing. Sie pickten sogar den blutgetränkten Schnee auf. Die übriggebliebenen Knochen warf das Weibchen den Abhang hinunter. Das Männchen setzte sich dann auf den Wurzelknorren, krümmte sich zusammen und sträubte das Gefieder, machte es sich bequem und spürte mit Behagen, wie nach der Mahlzeit sein Blut warm durch die Adern floß und sich angenehm in die Gedärme verteilte.

Das Weibchen saß im Nest.

Gegen Abend schrie das Männchen: »U-hu-uu!« Es hörte sich an,
als liefen die Laute in seiner Kehle durch Wasser.

Manchmal wurde er, einsam dort oben sitzend, von Wölfen bemerkt, und ein völlig ausgehungerter begann den Abhang hinaufzu-
klettern. Das Weibchen geriet in Aufregung und keckerte erschrok-
ken. Aber das Männchen verfolgte ruhig mit seinen großen, am Tage
halbblinden Augen, wie der Wolf langsam hinaufkletterte und dann
kopfüber hinabstürzte, zusammen mit Schneeklumpen nach unten
fiel und vor Schmerz winselte.

Die Abenddämmerung schlich heran.

4

Im März nahmen die Tage zu, die Sonne begann zu wärmen, der
Schnee färbte sich bräunlich und taute, die Dämmerungen leuchteten
lange grün. Im Frühjahr gab es mehr Beute, denn alle Waldbewohner
waren schon von der Unruhe des Vorfrühlings erfaßt, der Sehnsüchte
weckte und alle verzauberte; sie streunten auf den Lichtungen, auf
den Hängen und in den Wäldern umher – sie konnten nicht anders,
sie waren willenlos in der Gewalt der frühlingshaften Erde, und sie
waren leicht zu fangen. Die ganze Beute brachte das Männchen dem
Weibchen, er selbst fraß wenig, nur das, was das Weibchen übrig-
ließ; das waren gewöhnlich die Innereien, die Brustmuskeln, der Balg
und der Kopf, allerdings ohne die Augen, die das Weibchen als das
Schmackhafteste immer selbst fraß.

Am Tage saß das Männchen auf dem Wurzelknorren.

Die Sonne schien. Ein leichter und milder Wind wehte. Auf dem
Grund der Schlucht rauschte die dunkle, jetzt schon eilige Quelle, die
sich scharf von den weißen Schneeufern abzeichnete.

Das Männchen war hungrig. Er saß mit geschlossenen Augen da,
den Kopf eingezogen. Er war von Demut, verzehrender Ungeduld
und Schuldgefühl erfaßt, was so gar nicht zu seiner Schroffheit paßte.

In der Dämmerung wurde er lebhafter, eine quälende Unruhe er-

faßte ihn. Er stellte sich auf die Beine, reckte den Kopf, riß seine
runden Augen weit auf, breitete die Flügel aus, legte sie wieder zusammen und schlug mit ihnen die Luft. Dann kauerte er sich wieder
zusammen, zog den Kopf ein, blinzelte und schrie: »U-hu-hu-hu-u!« –
zum Schrecken der Waldbewohner.

Und in der Schlucht antwortete das Echo: »U-u...«

Die Dämmerung war blau. Der Himmel bepflasterte sich mit großen, neuen Sternen. In der Luft schwebte der ölige Duft der Kiefern.
Der Bach in der Schlucht, vom Nachtfrost festgeschmiedet, war
stumm. Irgendwo schrien die Vögel auf der Balz, aber dennoch
herrschte eine erhabene Stille. Und als die Nacht ganz dunkelblau
geworden war, schlich sich das Männchen mit schuldbewußter Mun-
terkeit, vorsichtig mit seinen großen Füßen stapfend, die ans Laufen
nicht gewohnt waren, zum Weibchen ins Nest. Eine starke, herrliche
Leidenschaft jubelte in ihm. Er setzte sich neben das Weibchen und
streichelte mit dem Schnabel ihr Gefieder. Das Weibchen wurde zu-
traulich und schwach bei dieser Liebkosung. In ihrer Sprache, in der
Sprache des Instinkts, sagte sie zum Männchen: »Ja, du darfst.«

Und er fiel auf sie nieder, fast vergehend vor seliger Qual. Und sie
gab sich ihm hin.

5

So ging es eine Woche, oder anderthalb.

Als aber danach das Männchen in der Nacht zum Weibchen kam,
sagte sie: »Nein. Es ist genug.«

Sie sagte mit instinktivem Gespür, daß es genug sei, denn eine
andere Zeit war angebrochen – die Zeit, Kinder zur Welt zu bringen.

Das Männchen – verlegen und schuldbewußt, weil es das Geheiß
des Weibchens, das Geheiß des Instinkts, der dem Weibchen ange-
boren war, nicht erraten hatte – entfernte sich, um nach einem Jahr
wiederzukommen.

6

Vom Frühjahr an, den ganzen Sommer hindurch bis zum September, waren sie – das Männchen und das Weibchen – von der großen, herrlichen und notwendigen Arbeit des Gebärens ausgefüllt – bis zum September, als die Jungvögel das Nest verließen.

Wie ein bunter Teppich entrollten sich Frühling und Sommer, brannten mit heißem Feuer. Die Kiefern schmückten sich mit Kerzen und verbreiteten würzigen Duft. Es roch nach Wermut. Es blühten und verblühten Harzklee, Zichorie, Glockenblumen, Hahnenfuß, Marienflachs, Wachtelweizen, Disteln und viele andere Kräuter.

Im Mai waren die Nächte blau.

Im Juni weißlich grün.

In heller Flamme brannten Morgen- und Abendröte, und nachts bewegten sich auf dem Grund der Schlucht weiße und silberne Nebelschwaden, die die Konturen der Welt verwischten.

Zuerst lagen im Nest fünf graue, grüngesprenkelte Eier. Dann schlüpften die Nestlinge: großköpfig, mit übergroßen gelben, von grauen Daunen bedeckten Schnäbeln. Sie piepsten kläglich, reckten ihre langen Hälse aus dem Nest und fraßen sehr viel. Im Juni konnten sie schon fliegen, hatten aber immer noch zu große Köpfe, piepsten und schlugen noch ungeschickt mit den Flügeln. Das Weibchen verließ sie keinen Augenblick, sie war fürsorglich und streitsüchtig, mit ständig gesträubtem Gefieder. Das Männchen vermochte nicht zu denken und fühlte wohl kaum, aber es war zu spüren, daß er stolz war, wie er die ihm zustehende Arbeit tat, die ihn mit großer Freude erfüllte.

Und sein ganzes Leben war von dem Instinkt bestimmt, der seinen ganzen Willen und sein Lebensgefühl auf die Nestlinge übertrug. Er war immer nach Beute unterwegs. Er mußte viel heranschaffen, denn die Nestlinge und das Weibchen waren gefräßig. Weit mußte er fliegen, manchmal bis zur Kama, um dort Möwen zu fangen, die sich ständig bei den ungeheuer großen, weißen, unbekannten und vieläugigen Tieren aufhielten, die dort auf dem Wasser schwammen,

merkwürdig rauschten und nach Waldbränden rochen – bei den
Dampfern. Das Männchen fütterte die Nestlinge selbst. Er riß große
Stücke Fleisch ab und gab sie ihnen. Mit seinen runden Augen beobachtete er aufmerksam, wie die Jungen mit weit aufgerissenen
Schnäbeln nach diesen Fleischstücken schnappten, sich vor Anstrengung krümmten, mit den Augen rollten und die Stücke hinunterwürg-
ten. Manchmal fiel ein Nestling aus Dummheit aus dem Nest, den
Abhang hinunter. Dann flog ihm das Männchen eilig und besorgt
nach, schrie laut und aufgeregt, griff ihn vorsichtig und ungeschickt
mit den Krallen und trug den Erschrockenen und Erstaunten zurück
ins Nest. Dort glättete er ihm lange mit seinem großen Schnabel die
Federn, tapste vorsichtig um ihn herum, hob die Beine dabei ganz
hoch und kollerte besorgt. Nachts schlief das Männchen nicht. Er saß
auf dem Wurzelknollen und starrte in die Finsternis der Nacht, be-
wachte seine Kinder und ihre Mutter. Über ihm waren die Sterne.

Und in der Fülle des Lebens, überwältigt von dessen Schönheit,
schrie er furchtgebietend und rüttelte das Echo wach.

»U-hu-hu-hu-u!« schrie er, die Nacht erschreckend.

7

In den Wintern lebte er, um zu leben. In den Frühlingen und Som-
mern lebte er, um Leben zu zeugen. Er konnte nicht denken. Er tat
es, weil der Instinkt, der ihn leitete, es so befahl. In den Wintern lebte
er, um zu fressen, um zu überleben. Die Winter waren kalt und
schrecklich. In den Frühlingen zeugte er. Und dann floh heißes Blut
durch seine Adern, die Sonne schien, und die Sterne leuchteten, und
er hatte dauernd das Bedürfnis, sich zu recken, die Augen zu schließen, mit den Flügeln die Luft zu schlagen und fröhlich sein ›U-hu-hu‹
zu schreien, gleich über alle Schluchten.

8

Im Herbst flogen die Jungvögel fort. Die Alten verabschiedeten sich für immer und schon gleichgültig von den Jungen. Im Herbst regnete es viel, Nebelschwaden zogen vorbei. Tief hing der Himmel herunter. Die Nächte waren trostlos, naß und schwarz. Die Alten saßen im nassen Nest, zu zweit, sie schliefen schlecht ein, drehten sich schwerfällig hin und her. Ihre Augen leuchteten wie die grünen Flämmchen des Rauchholzes. Das Männchen schrie nicht mehr sein ›U-hu-hu‹.

9

So vergingen dreizehn Jahre ihres Lebens.

10

Dann starb das Männchen.

In seiner Jugend, als er um das Weibchen gekämpft hatte, war sein Flügel verletzt worden. Mit den Jahren fiel es ihm immer schwerer, Beute zu erjagen, immer weiter mußte er danach fliegen, und in den Nächten ließ ihn der starke, eintönige Schmerz im Flügel nicht schlafen. Und das war sehr schlimm, denn früher hatte er den Flügel nicht gespürt, jetzt aber war er wichtig und quälend geworden. In den Nächten schlief das Männchen nicht, er ließ den Flügel hängen, stieß ihn weg. Und am Morgen flog er, seiner kaum mächtig, nach Beute.

Und das Weibchen verließ ihn.

Im Vorfrühling flog sie in der Dämmerung aus dem Nest.

Das Männchen suchte sie die ganze Nacht und fand sie im Morgengrauen. Sie war mit einem anderen Männchen zusammen – einem jungen, starken, das nahe bei dem Weibchen zärtliche Laute von sich gab. Der Alte spürte, daß alles, was ihm im Leben gegeben war, zu Ende ging. Er warf sich in den Kampf mit dem Jungen; er kämpfte unsicher und schwach. Der Junge aber fiel kräftig und leidenschaftlich über ihn her, er hackte und zerfetzte seinen Körper. Das Weibchen sah, wie vor vielen Jahren, dem Zweikampf gleichgültig zu. Der Alte wurde besiegt. Blutüberströmt, zerrissen, mit nur einem unversehrten Auge flog er zu seinem Nest zurück. Dort setzte er sich auf seinen Wurzelknorren.

Und es war klar, daß er mit seinem Leben am Ende war. Er hatte gelebt, um zu fressen, um zu zeugen. Jetzt war ihm nur eins geblieben – zu sterben. Sicher spürte er es instinktiv, denn er saß, den Kopf eingezogen, zwei Tage still und unbeweglich am Abgrund. Dann starb er ruhig, ohne es selbst zu merken. Er fiel den Abhang hinunter und blieb dort mit gekrümmten, nach oben gerichteten Füßen liegen. Es geschah in der Nacht. Die Sterne waren neu. In den Wäldern schrien auf der Balz die Vögel, die Adlereulen schrien ihr ›U-hu‹. Das Männchen lag fünf Tage auf dem Grund der Schlucht. Er begann schon zu verwesen und stank abscheulich.

Ein Wolf fand ihn und fraß ihn auf.

ISAAK BABEL

DER VERRAT

»Genosse Untersuchungsrichter Burdenko. Auf Ihre Frage antworte ich, daß ich das Parteibuch Nummer Vierundzwanzignullnull besitze, ausgestellt vom Parteikomitee in Krasnodar für Nikita Balmaschow. Zu meinem Lebenslauf bis 1914 erkläre ich, daß mein Leben ein häusliches war, da ich mich bei meinen Eltern mit Landarbeit beschäftigt habe und vom Acker weg in die Reihen der Imperialisten gegangen bin, um den Bürger Poincaré und die Henker der deutschen Revolution, Ebert-Noske, zu verteidigen, die, wie's scheint, geschlafen und im Schlaf geträumt haben, wie meinem Heimatdorf Sankt Iwan im Kuban Hilfe zu bringen wäre. Und so ging die Sache, bis Genosse Lenin mein blindwütiges Bajonett zur Umkehr bewegte und auf andres Gedärm richtete, auf neue Weichteile, die eigentlichermaßen Ziel und Zweck seiner Bestimmung sind. Seit damals trage ich die Nummer Vierundzwanzignullnull am Ende meines klarsichtigen Bajonetts, und es ist beschämend und geradezu lächerlich, jetzt von Ihnen, Genosse Untersuchungsrichter Burdenko, einen solchen Humbug über das unbedeutende Lazarett in N. zu vernehmen. Weder habe ich auf dieses Lazarett geschossen, noch habe ich es überfallen, was überhaupt ganz unmöglich gewesen ist; denn wir alle drei, nämlich Golowizyn, Kustow und ich, waren verwundet und hatten in unseren Knochen heftiges Fieber. Wir überfielen das Lazarett nicht, sondern standen nur in Lazarettkitteln inmitten des freien Volkes jüdischer Nationalität auf dem Stadtplatz und weinten. Und was die Beschädigung der drei Glasscheiben anbelangt, die wir mit einer Offizierspistole zerschossen haben, so sage ich aus tiefstem Herzen, daß diese Fensterscheiben ihrer Bestimmung nicht entsprachen, da selbige sich in einer Vorratskammer befanden, die ihrer keineswegs bedurfte. Und Doktor Jawein, der aus einem Lazarettfenster unsere aus Gram veranstaltete Schießerei mit ansah, lachte über uns in einem fort, was die obenerwähnten freien Juden des Ortes Kosin ebenfalls bestätigen können. Gegen Doktor Jawein gebe ich, Genosse Untersuchungsrichter, auch noch an, daß er sich auch schon damals über uns lustig gemacht hat, als wir drei Verwundete, nämlich Golowizyn, Kustow und ich, ins Lazarett eingeliefert wurden und er gleich bei den ersten Worten gar sehr grob zu uns sagte: ›Soldaten, nehmt ein Bad und legt sofort eure Waffen und Kleider ab, ich fürchte, sie verbreiten Krankheiten, deshalb lasse ich sie gleich in die Kleiderkammer bringen.‹ Und als solchermaßen der Soldat Kustow vor sich ein Tier, nicht aber einen Menschen sah, setzte er sein zerschmettertes Bein vor und fragte, wen denn ein scharfer Kubaner Säbel wohl krank machen könne außer Feinde unserer Revolution. Und über die Kleiderkammer wünsche er zu wissen, ob sie einem Soldaten unterstehe, der auch wirklich ein Parteimitglied ist oder umgekehrt einer von der parteilosen Masse. Und da merkte der Doktor Jawein offenbar, daß wir den Verrat sehr gut zu durchschauen verstanden. Er wandte uns den Rükken und schickte uns lächelnd, ohne ein Wort zu sagen, in den Krankensaal. Wir humpelten mit unseren zerschossenen Beinen rein und schwenkten die Armstümpfe, wir stützten uns gegenseitig, da wir doch alle drei Landsleute aus der Staniza Sankt Iwan sind, nämlich der Genosse Golowizyn, der Genosse Kustow und ich, Landsleute mit dem gleichen Schicksal; wer ein zerschossenes Bein hatte, der stützte sich auf den Arm des Genossen, und wem ein Arm fehlte, der lehnte sich an die Schulter des Genossen. Wir gehorchten dem gegebenen Befehl und gingen in den Krankensaal, wo wir Kulturarbeit und Begeisterung für die proletarische Sache vorzufinden erwarteten. Aber es ist interessant zu erfahren, was wir im Krankensaal fanden: Wir fanden dort Rotarmisten, es war lauter Infanterie, die auf Betten saßen und Dame spielten, und neben ihnen an den Fenstern standen stattliche schmucke Krankenschwestern und machten Äugelchen nach links und nach rechts. Als wir das sahen, blieben wir wie vom Blitz getroffen stehen.

›Habt ihr Schluß gemacht mit dem Krieg, Burschen?‹ rief ich den Verwundeten zu.

›Ja, Schluß!‹ antworteten die Verwundeten und setzten die Steine, die aus Brotteig geknetet waren.

›Zu früh‹, antwortete ich den Verwundeten, ›zu früh habt ihr
Schluß gemacht mit dem Krieg, Infanterie, wo der Feind fünfzehn
Werst von hier auf weichen Pfoten heranschleicht, und wo man in der
Zeitung ›Der Rote Kavallerist‹ über unsere internationale Lage lesen
kann, daß sie schrecklich ist und daß der Horizont voll Gewitterwol-
ken steht.‹

Aber meine Worte prallten von der heldenhaften Infanterie ab wie
Schafmist von der Regimentstrommel. Und aus dem ganzen Gespräch kam für uns nur das raus, daß uns die Krankenschwestern
zu den Betten führten und wieder davon zu schwätzen begannen, wir
sollten die Waffen ablegen, als wären wir schon besiegt. Dadurch
haben sie den Genossen Kustow so aufgeregt, daß man gar nicht
sagen kann, wie sehr, und er riß seinen Verband ab, der sich auf seiner
linken Schulter befand, oberhalb des blutenden Krieger- und Prole-
tarierherzens. Angesichts seines Grams schwiegen die Krankenschwestern still, jedoch nur kurze Zeit, dann trieben sie wieder ihren Spott,
wie es eben die parteilose Masse tut, und zuletzt schickten sie Leute
zu uns, die sich einen Jux daraus machen wollten, uns im Schlaf die
Kleider vom Leibe zu zerren. Wir sollten von wegen Kulturarbeit eine
Theaterrolle in Weiberkleidern spielen, was uns gar schlecht zu Gesicht gestanden hätte.

Unbarmherzige Krankenschwestern! Mehr als einmal haben sie
versucht, uns mit Schlafpulver einen tiefen Schlaf zu geben, um uns
die Kleider vom Leibe zu ziehen. Deshalb haben wir uns nur abwechselnd zur Ruhe gelegt, haben ein Auge stets offengehalten und
sind selbst zur Verrichtung der kleinen Notdurft in voller Uniform
gegangen, die Pistole in der Hand. Nachdem wir derart eine Woche
und einen Tag lang gelitten hatten, fingen wir an, irre zu reden und
Gespenster zu sehen; und schließlich, als wir am 4. August, dem uns
zur Last gelegten Tag, morgens erwachten, merkten wir eine Veränderung an uns, wir lagen nämlich in Kitteln da, jeder unter einer
Nummer, ganz wie Zuchthäusler, ohne Pistole und ohne die Kleidung, die unsere Mütter, schwache alte Frauen vom Kuban, für uns
gewebt haben. Und wir sahen die liebe Sonne prächtig leuchten,
während die Infanterie, unter der wir drei roten Reiter litten, uns

verspottete, zusammen mit den unbarmherzigen Schwestern, die uns am Abend zuvor Schlafpulver eingegeben hatten und nun mit ihren jungen Brüsten wackelten und uns in Schalen Kakao brachten mit so viel Milch, daß man drin schwimmen konnte. Sie haben ein lustiges Theater aufgeführt: Die Infanteristen klapperten zum Erschrecken laut mit ihren Krücken und zwickten uns in die Seite wie käufliche Dirnen, wie um zu sagen: ›Budjonnys Erste Reiterarmee hat auch mit dem Krieg Schluß gemacht!‹ Doch nein, ihr schönlockigen Genossen, die ihr euch wunderliche Wänste angemästet habt und nachts spektakelt wie ein Maschinengewehr, die Erste Reiterarmee hat mit dem Krieg noch nicht Schluß gemacht! Wir drei sind in den Hof gegangen, angeblich um auszutreten, und begaben uns von dort mit Fieber in unsern blauen Wunden zu dem Bürger Boidermann, dem Vorsitzenden des Distriktrevolutionskomitees, ohne den, Genosse Untersuchungsrichter Burdenko, die Sache mit der Schießerei möglicherweise unterblieben wäre, denn er hat uns den Verstand ganz gehörig verwirrt. Und obgleich wir Ihnen gegen den Bürger Boidermann kein bestimmtes Material in die Hand geben können, teile ich Ihnen doch mit, daß wir beim Eintreten ins Zimmer des Vorsitzenden des Revolutionskomitees auf einen älteren Bürger im Pelz, dem Aussehen nach Jude, aufmerksam wurden. Der Bürger Boidermann saß am Tisch, an einem Tisch voll Papiere, es war nicht schön anzusehen. Er schaute hin und her, und man sah, er konnte sich in diesen Papieren nicht zurechtfinden, er hatte Kummer mit diesen Papieren, um so mehr als einige unbekannte, aber verdienstvolle Krieger drohend vor ihn, den Bürger Boidermann, hintraten und Lebensmittel verlangten, während gleichzeitig Ortsfunktionäre auf die Konterrevolution in den umliegenden Dörfern hinwiesen und außerdem noch andere kleinere Funktionäre aus dem Zentrum bei ihm erschienen, die baldigst und ohne jeden Aufschub vor dem Revolutionskomitee heiraten wollten ... Und auch wir trugen mit erhobener Stimme unsern Fall vor, den Verrat im Lazarett. Doch der Bürger Boidermann blickte uns nur mit hervorquellenden Augen an und schaute wieder hin und her und klopfte uns dann sehr sanft auf die Schulter, was für eine Behörde gar nicht schicklich und ihrer unwürdig ist. Er gab uns jedoch keinerlei Resolu-

tion, sondern erklärte nur: ›Genossen Krieger, wenn euch die Sowjet-
macht dauert, dann verlaßt diesen Raum.‹ Womit wir selbstverständlich nicht einverstanden waren. Wir verlangten, er solle uns seinen
Ausweis zeigen, und da er das nicht tat, verloren wir vollständig den
Kopf. Dermaßen kopflos, traten wir hinaus auf den Platz vorm Lazarett, wo wir die Miliz, bestehend aus einem Mann von der Kavalle-
rie, entwaffneten und unter Tränen in die drei nichtigen Fensterscheiben in der oben beschriebenen Vorratskammer schossen. Doktor
Jawein verzog angesichts dieses unzulässigen Vorfalls das Gesicht
und lachte dazu, während doch der Genosse Kustow vier Tage später
an seiner Krankheit sterben mußte.

In seinem kurzen roten Leben hatte sich der Genosse Kustow
noch nie so erregt wie über diesen Verrat, der uns mal aus dem
Fenster zublinzelte und mal im Spott über das grobe Proletariat
zum Ausdruck kam – doch das Proletariat, Genossen, weiß selbst,
daß es grob ist, und leidet darunter; die Seele brennt und sprengt wie
Feuer das Gefängnis unseres Körpers.

Der Verrat, sage ich Ihnen, Genosse Untersuchungsrichter Burdenko, lacht über uns aus dem Fenster, der Verrat geht barfüßig
um in unserm Haus, der Verrat trägt die Stiefel auf dem Buckel, damit
die Dielenbretter nicht knarren in dem Haus, in das er eingebrochen
ist.«

MICHAIL SOSCHTSCHENKO

GESCHICHTE VON DER DAME
MIT DEN BLUMEN

Ich muß erwähnen, daß diese Geschichte nicht allzu komisch ist. Es gibt manchmal solche nicht sehr komischen Szenen, die aus dem Leben gegriffen sind. Raufereien etwa, Mord und Totschlag oder gar Diebstahl.

Oder zum Beispiel wie in dieser Geschichte. Es geht darum, wie eine intelligente Dame ertrank. Heiterkeit gibt diese Tatsache nicht allzuviel her.

Gesagt werden muß jedoch, daß es auch in dieser Geschichte ein paar komische Situationen gibt. Sie werden sehen.

Natürlich würde ich den heutigen Leser keineswegs mit einer nicht allzu bravourösen Geschichte bemühen, aber wissen Sie, das Themachen ist schon recht verantwortlich und zeitgemäß. Um Materialismus und Liebe geht's.

Kurz und gut, es ist eine Geschichte darüber, wie sich einmal durch einen Unglücksfall endgültig herausstellte, daß jedwede Mystik, jedwede Idealistik und jegliche überirdische Liebe und so weiter und so fort nichts sind als kreuzdummes Geschwätz und Blödsinnistik. Und daß im Leben leider nur eine materielle Einstellung gilt und sonst nichts.

Vielleicht finden einige zurückgebliebene Intelligenzler und Akademiemitglieder dies über die Maßen traurig, vielleicht jammern sie deswegen der Vergangenheit nach, aber nachdem sie gejammert haben, sollen sie ihr bisheriges Leben überschauen, dann werden sie sehen, wieviel Überflüssiges sie sich aufgeladen haben.

Erlauben Sie also einem alten, groben Materialisten, der nach dieser Geschichte über die erhabenen Dinge endgültig das Kreuz geschlagen hat, Ihnen diese Geschichte zu erzählen. Und entschuldigen Sie nochmals, wenn Ihr Gelächter nicht ganz so schallend ausfällt, wie Sie es sich gewünscht haben.

Zumal, ich sag's noch einmal, was gibt's da schon zu lachen, wenn eine Dame ertrinkt. Sie ertrank im Fluß. Sie wollte baden. Und ging über die Baumstämme. Auf dem Fluß wurde nämlich geflößt. Große Flöße lagen am Ufer. Sie hatte die Gewohnheit, über die Stämme weit weg vom Ufer zu gehen, wegen der Schönheit und Weite, und dort zu baden. Natürlich ertrank sie dabei.

Aber darum geht's nicht.

In dem Dorf Otradnoje an der Newa reiste dies Jahr so ein Ingenieur zu, Nikolai Nikolajewitsch Gorbatow, um hier die Sommerfrische zu verleben.

Er war Ingenieur für Technologie oder Eisenbahnwesen, kurz, er trug auf der Uniformmütze ein Industrieabzeichen, eine Feile oder so was Ähnliches. Darum geht's aber nicht.

Im Frühling dieses Jahres reiste er nach Otradnoje zu, begleitet von seiner jungen Frau Nina Petrowna.

Etwas Besonderes war an ihr nicht zu beobachten. Kurzum, eine Dame. Schwarzhaarig, buntfarbig. Ständig und immerfort trug sie Blumen in der Hand. Hielt sie einfach fest oder schnupperte daran. Natürlich war sie sehr schön angezogen.

Nichtsdestoweniger liebte der Ingenieur Gorbatow sie so sehr, daß es erstaunlich anzusehen war.

Tatsächlich, er hatte sonst nichts im Leben und wollte auch nichts. Gesellschaftliche Arbeit leistete er nicht. Artikel schrieb er auch nicht. Überhaupt, ich muß offen sagen, er ging dem gesellschaftlichen Leben aus dem Weg.

Er hatte mit der Neuzeit noch nicht Tritt gefaßt. Natürlich war er an die Vierzig und lebte nur in seiner Vergangenheit. Mit einem Wort, ihm gefiel das frühere bourgeoise Leben mit seinen Polsterkissen, Konsommees und so weiter.

Am gegenwärtigen Leben fand er nur Grobes und wandte sein Angesicht von allem ab.

Da sie seine Gattin war und ihn nie verraten hätte, teilte er ihr seine diversen reaktionären Gedanken und Anschauungen mit.

»Ich«, sagt er, »bin ein zutiefst intelligenter Mensch, und mir«, sagte er, »ist es gegeben, viele mystische und abstrakte Bilder meiner

Kindheit zu begreifen. Ich«, sagt er, »kann nicht zufrieden sein mit der groben Wirklichkeit, der Armut, den Mängeln, der Wohnungsmiete und so weiter. Ich«, sagt er, »bin mit vielen schönen Gegenständen und Nippessachen aufgewachsen, ich begreife die zarte Liebe und sehe nichts Anständiges in groben Umarmungen«, und so weiter und so fort. »Ich«, sagt er, »halte mich nur an das geistige Leben und an die Ansprüche des Herzens, was aber ihren Marxismus betrifft, so lache ich darüber und wünsche nichts davon zu wissen.«

So sprach er mehr als einmal zu ihr und hatte bei derartigen Ansichten natürlich nicht das Bestreben, etwas Gutes an unserer Zeit zu finden.

Infolgedessen hatte er sich von den Massen gelöst und verschloß sich gänzlich in sein Familienleben und seine Liebe zu diesem Herzchen mit den Blumen.

Sie erfüllte zweifellos ihre Bestimmung.

Und da sie seine Gattin war, sang sie die gleiche Weise, pflichtete allem bei und trauerte über die Maßen dem früheren Leben nach.

Kurz und gut, sie war eine poetische Person, imstande, den ganzen Tag an Blumen und Kapuzinerkresse zu schnuppern oder am Ufer zu sitzen und in die Ferne zu schauen, als gebe es dort etwas Bestimmtes zu sehen – Obst oder Leberwurst.

Ein solches Ehepaar war das also und solch eine Liebe!

Von ihr kann man nicht sagen, daß sie ihn übermäßig liebte und vergötterte, aber er ließ tatsächlich kein Auge von ihr. Morgens fuhr er mit dem Dampfer weg, und sie beeilte sich, in ihrem hübschen Morgenrock ihm auf ihren dünnen Intelligenzbeinchen das Geleit zu geben. Er hielt sie am Ellbogen, damit sie sich, Gott behüte, nicht die Füßchen verrenkte. Zwitscherte ihr etwas ins Ohr und warf ihr vom Dampfer noch Kußhändchen zu. Kurz und gut, es war ekelhaft und peinigend anzusehen.

Er fuhr also weg, sie saß wie blöd da und träumte von allen möglichen abstrakten Dingen. Sie hätte ja waschen können, wenn sie schon keinen Sport treiben mochte. Oder ihrem Gorbatow das Bett machen. Nein! Sie saß und saß. Verlangte nichts zu essen. Dafür geriet sie bestimmt leicht durcheinander mit ihren Träumen und fand nicht mehr heraus.

Nun, da sie bereits ertrunken ist, wollen wir ihr Andenken nicht mit beleidigenden Bemerkungen aufstören.

Gegen sieben Uhr pflegte Gorbatow von seinem Dienstort zurückzukehren. Er traf von seinem Dienstort ein und hatte es eilig, sein Täubchen zu sehen.

Sprang als erster vom Dampfer. Trug etwas in den Händen. Vielleicht Gastgeschenke oder Schlüpfer für sie oder eine Art nagelneuen Brusthalter.

Gleich würde er sie beschenken, würde ihr den Rücken tätscheln, sich närrisch gebärden und sie umarmen. Was brauchte er noch!

Hauptsache, er tat keinerlei gesellschaftliche Arbeit und verschloß sich ganz in seinen Horizont und seine zarten Empfindungen.

Na, sie würde natürlich gucken, was er mitgebracht hatte, das Näschen rümpfen und auf ihren dünnen Beinchen davongehen.

Allerdings, kurz gesagt, sie war ertrunken. Das war natürlich sehr schade, eine durchaus bejammernswerte Tatsache, aber sie ins Leben zurückzurufen war unmöglich, zumal mit der modernen Medizin.

Natürlich, hätte sie rechtzeitig Morgengymnastik getrieben, so hätte sie sich im letzten Moment aufraffen und ans Ufer schwimmen können. So aber war sie mitsamt ihren Blumen versunken, gleich bis zum Grund, ohne sich der Natur zu widersetzen.

Zumal sie über die schlüpfrigen Stämme gegangen war. Sie ging immer über die Stämme, wenn sie baden wollte. Diesmal aber war sie nach dem Regen mit ihren französischen Schühchen darübergegangen und abgeglitten. Allenfalls ihre Höschen blieben auf dem Floß zurück.

Vielleicht aber war sie auch absichtlich ins Wasser gegangen. Vielleicht hatte sie es satt, mit so einem rückständigen Element zu leben, und ertrank deshalb mir nichts, dir nichts. Zumal er ihr vielleicht den Kopf schon ganz wirr geredet hatte mit seiner Mystik.

Allerdings trifft das natürlich kaum zu. Psychologisch gesehen ist am wahrscheinlichsten, daß sie auf den Stämmen ausrutschte und ertrank.

Ich habe natürlich nicht die Absicht, den Leser durch eine künstlerische Schilderung der weiteren Ereignisse übermäßig zu verstimmen. Ich sage nur soviel, daß der Ingenieur Nikolai Nikolajewitsch außerordentlich litt und vor Kummer verging angesichts dieses Vorkommnisses. Er wälzte sich am Ufer herum, schluchzte und alles, aber seine Freundin war unwiederbringlich tot, und man fand nicht einmal ihren Körper. Demzufolge fühlte sich der Ingenieur außerordentlich leidend und verstimmt.

»Wenn man sie«, sagt er zu seiner Wirtin, »gefunden hätte, könnte ich mich eher beruhigen. Aber«, sagt er, »diese gruslige Einzelheit, daß man sie nicht gefunden hat, schwächt mich gänzlich. Infolgedessen«, sagt er, »kann ich nachts nicht schlafen und denke nur dauernd an sie. Zumal ich sie ganz überirdisch geliebt habe. Jetzt«, sagt er, »ist meine größte Sorge, sie zu finden, ihr die erkaltete Stirn zu küssen, sie in einem anständigen Grab zu beerdigen und dieses Grab jeden Samstag aufzusuchen, um geistigen Umgang mit ihr zu pflegen und jenseitige Gespräche zu führen. Meine Liebe steht mir nämlich höher als alle irdischen Beziehungen.«

So sprach er, schnippelte sich Zettel zurecht und schrieb mit großen Buchstaben darauf: Wer die Tote findet und so weiter, erhält eine hohe Belohnung von dreißig Rubel und so fort.

Diese Zettelchen pappte er überall im Dorf und in der Fischersiedlung an.

Ein Monat verging – ohne Resultat. Viele suchten mit Katzen und Hakenstangen und so weiter, fanden aber nichts.

Er, der liebe Ingenieur Gorbatow, hielt sich die ganze Zeit abseits, grüßte keinen und hatte nur die eine Sorge, zu warten, ob man seine Freundin fand.

Natürlich gibt es keinen Kummer, der sich besonders lange hält. In dieser Beziehung ist unser Organismus seltsam eingerichtet. Selbst das entsetzlichste Drama gerät viel zu schnell in Vergessenheit, und fast nichts bleibt von ihm übrig.

So daß der Kummer des Ingenieurs auch schon ein wenig erlosch. Zwar trauerte er weiter, denn er wähnte, seine große Liebe werde ewig bei ihm verbleiben.

In seinem Gram verließ er das Dorf nicht und fuhr weiterhin täglich zum Dienst, um sich von den teuren Stätten nicht trennen zu müssen.

Und dann, Anfang September, fanden Fischer die Leiche. Die Strömung hatte sie an die fünf Kilometer weit abgetrieben und ans Ufer geworfen.

Na, nun reisten zwei Fischer bei dem Ingenieur an und meldeten: Kommen Sie mal gucken, man muß sie identifizieren, und wenn es stimmt, müssen Sie blechen.

Ach, er wurde sehr nervös, bleich und hastig in seinen Bewegungen, setzte sich ins Boot und fuhr mit den Fischern los.

Ich werde die Farben nicht allzu dick auftragen und erspare mir auch die Beschreibung der psychologischen Einzelheiten, ich sage nur soviel, daß der Ingenieur Gorbatow gleich am Ufer an seine ehemalige Freundin herantrat und bei ihr stehenblieb. Ringsherum standen natürlich schweigend die Fischer und beobachteten ihn, was er wohl sagen würde, ob er sie anerkannte oder nicht, zumal es natürlich schon recht schwierig war, sie zu erkennen, denn die Zeit und das Wasser hatten ihr finsteres Werk getan. Selbst die schmutzigen Stofffetzen hatten wenig Ähnlichkeit mit etwas Anständigem oder mit dem früheren schönen Kostüm. Ganz zu schweigen von ihrem Antlitz, das von der langen Zeit gänzlich verdorben war.

Da sagte einer der Fischer, der natürlich keine Lust hatte, seine kostbare Zeit zu verschwenden, na, was ist denn nun? Ist sie's? Wenn nicht, dann laßt uns auseinandergehen, Leute, was sollen wir hier umsonst rumstehen.

Ingenieur Gorbatow beugte sich ein wenig herab, und nun verzerrte eine komplette Grimasse von Ekel und Abscheu seine Intelligenzlippen. Mit der Schuhspitze drehte er das Gesicht der Ertrunkenen herum und betrachtete sie noch einmal.

Sodann ließ er den Kopf hängen und flüsterte vor sich hin: »Ja, sie ist es.«

Wieder zog ihm der Ekel die Schulter krumm. Er wandte sich ab und ging schnell zum Boot.

Da schrien die Fischer auf ihn ein, na und, was ist mit dem Geld, er hat uns doch Geld versprochen, und jetzt will er sich drücken, noch dazu ein ehemaliger Intelligenzler und mit Schirmmütze!

Gorbatow holte natürlich wortlos Geld hervor, reichte es den Fischern und gab noch fünf Rubel drauf, damit sie die Dame irgendwie auf dem hiesigen Friedhof beerdigten.

Sodann fuhr er zurück nach Otradnoje und von da nach Leningrad.

Unlängst habe ich ihn gesehen, er ging mit einem Dämchen die Straße entlang. Führte sie am Ellbogen und redete lockend auf sie ein.

Das ist die ganze Geschichte.

Ehren wir das Andenken an die Ertrunkene und an die große überirdische Liebe des Ingenieurs zu ihr durch Erheben von den Plätzen und gehen wir zum laufenden über. Zumal die Zeit nicht so ist, daß man sich lange bei ertrunkenen Bürgerinnen aufhält und sie mit Psychologie, Physiologie und dergleichen behandelt.

Zumal wir unter dem laufenden Liebesprobleme haben, die wir noch durchackern müssen.

Lesen Sie einstweilen einen komischen, aber unbedeutenden Vorfall aus meinem Privatleben.

ILJA ILF / JEWGENI PETROW

DAS KNÖCHERNE BEIN

Riesig schwer, das Herz einer Frau zu unterwerfen.

Aber was macht man nicht alles zur Durchführung eines solchen Programms! Da nimmt man sie an der Hand und spricht mit tiefer sonorer Stimme und wendet die Augen nicht ab.

Und es hilft nichts. Nämlich, man liebt dich nicht, man glaubt nicht! Und so muß man wieder alles von vorn anfangen. Ehrenwort, eine Zuchthäuslerarbeit bei Stern und Mondenschein.

Aus Moskau kam ein junger Doktor nach Odessa, um auszuruhen.

Als sich zum erstenmal im Leben zwei freie Wochen bei ihm herausstellten, bemerkte er plötzlich, daß die Welt schön ist und daß die Bewohner ebenfalls schön sind, insbesondere deren weibliche Hälfte. Und er spürte, daß, wenn er nicht auf der Stelle entscheidende Maßnahmen ergriffe, er nie im Leben glücklich sein würde, daß er als ein stinkender Hagestolz in einem Zimmer sterben würde, wo sich unter dem Bett alte Socken und Flaschen herumtreiben.

Nach einigen Tagen erging sich der junge Mediziner mit einem Mädchen auf einer durchaus von Hügeln und Schluchten durchzogenen Gegend am Ufer des Meeres.

Mit allen Mitteln bemühte er sich zu gefallen. Natürlich sprach er mit sonorer und leidenschaftlicher Stimme, natürlich redete er allen möglichen Quatsch daher, ja er log sogar, daß er vom Kap Tscheljuskin stamme und der beste Freund Otto Juljewitsch Schmidts sei. Er trug seine Hand an, ein Zimmer in Moskau, sein Herz, eine abgeschlossene Küche und Dampfheizung. Das Mädchen überlegte und willigte ein.

Hier werden acht Seiten künstlerischer Beschreibung der Reise mit dem geliebten Wesen in der harten Bahnklasse ausgelassen. (Beiliegt nur ein Aphorismus: besser mit der Geliebten in der ungepolsterten Klasse, als allein im Internationalen Zuge.)

In Moskau jedoch kauften sie einen Fliederzweig und gingen zum

Sags (Standesamt), die Unterschrift in Sachen persönlichen Glückes zu vollziehen.

Man weiß, was ein Sags ist. Nicht sehr sauber. Nicht sehr hell. Und nicht gerade besonders lustig, dieweil Eheschließungen, Todesfälle und Geburten im gleichen Zimmer registriert werden. Als der Doktor mit seiner Doktorin, viele Lächeln verschwendend, im Sags einzog, bemerkte er alsbald an der Wand ein vorwurfsvolles Plakat:

KÜSSE VERURSACHEN INFEKTION

Außerdem hingen an der Wand noch die Adressen eines Bestattungsbüros und ein verführerisches Bild, allwo in tausendfacher Vergrößerung blasse Spirochäten, flinke Gonokokken und die Koch-Kommas dargestellt waren. Ein bezaubernder Winkel, um getraut zu werden.

In der Ecke stand in einem kleinen Zuber eine künstliche Palme, schmutzig wie ein Fußlappen. Damit wurde der Zeit ein Zoll gezahlt. Sozusagen die Begrüßung der Innungen. Über solche Sächelchen schreibt die Abendzeitung mit kaum verhüllter Begeisterung:

»Suchum in Moskau. Die Sagse werden ausgeschmückt.«

Der Beamte im Sags prüfte die Dokumente des jungen Paares und gab sie ihnen unversehens wieder zurück.

»Es ist nicht möglich, Sie zu registrieren.«

»Was heißt, nicht möglich?« Der Doktor beunruhigte sich.

»Nicht möglich, denn der Paß Ihrer Bürgerin ist in Odessa ausgestellt. Wir aber registrieren nur auf Grund von Moskauer Pässen.«

»Was soll ich da unternehmen?«

»Weiß ich nicht, Bürger. Auf Grund von Pässen aus anderen Städten registrieren wir nicht.«

»Das soll wohl heißen, daß es mir nicht erlaubt ist, ein Mädchen aus einer anderen Stadt zu lieben?«

»Schreien Sie nicht, bitte. Wenn alle schreien wollten...«

»Ich schreie nicht, doch hieraus geht hervor, daß ich nur das Recht habe, eine Moskauerin zu heiraten. Ist es denn möglich, daß es in Fragen der Liebe Gebietsbeschränkungen geben kann?«

»Mit den Fragen der Liebe befassen wir uns nicht, Bürger. Wir registrieren Eheschließungen.«

»Was geht es Sie dann aber an, wer mir gefällt? Haben Sie hier etwa eine Verteilungsstelle für Familienglück errichtet? Regulieren Sie die Bewegungen der Seelen?«

»Nicht so laut, Bürger, in bezug auf die Regulierung der Bewegung!«

»Sie zerstampfen die Blüten der Liebe!« winselte der Doktor.

»Benehmen Sie sich hier nicht wie ein Rowdy!«

»Und ich wiederhole, daß Sie sie zerstampfen!«

»Und verletzen Sie nicht die Hausordnung.«

»Ich die Ordnung verletzen? Das soll wohl heißen, daß die Liebe kein gewaltiges Gefühl mehr ist, sondern einfach eine Verletzung der Ordnung? Schon gut. Laß uns von hier fortgehen, Lusja.«

Als er wieder auf der Straße war, konnte der vom Pech verfolgte Kandidat auf den Gattenstand sich lange nicht beruhigen.

»Sind das Menschen? Ist das ein Mensch? Das ist doch rein die ›Hexe fein mit dem knöchernen Bein‹! Was werden wir jetzt bloß anfangen?«

Er regte sich so auf, daß das Mädchen Mitgefühl empfand.

»Weißt du«, sagte sie, »du liebst mich, und ich liebe dich. Du bist nicht scheinheilig, und ich bin nicht scheinheilig. Laß uns so zusammenleben.«

In der Tat, wenn man recht überlegt, kann man mit dem Liebsten auch im Zelt ein Paradies erleben.

So begannen sie »so« zu leben.

Aber das Paradies mit dem Liebsten im Zelt ist nur in dem Fall möglich, Genossen, wenn die Liebste im Zelt von der Zeltverwaltung registriert und in das Zeltbuch eingetragen ist. Im entgegengesetzten Fall sind ziemlich düstere Varianten möglich.

Die Geliebte wurde im Hause nicht registriert, dieweil sie keinen Moskauer Paß besaß. Einen Moskauer Paß aber konnte sie nur als Ehefrau des Doktors erhalten. Die Ehefrau des Doktors war sie. Das Sags jedoch konnte sie als Ehefrau nur nach Vorlage eines Moskauer Passes anerkennen. Ein Moskauer Paß aber wurde ihr nicht ausgestellt, weil sie nicht im Sags registriert war. Und in Moskau ohne Registrierung leben, ist unmöglich. Und so...

Und auf diese Weise verwandelte sich das Paradies im Zelt schon am anderen Tage in eine Hölle. Lusja weinte und erzitterte bei jedem Pochen an die Tür – es könnten am Ende zottige Hausmeister erscheinen und sie ersuchen, das Zelt zu verlassen. Der Doktor ging schon nicht mehr in sein Ambulatorium. Der beste Freund Otto Juljewitsch Schmidts stellte nunmehr ein klägliches Schaubild vor. Er war unrasiert. Seine Augen flimmerten wie die eines Hundes. Oh, wo warst du geblieben, warme Nacht am Schwarzen Meer, du riesiger Mond und das erste Glück?!

Endlich packte er Lusja an der Hand und brachte sie zur Polizei.

»Da«, sagte er, und wies mit dem Finger auf seine Frau.

»Was da?« fragte ihn der Schriftführer, während er auf seinem Kopf einen Filzhelm zurechtrückte.

»Das geliebte Wesen.«

»Na, und?«

»Ich vergöttere dieses Wesen und bitte darum, es in meiner Wohnfläche zu registrieren.«

Es erfolgte eine herbe Szene. Sie fügte dem, was uns schon bekannt ist, nichts hinzu.

»Was denn für Beweise brauchen Sie noch?« sagte der Doktor herzzerreißend. »Also, ich liebe sie sehr, Ehrenwort, ich kann nicht ohne sie leben. Und ich könnte ihr einen Kuß geben, wenn Sie wünschen.«

Die schmeichlerischen Augen nicht vom Schriftführer wendend, küßten sich die jungen Leute mit bebenden Lippen. In der Polizei wurde es still. Der Schriftführer wandte sich verlegen ab und sagte:

»Wie aber, wenn es sich bei Ihnen um eine fiktive Ehe handelt? Nämlich, daß die Bürgerin sich einfach in Moskau niederlassen will.«

»Und wie, wenn es nicht fiktiv ist?« stöhnte der ›glückliche‹ Gatte. »Daran haben Sie wohl nicht gedacht? Wenn ein Glas zerbrochen wird, ziehen Sie eine Strafe dafür ein, wen aber soll ich dafür strafen, daß mein Leben zerbrochen wird?«

Alles in allem, der Doktor schlug eine hohe Note an und hielt sie so lange durch, bis sich herausstellte, daß das Glück immerhin noch möglich sei und daß es einen Ausweg gebe. Es war dazu nötig, sich an den Aufenthaltsort der Geliebten zu begeben, aufs neue nach

Odessa, die Kleinigkeit von eintausendvierhundertzwölf Kilometern, nicht mehr, und dann würde sich alles finden. Mit einem Moskauer Paß würde das Sags in Odessa die Triebe des Doktors registrieren, und die verbrecherische Liebe würde endlich gesetzliche Umrisse annehmen. Alsdann, Liebe verlangt immer Opfer. Man mußte sich zu Opfern entschließen – das Geld für Fahrkarten leihen und einen Ergänzungsurlaub zur Erledigung häuslicher Angelegenheiten erbitten.

Indes der Doktor wußte das Allerschrecklichste noch nicht – er wußte nicht, daß das knöcherne Bein nicht nur im Sags säße, daß das knöcherne Bein ihn bereits auf dem Bahnhof erwartete.

Hier werden sechzehn Seiten dramatischer Schilderungen ausgelassen, wie die jungen Ehegatten zu spät zum Zuge kamen. Was ist da eigentlich zu beschreiben? Es ist allen bekannt, daß in Moskau nichts leichter ist, als irgendwohin zu spät zu kommen.

Der Doktor installierte seine unglückselige Lusja auf einem Koffer und lief dann, die Fahrkarten umschreiben zu lassen. Dieses Abenteuer gelang ihm nicht. Das NKPS wahrte argwöhnisch die Interessen der Eisenbahn und hatte die Umdatierung von Fahrkarten abgestellt.

»Was soll jetzt werden?« ächzte der Doktor.

»Ihre Fahrkarten sind verfallen«, teilte das knöcherne Bein mit. »So lautet die Vorschrift. Wenn Sie zu spät zum Zuge kommen, bedeutet das, verfallen.«

»Ja, sind wir denn etwa absichtlich zu spät gekommen?«

»Wer will das wissen? Das ist nicht unsere Sache, ob absichtlich oder unabsichtlich.«

»Aber die Fahrkarten sind doch stets umdatiert worden, seit es Eisenbahnen gibt.«

»Jetzt aber gibt es andere Vorschriften, Bürger.«

»Schließlich und endlich, ich habe kein Geld mehr. Jetzt kann ich nicht mehr reisen.«

Das knöcherne Bein schwieg dazu korrekt.

Und so schleppte sich der Mann, der so boshaft die geruhsame Arbeit einer Reihe ehrsamer Institutionen störte, schwankend zurück und setzte sich in schweren Gedanken neben seine Lusja. In seinem Geist überdachte er alles, was er unternommen hatte.

»Was habe ich denn Schlimmes angestellt? Je nun, ich bin in Urlaub gefahren, nun, und da bin ich einem hübschen Mädchen begegnet, nun, und die habe ich von ganzer Seele liebgewonnen, nun, und da wollten wir heiraten. Und, verstehen Sie, es klappt nicht. Die Vorschriften verhindern es.«

Wenn eine Vorschrift erlassen wird, durch die das Leben von Sowjetmenschen unmöglich wird, eine sinnlose Vorschrift, die nur auf dem Kanzleitisch neben dem Tintenfaß und nicht im Beisein von lebendigen Menschen nützlich und wichtig ausschaut, braucht man nicht lange zu zweifeln, daß diese das knöcherne Bein erlassen hat, ein Mensch, der sich das Leben nur in *einer* Dimension vorstellt, der weder seine Tiefe noch seinen Umfang kennt.

Wenn hinter der institutionellen Barriere ein Mann sitzt, der eine dumme und schädliche Vorschrift ausführt, und wenn er, dieses wissend, sich damit rechtfertigt, daß er ja nur ein kleines Würstchen sei, dann ist auch dieser ein knöchernes Bein. Es gibt bei uns keine kleinen Würstchen, und es kann sie nicht geben. Wenn so einer sieht, daß die Vorschrift zu Unmöglichkeiten und Bitternissen führt, muß er als erstes selber die Frage aufwerfen, damit diese Vorschrift abgeändert, durchgesehen und verbessert werde.

Und was geschah mit unserem Doktor? Wohin geriet der liebe, der ehrenhafte Doktor? Wer will das wissen! Wahrscheinlich läuft er immer noch wegen irgendwelcher Bescheinigungen zum knöchernen Bein, um seine sich immer weiter hinziehende Eheschließung endlich zu realisieren. Aber vielleicht läuft er schon nicht mehr herum, er ist erschöpft und läßt alles grade sein. Auch die Liebe ist nicht unendlich. Und es könnte sein, daß die treue Lusja mit irgendeinem Einkaufsbevollmächtigten nach Sysran oder Aktjubinsk durchgegangen ist, wo es leichter ist, die Ehe zu schließen

Auf jeden Fall, der Fehler wurde von unserem Doktor gleich zu Beginn gemacht.

Denn ehe er der Liebsten zuflüstern durfte: »Ich liebe Sie«, hätte er ihr exemplarisch und trocken sagen sollen: »Weisen Sie mir Ihre Papiere vor, Bürgerin!«

JURI OLESCHA

ALDEBARAN

Eine kleine Gesellschaft saß auf der Bank: ein junges Mädchen, ein junger Mann und ein gewisser gelehrter alter Mann. Es war ein Sommermorgen. Über ihnen ragte ein gewaltiger Baum mit einer Höhlung. Aus der Höhlung wehte leichter Moderduft. Der alte Mann erinnerte sich an kindische Expeditionen in den Keller.

Der junge Mann sagte:

»Ich bin heute den ganzen Tag frei.«

»Ich auch«, sagte der gelehrte alte Mann.

Der junge Mann arbeitete als Maschinist auf einer Straßenwalze ›Buffalo‹. Er walzte die Asphaltstraßen glatt. Er war ein Lette und hieß Zwibol. Sascha Zwibol.

Ein Zigeunermädchen trat heran, klein wie eine Rute.

Sie bot Lilien an.

»Scher dich«, sagte der gelehrte alte Mann.

Sascha Zwibol empörte sich.

»Soso«, der alte Mann wunderte sich, »sowas kann Sie rühren? Sonderbar aus dem Munde eines Komsomolzen eine Verteidigung der Landstreicherei zu vernehmen.«

»Sie ist doch ein Kind!« sagte der junge Mann.

»Ein Kind? Sagen Sie bitte: Folglich ist der Sozialismus wohl das christliche Paradies für Kinder und Arme?«

Der alte Mann sprach tönend, er hatte einen Tenor. Unter anderem war er ein schöner und durchaus gesunder alter Mann, einer von jenen alten Männern, welche rauchen und trinken, keine Diät einhalten, auf der linken Seite schlafen und von sich selber zu sagen pflegen: »Oho!«

Er hieß Bogemskij. Er arbeitete an der Zusammenstellung der großen Sowjetenzyklopädie mit.

Er hatte sich in das junge Mädchen verliebt. Sie saß neben ihm. Sie

legte die Hand auf das Knie des jungen Mannes. Da fragte der alte
Mann:

»Sollte ich vielleicht hier überflüssig sein?«

Der Junge seufzte und nahm die Mütze ab. Sein runder Rotarmi-
stenkopf war kurz geschoren. Er war blond. Sein Kopf glänzte wie
Bouillon. Er kratzte sich den Scheitel.

Der alte Mann stand auf und warf den Zigarettenstummel in das
Astloch.

»Sascha und ich werden zum Fluß fahren«, sagte das junge Mädchen.

Stillschweigend wurde der alte Mann zum Fluß nicht miteingela-
den.

»Bringen Sie uns doch zum Autobus«, sagte das Mädchen. Sie
gingen. Sie stets einen Schritt vor den anderen.

Bogemskij betrachtete ihren Rücken und dachte:

›Nein, das ist nicht Liebe. Das ist sinnliche Gier. Feige, greisenhafte
Sinnlichkeit. Ich will dich auffressen. Hörst du? Ich würde dich auffressen, mit dem Rücken beginnend, mit den Stellen unter den Schul-
terblättern.‹

»Wie hübsch sie ist!« sagte Zwibol.

Diese begeisterten Worte sprach er mit seinem Akzent. Und es
klang männlich. Der alte Mann wurde neidisch.

»Katja, Ihr Geliebter sieht einem Römer ähnlich!« rief er dem
Mädchen zu.

»Ich stamme aus Riga«, sagte Zwibol.

»Na und? Immer der gleiche Stil. Krieger. Der Templerorden.«

»Gibt es nicht mehr«, sagte Katja über die Schulter zurück.

»Heißt jetzt Rayon Frunse.«

Sie näherten sich der Haltestelle.

»Und wenn es plötzlich regnen sollte?« meinte Bogemskij.

»Wird nicht regnen«, sagte Zwibol.

Sie richteten die Köpfe empor. Der Himmel war rein. Blauer Himmel.

»Der Regen ist der Feind der Verliebten«, sagte der alte Mann, »er
treibt sie aus den Gärten hinaus. Der böse Wächter der Moral.«

Der Autobus fuhr heran.

Sie hatten keine Zeit, dem gelehrten alten Mann »Auf Wiedersehen« zu sagen.

Er blickte Katja nach, die auf dem Trittbrett fortgetragen wurde.
Sie trat durch die Tür. Vom Wind der Bewegung aufgeweht, bekam
sie Ähnlichkeit mit einer Hyazinthe.

Bogemskij schritt in unbestimmter Richtung.

Er war groß und schlank. Er schritt wie ein Jüngling. Um ihn flatterte eine schwarze Pelerine. Auf den grauen Locken lag ein schwarzer Hut. Er gehört zu jenen Fußgängern, welche von den Hunden
gefürchtet werden. So einer marschiert. Der Hund, der entgegenläuft,
bleibt plötzlich stehen, schaut einen Augenblick auf den Gehenden
und läuft auf die andere Seite. Dort läuft er dicht an der Wand hin,
bleibt stehen, wenn der Fußgänger schon lang weitergekommen ist,
und schaut dem Fußgänger nach.

Bogemskij ging und dachte über das junge Mädchen nach. Ein erst-
klassiges Mädchen. Ein erstklassiges Mädchen und kennt den eigenen
Wert nicht. Unter anderen objektiven Voraussetzungen könnte so eine
Geschichte machen. Er begann über das Jahrhundert des erleuchte-
ten Absolutismus nachzudenken. Die Herzogin Dubarry. Die Salons.
Und manches dergleichen. Das Directoire. Barras. Napoleons Aufstieg.
Madame Récamier. Die Frauen sprachen lateinisch. Spiel des Verstan-
des. Fäden der Politik in kleiner Hand. George Sand. Chopin. Ida
Rubinstein.

Sascha Zwibol.

›Ein Soldat‹, dachte Bogemskij. ›Don José. Eine traurige Geschichte. Ein junger Kommunist verliebt sich in Carmen. Sascha
Zwibol, ein vertrauensseliger Hirt, hat angebissen. Interessant. Er
ist von ihr erschüttert. Wie könnte es auch anders sein! Selber ahnt
er nicht, worin ihre Kraft besteht. Er ist so einer, der auf dem Jahr-
markt Maulaffen feilhält, der nach den elektrisch geladenen Spulen
greift und sich dann krümmt und wenn er sich krümmt, nicht versteht, warum er sich krümmt. Ein Kommunist. Lachhaft. Eine Kom-
somolzin. Lachhaft. Ich lebe auf der Welt schon sehr viele Jahre. Ich
weiß noch, wie man in Paris einmal Can-Can tanzte. Ich weiß alles,

habe alles gesehen, habe alles überdacht. Ich bin sehr alt, Katjenka. Ich bin die Affäre Dreyfus, ich die Königin Victoria, ich die Eröffnung des Suezkanals. Zwibol, der Sie liebt, der sagt Ihnen viele prächtige Dinge über Aufbau, über Sozialismus, über Wissenschaft, über Technik, die den Menschen verändert. Ach, Katjuscha, Ihr junger Geliebter spricht Ihnen von Klassenkampf... Lachhaft. Er kann leicht über alles Beliebige sprechen, wenn Sie ihm zulächeln. Ich aber, der ich zweimal älter bin als das Moskauer Künstlerische Theater und den Sie nicht anlächeln, spreche weise zu Ihnen und paraphrasiere den Poeten: alle Klassen gehorchen der Liebe...‹

In der gleichen Zeit aber entkleiden die sich in irgendeiner geheizten Kammer auf Pfählen. Unter den Pfählen ruht das regungslose basaltene Wasser. Sie lärmen. Dort sind Lärm und Rufe, das Klatschen nackter Körper in dem hölzernen Raum, wo sich die jungen Leute entkleiden. Durch die kleinen Fenster sieht man Fluß, Geländer, Fähnchen, Boote. Segel flackern auf dem Fluß auf. Sie treten aus dem hölzernen Gemach und gehen über brennende Bretter. Irgendwo spielt ein Orchester. Es erschüttert die Luft. Durch diese Erschütterung bebt die ganze hölzerne Zurüstung. Von den Brettern fliegen Späne. Ach, ist es nicht überhaupt der schönste Anblick im menschlichen Leben, eine Flagge, die durch das Blau des Sommerhimmels fliegt, wenn fern ein Militärorchester spielt!

Er kam nach Hause und legte sich.

Er gab sich dem Spiel seiner Phantasie hin.

›Solche Frauen muß man töten.‹

›Paris! Paris!‹ Er stellte sich eine schreckliche Szene vor. Das, was es nicht gab. Ein Drama. Das Ende des Dramas. Den Ausgang der Ereignisse, das seiner Ansicht nach zwangsläufige Resultat der Schönheit Katjas.

Mord.

Sie rast durchs Zimmer. Stühle fallen. Mit wildem Funkeln öffnet sich ein Spiegelschrank. Jener aber, der sie verfolgt, ist er selber, der alte Mann, dessen Verstand von Leidenschaft getrübt ist – er schießt in den Spiegel. Sechs Schüsse. Splitter. Stille. Er steht in der Mitte des Zimmers, die Hand an die Stirn gepreßt. Rosige Tapeten. Staubkörner wirbeln in der Sonnensäule. Und die Nachbarn treten ein. Sie sehen den alten Mann mit dem grauen Haar. Edelgestirnt, strahlend, ein alter Mann, der Turgenjew ähnlich sieht.

Welch ein Jahrhundert? In welchen Jahren? Wo geschieht das? Als ob das nicht ganz leicht ist! Liebe und Tod. Die ewigen Gesetze des Geschlechts.

Der Schrank öffnet sich. Der Körper fällt seitwärts heraus und schlägt dann mit dem Kopf aufs Parkett.

»Laßt mich!« schreit der alte Mann und stürzt zum Körper. Er heult, er stößt ein Brüllen aus, ein tiefes »do« nicht gestillter Leidenschaft. Er bettet sein Haupt zwischen die auseinandergleitenden Brüste des Mädchens. Seine Augen richten sich auf die ihn Umringenden, und er spricht:

»Wie rein ist es hier bei ihr und wie kühl an diesem warmen Tage.«

Am späten Abend spricht er mit ihr durchs Telephon.

»Katja«, sagt er, »ich liebe Sie. Komisch, was? Hören Sie mich? Ich frage Sie: die Liebe eines alten Mannes, finden Sie das komisch? Ich bitte nicht um viel, wenn Sie ein Sturm sind, dann träume ich nur von einem Tropfen... Sehr schwierig, sich am Telephon bildhaft auszudrücken. Hören Sie mich? Sie verbringen jeden Tag mit Zwibol. Am Abend scheinen die Sterne. Sie sitzen mit Zwibol unter den Sternen. Ja ja, ich habe es gesehen. Liebe, Sterne... ich verstehe schon. Aber kennt Zwibol die wunderschönen Namen der Sterne? Wega, Beteigeuze, Arkturus, Antares, Aldebaran? Was finden Sie dabei komisch? Den Aldebaran? Wie? Ich träume schon seit einem ganzen Monat davon, mit Ihnen ins Kino zu gehen. Aber das Wetter will mir nicht wohl. An einem Sommerabend ziehen Sie die Sterne vor. Wie? Aber das Wetter kann sich verschlechtern. Die Technik versteht noch nicht, das Wetter zu regieren. Schenken Sie Zwibol die Bläue, den Fluß, die Sterne und lassen Sie mir den Regen. Gut so? Katja, ich spreche aus einem Automaten. Man hetzt mich. Man klopft ans Glas, man macht schmutzige Witze über mich. Somit bitte ich Sie um folgendes... Hören Sie mich? Wenn morgen das Wetter sich verschlechtern sollte und wenn es regnen sollte – sind Sie einverstanden, mit mir ins Kino zu gehen? Wenn keine Sterne da sein werden?«

»Schon gut. Wenn keine Sterne da sein werden.«

Der Morgen war rein und wolkenlos.

Bogemskij stand in einer Durchfahrt, wo drei der Buffalomaschinen arbeiteten. Auf einer von ihnen saß Zwibol in einem blauen, schwarzgewordenen, ärmellosen Trikothemd.

»Warm!« rief Bogemskij.

»Warm!« entgegnete Zwibol.

Ohne das Steuer aus der Hand zu lassen, wischte er mit der nackten Schulter den Schweiß von der Schläfe. Es war sehr warm. Es war überhaupt eine Hölle. Die Hitze frischen Teers, der Glanz der Metallteile und der Lärm des Radios.

Auf dem Trottoir standen Gaffer.

»Warm!« Bogemskij rief es noch einmal.

»Warm«, Zwibol antwortete noch einmal.

In einer Pause trat Zwibol zu Bogemskij, um eine Zigarette zu rauchen.

»Was haben Sie gestern abend gemacht?« fragte Bogemskij.

»Spazierengegangen.«

»Mit Katja?«

»Ja.«

»Wo?«

»Überall.«

»War es ein schöner Abend?«

»Ja.«

»Sterne?«

»Ja.«

»Und heute?«

»Werden wir ebenfalls spazierengehen.«

Das Radio mischt sich ein.

RADIO: Reichliche Regenfälle im zentralen Schwarzerdegebiet.

BOGEMSKIJ: Hören Sie?

ZWIBOL: Gut, daß es reichliche sind.

RADIO: Die meteorologischen Berichte geben Grund zur Annahme, daß weitere Niederschläge im Moskauer Rayon in den nächsten Tagen zu erwarten sind.

BOGEMSKIJ: Hören Sie?

ZWIBOL: Gut, daß es schon in den nächsten Tagen sein wird.

Pause.

BOGEMSKIJ: Vielleicht, daß es schon heute regnen wird.

ZWIBOL: Vielleicht wird es regnen.

BOGEMSKIJ: Und dann werden keine Sterne da sein.

ZWIBOL: Und Sie werden mit Katja ins Kino gehen.

BOGEMSKIJ: Und Sie sind einverstanden, mir einen Abend mit dem Mädchen, das Sie lieben, abzutreten, nur damit es regnen würde?

ZWIBOL: Ja.

Pause.

BOGEMSKIJ: Regen, den die Republik braucht und den ihre Liebe nicht braucht.

ZWIBOL: Ja. Regen, den die Republik braucht.

BOGEMSKIJ: Bravo! Ihre Hand! Ich beginne jetzt zu begreifen, was Klasseneinstellung zur Wirklichkeit bedeutet.

Und in der Tat, eine Wolke zog auf.

Zuerst war nur ihre Stirn da. Eine breite Stirn.

Dies war eine großstirnige Wolke. Sie krabbelte von irgendwo unten herauf. Wie ein schwerfälliger Mensch, der stirnrunzelnd schaut. Er streckte riesige Pfoten hervor, die eine von ihnen legte er auf den Alexanderbahnhof, dann zögerte er: und hierauf drehte er, halb über die Stadt hingestreckt, sich auf den Rücken, blickte über die Schulter und begann sich auf den Rücken zu wälzen.

Der Platzregen dauerte zwei Stunden.

Dann gab es einen nicht gelungenen Durchblick.

Hierauf gemäßigten Regen.

Der Abend brach an.

Es waren keine Sterne da.

Bald regnete es, bald nicht.

Bogemskij kaufte zwei Eintrittskarten für die vorletzte Vorstellung und begann auf Katja am Gogol-Denkmal zu warten, wie es verabredet war.

Sie kam nicht. Er wartete eine Stunde und noch eine Viertelstunde. Und dann noch eine Viertelstunde. Die Pfützen glitzerten. Es roch nach Gemüse. Durch ein offenes Fenster hörte man Gitarre spielen. Wetterleuchten flammte auf.

Er kam in die Quergasse, er näherte sich dem gewissen Hause. Hier wohnte Katja. Mit der Sohle stieß er das Pförtchen auf. Er ging über den Hof und ließ im weichen Kehricht Spuren zurück, tief wie Galoschen. Er umschritt den Flügel und sah ein dunkles Fenster. Nicht zu Hause.

Er ging in die Querstraße hinaus und schritt auf und ab. Er machte halt und stand, in seine Pelerine gehüllt, schwarz und wie eine Pyramide da, das Licht aus den Fenstern lag auf ihm, wie eine Abbildung.

Sie kamen um die Ecke. Katja und Zwibol. Sie schritten umarmt wie zwei Grenadiere.

Er wuchs vor ihnen auf. Sie trennten sich.

»Katja, Sie haben mich betrogen«, sagte Bogemskij.

»Nein«, entgegnete Katja.

»Es regnet«, sagte Bogemskij.

»Es regnet«, sie stimmte zu.

»Es waren keine Sterne da«, sagte er.

»Es waren Sterne da.«

»Das ist nicht wahr. Kein einziger Stern.«

»Wir haben Sterne gesehen.«

»Welche?«

»Alle.«

»Den Arkturus«, sagte Zwibol.

»Beteigeuze«, sagte Katja.

»Antares«, sagte Zwibol.

»Aldebaran«, sagte Katja und mußte lachen.

»Nicht genug damit«, sagte Zwibol, »wir haben auch die Sterne des Südhimmels gesehen. Das geht noch über den Aldebaran. Wir haben das Kreuz des Südens gesehen ...«

»Und die Wolken des Magalhães«, Katja unterstützte ihn.

»Ungeachtet des Regens«, sagte Zwibol.

»Verstehe«, murrte Bogemskij.

»Wir waren im Planetarium«, sagte Zwibol.

»Die Technik«, Katja seufzte.

»Und es fiel der Regen, den die Republik braucht«, sagte Zwibol.

»Und den auch wir brauchen«, endete Katja.

»Und es schienen die Sterne, die wir brauchen«, sagte Zwibol.

»Und die die Republik braucht«, sagte Katja.

VLADIMIR NABOKOV

ZEICHEN UND SYMBOLE

I

Zum viertenmal in ebenso vielen Jahren standen sie vor dem Problem, was sie einem jungen Mann, dessen Geist unheilbar verwirrt war, zum Geburtstag schenken sollten. Er hatte keine Wünsche. Von Menschenhand geschaffene Gegenstände waren für ihn entweder Bienenstöcke des Bösen, vibrierend von einer gehässigen, nur ihm wahrnehmbaren Geschäftigkeit, oder plumpe Annehmlichkeiten, für die er in seiner abstrakten Welt keine Verwendung wußte. Nachdem sie eine Anzahl von Gegenständen ausgeschlossen hatten, die ihn kränken oder erschrecken konnten (alle technischen Geräte zum Beispiel waren tabu), wählten seine Eltern eine hübsche und harmlose Kleinigkeit: ein Körbchen mit zehn verschiedenen Fruchtgelees in zehn kleinen Gläsern.

Als er geboren wurde, waren sie schon lange Zeit verheiratet; zwei Jahrzehnte verstrichen, und nun waren sie ziemlich alt. Ihr stumpfes graues Haar war nachlässig frisiert. Sie trug billige schwarze Kleider. Im Gegensatz zu anderen Frauen ihres Alters (wie etwa Mrs. Sol von nebenan, deren Gesicht von Schminke ganz rosig und mauve und deren Hut ein Büschel Wiesenblümchen war) bot sie dem kritischen Licht der Frühlingstage ein nacktes weißes Angesicht. Ihr Mann, in der alten Heimat ein einigermaßen erfolgreicher Geschäftsmann, war nun ganz von seinem Bruder Isaac abhängig, einem echten Amerikaner, der schon fast vierzig Jahre hier drüben war. Sie sahen ihn selten und hatten ihm den Spitznamen »der Fürst« gegeben.

An diesem Freitag schlug alles fehl. Der Untergrundbahn ging zwischen zwei Stationen der Lebensstrom aus, und eine Viertelstunde lang hörte man nur das pflichtgetreue Schlagen des eigenen Herzens und das Rascheln von Zeitungen. Der Bus, mit dem sie anschließend fahren mußten, ließ eine Ewigkeit auf sich warten; und als er endlich kam, war er mit laut schnatternden Schulkindern vollgestopft. Es goß in Strömen, als sie den braunen Pfad zum Sanatorium hinaufgingen. Dort warteten sie wieder; und statt ihres Jungen, der gewöhnlich ins Zimmer geschlurft kam (das arme Gesicht voller Pusteln, schlecht rasiert, mürrisch und verwirrt), erschien endlich eine Krankenschwester, die sie kannten, aber nicht besonders mochten, und erklärte unbekümmert, daß er wieder versucht habe, sich das Leben zu nehmen. Es ginge ihm ganz gut, sagte sie, aber ein Besuch könnte ihn aufregen. Das Haus war so unzulänglich mit Personal versehen, und Gegenstände wurden so leicht verlegt oder verwechselt, daß sie beschlossen, ihr Geburtstagsgeschenk nicht im Büro zu hinterlassen, sondern es ihm besser das nächste Mal mitzubringen.

Sie wartete, bis ihr Mann den Schirm aufgespannt hatte, und nahm dann seinen Arm. Er räusperte sich ständig auf eine besonders geräuschvolle Weise, wie immer, wenn er erregt war. Sie erreichten das Wartehäuschen der Bushaltestelle auf der anderen Straßenseite, und er schloß den Regenschirm. Ein paar Meter weiter, unter einem windgeschüttelten, tropfenden Baum, zuckte ein winziger, halbtoter, noch nicht flügger Vogel hilflos in einer Pfütze.

Während der langen Fahrt zur U-Bahnstation wechselten sie und ihr Mann kein Wort; und jedesmal, wenn sie einen Blick auf seine alten Hände warf (geschwollene Adern, braunfleckige Haut), die zuckend den Griff des Schirmes umschlossen hielten, fühlte sie den Druck aufsteigender Tränen. Als sie um sich blickte und versuchte, ihre Gedanken an irgendeinen Gegenstand zu heften, nahm sie mit leichter Erschütterung – einer Mischung von Mitleid und Verwunderung – wahr, daß eine der Mitfahrenden, ein Mädchen mit dunklem Haar und ungepflegten roten Zehennägeln, an der Schulter einer älteren Frau weinte. Wem sah diese Frau bloß ähnlich? Sie ähnelte Rebecca Borisowna, deren Tochter einen Solowejtschik geheiratet hatte – in Minsk, viele Jahre war es her.

Als er es das letzte Mal versucht hatte, war sein Verfahren nach den Worten des Arztes ein erfinderisches Meisterstück gewesen; es wäre ihm gelungen, hätte nicht ein neidischer Mitpatient geglaubt, er wolle fliegen lernen, und ihn zurückgehalten. In Wirklichkeit hatte er versucht, ein Loch in seine Welt zu reißen und zu entkommen.

Das System seiner Wahnvorstellungen war Gegenstand einer umständlichen Abhandlung in einer wissenschaftlichen Monatsschrift, aber sie und ihr Mann hatten es sich schon lange vorher selber zusammengereimt. »Beziehungswahn« hatte Hermann Brink es genannt. In diesen sehr seltenen Fällen bildet sich der Patient ein, alles, was um ihn her geschieht, stehe in verschleierter Beziehung zu seiner Person und seiner Existenz. Wirkliche, lebende Personen schließt er von der Verschwörung aus, weil er sich für soviel intelligenter hält als andere. Die Welt der Naturerscheinungen beschattet ihn, wohin er auch geht. Die Wolken am starrenden Himmel übermitteln einander durch langsame Zeichen unglaublich genaue Auskünfte über ihn. Seine geheimsten Gedanken werden bei Einbruch der Nacht von dunkel gestikulierenden Bäumen in ihrem Fingeralphabet diskutiert. Kiesel oder Flecken oder Sonnenkringel bilden Muster, die auf furchterregende Weise Mitteilungen darstellen, und er muß sie abfangen. Alles ist Chiffre, und er ist der Gegenstand von allem. Einige der Spione sind kühle Beobachter, wie etwa Glasflächen und stille Teiche; andere, zum Beispiel Mäntel in Schaufenstern, sind voreingenommene Zeugen, im Herzen Lynchmörder; andere wieder (fließendes Wasser, Stürme) sind hysterisch bis zum Wahnsinn, haben eine verzerrte Vorstellung von ihm und mißdeuten seine Handlungen auf groteske Weise. Er muß ständig auf der Hut sein und jede Minute und jeden Modul seines Lebens dazu benutzen, die Schwingungen der Dinge zu entziffern. Sogar die Luft, die er ausatmet, wird klassifiziert und zu den Akten gelegt. Wenn das Interesse, das er erregt, doch wenigstens auf seine nächste Umgebung beschränkt bliebe – aber ach, das bleibt es nicht! Mit der Entfernung nehmen die Sturzbäche übler Nachrede an Lautstärke und Geschwätzigkeit zu. Die Silhouetten seiner Blutkörperchen flitzen, millionenfach vergrößert, über unermeßliche Ebenen; und in noch größerer Ferne fassen riesige Berge von unerträglicher Massivität und Höhe die letzte Wahrheit seines Seins in Gestalt von Granit und ächzenden Tannen zusammen.

2

Als sie aus dem Donner und der verdorbenen Luft der Untergrundbahn wieder auftauchten, mischten sich letzte Reste von Tageslicht
mit den Straßenlichtern. Sie wollte noch etwas Fisch zum Abendessen
kaufen, darum gab sie ihm das Körbchen mit den Geleegläsern und
sagte ihm, er solle heimgehen. Er stieg bis in den dritten Stock hinauf,
und dann fiel ihm ein, daß er ihr im Laufe des Tages die Schlüssel
gegeben hatte.

Schweigend setzte er sich auf die Stufe, und schweigend stand er
wieder auf, als sie zehn Minuten später kam, sich mühsam die Treppe
heraufschleppte, schwach lächelte und über ihre eigene Dummheit
mißbilligend den Kopf schüttelte. Sie betraten ihre Zweizimmerwoh-
nung, und er ging sofort zum Spiegel. Mit den Daumen zog er die
Mundwinkel auseinander, nahm mit einer schrecklichen, maskenarti-
gen Grimasse sein neues, hoffnungslos unbequemes Gebiß heraus
und entfernte die langen Speichelfäden, die ihn damit verbanden.
Er las seine russische Zeitung, während sie den Tisch deckte. Noch
immer lesend, aß er die faden Lebensmittel, zu denen er keine Zähne
brauchte. Sie kannte seine Launen und schwieg wie er.

Als er zu Bett gegangen war, blieb sie noch im Wohnzimmer sitzen,
mit ihrem Stoß schmutziger Karten und ihren alten Alben. Auf der
anderen Seite des engen Hofes, wo der Regen im Dunkel auf ein paar
zerbeulte Mülltonnen prasselte, waren die Fenster mild erleuchtet,
und durch eines von ihnen konnte man einen Mann in schwarzen
Hosen mit erhobenen nackten Ellbogen ausgestreckt auf einem zer-
wühlten Bett liegen sehen. Sie zog das Rollo herunter und betrachtete
die Fotografien. Als Säugling sah er erstaunter aus als andere Säug-
linge. Aus den Seiten des Albums fiel ein deutsches Dienstmädchen,
das sie in Leipzig gehabt hatten, und ihr fettgesichtiger Verlobter.
Minsk, die Revolution, Leipzig, Berlin, Leipzig, die schiefe, sehr un-
scharfe Vorderansicht eines Hauses. Vier Jahre alt, in einem Park:
schwermütig, scheu, mit gerunzelter Stirn, den Blick von einem mun-
teren Eichhörnchen abwendend, wie er ihn von jedem Fremden ab-

wandte. Tante Rosa, eine umständliche, ungelenke, wild dreinblik-
kende alte Dame, die in einer angsterfüllten Welt voller schlechter
Nachrichten, Bankrotte, Zugunglücke und Krebsgeschwüre gelebt
hatte – bis die Deutschen sie ums Leben brachten, zusammen mit
all den Menschen, um die sie sich gesorgt hatte. Sechs Jahre – das
war die Zeit, als er wundersame Vögel zeichnete, mit menschlichen
Händen und Füßen, und in der er an Schlaflosigkeit litt wie ein
erwachsener Mann. Sein Vetter, heute ein berühmter Schachspie-
ler. Und wieder er, etwa acht Jahre alt, schon schwer zu verstehen,
voller Angst vor der Tapete im Flur, voller Angst vor einem bestimmten Bild in einem Buch, das einfach eine idyllische Landschaft darstellte, mit Felsblöcken an einem Berghang und einem alten Wa-
genrad, das am Ast eines kahlen Baumes hing. Zehn Jahre alt: das
Jahr, in dem sie Europa verließen. Die Scham, das Mitleid, die demü-
tigenden Schwierigkeiten, die häßlichen, gemeinen, zurückgebliebe-
nen Kinder, mit denen er in dieser Hilfsschule war. Und dann kam
eine Zeit in seinem Leben, die mit einer langen Rekonvaleszenz nach
einer Lungenentzündung zusammenfiel, als diese kleinen Phobien,
die seine Eltern starrsinnig als Exzentrizitäten eines außerordentlich
begabten Kindes angesehen hatten, sich zu einem undurchdringlichen Gewirr von logisch aufeinander einwirkenden Wahnvorstellungen verdichteten, die ihn dem normalen Verstand völlig unzugänglich
machten.

Dies und noch viel mehr nahm sie hin – denn schließlich bedeutete
Leben, eine Freude nach der anderen zu verlieren, nicht einmal Freuden in ihrem Fall – sondern bloße Möglichkeiten einer Besserung. Sie
dachte an die endlosen Wogen des Schmerzes, die ihr Mann und sie
aus welchem Grund auch immer ertragen mußten; an die unsichtbaren Riesen, die ihren Jungen so unvorstellbar quälten; an das unab-
schätzbare Maß von Zärtlichkeit, das in der Welt enthalten ist; an das
Schicksal dieser Zärtlichkeit, die entweder zerdrückt oder verschwen-
det oder in Wahnsinn verwandelt wird; an vernachlässigte Kinder, die
in schmutzigen Winkeln vor sich hinsummen; an schöne wilde Pflanzen, die sich vor dem Bauern nicht verstecken können und hilflos
zusehen müssen, wie sein Schatten, affenartig vornübergebeugt, ver-

stümmelte Blumen in den Fußstapfen zurückläßt, da die ungeheuerliche Dunkelheit naht.

3

Es war Mitternacht vorbei, als sie vom Wohnzimmer aus ihren Mann
stöhnen hörte; schon taumelte er herein, über dem Nachthemd den
alten Mantel mit dem Astrachankragen, den er seinem schönen blau-
en Bademantel bei weitem vorzog.

»Ich kann nicht schlafen«, klagte er.

»Warum?« fragte sie. »Warum kannst du nicht schlafen? Du warst
so müde.«

»Ich kann nicht schlafen, weil ich sterbe«, sagte er und legte sich auf
die Couch.

»Ist es dein Magen? Soll ich Dr. Solov anrufen?«

»Keine Ärzte, keine Ärzte«, stöhnte er. »Zum Teufel mit den Ärzten! Wir müssen ihn da schleunigst herausholen. Sonst haben wir die
Verantwortung. Die Verantwortung!« wiederholte er, setzte sich mit
einem Ruck auf, beide Füße auf dem Boden, und schlug sich mit der
geballten Faust an die Stirn.

»Schon gut«, sagte sie ruhig, »wir werden ihn morgen früh nach
Hause holen.«

»Ich möchte einen Tee«, sagte ihr Mann und zog sich ins Badezimmer zurück. Sie bückte sich mühsam und hob ein paar Spielkarten
und eine Fotografie auf oder zwei, die von der Couch auf den Boden
gefallen waren: Herz-Bube, Pik-Neun, Pik-As. Elsa und ihr bestiali-
scher Beau.

Er kam in Hochstimmung zurück und sagte laut: »Ich habe mir
schon alles zurechtgelegt. Wir geben ihm das Schlafzimmer. Jeder von
uns kann einen Teil der Nacht bei ihm verbringen und den anderen
Teil hier auf der Couch. Abwechselnd. Wir lassen mindestens zweimal
in der Woche den Arzt kommen. Ganz gleich, was der Fürst dazu
sagt. Er wird ohnehin nicht viel dagegen einzuwenden haben, weil es
auf die Dauer billiger ist.«

Das Telefon läutete. Für ihr Telefon war es eine ungewöhnliche

Zeit. Sein linker Hausschuh war ihm vom Fuß gerutscht, und er angelte mit Ferse und Zeh danach, während er mitten im Zimmer stand und kindisch und zahnlos seine Frau angaffte.

Da sie mehr Englisch konnte als er, nahm sie die Telefongespräche an.

»Kann ich Charlie sprechen?« fragte die matte, kleine Stimme eines Mädchens.

»Welche Nummer wollen Sie? Nein. Das ist nicht die richtige Nummer.«

Der Hörer wurde sanft aufgelegt. Ihre Hand fühlte nach ihrem alten, müden Herzen.

»Es hat mich erschreckt«, sagte sie.

Er lächelte flüchtig und nahm seinen erregten Monolog sofort wieder auf. Sie würden ihn holen, sobald der Tag anbrach. Die Messer würde man in einer Schublade verschlossen halten. Selbst im schlimmsten Zustand bedeutete er keine Gefahr für andere.

Das Telefon läutete zum zweitenmal. Die gleiche tonlose, besorgte junge Stimme fragte nach Charlie.

»Sie haben die falsche Nummer. Ich werde Ihnen sagen, was Sie machen: Sie wählen den Buchstaben O statt der Null.«

Sie setzten sich zu ihrem unerwarteten, festlichen Mitternachtstee nieder. Das Geburtstagsgeschenk stand auf dem Tisch. Er schlürfte geräuschvoll; sein Gesicht war gerötet; hin und wieder hob er das Glas und machte eine Kreisbewegung, damit der Zucker sich besser auflöse. Deutlich zeichnete sich an der Seite seines kahlen Schädels, dort, wo sich ein großes Muttermal befand, eine vorspringende Ader ab, und obwohl er sich am Morgen rasiert hatte, bedeckte ein silbriger Stoppelbart sein Kinn. Während sie ihm ein zweites Glas Tee eingoß, setzte er die Brille auf und betrachtete noch einmal mit Vergnügen die leuchtenden gelben, grünen, roten kleinen Geleegläser. Seine ungeschickten feuchten Lippen buchstabierten die beredsamen Schildchen: Aprikosen, Trauben, Schlehen, Quitten. Er war bei Holzapfel, als das Telefon aufs neue läutete.

ANDREJ PLATONOW

DER ANTISEXUS

Vorbemerkung des Übersetzers

Im folgenden geben wir den Text einer Reklamebroschüre wieder, die von der »Industriale Internationale Revü« in acht europäischen Sprachen in New York herausgegeben wurde.

Eine außergewöhnliche literarisch-werbetextliche Begabung kann man dem Verfasser dieser Broschüre nicht absprechen, ebensowenig wie man der Werbeschrift imperialistischen Zynismus, korrekte Pornographie und eine ungeheuerliche, durch ihre Ausmaße schon bedrückende Banalität absprechen kann. Der Stil der Broschüre hat jedoch etwas an sich, das sie in die geistige Nähe eines Anatole France rückt, sofern wir es wagen dürfen, den großen und ehrlichen Namen hier zu nennen. Das hat uns teilweise auch ermutigt, dieses beispiellose Werk zu veröffentlichen.

Es gibt kein Dokument, das die Epoche des lebendigen Verfaulens der Bourgeoisie in ihrer totalen moralischen Atrophie besser charakterisieren könnte als das im folgenden wiedergegebene. Nicht einmal wir als wohlbewanderte professionelle Leser haben bisher etwas Gleichartiges zu Gesicht bekommen.

Alles haben wir von den heutigen Drahtziehern des Kapitalismus, der Bürokratie, des Faschismus und Militarismus, die sich zu dem hier angepriesenen Gerät äußerten, erwartet, aber doch nicht, daß es ihnen völlig an Verstand und elementarem Taktgefühl fehlen würde.

Gen. Schklowski, der den ganzen Unsinn vermittels der formalistischen Methode mit feiner Ironie bedachte, ist von dieser Regel natürlich ausgenommen.

Wie sich erweist, hat nicht die Physiologie recht (das Gehirn zersetze sich als eines der letzten Organe), sondern die russisch-bolschewistische Redensart: Der Verstand kommt als erstes abhanden — demjenigen, den die Geschichte richten will.

Eben weil das so ist, stinkt das hier vorgestellte anglo-euro-amerikanische Elaborat, dieser Sektor des Imperialismus, durch den ganzen Erdenraum.

Die beste Antisexus-Gegenagitation ist deshalb der Abdruck dieses aufschlußreichen Dokuments, denn dadurch kommt bei den Lesern Bewegung in die Mimik, wird ein rosiges Lächeln in ihren Gesichtern erstrahlen – der beste Freund für Seele und Magen und der schlimmste Feind dieses ganzen erstickenden industriell-moralisch-physiologischen Irrsinns.

Antisexus

Patentapparate

Berkman, Shotluyer and Son, Ltd.

Hauptverwaltung: Berlin – London – Genf – Washington

Generalvertretungen:

London, Paris, Kopenhagen, Brüssel, New York, Warschau, Budapest, Bagdad, Peking, Singapur, Schanghai, Hongkong, Melbourne, Chicago, Frankfurt an der Oder und am Main, Tokio, Lissabon, Sevilla, Rom, Athen, Montevideo, Konstantinopel, Angora, Kalkutta, Rio de Janeiro, Buenos Aires, Mekka, Kairo, Bethlehem, Alexandria, Bangkok, Damaskus; bevollmächtigte Vertreter auf allen Passagierschiffen der Hamburg-Amerika-Linie sowie auf den Fluglinien von Deruluft und Lufthansa.

Herren und Damen!

So verschieden sind die Epochen, so verschieden die geographische Lage der Länder, so verschieden die Kulturen, in denen unsere weltbekannte Firma arbeitet. Doch Nachfrage nach unseren Patenterzeugnissen besteht überall, von der Arktis bis zur Antarktis, die beiden letzteren eingeschlossen, nicht ausgenommen aber auch die wilden Länder zwischen den Wendekreisen des Krebses und des Steinbocks. Die Leidenschaften der Menschheit dominieren über Zeit und Raum, Klima und Wirtschaftsform. Der durch unsere Firma realisierte Vertrieb von Erzeugnissen der metallverarbeitenden Industrie zur Befriedigung dieser Leidenschaften ist ein Werk von kosmischer Größenordnung – in metaphysischer wie in moralischer Hinsicht. Höchst symptomatisch ist, daß sich entgegen der vorherrschenden Meinung die Kurve für den Jahresabsatz unserer Erzeug-

nisse bei gleichen ökonomischen Bedingungen und gleicher Bevölke-
rungszahl in den nördlichen Breiten nicht von der Absatzkurve in den
südlichen, tropischen Breiten unterscheidet.

Gestatten Sie uns daher die Schlußfolgerung, daß die Physiologie
des Menschen nahezu überall gleich ist und in keiner Weise von
Raum, Zeit, Rasse und Kulturniveau, vom Vorhandensein des Buch-
drucks oder Fehlen eines solchen, von Häßlichkeit oder Schönheit der
Rasse und sonstigen Nebenumständen abhängt.

Es liegt daher auf der Hand, daß das Vorliegen von Befriedigung
das Vorhandensein eines Bedürfnisses bedingt. Die Welt ist von Natur
aus lediglich bestrebt zu konsumieren, nicht zu produzieren, sie produziert nicht einmal den Wunsch nach Genuß, wenn nicht die Möglichkeit besteht, diesen auch zu erreichen. Da wir bereits über weltweite Erfahrungen beim Absatz unserer Erzeugnisse verfügen,
unablässig die Konstruktion der gefertigten Apparate vervollkomm-
nen, das Netz der Herstellerwerke erweitern (ihre Zahl erhöhte sich
per 1. 1. 1926 auf 224) und die Konstruktion unserer Apparate den
individuellen Besonderheiten der Benutzung anpassen, die wir sorgfältig registrieren, haben wir beschlossen, nunmehr auch den Markt
Sowjetunion in unseren Export einzubeziehen; seine Aufnahmefähig-
keit erscheint uns ausreichend, um die mit der erforderlichen An-
passung an die Besonderheiten dieses neuen Markts zwangsläufig
verbundenen Organisationskosten zu rechtfertigen, denn ohne Berücksichtigung aller konkreten Gegebenheiten gibt es keinen kommerziellen Erfolg. Von den namhaftesten moralischen Autoritäten der
Welt wird uns bescheinigt, daß unsere Tätigkeit nicht nur über jeden
Zweifel erhaben, sondern im Gegenteil staatlicher Förderung und
wohltätiger privater Unterstützung würdig ist, welche zu nutzen unsere Firma zu gebotener Zeit nicht versäumte und auch künftig nicht
versäumen wird. Der Chef der Firma, Herr Berkman, wurde bereits in
den Kreis der Nobelpreiskandidaten aufgenommen, und im vergangenen Jahr verlieh ihm die Sorbonne den ehrenvollen Titel eines
Doktors honoris causa der ethischen und ästhetischen Wissenschaften. Um Ihre kostbare Aufmerksamkeit nicht länger in Anspruch zu
nehmen, erlauben wir uns nun, in groben Zügen die Prinzipien darzu-

stellen, die der Tätigkeit unserer weltbekannten und in ihrer Art einzigartigen Firma von ihren Begründern zugrunde gelegt wurden.

Die in der Epoche der Kriege unterdrückten sexuellen Kräfte der Menschheit sind in der Nachkriegszeit unaufhaltsam erblüht. Teilweise hat das die Auslastung unserer Betriebe und die finanzielle Prosperität der Firma begünstigt. Das unregulierte Geschlechtsleben der Menschheit und die wegen unterlassener Regulierung drohenden schlimmen Folgen waren ein Gegenstand quälender Besorgnis für die Begründer unserer Firma, waren die eigentliche Ursache unserer positiven Tätigkeit. Allgemein bekannt ist auch der Zusammenhang zwischen sexuellem Empfinden und Sittlichkeit.

Allgemein anerkannt ist die Heiligkeit der Ehe als einer uralten Institution, die sich aus der Unverbrüchlichkeit der Gattenliebe und der Beständigkeit des ehelichen Lagers ergibt, welches höchste positive Genüsse und, daraus resultierend, seelische Befriedigung gewährt. In der Ehe ist die Wahrheit durch die Ruhe ersetzt.

Jedenfalls wird kein Philosoph der Welt beweisen, was besser ist. Die Menschheit hat als höchste Wahrheit die Ruhe erkannt. Objekt industrieller und kommerzieller Tätigkeit aber kann nur die Menschheit, können nicht die Philosophen sein.

Davon ausgehend hat unsere Firma in allen zivilisierten Ländern Patente auf den elektromagnetischen Antisexus-Apparat angemeldet, der die Geschlechtssphäre regulieren soll – und damit zugleich die höchste Funktion des Menschen, seinen Geist, das verborgene Göttliche in ihm sozusagen, das man endlich offenkundig und allgemeingebräuchlich machen muß als eines von den gewöhnlichen Gütern der Zivilisation. Ein unreguliertes Geschlechtsleben bedeutet eine unregulierte Seele – eine unrentable, leidende und Leiden verursachende Seele, was im Zeitalter der durchgängigen wissenschaftlichen Arbeitsorganisation, im Zeitalter des Fords und des Radios, im Zeitalter des Völkerbunds, Rutherfords und des geplanten interplanetaren Verkehrs vermittels der in Kreuzkopfs »Ziegelstein« gespeicherten lebendigen Kraft nicht geduldet werden kann. Der Fortschritt vollzieht sich als gebrochene Linie, d. h., einzelne Punkte von ihm bleiben kraftlos hinter den anderen zurück. Unsere Firma ist berufen, die

Fortschrittslinie zu begradigen, sie ist berufen, die sexuelle Wildheit des Menschen zu beseitigen und seine Natur zur höchsten Kultur der Ruhe und zu einem gleichmäßigen, ruhigen, planvollen Entwicklungstempo anzuhalten.

Im Zeitalter sozialökonomischer Krisen, wo die Ehe materiell erschwert ist, im Zeitalter der Alimente, wo Zeugung nahezu unmöglich ist, wo die Frau durch die Armut der Männer erneut nichts als ein Phantom der Dichter geworden ist, sind wir berufen, das weltweite Problem von Geschlecht und Seele des Menschen zu lösen. Unsere Firma hat die Wollust aus etwas grob Elementarem zu einem edlen Mechanismus kultiviert und der Welt sittliches Verhalten geschenkt. Wir haben das Element des Sexuellen aus den menschlichen Beziehungen entfernt und den Weg für reine Seelenfreundschaft frei gemacht.

Unter Berücksichtigung des hochwertigen Genußmoments, das der Berührung der Geschlechter unbedingt eigen ist, haben wir unserem Apparat jedoch eine Konstruktion verliehen, die mindestens das Dreifache an Genuß gegenüber der schönsten aller Frauen garantiert, selbst bei längerem Gebrauch durch einen nach zehn Jahren strenger Isolierung soeben aus der Haft Entlassenen. Das ist unser Vergleichsmaßstab, das ist das Qualitätsäquivalent unserer Patentapparate.

Ein besonderer Regler erlaubt es ferner, einen Genuß beliebiger Dauer zu erreichen, von Sekunden bis zu Tagen, falls der geschätzte Konsument über genügend freie Zeit verfügt. Eine spezielle Planscheibe gestattet es, den Samenverbrauch in Raumeinheiten zu regulieren und damit einen optimalen Grad seelischen Gleichgewichts zu gewährleisten, d. h. eine übermäßige Erschöpfung des Organismus und das Absinken des Tonus seiner Lebensfunktionen zu unterbinden. Unsere Devise lautet: Das seelische und physiologische Schicksal unseres Kunden bei der sexuellen Verrichtung muß ganz in seinen auf den entsprechenden Reglern ruhenden Händen liegen. Das haben wir erreicht. Auch Greise, die über sexuelle Gefühle längst hinaus sind, werden durch unsere Geräte befähigt, aufs neue an diesen teilzuhaben. Wir arbeiten für alle Altersstufen und Völker.

Schon seit acht Jahren stellen wir nur drei Typen unserer Apparate für Männer und drei für Frauen her. Der Markt erfordert offenbar keine größere Vielfalt, dank den vielfältigen Variationen, die die Ausstattung jedes Typs entsprechend den individuellen Besonderheiten des Benutzers zuläßt. Um unserem neuen Kunden, dem originalen Bewohner der sowjetischen Länder, entgegenzukommen, gewähren wir Sondervergünstigungen wie folgt: für Gewerkschaftsmitglieder bei Kollektivbestellung bis zu 20% Rabatt vom Festpreis und Ratenzahlung innerhalb eines Jahres. Hier die Preise unserer Apparate per 1926:

1. Typ $BS^3$00042 zur individuellen Benutzung, ohne Sterilisator . . . . 20 Dollar
2. Typ $BS^3$001843 zur Benutzung durch eine begrenzte Personengruppe (z. B. für den männlichen Teil der Familie), mit Sterilisator . . . . 40 Dollar
3. Typ $BS^3$000000401 zur Benutzung durch eine unbegrenzte Personenzahl (aufzustellen in öffentlichen Toiletten, Eisenbahnwagen, Arbeiterwohnbaracken, auf Kundgebungen, in Theatern, auf Straßen, in Dienststellen u. dgl.), mit automatischem Sterilisator . . 100 Dollar

Die Preise verstehen sich ohne Rabatt, ohne Verpackung und frei Lager. Für Frauen sind die gleichen drei Gerätetypen zum gleichen Verwendungszweck lieferbar, jedoch mit 15% Aufschlag auf die genannten Preise. Indem wir nochmals die in ihrer moralischen Erhabenheit begründete Einzigartigkeit unserer Geschäftsprinzipien betonen, Sie ehrerbietigst auf die Notwendigkeit der Organisierung Ihres wichtigsten Teils, der Seele, hinweisen und uns in Verfechtung Ihrer ökonomischen Interessen anheischig machen, dieselben vor den Anschlägen durch Ihre sexuelle Natur zu schützen, gestatten wir uns, Ihnen zu empfehlen, durch Vornahme der notwendigen einmaligen Kapitalanlage für alle Zeit den Posten »Ausgaben für sexuelle Befriedigung« aus dem Ausgabenteil Ihres Budgets zu streichen und damit den Weg finanzieller und moralischer Prosperität zu beschreiten.

In Erwartung Ihrer geschätzten Aufträge und Anfragen verbleiben
wir

mit vorzüglicher Hochachtung
Generalvertreter für die sowj. Länder
Jakob Habsburg

*Urteile berühmter Persönlichkeiten
über die Antisexus-Apparate*

Der Krieg ist eine weltweite Leidenschaft der Menschheit. Er wird nie
unvermeidbar sein, solange es Leben auf der Erde gibt, was müde
Leute und ihre Träumer von Politikern auch immer sagen mögen.
Krieg ist Mut: Er wird bestehen, solange das Leben mutig fortschreitet.

Die Apparate der Firma Berkman, Shotluyer and Son werden,
dessen bin ich sicher, schon im nächsten Krieg eine große Rolle
spielen, wenn Tausende an der Front versammelter junger Männer
damit versorgt werden.

Bereits im vergangenen Krieg haben die Heerführer dem Geist der
Truppen Rechnung getragen. Erzwungene Keuschheit erzeugt unnötige Nervosität. Ein nervöses Heer – das bedeutet Niederlage. Wir
brauchen Armeen von Männern mit seelischem Gleichgewicht, die
sich zu jahrzehntelanger Kriegführung eignen. Die obengenannten
Apparate sind dazu berufen, den Heerführern bei ihrer schweren
Arbeit auf dem Weg zum Sieg zu helfen.   *Hindenburg*

Die Fa. Berkman, Shotluyer and Son hat eine neue glanzvolle Ära im
sittlichen Dienst an der Menschheit eröffnet. Zweifellos ist das historische Optimum eine allumfassende Regulierung des Alls durch das
menschliche Hirn – eine Regulierung, die wir uns in Form eines
Transformators vorzustellen haben, der die Naturkräfte in gesetzmä-
ßig ablaufende Automatismen umwandelt. Seinerzeit, als ich fünfundzwanzig und frisch verheiratet war, stand ich schon einmal vor dieser
Aufgabe – der Aufgabe, die eheliche Physiologie in eine exakte Form
zu reglementieren, doch mein Denken, das durch die Beschäftigung

mit Mechanik abgelenkt wurde, konzentrierte sich damals nicht darauf. Ich bedaure das. Möglicherweise hätte ich damals auf die Einrichtung von Automobilwerken verzichtet und den Weg der Herstellung von Geräten zur Automatisierung und Normung der Sittlichkeit beschritten, was meiner Veranlagung mehr entsprochen hätte.

Aber die Fa. Berkman, Shotluyer and Son hat ihrerseits den Gedanken meiner Jugend aufgegriffen und ihn großzügig zum Nutzen der Gesellschaft in die Tat umgesetzt. Das freut mich von Herzen.

Ich wünsche der von der Fa. Berkman, Shotluyer and Son so glänzend organisierten neuen Industrie weltweites Gedeihen und den wohltätigen Fabrikaten dieser bewundernswerten Firma eine Absatzerweiterung dergestalt, daß sie über die Viehzüchter für die gesamte animalische Bevölkerung des Planeten vertrieben werden und nicht allein für die Menschen, deren Zahl sich durch den Einsatz der Apparate ebendieser Firma drastisch verringern wird. Durch eine solche Maßnahme würden sich die Aktiva der Bilanz der Firma und damit auch die moralische Festigkeit der Welt zweifellos stabilisieren.

Henry Ford

Aus einer Selbstkostenanalyse der Apparate mit der Bezeichnung »Antisexus« haben wir ersehen, daß der Apparat zu teuer ist. Ich habe mein Kalkulationsbüro beauftragt, eine Neuberechnung der Kosten vorzunehmen, basierend auf unserem Materialverbrauch und unseren Ausrüstungen, und die Möglichkeit einer Kostensenkung zu prüfen. Man hat mir berichtet, daß – einstweilen – eine Senkung um 30% möglich ist. Vom nächsten Jahr an produzieren wir die Antisexusse in unserem Werk in Detroit.

Außerdem haben wir uns erlaubt, Ratenzahlung für bis zu fünf Jahren zu gewähren, wodurch wir den Apparat für jeden Bürger absolut erschwinglich machen werden.

Damit wird die Prostitution für immer und sofort beseitigt, und auch alle Arbeitslosen werden die Apparate erwerben können.

Die jungen Arbeiter befreien wir von der Notwendigkeit zu heiraten, wodurch wir ihr Budget stabilisieren, dies wiederum wird uns gestatten, ohne weitere Lohnerhöhungen auszukommen, die dem

weiteren Fortschritt in der technischen Vervollkommnung unserer
Betriebe so hinderlich sind.   *Ford jun. (Hesekiel)*

Lieber den Samen in ein Eisending fließen lassen, wenn man ihn nicht
in einen Baum der Weisheit verwandeln will, als in einen wehrlosen
Menschenleib, der zur Freundschaft, zum Denken und zur Verehrung
geschaffen ist.   *Gandhi*

Die Geräte der Fa. Berkman, Shotluyer and Son erleichtern dem
Mutterland das Führen der heißblütigen Rassen in den Kolonien
und verringern die Zahl sinnloser gegen die Zivilisation gerichteter
Revolten, die ihre Ursache, wie jetzt festzustellen ist, allein in der
unbefriedigten Wollust junger Männer haben. Ganz wesentlich erleichtert wurde auch die Entsendung erstklassiger Beamter in die
Kolonien, da ihren Frauen nicht mehr die vordem übliche Vergewalti-
gung droht. Davon abgesehen, werden die Beamtengattinnen, mit den
Apparaten der Firma ausgestattet, Vergewaltigungen auch nicht mehr
entgegenkommen.   *Chamberlain*

Ich bin gegen den Antisexus. Hier wird die Intimität nicht berück-
sichtigt, der lebendige Kontakt menschlicher Seelen – ein Kontakt,
der sich bei der geschlechtlichen Vereinigung stets herstellt, selbst
wenn die Frau eine Ware ist. Dieser Kontakt besitzt einen vom
Geschlechtsakt unabhängigen Wert: jenes momentane Gefühl von
Freundschaft und liebevoller Zuwendung, ein Gefühl geschwundener
Einsamkeit, das der Antisexus-Mechanismus nicht geben kann. Ich
bin für tatsächliche menschliche Nähe, wo Mund in Mund atmet, wo
ein Augenpaar tief ins andere schaut, ich bin für seelisches Empfinden beim gröbsten Geschlechtsakt, für die Bereicherung der Seele
durch eine andere, ihr begegnende.
    Deshalb bin ich gegen den Antisexus. Ich bin für das lebendige,
gepeinigte, lächerliche, in die Enge getriebene menschliche Wesen,
das sich durch Verschwendung seiner spärlichen Lebenssäfte einen
Augenblick der Brüderlichkeit mit einem anderen, zweiten Wesen
erkauft. Außerdem bin ich noch darum gegen all diese Mechanik,

weil ich immer eingetreten bin und eintreten werde für das Konkrete, Bedauernswerte, Komische, aber Lebendige – das einmal mächtig zu werden verspricht. *Charlie Chaplin*

Anmerkung der Firma

Unter Beachtung des Protests von Ch. Chaplin – wir scheuen den Abdruck negativer Urteile nicht – gibt die Firma bekannt, daß sie bereits ihre besten Ingenieure beauftragt hat, die rationelle Konstruktion eines neuen, nicht nur auf den Geschlechtsbereich, sondern zugleich auch auf die höheren Nervenzentren einwirkenden Antisexus zu erforschen, um mechanisch die unschätzbaren Momente des Empfindens der Zusammengehörigkeit mit dem Kosmos und einer Freundschaft im höheren Sinne mit allem Lebendigen herzustellen, deren Fehlen Herr Chaplin so erschöpfend bedauert hat.

Die Firma nimmt an, daß es ihr gelingen wird, dieses Empfinden der Zusammengehörigkeit allen Lebens nicht in Form eines abstrakten Gefühls herzustellen, sondern – dem Geschlecht des Verbrauchers entsprechend – in Form einer konkreten hübschen Frauen- oder Männergestalt, die der nervlich-psychischen Beschaffenheit des Verbrauchers in höchstem Maße nahekommt, in höchstem Maße willkommen ist. Allerdings erhofft die Firma sich keine weite Verbreitung der Apparate dieses Typs, da bekanntlich Liebe – und in der Zuschrift von Herrn Chaplin ist offensichtlich die wahre, wenn auch vergängliche Liebe gemeint – ein nicht allen Menschen gemeinsames Merkmal ist und Spekulationen auf sie sich unseres Erachtens kommerziell nicht rentieren können. Die Liebe ist, wie die moderne Wissenschaft festgestellt hat, ein psychopathischer Zustand, der Organismen mit Veranlagung zu nervlicher Degenerierung eigen ist, nicht aber gesunden Geschäftsleuten. Doch wir arbeiten nicht nur für alle Altersstufen und Völker, sondern auch für alle organischen Strukturen, in ihrer ganzen Vielfalt, da unsere Firma zuallererst das Ziel einer harmonischen, sittlichen Weltordnung verfolgt.

Im Auftrag der Firma: G. Berkman

Wenn wir den Geschlechtsakt zur Sache des einzelnen machen, indem
wir die zweite lebendige Hälfte daraus eliminieren und die sexuelle
Verrichtung jedermann ungehindert ermöglichen, sind wir auf direk-
tem Wege zur Keuschheit, zur Herrschaft des verjüngenden Prinzips
– zur Nutzung der Absonderungen der innersekretorischen Drüsen
im eigenen Körperbereich.   *Prof. Steinach*

Beim Gebrauch des Antisexus fühlt man sich wieder jung und schläft
danach fest. So gut habe ich die letzten fünfundzwanzig Jahre nicht
geschlafen. In meinem Organismus sind gewisse, schon versiegt ge-
glaubte Jugendquellen neu entsprungen. Ich bin den Herstellern des
Antisexus sehr dankbar. Meine Tochter hat mir vorgeschlagen, ein
nach Berkman, Shotluyer und dessen Sohn benanntes Institut der
Permanenten Jugend zu gründen. Ich habe zu dem glücklichen Einfall
mein Einverständnis und Geld gegeben.   *Morgan*

Mit der Einführung der Antisexus-Apparate haben wir einen bestimmten Komplex schöner und kraftvoller Bewegungen verloren,
die mit der göttlichen Leidenschaft einhergingen. Das ist zu bedauern.
   Gewonnen haben wir jedoch einen gewissen sexuellen Komfort,
eine eindeutige Zeiteinsparung, die Ausgeglichenheit eines gesunden
Organismus und die Unabhängigkeit von weiblichen Launen. Das ist
zu begrüßen... Außerdem, denke ich, wird der moderne Film den
verlorengegangenen sexuellen Bewegungskomplex kompensieren, indem er die Bewegungen vom Geruch des Unbewußten und Anima-
lisch-Spontanen befreit und an ihre Stelle ein leichtes Überwinden des
Raums durch den kräftigen, jungfräulichen Körper setzt.
                                                         Douglas Fairbanks

Die Zukunft gehört der Zivilisation und nicht der Kultur: Die Zukunft wird sich der seelisch tote, intellektuell-pessimistische Mensch
erobern. Im banalen Bereich wahrer Zivilisation ist die Ehe – Geist
faustischer Art – nicht denkbar; dort ist allein die mechanische Befreiung von überschüssigen rohen, organischen Kräften denkbar, die
sich nicht zu Geist sublimieren lassen. Der Automat »Antisexus« hat

nochmals die Epochen markiert, in die wir eintreten – die Zivilisation, das tote, komfortable Gebäude, dessen Fundament sich auf die grünen Gräser einer lebendigen, untergegangenen Kultur stützt.

Oswald Spengler

Der Automat »Antisexus« ist für weite Reisen unentbehrlich und sehr bequem in der Handhabung. Solche Automaten sollten jetzt als obligate Bestandteile in die Ausstattung jeder wenigstens einigermaßen wissenschaftlich ausgerüsteten Expedition aufgenommen werden. Ihr Vorhandensein ist ein zusätzliches Plus für das Gelingen einer Expedition.

Sven Hedin

Als ich in Rußland war, hörte ich das Liedchen:

> Gut daran ist der Mann,
> der mit einer Milchfrau lebt.
> Hat's nicht weit – jederzeit
> Quark und Sahne griffbereit!

Heute, wo Europa von Tag zu Tag blasser wird und Rußland noch weit davon entfernt ist, reich zu sein, wo nicht auf jeden Mann eine Milchfrau kommt, wird eine mechanische »Milchfrau« gebraucht. Sie zu ersetzen ist nun der Apparat »Antisexus« bestimmt. Jährlich wendet die Menschheit rund fünfhundert Milliarden Rubel für die Prostitution auf, nicht gerechnet die indirekten Ausgaben für die Gesundheitspflege, den kolossalen Zeitverlust, das Vorhandensein einer ganzen internationalen gesellschaftlich schädlichen Prostituiertenklasse usw. usf.

Von den Einsparungen, die insgesamt rund eine Billion Rubel pro Jahr ausmachen, kann man Milch, Sahne und Quark für alle kaufen, ohne zur Bedingung für solch sättigende Ernährung zu machen, daß jeder mit einer Milchfrau verheiratet sein muß.

Doch diese Einsparung von einer Billion pro Jahr, diese allen zugängliche Ernährung mit Milchprodukten hat der Antisexus gebracht!

Darum ist er wirksamer als jede noch so revolutionäre ökonomische Reform.   *Keynes*

Ich schreibe nicht, ich handle gewöhnlich. Ich betrachte die Antisexusse als notwendige Ausrüstung für jeden kultivierten Menschen – eine Ausrüstung, die zu Hause ebenso wirksam ist wie an der Front. Unser König hat die Befreiung der Antisexusse von jeglicher Besteuerung und Verzollung dekretiert. Die von sexuellen Pflichten und sexuellen Folgen befreite Frau wird das Aktiv unseres Landes vergrößern. Für Mitglieder des Bundes der Faschisten ist der Antisexus Pflicht – jeder muß ihn haben, vom römischen Bettler bis zu unserm König.   *Mussolini*

Die Frauen gehen vorüber, wie die Kreuzzüge vorübergegangen sind. Der Antisexus kommt für uns wie das unausbleibliche Morgenrot. Doch jeder sieht: Es geht um die Form, um den Stil der automatischen Epoche und ganz und gar nicht um ihr Wesen, das es nicht gibt. Denn an einem fehlt es in der Welt – an Verwesentlichung. Die wonnevolle Schande wird zur staatlichen Gepflogenheit, ohne ihre Wonnen einzubüßen. Nun läßt es sich schon weniger trübe leben als im Präservativ.   *Viktor Schklowski*

Anmerkung der Firma: Da es uns nicht möglich ist, alle Beurteilungen hier aufzuführen, beabsichtigt die Firma, drei Bände herauszugeben, die speziell der Bewertung unserer Apparate durch weltbekannte Leuchten des Geistes, des Gefühls, der Poesie, der Wissenschaft, der Wohltätigkeit, des Nützlichen, des Sozialdemokratismus, der Finanzen, der Politik, des Kommunismus, der Technik und des Ästhetizismus gewidmet sind. In den ersten Band werden die Urteile und Meinungen der Herrschaften Awerbach, Semljatschka, Kornelf Selinski, Sung Dji-ling, Batschelis, Grossman-Rostschin, Deterding, S. Budanzew, Lawrence Windrower, Ossinki, General Ha Kai-schuans, Tarassow-Rodionow, Prof. Westinghouse, Kirschon und vieler anderer respektabler Autoritäten aufgenommen.

Andrej Platonow, Übersetzer aus dem Französischen

DANIIL CHARMS

DAS SCHICKSAL
EINER PROFESSORENFRAU

Eines Tages hatte ein Professor etwas gegessen, nur nicht das Richtige, und mußte sich übergeben.

Kam seine Frau und fragte:

»Was hast du?«

Und der Professor sagte:

»Nichts.«

Seine Frau machte wieder kehrt.

Der Professor legte sich auf die Ottomane und ruhte sich aus, dann ging er zur Arbeit.

Hier empfing ihn eine Überraschung – sein Gehalt war gekürzt worden: statt 650 Rubel nur noch 500.

Der Professor wandte sich dahin und dorthin – nichts half. Der Professor wandte sich an den Direktor, doch der Direktor gab ihm einen Tritt in den Hintern. Der Professor wandte sich an den Buchhalter, doch der Buchhalter sagte:

»Wenden Sie sich an den Direktor.«

Der Professor stieg in den Zug und fuhr nach Moskau.

Auf der Fahrt holte sich der Professor eine Grippe. Er traf in Moskau ein, konnte aber nicht mehr aussteigen.

Der Professor wurde auf eine Trage gelegt und ins Krankenhaus gebracht.

Im Krankenhaus lag der Professor knappe vier Tage und starb.

Der Leichnam des Professors wurde im Krematorium verbrannt, seine Asche wurde in eine Büchse getan und seiner Frau geschickt.

Die Professorenfrau trank eben Kaffee. Da klingelte es. Nanu?

»Ein Päckchen für Sie.«

Die Professorenfrau war erfreut, strahlte übers ganze Gesicht, steckte dem Postboten einen halben Rubel zu und öffnete das Päckchen.

Sie schaute hinein, und was sah sie? Eine Büchse mit Asche und einen Zettel: »Das wär's, was von Ihrem Gatten übriggeblieben ist.«

Die Professorenfrau war ganz untröstlich, weinte zwei, drei Stunden und machte sich auf, die Büchse mit der Asche unter die Erde zu bringen. Sie schlug die Büchse in eine Zeitung und nahm sie mit in den Park »Erster Fünfjahrplan« am Taurischen Boulevard.

Die Professorenfrau suchte sich eine etwas stillere Allee aus und wollte gerade die Büchse vergraben, da kam der Wächter.

»He!« rief der Wächter. »Was machst du da?«

Die Professorenfrau erschrak und sagte: »Ja wissen Sie, ich wollte mit der Büchse Frösche fangen.«

»Na meinetwegen«, sagte der Wächter, »aber sieh dich vor: Das Betreten des Rasens ist verboten.«

Als der Wächter fort war, vergrub die Professorenfrau die Büchse, trampelte die Erde fest und machte einen Bummel durch den Park.

Im Park aber wurde sie von einem Matrosen belästigt.

»Komm, los, wir wollen«, sagte der Matrose, »schlafen.«

Sie sagte:

»Wozu denn am Tage schlafen?«

Doch er blieb bei seinem Schlafen. Und in der Tat, die Professorenfrau hätte gern geschlafen.

Sie ging durch die Straßen, doch sie hätte lieber geschlafen. Ringsum hasteten Leute, lauter irgendwie blaue und grüne, doch sie hätte viel lieber geschlafen.

Da schlief sie denn im Gehen und träumte, Leo Tolstoj käme ihr mit einem Nachttopf entgegen. Sie fragt: »Was soll das?«

Er zeigt mit dem Finger auf den Topf und sagt:

»Da«, sagt er, »ich habe hier etwas gemacht und gehe es nun der ganzen Welt zeigen. Sollen alle«, sagt er, »ruhig schauen.«

Schaut die Professorenfrau auch und sieht, daß da nicht mehr Tolstoj, sondern eine Scheune ist und in dieser Scheune ein Huhn sitzt.

Die Professorenfrau versucht das Huhn zu fangen, aber das Huhn flüchtet unter die Couch und guckt nun von da als Kaninchen hervor.

Die Professorenfrau kriecht unter die Couch, um das Kaninchen zu fangen, und wacht auf.

Die Professorenfrau wachte auf, und was war? Tatsächlich lag sie unter der Couch.

Kroch die Professorenfrau unter der Couch vor und sah, daß sie zu Hause war. Richtig, da stand auch der Tisch mit dem restlichen Kaffee. Auf dem Tisch lag der Zettel: »Das wär's, was von Ihrem Gatten übriggeblieben ist.«

Weinte die Professorenfrau nochmals ein bißchen und setzte sich, den kalten Kaffee zu trinken.

Da klingelte es. Nanu?

Herein kamen fremde Personen und sagten:

»Kommen Sie.«

»Wohin?« fragte die Professorenfrau.

»Ins Irrenhaus«, wurde ihr geantwortet.

Die Professorenfrau fing an zu schreien und sich zu sträuben, doch sie wurde gepackt und ins Irrenhaus gebracht.

Nun sitzt die völlig normale Professorenfrau im Irrenhaus auf dem Bett, hält eine Angel in der Hand und angelt auf dem Fußboden unsichtbare Fische.

Diese Professorenfrau ist nur ein trauriges Beispiel dafür, wie viele Unglückliche es gibt, die nicht den Platz im Leben einnehmen, den sie verdienen.

WARLAM SCHALAMOW

TYPHUSQUARANTÄNE

Der Mann im weißen Kittel streckte ihm die Hand entgegen, und Andrejew legte seine schweißgetränkte, zerschlissene Militärbluse in die gespreizten, rosigen, sorgfältig gewaschenen Finger mit den kurzgeschnittenen Nägeln. Der Mann machte eine abwehrende Handbewegung.

»Wäsche habe ich keine«, sagte Andrejew gleichmütig.

Dann faßte der Feldscher Andrejews Bluse mit beiden Händen, wendete die Ärmel mit geschickten. vertrauten Bewegungen um und betrachtete sie aufmerksam . . .

»Er hat welche, Lydia Iwanowa.« Und in Andrejews Richtung gewandt, schrie er: »Wieso bist du so verlaust, he?«

Die Ärztin unterbrach ihn jedoch: »Sind sie denn etwa schuld daran?« sagte Lydia Iwanowna mit leisem Vorwurf – wobei sie das Wort »sie« betonte – und nahm das Stethoskop vom Tisch.

Sein ganzes Leben lang behielt Andrejew diese rotblonde Lydia Iwanowna im Gedächtnis. Tausende Male segnete er sie dafür, erinnerte sich ihrer stets mit Zärtlichkeit und Wärme. Und wofür? Dafür, daß sie das Wort »sie« in diesem Satz – dem einzigen, den Andrejew von ihr zu hören bekam – hervorgehoben hatte. Für das gute Wort, zur rechten Zeit gesagt. Ob seine guten Wünsche sie wohl je erreicht hatten?

Die Untersuchung war bald beendet, das Stethoskop dafür nicht nötig gewesen.

Lydia Iwanowna hauchte den violetten Stempel an und drückte ihn dann kraftvoll mit beiden Händen auf irgendeinen Vordruck. Dann schrieb sie einige Worte hinzu, und Andrejew wurde weggeführt.

Der Begleitsoldat, der im Vorraum der Krankenbaracke gewartet hatte, brachte Andrejew nicht zurück ins Gefängnis, sondern in die Siedlung, zu einem der großen Lagerhäuser. Der Hof des Lagers war mit Stacheldraht in den zehn gesetzlich vorgeschriebenen Reihen umzäunt, am Tor patrouillierte ein Wachhabender in Schafspelz mit Gewehr. Sie betraten den Hof und näherten sich dem Speicher. Grelles elektrisches Licht fiel durch die Ritze unter der Tür. Der Soldat öffnete mit Mühe das große, für Lastwagen, nicht für Menschen bestimmte Tor und verschwand im Lagerhaus. Andrejew schlug der Geruch schmutziger Körper, muffiger Kleider und sauren menschlichen Schweißes entgegen. Undeutliches Stimmengewirr erfüllte diesen großen Kasten. Die vierstöckigen, kompakten Pritschen aus ganzen Lärchenstämmen wirkten wie für die Ewigkeit gebaut. Auf diesen Gestellen im Speicher lagen mehr als tausend Mann. Es war eines jener zwei Dutzend Lagerhäuser, die bis zur Decke mit frischer, lebender Ware angefüllt waren. Im Hafen hatte man die Typhusquarantänestation eingerichtet, und ein Hinaus – oder, wie es im Häftlingsjargon hieß, die Entlassung in die Etappe – gab es nicht vor Monatsfrist.

Der Lagerkreislauf, dessen Erythrozyten lebendige Menschen waren, war durcheinandergebracht. Die Transportmaschinen standen still. Der Arbeitstag der Häftlinge war länger geworden. In der Stadt kam die Brotfabrik mit dem Backen des Brotes nicht mehr nach – jeder mußte ja seine fünfhundert Gramm täglich erhalten, so daß damit begonnen wurde, auch Brot in den Privatwohnungen zu bakken. Die Wut der Obrigkeit wuchs in dem Maße, wie aus der Taiga nach und nach die aus den Gruben ausgespiene Schlacke der Häftlinge in die Stadt geworfen wurde.

In der Sektion, wie man die Lagerhalle, in die Andrejew gebracht worden war, neumodisch nannte, drängten sich mehr als tausend Mann zusammen. Doch auf Anhieb fiel diese Zahl nicht ins Auge. Auf den oberen Pritschen lagen die Menschen wegen der Hitze nackt, auf den unteren Stockwerken und unter den Pritschen in Westen, Tuchjacken und Mützen. Die meisten lagen auf dem Rücken oder Bauch (es ist ein Rätsel, warum Gefangene nie auf der Seite schlafen), und ihre Körper auf den massiven Pritschen sahen aus wie Gewächse, wie Auswüchse auf dem Holz, wie verzogene Bretter.

Manche standen in kleinen Gruppen zusammengedrängt um den Geschichtenerzähler, den »Romanschriftsteller«, herum, andere bei

einem »Zwischenfall«, – und Zwischenfälle ereigneten sich zwangsläufig jeden Augenblick bei einer derartigen Menschenmenge. Die
Männer lagen hier bereits mehr als einen Monat lang, zur Arbeit
gingen sie nicht, sie gingen lediglich ins Badehaus, um ihre Kleider
zu desinfizieren. Zwanzigtausend Arbeitstage gingen so täglich verloren, hundertsechzigtausend Arbeitsstunden, vielleicht auch dreihundertzwanzigtausend Stunden – es gibt verschiedene Arbeitstage. Oder
zwanzigtausend gerettete Lebenstage.

Zwanzigtausend Lebenstage! Man kann die Zahlen unterschiedlich
interpretieren, die Statistik ist eine tückische Wissenschaft.

Wenn das Essen ausgegeben wurde, waren alle an ihren Plätzen (es
wurde jeweils für zehn Mann ausgeteilt). Bei derart vielen Menschen
schafften die Kalfaktoren es gerade, das Frühstück auszugeben, als
auch schon die Zeit des Mittagessens heran war.

Und kaum hatten sie das Mittagessen ausgegeben, war bereits das
Abendbrot an der Reihe. Von morgens bis abends wurde in der Sektion Essen ausgegeben. Morgens gab es lediglich die Brotration für
den ganzen Tag und Tee – warmes abgekochtes Wasser – und jeden
zweiten Tag einen halben Hering, mittags nur Suppe und abends
Grütze.

Und dennoch reichte die Zeit nicht, um dies wenige auszuteilen.

Der Aufseher führte Andrejew zu den Pritschen und wies auf die
mittlere Reihe.

»Das ist dein Platz!«

Von oben wurde Protest laut, der Aufseher schickte jedoch einige
Schimpfworte hinauf. Andrejew, der sich mit beiden Händen am
Rand der Pritsche festklammerte, versuchte erfolglos, das rechte Bein
auf die Pritsche zu schwingen. Der starke Arm des Aufsehers beförderte ihn hinauf, und er fiel schwer zwischen die nackten Leiber.
Niemand beachtete ihn. Die Prozedur der Anmeldung und Aufnahme
war abgeschlossen.

Andrejew fiel sofort in Schlaf. Lediglich wenn das Essen verteilt
wurde, erwachte er, um dann, nachdem er sorgfältig und behutsam
seine Finger abgeleckt hatte, erneut in einen Dämmerzustand zu
sinken, denn die Läuse ließen ihn nicht fest schlafen.

Niemand wollte etwas von ihm wissen, obwohl in diesem Durchgangslager nur wenige Männer aus der Taiga kamen, allen anderen aber der Weg dorthin bevorstand. Sie wußten es. Gerade aus diesem Grunde wollten sie nichts über die unabwendbare Taiga wissen. Und das war richtig so, wie Andrejew befand. All das, was er gesehen hatte, brauchten sie nicht zu wissen. Sie würden ihrem Schicksal ohnehin nicht entrinnen – nichts war kalkulierbar. Wozu sollte er sie unnötig ängstigen? Hier gab es noch Menschen – Andrejew aber war bereits ein Abgesandter der Toten. Und sein Wissen, das Wissen eines toten Mannes, konnte ihnen, die noch lebten, nichts nützen.

Zwei Tage nach seiner Ankunft war Badetag. Alle waren der ständigen Desinfektionen und Bäder bereits überdrüssig, und so sammelten sie sich lustlos zum Abmarsch. Andrejew jedoch drängte es sehr, mit seinen Läusen abzurechnen. Zeit hatte er jetzt, soviel er nur wollte, und so sah er mehrmals am Tag alle Nähte seines ausgeblichenen Hemdes durch. Durchschlagenden Erfolg konnte aber allein die Desinfektionskammer bieten. Aus diesem Grunde ging er gern, und wenn man ihm auch keine Wäsche gegeben hatte und er das feuchte Hemd über den nackten Körper streifen mußte, so spürte er doch keine Bisse mehr.

Im Badehaus wurde jedem das Wasser zugeteilt: eine Schüssel heißes und eine Schüssel kaltes: Andrejew überlistete jedoch den Badegehilfen und erhielt noch eine weitere Schüssel.

Jeder bekam ein winziges Stückchen Seife, vom Boden konnte man allerdings auch Seifenreste aufklauben – und Andrejew versuchte sich zu waschen, wie es sich gehört. Ein ganzes Jahr lang hatte er sich nicht mehr so gründlich waschen können. Wenn auch Blut und Eiter aus Andrejews Skorbutgeschwüren flossen. Wenn auch den Männern in der Banja vor ihm grauste. Wenn sie auch schaudernd vor seiner verlausten Kleidung zurückwichen.

Als sie ihre Kleider aus der Desinfektionskammer zurückbekamen, erhielt Andrejews Nebenmann Ognjow statt seiner Schaffellstrümpfe Kindersöckchen – so sehr war das Leder geschrumpft. Ognjow brach in Tränen aus – die Fellstrümpfe waren im Norden seine Rettung gewesen. Andrejew aber blickte ihn mißbilligend an. Wie viele wei-

nende Männer hatte er nicht schon gesehen. Und sie weinten aus den
unterschiedlichstem Gründen. Da gab es die Simulanten, die Nerven-
kranken, jene, die alle Hoffnung aufgegeben hatten, und die Unglücklichen. Einige weinten vor Kälte. Daß jemand vor Hunger geweint
hätte, hatte Andrejew nicht erlebt.

Sie gingen zurück durch die dunkle schweigende Stadt. Die metal-
lisch schimmernden Lachen waren erstarrt, doch die Luft war frisch
und roch nach Frühling. Nach dieser Banja schlief Andrejew besonders fest, einen »nahrhaften Schlaf«, wie sein Nachbar Ognjow sagte,
der bereits vergessen hatte, was ihm im Badehaus zugestoßen war.

Niemandem war gestattet, das Lager zu verlassen. Dennoch gab es
in der Sektion eine Aufgabe, die es möglich machte, den Stacheldraht
zu überwinden, allerdings ging es hierbei nicht um einen Weg aus der
Lagerkolonie durch den äußeren Stacheldrahtzaun – drei Zäune zu je
zehn Stacheldrahtrollen, dazwischen die verbotene Zone, bestückt
mit Stolperdrähten. Daran wagte niemand auch nur zu denken. Es
ging vielmehr um einen Weg aus dem stacheldrahtumzäunten Hof.
Dort gab es eine Kantine, eine Küche, Lagerhallen, ein Krankenhaus
– mit einem Wort, ein Leben, von dem Andrejew ausgeschlossen war.
Den Stacheldraht durfte nur ein einziger Mensch passieren – der
Latrinenarbeiter. Als er unerwartet starb – das Leben steckt voller
wohltuender Überraschungen –, legte Ognjow, Andrejews Pritschen-
nachbar, übermenschliche Energie und Weitsicht an den Tag. Er
sparte zwei Brotrationen auf, um dafür einen großen Fiberkoffer ein-
zutauschen.

»Von Baron Mandel, Andrejew!«

Baron Mandel! Ein Nachkomme Puschkins! Da stand er ja. Der
Baron, ein hochgewachsener, schmalschultriger Mann mit kleinem
kahlem Schädel, war weithin zu sehen. Seine Bekanntschaft zu machen gelang Andrejew allerdings nicht.

Ognjow war noch aus den Zeiten der Freiheit im Besitz eines
Covercoatjacketts, denn er befand sich erst einige Monate in der
Quarantänestation. Er machte dem Aufseher Jackett und Fiberkoffer
zum Geschenk und erhielt daraufhin die Aufgabe des verstorbenen
Latrinenarbeiters.

Etwa drei Wochen darauf fielen Kriminelle im Dunkeln über Ognjow her – glücklicherweise überlebte er den Überfall – und stahlen ihm zirka dreitausend Rubel.

In der Blüte seiner kommerziellen Karriere hatte Andrejew Ognjow fast nie zu Gesicht bekommen. Verprügelt und zerschunden, vertraute sich Ognjow Andrejew nun eines Nachts an, nachdem er seinen alten Platz wieder eingenommen hatte.

Andrejew hätte ihm das eine oder andere von dem erzählen können, was er in den Gruben der Taiga gesehen hatte, doch Ognjow bereute nicht das geringste, noch beklagte er sich.

»Heute haben sie mich am Wickel, morgen ich sie. Ich werde es ihnen heimzahlen... im Stos, im Terz, im Bura werde ich ihnen das Geld wieder abknöpfen. Ich werde ihnen alles heimzahlen.«

Ognjow hatte Andrejew weder mit Brot noch mit Geld ausgeholfen, doch das war in solchen Fällen auch nicht üblich – vom Standpunkt der Lagerethik betrachtet, verhielt sich alles normal.

Eines Tages wunderte sich Andrejew, daß er noch lebte. Es fiel ihm sehr schwer, auf die Pritsche zu steigen, doch irgendwie gelang es ihm schließlich doch. Die Hauptsache war, daß er nicht arbeiten mußte. Er lag einfach da und stellte fest, daß selbst fünfhundert Gramm Roggenbrot, drei Löffel Grütze und eine Schüssel wäßriger Suppe pro Tag einen Menschen wieder zum Leben erwecken können. Wenn er nur nicht arbeiten mußte.

Und da begriff er, daß er sich nicht fürchtete und sein Leben ihm nichts wert war. Er begriff auch, daß er einer großen Prüfung unterworfen gewesen und am Leben geblieben war. Daß es ihm bestimmt war, aus der schrecklichen Erfahrung in den Goldgruben das Beste zu machen. Und obwohl die Möglichkeiten der Wahl, der freien Entscheidung für einen Häftling so armselig waren, gab es sie doch, das begriff er, unter Umständen würden sie lebensrettend sein. Und Andrejew war bereit zu diesem großen Kampf, in dem er der Bestie mit animalischer Schläue entgegentreten würde. Er war betrogen worden, nun würde auch er betrügen. Er würde nicht sterben, er dachte nicht daran zu sterben.

Er würde die Bedürfnisse seines Körpers erfüllen, all das, was ihm der Körper in den Goldminen zu verstehen gegeben hatte. In den Minen war er unterlegen, doch es war nicht die letzte Schlacht gewesen. Er war Schlacke – hinausgeschleudert aus der Mine, und er würde wieder zu dieser Schlacke werden. Er hatte gesehen, daß der violette Stempel, den Lydia Iwanowna auf irgendein Formular gedrückt hatte, drei Buchstaben einhielt: »LKA«, leichte körperliche Arbeit. Andrejew wußte, daß derlei Vermerk in den Minen keine Aufmerksamkeit geschenkt wurde, hier jedoch, im Zentrum, wollte er aus diesen drei Buchstaben soviel wie möglich herausholen.

Doch die Möglichkeiten waren begrenzt. Man konnte etwa zum Aufseher sagen: »Ich, Andrejew, liege hier und will nirgendwohin fahren. Schickt man mich in die Minen zurück, werde ich beim ersten Gebirgspaß, wenn der Wagen bremst, in die Tiefe springen, sollen die Wachmannschaften mich ruhig erschießen – in die Goldgruben jedenfalls fahre ich nicht zurück.«

Die Möglichkeiten waren begrenzt. Hier aber würde er klüger vorgehen, würde seinem Körper mehr vertrauen. Und sein Körper würde ihn nicht im Stich lassen. Die Familie hatte ihn im Stich gelassen, das Land hatte ihn im Stich gelassen. Liebe, Tatkraft, Fähigkeiten – alles war in den Schmutz getreten, vernichtet worden. Alle Rechtfertigungen, die das Hirn sich zurechtgelegt hatte, waren falsch, verlogen, und Andrejew wußte es. Nur der durch die Taiga geweckte animalische Instinkt konnte einen Ausweg weisen – und er tat es.

Ausgerechnet hier, auf dieser zyklopischen Pritsche, begriff Andrejew, daß er etwas wert sei, daß er sich achten könne. Er lebte ja noch, hatte niemanden verraten oder verkauft, weder in der Untersuchungshaft noch im Lager. Es war ihm gelungen, einfach die Wahrheit zu sagen, seine Angst zu bezwingen. Nicht, daß er sich nicht mehr gefürchtet hätte, nein, moralische Barrieren traten jetzt klarer und deutlicher zutage als früher, alles wurde einfacher, durchschaubarer. So war zum Beispiel klar, daß Andrejew nicht am Leben bleiben würde. Seine einstige Gesundheit schien für immer dahin. Für immer? Als Andrejew in diese Stadt gebracht worden war, hatte er geglaubt, daß er noch zwei oder drei Wochen zu leben hätte. Um aber die frühere Kraft zurückzugewinnen, brauchte es monatelanger Ruhe in reiner Luft, unter Sanatoriumsbedingungen mit Milch und Schokolade. Und da es völlig klar war, daß Andrejew ein derartiges Sanatorium nie zu Gesicht bekommen würde, blieb ihm nichts als der Tod. Was wiederum nicht schrecklich war. So viele Kameraden waren schon gestorben. Doch irgend etwas, was stärker war als der Tod, ließ ihn am Leben bleiben. War es Liebe? Zorn? Nein. Der Mensch lebt aus den gleichen Gründen wie ein Baum, ein Stein, ein Hund. Das begriff Andrejew plötzlich, und er begriff es nicht nur, sondern fühlte es, gerade hier, im Durchgangslager, in der Typhusquarantäne.

Die grindige Haut verheilte viel schneller als Andrejews andere Wunden. Auch der Schildkrötenpanzer, in den sich seine Haut in den Goldminen verwandelt hatte, verlor sich allmählich. Die hellrosa Kuppen der erfrorenen Finger wurden dunkler, das zarte Häutchen, das sich gebildet hatte, nachdem die Frostblase geplatzt war, begann fester zu werden. Und – was das wichtigste war – sogar die linke Hand ließ sich wieder bewegen.

Anderthalb Jahre Arbeit in den Goldfeldern hatten beide Hände durch das Umgreifen des Spatens und der Spitzhacke zur Klaue verkrümmt. Sie waren in dieser Stellung für immer erstarrt, wie es Andrejew schien. Während des Essens hielt er wie all seine Kameraden den Löffelstiel mit den Fingerspitzen von Daumen, Zeige- und Mittelfinger und hatte ganz vergessen, daß man einen Löffel auch anders halten konnte. Die lebendige Hand ähnelte einem Prothesenhaken. Sie führte die Bewegungen einer Prothese aus. Er hätte sich mit ihr bekreuzigen können, wenn Andrejew gläubig gewesen wäre. Doch in seiner Seele gab es nichts außer Wut. Die Wunden seiner Seele verheilten nicht so schnell. Sie würden wohl niemals verheilen.

Seine Hand konnte Andrejew jetzt aber wieder geradebiegen. Eines Tages geschah es, daß die Finger der linken Hand sich plötzlich ausstrecken ließen. Das verwunderte Andrejew. Auch die Rechte, die noch immer verkrümmt war, würde eines Tages an die Reihe kommen. Des Nachts berührte Andrejew vorsichtig seine rechte Hand, versuchte, die Finger auszustrecken, und es schien ihm, als würde sie sich jeden Augenblick aus der Starre lösen. Er benagte sorgfältig die Nägel und zerbiß die schmutzige, hornige, ein wenig weicher gewordene Haut in kleine Stücke. Diese hygienische Operation war eine seiner wenigen Zerstreuungen, wenn er nicht gerade aß oder schlief.

Auch die blutigen Schrunden an den Fußsohlen schmerzten nicht mehr so wie früher, die Skorbutgeschwüre an den Beinen waren jedoch noch nicht verheilt und mußten weiterhin verbunden werden, doch es blieben immer weniger Wunden zurück – an ihre Stelle traten nun blauschwarze Flecke, die wie Brandmale bei Tieren oder Stempel von Sklavenhändlern aussahen. Lediglich die großen Zehen beider Füße waren noch nicht verheilt – hier waren die Erfrierungen bis ins Knochenmark vorgedrungen, von dort eiterte es immer wieder. Doch es eiterte viel weniger als früher, in den Goldfeldern, wo Eiter und Blut sich in die Gummigaloschen – das Sommerschuhwerk der Häftlinge – ergossen hatten, daß der Fuß bei jedem Schritt wie in einer Pfütze darin versank.

Es würden noch viele Jahre vergehen müssen, bis diese Zehen verheilt sein würden. Und noch lange danach würden sie ihn durch ziehende Schmerzen bei dem geringsten Frost an die Goldfelder im Norden erinnern. Andrejew aber dachte nicht an die Zukunft. Er hatte in den Goldminen gelernt, das Leben nicht weiter als bis zum nächsten Tag zu zählen, und setzte all seine Kraft ein, um den nächsten Tag zu erleben, wie es jeder Mensch an der Schwelle des Todes täte. Jetzt wollte er nur eines – daß die Typhusquarantäne ewig dauere. Doch das war ein Ding der Unmöglichkeit, und eines Tages war es soweit, es kam der Augenblick, daß die Quarantäne zu Ende ging.

An diesem Morgen wurden alle Insassen der Sektion auf den Hof getrieben. Stunde um Stunde drängten sich die Häftlinge schweigend hinter dem Stacheldrahtzaun, vor Kälte erstarrt. Der Aufseher, der auf einer Tonne stand, rief mit rauher, tonloser Stimme einzelne Namen auf. Die Aufgerufenen gingen durch das Tor und kehrten nicht zurück. Auf der Chaussee heulten Motoren auf, sie heulten so laut in der morgendlichen Frostluft, daß sie die Stimme des Aufsehers übertönten.

»Wenn ich nur nicht aufgerufen werde, wenn ich nur nicht aufge-

rufen werde«, suchte Andrejew das Schicksal mit kindlicher Beschwö-
rung zu bezwingen. Nein, es würde keinen Zweck haben. Wenn sie
ihn nicht heute aufriefen, dann eben morgen. Er würde dann wieder
in die Goldfelder fahren, in den Hunger, die Schläge und den Tod.
Ein dumpfer Schmerz erfaßte seine erfrorenen Finger und Zehen,
Ohren und Wangen. Andrejew trat immer häufiger von einem Fuß
auf den anderen, krümmte sich und hauchte in die zusammenge-
rollten Finger, aber die taub gewordenen Füße und kranken Hände
ließen sich nicht so einfach erwärmen. Es war ja doch alles umsonst.
Im Kampf mit dieser gigantischen Maschinerie, deren Zähne seinen
Körper zermalmen würden, war er ohnmächtig.

»Woronow! Woronow!« schrie der Aufseher mit überschnappender
Stimme. »Woronow! Hierher, du Hund...!« Er schleuderte wütend
einen dünnen gelblichen Aktendeckel auf den Tonnenboden, auf dem
er stand, und trat mit dem Fuß darauf.

Und in diesem Augenblick begriff Andrejew. Wie ein Blitz durch-
zuckte ihn die Erkenntnis und wies ihm den rettenden Weg. Erhitzt
vor Erregung, wagte er sich ein Stück vor, in die Nähe des Aufsehers.
Der rief Namen um Namen auf, die Männer verließen einer nach dem
anderen den Hof. Aber es waren ihrer noch immer viele. Gleich
würde er an der Reihe sein...

»Andrejew!« schrie der Aufseher.

Andrejew schwieg und betrachtete die glattrasierten Wangen des
Aufsehers. Nachdem er ihn ausgiebig gemustert hatte, wanderte sein
Blick zu den Deckeln mit den »Akten«. Es waren nur noch ganz wenige.

›Der letzte Transport‹, dachte Andrejew.

Der Aufseher hielt Andrejews Akte in der Hand und legte sie dann,
ohne ihn noch einmal aufzurufen, zur Seite.

»Sytschow! Vorname, Vatersname!«

»Wladimir Iwanowitsch«, entgegnete ein älterer Häftling vor-
schriftsmäßig und drängte durch die Menge nach vorn.

»Paragraph? Strafmaß? Abtreten!«

Einige weitere Männer meldeten sich auf den Aufruf hin und verließen dann den Hof. Und nach ihnen ging auch der Aufseher. Die
Häftlinge wurden in die Sektion zurückgeführt.

Das Husten, Stampfen und Schreien schwächte sich ab, ging auf im vielstimmigen Gemurmel der Hunderte von Menschen.

Andrejew wollte leben. Er hatte sich zwei einfache Ziele gesteckt und setzte alles daran, sie zu erreichen. Es war mehr als deutlich, daß er hier so lange wie irgend möglich bleiben mußte, bis zum letzten Tag. Es durfte ihm kein Fehler unterlaufen, er mußte sich beherrschen können... Das Gold bedeutete den Tod. Niemand in diesem Durchgangslager wußte das besser als Andrejew. Um jeden Preis der Welt mußte er der Taiga, den Goldgruben entrinnen. Aber wie konnte er, der rechtlose Sklave Andrejew, dies erreichen? Die Lösung lag auf der Hand. Während seiner Quarantäne war die Taiga menschenleer geworden. Kälte, Hunger und Schlaflosigkeit hatten sie entvölkert. Folglich würden die Lastwagen die Quarantänestation in erster Linie in Richtung des »Goldes« verlassen, und erst dann, wenn die Bestellung der menschlichen Fracht (»Schicken Sie zweihundert Baumstämme«, wie es in den Diensttelegrammen hieß) ausgeführt sein würde, erst dann würde man sie nicht mehr in die Taiga, nicht ins Gold transportieren. Wohin sie kommen würden, war Andrejew ganz egal, wenn es nur nicht ins Gold war.

All diese Überlegungen aber behielt Andrejew für sich. Er beriet sich mit niemandem, weder mit Ognew noch mit Parfentjew, einem Kameraden aus den Gruben oder einem anderen aus der tausendköpfigen Menge, der mit ihm gemeinsam auf den Pritschen lag. Denn er wußte, daß jeder einzelne, dem er von seinem Plan erzählte, ihn der Obrigkeit weitergeben würde, um eines Lobes, eines Machorkastummels willen oder einfach so... Er kannte die Last des Geheimnisses und wußte es zu bewahren. Nur so fürchtete er sich nicht. Allein war es leichter, doppelt, dreifach, vierfach so leicht, dem Mahlstrom zu entkommen. Es war lediglich sein Spiel – auch das hatte er in den Goldfeldern gelernt.

Viele Tage lang reagierte Andrejew nicht beim Appell. Gleich nachdem die Quarantäne beendet war, begann man damit, die Gefangenen zur Arbeit zu treiben. Am Ausgang mußte man es so anstellen, daß man nicht einer größeren Gruppe zugeteilt wurde, denn sie wurden meist zu Erdarbeiten mit Brecheisen, Spitzhacken und

Spaten geführt. In kleineren Gruppen zu zwei, drei Mann konnte man dagegen stets hoffen, sich ein zusätzliches Stück Brot oder gar Zucker zu verdienen – mehr als anderthalb Jahre lang hatte Andrejew keinen Zucker mehr gesehen. Diese Rechnung war einfach und ging meist auf. Natürlich waren all diese Arbeiten ungesetzlich, denn die Gefangenen wurden in der Etappe als krank geführt. Es fanden sich jedoch viele Anwärter, die kostenlose Arbeitskraft zu nutzen. Jene, denen die Erdarbeiten zufielen, zogen in der Hoffnung ab, irgendwo unterwegs ein wenig Tabak oder Brot zu erbitten. Und das gelang auch, selbst von zufälligen Passanten bekam man manchmal etwas.

Andrejew gelangte auf diese Weise in die Gemüselagerhalle, wo er Rüben und Möhren essen konnte, soviel er wollte, und er brachte einige rohe Kartoffeln mit »nach Hause«, die er in die Asche des Ofens legte, halbgar herauszog und aufaß – das Leben hier brachte es mit sich, daß jegliche Nahrungsaufnahme schnell vor sich gehen mußte, gab es doch zu viele Hungrige ringsum.

Beinahe sinnvolle, mit irgendeiner Tätigkeit erfüllte Tage brachen an. Zunächst mußten sie erst einmal im Morgengrauen zwei Stunden lang im Frost stehen. Und der Aufseher schrie: »He, ihr, Vorname, Vatersname!«

Wenn das tägliche Opfer für den Moloch dargebracht und alle stampfend in die Baracke gelaufen waren, führte man sie zur Arbeit. Andrejew arbeitete in der Brotfabrik, transportierte Abfall im Frauenlager, scheuerte die Böden in der Wachabteilung, wo er in der halbdunklen Kantine von den stehengebliebenen Tellern klebrige und wohlschmeckende Fleischreste von den Tischen der Kommandeure klaubte. Nach der Arbeit wurden große Schüsseln mit süßer Fruchtgrütze und Berge von Brot in die Küche getragen, und alle setzten sich, aßen und stopften sich die Taschen voll Brot.

Nur einmal ging Andrejews Rechnung nicht auf. Je kleiner die Gruppe, desto besser, dies war sein Grundsatz. Am besten jedoch war es allein. Einer allein aber wurde selten angefordert. Eines Tages sagte der Aufseher, der Andrejew bereits dem Gesicht nach kannte: »Ich habe eine Arbeit für dich gefunden, an die du noch in hundert

Jahren denken wirst. Du sollst bei einem von der Obrigkeit Holz
sägen. Ihr werdet zu zweit gehen.«

Fröhlich liefen sie vor dem Begleitposten im Kavalleriemantel her.
Der rutschte in seinen Stiefeln, stolperte, sprang über Pfützen und
holte sie schließlich im Laufschritt ein, wobei er die Enden seines
Mantels mit beiden Händen zusammenhielt. Sie kamen bald an ein
kleines stacheldrahtumzäuntes Haus mit verschlossener Pforte. Der
Begleitsoldat klopfte. Auf dem Hof begann ein Hund zu bellen. Die
Ordonnanz des Natschalniks öffnete ihnen, führte sie schweigend in
einen Schuppen, schloß sie dort ein und ließ den großen Schäferhund
auf den Hof. Dann brachte er einen Eimer Wasser, und bis die Ein-
geschlossenen nicht das gesamte Holz im Schuppen gesägt und gespalten hatten, hielt sie der Hund dort unter Verschluß. Erst spät am
Abend wurden sie ins Lager zurückgebracht. Am nächsten Tag sollten
sie erneut dorthin, Andrejew aber versteckte sich unter der Pritsche
und ging an diesem Tag überhaupt nicht zur Arbeit. Anderntags kam
ihm bei der Brotausgabe eine gute Idee, an deren Verwirklichung er
sich sogleich machte. Er zog die Filzstiefel von den Füßen und legte
sie an den Rand der Pritsche – einen neben den anderen mit den
Sohlen nach außen, so als würde er selbst mit Stiefeln auf der Pritsche
liegen. Dann legte er sich daneben auf den Bauch und bettete seinen
Kopf in die Ellenbogenbeuge.

Der Kalfaktor zählte schnell die übliche Menge ab und gab Andrejew zehn Portionen Brot. Andrejew behielt davon zwei Portionen
für sich. Ein derartiges Vorgehen würde nicht immer Erfolg haben,
deshalb begann er von neuem, sich eine Arbeit außerhalb der Baracke
zu suchen.

Im Durchgangslager wurde es immer leerer. Gerüchten zufolge
wurde auch niemand mehr in die Taiga geschickt. Andrejew jedoch
beschloß, bis zuletzt auszuharren. Bald fand er eine feste Arbeit –
jeden Abend ging er in die MWA, die Materialwirtschaftliche Abteilung des Lagers, um dort die Böden zu wischen.

Auf der dritten und vierten Etage der Pritschen lag schon lange
niemand mehr. Auch unter den Pritschen nicht.

Hatte er damals an seine Familie gedacht? Nein, An die Freiheit? Nein. Hatte er sich Gedichte aufgesagt? Nein. An die Vergangenheit gedacht? Nein. Er lebte allein in stumpfer Erbitterung. Und genau zu jener Zeit traf er Kapitän Schneider wieder.

Die Kriminellen hatten ihren Platz in der Nähe des Ofens. Auf ihren Pritschen lagen schmutzige Steppdecken, darauf eine Unmenge Federkissen unterschiedlicher Größe. Die Steppdecke ist der unerläßliche Begleiter eines jeden erfolgreichen Verbrechers, der einzige Gegenstand, den er durch Gefängnisse und Lager mit sich herumschleppt, die er stiehlt, anderen mit Gewalt wegnimmt, wenn er keine besitzt, das Kopfkissen aber dient nicht nur als Unterlage für den Kopf, sondern auch als Spieltisch bei den endlosen Kartenspielen. Diesem Tisch konnte man jede beliebige Form verleihen. Und dennoch blieb er stets Kopfkissen. Ein Spieler würde eher seine Hosen als sein Kissen verspielen.

Auf den Decken und Kopfkissen lümmelten die Anführer, genauer gesagt jene, die gerade Anführer waren. Über ihnen in der dritten Etage, wo es dunkel war, lagen weitere Decken und Kissen, hierher wurden mädchenhaft aussehende junge Kriminelle geschleppt, aber nicht nur diese – Päderast war fast jeder Kriminelle hier.

Die Kriminellen waren stets von einer Schar Sklaven und Lakaien umgeben – von Geschichtenerzählern, denn sie hielten es für schicklich, sich für »Romane« zu interessieren, von Friseuren mit Parfümflakons, die es selbst unter diesen Bedingungen gab, und noch einer Reihe anderer Bediensteter, die zu jeder Handreichung zur Verfügung standen –, und wenn es nur darum ging, ihnen ein Stück Brot abzubrechen oder ein wenig Suppe einzuflößen.

»Ruhe! Senetschka will etwas sagen. Ruhe! Senetschka will sich schlafen legen...«

Ein aus der Taiga vertrautes Bild.

Plötzlich erblickte Andrejew inmitten der Menge der Bittsteller, des ewigen Gefolges der Kriminellen, ein bekanntes Gesicht, bekannte Gesichtszüge, hörte eine vertraute Stimme. Jeder Zweifel war ausgeschlossen, es war Kapitän Schneider. Andrejews Kamerad im Butyrka-Gefängnis.

Kapitän Schneider, der deutsche Kommunist und Funktionär der Komintern, sprach hervorragend russisch, war ein Kenner Goethes und ein gebildeter Theoretiker des Marxismus. Andrejew erinnerte sich noch gut an all die Gespräche mit ihm in den langen Gefängnisnächten. Der einstige Kapitän zur See war eine Frohnatur und hatte Andrejew durch seinen Kampfgeist in der Gefängniszelle Halt gegeben.

Andrejew glaubte seinen Augen nicht zu trauen.

»Schneider!«

»Ja? Was willst du?« wendete sich der Kapitän ihm zu. Seine ausdruckslosen blauen Augen erkannten Andrejew nicht.

»Schneider!«

»Na, was willst du denn? Sei still! Senetschka wacht sonst noch auf!«

Doch schon hatte sich ein Ende der Bettdecke gehoben, und ein blasses, ungesund aussehendes Gesicht kam ans Tageslicht.

»Ah, Kapitän«, ertönte Senetschkas matter Tenor. »Ich kann nicht ohne dich einschlafen.«

»Ich komme sofort«, sagte Schneider eilfertig.

Er kletterte auf die Pritsche, schob die Decke beiseite und begann, Senetschkas Fersen zu kraulen.

Schweigend kehrte Andrejew zu seinem Platz zurück. Er wollte nicht länger leben. Und obwohl dies im Vergleich zu allem, was er bisher gesehen hatte und was er noch würde sehen müssen, ein belangloser und gar nicht schrecklicher Vorfall gewesen war – Kapitän Schneider blieb auf ewig in seinem Gedächtnis.

Es wurden immer weniger Menschen. Das Durchgangslager leerte sich. Eines Tages stand Andrejew dem Aufseher von Angesicht zu Angesicht gegenüber.

»Wie heißt du?«

Andrejew aber war bereits seit langem auf eine derartige Frage vorbereitet.

»Gurow«, sagte er demütig.

»Warte!«

Der Aufseher blätterte seine Papiere durch.

»Nein, steht hier nicht.«

»Kann ich gehen?«

»Hau ab, du Hund«, brüllte der Aufseher.

Jeden Tag wurden sie zur Arbeit getrieben – zu einer unbezahlten, nicht geachteten Durchgangslagerarbeit, keiner Arbeit nach Normen. Am lukrativsten war es, in kleine Gruppen eingeteilt zu werden – am besten allein oder zu zweit –, und Andrejew bemühte sich, eine derartige Arbeit zu bekommen.

Das war nicht allzu schwer, man mußte sich nur in den hinteren Reihen am Tor halten. Drei-, vierhundert Mann wurden stets für Erdarbeiten in der Stadt gebraucht, sie wurden in großen Gruppen zusammengefaßt, die nachfolgenden Gruppen wurden immer kleiner. Schließlich kam die Reihe an Andrejew. So gelangte er in die Brotfabrik, dahin, wo die Frauen arbeiteten. Eines Tages wurde er zum Saubermachen und Geschirrspülen in die Kantine der Transitstation für heimreisende Freigelassene, die ihre Frist abgesessen hatten, abkommandiert. Sein Kompagnon war ein völlig entkräfteter Mann unbestimmten Alters, der eben erst aus dem Ortsgefängnis entlassen worden war. Es war sein erster Ausgang zur Arbeit. Er stellte Fragen über Fragen – was sie zu tun haben würden, ob sie auch zu essen bekämen und ob es möglich sei, bereits vor Arbeitsbeginn um etwas Eßbares zu bitten. Der Mann erzählte, daß er Professor der Neuropathologie sei – seinen Namen hatte Andrejew schon einmal gehört.

Andrejew wußte aus Erfahrung, daß die Lagerköche, und nicht nur diese, die Iwan Iwanowitschs, wie sie die Intelligenzler nannten, nicht liebten. Er riet dem Professor also, nichts im voraus zu erbitten, und dachte traurig daran, daß die Hauptarbeit des Geschirrspülens und Saubermachens wohl ihm, Andrejew, zufallen würde, der Professor war zu schwach. Doch das war kein Grund, böse zu sein – wie oft hatte sich Andrejew in den Goldgruben schlecht gefühlt, war seinen damaligen Kameraden ein schwacher Partner gewesen, und niemand hatte je ein Wort darüber verloren. Wo waren sie alle? Wo war Schejnin, wo Rjutin oder Chwostow? Alle waren sie tot, er aber, Andrejew, lebte, doch er lebte nicht wirklich, und er würde wohl auch kaum überleben. Aber er wollte um sein Leben kämpfen.

Andrejews Vermutung sollte sich bestätigen – der Professor erwies sich tatsächlich als schwacher, wenn auch eilfertiger Helfer.

Die Arbeit war getan, sie durften sich in die Küche setzen, und der Koch stellte einen großen Kessel sämiger Fischsuppe und einen großen Blechnapf mit Grütze vor sie hin. Der Professor klatschte vor Freude in die Hände, Andrejew aber, der in der Taiga gesehen hatte, wie ein Mann bis zu zwanzig Essensportionen, bestehend aus drei Gängen mit Brot, verschlingen konnte, betrachtete die angebotene Mahlzeit mißbilligend.

»Etwa ohne Brot?« fragte er finster.

»Wieso ohne Brot, ich geb euch gleich was«, und der Koch holte zwei Scheiben Brot aus dem Spind.

Die Mahlzeit war bald beendet. Der umsichtige Andrejew verzichtete bei solchen Gelegenheiten stets darauf, sein Brot sofort zu essen. Auch jetzt steckte er es in die Tasche. Der Professor jedoch brach das Brot in Stücke, verschlang die Suppe, kaute, und große schmutzige Schweißperlen traten auf seinem kahlrasierten grauen Schädel hervor.

»Hier habt ihr jeder noch einen Rubel!« sagte der Koch. »Brot habe ich jetzt aber keins mehr.«

Es war eine sehr gute Bezahlung. Im Durchgangslager gab es eine Bude, einen Verkaufsstand, wo die freien Arbeitskräfte Brot kaufen konnten. Andrejew erzählte dem Professor davon.

»Ja, ja. Sie haben recht«, sagte der Professor. »Aber ich habe gesehen, daß es dort auch süßen Kwas gibt. Oder ist es Limonade? Ich möchte so gern Limonade kaufen, oder überhaupt irgend etwas Süßes.«

»Das ist Ihre Sache, Professor. Ich an Ihrer Stelle würde mir lieber Brot kaufen.«

»Ja, ja, Sie haben recht«, wiederholte der Professor. »Doch ich würde so gern etwas Süßes haben. Trinken Sie doch auch einen Schluck!«

Andrejew jedoch lehnte kategorisch ab.

Schließlich gelang es Andrejew, einen Einzelposten zu bekommen – er hatte die Aufgabe, die Böden im Büro der Wirtschaftsabteilung des Transitlagers zu scheuern. Jeden Abend holte ihn der wachhabende Stubendienst ab, in dessen Verantwortungsbereich die Sauberkeit im Büro gehörte. Es waren zwei winzige Zimmerchen, vollgestellt mit Tischen, jedes etwa vier Quadratmeter groß. Die Böden waren gestrichen. Es war eine läppische Arbeit von zehn Minuten, und Andrejew begriff nicht gleich, warum der Stubendienst für diese Aufgabe eine Arbeitskraft anforderte. Das Wischwasser trug der Soldat selbst durchs ganze Lager, und saubere Lappen lagen auch stets bereit. Die Entlohnung war fürstlich – Machorka, Suppe und Grütze, Brot und Zucker. Der Soldat versprach Andrejew sogar, ihm eine leichte Jacke zu besorgen, doch dazu sollte es nicht mehr kommen.

Offenbar erschien es dem Stubendienst unter seiner Würde, die Böden eigenhändig aufzuwischen – selbst wenn er dafür nur fünf Minuten pro Tag benötigte, da er ja in der Lage war, sich einen Arbeitssklaven zu dingen. Diese Eigenart hatte Andrejew bereits in der Taiga beobachten können: Der Stubendienst erhält vom Natschalnik für die Säuberung der Baracke eine Handvoll Machorka. Die eine Hälfte schüttet er in seinen Tabaksbeutel, für die andere aber nimmt er sich einen Laufburschen aus der Baracke der Politischen. Dieser wiederum halbiert den Machorka seinerseits und engagiert eine Arbeitskraft für zwei Papirossy. Und der Mann, der zwölf bis vierzehn Stunden gearbeitet hat, wischt nachts die Böden für zwei Papirossy. Und ist noch glücklich dabei, denn für den Tabak tauscht er Brot ein.

Die Fragen der Währung gehören zu den kompliziertesten der Ökonomie. Auch für Lager sind die Währungsprobleme kompliziert – es gibt die merkwürdigste Währung – Tee, Tabak, Brot – nach dem jeweiligen Kurswert.

Der Stubendienst der Wirtschaftsabteilung entlohnte Andrejew manchmal mit Talons für die Küche. Es waren jetonähnliche Pappstückchen mit einem Stempel – für zehn Essensrationen, fünf Hauptgerichte usw. Bekam Andrejew beispielsweise eine Marke für zwanzig Portionen Grütze, so bedeckten diese zwanzig Portionen kaum den Boden des Blechnapfes.

Andrejew beobachtete, wie die Kriminellen statt der Marken zusammengerollte orange Dreißigrubelscheine durch die Ausgabeklappe schoben. Diese Methode funktionierte bestens. Der Napf füllte sich mit Grütze und wurde im Gegenzug zur »Marke« durch die Klappe zurückgereicht.

Das Durchgangslager wurde immer leerer. Schließlich brach der Tag herein, an dem nach Abfahrt des letzten Lastwagens auf dem Hof insgesamt etwa drei Dutzend Menschen zurückblieben.

Dieses Mal wurden sie nicht in die Baracken zurückgeschickt, sondern in Reih und Glied durch das gesamte Lager geführt.

»Sie werden uns schon nicht erschießen«, sagte der neben Andrejew marschierende hochgewachsene einäugige Mann mit den großen Händen.

Genau daran – ans Erschießen – hatte auch Andrejew gedacht. Sie wurden in die Registratur gebracht.

»Wir werden jetzt Fingerabdrücke von euch nehmen«, sagte der Verantwortliche, der auf die Hörtreppe hinausgetreten war.

»Wenn's denn unbedingt sein muß, dann wird's wohl auch ohne Fingerabdrücke gehen«, sagte der Einäugige scherzhaft. »Ich heiße Georgi Adamowitsch Filippowski.«

»Und du?«

»Andrejew, Pawel Iwanowitsch.«

Der Offizier holte ihre Akten heraus.

»Wir suchen euch schon seit langem«, sagte er gleichmütig. »Geht in die Baracke, dann werde ich euch sagen, wohin ihr geschickt werdet.«

Andrejew wußte jetzt, daß er den Kampf um sein Leben gewonnen hatte. Es konnte einfach nicht sein, daß die Taiga sich noch immer nicht an Menschen satt gefressen hatte. Wenn sie auf Transport gehen würden, dann zu nahe gelegenen Einsatzorten in der Umgebung. Oder in die Stadt selbst – das wäre noch besser. Weit weg schicken würde man sie nicht, nicht nur, weil auf Andrejews Akte der Vermerk »Leichte körperliche Arbeit« stand. Andrejew wußte, daß man sich auch plötzlich über derartige Vermerke hinwegsetzte. Man würde sie nicht weit fort schicken, weil die Order der Taiga bereits erfüllt war. Ihnen, der letzten Reihe, würde nur eine Aufgabe in der Nähe zugewiesen werden, wo das Leben leichter, einfacher, satter war, wo es keinen Goldabbau gab, und das bedeutete Hoffnung auf Rettung. Dies hatte sich Andrejew erkämpft in seiner zweijährigen Arbeit in den Goldgruben der Taiga. In der schrecklichen Anspannung der monatelangen Quarantäne. Er hatte so viel getan. Seine Hoffnungen mußten sich einfach erfüllen, koste es, was es wolle.

Eine Nacht blieben sie im ungewissen. Nach dem Frühstück kam der Aufseher mit einer Liste in die Baracke gelaufen, einer kleinen Liste, wie Andrejew sogleich erleichtert feststellte. Die Listen für die Goldgruben erfaßten jeweils fünfundzwanzig Mann pro Lkw, und davon gab es stets einige.

Andrejew und Filippowski wurden nach dieser Liste aufgerufen. Es standen noch mehr Namen auf der Liste – nicht sehr viele, aber auch nicht nur zwei oder drei.

Die Aufgerufenen wurden zu der bekannten Tür der Registratur geführt. Dort warteten bereits drei weitere Männer – ein grauhaariger, ernst blickender, bedächtiger Alter in einem ordentlichen Schafspelz und Filzstiefeln, ein schmutziger unruhiger Mann in Wattejacke, Hosen, Gummigaloschen und Fußlappen. Der dritte war ein würdiger Alter, der auf seine Füße blickte. In einiger Entfernung stand ein Mann in Militärrock und Lammfellmütze.

»Das sind alle«, sagte der Aufseher. »Kommen sie in Frage?«

Der Mann im Militärrock zeigte mit dem Finger auf den Alten: »Was bist du für einer?«

»Isgibin, Juri Iwanowitsch, Paragraph achtundfünfzig. Haftdauer fünfundzwanzig Jahre«, rapportierte der Alte behend.

»Nein, nein«, runzelte der Militär die Stirn. »Was du von Beruf bist, will ich wissen. Eure Daten finde ich auch ohne eure Hilfe...«

»Ofensetzer, Bürger Vorgesetzter.«

»Und was kannst du noch?«

»Ich kann auch klempnern.«

»Sehr gut. Und du?« Der Natschalnik richtete seinen Blick auf Filippowski.

Der einäugige Riese sagte, daß er Heizer auf einem Dampfschiff in Kamenez-Podolski gewesen sei.

»Und du?«

Der würdige Alte murmelte plötzlich irgend etwas auf deutsch vor sich hin.

»Was soll denn das bedeuten?« fragte der Offizier interessiert.

»Kein Grund zur Aufregung«, entgegnete der Aufseher. »Er ist Tischler, ein guter Tischler und heißt Frühsorger. Er ist nicht ganz richtig im Kopf, aber das wird sich schon wieder geben.«

»Und weshalb spricht er deutsch?«

»Er ist aus der Saratower Gegend, aus der autonomen Republik.«

»Ach so... Und du?« Diese Frage galt Andrejew.

›Er braucht offenbar Facharbeiter, überhaupt Arbeiter‹, schoß es Andrejew durch den Kopf. Ich werde mich als Gerber ausgeben. »Gerber, Bürger Vorgesetzter.«

»Sehr gut. Wie alt?«

»Einunddreißig.«

Der Natschalnik schüttelte ungläubig den Kopf. Doch da er schon vieles erlebt und auch schon einige von den Toten auferstandene Männer gesehen hatte, schwieg er und richtete seine Augen auf den fünften.

Der fünfte, der Mann mit den fahrigen Bewegungen, erwies sich als nicht mehr und nicht weniger als Funktionär der Esperantogesellschaft.

»Ich bin eigentlich Agronom, wissen Sie, der Ausbildung nach bin ich Agronom, ich habe sogar Vorlesungen gehalten, mein Fall aber hängt wohl mit den Esperantisten zusammen.«

»Spionage, oder was?« fragte der Militär gleichgültig.

»So ist es, etwas in dieser Richtung«, bestätigte der nervöse Mensch.

»Also, was ist?« fragte der Aufseher.

»Ich nehme sie«, entgegnete der Natschalnik. »Bessere findet man ja doch nicht. Wir haben im Augenblick keine große Wahl.«

Alle fünf wurden in einen gesonderten Raum der Baracke geführt. Auf der Liste standen noch zwei oder drei weitere Namen, Andrejew sah es genau. Der Aufseher trat ein.

»Wohin fahren wir?«

»Zu einem Auftrag in der Gegend, wohin denn sonst«, sagte der Aufseher. »Und das hier ist euer neuer Vorgesetzter.«

»In einer Stunde fahren wir ab. Drei Monate habt ihr hier Fett ansetzen können. Freunde, damit ist jetzt Schluß.«

Eine Stunde später wurden sie herausgerufen, aber nicht zum Lastwagen, sondern in die Kleiderkammer.

›Wir sollen wohl die Ausrüstung wechseln‹, dachte Andrejew. Der Frühling lag ja schon in der Luft, es war April. Sie würden jetzt Sommerkleidung bekommen, und er könnte endlich diese verhaßten Wintersachen abgeben, wegwerfen, vergessen. Doch statt der Sommerkleidung bekamen sie Wintersachen ausgehändigt. War es ein Versehen? Nein – auf der Liste stand mit Rotstift der Vermerk »Winterkleidung«.

Ohne etwas zu begreifen, kleideten sie sich an diesem Frühlingstag in doppelte Westen und Tuchjacken und alte geflickte Filzstiefel. Schließlich fanden sie sich, nachdem sie irgendwie über die Pfützen gesprungen waren, aufgeregt wieder im Barackenraum ein, von dem aus sie zur Kleiderkammer gegangen waren.

Alle schwiegen, waren aber sehr nervös, nur Frühsorger murmelte etwas auf deutsch vor sich hin.

»Er betet, der Hurensohn«, flüsterte Filippowski Andrejew zu.

»Wer von euch kennt sich denn hier aus?« fragte Andrejew in die Runde.

Der grauhaarige, wie ein Professor aussehende Ofensetzer zählte alle Einsatzorte der Umgebung auf: der Hafen, Kilometer vier, Kilometer siebzehn, dreiundzwanzig, siebenundvierzig.

Dahinter begannen die Abschnitte des Straßenbaus – Stätten, die den Goldgruben kaum nachstanden.

»Herausgetreten! Im Gleichschritt zum Tor!«

Alle traten heraus und gingen zum Tor des Durchgangslagers. Vor dem Tor stand ein großer Lastwagen, der mit grünem Segeltuch abgedeckt war.

»Eskorte, übernehmen Sie!«

Der Begleitsoldat rief ihre Namen auf. Andrejew spürte, wie es ihm kalt den Rücken hinunterlief...

»Aufsitzen!«

Ein Begleitsoldat schlug den Rand der großen Plane zurück, die den Lastwagen bedeckte – das Fahrzeug war dicht besetzt mit Männern in voller Montur.

»Klettert rauf!«

Alle fünf rückten eng zusammen. Sie schwiegen. Der Begleitsoldat setzte sich in den Wagen, ließ den Motor an, und der Wagen setzte sich auf der Chaussee in Bewegung, schlug den Weg zur Haupttrasse ein.

»Man wird uns wohl zu Kilometer vier bringen«, sagte der Ofensetzer.

Die Werstpfähle zogen vorbei. Alle fünf hatten ihre Köpfe der Ritze in der Plane zugewandt. Sie glaubten ihren Augen nicht zu trauen...

»Siebzehn...«

»Dreiundzwanzig...«, zählte Filippowski.

»Ihr sollt uns hier in der Nähe absetzen, ihr Hunde«, stieß der Ofensetzer böse krächzend hervor.

Der Wagen folgte schon seit geraumer Zeit der gewundenen Straße zwischen den Felsen. Die Chaussee ähnelte einem Seil, an dem das Meer zum Himmel hinaufgezogen wurde. Die Berge zogen es – Treidler mit gekrümmten Rücken.

»Siebenundvierzig...«, sagte hoffnungslos, mit erstorbener Stimme der nervöse Esperantist.

Der Wagen fuhr weiter.

»Wohin fahren wir?« fragte Andrejew und berührte jemandes Schulter.

»In Atka, Kilometer zweihundertacht, sollen wir übernachten.«

»Und weiter?«

»Keine Ahnung... Gib mir was zu rauchen.«

Schwer ächzend erklomm der Lastwagen den vor ihnen liegenden Gebirgspaß.

ALEXANDER SOLSCHENIZYN

DIE RECHTE HAND

Nach Taschkent kam ich in jenem Winter schon als toter Mann. Dazu war ich auch hergekommen – zu sterben.

Man holte mich zurück, noch eine Weile zu leben.

Das dauerte einen Monat, noch einen Monat und wieder einen Monat. An den Fenstern war der unbändige Taschkenter Frühling vorbeigezogen und zum Sommer geworden, die Bäume standen in dichtem Grün, und die Tage waren richtig warm, als auch ich mich ins Freie traute auf unsicheren Beinen.

Noch wagte ich mir selbst nicht einzugestehen, daß ich gesund wurde, noch maß ich in den wagemutigsten Träumen die mir zugeschlagene Frist nicht mit Jahren, sondern mit Monaten – aber ich bewegte mich, schwerfällig, Schritt für Schritt, über die kiesbestreuten, über die asphaltbedeckten Wege des Parks, der sich üppig zwischen den Pavillons der Klinik ausbreitete. Ich mußte mich oft setzen, manchmal, wenn Übelkeit mich plagte, auch niederlegen, so daß der Kopf möglichst tief hinabhing.

Ich war wie die übrigen Patienten und anders doch: Ich war viel rechtloser als sie und notgedrungen schweigsamer. Für sie gab es Besuchstage, an ihren Betten weinten Verwandte, ihre einzige Sorge, ihr einziges Ziel war – gesund zu werden. Ich aber fand zum Gesundwerden kaum einen Grund: Mit meinen fünfunddreißig Jahren besaß ich in jenem Frühjahr auf der ganzen Welt keinen einzigen Menschen. Auch fehlte mir ein Paß, und wenn ich sogleich gesund geworden wäre, ich hätte dieses Grünen verlassen müssen, diese vielfach fruchtbare Gegend, um heimzukehren in die Wüste, den Ort meiner ewigen Verbannung, wo ich mich jede zweite Woche bei der Kommandantur zu melden und diese Kommandantur sich lange Zeit ungnädig gezeigt hatte, mich Sterbenden überhaupt in die Klinik ziehen zu lassen.

Über all dies konnte ich mit den freien Menschen um mich her nicht sprechen. Hätte ich es versucht, sie hätten mich nicht verstanden.

Ihnen voraus jedoch hatte ich zehn Jahre des Grübelns und Denkens, die mich lehrten, daß sich das Leben in Wahrheit nicht am Vielen, sondern am Geringen auskosten läßt. An ebendiesem vorsichtigen Voransetzen der noch schwachen Beine. An jedem behutsamen Atemzug, behutsam, damit es nicht schmerzt in der Brust. An einer einzigen vom Frost nicht angeschlagenen Kartoffel, die man aus der Suppe fischt.

So war dieses Frühjahr für mich zugleich das qualvollste und das wunderbarste meines Lebens.

Ich hatte so vieles vergessen oder niemals gesehen, alles schien mir anregend und neu: selbst der Karren der Eisverkäuferin; selbst der Straßenfeger mit der Wasserspritze; selbst die Marktfrauen und ihre Radieschen; und schon gar das Fohlen, das durch eine Bresche in der Mauer hin zum Rasen geschlüpft war.

Mit jedem Tag wagte ich mich weiter von der Klinik fort, tiefer in den Park hinein, der wohl noch Ende des vorigen Jahrhunderts angelegt worden war, ebenso wie die soliden Ziegelbauten mit der frei sichtbaren Mauerung der Fugen. Von der Stunde an, da die feierliche Sonne aufzog, über den ganzen südlichen Tag hin bis spät noch in das Gelb des elektrischen Abends hinein war der Park erfüllt von lebhafter Bewegung. Geschäftig huschten die Gesunden hin und her, gemächlich promenierten die Kranken.

Dort, wo einige Alleen zu einer einzigen zusammenflossen, die dann im Haupttor mündete, stand weiß schimmernd ein alabasterner Stalin, das steinerne Lächeln im Schnurrbart. Auf dem weiteren Weg zum Tor waren in gleichmäßigen Abständen andere kleinere Büsten postiert.

Danach folgte ein Kiosk für Schreibwaren. Verkauft wurden Plastikbleistifte und verlockende Notizhefte. Doch meine Geldmittel waren karg bemessen, dies zum ersten, und zum zweiten hatte ich solche Hefte schon einmal besessen, die aber waren dann an den Falschen geraten, worauf ich entschied, mir lieber keine mehr zuzulegen.

Direkt am Tor befanden sich ein Obststand und ein kleines Teehaus. Wir, die Patienten in den gestreiften Pyjamas, durften nicht
hinein, doch die eine Wand war offen, so daß wir sehen konnten,
wie es drinnen zuging. Ein leibhaftiges Teehaus, das sah ich zum
erstenmal – eigene Teekannen für jeden Gast eine, mit grünem oder
schwarzem Getränk. Es gab in der Teestube einen europäischen Teil
mit Tischchen und einen usbekischen, wo über den ganzen Raum ein
Bretterpodest errichtet war. An den Tischen aß man rasch und trank
man rasch, ließ ein paar Münzen als Zahlgeld in der geleerten Schale
zurück und ging seines Weges. In der anderen Hälfte, wo über den
Sitzmatten für die heißen Tage ein Schilfdach gespannt wurde, saß
man stunden-, bisweilen tagelang; da schlürfte man, halb hingestreckt,
Teekanne um Teekanne leer, da wurde eifrig gewürfelt, geradeso,
als hielte der lange Tag für die Gäste dieser Hälfte keinerlei Pflichten
bereit.

Der Obststand verkaufte auch an Patienten; meinen Kopeken allerdings, den spärlichen Ersparnissen eines Strafgefangenen, wollten die
Preise nicht behagen. Ich inspizierte die Berge von gedörrten Aprikosen, Rosinen, frischen Kirschen – und ging weiter.

Dahinter zog sich eine hohe Mauer, auch durch das Tor wurden die
Patienten nicht gelassen. Zwei- und auch dreimal am Tag wälzten sich
über die Mauer orchestrale Trauermärsche auf das Gelände der Klinik
(denn es war eine Millionenstadt, und der Friedhof lag hier, nebenan).
Jeweils bis zu zehn Minuten lang tönte die Musik, ehe die langsame
Prozession die Anstalt passiert hatte. Die Trommel schlug einen ent-
sagenden Rhythmus. Auf die Menge übte dieser Rhythmus keine
Wirkung aus, sie bewegte sich schneller. Die Gesunden sahen sich
nur flüchtig um und hasteten weiter, wohin sie eben zu hasten hatten.
(Sie alle wußten genau, was und wohin.) Die Kranken aber hielten an,
lauschten lange, streckten die Köpfe aus den Fenstern der Pavillons.

Je fühlbarer ich mich von der Krankheit befreite, je sicherer es
wurde, daß mir das Leben blieb, desto wehmütiger sah ich um mich:
Schon tat es mir leid, diesen Ort zu verlassen.

Auf dem Sportplatz der Klinik warfen weiße Gestalten einander
weiße Tennisbälle zu. Ich hatte immer Tennis spielen wollen, doch es

war nie dazu gekommen. Am Fuße des steilen Ufers brodelte und schäumte das schmuziggelbe Wasser des rasenden Salar. Und das Leben im Park: vielverzweigte Eichen, Schatten gewährende Ahornbäume, zarte japanische Akazien... Und ein achtstrahliger Springbrunnen, der feine frische Silberfäden aus Wasser hoch hinauf schleuderte. Und das Gras auf dem Rasen! Welch ein Gras – saftig, längst vergessen. (In den Lagern gab's Befehl, es zu tilgen, wie einen Feind, und dort, wo ich in Verbannung war, da wuchs überhaupt keines.) Einfach bäuchlings darauf liegen, die Luft atmen, die sonnendurchglüht von der Erde aufsteigt und nach Gras riecht, Frieden empfinden – das war Seligkeit genug.

Hier im Gras lag ich nicht allein. Da und dort, ganz Anmut auch während des Lernens, saßen Studentinnen über dicken Lehrbüchern der Medizin. Oder sie überstürzten sich im Erzählen. Oder sie fanden sich nach Prüfungen hier ein. Oder, geschmeidigen Ganges, Trainingsköfferchen schwenkend, kamen sie aus den Duschräumen des Sportplatzes. Nur undeutlich zu sehen an den Abenden und dreifach anziehend daher, bogen die Mädchen in ihren lichten Kleidern, den berührten und unberührten, um den Springbrunnen und raschelten über den Kies der bestreuten Wege.

Irgendwer tat mir ätzend leid: Waren es meine Altersgenossen – die bei Demjansk erfroren, die in Auschwitz verbrannten, die in Dshezkazgan vergifteten, die in der Taiga noch sterbenden –, weil nicht uns diese Mädchen gehören würden? Oder waren's die Mädchen? Beklagte ich sie um das, was ich ihnen niemals würde erzählen können und sie – niemals erfahren würden?

Und den ganzen Tag lang strömten über die mit Kies bestreuten und die mit Asphalt überzogenen Wege Frauen, Frauen, Frauen – junge Ärztinnen, Schwestern, Laborantinnen, Mädchen aus der Kanzlei, Frauen von der Wäscheausgabe, Köchinnen und weibliche Verwandte, die ihre Patienten besuchten. Sie zogen vorbei, in schneeweißen Mänteln, in südlich bunten Kleidern, in oft fast durchsichtigen Kleidern, und wer vermögender war, ließ über dem Kopf einen modischen chinesischen Sonnenschirm kreisen, sonnige, himmelblaue, rosa Gebilde auf dünnen Bambusstäben. Jede, die da in Sekunden vorbeiglitt, umfaßte ein ganzes Sujet: ihres vor mir gelebten Lebens, ihrer möglichen (unmöglichen) Bekanntschaft mit mir.

Ich war jämmerlich anzusehen: meinem ausgemergelten Gesicht war alles Erlebte aufgeprägt – die Runzeln erzwungener düsterer Lagereinsamkeit, die tödliche Fahlheit der gegerbten Haut, die frühere Vergiftung durch die Krankheit und die spätere durch Medikamente, die der Farbe der Wangen einen grünlichen Ton beigegeben hatte. Die erworbene Gewohnheit, sich zu ducken und zu verstecken, hatte meinen Rücken gekrümmt. Der gestreifte Narrenkittel reichte mir kaum bis über den Bauch, die gestreifte Hose endete oberhalb der Knöchel, aus den klobigen Lagerschuhen baumelten die Enden der altersbraunen Fußlappen.

Die Letzte dieser Frauen wäre davor zurückgeschreckt, sich mit mir zu zeigen! Doch ich, ich sah mich nicht. Und meine Augen waren durchsichtig wie die ihren und ließen in mein Inneres die Welt ein.

So stand ich einmal gegen Abend vor dem Haupttor und schaute. Vorbei strebte der übliche Strom: Schirme, sich wiegend im Takt, schimmerndes Durcheinander von glänzenden Kleidern, rohseidene Hosen an hellen Gürteln, bestickte Hemden und bestickte Usbekenkäppchen. Stimmen vermischten sich, der Obsthandel florierte, hinter dem Zaun wurde Tee getrunken, Würfel klapperten, am Zaun aber, wie ein Bettler, lehnte ein kleiner ungestalter Mann und rief von Zeit zu Zeit mit erstickender Stimme: »Genossen... Genossen...«

Die bunte beschäftigte Menge hörte nicht auf ihn. Ich trat näher.

»Was gibt's, Bruderherz?«

Der Mann hatte einen übermäßigen Bauch, gewölbter als der einer Schwangeren, und der Bauch hing sackig hinab und fand keinen Platz unter der feldgrauen, grauschmutzigen Uniformbluse und in den schmutzigen feldgrauen Hosen. Seine Stiefel mit genagelten Sohlen waren schwer und staubig. Der Mantel, den er da auf den Schultern schleppte, aus schwerem Stoff, mit speckigem Kragen und abgewetzten Ärmeln, der war für anderes Wetter gedacht. Und auf dem Kopf klebte ein uraltes fetziges Käppi, einer Vogelscheuche würdig.

Seine hervorquellenden Augen blickten trübe.

Mühsam hob er die eine zur Faust geballte Hand, und ich zog ein schweißfeuchtes zerknülltes Papier heraus. Es war ein mit eckiger Schrift und kratzender Feder geschriebenes Gesuch des Bürgers Bobrow mit der Bitte um Aufnahme in Spitalpflege. Auf dem Gesuch, schräg über dem Blatt, prangten zwei Entscheidungen, die eine in roter, die andere in blauer Tinte. Die blaue Tinte gehörte zum städtischen Gesundheitsamt und drückte eine vernünftig begründete Absage aus. Die rote Tinte jedoch gebot der Klinik der medizinischen Hochschule die Aufnahme des Bürgers Bobrow in stationäre Behandlung. Die blaue Tinte stammte von gestern, die rote – von heute.

»Na also«, redete ich laut auf ihn ein, als wäre er taub, »da müssen Sie halt zur Aufnahme, Pavillon eins. Gehen Sie nur immer geradeaus, an diesen... Denkmälern vorbei.«

Da merkte ich jedoch, daß ihn knapp vor dem Ziel die Kräfte verlassen hatten: nicht nur sich weiterzufragen und sich weiterzuschleppen über den glatten Asphalt war er außerstande – selbst den anderthalb Kilo schweren schmuddligen Proviantsack vermochte er nicht mehr zu halten. Was blieb mir übrig?

»Ist gut, Alter, ich begleite dich, komm. Gib her den Sack.«

Sein Gehör war in Ordnung. Erleichtert reichte er mir den Sack, legte sich schwer auf meinen dargebotenen Arm und setzte sich in Bewegung. Seine Stiefel schleiften über den Asphalt: Er hob die Beine kaum. Durch den Mantel, der rostig aussah vor Staub, griff ich ihn am Ellbogen. Wegen des gedunsenen Bauches glaubte ich immer wieder, er würde das Übergewicht bekommen. Er atmete schwer und heftig.

So zogen wir, zwei Bettelgestalten, eben über jene Allee, durch die mich meine Träume Hand in Hand mit den schönsten Mädchen von Taschkent dahinspazieren ließen. Langsam schleppten wir uns an den alabasternen Büsten entlang; bogen endlich ein. Am Weg stand eine Bank mit Rückenlehne. Mein Gefährte bat, sich niedersetzen zu dürfen. Auch in mir kam wieder die Übelkeit hoch: Ich war schon zu lang auf den Beinen. Von hier aus konnten wir den Springbrunnen sehen, denselben.

Schon unterwegs hatte der Alte mehrmals zu einem Gespräch angesetzt, nun, da er verschnaufte, fuhr er fort. Er mußte in den Ural, dort war er gemeldet, wie auch in seinem Paß vermerkt, und darin bestand ja das ganze Mißgeschick. Denn die Krankheit hatte ihn irgendwo bei Tachia-Tasch gepackt (wo man, wie ich mich erinnerte, einen Kanal zu bauen begann). In Urgentsch hatten sie ihn einen Monat im Spital behalten und versucht, das Wasser aus Bauch und Beinen zu ziehen, am Ende aber war's schlimmer als zuvor. Da hatten sie ihn heimgeschickt. In Tschardshou war er aus dem Zug gestiegen und auch in der Station Ursatjewskaja – doch nirgends war er im Spital aufgenommen worden, von überall weitergeschickt, in den Ural, wo er doch gemeldet war. Im Zug fahren, das war ihm aber schon zuviel, das konnte er nicht mehr, und Geld für die Fahrkarte blieb ihm auch keins. Erst hier, in Taschkent, hatte er in zwei Tagen das Spital durchgesetzt.

Was er im Süden getrieben, was er dort verloren hatte – ich fragte erst gar nicht danach.

Den Befunden nach zu urteilen, war seine Krankheit die komplizierteste der Welt, seinem Aussehen nach – wohl die letzte. Ich hatte an Kranken genug gesehen, um klar zu erkennen, daß sich in ihm kein Wille zum Leben mehr hielt. Die Lippen hingen schlaff, seine Sprache war ein Blabbern, und seine Augen überzog matte Glasigkeit.

Selbst die Kappe fiel ihm zur Last. Mit Mühe hob er die Hand und zog sie herab auf die Knie. Hob wieder die Hand und wischte sich mit dem unsauberen Ärmel den Schweiß von der Stirn. Die Kuppel seines Schädels war kahl, aber rund um den Scheitel waren ihm Haare geblieben, ungekämmte, staubverfilzte, noch blonde Haare. Nicht das Alter hatte ihn fertiggemacht, sondern die Krankheit.

An seinem Hals, einem kümmerlich dünnen Hühnerhals, hing viel überflüssige Haut, und der dreikantige Adamsapfel davor führte ein Eigenleben.

Wie sollte der Kopf da einen Halt finden? Kaum saßen wir, da schlappte er nach vorne, so daß das Kinn gegen die Brust stieß.

Er regte sich nicht, saß still, die Kappe in der Hand, mit geschlossenen Augen, als hätte er vergessen, daß unsere Rast nur kurz sein sollte und er zur Aufnahme mußte.

Nahe vor uns bäumte sich silberfädig und beinahe lautlos der Strahl des Springbrunnens auf. Drüben spazierten zwei Mädchen vorbei, die eine in einem rotgelben, die andere in einem weinroten Rock. Beide gefielen mir sehr.

Mein Nachbar schnaufte geräuschvoll, ließ den Kopf über die Brust rollen und schielte unter graugelben Lidern zu mir empor.

»Hätten Sie nicht vielleicht was zum Rauchen, Genosse?«

»Das schlag dir aus dem Kopf, Alter!« fuhr ich ihn an. »Wir zwei sollten froh sein, auch ohne das Kraut noch eine Weile über die Erde zu stiefeln. Schau dich im Spiegel an. Rauchen!«

(Ich selbst hatte das Rauchen vor einem Monat aufgegeben; war mir ziemlich schwergefallen, davon loszukommen.)

Er schnaubte. Und sah mich wieder an, unter den gelben Lidern hervor, von unten nach oben, hündisch irgendwie.

»Aber drei Rubel, die kannst du mir doch geben, Genosse!«

Ich überlegte hin und her. Wie man's auch nahm, ich blieb doch der Strafgefangene und er, trotz allem, ein freier Mann. Wie viele Jahre ich dort auch gearbeitet habe – einen Lohn bekam ich nie. Später, da begannen sie wohl zu zahlen, aber auch abzuziehen: für die Bewachung, für die Lagerbeleuchtung, für die Spürhunde, für die Chefs, für den Fraß.

Ich holte den aus Wachstuch genähten Geldbeutel aus der kleinen Brusttasche meines Narrenkittels und prüfte den Inhalt. Seufzte, reichte dem Alten einen Dreierschein.

Er krächzte ein Danke. Hob mühsam die Hand an, nahm das Geld, schob es in die Tasche – und sofort plumpste die entlastete Hand auf das Knie zurück. Das Kinn stemmte sich wieder gegen die Brust.

Eine Weile Schweigen.

Eine Frau und dann zwei Studentinnen waren inzwischen an uns vorbeigegangen. Alle drei hatten mir ausnehmend gut gefallen.

Jahre hindurch bekam unsereins so etwas nicht zu hören: weder ihre Stimmen noch das Absatzgeklapper.

»Noch Glück gehabt mit dem Entscheid. Sonst könnten Sie leicht noch eine Woche hier herumsitzen. Ganz einfach. Geht vielen so.«

Er löste das Kinn von der Brust und wandte den Kopf. Seine Augen wurden in einem Anflug von Verstehen heller. Seine Stimme flackerte auf, und sein Sprechen wurde verständlicher.

»Mein lieber Junge! Man nimmt mich, weil ich ein verdienter Mann bin. Ein Veteran der Revolution. Mir hat Sergej Mironowitsch Kirow bei Zarizyn persönlich die Hand gedrückt. Eine Ehrenpension hätt' mir gebührt.«

Ein schwaches Zucken von Wange und Lippen, der Schatten eines stolzen Lächelns glitt über sein unrasiertes Gesicht.

Ich musterte die Fetzen, in die er gekleidet war, und danach wieder ihn.

»Warum wird denn nichts daraus?«

»So hat's das Leben gerichtet«, seufzte er. »Die wollen mich heute nicht anerkennen. Na, und die Archive, die sind zum Teil verbrannt, zum Teil verloren. Wo soll ich Zeugen zusammensuchen? Und Sergej Mironowitsch, den haben sie umgebracht... Bin selbst schuld, hab' mich um den Papierkram zuwenig gekümmert. Da, das hab' ich...«

Er schleppte seine Rechte – die Fingergelenke waren rund geschwollen, und die Finger behinderten einander – zur Tasche und mühte sich, sie hineinzubekommen; da versiegte seine jähe Lebhaftigkeit, er ließ die Hand wieder fallen, den Kopf, und sank in sich zusammen.

Die Sonne legte sich bereits hinter die Vierecke der Pavillons, Eile tat not. An Betten herrschte in den Kliniken, seitdem ich dort war, ewiger Mangel. Zur Aufnahmekanzlei waren es noch hundert Schritt.

Ich packte den Alten an der Schulter.

»Komm, Vater, wach auf! Siehst du die Tür dort? Schau doch! Ich gehe einstweilen voraus, um vorzufühlen. Wenn's geht, komm du nach, und geht's nicht, dann wart eben auf mich. Deinen Sack nehme ich mit.«

Er nickte, hatte scheint's verstanden.

Die Aufnahmekanzlei, der durch grob gezimmerte Holzwände abgetrennte Winkel eines großen schäbigen Saales (hinter dem Verschlag irgendwo lagen das Bad, die Umkleideräume und die Friseurstube), war tagsüber stets erfüllt von Gedränge und dem zähen Warten auf freie Plätze. Doch nun fand ich seltsamerweise keine Menschenseele vor. Ich klopfte an das verschlossene Schalterfenster.

Eine junge Schwester schob die Sperrholzscheibe beiseite und guckte hervor; sie hatte eine zierlich aufgestülpte Nase und benutzte einen Lippenstift, der nicht rot, sondern kräftig lila war.

»Was gibt's?« Sie saß an einem Tisch und las, soweit ich sehen konnte, in einem Schundheftchen über Spione.

Sie hatte so flinke, rasche Äuglein.

Ich reichte ihr das Gesuch mit den zwei Resolutionen darauf und sagte:

»Er kann kaum gehen. Ich bringe ihn gleich her.«

»Unterstehen Sie sich!« fuhr sie mich barsch an, ohne auch nur einen Blick auf den Zettel zu werfen. »Kennen Sie die Regeln nicht? Aufnahme von Patienten nur bis neun Uhr morgens.«

Sie war es, die die »Regeln« nicht kannte. Ich zwängte meinen Kopf durch das Guckfenster und, soweit der Platz reichte, den Arm dazu, damit sie mir's nicht überm Kopf zuschlagen konnte. Einmal drinnen, ließ ich meine Unterlippe schief herabhängen, zog die Grimasse eines Gorillas und sagte mit leicht zischender Ganovenstimme:

»Hör mal, Fräuleinchen! Hältst mich wohl für deinen Stift?...«

Sie bekam es mit der Angst, schob ihren Sessel weiter in die Kammer hinein und schraubte den Ton etwas zurück:

»Wir haben jetzt keine Aufnahme, Genosse! Um neun Uhr!«

»Da, lies den Zettel«, riet ich ihr mit nachdrücklicher, unheilvoller Stimme.

Sie tat's.

»Na und! Die Vorschrift ist für alle gleich. Und morgen wird's vielleicht auch keine Plätze geben. Heute gab's keinen.«

Daß es heute früh kein freies Bett gab, sagte sie gleichsam mit Vergnügen – wie um mir eins zu versetzen.

»Aber der da draußen ist auf der Durchreise, begreifen Sie das nicht? Wo soll er denn hin?«

In dem Maße aber, in dem ich mich wieder aus dem Fenster herauszwängte und den hantigen Lagerton aufgab, nahm ihr Gesicht den früheren Ausdruck fröhlicher Grausamkeit an.

»Bei uns sind alle von auswärts! Wohin denn mit ihnen? Alle warten! Soll er sich ein Quartier suchen!«

»Aber – kommen Sie doch heraus, schauen Sie sich an, in welchem Zustand er ist.«

»Das wär' ja noch schöner. Hat mir gerade noch gefehlt, herumzulaufen und die Patienten einzusammeln! Bin ich eine Sanitäterin?« Und ihr aufgestülptes zartes Näschen bebte stolz. Die Worte kollerten aus ihr heraus, als wäre sie mit Hilfe einer Feder auf die richtige Antwort eingestellt worden.

»Ja, für wen sitzen Sie denn da?« brüllte ich und schlug mit der flachen Hand gegen die Sperrholzwand, und feiner Farbstaub rieselte herab. »Dann sperrt doch die Tür zu!«

»Gerade Sie werden wir fragen! Frechheit!« Nun war sie explodiert, sprang auf, lief umher und tauchte in der Tür auf. »Wer sind Sie denn? Kommandieren Sie mich gefälligst nicht hier herum! Wir sind für die Rettung da!«

Hätte sie nicht diesen lila Lippenstift um den Mund und dazu im gleichen ordinären Ton den Nagellack, sie wäre gar nicht unhübsch gewesen. Das Näschen stand ihr gut. Auch verstand sie es, sehr bedeutungsvoll mit den Augenbrauen zu manövrieren. Wegen der Hitze hatte sie den weißen Mantel über der Brust weit zurückgeschlagen, und da blinkte freundlich ein nettes Halstuch in Rosa hervor und daneben ein Komsomolabzeichen.

»Wie? Wäre er nicht von selbst gekommen, sondern auf der Straße aufgelesen worden von der Rettung, dann hätten Sie ihn aufgenommen? Ist das die Vorschrift?«

Sie ließ einen hochmütigen Blick über meine wunderliche Figur gleiten. Ich starrte zurück. Ich hatte vollkommen vergessen, daß meine Fußlappen aus den Schuhen hingen. Sie prustete, fing sich aber und schloß trocken und streng:

»Ja, Patient! Das ist die Vorschrift!« Und verschwand hinter der Wand.

Auf ein Geräusch hinter dem Rücken drehte ich mich um. Mein Gefährte stand schon im Raum. Er hatte gehört und verstanden. Während er sich an die Wand klammerte, schob er seinen Leib zu der großen Gartenbank hin, die für die Wartenden bestimmt war, und winkte kraftlos mit der rechten Hand, die eine zerschlissene Brieftasche hielt.

»Da...«, stammelte er erschöpft, »... da, zeigen Sie's ihr... soll sie... da...«

Ich konnte ihn eben noch auffangen und half ihm, sich auf der Bank niederzusetzen. Mit hilflosen Fingern versuchte er aus der Brieftasche sein einziges Dokument herauszuziehen, doch vergeblich.

Ich nahm das vergilbte Papier an mich und faltete es auseinander. An den Bugstellen klebten Papierstreifen, die verhinderten, daß es sich auflöste. Maschinengeschriebene violette Zeilen, mit Buchstaben, die nach oben und unten aus der Reihe tanzten, gaben kund und zu wissen:

»PROLETARIER ALLER LÄNDER, VEREINIGT EUCH!

Bestätigung

Dem Überbringer, N. K. Bobrow, wird hiermit bescheinigt, daß derselbe im Jahre 1921 im Gouvernement... tatsächlich in der ruhmreichen Spezialabteilung zur besonderen Verwendung, der ›Weltrevolution‹-Abteilung, gedient und mit eigener Hand viel übriggebliebenes konterrevolutionäres Gezücht niedergesäbelt hat.

Der Kommissar...« Unterschrift und ein blasser violetter Stempel.

Mit der Hand über meine Brust streichend, fragte ich leise:

»Was heißt das: ›zur besonderen Verwendung‹? Wofür?«

»Ja, ja«, gab er zurück, kaum imstande, die Lider offenzuhalten. »Zeigen Sie's ihr.«

Ich sah seine Hand, seine Rechte: Sie war so klein, mit aufgequollenen dunkelroten Venen, mit runden geschwollenen Gelenken, diese Hand, die kaum noch ein Papier aus der Brieftasche zu ziehen vermochte. Und ich erinnerte mich an jene Mode: vom Pferd aus mit ausholendem schrägem Säbelhieb einen Mann niederzumachen.

Merkwürdig... In vollem Schwung vollführte sie eine winzige Drehung des Säbels und trug einen Kopf ab, einen Hals, den Teil einer Schulter – diese rechte Hand. Jetzt konnte sie nicht mal mehr eine Brieftasche halten...

Ich stand wieder vor dem Sperrholzschalter und drückte ihn auf.

Das Fräulein las in ihrem Schundheft und hob den Kopf nicht. Auf dem Kopf stehend schwang sich auf dem Bild ein Mann in schmucker Uniform bebend auf ein Fensterbrett; in der Hand hielt er eine Pistole.

Still legte ich den Fetzen Papier auf das Buch, machte kehrt und ging zum Ausgang, immer wieder über die Brust streichend, wo die Übelkeit saß. Ich mußte mich rasch niederlegen, den Kopf möglichst tief.

»Was fällt Ihnen ein, mir Zettel zuzustecken? Nehmen Sie das fort, Patient!« hallte es mir wie ein Schuß aus dem Schalter nach.

Der Veteran versank schwer in der Bank. Kopf und auch Schultern schrumpften gleichsam in den Leib. Gespreizt baumelten die hilflosen Finger. Der offene Mantel hing herab. Unwirklich lastete der runde geblähte Bauch auf den Schenkelbeugen.

JURI TRIFONOW

WERA UND SOJKA

Am späten Vormittag kam eine Stammkundin, fünfzig-zwei-achtzig –
eine sehr sorgfältige und gepflegte Dame, die Wäsche, die sie abgab, war ebenfalls immer sorgfältig zusammengelegt – viel Männer-
wäsche –, und sie fragte Wera, ob sie nicht von Samstag auf Sonntag
mit hinausfahren könne – um die Datscha in Ordnung zu bringen.
Wera fragte: viel Arbeit? Dem Anschein nach war sie nicht sehr erfreut. Aber sie war sehr erfreut – sie brauchte dringend Geld, das
hatte sich eben heute am Morgen herausgestellt, doch war Wera bis
jetzt noch nicht richtig zum Nachdenken gekommen, denn während
sie zwischen Ladentisch und Regalen hin- und hereilte, stolperte sie
fortwährend über ein herausstehendes Dielenbrett. Das war schon
fast Gesetz: Kaum war sie etwas nervös – stolperte sie über dieses
Dielenbrett, zum Teufel mit dem dummen Ding.

Die Kundin erklärte: Die Fußböden in vier Zimmern müssen ge-
schrubbt werden, drei liegen unten, eins oben, Staub muß gewischt
werden, die Fensterrahmen freigelegt, nun – was eben so anfällt nach
dem Winter. Sie sprach sehr schnell, nachlässig, wie über etwas Simp-
les, eine Nichtigkeit, über die sich in Einzelheiten zu ergehen nicht
lohnt, aber Wera begriff, daß sie schlau war, daß es ihr wichtig war,
eine Zusage zu erhalten, und daß es in Wirklichkeit allerhand zu tun
gebe, schwere Arbeit, um so mehr, da im Winter niemand das Haus
bewohnt, niemand dort aufgeräumt hatte. Doch scheute Wera keinerlei Arbeit und dachte deshalb sogar voller Freude: Gut, wenn viel zu
tun ist – dann zahlen sie mehr. Geld brauchte sie dringend. Am
Morgen hatte eine Kundin, eine alte Frau, vierzig-achtundvierzig-vier
– schon die Nummer war niederträchtig, lauter Vieren –, Krach geschlagen wegen einer Decke: Man hat mir statt meiner Decke im
Werte von sechs Rubeln eine andere untergeschoben, eine fremde,
eine billigere. Die Alte war im Recht, doch besann sie sich zu spät –
als sie schon zwei Empfangsscheine unterschrieben hatte. Den Fehler

hatten die Packerinnen gemacht, Weras Schuld lag lediglich darin, daß sie bei der Ausgabe nicht einzeln, sondern nur packweise überprüft hatte. Doch war sie immer so verfahren, und immer war es gutgegangen. Sie suchten und suchten die Sechsrubeldecke, aber fanden sie nirgends. Sie schlugen der Alten einen Ersatz vor, aber diese lehnte ab, wollte ihre Decke zurückhaben, und da brauste Wera auf – weil die Packerinnen ihr die Schuld gaben –, und sie sagte, daß die Alte schon unterschrieben habe und sie die Sache somit weiter nichts mehr angehe. Die Alte wandte sich an die Leiterin, an Raissa Wassiljewna, Wera wurde gerufen, auch die Packerinnen, alle brüllten, schimpften – die Packerinnen auf Wera, Wera auf die Packerinnen, wobei Wera alle übertönte, da ihre Stimme, wenngleich heiser, doch durchdringend war –, aber das Schlimmste: Es war einfach kränkend, daß alle sie allein beschuldigten, die Packerinnen aber an nichts schuld zu haben schienen. Wie oft hatte Wera den Packerinnen aus der Patsche geholfen? Wie oft hatte sie falsche Sachen ausgegeben: Bitte nehmen Sie's, seien Sie nicht böse. Nichts davon wollten sie jetzt wissen, an nichts Derartiges wollten sie sich erinnern: Zahl die sechs Rubel und damit basta. Aber sechs Rubel – das war keine Kleinigkeit. Dafür mußte Wera drei Tage schuften. Sie hätten sich doch beteiligen können: Ihrer beider Männer verdienten, sie hätten wenigstens je einen Rubel beisteuern können, und alles wäre leichter gewesen. Aber i wo! Jewdokija, die ältere Packerin, spottete sogar noch: Muß eben Serjoschka auf zwei halbe Literchen verzichten, und alles ist in Ordnung. Dieses Lästermaul, diese Pestbeule: Was geht sie es an, wofür Wera ihr Geld ausgibt? Sie selbst, diese Schmarotzerin, lebt auf Kosten ihres Mannes, aber wie andere sich abplagen, davon macht die sich keine Vorstellung... »Also, was ist, Wera? Kommen Sie?« fragte Fünfzigzwei-achtzig. (Wera gelang es, auf dem Empfangsschein den Familiennamen zu entziffern: Sinizyna.) »Sonst muß ich mich nach jemandem anderen umsehen.«

»Wie das? Ich nehme an. Wo hilft unsereins nicht aus!«

»Vielleicht finden Sie noch jemanden, der Ihnen hilft? Sie sind so... nun, so zierlich...«

»Machen Sie sich deshalb keine Sorgen. Ich scheue keine Arbeit.

Ich habe in einer Fabrik mit Männern gearbeitet, Waren geschleppt.«
Wera lispelte ein wenig, weswegen es so klang: Waren gesleppt –
»Aber auch eine zweite Hilfskraft kann ich auftreiben. Ohne weite-
res!«

Wera dachte sofort an Sojka. Sie dachte immer sofort an Sojka:
Wenn eine Arbeit anfiel oder ein Spaziergang, wenn im Proviantdepot
Zärte ausgegeben wurde oder Buchweizen. Sojka dachte nie an sie.
Doch war Wera deshalb nicht böse. Sie wußte, daß Sojka kränklich
war, ihre Leber war nicht in Ordnung, weshalb sie immer böse, unzufrieden reagierte, sie hatte aber auch genug Sorgen: zwei Kinder am
Bein und eine alte Großmutter. Außerdem begriff Wera, daß sie beide
keine Freundinnen waren – Wera hatte niemals eine Freundin gehabt,
abgesehen von einer, Nastenka, mit der sie zusammen in die zweite
Klasse gegangen –, sondern nur Nachbarinnen, unverheiratete: Wera
war sowieso niemals verheiratet gewesen, Sojkas Mann aber war vor
fünf Jahren weggegangen, zahlte noch Alimente.

Die Dame sagte, daß sie Wera am Samstag gegen vier Uhr erwarte,
schrieb ihre Adresse auf ein Blatt Papier, auch die Telefonnummer
und ihren Namen: Sinizyna, Lidija Alexandrowna.

Zum Mittagessen eilte Wera so schnell wie möglich nach Hause in
der Hoffnung, Sojka anzutreffen und sie wegen des Samstages zu
fragen. Sojka arbeitete als Putzfrau in einer Schule. Am Sonntag
war sie mit Sicherheit frei, aber der Samstag war fraglich, war sie nicht
frei, mußte sich Wera mit jemandem anderen absprechen. Wera
wohnte in den Baracken, brauchte von der Wäscherei aus nur den
Hof zu überqueren. Eine angenehme Arbeit, eine schöne, zwei Minuten – und sie war zu Hause.

›Baracken‹ nannten die Bewohner der Pestschannaja fünf zweistök-
kige Holzhäuser, merkwürdigerweise in ein Gewirr mehrstöckiger
Gebäude gezwängt, die hier – auf dem Terrain von Schuttabladeplät-
zen, Vorgärten, kleinen Häuschen von Saisonarbeitern – nach dem
Krieg, Anfang der fünfziger Jahre, entstanden waren. Niemand wußte
zu sagen, warum diese fünf Baracken stehengeblieben waren. Am
ehesten war anzunehmen, den Bauunternehmern sei ein Fehler unterlaufen. Vor etwa zehn Jahren hatten die Bewohner der fünf Baracken

noch versucht, ihr Los zu ändern, hatten einen Abbruch gefordert und eine Umsiedlung, hatten darauf hingewiesen, daß ihre ›unansehnlichen Behausungen dem allgemeinen, nicht unbedeutenden Aussehen des Bezirks schaden‹, sie fanden es kränkend, daß die Bewohner so vieler anderer Baracken längst Wohnungen in neuen Häusern hatten zugewiesen bekommen – waren das denn etwa bessere Leute –, aber den Fehler nachträglich gutzumachen, war offensichtlich schwierig, das Bauunternehmen verschwand aus diesem Stadtteil, die Pechvögel hatten sich mit ihrem Los abzufinden. Die Baracken waren von sechsstöckigen Häusern auf allen vier Seiten eingeengt. Sie erinnerten an ein Dörfchen inmitten eines von Bergen umgebenen Tals. Das Leben dort ging seinen eigenen, einen dörflichen Gang: mit kleinen Vorgärten, Zwiebelbeeten, Flieder in den Fenstern.

Auf der Bank neben der Eingangstür saß wie immer Mutter Ljuba – die Großmutter Sojkas, eine Alte von etwa neunzig Jahren, mit schwarzem, über die Augen hinabgezogenem Kopftuch. Wera fragte, ob Sojka zu Hause sei. Mutter Ljuba nickte, langsam das gelbliche Gesicht mit den tief eingekerbten Falten neigend, der schmallippige, zusammengepreßte Mund wirkte ebenfalls wie eine Falte. Dieser Mund öffnete sich unerwartet. Mutter Ljuba hatte sich entschieden, etwas zu äußern, aber Wera hörte es schon nicht mehr, rannte die Treppe hinauf: Mutter Ljuba tat ihr leid, sie verteidigte sie manches Mal gegen Sojka, aber sie verweilte nicht gern bei ihr, um zu schwatzen. Ihr war immer, als strömte Mutter Ljuba einen dumpfen Geruch aus, einen Grabgeruch.

Sojka stand in ihrem langen flauschigen Morgenrock, Gummisandalen an den nackten Füßen, in der Küche, kochte Brei für die Kinder. Als sie von Putzarbeiten auf der Datscha hörte, antwortete sie barsch: Idiotisch, aufs Land zu fahren, gibt auch in Moskau Arbeit genug. Wera war daran gewöhnt, daß Sojka all ihre Vorschläge mit Seitenhieben parierte, weil sie immer irgendeine böswillige Absicht vermutete, eine für sie unvorteilhafte, für Wera aber um so vorteilhaftere, und sie antwortete ganz ruhig: »Ich schaffe es auch alleine.«

Sie begann sich die Kartoffeln aufzuwärmen, die sie sich am Tage zuvor geröstet hatte. Sie füllte eine ganze Bratpfanne, goß Sonnenöl dazu, schlug ein Ei darüber, schnitt einen Wurstzipfel von fünfzig Gramm hinein: Schon war das Mittagessen fertigt – geb's Gott jedem! Wera wußte, daß Sojka nach einer Minute Nachdenken nach dem Wie und Was und dem vereinbarten Lohn fragen würde. Und, in der Tat, sie fragte. Wera erklärte, daß bezüglich der Bezahlung noch nichts abgesprochen worden, die Arbeit aber ungefähr so und so aussehe. Man könnte wohl zwanzig Rubel verlangen. Aus irgendeinem Grund hatte sich genau dieser Betrag in Weras Kopf festgesetzt.

»Na schön, sehen wir morgen«, brummte Sojka und verließ, die Kasserolle in der Hand, die Küche. Schon im Korridor, rief sie noch: »Hat die Großmutter dir's ausgerichtet? Nikolaj war da.«

»Nikolaj?« staunte Wera. »Und was hat er gesagt?«

So ein Frauenzimmer: Bloß nichts gleich sagen! Wera stürzte in den Korridor. Sojka ging zu ihrem Zimmer und erwiderte, ohne sich umzudrehen:

»Woher soll ich das wissen? Er hat mit der Großmutter gesprochen, mußt gefälligst sie fragen.«

Wera stürzte Hals über Kopf hinunter zu Mutter Ljuba. Diese bestätigte: Nikolaj war gekommen, war mißgelaunt, Wera nicht zu Hause anzutreffen, hatte angeordnet, ihr auszurichten, daß er unbedingt am Sonntagabend wiederkommen würde. Wera war heftig erregt und gab der Großmutter vor Freude sogar einen Kuß auf die Wange. Sie hatte Nikolaj fünf Monate lang nicht gesehen und schon gedacht, ihn niemals wiederzusehen. Es war auf der Straße gewesen, nach dem Kino, sie hatten sich im ›Druschba‹ irgendeinen Film angesehen, Wera wollte noch in einen Laden eilen, um ein kleines Fläschchen zu kaufen, da sagte er plötzlich: Danke, das braucht's nicht, laß uns im Guten auseinandergehen – ich heirate. So also trennen sich Menschen, die vier Jahre miteinander gegangen sind: einfach so auf der Straße. Sie drückten einander die Hände und gingen auseinander. Einen ganzen Monat war Wera krank, wollte sich vergiften. Aber Sojka hatte sie davon abgebracht.

Am Samstag um vier erschienen wie abgesprochen Wera und Sojka in Frau Sinizynas Wohnung in einem achtstöckigen Haus vis-à-vis vom ›Gastronom‹. Sojka hatte ihren Mischka mitgenommen, einen elfjährigen Jungen, der seit einer Woche Schulferien hatte und sich nun in Erwartung des Ferienlagers gelangweilt herumtrieb.

Frau Sinizyna begrüßte sie freundlich, bat sie einzutreten, doch viel Zeit blieb dafür nicht, denn sie selbst war schon angezogen, stand in ihrem Umhang da. Wera fand noch Gelegenheit, einen Blick in den Vorraum zu werfen, einen sehr schönen, mit großem ovalem Spiegel neben dem Kleiderständer, wie im Theater. Das Vorzimmer gefiel Wera, und sie sagte:

»Wie schön Sie es haben. Ich putze bei einer Schauspielerin – hier auf dem Tschapajewskij –, sie ist auch vorzüglich eingerichtet. Nur ist ihr Korridor nicht so angelegt, sondern so...« Wera bedeutete es mit den Armen.

»Kommt der Junge auch mit?« fragte Frau Sinizyna.

»Wenn Sie gestatten, ja«, sagte Sojka, einschmeichelnd lächelnd, und bog wie eine Bittstellerin ihr schmales langes Gesicht ein wenig zur Seite. »Er ist ein artiger Junge! Und kann auch helfen.«

Mischa stand da, sah zu Boden. In der rechten Hand hielt er ein Schmetterlingsnetz.

»Ja, er ist ein lieber Junge, ein sehr lieber«, bestätigte Wera. »Lidija Alexandrowna, Sie müssen bitte wissen, daß ich am Sonntag unbedingt gegen sechs zurück sein will.«

»Das hängt von euch ab, Mädchen. Wenn wir früher fertig werden, könnt ihr auch zum Mittagessen zurück sein.«

»Wegen der Bezahlung hast du noch nicht gefragt, Wera?« warf Sojka schüchtern ein.

»Noch nicht. Über die Bezahlung wollen wir an Ort und Stelle sprechen, je nach der Arbeit, die anfällt. Nicht wahr, Lidija Alexandrowna? Ich glaube, Sie werden uns nicht übervorteilen und wir Sie auch nicht. Aber nehmen Sie nur genügend Geld mit!« Und Wera lachte auf ihre Art, etwas abgehackt, schallend.

In den Korridor trat ein dunkelhaariger junger Mann mit Brille, in weißem Hemd. Er nickte Wera und Sojka höflich zu und sagte:

»Macht ihr euch auf den Weg?«

»Kirill, ich bitte dich, morgen zu kommen«, sagte Frau Sinizyna.

»Weiß noch nicht, werde sehen. Aber ich bitte dich, dich nicht zu überanstrengen – hörst du, Mutter? Ich weiß doch, du wirst wieder schuften bis zur Bewußtlosigkeit, für wen bloß?«

»Das werde ich bestimmt nicht, du siehst doch, ich habe zwei ausgezeichnete Helferinnen, aber dich, dich erwarte ich morgen. Hast du gehört, Kirill: Anatolij Wladimirowitsch nimmt den Wagen, er kann dich mitnehmen. Du mußt unbedingt etwas ausruhen, frische Luft atmen.«

Der Sohn trat auf sie zu, sie nahm ihn beim Arm. Er war größer als sie, sah von oben auf sie herab und lächelte.

»Und ich hoffe...«

»Alles wird in Ordnung sein, Mutter. Aber ich habe eine Menge zu erledigen, du weißt doch...«

»Anatolij Wladimirowitsch fährt in aller Frühe.«

»Schon gut. Irgendwie werden wir schon kommen.«

»Na dann Wiedersehen!« sagte Wera und lächelte dem jungen Mann mit der Brille so zu, wie sie für gewöhnlich Männern zuzulächeln pflegte – mit zusammengepreßten Lippen, denn ihr fehlten zwei Vorderzähne. Daher auch ihr Lispeln.

Wera nahm zwei Strohbesen, einen Eimer, in dem Seifenpulverpakete zum Fensterputzen steckten, und stieg die Treppe hinunter. Sojka folgte ihr mit zwei Taschen: In einer waren Eßwaren, in der anderen, einer karierten, in der Vorhänge, Teppichvorleger, ein Teekessel, eine elektrische Kochplatte verstaut waren, lag obenauf eine schwarze Tischlampe. Der Mutter nach humpelte, gebückt, einen Ballen von Decken nach sich ziehend, Mischka. Als letzte folgte Frau Sinizyna, die ebenfalls eine Tasche trug, ein kleines Handtäschchen und eine dicke Rolle grünen Papiers, die sie sehr vorsichtig hielt, um sie ja nicht zu zerknittern. Nach einigen Stufen sagte Frau Sinizyna:

»Wegen der Bezahlung weiß ich nicht so recht... Im vergangenen Jahr habe ich für eben dieselbe Arbeit fünfzehn Rubel bezahlt.«

»Vergleichen Sie nicht letztes Jahr mit dem jetzigen, Lidija Alexandrowna!« rief Wera von unten.

»Das tue ich auch nicht, ich wollte nur sagen, was ich im letzten Jahr bezahlt habe. Aber Sie dürfen auch nicht gleich urteilen: Sie haben die Arbeit ja noch gar nicht gesehen.«

»Natürlich, natürlich«, erwiderte Sojka bedächtig. »Wir wollen's erst sehen, und dann verhandeln wir. Komisch bist du, Wera...«

»Ihr Sohn ist dunkel. Ganz der Vater wahrscheinlich?« rief Wera.

»Ganz der Vater«, sagte Frau Sinizyna.

»Ja, ja, Sie sind blond, aber er ist ganz dunkel, ganz dunkel!«

Beim ›Gastronom‹ nahmen sie ein Taxi, Frau Sinizyna setzte sich neben den Chauffeur, die übrigen nach hinten, Wera ans Fenster, die Sachen verstauten sie im Gepäckraum, dann fuhren sie los.

Der Tag war klar, warm, Mitte Juni, im Stadtpark leuchtete frisches Grün, viel Volk war unterwegs, wie immer am Samstag um diese Stunden: Leute standen sowohl an der Trolleybushaltestelle als beim Eingang zu einem Lebensmittelladen, auch beim Tabakkiosk vom alten Moiseitsch. Wera war ganz Auge, sah fröhlich zum Fenster hinaus, als würde sie den von ihr schon tausendmal gesehenen und bis zum letzten Fensterchen, bis zum letzten Ziegelstein vertrauten Bezirk zum erstenmal erblicken, und rief:

»Was für eine Schlange bei Moiseitsch! Sieh nur...! Und um Eis stehen sie an bei Klawka... Und da, da geht ein Kunde von mir! Fünfzig-acht-zehn! Da, da, da!« rief sie plötzlich so leidenschaftlich, daß Frau Sinizyna zusammenzuckte und sich umdrehte, der Chauffeur aber leise fluchte.

»Lidija Alexandrowna, sehen Sie nur, da geht ein Kunde von mir! Der mit der Aktentasche, mit der Aktentasche – da, da! Fünfzig-acht-zehn! Ein sehr guter Mensch. Kommt immer selbst, die Frau nur selten. Aber seine Frau ist auch sympathisch, ich kenne sie. Sie arbeitet hier im ›Sokol‹ in einem Institut...«

Sie fuhren auf den Leningradskij-Prospekt hinaus, Wera plapperte weiter. Ihre Laune war vorzüglich, sie hatte die gestrigen Mißhelligkeiten vergessen, die Scherereien wegen der Decke, vergessen, daß sie für nichts und wieder nichts sechs Rubel zu zahlen hatte und daß ihr statt Erholung ein ganzes Wochenende Arbeit bevorstand; sie hatte das Gefühl, auf die Datscha zum Vergnügen zu fahren, in den Wald, wo die Vögel singen, und morgen abend kommt Nikolaj zu ihr. Worüber sie auch sprach, woran sie auch dachte, sie hatte eigentlich nur eins im Kopf: Morgen kommt Nikolaj.

Bei der Begowaja bogen sie nach rechts ab, überquerten eine Brük-ke, fuhren am Wagankowskoje-Friedhof vorbei, und Wera erinnerte sich, daß dort ihre Tante lag, der Himmel sei ihr gnädig, da müßte sie einmal hingehen, ein paar Blumen bringen, war sie doch seit letztem Sommer nicht dort gewesen. Auf der Krassnaja Pressnja rissen sie alte Häuser ab. Einige hatte man einfach abgebrannt, wie man Müll ver-brennt. Zur rechten Seite dehnten sich flache dunkle Aschenhaufen, die teilweise noch schwelten, hinter diesen Brandstätten aber, etwa zweihundert Schritte von der Straße entfernt, erhoben sich neue fünf-stöckige Wohnblöcke.

»Die haben ausgelitten«, sagte Sojka.

»Mir ist es um diese Häuschen leid. Ist immerhin altes Moskau, historischer Boden: Krassnaja Pressnja«, sagte Frau Sinizyna. »Und nun brennen sie es erbarmungslos nieder...«

»Und mit Recht! Wozu sie schonen, diese Wanzennester?« warf mit unerwarteter Gereiztheit der Chauffeur ein. »Die Leute waren dort zusammengepfercht, zehn Leute auf sieben Quadratmetern. Was sol-len sie mit Ihrer Historie! Sie bekommen wenigstens eine menschen-würdige Behausung.«

Frau Sinizyna sah zum Fenster hinaus und schwieg.

»Aber diese neuen Häuser sind nun auch nicht gerade eine Zierde, wissen Sie«, sagte sie. »Geradezu häßlich. Und ohne Lifte...«

»Zum Teufel damit, es geht auch ohne Lifte«, sagte der Chauffeur. »Wir sind ein Arbeitervolk und nicht verwöhnt, wir können auch zu Fuß gehen.«

»Ganz recht!« sagte Sojka. »Wie viele Jahre fordern wir schon, daß sie endlich unsere Baracken abreißen...«

»Warum? Mir gefallen unsre Baracken«, sagte Wera. »Wir haben sehr gute Baracken. Erstens haben wir's warm. Zweitens ringsum Grün, brauchen keine Datscha, nicht wahr, Misch?« Sie stieß Mischka mit der Schulter an und lachte.

Sojka winkte mit der Hand ab.

»Schwatz nicht dummes Zeug...«

»Gar nicht, ich meine es ernst, unsere Baracken sind solide, sie werden noch hundert Jahre stehen.« Und Wera lachte noch schallender, explodierte beinahe, sie feuerte geradezu Lachsalven ab, und in Abständen stieß sie mit spitzer Stimme aus: »Oh, ich kann nicht mehr... Wahrhaftig, die stehen noch hundert Jahre!« Außer ihr lachte niemand.

Sojka brummte verärgert, dann erbat sie sich vom Chauffeur eine Zigarette und rauchte. Wera beruhigte sich nach und nach, mit heiserer Stimme, völlig erschöpft, immer noch wiederholend: »Oh, ich kann nicht mehr...«, und wischte sich die Lachtränen aus den Augen.

Sie fuhren zur Trjechgorka, auf die Uferstraße, über eine große Brücke – auf den Lenin-Prospekt, bald tauchten zu beiden Seiten Holzhäuser auf, dahinter türmten sich die Ziegelsteinwände von Neubauten, Hebekräne, dann verschwanden die Neubauten, es blieben die Häuschen, dann verschwanden auch die Häuschen, es blieben die Felder, hügelige, zartgrün unter der abendlichen Sonne.

Lidija Alexandrowna kurbelte das Fenster herunter, starker, erstaunlich frischer Feldgeruch strömte in den Wagen, und alle hüllten sich aus irgendeinem Grund in Schweigen, atmeten diesen Geruch ein, Mischa aber begann einzuschlummern.

Wie immer wenn Schweigen herrschte oder Wera allein war und mit niemandem schwatzen konnte, kamen ihr auch jetzt wenig erheiternde Gedanken. Wieder fiel ihr die Sechsrubeldecke ein. Sie mußte zahlen, zum Teufel mit ihnen, sie ist keine Kleinlichkeitskrämerin, aber von jetzt an wird sie ihnen auf die Finger sehen: Beim kleinsten Versehen wird sie sie sich vorknöpfen. Wenn die so sind, kann sie auch so sein. Durchgehen lassen wird sie diesen Schmarotzerinnen jetzt nichts mehr. Da, nehmt das Geld, verschluckt es oder werft es Raissa Wassiljewna ins Gesicht, ihr werdet von meinen sechs Rubeln nicht fett werden und ich nicht arm. Gut, daß Lidija Alexandrowna aufgetaucht ist, wenn sie je einen Zehner zahlt – kann sie es gleich zurückzahlen, ihnen vor die Füße werfen. Bleiben immer noch vier Rubel, um sich mit Nikolaj zu treffen.

Wera begann an Nikolaj zu denken, und bei diesen Gedanken wurde ihr heiß, freudig zumute, doch zugleich quälte sie Unruhe. Und je länger sie nachdachte, um so unruhiger wurde sie. ›Warum tauchte er auf, dieser verdammte Kerl? Warum muß er mich quälen?‹

Den fünften Monat schon ging Wera mit Serjoschka, einem guten Menschen, einem Tataren, er war Schlosser im Institut: Er verdient auch anständig, trinkt wenig, ist durch und durch gut, nur kränklich, er hat einen Herzfehler. Und Wera hatte schon begonnen, Nikolaj zu vergessen und davon zu träumen, wie Serjoschka und sie heiraten. Und Serjoschka paßt überhaupt besser zu ihr, den Jahren nach ein Gleichaltriger, ebenfalls sechsunddreißig, Nikolaj aber ist drei Jahre jünger, hat ihr immer vorgeworfen: Du bist zu alt für mich. Zu alt, zu alt, aber vier Jahre sind sie zusammen gegangen, Jüngere hat er gar nicht beachtet. ›Was will er denn jetzt, dieser verdammte Kerl? Vielleicht ist die neue Frau nicht sein Geschmack, zieht es ihn zu einer älteren? Ach, Kolja-Nikolaj, ein solches Glück wirst du nicht mehr haben...‹

Und noch an vieles mehr dachte Wera: daran, wie sie ihr Söhnchen Jurka ins Institut gegeben, Nikolaj hatte es gefordert, wie bitter das anfangs gewesen, sie sich aber daran gewöhnt hatte, und daran, wie krank sie nach einem Abort geworden, sie lag im Krankenhaus, alle anderen Frauen hatten Besuch von ihren Männern, die brachten Geschenke mit, überbrachten Briefe, aber ihr brachte niemand Geschenke, keine Briefe, zwei Wochen lang, sie war die ärmste Person im ganzen Krankensaal, die Frauen bedauerten sie, aber sie ließ sich nichts anmerken, heulte nur nachts unter der Decke, aber am vierzehnten Tag tauchte er plötzlich auf, klopft vom Hof aus ans Fenster, strahlt über das ganze Gesicht, mit einem Blumenstrauß – erzählt, daß er auf irgendeine Dienstreise geschickt worden sei, weit weg – mochte das wahr sein –, und verschiedener anderer Umstände, Kränkungen, glücklicher Tage, Gespräche, Zärtlichkeiten erinnerte sich Wera und bemerkte nicht, wie der Wagen von der Chaussee in einen Seitenweg einbog – Datschen, Zäune tauchten auf, sie fuhren über eine hölzerne Brücke, die sich über ein Flüßchen spannte, kletterten bergwärts, bogen nach rechts ab (Lidija Alexandrowna gab die Anweisungen) – dann nochmals nach rechts rollte und neben einem Pförtchen an einem alten hinfälligen Zaun anhielt.

Die Datscha war groß, aus Holz, aber alt und verwahrlost. Auf der Veranda fehlten Fenster, die Tür war mit einem Brett vernagelt. Das

Grundstück war verwildert, inmitten einiger hoher Föhren wucherten Holunderbüsche, standen eine kleine Tanne und eine Espe.

»Was für ein Kerl hat sich denn so eine Datscha unter den Nagel gerissen? He-he-he...«, unterhielt sich der Chauffeur mit sich selbst. Er half die Sachen aus dem Wagen ins Haus tragen.

Lidija Alexandrowna hörte nicht hin, sie suchte die Schlüssel in ihrer Tasche, Wera aber rief:

»Sicher ein Mordskerl – nicht wahr, Lidija Alexandrowna? Habe ich nicht recht?«

Sie arbeiteten alle vier bis zur Dunkelheit: räumten das Durcheinander auf, fegten den Kehricht zusammen, wischten mit Lappen die während des Winters feucht gewordenen Möbel ab, schüttelten und klopften die verstaubten alten Teppiche und Decken aus, die schon muffig rochen, kehrten, wuschen, scheuerten. Lidija Alexandrowna hatte sich ein Tuch umgebunden, blaue, grobe zelttuchartige Hosen angezogen und ein ärmelloses Sporthemd und schaffte pausenlos wie Sojka und Wera auch. Sojka gönnte sich eigentlich etliche Ruhepausen, einmal setzte sie sich für ein Minütchen nieder: ›Habe Rückenschmerzen‹, einmal ging sie in den Garten, eine zu rauchen. Um zwölf Uhr beschlossen sie aufzuhören. Für den kommenden Tag blieben nur noch die Fenster im ersten Stock zu putzen.

Mischka, der müder als alle war, legten sie oben schlafen, im wärmsten Zimmer, er schlief augenblicklich ein, die Erwachsenen setzten sich in die Veranda zum Abendessen. Es stellte sich heraus, daß kein Tee zum Aufbrühen da war, sie hatten vergessen, ihn aus Moskau mitzubringen. Lidija Alexandrowna ging zu irgendwelchen Nachbarn. Wera und Sojka saßen währenddessen auf der Veranda – die Fenster waren wegen der Stechmücken geschlossen, auch war es kalt geworden, doch drangen Kälte und Stechmücken durch die zerbrochenen Scheiben ein – und aßen die Nudelsuppe, die Wera in einem Töpfchen mitgebracht hatte.

»Wie alt, denkst du, ist Lidija Alexandrowna?« fragte Sojka.

»Fünfunddreißig schätzungsweise. In meinem Alter. Eine gute Nudelsuppe! Habe zu wenig mitgenommen! Lidija Alexandrowna ist eine gute Frau, eine sehr gute, und so fleißig.«

»Freilich eine gute Frau, keine Kunst, wenn man ein gutes Leben führt«, sagte Sojka, und ihr schmales mageres Gesicht nahm den Wera schon vertrauten Ausdruck versteckten Neides an, wonach Sojka für gewöhnlich auch irgendeine Bosheit fallenließ. Sojka musterte die Überdachung der Veranda, den gelben, mit Pergamentpapier bespannten Lampenschirm und sein Spiegelbild im dunklen Glas... »Ich denke, daß sie so an die fünfzig ist. Hat doch schon so einen großen Sohn...«

Als Lidija Alexandrowna zurückkam, fragte Wera sie nach ihrem Alter. Lidija Alexandrowna antwortete: vierundvierzig. Kirill ist schon achtzehn. Besucht den ersten Kurs im Institut. Wera war äußerst erstaunt.

»Das ist ja unmöglich, Lidija Alexandrowna, sagen Sie das nicht! Ich bin gegen Sie eine alte Frau, habe keine Zähne mehr, überall Falten, und dabei bin ich acht Jahre jünger. Wie ist das möglich? Sicher weil Sie einen ruhigen Charakter haben und ich vieles durchgemacht.«

Sojka schenkte währenddessen immer noch mit dem Ausdruck versteckten Neides den Tee in die Tassen.

»Meiner Meinung nach reden Sie sich das nur ein, Wera, Sie sind sehr sympathisch, ein hübsches Mädchen. Wie ein kleiner Brotlaib«, sagte Lidija Alexandrowna und lächelte. »Und sicher gefallen Sie auch den Männern, nicht wahr?«

Wera lächelte ebenfalls, geschmeichelt.

»Na ja, Lidija Alexandrowna: Wenn ich ins Kino gehe, findet sich bestimmt jemand, der mich nach Hause begleitet. Nennen mich sogar Mädchen. In der Dunkelheit sieht man's nicht so genau!«

»Natürlich gefällt sie ihnen, sie hält sie ja auch aus auf ihre eigenen Kosten«, sagte Sojka.

»Wen halte ich aus?«

»Na alle. Als ob ich das nicht wüßte.«

»Wen halte ich aus? Wen, wen?«

»Kolka hast du nicht unterstützt? Hast du. Den Arkaschka? Sag bloß: nein. Und jetzt Serjoschka.«

»Sie sind wohl zu gutherzig, Wera?«

»Aber hören Sie doch nicht auf sie, Lidija Alexandrowna! Sie lügt. Sie ist immer so neidisch.«

»Fragt sich worauf...«

»Natürlich ist sie neidisch, weil ich oft Besuch bekomme, aber sie – vielleicht einmal im Jahr nach Absprache. Die Männer schätzen mich, Lidija Alexandrowna, sogar sehr, ich bin ein Kamerad für sie: Ich kann trinken – natürlich ein bißchen nur, wozu so viel trinken? – und essen und auch ausleihen bis zum Gehaltstag. Aber wieviel schon? Nun, anderthalb Rubel oder auch zwei, wie das so üblich ist. Ich bin ein Kamerad für sie, Lidija Alexandrowna, bei Gott.«

»Einfältige Person, du hast ein eigenes Zimmer!« sagte Sojka. »Wir müssen uns zwölf Quadratmeter zu viert teilen.«

Wera wollte zuerst noch antworten, doch bekam sie plötzlich einen Schlucker. Ein, zwei Minuten kämpfte sie damit, dann winkte sie mit der Hand ab: Wozu eigentlich mit dir reden? Immer noch schluckend, nahm sie ihre volle altmodische Handtasche auf ihre Knie, ein Geschenk der Schauspielerin, einst von schöner dunkelgrüner Farbe, jetzt aber erheblich abgegriffen, mit wackeligem Schloß, und begann eifrig in ihr herumzuwühlen, wobei sie verschiedene Gegenstände auf den Tisch legte: einen Kamm, einen Spiegel, irgendwelche Zettel, Bleistiftstummel, mit denen sie die Quittungen in der Wäscherei ausschrieb, und zu guter Letzt zog sie eine aufgeworfene Fotografie auf Glanzpapier heraus.

»Lesen Sie mal, Lidija Alexandrowna. Die hat mir Kolja zum Tag der Kriegsmarineflotte geschenkt.«

Sie schluckte noch einmal und flüsterte: »Herr im Himmel, hilf...«

Lidija Alexandrowna nahm die Fotografie und las laut: »›Zum Andenken an den Tag der Kriegsmarineflotte von Nikolaj S.‹ Ja«, sagte Lidija Alexandrowna. »Eine sehr schöne Widmung. Aber, Mädchen, was, wenn wir das Licht löschten und die Fenster aufmachten? Eine wundervolle Luft im Garten.«

»Und stellen Sie sich vor, Lidija Alexandrowna«, sagte Wera, während sie aufstand, um das Licht zu löschen. »Vier Jahre sind wir zusammen gegangen, und nichts ist mir geblieben außer dieser Fotografie. Wenn wenigstens ein Ring oder Ohrringe. Aber ich brauche ja nichts.«

Sowie das Licht unter dem gelben Lampenschirm gelöscht war, wurde erkennbar, daß der Himmel noch ganz hell war wie gewöhnlich im Juni. In die Veranda drang zugleich mit der Kühle die reine, nach Gras duftende nachtfeuchte Luft der Wälder.

Wera nahm den Teekessel, ging in die Küche, um nochmals Wasser aufzusetzen. Abends liebte es Wera, Tee zu trinken, bis an die drei Gläser. Während sie nicht da war, fand Sojka Gelegenheit, Lidija Alexandrowna zu erzählen, daß Wera durchaus nicht so einfältig sei, wie es den Anschein habe, daß sie immer ›kichere‹ und ›gackere‹, aber ihre Angelegenheiten sehr wohl zu deichseln wußte, ihren Sohn zum Beispiel hatte sie ins Internat gegeben: Dabei war ihr eine Kundin vom Bezirksexekutivkomitee behilflich gewesen. Allein hätte sie das nicht zuwege gebracht, aber da, die Kundin hatte ihr unter die Arme gegriffen. Sie verstand eben, jemanden durch Bitten zu erweichen. Allein zu leben war natürlich tausendmal leichter. Sie kochte Nudelsuppe für drei Tage, und damit hatte sich die Sache. Sie konnte ins Kino gehen, ins GUM und Gäste empfangen, aber sie, Sojka, hatte drei am Bein, alte und junge – sieh nur zu, wie du das schaffst.

Wera kam mit dem Teekessel zurück, und Sojka verstummte. Lidija Alexandrowna begann von ihrem Leben zu erzählen: Ihr erster Mann war vor acht Jahren an Tuberkulose gestorben, war ein grundgütiger Mensch gewesen, ein Gelehrter, und Lidija Alexandrowna hatte es schwer nach seinem Tod, litt Not, erkrankte, der Sohn war noch klein, sie wollte die Datscha verkaufen, weil sie sich nichts mehr leisten konnten, aber irgendwie schlugen sie sich durch, sie vermieteten die Datscha für den Sommer, und dann begegnete Lidija Alexandrowna ihrem zweiten Mann, ebenfalls ein Gelehrter, und er nahm sie und den Sohn zu sich, und jetzt ging es ihr gut. Dabei hatte sie niemals mehr gehofft, noch einmal glücklich zu sein. Eine Frau soll nie die Hoffnung verlieren. Sie hat eine Bekannte, eine Künstlerin, sie ist fünfzig Jahre alt und hat unlängst einen Mann geheiratet, der acht Jahre jünger ist als sie, ebenfalls ein Künstler, und der sie vergöttert. Auch ihre Situation war verzweifelt gewesen: Ihr ehemaliger Mann verließ sie ganz plötzlich, sie hatten zwanzig Jahre zusammen gelebt. Hatte sich in eine Leningrader Ballerina vom Kirowtheater verliebt und nach Leningrad abgesetzt. Diese Frau aber, diese Künstlerin, lebt heute ausgezeichnet und ist glücklich. Ihr Mann ist sehr begabt, er ist Dekorateur, arrangiert unsere Ausstellungen im Ausland, ist immerfort unterwegs, bringt eine Menge Sachen mit nach Hause...

Wera und Sojka hörten begierig zu, schweigend. Beide waren müde, gähnten abwechselnd, wollten schlafen gehen und doch gleichzeitig noch zuhören: Das Leben, von dem Lidija Alexandrowna erzählte, war ihrem eigenen Leben so vollkommen unähnlich, berührte sie aber doch ganz eigenartig. Besonders berührten sie die Worte Lidija Alexandrownas, daß eine Frau niemals die Hoffnung verlieren soll. Das war genau das, was sie beide undeutlich fühlten, doch wäre es ihnen nie in den Sinn gekommen, das so klar und deutlich auszusprechen. Und nach und nach begannen beide, ohne Lidija Alexandrowna weiter zuzuhören, über diese ihre Hoffnung nachzudenken.

Hoffnungen hatten sie vielerlei und sie auch niemals verloren. Alle ihre Hoffnungen, von den frühesten, jugendlichen, törichten angefangen, trugen sie immer noch mit sich herum.

Dann wurde es kalt, Lidija Alexandrowna schloß die Fenster, und alle gingen schlafen. Sie schliefen schlecht, fröstelten, das Haus war noch feucht. Wera und Sojka breiteten über den Mantel noch Teppiche und Decken.

Aber der Morgen war warm und sonnig, die Vögel sangen. Wera und Mischka tollten durch den Garten, durch feuchtes Gras, fingen Schmetterlinge mit dem Netz. Von fern wirkten sie klein: beide blondhaarig, ein Knabe und ein Mädchen.

Sojka stand ungewaschen, mit fahlem, aufgedunsenem Gesicht auf der Freitreppe und kämmte sich die Haare. »Jetzt ist Schluß mit dem Herumtollen! Mischka, hol Wasser!« rief sie aufgebracht. »Wir wollen fertig werden und nach Hause fahren. Hier ist nichts mehr zu tun...«

Lidija Alexandrowna war am frühen Morgen zur Bahnstation gegangen, um mit Moskau zu telefonieren, und kehrte heiter zurück: Gegen zwölf wollten beide kommen, Mann und Sohn. Nach Lidija Alexandrownas Worten war auch ihr zweiter Mann ein grundgütiger Mensch, doch etwas unzuverlässig, und mehr als alles liebte er Stille

und Ruhe. Deshalb auch war Lidija Alexandrowna bemüht, alle Haus-
arbeiten in seiner Abwesenheit zu erledigen. Gegen elf Uhr waren die
Fenster im ersten Stock geputzt, doch mußte noch der Schuppen
aufgeräumt und die kaputte Ottomane von der ersten Etage in den
Garten geschafft werden, zum Zaun.

Niemand kam, weder um zwölf noch um eins. Wera und Sojka
waren mit allem fertig und warteten nun auf die Ankunft des Hausherrn, er sollte das Geld bringen. Lidija Alexandrowna hatte im ganzen nur sieben Rubel bei sich. Um Mittag wurde es sehr heiß. Wera
und Sojka, die sich inzwischen am Brunnen gewaschen hatten, saßen
auf einer Bank bei der Freitreppe und berieten sich halblaut, ob sie
um eine Zulage bitten sollten. Wera hatte Zweifel, aber Sojka meinte,
daß man sie unbedingt fordern müsse, denn wegen des Schuppens
war nichts abgesprochen gewesen und wegen der Veranda ebenfalls
nicht. Sechsundzwanzig Rubel muß sie rausrücken, das ist nicht mehr
recht wie billig! Und Sojka stachelte Wera sogar noch auf, Lidija
Alexandrowna zu fragen, ob sie nicht die leeren Weinflaschen hinter
dem Schuppen mitnehmen könnten, sechzehn Stück, sie würden ohnehin auf den Müll geworfen, aber wenn man sie spült und einlöst,
ergäbe das nochmals anderthalb Rubel.

»Dann frag doch«, sagte Wera. »Frag doch, frag!«

»Wieso ich? Frag du doch. Du hast das Ganze doch abgesprochen.«

»Was soll ich damit«, Wera winkte sorglos mit der Hand ab. »Sich
damit auch noch abschleppen...«

Sojka erbleichte vor Gehässigkeit.

»Ah, das edle Fräulein will sich nicht abplagen«, zischte sie. »Freilich, bist ja frei, der Junge ist im Internat, wozu sich abplagen. Aber
ich, wovon soll ich existieren?«

»Ich hab doch schon gesagt: frag selbst...«

Mischka kam, trug in der Hand einen eigenartigen ovalen, stroh-
umflochtenen Gegenstand.

»Mam, sieh mal, eine Feldflasche!« sagte Mischka leise, voller Freude. »Habe ich dort in der Ecke gefunden, im Abfalleimer. Ist noch
ganz neu. Nehmen wir die mit?«

»Nichts wird hier mitgenommen, ohne vorher zu fragen!« Sojka riß ihm die Flasche aus der Hand und legte sie auf die Bank. »Du bringst sie dorthin zurück, von wo du sie genommen hast.«

»Aber sie haben sie doch weggeworfen...«

»Also ist es Gerümpel, und Gerümpel sammeln wir nicht. Bleib jetzt hier, wir fahren in einer Viertelstunde.«

»Ma-am, aber wir machen im Lager doch Ausflüge, da brauche ich eine Feldflasche...«, heulte Mischka.

»Steck sie in die Tasche und Schluß damit«, sagte Wera. »Wenn sie sie weggeworfen haben, brauchen sie sie folglich nicht mehr.«

Mischka machte einen zaghaften Schritt auf die Flasche zu und streckte die Hand aus, doch gab ihm Sojka einen kräftigen Klaps.

»Was habe ich gesagt? Du dumme Gans, mußt ihm nichts anderes beibringen.«

Mischka schmollte und stellte sich abseits. Nach einer Weile aber stapfte er plötzlich mit entschlossenen Schritten zur Gartentür.

»Du bleibst da, wir fahren bald!« rief Sojka.

»Aha, und wann gehn wir baden?«

»Ohne mich gehst du nicht zum Fluß! Ich verbiete es dir! Hast du gehört?«

»Jaja, hast es selbst versprochen...«, die gereizte Stimme Mischkas entfernte sich immer weiter.

»Du gehst nicht zum Fluß! Michail! Hast du verstanden!«

Die Gartentür fiel ins Schloß. Lidija Alexandrowna lehnte sich aus einem Fenster der ersten Etage und rief erfreut: »Sind sie gekommen?« Wera erwiderte: »Nein, das war Mischa.» Und Sojka murmelte böse: »Gekommen, gekommen... Einen ganzen Sonntag hat man verloren... wenn kein Geld da ist – sollte man auch keine Leute einstellen...«

Doch als Lidija Alexandrowna nach unten kam, sprach Sojka mit ihr in ihrem verschlagenen, demütigen Ton, den Kopf leicht zur Seite geneigt:

»Lidija Alexandrowna, ich wollte sie wegen der Flaschen fragen...«

Auch um drei Uhr war noch niemand gekommen.

Sojka forderte die sieben Rubel an, nahm die leeren Flaschen und fuhr mit Mischka ab, Wera blieb und wartete. Lange saß sie mit Lidija

Alexandrowna auf der Terrasse, trank Tee, aß Brot – etwas anderes hatten sie nicht mehr, auch kein Geld, um etwas einzukaufen – und fragte um Rat: wie sie sich verhalten sollte, wenn Nikolaj käme? Sollte sie sich darauf einlassen, wenn er von neuem mit ihr gehen wollte, oder ihn fortschicken, den verfluchten Kerl, so weit wie möglich? Serjoschka, der Tatar, war ein guter, ein gütiger Mensch, aber seine Mutter mischte sich fortwährend ein. Sie träumt davon, eine Tatarin für ihn zu finden, und sie hören auf ihre Mütter, die Tataren: Er würde niemals gegen den Willen seiner Mutter handeln. Auch zum Übernachten bleibt er selten bei Wera, immer strebt er, wie spät es auch sein mag, nach Hause. Ich will nicht, sagt er, daß die Mutter sich aufregt. Aber weshalb soll sie sich aufregen? Sie kennt Wera bestens. Wie viele Male ist Wera zu ihnen gefahren, hat Kartoffeln vom Markt mitgebracht, und die Wäsche bringt sie ihnen persönlich ins Haus, und an Samstagen schrubbt sie die Fußböden in allen Zimmern, ist eine große Familie, drei Zimmer in einem Holzbau. Sie wohnen auf der Wolokolamka. Einmal geht selbst der Trolleybus nicht mehr, es ist zwei Uhr nachts, da geht Serjoschka eben zu Fuß nach Hause. Wenn die Mutter nicht wäre, sagt er, ich würde mich noch diese Minute mit dir registrieren lassen. Das Problem ist also äußerst kompliziert, es zu entscheiden schwer.

Lidija Alexandrowna war außerstande, Wera einen Rat zu erteilen, auch sie war mit anderem beschäftigt, und so sagte sie nur: »Die Hauptsache, Wera, ist, daß Sie sich Ihrer Würde als Frau bewußt bleiben.« Wera nickte zustimmend: »Genau, genau, Lidija Alexandrowna! Das ist selbstverständlich...« Wera erzählte auch von ihrem früheren Leben, von ihrer Kindheit im Dorf Bogorodskij, über ihr Waisentum, über den Krieg, davon, wie sie ihren Beruf erlernt, wie die Tante gestorben war und sie als Alleinherrscherin das Zimmer übernommen hatte, wie so ein alter Knabe, fünfundsechzig, aus der Stadt Kamyschin um sie geworben, doch Wera ihn abgewiesen hatte: Sie vermutete, daß er auf das Zimmer erpicht war. Wera erzählte, dachte aber insgeheim an Nikolaj und entschied plötzlich, daß nichts Gutes bei der heutigen Begegnung herauskommen würde. Nein, bestimmt nicht. Es konnte nichts Gutes herauskommen. Einen Fünfer wird er sich leihen und damit basta. Einen Fünfer oder einen Zehner. Und wie ihr dieser unerwartete einfache Gedanke durch den Kopf schoß, verstummte sie. Lidija Alexandrowna schwieg ebenfalls, saß nachdenklich da.

Wera seufzte.

»Aber Lidija Alexandrowna, vielleicht ist ein Unglück passiert?«

Lidija Alexandrowna schüttelte den Kopf. »Nein, Wera, kein Unglück.«

Um fünf Uhr kam Regen, und als er nachließ, sehr bald schon, machte sich auch Wera fertig, um zu fahren. Sie hatte an eigenem Geld noch einen Rubel zwanzig. Sechzig Kopeken behielt sie für sich, sechzig Kopeken borgte sie Lidija Alexandrowna, sonst hätte diese auf keine Weise in die Stadt zurückfahren können.

Zum Bahnhof ging Wera auf einem Feldweg quer über eine Wiese. Das hohe schnittreife Gras zu beiden Seiten des Pfades schwankte kaum merklich, atmete, dampfende regenfeuchte Luft wiegte es, die vom Boden emporstieg. Wera zog ihre Schuhe aus und ging barfuß. Viele Jahre schon war sie nicht mehr über warmen sommerlichen Boden gegangen mit nackten Füßen, sie ging langsam, ganz allein auf der großen Wiese, und nirgendwohin drängte es sie zu eilen.

JURI MAMLEJEW

DIE RÜCKSEITE VON GAUGUIN

Der junge Mathematiker Wadim Ljubimow, ein bekannter Wissenschaftler, erhielt ein Telegramm aus seiner entlegenen Heimatstadt. Der Vater lag im Sterben. Ljubimow war sehr deprimiert, er beschloß, mit seiner Frau Irina hinzufahren. Im Zug rauchte er viel und dachte über die Lösung eines komplizierten mathematischen Problems nach.

Es war ein stiller Sommerabend, als sie ausstiegen. Ljubimows siebzehnjährige Schwester, Natascha, vom Warten und Weinen ganz zermürbt, holte sie ab. Wadim küßte sie flüchtig, und sie stiegen in einen kleinen, schäbigen Bus. Es war ein ganz banales Städtchen – niedrige Häuser, fernes Hupen, Hundegebell.

Die meisten Leute hatten sich in ihren Löchern vergraben. Aber noch im Bus hörte Wadim lautes Fluchen von draußen. Das kam von einsamen Figuren, die über den Gehsteig torkelten. Einige Frauen standen unbeweglich da und wandten ihnen den Rücken zu.

Bald erreichten sie ein ödes, verwahrlostes Häuschen.

Irina war unzufrieden, sie hatte nasse Füße bekommen. Natascha führte die Gäste in die niedrigen Zimmer.

Ein versoffener, aufgequollener Arzt saß neben dem Kranken. Als er die Ankömmlinge sah, wollte er sofort abhauen.

»Ich habe alles getan, was möglich war«, winkte er ab. »Paßt auf ihn auf.«

Matwej Nikolajewitsch, so hieß der Sterbende, war fast bewußtlos. »Er ist noch nicht sechzig«, sagte Wadim.

Irina kannte ihren Schwiegervater kaum, sein aufgedunsener, massiger Körper erschreckte sie, und sein seltsam ferkelartiges Grunzen klang so lebendig, als würde dieser Mensch nicht sterben, sondern gerade zur Welt kommen.

»Vater, ich bin da«, sagte Wadim.

Seine Hände zitterten, er setzte sich ans Bett.

Der Vater verstand ihn nicht genau.

»Natascha, die brave Natascha… hat sich um mich gekümmert«, ächzte er.

»Du bist ein Mann, also wirst du mit dem Vater zusammen in einem Zimmer schlafen«, beschloß Irina.

Wadim tat es zum ersten Mal im Leben leid, daß er ein Mann war. In der Nacht schreckte Matwej Nikolajewitsch mehrere Male auf und saß nackt auf dem Bett. Er atmete so intensiv, als wollte er die ganze Luft in sich einsaugen. Er war tatsächlich aufgebläht und schlug sich mit einer kalten Leidenschaft auf den großen Bauch. Er tat es langsam, mit Mühe, wahrscheinlich war es für ihn schwierig, die Hand zu heben. Tränen flossen über sein Gesicht, aber er begriff nichts mehr.

Schließlich plumpste er schwerfällig auf die Seite, und Wadim hörte ihn singen, bewußtlos singen, genauer gesagt winseln wie ein verwundetes Schwein. Aber ohne hysterische Angst vor dem Tod, vielmehr mit himmlischen Tönen. In diesem singenden Quieken war sogar etwas von der Bachschen Polyphonie.

Als Wadim näher kam, um nach dem Vater zu sehen, war Matwej Nikolajewitsch schon tot.

Überall wurde es still. Am Morgen sagte Irina zu sich: »Gott sei Dank hat sich die Sache schnell erledigt.« Natascha weinte.

»Wir bleiben noch ein paar Tage hier«, beschloß Wadim. »Wir müssen meine Schwester beruhigen. Vielleicht nehmen wir sie nach Moskau mit.«

Das Begräbnis verlief schnell und geräuschlos wie der Flug der Fledermaus. Die Erde auf dem Grab war rot, naß und sah aus, als wäre sie wie Teig geknetet worden.

Ins Haus von Matwej Nikolajewitsch kehrte der Alltag ein, nur Natascha schluchzte ununterbrochen. Wadim riß sich zusammen und beschäftigte sich mit seinen Rechnungen. Insgeheim war er sehr stolz auf sich. Und Irina hatte sogar schon während des Begräbnisses an einer Jacke gestrickt.

So vergingen drei Tage.

Spät nachts klopfte jemand an die Tür des Zimmers, in dem Natascha schlief. Die Tür öffnete sich einen Spalt, und Matwej Nikolaje-witsch, ihr Vater, trat ein.

Als Natascha aus der Ohnmacht erwachte, saß er auf dem Bettrand und streichelte mit seiner weißen Hand über ihren Kopf.

»Ich lebe, mein Kind«, sagte er und richtete seine abwesenden Augen auf sie. »Ich war scheintot. Siehst du, ich habe nur stark ab-genommen.«

»Papa, wie bist du aus dem Grab herausgekommen?« stammelte Natascha.

»Ich wurde sofort ausgegraben, mein Kind, sofort. Es war ein Irrtum. Ich war im Krankenhaus«, gab Matwej Nikolajewitsch mit mechanischer Stimme zur Antwort. »Fürchte dich nicht. Ich möchte nur ein bißchen herumspazieren.«

Er stand unsicher auf, als würde er etwas sehen, das sonst niemand sieht, und ging wie ein Roboter im Zimmer auf und ab.

»Papa, ich wecke Wadim«, piepste Natascha.

»Weck ihn, mein Kind«, antwortete der Alte ruhig.

Natascha riß die Tür zu Wadims Zimmer auf und rief fröhlich: »Wadim, Papa ist zurückgekommen!« Irina schlief tief und fest.

»Bist du übergeschnappt?« Wadim gähnte ruhig.

»Geh und schau selber. Ich muß gleich weinen.«

»Du zitterst ja. Ich gebe dir ein Medikament.«

Wadim suchte Streichhölzer, um sich eine Zigarette anzuzünden, und ging durch den Gang zu Nataschas Zimmer. Die Schwester folgte ihm. Matwej Nikolajewitsch stand unbeweglich wie eine Statue am Fenster.

»Papa, du!« schrie Wadim wild und bekam einen Krampf. Er glaubte eigentlich nicht an Geister, daher sah er jetzt etwas, das er seiner Meinung nach nicht sehen konnte. Das war ein Schock.

Aus diesem Zustand erlösten ihn nur die wiederholten eiskalten Erklärungen des Vaters.

»Ich war scheintot. Sie haben sich geirrt und mich gleich wieder ausgegraben«, sagte er immer wieder.

Das Wort »scheintot«, das in der Wissenschaft verwendet wurde, wirkte auf Wadim fast magisch, und endlich kam er zu sich. Nur die Wangen zuckten noch.

»Wir freuen uns für dich, Papa«, sagte er schließlich. »Gehen wir zu Tisch... Natascha, wir müssen auf Papas Rückkehr trinken.« Natascha ging rasch in den Keller, um Wein zu holen.

Wadim stand verwirrt am Tisch, der Vater im Mondschein daneben.

»So eine Überraschung«, murmelte Wadim verwirrt. »Ich gebe zu, ich verstehe nichts von der Medizin... Sie haben dich so tief eingegraben... Ich bin Mathematiker... Die Krümmung der Oberfläche...«

»Komm zu mir, mein Sohn«, unterbrach ihn der Alte mit dumpfer Stimme. »Ich hatte solche Angst... Ich will dich küssen.«

Als Natascha vom Weinkeller zurückkehrte und schon vor der Tür stand, hörte sie einen wilden Schrei. Sie ließ den Wein fallen und torkelte wie eine Somnambule ins Zimmer.

Wadim wälzte sich auf dem Boden, der Alte war weg. Natascha lief zu ihrem Bruder, er schmiegte sein verzerrtes Gesicht an ihre Füße.

»Er hat mich gebissen«, flüsterte Wadim.

In ihrem Dämmerzustand begann Natascha allmählich zu begreifen, daß sich der Vater an Wadims nackte Schulter geschmiegt hatte, als ob er ihn küssen wollte, ihn aber plötzlich bösartig gebissen und sich an ihm festgesaugt hatte. Wadim hatte gebrüllt, ohne etwas zu begreifen, sich losgerissen, und der Alte war mit einem Satz zum Fenster hinausgesprungen.

»Das war nicht unser Vater, er ist doch nie zum Fenster hinausgesprungen«, murmelte Wadim. »Das war etwas Wildes, Seltsames...«

Sie weckten Irina. Wadims ausgesprochen blödes und verzerrtes Gesicht überzeugte Irina davon, daß etwas Außerordentliches geschehen sein mußte. So hatte sie ihn noch nie gesehen.

»Scheintot, das ist Unsinn, Wadim«, sagte sie angespannt und aufgeregt und sah Wadim aufmerksam an. »Er wäre auf jeden Fall krepiert, ohne Sauerstoff im Sarg. Warum hast du daran nicht gedacht. Ihr beide seid einfach schrecklich nervös, daher dieser Zusammenbruch... Das sind Halluzinationen... Manchmal können sie auch Gestalt annehmen...«

»Und meine Wunde?«

»Sie könnte von der nervlichen Erschütterung stammen... Denk an die Stigmen...«

Für Wadim war es ein großer Trost, daß alles, was passiert war, eine wissenschaftliche Erklärung fand. Aber sofort wurde er bleich: Vielleicht wird er verrückt?

Am nächsten Tag herrschte eine bedrückte Stimmung.

»Alles geht vorüber«, sagte Irina und dachte besorgt: »Ich könnte noch verstehen, wenn diese verheulte Gans Natascha so etwas geträumt hätte, aber Wadim mit seiner Logik, seiner praktischen Einstellung... Außerdem liebte Wadim den Vater auf ganz rationale Weise. Während des Begräbnisses zeigte er fast keine Regung, und auch später war er ganz ruhig... Das sind nicht die Nerven... Vielleicht ist er tatsächlich übergeschnappt.«

Irina ging während dieser Überlegungen im Garten spazieren, verspeiste eine Pirogge mit Zwiebeln und schmiedete konkrete Pläne, wie sie sich Wadim am einfachsten und finanziell günstigsten vom Hals schaffen würde, wenn er wirklich verrückt wäre.

Natascha kuschelte sich ins Bett und weinte, manchmal las sie ein Gedicht. Sie glaubte fest daran, daß man in einem bestimmten nervlichen Zustand auch zum Mond fliegen könnte.

Wadim war ganz fertig, er fühlte sich hilflos und ratlos, aber es war eine andere Ratlosigkeit als jene einfache, fade Ratlosigkeit, die ihn überkam, wenn er mit mathematischen Aufgaben konfrontiert war. Er hoffte nur noch, daß ihm die Zeit selbst aus der Patsche helfen würde... Er wartete einfach und versuchte, an nichts zu denken.

Nun schliefen sie zu dritt in einem Zimmer.

Natascha konnte sich lange nicht beruhigen, aber dann schlief sie erschöpft und tief wie ein Kind.

Gegen Morgen wurde Wadim von einem Geräusch geweckt.

Mit nackten Füßen stand Matwej Nikolajewitsch im Zimmer, beugte sich über seine schlafende Tochter und schob sein Gesicht an ihre Brust. Wadim hörte den Vater heiser und unappetitlich schmatzen.

Da stieß der junge Wissenschaftler plötzlich mathematische Formeln hervor. In seinem zerrütteten Geisteszustand glaubte er, daß die unbestreitbare Realität dieser Formeln Matwej Nikolajewitsch vertreiben, sozusagen in Luft auflösen würde. Aber der Alte verschwand nicht, ganz im Gegenteil.

Verzweifelt schüttelte Wadim Irina. Sie erblickte den Schwiegervater und kreischte. Auf dieses Kreischen hin drehte sich der Vater um, und sie sahen sein schweres, aufgedunsenes Antlitz. Matwej Nikolajewitsch riß sich apathisch los und verschwand durch das Fenster.

Nataschas Stöhnen interessierte Irina überhaupt nicht. Sie war von einem einzigen Gedanken beherrscht: daß sie alle drei an einer Massenpsychose erkrankt waren, aber vor allem sie selbst.

Am nächsten Morgen beschlossen sie, möglichst schnell nach Moskau zu fahren und dort einen Arzt aufzusuchen.

Wadim sah schon einem Waldgeist ähnlicher als einem Wissenschaftler und hatte schreckliche Angst, daß er seine mathematischen Fähigkeiten verlieren könnte.

Aber am meisten fürchtete sich seltsamerweise Irina. Sie lag im Gras und streichelte ihre fetten Schenkel. Die Angst vor dem Wahnsinn nagelte sie an die Erde, aber selbst im Zustand des Grauens besaß sie noch eine Portion gesunden Menschenverstands. Diese Geschichte hatte ihren Plan, Wadim zu verlassen, über den Haufen geworfen, und jetzt hatte sie sogar beim bloßen Gedanken daran Angst. »Wer nimmt mich noch, wenn ich krank bin«, wirbelte es durch ihr liebes Köpfchen. In ihrem verängstigten, tierischen Zustand empfand sie sogar das Gras als Halluzination.

Matwej Nikolajewitsch war nach seinem Tod im Grab unter der nassen, schweren Erde wieder zu sich gekommen. Der Alte begriff sofort, daß er mit einer seltsamen, ungewöhnlich harten, aber doch möglichen Anstrengung den Sarg und dieses Grab in der Erde verlassen könnte. Als ob er und der Sarg und das Grab und die Erde sich nach seinem Tod verändert hätten. Der Alte bewegte sich ein bißchen, aber er spürte nichts. Auch als er aus dem Grab gekrochen war und auf dem Nachbargrab saß, spürte er fast nichts. Er war starr und unbeweglich.

Alles ringsum hatte sich verändert, war aber gleichzeitig das gleiche geblieben, zwei Sterne flimmerten durch den Nebel des Alls, aber waren das Sterne? Wahrscheinlich war es nicht mehr diese Welt und auch nicht mehr diese Sterne!

JURI MAMLEJEW

Aber der Alte wunderte sich über nichts. Irgend etwas in ihm verschloß sich auf ewig allen menschlichen Gefühlen.

Er konnte denken, aber nur irgendwie formal.

Das riesige Feld des Bewußtseins verließ ihn überhaupt, es verschwanden viele Begriffe, besonders jene wie Gott, Welt, Leben. Andere Begriffe waren ihm wiederum »bewußt«, zum Beispiel Menschen, Verwandte, aber auch die waren fern, ihre Bedeutung war verwischt und berührte die Seele nicht mehr.

Alle früheren, noch in ihm existierenden Worte verwandelten sich in verschwindende Symbole.

Der Alte schleppte sich durch den Friedhof. Er sah die früheren Bäume, das Chaos der verwilderten Gräber, entfernte Häuser, aber alles hatte nun eine seltsame, unnatürliche Gestalt, als ob sich die Welt neue Eigenschaften zugelegt hätte, die es zu seinen Lebzeiten nicht gegeben hatte.

Wie eine Leiche schleppte er sich durch die leere, kastrierte Welt. Unterwegs begegneten ihm zwei einsame Fußgänger, sie sahen ihn an und gingen weiter... Der Alte bemerkte gleichgültig, daß die Leute ihn wahrscheinlich als reales Wesen betrachteten, während er sie ganz anders sah und begriff.

Er spürte keinen, nicht einmal einen simplen logischen Zusammenhang zwischen sich und den übrigen Menschen. Sie kamen ihm vor wie Wesen aus einer anderen Welt, viel weiter entfernt als zu seinen Lebzeiten die Marsbewohner.

Existierte er oder existierte er nicht? Selbstverständlich existierte er, aber es war eine nie dagewesene Existenz, als hätte er sich mit einem blassen Sein gefüllt, das sich permanent selbst aufhob und negierte.

Die Gedanken waren nicht mehr die mächtigen Quellen seines Lebens, seinen Körper (in der früheren Bedeutung) fühlte er nicht mehr, die menschliche Sprache war in die Ferne gerückt und hatte ihre Bedeutung verloren...

Er bemerkte nicht, daß er bei seinem Haus angekommen war.

Und plötzlich erwachte in ihm ein Bedürfnis, das erste Bedürfnis nach seinem Tod.

Es überfiel ihn bedrohlich, leise und unaufhaltsam, wie ein monströses, unerklärliches Feld der Realität. Er wollte sich auch nicht dagegen wehren. Ganz selbstverständlich ging er wie eine Leiche durch den Garten zum Haus.

Er hatte nämlich das Verlangen, bis zur Besinnungslosigkeit menschliches Blut zu trinken, egal wessen Blut, aber am liebsten das Blut seiner Verwandten. Keine Ahnung, warum er das tun mußte! Er konnte einfach nicht anders, als ob das Einsaugen von menschlichem Blut das einzige wäre, was noch auf der Welt existierte. Ansonsten war die Welt leer und tot.

Vorsichtig schlich er in das Zimmer seiner Tochter. Als sie in Ohnmacht fiel, saugte er sich an ihrem nackten Schenkel fest, am Ansatz der Hinterbacken, wo sich blaue, zarte Äderchen rankten. Er biß in die Haut und begann hingebungsvoll Blut zu trinken. Und so selbstverständlich, als wäre er dazu auserkoren. Seltsam war nur, daß es überhaupt kein Genuß für ihn war!

Theoretisch wußte er, daß er das Blut seiner eigenen Tochter trank, aber dieses Wissen war so weit weg und so überflüssig, als wußte er, daß es im Augenblick in Australien regnet.

Natascha kam erst zu sich, als er mit dem Blutsaugen aufgehört hatte.

In seinem toten Kopf entstand nun die Idee, sein Erscheinen mit dem »Scheintod« zu erklären. Glücklicherweise bemerkte Natascha die kleine Wunde am Schenkel nicht. Der Alte gab, wie wir bereits wissen, monoton seine »Erklärung« ab, irgendwo auf der Oberfläche seines Bewußtseins tauchten Gedanken auf, und er sprach sie korrekt aus, obwohl er sich ihrer Realität nicht gewahr sein konnte.

Als Wadim kam, verhielt sich der Alte still und zurückhaltend. Aber er bemerkte, daß seine jetzigen, jenseitigen Kräfte irgendwie seinen früheren, physischen Kräften entsprachen, obwohl er sie subjektiv fast nicht spürte.

Als Wadim mit ihm allein blieb, überkam den Alten wieder dieses unwiderstehliche Bedürfnis, und er versuchte es dieses Mal mit einer List, indem er das Blutsaugen als einen väterlichen Kuß tarnte.

Er saugte sich apathisch fest. Aber wie sich herausstellte, riß sich Wadim nicht nur los, sondern packte den Vater an der Kehle – und das war ein starker, männlicher Griff. Und jetzt, in der totalen Stille seiner Seele, spürte der Tote plötzlich eine wilde Angst um sein Leichendasein. Er spürte sogar das Klopfen seines verstorbenen Herzens. Das war ein echtes, lebendiges Gefühl! Der Tote wand sich, befreite sich aus der Umklammerung des Sohnes und sprang zum Fenster hinaus.

Diese Angst ließ ihn lange nicht los.

Jede zerstörte Zelle seines Körpers zitterte vor Lust auf das Leben, zitterte fremd und stinkend, da waren einsame, leblose Ströme im Bauch, als wollte der Zerfall sich selbst aufhalten.

Er schwitzte und streichelte seinen Körper, sein Schweiß glich den Tränen von Leichen.

Allmählich verebbte die Angst um sein Leichendasein, das einzige halblebendige und mit dem Nichtsein vermischte Gefühl, das er noch haben konnte.

Er versank wieder in seiner Einsamkeit, in der es nichts gab, außer dem abstrakten Bedürfnis, Blut zu saugen.

Schließlich kam er in eine abgelegene Gasse mit Laternen. Er fühlte sich jetzt schon wie ein normaler Mensch, hatte vergessen, was mit ihm passiert war. Die Bäume und Häuser starrten ihn regungslos und wie paralysiert an. Es regnete in Strömen, aber er spürte nichts. Am Himmel zogen überflüssige Wolken dahin.

Der Alte fühlte eine leichenhafte Unendlichkeit. Er spürte nicht nur sich selbst als Leiche, sondern auch die ganze Welt als Fortsetzung seiner leichenhaften Existenz.

Aber die Welt interessierte ihn nicht. Er bemerkte, daß er nicht zu seinem Grab ging, und grinste plötzlich. Er ging zu einem Haus, das er gut kannte. Dort wohnten seine früheren Freunde. In dem einen Zimmer schliefen zwei kleine Kinder, im anderen die Eltern.

Er ging in den Gemüsegarten und schlich vorsichtig zum Fenster.

Plötzlich zuckte der Alte zusammen. Die Eingangstür ging auf, und ein neunjähriger Junge kam heraus. Er ging wie ein appetitlicher Engel über den mondbeschienenen Gartenweg zum Hüttchen, wo sich der Abort befand.

Der Alte folgte ihm leise und stürzte sich im günstigsten Moment auf ihn. Der Junge war sofort ohnmächtig beziehungsweise paralysiert vor Angst, er lag unter dem Toten im Gras, hatte die Augen aufgerissen wie ein Hündchen. Er sah den Alten an, aber sein Bewußtsein war auf einen winzigen Punkt reduziert.

Der Alte trank lange, sein Bein zuckte, und er wälzte sich schamlos auf dem Jungen. Das Gras war von dem Gewälze ganz niedergedrückt. So verging eine halbe Stunde. Schließlich schüttelte sich der Alte und stand auf. Der Junge lag tot zu seinen Füßen. Langsam ging der Alte weg.

Jetzt wußte er, wohin er wollte – nach Hause, in sein Grab. Er fand es schnell unter den anderen Gräbern, schlüpfte hinein – dank derselben Geschicklichkeit, mit der er herausgekrochen war – und machte es sich darin gemütlich. Plötzlich überzog seine Wangen ein liebliches Rot, die Lippen füllten sich mit Blut, und die Nägel an Fingern und Zehen schienen zu wachsen.

Das seltsamste war, daß er keine lebendige Befriedigung empfand, seinem Gefühl nach war das Verdauen genauso leblos wie das Blutsaugen. Die Augen des Alten waren weit aufgerissen, sein Bauch aufgedunsen, er atmete auf menschliche Weise.

Den ganzen Tag verbrachte er im Sarg, und in der Nacht ging er wieder zu seinen Verwandten. Wie wir bereits wissen, scheiterte der zweite Besuch, es gelang ihm nicht, Nataschas Blut zu trinken.

Das nächste Mal rückte er gegen Abend aus, es war noch hell, aber keiner bemerkte ihn. Er versteckte sich neben seinem Haus und wartete, bis Wadim und Irina weggingen.

Das Ehepaar, zu Tode erschrocken über seinen vermeintlichen Wahnsinn, hatte aber inzwischen Fahrkarten nach Moskau gekauft und war gerade zurückgekommen. Der Alte wartete geduldig.

Endlich gingen Wadim und Irina spazieren. »Wir müssen frische Luft schnappen, das ist die beste Medizin«, hörte der Alte seinen Sohn sagen. Die beiden waren so egoistisch, daß sie vergaßen, Natascha mitzunehmen, so blieb sie allein, ohne die Gefahr zu wittern.

Der Leichnam wartete noch ein bißchen und ging schließlich, ein wenig gekrümmt, ins Haus. Natascha sah ihn, und es lief ihr eiskalt den Rücken hinunter.

Der Vater ging auf sie zu, seine Augen, die eine trübe Unbeweglichkeit ausdrückten, waren weit aufgerissen. Bei Tageslicht und in der
vertrauten Umgebung begriff Natascha instinktiv, daß das keine »Halluzination«, sondern die Realität war, und sie schrie aus Leibeskräften:
»Papa, Papa, was willst du?«

Der Alte nahm diese Worte an der Oberfläche seines toten Bewußtseins auf, und plötzlich zuckte etwas in ihm zusammen und
zerbrach. Wie ein Roboter würgte er hervor: »Mein Kind... das bin
nicht ich... nicht ich... das ist... das...«

Aber was war »das«? Wußte es der Tote überhaupt selbst? Und er
fügte hinzu: »Ich kann mich nicht beherrschen.«

In Natascha war ein Funke der Hoffnung aufgeblitzt. Immerhin
war ein Kontakt, ein gewisses Verstehen da, aber das spielte sich nur
im verschwindenden menschlichen Teil des Bewußtseins ihres Vaters
ab, nur von dort war ein schwaches Zeichen gekommen: »Das bin
nicht ich!« Aber innerlich... im Innern seiner jetzigen Seele wußte er,
was aus seinem »Ich« geworden war – ein bebendes Nichtsein und
Blutsaugen.

Deswegen änderten seine Worte nichts an seiner Handlungsweise.
Unerbittlich näherte er sich seiner Tochter und verbiß sich in sie.
Natascha fiel in Ohnmacht.

Als Wadim und Irina zurückkamen, war Natascha schon halbtot.
Die Eheleute schlugen sich gegenseitig fast die Schädel ein. Man
brachte Natascha ins Krankenhaus und ein paar Tage später in die
psychiatrische Klinik der nächstgrößeren Stadt. Sie verließ die Klinik
ohne bestimmte Diagnose, war angeblich gesund, allerdings grinste
sie von nun an wie eine Idiotin bis ans Ende ihrer Tage.

Wadim war im großen und ganzen auch erledigt. Die Ärzte stellten
Schizophrenie fest, dabei war er nur zu blöd für die Mathematik geworden. Das zerquetschte ihn wie eine Wanze. Er weinte, versuchte
sich an seine »Halluzinationen« zu erinnern, versuchte sogar aktiv zu
werden, aber er war hilflos wie ein Schuljunge. Schließlich kam er
gänzlich auf den Hund, verwarf die Mathematik, lebte wild, schmutzig
und einsam und beklagte seine gescheiterte Karriere.

Nur Irina kam mit heiler Haut davon, dank ihres animalischen

Egoismus. Sie hatte Wadim auf der Stelle verlassen und lebte halbwegs normal weiter.

Inzwischen ärgerte sich der Alte über die Flucht der Verwandten, denn jetzt war er gezwungen, sich fremdes Blut zu besorgen. Nach ihrer Abreise streunte er lange auf dem Bahnsteig herum und schämte sich nicht, obwohl lebendige Menschen anwesend waren.

Die nächsten zwei Tage vergingen für den Alten wie im Nebel.

Der Junge, den er umgebracht hatte, wurde mit Pomp und Trara beerdigt. Offiziell hatte ihn eine Bande aus der Umgebung ermordet.

Als alle weg waren, stand der Alte eine Weile am Grab. Er schrumpfte zusammen, wurde ganz grau und sah aus wie ein alter Vogel mit herabhängenden Flügeln.

In der Nacht fand er endlich das Objekt seiner Begierde. Es war ein fettes, gefräßiges Weib um die Vierzig, das gern im Garten unter einem duftenden Ahorn schlief. Sie schlief lang und tief und bedeckte abends ihr Gesicht mit einem Buch von Goethe.

Der Alte nahm sich diesmal vor, kleinere Portionen zu konsumieren. Er schlich unauffällig wie ein Mäuschen zu ihr und saugte nur ein bißchen, so daß die Frau nicht einmal aufwachte. Sie hatte nur ein paar seltsame, bunte Träume. Der Alte rechnete damit, daß die Frau ihm für längere Zeit zur Verfügung stehen werde.

Allerdings mußte er in der ersten Nacht, als er ins Grab zurückgekehrt und in den Sarg geschlüpft war, heftig kotzen. Daher ließ er von ihren Brüsten ab und suchte stillere Orte auf wie die Schenkel oder die Hüften.

Sein Blick war starr, während er saugte. Er war nun auf gewisse Weise beruhigt, und sein Verlangen kam eine Weile zur Ruhe. Er existierte wie in einem verzauberten Kreis, in der Stille, wunschlos glücklich.

Aber nun hatte er eine neue dumme Gewohnheit: bummelte am Morgen durch die Stadt.

Es war faktisch unmöglich, daß ihn jemand erkannte. Nach der Abreise seiner Verwandten hatte sich sein Gesicht zur Gänze verändert, einen unheimlichen, vollkommen überirdischen Ausdruck angenommen. Aber ein Bekannter des Alten aus dem Norden, der von seinem Tod nichts wußte, besuchte eines Tages seine Heimatstadt.

Er hätte ihn fast erkannt, wollte ihn umarmen: »Matwej Nikolajewitsch... du lieber Gott... Wie hast du dich verändert!« Aber der
Alte sah ihn so an, daß der Bekannte kalte Füße bekam und murmelte, er habe sich wohl geirrt.

Manchmal ging der Alte in die Bibliothek oder plauderte mit den
kleinen Mädchen. Er war beherrscht von einer unendlichen Abwesenheit und gleichzeitig von der Realität des Nichtseins. Die kleinen
Mädchen hatten bald genug von ihm, es kam ihnen vor, als hauchte
der Alte sein Nichtsein buchstäblich in ihren Mund. Das war ihnen
lästig, sie weinten. Und er wußte nicht, ob sie lebten oder nicht.

In der Bibliothek bestellte er wahllos Bücher. Am häufigsten fiel
ihm Calderón in die Hände. Er las ein bißchen, lächelte, aber alles in
den Büchern schien auf dem Mond zu geschehen oder in einer
Streichholzschachtel. Alles war klein, jenseitig und nahm oft den entgegengesetzten Verlauf. Als ob sich zur gewöhnlichen, irdischen Realität noch eine andere, unverständliche hinzugesellt hätte. Deswegen
bekam alles, was in den Büchern geschah, einen verschobenen Sinn.
Auch alles andere, das nicht in den Büchern stand, empfand er so.

Sogar das Hundegebell war in die dichte Hülle eines fremden Sinns
eingewickelt. Und in sich fühlte er manchmal ein leichtes Rülpsen,
kein physisches Rülpsen, sondern das Rülpsen des pulsierenden
Nichtseins. Sein Blick wurde bald trüber, bald heller. Aber diese Hel-
ligkeit veränderte nichts in der Welt.

Er spuckte aus und ging in sein Grab zurück. Seltsamerweise war er
bereits zufrieden mit der Existenz zwischen Leben und Tod.

Nur die dumpfe Empfindung, daß das noch nicht alles war, daß ihn
noch etwas Unbekanntes erwartete, beunruhigte ihn.

Eines Tages bummelte er durch die Stadt und bemerkte plötzlich
zwei Geschöpfe, die ihm ähnlich waren.

Sie gingen nebeneinander die Straße entlang, und er erkannte sie
inmitten der gewöhnlichen Hektik an ihrem leblosen Blick und ihren
besonders teilnahmslosen Bewegungen. Er ging auf sie zu und fragte
sachlich: »Seid ihr tot?«

Der Größere sagte lächelnd zum Kleineren: »Das ist einer von uns.«

»Michail«, stellte sich der Kleine vor.

»Nikolaj«, sagte der Große. Wortlos gingen sie zu dritt weiter, hinter die Lagerhallen, zu einer Ziegelwand, wo Holzblöcke lagen. Sie setzten sich nebeneinander. Das Schweigen hielt lange an. Dem Alten waren sogar jene, die ihm ähnlich waren, gleichgültig. Aber mit dem verschwindenden Rest seines Bewußtseins wunderte er sich: »Es gibt viele solche wie uns, also sind wir eine ganze Welt!«

Nikolaj, der große Leichnam, hielt eine Aktentasche in der Hand. »Ich bin mit dem Flugzeug gekommen«, sagte er. »Angeblich ist die Landschaft hier schön.«

»Ich bin auch noch nicht lange hier. Ich habe mich im Nachbardorf angesiedelt«, fügte Michail hinzu.

»Und wo sind eure Gräber?« fragte der Alte gleichgültig.

»Was geht dich das an«, antwortete Nikolaj. »Denkst du noch, oder bist du schon ganz weggegangen?«

»Wohin gegangen?«

»Das weißt du nicht?« lachte Nikolaj. »Dorthin, wo das Nichts ist.«

»Ich denke auch viel«, sagte Michail, »aber meine Gedanken bleiben im Nichts stecken. Ich verstehe ihre Bedeutung nicht mehr. Sie drehen sich um sich selbst.«

»Du bist ein Idiot«, unterbrach ihn der Alte. »Ich denke nicht mehr. Das Nichts beherrscht mich völlig. Und das ist besser als früher, im Leben...«

»Ich habe auch keine Gedanken mehr«, fuhr Nikolaj fort, »und wenn doch, dann sind es nur schwachsinnige, verglimmende Lichtlein, mit denen ich diese überflüssige Welt beobachte.«

»Nikolaj kann sich ausdrücken«, sagte Michail, »er war früher Schriftsteller.«

»Also ein Vollidiot«, bemerkte der Alte.

Sie schwiegen. Die Vögel flogen vorbei, verschwanden ins Leben. Irgendwo heulten Sirenen.

»Dieser Mond«, sagte Nikolaj und grinste.

»Wir reden heute so viel, mir raucht schon der Kopf«, zischte Michail. »Kümmern wir uns um unser Wohlergehen.«

»Wenn ich Blut sauge, komme ich mir wie eine Blume vor. Aber wie eine Blume aus Eisen«, erklärte Nikolaj nach einer Pause.

»Genug, Leute«, unterbrach ihn der Alte und stand auf. »Verab-schieden wir uns.«

Die Leichen standen auf. Und gingen in verschiedene Richtungen. Als der Alte im Grab lag, mußte er pinkeln. Aber er spürte es nicht. Etwas lullte ihn ein, er sah hinter dem Ende der Welt noch andere Welten.

Ein paar Tage später erwischte Nikolaj den Alten neben dem Kino.

»Komm, ich will dir jemand vorstellen«, sagte er näselnd.

Der Alte folgte ihm. Auf einer Bank in einem gemütlichen Winkel unter grünen, raschelnden Bäumen saß Michail mit übereinanderge-schlagenen Beinen neben zwei weiteren Leichen.

Ein etwa dreizehnjähriger Junge mit abstehenden, großen Ohren sah den Alten mit einem stinkenden, breiten Grinsen an.

»Der gehört zu uns«, dachte der Alte, aber an dem zweiten Unbe-kannten irritierte ihn etwas. Der war eindeutig lebendig, und »Matwej Nikolajewitsch« überkam vor lauter Ekel ein tödliches Zittern. Das Gesicht des »Lebenden« trug das Siegel des Scheiterns.

»Wer ist das?« fragte der Alte beunruhigt.

»Ein Selbstmörder«, erklärte Michail kriecherisch. »Ein zukünftiger selbstverständlich. Aber sein Selbstmord ist unausweichlich, weil das sein Schicksal ist. Er hätte sich schon längst umgebracht, aber jetzt hat er uns kennengelernt. Er will noch ein Weilchen warten. Er ist ein Werther-Typ.«

Michail konnte sich jetzt als Leiche ausdrücken wie ein Schrift-steller. Aber Nikolaj, der zu Lebzeiten ein Staatsschriftsteller gewesen war, quatschte wie das letzte Arschloch. Nur war das jetzt, wo sie so weit vom Leben entfernt waren, nicht mehr relevant.

»He du... Alter... Die Selbstmörder lassen wir in Ruhe, die sind tabu«, sagte Nikolaj.

Der Selbstmörder lächelte verlegen und wurde rot.

»Ich heiße Matwej.« Der Alte sah ihn trübe an.

»Und ich Sanja... Wenn es euch nicht gäbe, hätte ich mich bei Gott schon längst erhängt«, sagte der Selbstmörder nervös. »Ich war noch nie in einer so interessanten Gesellschaft. Wie im Grab. Ihr seid ein-fach herzerfrischend.«

»Er ist ein bißchen hysterisch, ein Jammerlappen. Man spürt, daß er lebt«, erklärte Michail.

»Dafür ist unser Hühnchen Petja schon mausetot, obwohl er noch ein Kind ist«, sagte Nikolaj mit blecherner, singender Stimme. »Er kann sogar aus den Augen Blut schlürfen. Petja, komm her.«

Petja schaute hinter Michail hervor und lächelte schweigend.

»Es beunruhigt mich sehr, was nach dem Tod mit mir geschieht... Deswegen bin ich so hektisch«, meldete sich der Selbstmörder errötend zu Wort. »Hoffentlich kann ich wie ihr im Nichtsein existieren... Aber vielleicht wird aus mir einfach eine Null im buchstäblichen Sinn... Das macht mich verrückt... Unangenehm ist das«, fügte er mit flackerndem Blick hinzu. »Oder ich komme an den falschen Ort... Oder sonst irgendwas... Wenn ich euch sehe, freue ich mich, weil nicht jeden nach dem Tod das Grauen erwartet... Das tröstet mich, könnte man sagen.«

»Leute, gehen wir in den Wald«, unterbrach ihn Michail, »bald werden wir alle Worte vergessen haben. Du redest schon mit solcher Mühe, als wärst du verhext.«

Schweigend schlenderten sie auf die langsam untergehende Sonne zu. Petja lief zähneklappernd über die Wiesen voran und pflückte weiße Blümchen.

»Begreift er wirklich, was er macht?« fragte der Selbstmörder Nikolaj. In der Ferne war ein Wald zu sehen, wie mit Schminke verdeckt. Vogelgezwitscher, das Surren der Libellen, Grashüpfer und die Windstöße, alles war wie der letzte Seufzer eines Todkranken und ganz weit weg.

Der Alte, der die Welt schon ganz verlassen hatte, fühlte sich plötzlich sogar unter seinesgleichen nicht mehr wohl. Aber er ging weiter, eingekapselt ins Nichtsein.

Sie kamen an eine Lichtung und setzten sich.

Nikolaj grinste leblos ins Leere.

»Ich habe die Worte satt«, sagte Michail. »Ist das Reden vielleicht amüsant? Wir brauchen etwas anderes, was uns Leichen entspricht.«

Petja ging dem Alten auf die Nerven. Er rollte sich im Gras wie ein kleiner Dämon, rannte von einem Leichnam zum anderen und zupfte jeden am Ohr. Aber das war kein Vergnügen für ihn, sein Blick war schwer wie der eines Flußpferds.

Außerdem hatte der Alte den Eindruck, daß in den Augen der kleinen Leiche irgend etwas Unverschämtes aufblitzte.

»Singen wir«, sagte der Selbstmörder mit Baßstimme.

Er trug eine Gitarre unterm Arm, was der Alte vorher nicht bemerkt hatte.

»Petja soll solo singen«, schlug einer vor.

Petja setzte sich in die Mitte des Kreises, die anderen sahen ihn an. Plötzlich fing er zu singen an. Sein Mund öffnete sich sperrangelweit wie eine Tür und entblößte seinen Rachen. Seine abstehenden Ohren wurden purpurrot, sie füllten sich mit dem zuvor gesoffenen Blut. Er hob sein Gesichtchen empor zu Gott, schloß seine toten Äuglein und sang mit einem angestrengten Schluchzen in der Stimme. Seine toten Halsadern schwollen an.

Was er sang, war unbegreiflich, vielleicht sang er einen populären Schlager, aber das war letztlich egal.

Die Leichen saßen schweigend da, finster und wie erstarrt in ihrem unmenschlichen Warten auf sich selbst. Angeblich gestattete sich Petja als einziger von ihnen beim Blutsaugen sadistische Lustgefühle. Die anderen brauchten nicht einmal mehr den Sadismus.

Jetzt waren alle erschöpft von der dummen menschlichen Sprache, von dem blöden Gequassel, sie wurden immer starrer, immer verkrampfter.

Petja hörte plötzlich und grundlos mit dem Singen auf. Und brach in Tränen aus, leblos, verrückt, verkrampft, das tote Gesichtchen mit den Händen bedeckend.

Warum weinte er? Er wußte es selbst nicht, aber auf keinen Fall beweinte er sein früheres, lebendiges Dasein.

»Tanzen wir?« schlug der Selbstmörder vor.

Alle sprangen auf und tanzten zu den entfesselten Klängen der Gitarre. Tanzten – hopp! hopp! hopp! –, wanden sich, hoben Arme und Beine.

Es schien, als ob die starren Bäume im Takt mit ihnen schwankten.

Es war kein menschlicher Tanz, sondern der Tanz des Nichtseins.

Sie fühlten ihre Bewegungen, ihre Sprünge und ihre Verrücktheit nicht. »Irgend etwas« tanzte in ihnen, das war ihr Wesen – der Knäuel des Nichtseins, den sie auf unbegreifliche Weise spürten, das starre Piepsen des Verschwindens, die leblose Unendlichkeit, und all »das« schüttelte sich mit einem hysterischen Heulen und Pfeifen in ihnen, drehte sich um die eigene Achse und hob die Arme ins Nirgendwo.

Der leblose Sumpf des Nichtseins schmatzte in ihren Körpern, die wie Rauch waren. Der Sumpf piepste und kippte mit unheimlicher Fröhlichkeit in sich selbst zurück. Es gab keine Welt. Einige Leichen fielen zu Boden, standen auf, Nikolaj plumpste in einen Graben.

Ihr körperlicher Zustand existierte unabhängig von ihnen, und ihr anderes Wesen verwandelte sich in das tote Lachen, Heulen und Kreischen des Nichtseins. Auch die Bäume waren tot.

Der Selbstmörder hörte zu spielen auf, aber das fröhliche Treiben ging weiter.

Der Alte schlenderte in den Wald, an den Büschen und Sträuchern vorbei. Er hatte sich beruhigt. Die Schuppen der Zapfen und einige Blätter rieselten auf seinen Kopf. Durch das Dickicht drängten sich Sonnenstrahlen.

Plötzlich mußte er sich entleeren. In der letzten Nacht hatte er Unmengen von Blut gesoffen. Wahrscheinlich hatte ein Teil des gesoffenen Blutes mit den leblosen Exkrementen den Körper verlassen.

Wie ein lebendiger Mensch hockte er sich neben einem großen Tannenbaum unter einen Strauch.

Da kam der Selbstmörder. Er betrachtete den scheißenden Leichnam und erstarrte.

»Du lebst! Betrüger!« brüllte er. »Du scheißt, also lebst du!«

Sein Gesicht wurde rot und zuckte, als hätte man ihm eine Ohrfeige verpaßt oder ein Heiligtum gestohlen.

»Renegat!« schrie er und stürzte sich auf den Alten. »Spion... Du lebendiges Dreckschwein!«

Der Alte hatte noch nicht begriffen, was los war, als der Selbstmörder schon über ihn herfiel. Der Alte sprang auf und fühlte plötzlich, daß ein riesiges, scharfes Messer seine Brust durchbohrte.

Und jetzt brüllte er, sein Gebrüll hallte durch den Wald, er brüllte noch heftiger und lauter als damals, als er vor seinem Sohn floh, er brüllte wie lebendig, in animalischer Angst um seine tote Existenz. Über sein Gesicht strömten leblose Tränen, und plötzlich sah er durch seine gläsernen, erstarrten Augen, die vor Angst hervorquollen, das Gespenst des menschlichen Bewußtseins. Und dann war alles aus... Der Alte hörte in sich einen Gesang und sah einen unermeßlichen Streifen am Horizont, in dem die Welt versank... Seine Seele ging in eine neue, unbekannte Sphäre des Seins ein...

Auf der Erde blieb nur sein in alle Ewigkeit unbeweglicher Leichnam, aber das Gesicht des Alten war nicht mehr so starr wie in seinem toten Leben. Es war entstellt, verzerrt durch den Krampf der menschlichen Angst und Hoffnung...

Aber wer kann sagen, daß die Zukunft besser wird als die Gegenwart? Die Fäden liegen doch nicht in menschlicher Hand.

WLADIMIR MARAMSIN

ICH, MIT EINER OHRFEIGE IN DER HAND

Ich wollte rauchen, nahm eine Zigarette, zündete sie an, rauchte aber nicht, sondern lief aus der Werkabteilung hinaus ins neue Gebäude, ins Fertigteillager. So was mache ich öfter. Die Zigarette in meiner Hand vergaß ich, ich ließ sie, d. h. die Hand, baumeln wie es ihr gefiel. Ich wiederhole, so was mache ich öfter.

Diese vergessene, verlassene Hand hat mir eine Menge Unglück gebracht.

Ganz in der Nähe der Werkabteilung begegnete ich dem mir bekannten Monteur Beloglasow.

Wenn zwei Leute aus größerer Entfernung in gerader Linie schnurstracks aufeinander zugehen und dabei einige Male den Blick senken und wieder heben, dann weiß man nie, wann man grüßen soll, und immer ist es entweder zu früh oder zu spät. Unerwartet blieb er vor mir stehen.

»Ta-a-ag!« sagte ich und wollte weitergehen.

Plötzlich bemerkte ich, daß er mir nicht antwortete, sondern mit dem Finger irgendwohin nach oben zeigte, geradewegs nach oben, hinter meinen Rücken.

»Wohin, wohin?« fragte ich aus irgendeinem Grund, ohne zu wissen, worum es ging.

»Nicht wohin, sondern worauf«, sagte Beloglasow. »Lies.«

Ich drehte mich um und sah das Plakat. Auf dem Plakat war – unverkennbar – wie eine riesige Makkaroniröhre, wie ein Schornstein, eine Zigarette gezeichnet. Aus dem Inneren der Zigarette drang blaugrauer Rauch, drehte zwei schön geschwungene Kurven und flog dann über den Rand der Bretterwand davon. Dieses ganze schöne Bild war genüßlich und sorgfältig von einer Ecke zur anderen mit dem braunen Buchstaben X durchgestrichen. »Hier rauchen verboten« stand inmitten dieses Buchstabens.

Ich kannte dieses Plakat und hatte es gut in Erinnerung. Manchmal träumte ich sogar ein wenig davon.

»Lies, lies!« sagte Beloglasow.

»Ich kenne es doch, hab's schon gelesen!« sagte ich, während ich ungeduldig von einem Bein auf das andere trat, denn ich dachte an all das, was ich noch erledigen wollte.

»Warum rauchst du dann?« fragte Beloglasow voller Verachtung. Diese Verachtung beunruhigte mich etwas. Wenn jemand sich gestattet, seine Verachtung so offen zu zeigen, so heißt das, daß er eine Macht hinter sich fühlt. Ich hätte damals schon draufkommen können, aber ich hatte es eilig. Wenn ich draufgekommen wäre, hätte die Hand etwas gemacht mit dieser Zigarette. Um die Hand war ein weiter Rockärmel. An der Hand waren geschickte und dazu geeignete Finger. Aber ich vergaß sie, das heißt die Hand, und sie machte nichts mit der Zigarette.

»Ich rauche nicht«, sagte ich nur, denn ich hatte wirklich noch nicht geraucht.

»Du rauchst!«

»Nein, ich rauche nicht«, antwortete ich ärgerlich.

»Auch noch unzufrieden?« fragte Beloglasow. »Rauchst auf dem Werksgelände und bist noch dazu unzufrieden.«

»Ich bin zufrieden«, sagte ich.

»Womit bist du zufrieden?

»Mit allem ... mit allem bin ich zufrieden.«

»Willst du dich etwa über mich lustig machen?« sagte Beloglasow. Er blickte sich um, sah, daß niemand in der Nähe war und sagte mir ein sehr beleidigendes Wort ins Gesicht, das ich um keinen Preis jemals wiederholen werde.

»Und das«, sagte Beloglasow freudig, »lasse ich dir nicht durchgehen, Scheißkerl!«

Er zeigte auf meine Zigarette und ging gutgelaunt weiter.

Ich war sehr wütend auf Beloglasow, sagte jedoch nichts. Denn ich befand mich im Werk, wo man sich auf keinerlei persönliche Streitereien einlassen soll. Bald darauf beschloß ich, die Beleidigung des groben Beloglasow zu vergessen und ihn einfach nicht mehr zu grüßen, wenn ich ihm begegnen sollte.

Tags darauf wurde mir eine offizielle Rüge erteilt. Wie sich herausstellte, war Beloglasow Mitglied irgendeiner Kommission der lokalen Macht, die berechtigt war, überallhin zu gehen und Rügen zu erteilen. Und alle müssen sich diese Rügen anhören, ohne ein Wort dagegen einwenden zu dürfen. Für mich war das ein sehr gefährlicher Mensch, der da als Monteur herumlief. Vor so einem Menschen darf man seine Hand nicht vergessen.

Bald war der Monat um, und mir wurde die monatliche Prämie entzogen, da mir eine offizielle Rüge erteilt worden war. Mir tat es leid um die Prämie, sie war so sympathisch, abgerundet und ehrlich erarbeitet – aber ich sagte nichts.

Am Ende des Quartals kam die Fabrik auf den ersten Platz vor allen anderen Fabriken. Viele, die in dieser Zeit gut gearbeitet hatten, bekamen kleine Prämien für den Wettbewerb. Auch ich sollte so eine Prämie bekommen. Es war eine angenehme Prämie, wenn auch nicht groß. Aber im letzten Moment wurde sie mir gestrichen, dort, wo man streichen kann, was man will. Das kränkte mich natürlich, aber ich sagte wieder nichts.

»Laß es, laß es«, sagte ich mir. »Nur mit der Ruhe. Ich werde ehrlich weiterarbeiten wie immer, damit sie es sehen, damit sie spüren, daß sie im Unrecht sind!«

Und ich arbeitete, um es ihnen zu zeigen. Wer diese »sie« waren, darüber dachte ich nicht nach.

Und sie sahen es, denn sie sahen alles.

Man übertrug mir die Durchführung einer sehr wichtigen Ausstellung. Allen, die an ihrer Ausführung mitwirkten, wurde für die rasche Arbeit und für ihre Phantasie offiziell gedankt. Auch mir sollte für die Phantasie gedankt werden. Aber irgendwo, dort oben, wurde mir von irgend jemand dieser Dank gestrichen und meine Phantasie blieb unbedankt.

Ich kränkte mich sehr und ging dorthin, nach oben, wo mir meine Prämie gestrichen worden war, wo man mir für meine Phantasie nicht gedankt hatte.

›Ich sag's ihnen, alles sage ich ihnen!‹ nahm ich mir vor, obwohl ich nicht wußte, wem ich es sagen und wohin ich gehen sollte.

Doch auf halbem Weg zu ihnen, dorthin, blieb ich wie angewurzelt stehen. Ich wußte zwar nicht, wohin ich ging, aber ich spürte den halben Weg und kehrte um.

›Sie wissen nicht, was sie tun‹, dachte ich. ›Macht nichts. Dann wissen sie es eben nicht. Sie haben den Schaden, wenn sie's nicht wissen. Sollen sie den Schaden haben…‹

Doch offensichtlich hatten nicht sie den Schaden. Nur ich hatte den Schaden.

Man wollte mich schon lange an eine andere Stelle versetzen. Diese Stelle war interessanter und besser bezahlt. Und jetzt sollte ich endlich versetzt werden. Ich freute mich.

Doch irgendwo dort oben hielt plötzlich irgend jemand meine Versetzung auf und schien sich mit beiden Händen dagegen zu wehren. Zuerst wußte ich nicht, daß jemand sie aufhielt. Ich dachte, daß die Versetzung sich abwickle, wie es sich gehört. Das alles ist schließlich nicht einfach, gewöhnlich dauern Versetzungen ziemlich lange.

Und plötzlich merkte ich, daß die Versetzung nicht normal verlief, sondern daß man sie aufgehalten hatte. Wie ich das merkte, kann ich nicht sagen, aber ich merkte es.

Und gerade als mir dieses Licht aufgegangen war, sagte mein Freund Mischa Dworkin, der sich in diesen Dingen sehr gut auskennt, auf einmal zu mir:

»Sie verläuft nicht normal. Spürst du es? Sie wird aufgehalten.«

»Woher weißt du das?« fragte ich aufgeregt.

»Ich weiß es nicht. Ich spüre es«, antwortete mir Mischa. Ja, ich auch – ich spürte es auch. So was habe ich öfters.

»Das ist alles deswegen«, sagte Mischa.

»Weswegen?« fragte ich sofort und dachte dasselbe wie er.

»Deswegen«, sagte Mischa und wies mit einer Kopfbewegung hinter sich, das heißt in die Vergangenheit – in meine jüngste Vergangenheit.

Und da hielt ich es nicht mehr aus. Ich sprang auf und eilte dorthin, wo ich einmal auf halbem Wege haltgemacht hatte. Eine bittere, unerträgliche Kränkung stieg in mir auf, ließ meinen Hals schwellen wie einen Kropf und wütende Funken wie Explosionen in meinen Augen aufblitzen.

Ich lief stockend und stolpernd, und plötzlich, inmitten dieses atemberaubenden Laufes, bemerkte ich auf meiner Handfläche eine frische, neugeborene Ohrfeige, heiß wie ein Pfannkuchen, eine herrenlose Ohrfeige, eine Ohrfeige für niemand, oder genauer, für jemanden, den ich unbedingt finden mußte.

›Sofort, sofort!‹ dachte ich boshaft. ›Wenn sie nichts begreifen, wenn sie nichts begreifen wollen, dann muß sofort nach einer Kränkung eine Ohrfeige erteilt werden, wie man's in der alten Zeit gemacht hat – ganz egal, was dann geschieht!‹

Die Ohrfeige stieg aus meiner Hand empor. Sie war ein sehr dünnes, hartes Brettchen, ein genauer Abguß meiner Hand, mit all ihren Vertiefungen, mit all den Linien des Lebens und der Liebe, die auf der Ohrfeige noch deutlicher ausgeprägt sind als in der Hand. Sie mußten sich irgendwo abdrücken.

›Wie dünn sie sind, unsere Ohrfeigen!‹ dachte ich.

Ich steckte die Ohrfeige zusammen mit der Hand in die Tasche und ging so, ohne die Hand herauszunehmen, damit die Ohrfeige nicht herausrutschte, und suchte denjenigen, der meine heutige endgültige Kränkung verursacht hatte.

Zuallererst ging ich zu meinem Vorgesetzten. Die Ohrfeige hüpfte in meiner Tasche auf und ab.

»Ja«, sagte der Vorgesetzte zu meiner Versetzung. »Sie ist im Gange, aber irgendwie sehr langsam. Erkundigen Sie sich. Damit befaßt sich die Personalabteilung, ich meinerseits habe getan, was ich konnte...«

Ich ging mit meiner Ohrfeige in die Personalabteilung. Die Ohrfeige schnalzte gegen meine Handfläche, als übe sie für die Ausführung.

»Was kracht denn da bei Ihnen so?« sagte der Leiter der Personalabteilung zu mir und trommelte leicht mit den Fingern an seine Glatze.

»Nichts weiter«, sagte ich und drückte dabei die Ohrfeige. »Nichts weiter, ohne Bedeutung. Aber warum läuft meine Versetzung nicht?«

»Richtig«, antwortete der Leiter und schaute mich mit klugen und wohlwollenden Augen an. »Sie läuft nicht. Sie wurde aufgehalten.«

»Warum?« fragte ich beherrscht.

»Urteilen Sie selbst«, sagte der Leiter. »Bei Ihnen gibt es Unregel-mäßigkeiten. Ihnen wurde doch eine Rüge erteilt, nicht wahr? Un-längst hat man Ihnen die Prämie entzogen. Sogar die Prämie! Nein, ich kann nicht. Ich muß auf solche Dinge speziell achten. Das ist eben meine Arbeit.«

»Aber wer hat mir die Prämie entzogen, wer?« fragte ich und be-griff plötzlich, daß er wirklich nichts mit der Sache zu tun hatte, sondern daß es ganz andere Leute waren, die an allem schuld waren.

»Ich sollte Ihnen das nicht sagen«, meinte der Leiter. »Aber ich kenne Sie schon sehr lange, und deshalb sage ich es Ihnen. Nur muß es unter uns bleiben. Einverstanden?«

Wie konnte ich diesem vernünftigen, ehrlichen Menschen böse sein? Er war so ganz anders als die Leiter von Personalabteilungen, die wir in den satirischen Geschichten immer so lustig finden und die wir im geheimen doch fürchten. »Natürlich bleibt es unter uns!« rief ich eilig, damit er fühlte, daß er mir trauen könnte. »Was ich von Ihnen erfahre, sage ich niemandem und nirgends!«

»Schaganow ist es. Das ist alles, was ich Ihnen sagen kann.«

Schaganow war der Stellvertreter des Oberingenieurs. Endlich wußte ich, wem ich meine Ohrfeige zu verpassen hatte.

Dort wird sich ein guter, gerechter Platz für sie finden. Mit einiger Mühe drang ich am selben Tag noch zu Schaganow vor und stellte ihm eine direkte Frage, der er nicht ausweichen konnte.

»Nun«, sagte Schaganow etwas mürrisch, »ich war dagegen. Stimmt was nicht? Sie haben doch nicht für die Prämie gearbeitet?«

»Nein«, sagte ich schnell. »Das heißt…«

»Ich kann es Ihnen auch ohne weiteres erklären«, sagte Schaganow ruhig, »obwohl ich nicht dazu verpflichtet bin. Vor kurzem wurde Ihnen die Prämie für den Wettbewerb entzogen, und jetzt drücken wir Ihnen plötzlich unseren Dank aus. Was wird der Betriebsrat zu mir sagen? Daß ich mich nicht um ihn schere. Und mit Recht. Oder sind Sie nicht meiner Meinung?«

»Ganz Ihrer Meinung«, sagte ich. »Danke!«

Ich stürmte zum Betriebsrat.

»Warum haben Sie mir die Prämie entzogen?« rief ich mit gekränkter Stimme, als ich über die Schwelle trat. Das ganze Büro brach in Gelächter aus.

»Was hast du denn, Kolja?« sagte mein Freund Mischa Dworkin, der im Betriebsrat für Wettbewerbe zuständig war. Ich blieb stehen. Ich hatte ganz vergessen, daß er sich damit befaßte.

»Komm, gehen wir hinaus«, sagte er zu mir.

Wir gingen im Korridor auf und ab und er erklärte mir alles.

»Dir war gerade die Progressivprämie entzogen worden, in so einem Fall können wir dich nicht belohnen. Ich verstehe, daß dir das nicht angenehm ist. Aber die Prämie war so unbedeutend, ich habe gedacht, das macht dir nichts aus.«

»War wirklich gar nichts zu machen?« fragte ich verzweifelt. »Vielleicht hätte man schon etwas tun können, nur leider war ich dazu außerstande. Es wissen doch alle, daß ich dein Freund bin«, sagte traurig Mischa, er, der gute, verständnisvolle Mischa Dworkin, mit der großen Nase, mein wahrer Freund.

»Und wer streicht die Progressivprämie?« fragte ich Mischa.

»Die Arbeitsabteilung. Wart!...«

Im Laufschritt eilte ich zur Arbeitsabteilung hinunter und stürmte, beide Türen aufreißend, hinein. Die Ohrfeige hüpfte wieder in meiner Hand.

Alle Frauen drehten sich zur Tür und rückten etwas auseinander, sie lächelten nicht mehr.

»Schließen Sie die Tür«, sagte Nina Karlowna hustend.

»Wer ist hier für mich zuständig?« fragte ich grob.

»Letzten Monat wurde mir die Progressivprämie gestrichen.«

»Kommen Sie her«, sagte Nina Karlowna. »Soviel ich mich erinnere, hatten Sie eine Rüge, nicht wahr?«

Sie griff nach einem dicken blauen Ordner, der alle laufenden Rügen enthielt. Auch meine Rüge war dort verzeichnet.

»Da«, sagte sie. »Vom 15. März.«

»Na und, was ist mit der Rüge?« fragte ich, atemlos vor Zorn.

»Gemäß den Bestimmungen ist bei einer Rüge die Progressivprämie zu streichen«, erklärte Nina Karlowna, eine verständige, etwas erkältete Frau. »Ich achte sehr genau auf diese Dinge.«

»Und die Rüge, von wem stammt die Rüge?« fragte ich verzweifelt.

»Sehen Sie doch nach, wer die Anweisung unterzeichnet hat«, riet mir Nina Karlowna und nahm das Gespräch mit ihrer Nachbarin wieder auf.

Die Anweisung war von der Brandschutzabteilung unterzeichnet.

»Sicher haben Sie geraucht, junger Mann«, sagte man mir in der Brandschutzabteilung. »Wir haben eine Beschwerde da, von Beloglasow.«

Ich sah eine kurze Notiz von Beloglasow.

»Wer ist er denn, dieser Beloglasow?« schrie ich. Wahrscheinlich machte ich einen recht unangenehmen Eindruck.

»Warum schreien Sie?« sagte der Feuerwehrmann. »Beloglasow ist Mitglied der Kommission. Das wissen Sie auch.«

»Aber ich habe nicht geraucht! Ich habe überhaupt nicht geraucht!«

»Hier steht aber, daß Sie auf dem Werkgelände geraucht haben.«

»Beloglasow lügt, er lügt!«

»Waren Zeugen dabei?«

»Nein, es gibt keine Zeugen.«

»Dann können Sie nichts beweisen, ihm glaubt man mehr. Er ist bevollmächtigt, verstehen Sie? Wie sieht denn das aus, wenn wir ihm nicht vertrauen?« sagte der Feuerwehrmann mit zwingender Logik.

»Recht hat er!« dachte ich. »Sie müssen ja ihren Leuten vom Brandschutz mehr vertrauen als mir.«

Darauf beschloß ich, meine Ohrfeige Beloglasow zu geben. Schließlich und endlich war er die Ursache all meines Unglücks. Mit ihm haben die Ungerechtigkeiten gegen mich begonnen.

»Ja«, sagte ich mir, »ich werde es Beloglasow heimzahlen.« Die Ohrfeige regte sich wieder in meiner Hand.

Doch da dachte ich: ›Was hat er denn eigentlich getan?‹ Es war nichts als die kleine Ungerechtigkeit eines groben Menschen, der in seiner täglichen Arbeit nicht die Möglichkeit hat, über andere Menschen Macht auszuüben. Und nun hatte er diese Möglichkeit gefunden, an der ihm offenbar sehr viel lag. Ich verstand Beloglasow, so sehr ich ihn auch verurteilte.

Trotzdem hätte ich meine Ohrfeige Beloglasow geben können.

Aber hätte das genügt? Seine Kränkung allein war es ja nicht, die mich so unglücklich gemacht hat, wie ich jetzt bin. Den Rest, die Hauptsache, haben andere Leute besorgt. Wenn ich ihm meine Ohrfeige gebe, nur für diesen ersten Zwischenfall, dann bleibt ja alles übrige ohne Ohrfeige.

So ging ich dahin, und mein Zorn verpuffte ins Leere.

Die Ohrfeige löste sich aus meiner Hand. Sie war ein sehr dünnes, hartes Brettchen, ein genauer Abguß meiner Handfläche mit all ihren Vertiefungen und den Linien des Lebens und der Liebe, die sich auf der Ohrfeige noch deutlicher ausprägten als in der Hand. Sie mußten sich irgendwo abdrücken. »Wie dünn sie sind, unsere Ohrfeigen!« dachte ich. Ich trug sie und wollte sie so schnell wie möglich loswerden. Sie wollte sich aus meiner Hand losreißen, zuckte dann, als lebte sie, aber ich konnte sie nirgends anbringen!

Wem sollte ich die gute altmodische Ohrfeige verabreichen und mich dann, wie es sich gehört, vor dem Gesetz verantworten und es damit gut sein lassen? Es war niemand da, dem ich die Ohrfeige geben konnte. Überall saßen bedrückte, freundliche Leute, die immer nur das Beste wollten.

Die Arbeitsteilung ging so weit, daß meine kleine Ungerechtigkeit sich aus ganz unmerklichen, mikroskopischen Splittern zusammensetzte. Damit nicht genug, denn nun sah ich auch, daß selbst eine große Gaunerei aus lauter kleinen Teilen zusammengefügt sein kann, für die so viele Leute verantwortlich sind, daß gänzlich unklar bleibt, wem man dafür die Ohrfeige geben soll, welcher Wange sie gebührt.

Vielleicht dem, der eine besondere, persönliche Gemeinheit begeht, die niemand von ihm verlangt und die nicht einmal die Große Sache erfordert?

Aber in meinem unbedeutenden Fall sah ich keinen so bedeutenden gemeinen Menschen, der meiner guten, handgearbeiteten, primitiven Ohrfeige würdig gewesen wäre.

Ich drehte die Ohrfeige hin und her und schleuderte sie schließlich fort, wie einen Papierflieger. Ich warf sie nach oben, in den Himmel über uns. Die Ohrfeige raste freudig davon, wie eine Rakete, wie ein Vogel, mit großer Geschwindigkeit, doch plötzlich, sie war noch gar

nicht lange geflogen, machte sie kehrt, als hätte irgend jemand sie
zurückgeschickt, sauste herunter und landete mit dreifacher Kraft
höchst unerwartet auf meiner Wange.

Und da fing ich zu weinen an.

ANATOLI GLADILIN

DER ZUG FÄHRT AB

Er stand immer mit dem rechten Fuß zuerst auf. Dann ging er aufs Klo und las dort die Zeitung. Das Frühstück aß er allein, das Mittagessen teilte er mit seinen Kollegen, das Abendessen gab er seinem Nachbarn.

Bei der Arbeit war er voller Vorsicht, Rücksicht, Verständnis, kannte sein Maß und sein Ziel.

Seine Figur paßte genau in die Anzüge des Moskauer Textiltrusts. Er gefiel brünetten Frauen. Sein eines Auge war orangefarben, das andere violett, die Brauen grün, die Haare himbeerfarben, die Nase hatte Tupfen.

Im Taxi gab er 10 Kopeken Trinkgeld, und im Restaurant nahm er immer Käse zum trockenen Wein.

Er war bei Rschew verwundet worden, hatte abends die Universität besucht, war zehn Jahre verheiratet und führte sonntags seinen fünfjährigen Sohn in den Tiergarten.

Außerdem träumte er davon, daß nie wieder Krieg sein und daß der Plan im nächsten Quartal nicht erhöht werde, daß er eine Prämie bekomme und im August einen Urlaub mit ermäßigtem Preis in Mazesta. Daneben träumte er von einer neuen Wohnung und davon, daß sein neues Projekt angenommen und vor allem ausgeführt werde. Weiterhin träumte er (allerdings unklar und im geheimen) von dem Zug, der abfährt.

Im stillen war er der Meinung, daß das Glück eines Mannes von einer Frau abhängt. Er hatte aus Liebe ein Mädchen geheiratet, das zu ihm ins Studentenheim gekommen war, als er die Universität noch nicht abgeschlossen hatte und in der Fabrik siebzig Rubel verdiente. Aber die Zeiten des Studentenheims und der Geldknappheit waren vorbei. 400 oder 500 Jahre waren vergangen mit eintönigen Kinobesuchen, abendlicher Lektüre, Kindergeschrei, Küchengeruch, Windelwaschen und melancholischen Stunden vor dem Fernseher.

Andere junge Mädchen mit wunderbar langen Beinen, in kurzen Röcken und bunten Blusen flanierten zu Dutzenden auf der Straße, arbeiteten in seiner Abteilung, erholten sich im selben Sanatorium. Er war darauf gekommen, daß seine Frau nicht mehr die schönste war, daß er den Frauen noch gefiel, besonders den jungen brünetten, daß es für ihn noch nicht zu spät war, bald aber zu spät sein könnte.

Von seiner Frau bekam er aufgewärmten Fisch und kalten Tee; wenn er Überstunden machen mußte, wollte sie ins Theater, wenn er seinen freien Abend hatte, fing sie an, Wäsche zu waschen; sie trug einen alten Morgenrock, sparte bei den Zündhölzern und warf das Geld woanders zum Fenster hinaus.

In seiner Jugend hatte er sich nicht ausgelebt. Zuerst der Krieg, dann die Arbeit und das Studium. Für Mädchen war da keine Zeit gewesen. Er mußte vorwärtskommen im Leben, aber das Leben war sehr verwickelt und ließ ihn nicht los. Auch seine Frau hatte schließlich ihre Jugend für ihn geopfert. Sie widmete sich schließlich nur ihm und dem Kind.

Es blieben ihm nur die Träume – die Träume von dem Zug, der abfährt.

Und da, am achten Tag der Woche, am Donnerstag nach dem Regen, als die Blätter fielen und die Kastanien zu blühen begannen, als es im Winter Sommer wurde und im Sommer Winter, wurde anstelle der Nachrichten verlautbart, daß der Zug aus der Stadt abfahre.

In diesen Zug konnte sich jeder setzen, mit wem er wollte: mit seiner Frau, mit seiner Geliebten, mit einem unbekannten Mädchen oder nur so, allein. Dieser Tag machte den Menschen frei in der Liebe, befreite ihn von allen Bindungen, in die das Leben ihn verwickelt hatte.

Am Abend sollte der Expreß ›Blauer Traum‹ aus der Stadt abfahren. Er fuhr zum erstenmal in den letzten 2000 Jahren.

Durch die Stadt lief das Gerücht: Beeilt euch, so etwas gibt's nicht wieder.

Der erste am Zug war ein gesetzter Buchhalter, ein beispielhafter Gatte und Vater von drei Kindern. Er ging Arm in Arm mit einer jungen Kassiererin und hatte einen Tennisschläger in der Hand. An die Familie dachte er nicht. Die Familie würde glücklich und zufrieden sein, das war eine Bedingung des Zuges.

Ein alter Lehrer, der gerade den dreißigsten Hochzeitstag gefeiert hatte, ging mit einer nicht mehr jungen Lehrerin, die er schon seit zwanzig Jahren kannte und mit der er in diesen zwanzig Jahren nur über Prüfungen und Hausaufgaben gesprochen hatte.

Alles, was früher verborgen gewesen war, kam nun am Bahnsteig ans Tageslicht.

Die fünfunddreißigjährige Frau eines Dozenten, eine sehr anständige, gescheite Frau mit Universitätsabschluß, verließ ihren Mann und kam mit dem achtzehnjährigen Verkäufer aus der Fleischerei.

Die dreiundzwanzigjährige Frau eines Professors, die ihn öfter betrogen hatte als irgendeine andere Frau in der Stadt ihren Mann, brachte ihren grauhaarigen Gatten mit und klammerte sich an seinen Rockärmel.

Die Primadonna des städtischen Theaters war von achtzehn Verehrern eingeladen worden. Sie entschied sich für den Regisseur. Von den siebzehn restlichen fingen fünf das Spiel von neuem an und kamen mit Studentinnen, zwei blieben allein, die anderen kehrten zu ihren Familien zurück.

Ein jungverheiratetes Paar bestieg den Zug gemeinsam, um zu beweisen, daß kein ›Blauer Traum‹ es trennen konnte.

Ein junger Schlosser wartete vor dem Zug auf ein Mädchen, das er einmal im Bus gesehen hatte.

Ein Zahnarzt wanderte aufgeregt und verjüngt in der Stadt umher, kaufte Konfekt, ohne Wechselgeld zu fordern; ein freudiges Lächeln wich nicht von seinen Lippen. Er hatte erfahren, daß seine Frau nach fünfzehn treuen, sittsamen Ehejahren allein zum Zug gegangen war.

Man kann nicht sagen, daß in der Stadt gleich sehr viel Wohnraum frei geworden wäre. Aus jeder Straße verschwanden nur ein paar Menschen. Nichtsdestoweniger belagerten die verlassenen Ehegatten das Vorzimmer des Polizeipräsidenten und verlangten kategorisch, den Zug nicht fortzulassen und die Untreuen zurückzubringen. Sie meinten, man könne alles wieder gutmachen, die anderen eines Besseren belehren. Aber die Sekretärin schaute nur nervös auf die Uhr, während der Polizeipräsident schon lange seine reservierten Plätze mit der Kassiererin des benachbarten Kinos eingenommen hatte.

Derjenige aber, dessen Träume den Zug herbeigerufen hatten, spazierte schon auf dem Bahnsteig auf und ab, umgeben von jungen Brünetten. Seine himbeerfarbenen Haare waren ordentlich gekämmt, sein Anzug spannte ein wenig um die Schultern. Unser Held hüpfte auf dem linken Fuß, schaute auf die Uhr und fürchtete nichts mehr, als daß der Zug durch einen Fehler des Fahrdienstleiters eine halbe Stunde später abfahren könnte.

Es klingelte zum erstenmal. Unser Held hatte noch nicht entschieden, mit wem er fahren wollte. Die Brünetten schwiegen abwartend, ihre kurzen weiten Röcke raschelten. Vielleicht wäre es besser, allein zu fahren? Das würde er sich überlegen; noch hatte er eine Menge Zeit. Er ging zum Buffet, trank ohne Eile ein Gläschen Kognak und kaufte Zigaretten der Marke ›Krasnopresnenskije‹.

Fünf Minuten bis zur Abfahrt des Zuges. Endlich erwarten ihn nicht mehr die eintönigen Abende mit dem Fernseher, dem Küchengeruch und der feuchten Wäsche. Er wird keinen aufgewärmten Fisch zum kalten Tee mehr bekommen. Am Sonntag kann er ins Fußballstadion gehen und muß nicht mehr den alten ekelhaften Morgenrock seiner Frau ansehen. Und seine Frau wird es ohne ihn auch besser haben.

Außer Unannehmlichkeiten und Mehrarbeit hat er ihr ja nichts gebracht. Seine Familie wird glücklich sein – das ist die Bedingung des Zuges. Und so ist es gut. Jetzt kann sich seine Frau ausruhen. Sie hat sich mit ihm abplagen müssen. Er hat doch einen so schwierigen Charakter. Wieviel Kummer er ihr gemacht hat! Jetzt ist es aus, fertig. Er zündete sich eine Zigarette an und schritt langsam den Bahnsteig entlang, wandte sich zum Ausgang und stieg hinunter auf den Platz.

Es dämmerte. Er ging durch die bekannten Straßen, durch die er schon zehntausendmal gegangen war. So wie früher wurden die Fenster hell, ihm aber schien, daß die Häuser an farbigen Lampions hingen und sanft schaukelten. Er spazierte weiter, rauchte und schaute nicht auf die Uhr. Er wußte, daß in eben diesen Minuten der Zug abfuhr.

LJUDMILA PETRUSCHEWSKAJA

DER SCHWARZE MANTEL

Ein Mädchen stand plötzlich im Winter an einem unbekannten Ort am Ende des Weges; mehr noch, sie hatte einen fremden schwarzen Mantel an.

Unter dem Mantel – sie schaute nach – trug sie einen Trainingsanzug.

An den Füßen hatte sie Lederturnschuhe.

Das Mädchen erinnerte sich nicht, wer sie war und wie sie hieß. Sie stand frierend auf einer unbekannten Chaussee, im Winter, gegen Abend.

Ringsum war Wald, es dunkelte.

Das Mädchen dachte, daß sie irgendwohin gehen müsse, denn es war kalt, der schwarze Mantel wärmte kein bißchen.

Sie ging die Straße auf und ab.

Im selben Augenblick tauchte ein Lastwagen hinter der Kurve auf. Das Mädchen hob die Hand, und der Lastwagen hielt. Der Fahrer öffnete die Tür. Im Fahrerhaus saß schon ein Passagier.

»Wohin willst du?«

Das Mädchen entgegnete das erstbeste, was ihr in den Sinn kam: »Und wohin wollen Sie?«

»Zur Bahnstation«, antwortete grinsend der Fahrer.

»Ich will auch zur Bahnstation.« (Sie erinnerte sich: Stimmt, wenn man sich im Wald verlaufen hat, muß man die nächste Station suchen.)

»Steig ein«, sagte der Fahrer, immer noch grinsend. »Dann fahren wir eben zum Bahnhof.«

»Ich passe nicht mehr rein«, sagte das Mädchen.

»Keine Bange«, sagte der Fahrer. »Mein Kamerad ist nur noch Haut und Knochen.«

Das Mädchen kletterte ins Fahrerhaus, und der Lastwagen fuhr los. Der zweite Mann rückte mürrisch zur Seite.

Sein Gesicht war unter der heruntergezogenen Kapuze nicht zu sehen.

Sie rasten über die dunkle, dunkle Straße durch Schnee, der Fahrer grinste schweigend, das Mädchen schwieg ebenfalls, sie wollte nichts fragen, damit die beiden nicht merkten, daß sie alles vergessen hatte.

Schließlich erreichten sie einen beleuchteten Bahnsteig, das Mädchen kletterte hinaus, die Tür fiel hinter ihr zu, und der Lastwagen brauste los.

Das Mädchen stieg die Treppe zum Bahnsteig hoch, setzte sich in den nächsten Vorortzug, der kam, und fuhr ab.

Sie erinnerte sich, daß man eine Fahrkarte lösen mußte, aber sie merkte, daß in den Manteltaschen kein Geld war, nur Streichhölzer, irgendein Zettel und ein Schlüssel.

Sie genierte sich zu fragen, wohin der Zug fuhr, es war auch niemand da, den sie hätte fragen können, der Wagen war völlig leer und schlecht beleuchtet.

Schließlich hielt der Zug und fuhr nicht weiter, das Mädchen mußte aussteigen.

Offenbar war sie auf einem großen Bahnhof angekommen, zu dieser Stunde menschenleer, die Lichter gelöscht.

Ringsum war alles aufgewühlt, häßliche frische Gruben klafften, der Schnee hatte sie noch nicht zugedeckt.

Es gab nur einen einzigen Ausgang, einen Tunnel, und das Mädchen trat hinein.

Der Tunnel war dunkel, mit unebenem Boden, er führte nach unten, einzig von den weißen Kachelwänden ging Licht aus.

Das Mädchen lief leichtfüßig immer tiefer in den Tunnel, sie berührte kaum den Boden, sie rannte wie im Schlaf an Gruben, Spaten und merkwürdigen Tragbahren vorbei, offenbar wurde auch hier gebaut.

Dann war der Tunnel zu Ende, vor ihr lag eine Straße, und das Mädchen stieg schwer atmend an die Luft.

Die Straße war ebenfalls leer und halb zerstört.

In den Häusern brannte kein Licht, einige hatten nicht einmal Dächer und Fenster, nur Löcher, und in der Mitte des Fahrdamms

versperrten provisorische Zäune den Weg: Dort war auch alles auf-
gebuddelt. Das Mädchen stand frierend in ihrem schwarzen Mantel
am Rand des Bürgersteigs.

Da fuhr plötzlich ein kleiner Lastwagen heran, der Fahrer öffnete
die Tür: »Steig ein, ich bring dich nach Hause.«

Es war derselbe Lastwagen wie zuvor, und neben dem Fahrer saß
der Mann im schwarzen Kapuzenmantel, den sie schon kannte.

Aber in der Zeit, in der sie sich nicht gesehen hatten, schien der
Passagier dicker geworden zu sein, im Fahrerhaus war es jetzt sehr
eng.

»Hier ist kein Platz mehr«, sagte das Mädchen, als sie einsteigen
wollte.

Im tiefsten Innern war sie froh, daß sie auf wunderbare Weise ihre
alten Bekannten wiedergetroffen hatte.

Es waren die einzigen ihr bekannten Menschen in der neuen,
merkwürdigen Welt, in der sie jetzt lebte.

»Paßt schon rein.« Der lustige Fahrer wandte ihr sein Gesicht zu
und lachte.

Sie fand tatsächlich Platz. Es blieb sogar noch ein Zwischenraum
zwischen ihr und dem finsteren Nachbarn, er erwies sich als ganz
dünn, nur sein Mantel war so dick.

Das Mädchen dachte: ›Ich sage jetzt einfach, daß ich nichts mehr
weiß.‹

Auch der Fahrer war sehr dünn, anderenfalls hätten sie in diesem
engen Fahrerhaus des kleinen Lastwagens nicht so viel Platz gehabt.

Der Fahrer war einfach spindeldürr und hatte eine extreme Stups-
nase, das heißt, er war grundhäßlich, mit völlig kahlem Schädel, dabei
aber sehr lustig: Er lachte unaufhörlich und bleckte alle seine Zähne.

Man kann sogar sagen, daß er die ganze Zeit mit aufgerissenem
Mund lautlos lachte.

Der Mitfahrer versteckte noch immer sein Gesicht in den Falten
der Kapuze und sprach kein einziges Wort.

Das Mädchen schwieg ebenfalls. Worüber sollte sie auch reden?

Sie fuhren über völlig leere und aufgegrabene nächtliche Straßen,
die Leute schliefen bestimmt schon lange in ihren Häusern.

»Wo willst du hin?« fragte der Spaßvogel, übers ganze Gesicht grinsend.

»Ich will nach Hause«, antwortete das Mädchen.

»Wo ist das?« wollte der Fahrer lautlos lachend wissen.

»Also… Bis zum Ende der Straße und dann nach rechts«, sagte das Mädchen unsicher.

»Und dann?« fragte der Fahrer, der nicht aufhörte, die Zähne zu blecken.

»Dann immer geradeaus.«

So antwortete das Mädchen, im tiefsten Innern befürchtend, daß die beiden ihre Adresse wissen wollten.

Der Lastwagen fuhr völlig geräuschlos, obwohl die Straße entsetzlich war, voller Schlaglöcher.

»Wohin?« fragte der Spaßvogel.

»Danke, hier«, sagte das Mädchen und machte die Tür auf.

»Und bezahlen?« rief der Fahrer, der seinen lachenden Rachen unmäßig weit aufriß.

Das Mädchen kramte in den Manteltaschen und fand wieder nur den Zettel, die Streichhölzer und den Schlüssel.

»Ich habe kein Geld«, gestand sie.

»Wenn du kein Geld hast, hättest du nicht einsteigen dürfen«, lachte der Fahrer laut. »Das erste Mal haben wir nichts verlangt, das hat dir offensichtlich gefallen, was? Los, geh nach Hause und hol Geld. Oder wir fressen dich, wir sind dünn und hungrig, los! Stimmt's, unser Kopf ist leer?« wandte er sich lachend an seinen Kameraden. »Wir ernähren uns von solchen wie dir. Das war natürlich ein Scherz.«

Sie stiegen alle drei auf einem Platz aus, auf dem verstreut noch offensichtlich unbewohnte Häuser standen, die wie neu aussahen.

Jedenfalls war kein Licht zu sehen.

Nur die Laternen brannten und beleuchteten die dunklen, toten Fenster.

Das Mädchen ging, immer noch auf etwas hoffend, bis zum allerletzten Haus und blieb stehen.

Ihre Begleiter blieben ebenfalls stehen.

»Ist es hier?« fragte der lachende Fahrer.

»Vielleicht«, entgegnete scherzhaft das Mädchen und erstarrte vor Verlegenheit: Spätestens jetzt würden sie merken, daß sie alles vergessen hatte.

Sie gingen ins Haus und stiegen die dunkle Treppe hoch.

Zum Glück leuchteten die Laternen ins Fenster, so daß man die Stufen sehen konnte.

Im Treppenhaus war es totenstill.

Als sie irgendein Stockwerk erreicht hatten, holte das Mädchen vor der erstbesten Tür den Schlüssel aus der Manteltasche, und zu ihrer Verwunderung ließ er sich ganz leicht im Schloß drehen.

Der Flur war leer, sie gingen weiter, das erste Zimmer war ebenfalls leer, aber im zweiten lag ganz hinten in der Ecke ein Haufen mit merkwürdigem Krempel.

»Sie sehen selbst, ich habe kein Geld, nehmen Sie die Sachen«, sagte das Mädchen, an die Gäste gewandt.

Dabei sah sie, daß der Fahrer noch immer übers ganze Gesicht grinste und der Mann mit der Kapuze immer noch sein abgewandtes Gesicht versteckte.

»Und was sind das für Sachen?« fragte der Fahrer.

»Meine, ich brauche sie nicht mehr«, antwortete das Mädchen.

»Meinst du?« fragte der Fahrer.

»Bestimmt nicht«, sagte das Mädchen.

»Na gut«, entgegnete der Fahrer und beugte sich über den Haufen.

Mit dem anderen Passagier wühlte er darin herum, einiges davon steckten sie sogar in den Mund.

Das Mädchen aber wich langsam in den Flur zurück.

»Ich komme gleich wieder«, rief sie, als sie sah, daß die beiden die Köpfe hoben und ihr nachblickten.

Im Flur ging sie auf Zehenspitzen mit großen Schritten zur Tür und trat ins Treppenhaus.

Ihr Herz klopfte laut, es pochte in der trockenen Kehle. Das Mädchen rang nach Luft.

»Was für ein Glück, daß mein Schlüssel in die erstbeste Wohnungstür gepaßt hat«, dachte sie. »Niemand hat gemerkt, daß ich mich an nichts mehr erinnern kann.«

Sie ging ein Stockwerk tiefer und vernahm oben auf der Treppe schnelle Schritte.

Da kam sie auf die Idee, den Schlüssel noch einmal zu benutzen.

Und merkwürdig, wieder ging das Schloß auf, das sie probierte, das Mädchen schlüpfte in die Wohnung und schlug die Tür hinter sich zu.

Es war dunkel und still.

Niemand verfolgte sie, niemand klopfte, vielleicht waren die unbekannten Männer schon die Treppe hinuntergegangen, hatten die Sachen mitgenommen und ließen nun das arme Mädchen gehen.

Jetzt konnte sie in Ruhe über ihre Lage nachdenken.

In der Wohnung war es nicht sehr kalt, das war schon ein Plus. Endlich hatte sie eine Zuflucht gefunden, wenn auch nur vorübergehend, und sie konnte sich in irgendeine Ecke legen.

Rücken und Nacken schmerzten vor Müdigkeit.

Das Mädchen lief leise durch die Wohnung, in die Fenster schien grell das Licht der Straßenlaternen, die Zimmer waren absolut leer.

Als sie jedoch durch die letzte Tür ging, fing ihr Herz laut zu klopfen an: In der Ecke lag ein Haufen fremder Sachen.

In der gleichen Ecke wie ein Stockwerk höher.

Das Mädchen blieb stehen und wartete, doch nichts geschah, da ging sie zu dem Haufen und setzte sich auf die Lumpen.

»Mensch, bist du verrückt?« schrie eine dumpfe Stimme, und sie merkte, daß sich die Kleider unter ihr wie lebendig bewegten, wie Schlangen.

An der Seite kamen zwei Köpfe zum Vorschein und vier Arme, ihre beiden alten Bekannten wühlten sich eifrig durch den Haufen und kletterten schließlich heraus.

Das Mädchen rannte ins Treppenhaus.

Ihre Knie waren weich wie Watte.

Hinter ihrem Rücken lief jemand durch die Wohnung. Da sah sie einen Lichtschein unter der nächsten Tür.

Wieder öffnete das Mädchen mit ihrem Schlüssel ganz leicht die gegenüberliegende Wohnungstür.

Vor ihr stand eine Frau auf der Schwelle, mit einem brennenden Streichholz in der Hand.

»Retten Sie mich um Himmels willen«, flüsterte das Mädchen.

Hinter ihrem Rücken war bereits ein leises Rascheln zu hören, so als krieche jemand über den Boden.

»Komm rein«, sagte die Frau und hielt das Streichholz hoch, das kurz vorm Verlöschen war.

Das Mädchen trat schnell ein und schloß die Tür hinter sich. Im Treppenhaus war es still, als ob jemand stehengeblieben sei und überlege.

»Was dringst du nachts gewaltsam in fremde Wohnungen ein?« fragte die Frau mit dem Streichholz grob.

»Lassen Sie uns weiter nach hinten gehen«, flüsterte das Mädchen, »irgendwohin, ich erkläre Ihnen alles.«

»Das kann ich nicht«, sagte die Frau sehr leise. »Das Streichholz wird unterwegs verlöschen. Wir kriegen nur zehn Stück.«

»Ich habe Streichhölzer«, sagte das Mädchen froh, »hier.«

Sie tastete nach der Schachtel in der Manteltasche und hielt sie der Frau hin.

»Zünde es selber an«, forderte die Frau.

Das Mädchen zündete ein Streichholz an, und beide gingen mit dem flackernden Licht durch den Flur.

»Wieviel hast du?« fragte die Frau mit einem Blick auf die Schachtel.

Das Mädchen schüttelte die Streichhölzer.

»Nicht viel«, sagte die Frau. »Jetzt sicher nur noch neun.«

»Wie kommt man hier raus?« flüsterte das Mädchen.

»Indem man aufwacht«, antwortete die Frau, »doch das gelingt nicht immer. Ich zum Beispiel wache nicht mehr auf. Meine Streichhölzer sind alle, Sense.«

Und sie lachte, wobei sie ihre großen Zähne entblößte. Sie lachte sehr leise, ja lautlos, als wolle sie einfach nur den Mund so weit wie möglich öffnen, wie beim Gähnen.

»Ich will aufwachen«, sagte das Mädchen. »Lassen Sie uns diesen schrecklichen Traum beenden.«

»Solange das Streichholz brennt, kannst du dich noch retten«, sagte die Frau. »Ich habe mein letztes gerade eben aufgebraucht, ich wollte

dir helfen. Jetzt ist mir alles einerlei. Ich möchte sogar, daß du hier-
bleibst. Weißt du, es ist alles sehr einfach, du darfst bloß nicht atmen.
Dann kannst du fliegen, wohin du willst. Du brauchst kein Licht,
mußt nicht essen. Der schwarze Mantel erlöst dich von allem Leid.
Ich werde bald losfliegen und nachschauen, was meine Kinder machen. Sie waren ganz schön wild und haben mir nicht gehorcht. Einmal hat mein Jüngster mich angespuckt, als ich ihnen gesagt habe, daß
der Papa nicht mehr kommt. Er hat geweint und gespuckt. Jetzt kann
ich sie nicht mehr lieben. Und dann träume ich noch davon nachzu-
schauen, wie es meinem Mann und seiner Freundin geht. Sie sind mir
jetzt ebenfalls ganz egal. Ich habe sehr viel begriffen. Ich war eine
große Närrin!« Und sie lachte wieder.

»Mit dem letzten Streichholz ist der Gedächtnisschwund vorbei.
Jetzt kann ich mich wieder an mein ganzes Leben erinnern und
glaube, daß ich im Unrecht war. Ich muß über mich lachen.«

Sie lachte tatsächlich übers ganze Gesicht, aber lautlos.

»Wo sind wir?« fragte das Mädchen.

»Auf diese Frage gibt es keine Antwort, bald wirst du es selbst
sehen. Es wird riechen.«

»Wer bin ich?« fragte das Mädchen.

»Du wirst es erfahren.«

»Wann?«

»Wenn das zehnte Streichholz abgebrannt ist.«

Das Streichholz des Mädchens brannte bereits herunter.

»Solange ein Streichholz brennt, kannst du aufwachen. Aber ich
weiß nicht, wie. Ich habe es nicht geschafft.«

»Wie heißt du?« fragte das Mädchen.

»Mein Name wird bald mit Ölfarbe auf ein Eisenschild geschrieben.
Und in einen kleinen Erdhügel gesteckt. Dann werde ich ihn lesen
können. Die Farbbüchse und das Schild stehen schon bereit. Aber das
weiß nur ich, die anderen haben noch keine Ahnung. Weder mein
Mann noch seine Freundin, noch meine Kinder. Wie öde das alles
ist!« sagte die Frau. »Bald fliege ich weg und sehe mich von oben.«

»Flieg nicht weg, ich bitte dich«, sagte das Mädchen. »Willst du
meine Streichhölzer haben?«

Die Frau dachte nach und sagte: »Gut, eins nehme ich. Mir ist, als ob mich meine Kinder noch lieben. Als ob sie weinen. Als ob niemand auf der Welt sie haben will, weder ihr Vater noch seine neue Frau.«

Das Mädchen steckte ihre freie Hand in die Manteltasche und holte statt der Streichholzschachtel den Zettel heraus.

»Guck mal, was hier steht: ›Ich bitte niemandem die Schuld zu geben, Mama, verzeih.‹ Vorhin war der Zettel noch leer.«

»Ach, so hast du es geschrieben! Und ich habe geschrieben: ›Ich kann nicht mehr, Kinder, ich liebe euch.‹ Die Schrift ist erst vor kurzem sichtbar geworden.«

Die Frau holte aus der Tasche ihres schwarzen Mantels ihren Zettel.

Sie las ihn und rief: »Guck mal, die Buchstaben lösen sich auf! Wahrscheinlich liest die Nachricht schon jemand! Den Zettel hat schon jemand gefunden... Der Buchstabe ›I‹ und der Buchstabe ›c‹ fehlen! Und der Buchstabe ›h‹ verschwindet gerade!«

Da fragte das Mädchen: »Weißt du, warum wir hier sind?«

»Ich weiß es. Aber ich sag's dir nicht. Du erfährst es noch früh genug. Du hast noch genug Streichhölzer.«

Da zog das Mädchen aus der Manteltasche die Schachtel und hielt sie der Frau hin. »Nimm sie alle! Aber sag es mir!«

Die Frau schüttete die Hälfte der Streichhölzer in ihre Hand und sagte: »Für wen hast du den Zettel geschrieben? Weißt du das noch?«

»Nein.«

»Zünde noch ein Streichholz an, das hier geht gleich aus. Mit jedem neuen Streichholz konnte ich mich an mehr erinnern.«

Da zündete das Mädchen alle vier Streichhölzer auf einmal an.

Plötzlich war vor ihr alles hell, und sie sah, wie sie auf einem Hokker unter der Glühbirne stand und auf dem Tisch der kleine Zettel lag: ›Ich bitte niemandem die Schuld zu geben.‹ Draußen die nächtliche Stadt, und in dieser Stadt eine Wohnung, in der ihr Geliebter, ihr Bräutigam, lebte und nicht mehr ans Telefon ging...

Das letzte Streichholz brannte ab, aber das Mädchen wollte allzugern wissen, wer im Nachbarzimmer lag und schnarchte und stöhnte, während sie auf dem Hocker stand und ihren hauchdünnen Schal an die Rohrleitung an der Decke knotete...

Wer schlief im Nachbarzimmer – und wer schlief nicht? Sondern lag da und schaute mit wunden Augen ins Leere und weinte...

Wer?

Das Streichholz war fast abgebrannt.

Noch ein bißchen – und das Mädchen hatte alles begriffen.

Da nahm sie im fremden dunklen Haus, in der fremden Wohnung, ihren zerknüllten Zettel und zündete ihn an!

Und sie sah, daß dort, in dem anderen Leben, hinter der Wand, ihr Großvater schnarchte und neben ihm die Mutter auf der Campingliege lag, denn er war sehr krank und verlangte ständig zu trinken.

Aber es war noch jemand da, dessen Anwesenheit sie ganz deutlich spürte und der sie liebte – der Zettel in ihrer Hand brannte schnell ab.

Dieser Jemand stand still vor ihr und hatte Mitleid mit ihr und wollte sie stützen, aber sie konnte ihn nicht sehen und hören und wollte nicht mit ihm sprechen, ihr Herz tat weh, sie liebte ihren Bräutigam und nur ihn, weder Mutter noch Großvater, noch den, der vor ihr stand in jener Nacht und sie zu trösten versuchte.

Und im letzten Augenblick, als die letzte Flamme verlosch, wollte sie plötzlich mit dem Menschen sprechen, der unter ihr stand und dessen Augen merkwürdigerweise auf der gleichen Höhe waren wie ihre.

Aber der kleine Zettel verlosch wie der Rest ihres Lebens im Zimmer mit der Glühbirne.

Da warf das Mädchen den schwarzen Mantel ab und berührte, sich die Finger verbrennend, mit der letzten kleinen Flamme den trockenen schwarzen Stoff.

Etwas knallte, es roch versengt, und hinter der Tür heulten zwei Stimmen auf.

»Zieh schnell deinen Mantel aus!« schrie das Mädchen der Frau zu, aber die lächelte bereits sanft mit breitem, offenem Mund, in ihrer Hand brannte das letzte Streichholz ab...

Da berührte das Mädchen, das sowohl hier, im dunklen Flur, vor dem rauchenden schwarzen Mantel, als auch dort, bei sich zu Hause, unter der Glühbirne stand, vor sich die zärtlichen, liebevollen Augen – sie berührte mit seinem rauchenden Ärmel den schwarzen Ärmel der Frau, und da ertönte erneut ein zweistimmiges Heulen im Treppenhaus, von dem Mantel der Frau stieg stinkender Qualm auf, die Frau riß sich ihn in Panik vom Leib.

Und es verschwand alles ringsum.

Im selben Augenblick stand das Mädchen auf dem Hocker, mit dem Schal um den Hals, und blickte schluckend auf den Tisch, wo der Zettel lag. Sie sah rote Kreise.

Im Nachbarzimmer stöhnte und hustete es, und die verschlafene Stimme der Mutter sagte: »Komm trinken, Vater!«

Das Mädchen lockerte den Schal, so schnell sie konnte, löste mit unsicheren Fingern den Knoten am Rohr unter der Decke, sprang vom Hocker, zerknüllte den Zettel, warf sich aufs Bett und deckte sich zu.

Gerade zur rechten Zeit.

Geblendet vom Licht, schaute die Mutter ins Zimmer und sagte klagend: »Mein Gott, was für einen schrecklichen Traum ich hatte... Ein großer Klumpen Erde lag in der Ecke und Wurzeln guckten raus... Und deine Hand... Sie streckte sich mir entgegen, als wollte sie sagen, hilf mir... Warum schläfst du mit Schal, tut dir der Hals weh? Komm, ich decke dich zu, meine Kleine... Ich habe geweint im Traum...«

»Ach, Mama«, antwortete die Tochter wie immer. »Du mit deinen Träumen! Kannst du mich nicht wenigstens nachts in Ruhe lassen! Es ist drei Uhr!«

Und das Mädchen dachte, was wäre wohl mit ihrer Mutter passiert, wäre sie zehn Minuten früher aufgewacht...

Irgendwo am anderen Ende der Stadt spuckte eine Frau eine Handvoll Tabletten aus und spülte gründlich den Mund.

Dann ging sie ins Kinderzimmer, in dem ihre schon recht großen Söhne von zehn und zwölf Jahren schliefen, zog die verrutschten Decken zurecht und kniete nieder.

WENEDIKT JEROFEJEW

WASSILI ROSANOW – AUS DER SICHT EINES EXZENTRIKERS

I

Ich ging mit drei Pistolen bewaffnet aus dem Haus. Die erste hatte ich in der Brusttasche, die zweite – auch in der Brusttasche, und die dritte – wo, weiß ich nicht mehr.

Als ich auf der Gasse stand, da habe ich gesagt: »Ist das etwa ein Leben? Nein, das ist kein Leben, sondern nur ein Windhauch und eine Seelenverderbnis.« Das göttliche Gebot »Du sollst nicht töten« wendet sich, wenn man es richtig bedenkt, auch an einen selbst (»Du sollst dich nicht töten, wie verderblich es sonst auch sein mag«), die heutige Verderbnis und der heutige Tag aber sind fern aller Gebote. »Denn ich sterbe lieber, als zu leben« hat der Prophet Johannes gesagt. Was mich betrifft – ich sehe das genauso.

Es goß wie aus Kannen, vielleicht aber auch aus keiner einzigen, mir war's egal. Ich ging auf eine der Seiten des Gagarinplatzes, kniff ab und an die Augen zu, und als Zeichen meiner Niedergedrücktheit kniete ich mich manchmal hin. Meine Seele quoll über vor Bitterkeit, ich selbst quoll über vor Bitterkeit. Von der linken Seite drückte es mir das Herz ab, von der rechten auch. Alle meine Freunde hatten mich verlassen. Der Jüngste Tag wird lehren, ob ich oder ob sie schuld daran waren. Sie hatten es einfach satt, über meine Sonntage zu lachen und über meine Montage zu weinen. Die einzigen zwei, drei Ideen, die mich ein klein wenig erwärmten, verschwanden auch, lösten sich in Luft auf. Dann, zu guter Letzt, lief mir auch noch das einzige Wesen, welches mich auf dieser Welt gehalten hätte, einfach weg. Sie ging; ich holte sie auf der Treppe ein. Ich sagte ihr: »Verlaß mich nicht, du meine Weißnabelige!« – dann weinte ich eine halbe Stunde lang, holte sie wieder ein und sagte: »Meine Schoßbegnadete und -gesegnete, bleib!« Sie drehte sich um, spuckte mir auf die Schuhe und verschwand.

Ich hätte in meinen eigenen Tränen ertrinken wollen, aber das gelang mir nicht. Ich versuchte ein halbes Jahr lang, mich auszulöschen, schmiß mich vor alle möglichen Züge, aber alle hielten an, ohne meine Lenden auch nur zu streifen. Bei mir zu Hause schlug ich über meinem Kopf einen Haken in die Decke – für den Strick. Zwei Wochen lang sah ich mich, mit einer Pomeranzenblüte im Knopfloch, in der Stadt nach einem Seil um, fand allerdings keines. Ich stellte sogar folgendes an: Ich lief auf die großen Manöverfelder, blieb vor der größten Zielscheibe stehen, die Geschütze aller Länder des Warschauer Paktes feuerten auf mich, aber alle Geschosse flogen an mir vorbei. Wer auch immer du bist, du, der mir die drei Pistolen besorgt hast, sei viermal gesegnet.

Ich hatte den Platz noch nicht überquert, da bekam ich einen Erstickungsanfall, ich sackte auf einem Blumenbeet zusammen, form- und wortlos. Mein Herz quoll nun völlig über, meine Tränen flossen vorn und hinten, ich war ein solch lächerlicher und trauriger Anblick, daß man den Weibern, die meiner ansichtig geworden waren, Tröpfchen und Chloroform verabreichte.

»Erst einmal, wisch dir den Schweiß von der Stirn.« Wer stirbt denn schweißbedeckt? Niemand ist schweißbedeckt gestorben. Dein Schicksal liegt in Gottes Hand, denk doch an irgend etwas Aufmunterndes, an so etwas Aufmunterndes wie zum Beispiel:

Renan hat gesagt: »Ein Gefühl für Moral gibt es im Bewußtsein eines jeden, und deshalb ist es auch nichts Fürchterliches, in Gottes Hand zu liegen.« Schön gesagt. Aber das muntert mich nicht auf – wo ist es denn in mir, das Gefühl für Moral? Ich habe es jedenfalls nicht.

Und der feurige Hafis (ich kann den feurigen Schurken Hafis nicht leiden), und der feurige Hafis hat gesagt: »Ein jeder hat seinen Stern in den Augen.« Ich habe aber keinen Stern, weder im rechten noch im linken Auge.

Und Alexej Maressjew hat gesagt: »Jeder muß tief im Innern sein eigener Kommissar sein.« Ich bin tief im Innern nicht mein eigener Kommissar. Ich sage, ist das ein Leben? Das ist kein Leben, das ist Gülle, ein Strudel von Spülwasser, die Vernichtung des Herzens. Die Welt in Nebel getaucht, und Gott hat sich von ihr abgewandt.

Ohne mich noch einmal von der Erde zu erheben, zückte ich

meine Pistolen, zwei zog ich unter dem Arm hervor, die dritte – weiß ich nicht mehr, woher, und feuerte aus allen dreien gleichzeitig in alle bei mir vorhandenen Schläfen und kippte durchlöchert auf das Beet.

2

»Ist das ein Leben?« habe ich gesagt, als ich wieder von der Erde aufstand. »Es ist ein Windhauch, aufsteigender Nebel. Spucke auf dem Kragen – so ist das Leben. Du Witzbold hast wohl nicht richtig getroffen. Wohl ein ansteckender Bazillus, weil du mit allen dreien danebengeschossen hast und in keiner von ihnen auch nur eine einzige Patrone übriggeblieben ist.«

Ich hatte aus Wut Schaum vorm Mund und vielleicht nicht nur Schaum. »Ruhig Blut! Dir bleibt ja noch ein Mittel, das Mittel schlechthin, die beliebteste italienische Speise – Gifte und Chemikalien.« Da ist ja noch der Pharmazeut Pawlik, er wohnt justamente hier am Gagarinplatz, seines Zeichens Bücherwurm und Stubenhocker, dieser glotzäugige Waschlappen Pawlik. Sei nicht traurig, ewig bist du traurig! Ich weiß nicht, wer, aber weder Awerinzew noch Aristoteles haben das gesagt: »Omnia animalia post coitum opressus est«, das heißt »jedes Geschöpf ist nach dem Koitus traurig«, und ich, ich bin eben ständig traurig, vor dem Koitus und auch danach.

Und der beste Komsomolze, Nikolai Ostrowski, hat gesagt: »Mit dem einen Auge sehe ich bereits gar nichts mehr und mit dem anderen nur die Konturen der geliebten Frau.« Und ich sehe noch nicht einmal auf einem Auge irgend etwas, und die geliebte Frau nahm ihre Konturen mit.

Aber Schopenhauer hat gesagt: »In dieser Welt gibt es Erscheinungen...« (mmmh, ich kann nicht mehr sprechen, ich habe Krämpfe). Ich machte zwei Sätze nach vorn und ging dann wieder normal weiter auf der einen Seite vom Gagarinplatz. Alle drei Pistolen schmiß ich in die Beete, wo die persischen Alpenveilchen und Gelbveilchen und weiß Gott noch was blühten.

Pawlik ist todsicher zu Haue, er mischt Gifte und Chemikalien, er

präpariert ein Mittel gegen die Blennorrhöe (den Eiterfluß in der
Harnröhre durch den Tripper) – so dachte ich, als ich klopfte: »Mach
auf, Pawlik!« Er machte auf, verzog keine Miene, hob noch nicht
einmal eine Augenbraue: Er hatte Büschel von Augenbrauen, so
daß er wenigstens einen Teil von ihnen zur Begrüßung hätte heben
können – aber nichts dergleichen.

»Hör zu, ich bin beschäftigt«, hat er gesagt, »ich mische Gifte
und Chemikalien, um ein Mittel gegen die Blennorrhöe zu präparie-
ren.«

»Oh, ich mach's kurz! Gib mir irgend etwas, irgendein Zikuta,
irgendein Strychnin, dir wird's schlechter gehen, wenn ich hier mit
einem Herzschlag, hier auf deinem Hockerchen, krepiere.« Ich kroch
mühselig zu ihm aufs Hockerchen und flehte ihn an: »Hast du Zyan-
kali? Azeton? Arsen? Glaubersalz? Hol alles her, ich mische es und
kippe es hinunter, alle deine Essenzen, alle deine Kali- und Harnstof-
fe, schlepp alles her!«

»Mache ich nicht«, hat er geantwortet.

»Na wunderbar, einfach super, was soll ich auch am Ende mit deinen
Blausäuren oder weiß was für Säuren? Was soll ich mit all den Chemi-
kalien, ich, der alle Giftkelche des Lebens bis zur Neige ausgetrunken
hat? Was soll ich denn mit dem ganzen Zeug, ich, der das Gift der
Venus gekostet hat! Ich bleibe einfach hier bei dir und krepiere auf dem
Hockerchen! Und du kannst ja derweil die Blennorrhöe heilen.«

Professor Botkin hat unter anderem gesagt: »Man muß schon irgendwelche Gonokokken haben, um sich die Blennorrhöe einzuhan-
deln.« Und ich Dummkopf habe noch nicht einmal eine einzige Go-
nokokke.

Miklucho-Maklai hat gesagt: »Wenn ich nicht bis dreißig etwas zustande gebracht hätte, dann hätte ich auch später nichts zustande
bringen können.« Und ich? Was habe ich denn bis dreißig zustande
gebracht, um die Hoffnung zu haben, irgend etwas später noch zustande zu bringen?

Schopenhauer hat gesagt: »In dieser Welt gibt es Erscheinungen...« (O nein, ich kann schon wieder nicht weitersprechen, schon
wieder diese Krämpfe.)

Der Pharmazeut Pawlik hob alle seine Augenbrauen, richtete sie auf mich und fuhr in meiner Art fort:»Und Wassili Rosanow hat gesagt: ›Jeder erlebt einmal in seinem Leben die Passionswoche.‹ Also auch du.«

»Also auch ich, ja, ja, Pawlik, ich erlebe jetzt die Passionswoche, und sie besteht aus sieben Karfreitagen! Wie großartig! Wer ist denn dieser Rosanow?«

Pawlik hat darauf nicht geantwortet, er hat weiterhin seine Gifte und Chemikalien gemischt und über irgendein Geheimnis nachgedacht.

»Über was für ein Geheimnis denkst du nach?« habe ich ihn gefragt, aber er hat auch darauf nicht geantwortet und weiter über das Geheimnis nachgedacht. Da bin ich wütend geworden und vom Hokkerchen gesprungen.

3

Eine halbe Stunde später verabschiedete ich mich von ihm an der Tür, hatte drei Bände von Wassili Rosanow unterm Arm und rammte einen Papierstöpsel in die Ballonflasche mit dem Zikuta.

»Ist natürlich ein ausgemachter Reaktionär?«

»Und was für einer!«

»Und etwas Maßloseres als ihn gibt es gar nicht?«

»Es gibt absolut nichts Maßloseres! «

»Und etwas noch Reaktionäreres, etwas noch Anrüchigeres auch nicht?«

»Reaktionärer und anrüchiger geht es schon überhaupt nicht mehr.«

»Wie reizend, ein Obskurant?«

»›Bis ins Mark‹ würden die Mädels sagen.«

»Und hat sich zugrunde gerichtet im Namen religiöser Hirngespinste?«

»Hat er. Gott habe ihn selig.«

»Netter Kerl. Hat sicherlich als Chauvinist sein Unwesen getrieben, Pogrome und so etwas?«

»Bis zu einem gewissen Grad – ja.«

»Zauberhafter Mensch! Wie kommt es nur, daß er über genügend Galle, Nerven und freie Zeit verfügte? Und keine *Idee* in seinem ganzen Leben?«

»Nur Erdichtetes, und das einzig und allein, um so richtig geifern zu können.«

»Und sein Leben lang und auch danach – nie berühmt geworden?«

»Völlig unberühmt geblieben. Aber berüchtigt gewesen.«

»Ja, ja, ich habe von all denen gehört (›Warte, Pawlik, ich gehe gleich‹), ich habe schon als Kind von unserer Lehrerin Sofija Solomonowna Gordo über jene Bande von Renegaten und über deren schändliches Komplott gehört: Nikolai Gretsch, Nikolaj Berdjajew, Michail Katkow, Konstantin Pobedonoszew, ›er streckte seine Eulenflügel aus‹, Lew Schestow, Dmitri Mereschkowski, Faddej Bulgarin, ›es ist kein Unglück, daß du Pole bist‹, Konstantin Leontjew, Alexej Suworin, Viktor Burenin, ›auf dem Mazurka läuft ein Hund‹, Sergej Bulgakow und noch ein ganzer Haufen anderer Marodeure. Über jenes Gestirn von Obskuranten, welches ein dunkles und verderbliches Licht ausstrahlt; Pawlik, ich habe das schon bei meiner Lehrerin Sofija Solomonowna Gordo gehört. Die Bande ist mir ein Begriff.«

»Die gute Sofija Solomonowna Gordo, bezüglich der ›Bande‹ gibt's auch nichts zu bekritteln. So etwas ist ja Gewohnheitssache, und darum klingt's fürs Ohr ja auch nicht beleidigend, so, zerschlag nicht die Ballonflasche, aber was du über das ›Gestirn‹ gefaselt hast, beleidigt mein Ohr, weil Johannes Kepler nämlich gesagt hat: ›Jedes Gehirn ist mehr oder weniger eine zufällige Gemeinschaft von Sternen, die weder im Bau noch in der Bedeutung, weder im Maßstab noch in ihrer Erreichbarkeit auch nur irgendwelche Gemeinsamkeiten haben.‹«

»Na ja, nehmen wir mal an, daß ich da auch Bescheid weiß, ich habe nämlich bei unserer Klassenlehrerin Bela Borissowna Savier davon gehört, einer Frau mit einem herrlichen... (›Warte, Pawlik, ich gehe sofort.‹) Also, seiner Meinung nach heißt das, daß diese Schreiberseele Wassili Rosanow sie alle mit seiner seelischen Verderbnis übertroffen, übertrumpft und in die Tasche gesteckt hat?«

»Absolut alle.«

»Hat alles in den Schatten gestellt?«

»Hat alles in den Schatten gestellt.«

»Ein Menschenfresser. Und ist dennoch gestorben? Wie ist dieser Blutsäufer gestorben? In zwei, drei Worten, dann gehe ich.«

»Er starb, wie es sich für einen wie ihn gehörte. Er bekehrte sich zum wahren Glauben knapp eineinhalb Stunden vor seinem Tod. Er schaffte es noch, zu beichten und das Abendmahl zu empfangen. Du bist einfach zu penetrant, du Parasit, gute Nacht.«

»Gute Nacht.«

Ich verbeugte mich, bedankte mich für das Zikuta und die Bücher, hüpfte noch dreimal hoch und ging weg.

4

Zuerst etwas vom Zikuta abtrinken und danach lesen? Oder erst lesen und dann etwas vom Zikuta trinken? Nein, erst einmal lesen und dann etwas vom Zikuta trinken. Ich schlug eins der Bücher aufs Gerate-wohl auf und fing in der Mitte der Seite an zu lesen (so macht man es immer, wenn man hochkarätige Lektüre in den Händen hält). Und so klang das dann ab der Mitte:

»Ein Buch muß teuer sein, und der erste Liebesbeweis gegenüber dem Buch besteht darin, es zu kaufen. Ein Buch sollte man nicht ›zum Lesen geben‹. Ein Buch, das man ›zum Lesen gegeben hat‹, ist ein Lotterweib. Es hat etwas von seinem Geist und seiner Reinheit ver-loren. Lesesäle und Bibliotheken sind öffentliche Orte wie Freuden-häuser, in denen das Volk dem Laster verfällt.«

Das ist ja wirklich ein Lump. Im übrigen, ein paar Seiten weiter, wo es schon nicht mehr um das Lasterwesen der Bücher, sondern nur noch ums Laster an sich geht, heißt es:

»Man könnte eine geläuterte Form der Prostitution für ›verheiratete Frauen im Witwenstand‹ zulassen, das heißt für die Kategorie von Frauen, die nicht mehr zur Monogamie fähig sind, nicht zur Wahr-haftigkeit, Größe und Kraft der Monogamie fähig sind.«

Danach begann ein unterhaltsamer Galimathias über die Kongruenz christlicher Prinzipien mit »Lotterbetten«, auch darüber, daß das Christentum, wenn es weiter in der Konkurrenz zum Judentum bestehen will, zu gewissen Teilen »phallisch werden muß«. Mein Kopf schwoll stark an, ich stand auf und bohrte Löcher in alle vier Wände – für mehr Durchzug.

Dann ließ ich mich auf dem Kanapee nieder und las weiter: »Ewiger Gott, weshalb hast du mich so mit Kummer beladen? Meine Seele leidet. Sie leidet unter einer furchtbaren Sehnsucht. Mein Morgen ist ohne Licht. Meine Nacht ohne Schlaf.« Lese einen Obskuranten – und plötzlich leidet da die Seele?

»Gibt es denn kein Mitleid auf dieser Welt? Schönheit – ja, Sinn – ja. Aber Mitleid?« »Haben die Sterne Mitleid? Die Mutter hat Mitleid, und so soll sie höher stehen als alle Sterne.« »Die Leute sind grob, furchtbar grob – und nur deswegen oder hauptsächlich deswegen gibt es den Schmerz, so viel Schmerz im Leben.« »Ach, wie meine schwachen Nerven nur solch einen gigantischen Grad von Erregtheit ertragen!«

(Nein, mit diesem »Seelenverderber« kann man sich sehr wohl unterhalten, mir ist schon lange kein Wesen mehr über den Weg gelaufen, mit dem ich mich bis zu jenem gewissen Grad hätte »unterhalten« können.)

»Nur das Leid eröffnet uns den Weg zum Großen und Heiligen.« »Der Schmerz; der allumfassende, grundlose und fast pausenlose Schmerz. Mir scheint, ich bin mit dem Schmerz zur Welt gekommen. Ein Zustand, der manchmal so schwer auf einem lastet, daß, würde er noch schwerer werden, man schon nicht mehr leben könnte, der Körper hielte es nicht aus.« »Ich will nicht die Wahrheit, ich will Ruhe.« »Oh, meine leidvollen Erfahrungen! Und wieso wollte ich alles wissen?«

»Ich lache nur oder weine nur. Denke ich mit meinem eigenen Verstand nach? Niemals.« »Die Traurigkeit ist mein beständiger Gast.« »Das Gelächter kann niemanden umbringen, das Gelächter kann einen nur zu Boden drücken.« »Die Geduld übertritt jedes Gelächter.« »Das Gelächter ist insgesamt eine unwürdige Angelegenheit, die niedrigste Kategorie in der menschlichen Seele. Kalibans und nicht Ariels Gelächter.«

»Er weinte. Nur den Tränen gegenüber ist er offen. Wer niemals weint, wird niemals Christus sehen.« »Christus – das sind die Tränen der Menschheit.« »Ewiger Gott, steh mir bei, verlaß mich nie.«

(Sieh da! Maressjew und Kepler, Aristoteles und Botkin haben überhaupt nicht davon geredet, und der hier redet genau davon. »Der Kollegienrat Wassili Rosanow, der ein Werk verfaßt.« Schopenhauer und Sofija Gordo, Hafis und Miklucho-Maklai haben jämmerlichen Unsinn verbreitet, und die Seele konnte sich emporschwingen, und hier schwingt sich die Seele nicht empor. Und wird sich auch nicht emporschwingen, womit sie es auch immer zu tun bekommen würde – mit dem Paradox oder mit dem Vordruck »Betrag in Worten« auf dem Auszahlungsschein.)

»Die russische Prahlerei und die russische Faulheit haben sich zusammengetan, um die Welt aus den Angeln zu heben – das ist die Revolution.« »Sie hat zwei Dimensionen – Länge und Breite, aber ihr fehlt die dritte – Tiefe.« Revolution heißt, daß der Mensch sich in ein Schwein verwandelt, aufs Geschirr patscht, das Essen besudelt und das Haus anzündet. »Die ganze Revolution besteht einzig und allein aus Boshaftigkeit und Eigenliebe.«

Über die Dekabristen, über meine geliebten Dekabristen: »Schreiben und schreiben die Geschichte über diese Posse. Memoiren und alles mögliche, was aus ihren Pfauenfederhaltern fließt. Und Nekrassow mit seinen ›Russischen Frauen‹«.

Und über Nikolai Gawrilowitsch Tschernyschewski (über den, der berufen war, der Ärmste, »die Zaren an Christus zu erinnern«):

»Verstehen Sie, daß Zivilisation nicht Buckle plus Darwin, nicht Spencer in zwanzig Bänden und nicht Ihr Nikolai Gawrilowitsch bedeutet und auch nicht diese Bastschuh- und Fußlappenträger der russischen Aufklärung, denen man schon lange den Hintern hätte versohlen sollen? Verstehen Sie deshalb jetzt, daß man Spencer die Ohren langziehen und Nikolai Gawrilowitsch eins aufs Maul geben müßte wie einem im Zimmer vor sich hin stinkenden Pferdeknecht? Daß man mit denen überhaupt nicht erst reden sollte? Daß man sie einfach an der Hand und aus dem Raum führen sollte, so wie man einen Herrn vom Tisch weggeleitet, der, anstatt zu essen, zu stinken anfängt.«

(Wie kann denn Nikolai Gawrilowitsch, der Ärmste, stinken?)

Und über Graf Leo Tolstoj:

»Besondere Abneigung verspüre ich gegenüber Tolstoj und Solowjow. Ich mag ihre Ideen, ihre Art zu leben und ihre Seelen nicht. Der letzte Straßenköter, der von der Tram zerquetscht worden ist, ruft in mir eine größere Regung der Seele hervor als alle ihre Philosophien und Publikationen.«

Dieser zerquetschte Hund erklärt vielleicht so einiges. Denn bei ihnen (bei Tolstoj und Solowjow) waren keinerlei »Quetschungen« zu spüren, ganz im Gegenteil, sie waren es, die sehr viele Quetschungen verursachten.

Und über Maxim Gorki (ja, von mir aus dennoch über Maxim Gorki):

»Er angelt immer irgendwo nach irgend etwas, in irgendeinem trüben Gewässer nach irgendeinem ehrgeizigen Fischlein. Aber meistens beißt nichts an. Entweder ein schlechter Köder oder ein stumpfer Angelhaken. Aber er verzagt nicht. Immer wieder wirft er die Angelschnur aus.«

Und über den »Begründer der politischen Geschwätzigkeit in Rußland«, Alexander Herzen.

Und sogar über Nikolai Gogol, das Objekt seiner Verehrung: »Sein ganzes Leben lang – kein einziger wirklich großer Gedanke – ein einziges Geldscheffeln oder Die-Leviten-Lesen. Als Gymnasiast schrieb er Briefe an seine Mutter und hielt ihr seitenlange Predigten. Alle Bewegungen seiner Seele sind ohne jegliche Leidenschaft, langsam und schleppend. Wie eine ekelhafte Schlange.«

Ja, und auf dieser ekelhaften Schlange schlief ich, als es schon dämmerte, von meinem Reaktionär umarmt, ein. Zuerst schlief die Seele, dann auch der Körper.

5

Und als die Seele aufwachte, schlief der Körper noch. Aber mein Reaktionär wachte vor ihnen allen auf, und mir wäre er, wenn ich ihn nicht schon vorher kennengelernt hätte, sonderbar vorgekommen: Zuerst sang er beim Gesichtwaschen »Erhalte Gott den Zaren«, sang falsch und unmusikalisch, aber legte mehr Gefühl und Frische in seine Stimme als alle Staatsangehörigen des Großrussischen Reichs zusammen mit allen unter dessen Herrschaft gekommenen Untertanen seit der Zeit der unheilvollen Geschehnisse in Chodynka. Danach küßte er alle Kinder und ging zu Fuß in die Kirche. Als er so unter den Betenden stand, ähnelte er einem ausländischen Wechsler, dann einem »Dämon, der sich ängstlich ans Kreuz klammert«, dann wieder dem Abaton, das gerade aus seiner Unterwelt gekrochen war, dann noch irgend etwas, wo viel Leidenschaft drinsteckt, wobei schwer zu bestimmen ist, welcher Art diese Leidenschaft ist und wie teuer sie dem Abaton zu stehen kommt.

(Ich lag die ganze Zeit auf dem Kanapee, rieb einen Fuß an den anderen und setzte meine Beobachtungen fort.)

Als er in die Vorhalle der Kirche trat, gab er zwei Bettlern ein Almosen, und die übrigen schaute er sich an, gab ihnen aber nichts. Er bedankte sich für irgend etwas bei Kleinmichel, gab Scheljabow im Vorbeigehen eine Ohrfeige; Tränen traten ihm in die Augen, und er sagte dem dortigen Polizeioffizier, daß es nichts Heiligeres auf der Welt gäbe als die Funktionen der Polizei.

Dann machte er sich etwas kleiner und näherte sich von hinten der Reihe der Sozialisten und Narodniki (Volkstümler), kniff der »Ordensritterfrau« Vera Figner in die Arschbacke (sie zuckte mit keiner Wimper), und allen anderen verpaßte er leichte Schläge ins Genick. (»Ach, was für ein Schelm!« sagte ich und geriet ganz aus dem Häuschen.)

Nachdem er die letzten Hiebe verteilt hatte, setzte er eine finstere Miene auf und kam mit einem Haufen alten Geldes in seiner Tasche zu mir in meine Hütte. Er zog ein Geldstück nach dem anderen heraus, drehte es in seinen Händen und behauchte jedes einzelne, bis ich mich vom Kanapee erhob und ihn im Flüsterton fragte:

»Ist das etwa interessant – jedes Geldstück zu behauchen?« Und er, kein einziges Wort aussprechend, sagte mir: »Teuflisch interessant, versuch es selbst einmal. Warum hast du bis jetzt geschlafen? Ist dir elend zumute – oder hast du dich die ganze Nacht mit Huren rumgetrieben?«

Hab mich sogar mit dreien eingelassen. Man gab sie mir gestern zu lesen, weil mir gestern so elend zumute war. »Das Buch, welches man zu lesen gibt...« – und so weiter. Nein, heute geht es mir ein bißchen besser. Aber gestern ging es mir dermaßen schlecht, daß sich die Delegierten des Stadtsowjets, nachdem sie meiner ansichtig geworden waren, die Köpfe mit Asche bestreuten, die Kleider vom Leibe rissen und Säcke als Büßergewand anzogen. Den alten Weibern, die meiner ansichtig geworden waren, gab man Tropfen zum Riechen...

Da gingen die Pferde mit mir durch, und so erzählte ich meinen ganzen gestrigen Tag, soweit meine Erinnerung reichte, von den Pistolen bis zur ekelhaften Schlange. Das war schon ganz nach meinem Geschmack, wie auch meinem Gast und Numismatiker die Pferde durchgingen. Er erzählte Gemeinplätze über das Gotteslästerliche einer Selbstvernichtung, dann irgend etwas über Seelen, die geflochten sind aus Schmutz, Zartheit und Traurigkeit, über »schamhafte Naturen«, die ihrer Verzweiflung eine possenhafte Wendung geben, über Schernval und Grinberg, über Amwrossi von Optina, über das geheime Pathos bei den Juden, über das Rätsel von Gogols Geschlecht und Gott weiß worüber noch alles.

Ein Schwätzer mit dem zärtlichsten Herzen, ein Hypochonder, ein Misanthrop, ein Grobian, ein einziges Nervenbündel, ohne weitere Zusätze – so führte er Reden voller Spott, wenn es sich um Gesprächsinhalte handelte, denen wir mit Ehrfurcht zu begegnen pflegten, und hielt Lobreden auf das, was wir verspotteten: und das alles mit perfekter Systematik in seiner Denkweise, mit totalem Mangel an System in seiner Darstellungsweise, mit grimmiger Konzentration, mit Zärtlichkeit, die die schwarze Galle überwindet, und mit »metaphysischem Zynismus«.

Ich wußte nicht, wie ich meiner Verzückung Ausdruck verleihen konnte (nicht schon wieder: »Ach, was für ein Schelm!«), ich setzte mich auf einen Stuhl, damit er sich auf meinem Kanapee wälzen konnte. In dreitausend Worten erzählte ich ihm von den Sachen, die er nicht wissen konnte: vom Bau des Djnepr-Wasserkraftwerks, von Ribbentrop, von Oświęcim (Auschwitz) und von der Ossoawia-chim, von der Erschießung der Infanten in Jekaterinburg, von den Betonköpfen und den Reformern (hierzu wollte er Genaueres wissen, aber Genaueres wußte ich nicht), von Pawlik Morosow und von Danilko, der dem Pawlik die Kehle durchgeschnitten hatte.

Das haute ihn um, er wurde ganz schwarz und legte sich hin, und erst dann fing er wieder an zu reden: von den gewundenen Pfaden der Menschheit, von seinen eigenen Sünden wider den Menschen, aber nicht wider Gott und die Kirche, vom Schweiß von Gethsemane und von der angeborenen Schuld.

Ich erzählte ihm auch von angeborener Schuld und von posthumen Rehabilitierungen, von Peking und von den Weideplätzen von Kisliar, von der Taimyr-Halbinsel und von Nürnberg, vom Nichtvorhanden-sein irgendwelcher Garantien oder irgendwelcher Sinngebungen.

»Als die Israeliten in den Süden zu den Ismaeliten zogen, tauschten sie alles, was sie besaßen, gegen Balsam ein. Und wir – was tauschen wir denn gegen Balsam ein, wenn wir in den Süden zu den Ismaeliten ziehen? Eide, Garantien, Bürgschaften, Sicherheiten – was kann man anstelle dessen finden? Worauf schwören, für wen bürgen, und wo ist nur eine einzige Sicherheit? Ja, und selbst Vater Laban, der allem abgeschworen hatte, schwor bei der Gesundheit seiner Tochter, ohne freilich zu ahnen, daß es noch anderes gab, worauf er hatte schwören können. Hat irgend jemand von uns in ganz Rußland eine gesunde Tochter? Wenn ja, könnten wir auf ihre Gesundheit schwören?

Nachdem er sich an den Töchtern ergötzt hatte, schneuzte sich mein Gesprächspartner die Nase und sagte: »Ausgezeichnet.«

6

Da entriß sich mir ein ganzer Schwall von dunklen und leicht dümmlichen Phrasen:

»Bei uns hat sich alles grundlegend geändert, von allem Damaligen ist rein gar nichts übriggeblieben. Alle Gaukler, Mystiker, Schreihälse, Zauberkünstler, Neurotiker und Astrologen – sie alle verstreuten sich im Ausland, noch vor deinem Tod. Oder sie starben, nach deinem Tod, bei sich zu Hause in Rußland langsam aus oder wurden der Reihe nach aufgeknüpft. Gott sei Dank. Es blieben die klugen, einfachen, ehrlichen und arbeitsamen Menschen. Keine Scheiße und deren Gestank, sondern Brillanten und Smaragde. Nur ich allein – stinke. Und vielleicht noch ein paar Abtrünnige mehr – stinken...

Wir leben schnell und gedankenlos, sie leben lang und bewußt. Wir krepieren, schon bevor wir es schaffen, einen Nachkommen in die Welt zu setzen. Und sie, diese Schurken, sind reich an Jahren und bleiben ewig in einem unveränderten Zustand. Der Jude ist sowieso auch immer ewig der Jude. Jede seiner Ideen ist von Dauer, und sie sollen sich vergrößern und wir uns verkleinern. Prometheus stahl nicht für uns Parasiten das Feuer vom Olymp, er stahl das Feuer für diese Schurken...«

»Ach, hör auf«, sagte Rosanow daraufhin, »hör auf, Unsinn zu reden...«

»Wenn ich zu schweigen anfange und aufhöre, Unsinn zu reden«, antwortete ich, »dann fangen die Steine an zu reden. Ja, und sie reden dann auch Unsinn.«

Ich schneuzte mir die Nase und redete weiter:

»Sie sind ahnungslos.« Die ungeheure Ahnungslosigkeit von Ödipus, nur völlig verdreht, Ödipus erstach seinen Vater und heiratete seine Mutter aus Ahnungslosigkeit, er wußte nicht, daß es sein Vater und seine Mutter waren, er hätte es bleiben lassen, wenn er es gewußt hätte. Sie dagegen sind nicht so. Sie heiraten ihre Mütter und erstechen ihre Väter und ahnen nicht einmal, daß es zumindest unschön ist.

Und wenn du wüßtest, wie kerngesund sie jetzt sind, die Russen von heute. Niemand in Rußland ist heute kitzlig, ich bin der einzige im ganzen weiten Land, der lacht, wenn man ihn kitzelt.

Ich habe selbst drei Mädchen und zehn Muschiks gekitzelt – keiner ließ sich zu einer Grimasse oder zu einem Lachen hinreißen. Ich schlug ihnen mit der Handkante aufs Knie – keinerlei Reflexe. Die Pupillen reagieren natürlich auf Licht, aber nur schwach. Keinerlei Nierensteine, keinerlei Gliederzucken oder Herzschwächen, keine Trübung des Urins. Nur einen haben sie aus meinem Jahrgang nicht in die Rote Armee gelassen – mich, und das nur deshalb, weil ich Sodbrennen und zwei Hitzebläschen auf dem Rücken hatte...«

»Ha, ha«, sagte mein Gesprächspartner, »ausgezeichnet.«

»Und genau dieser Kontrast zwischen ihnen und mir zerfleischt mich.« »Geborene Idioten weinen«, sagte Darwin, »aber Kretins vergießen niemals Tränen.« Das heißt, sie sind Kretins, und ich bin als Idiot geboren. Nein: wir unterscheiden uns wie die Träne des Idioten von dem Lächeln des Kretins, wie der Durchfall von der Verstopfung, wie meine leichte Macke von ihrer abgrundtiefen Bekloppheit. (Ich bitte einhunderttausendmal um Entschuldigung.) Sie nahmen mir die Luft zum Atmen. Meiner Seele wurde von allen Seiten durch etwas Schreckliches zugesetzt, ich erwarte nichts von ihnen, schon wieder nein, genauer gesagt, erwarte ich von ihnen sagenhafte Raubtiere und unsagbare Gemeinheiten, und es wird jeden Augenblick eintreten, ob es nun vom Osten oder vom Westen kommt, es wird jeden Augenblick eintreten. Wenn es kommt, dann verschwinde ich sofort und ohne lange zu überlegen, ich habe da bereits Erfahrung, ich habe, Gott sei Dank, Gift bei mir. Ich verschwinde, um nicht den Wahnsinn der Söhne der Menschheit ansehen zu müssen...

Ich sagte das alles mit von Tränen erstickter Stimme. Als ich fertig war, lehnte ich mich auf meinem Stuhl zurück, fing an zu blinzeln und dann zu zittern. Mein Gesprächspartner beobachtete mich einen Augenblick und sagte dann:

7

»Zerfleisch dich nicht, mein Freund, wozu zerfleischen? Hör auf zu zittern, du impulsiver Mensch! Du begehst jeden Tag etwa dreißig dir bewußte Sünden und etwa einhundertdreißig dir unbewußte Sünden – kümmere dich erst einmal um sie. Wer sagt, daß du dich um die Sünden der ganzen Welt grämen und sie auf dich laden sollst? Kümmere dich lieber um deine eigenen. Im ganzen ›Wahnsinn der Söhne der Menschheit‹ ist auch Platz für deine (was war das für ein wonniger Ausdruck von dir?) ›abgrundtiefe Bekloppteit‹. ›Die Welt ist ewig in Unruhe, und dadurch lebt sie.‹ Sogar das Folgende, was dagegensteht: ›Wir sind oft ungerecht, um uns nicht gegenseitig unnötige Schmerzen zuzufügen.‹ ER aber ist immer gerecht. Preise dich glücklich, wenn du IHN erkennst und deine Zuflucht bei IHM findest. Der Weg zur Anbetung des Kreuzes fängt im Grunde genommen erst an. Lebst du denn schon lange, mein Freund? Wenn ja, dann ist es ein sehr kleiner Zeitraum, denn seit dem Zeitpunkt der Kreuzigung sind gerade sechzig solcher kleinen Zeiträume vergangen. All das ist gar nicht so lange her. ›Behalte deine hochtrabenden Reden für dich‹, alles fängt gerade erst an.

Man mag auch sagen, daß das Haus des Gebets, einmal zur Räuberhöhle verkommen, nicht wieder zum Haus des Gebets werden kann. ›Aber die zarte Idee überlebt die eiserne Idee. Schienenstränge werden zerstört, Maschinen zerbersten. Aber daß dem Menschen zum Heulen zumute ist bei dem Gedanken an den drohenden, endgültigen Abschied von dieser Welt – das ist unzerstörbar und unendlich.‹ ›Man sollte das Eisen wegwerfen – es ist ein Spinngewebe – und an die zarte Idee glauben.‹ ›Das wahrhafte Eisen – das sind Tränen, Seufzer und Trauer. Das Wahrhafte ist unzerstörbar und einzig und allein erhaben.‹«

Er redete noch weiter, aber schon nicht mehr so gut und nicht mehr so gern. Und schwankend wie der Morgennebel erhob er sich vom Kanapee, und wie der Morgennebel begann er sich langsam und leicht zu bewegen und sagte dann noch ein paar seiner besten Sätze –

über den Seufzer, den Trog und die Schweine – und verschwand auch wie der Morgennebel.

Wunderschön gesagt: »Alles fängt erst an!« Nein, darüber rede ich nicht, nicht über mich, bei mir hat alles schon viel früher angefangen und nicht erst mit Wassili Rosanow, er erweckte nur neue Hoffnung in mir. Bei mir fing es schon so zehn Jahre vorher an, es plätscherte in mir wie Spülwasser, lief durch Leib und Seele und wartete geradezu darauf, nach draußen zu gelangen – es blieb nur noch die Zuflucht zum bewährtesten aller Mittel: alles mit Hilfe zweier Finger auszuspeien. Durch einen der beiden Finger entstand das Neue Testament, durch den anderen die russische Poesie, das heißt die ganze Poesie von Gawriel Jerschawin bis Marina (die Marina, die ELEND mit Großbuchstaben schrieb).

Ich war erleichtert. Aber noch lange danach war ich blaß und erschöpft. Die bedeutendsten Funktionen des Gehirns waren zum Erliegen gekommen, weil ein einziges Teil des Gehirns aktiviert worden war, und zwar das den Brechreiz auslösende Zentrum der gewundenen Masse. Ich brauchte etwas Stärkendes, und da hat mich dieser Numismatiker gestärkt, genau an jenem Tag, an dem ich blaß und erschöpft war wie nie zuvor.

Er erfüllte die Funktion des bosnischen Studenten, der dem Erzherzog Franz Ferdinand eine Kugel durch den Kopf jagte. Ohne ihn gab es schon eine ganze Ansammlung von Gründen, und es wär auch so eine Ansammlung von Gründen geblieben. Im Grunde genommen fing nichts mit ihm an, alles entschied sich nur so, aber ohne ihn, den Mörder des Erzherzogs, hätte im Grunde genommen auch nichts anfangen können.

Wenn er mich jetzt fragen würde:

»Fühlst du, wie deine heidnische Seele sich allmählich mit Gott vertraut macht?«

Ich würde antworten:

»Ich fühle es. Sie macht sich mit Gott vertraut.« Und ich würde anders antworten, als ich noch vorgestern geantwortet hätte. Früher redete ich mit einer dümmlichen und kläglichen Stimme, mit einer Stimme, die nur aus Blöken und Klirren bestand, einer Mischung aus dem Blöken eines verirrten Schafes und dem Klirren einer zu Boden gefallenen Drachme. Jetzt wußte ich schon etwas vom Missionswesen neueren Stils, und so war ich bereit, dem Beispiel auch ungebeten zu folgen, »ungeschickt« wohltätig zu sein und wegen »Lappalien« zu verdammen.

Wunderschön gesagt: »Leute, warum folgt ihr nicht den zarten Ideen?«

Das erinnert an die Frage eines Briten an den Häuptling eines kalimantanischen Kannibalenstammes: »Sir, warum verzehren Sie Ihre Frauen?« Ich kenne keinen besseren Missionar als den, der sich bei mir auf dem Kanapee gewälzt hat – Wassili Rosanow.

Ja, was hat er doch gleich gesagt, als er wegging? Über den Seufzer und über die Schweine?

»Der Seufzer ist reicher als der Zar, reicher noch als Rothschild. Der Seufzer ist die Weltgeschichte, ihr Anfang und ihr ewiges Leben.« Wir sind Heilige, und jene sind korrekte Menschen. Zum Geist kommt Gott. Zu uns kommt ER. Aber sagen Sie bitte, könnte es denn nicht auch sein, daß Gott zu einem korrekten Menschen käme? Bei uns ist der Geist. Bei jenen ist er nicht.

Da begriff ich, wo der Trog und die Schweine, wo die Dornenkrone, die Nägel und die Martern waren.

8

Wenn es dazu kommen sollte, daß ich das alles verteidigen müßte, so würde ich das, so gut es geht, auch tun.

Wenn sie mir damit kommen, daß Rosanow im Alltagsleben ein Feigling war, so werde ich zuerst einmal sagen, daß das Unsinn ist, daß wir mit dem bißchen, was wir wissen, so gut wie gar nichts wissen. Auch wenn diese Anklage berechtigt wäre, so kann man sie durch irgendein an den Haaren herbeigezogenes Wortspiel entkräften, indem man sagt, daß Feigheit an sich positiv ist, auf einer tiefen Kenntnis der Dinge und den daraus resultierenden Befürchtungen beruht. Jede Art von Tapferkeit besitzt im Grunde genommen eine negative Qualität durch den Mangel an Feigheit eben. Und einer, der das Gegenteil behauptet, ist dumm.

Wenn man mir dann vorhält, daß er oft wegen Lappalien zutiefst niederträchtig handelte, daß er nicht selten zum Renegaten zu werden drohte und bei der scheinbaren Unerschütterlichkeit seiner Prinzipien »seine Überzeugungen wechselte wie seine Unterhemden« (nach seinem eigenen Bekenntnis) und dabei noch versicherte, daß nach jedem Verrat eine Wiedergeburt folgt, wenn man mir all das sagt, dann werde ich in derselben Art antworten: Das sind alles Erklärungen eines Menschen, der sich auch über den »Fetischismus der Lappalien« an sich beklagt und dem (vielleicht als einzigem in Rußland) niemals auch nur eine einzige Lappalie die Augen trübt.

Ja, dieser Mensch hat sich in seinem ganzen Leben nie als tugendhaft ausgegeben, während sich alle anderen verstellten. Für eine große Tugend kann man ein kleines Laster verzeihen. Um dem Urteil der Puristen zu entgehen, ist es nötig, daß das Laster kein Extrem mehr darstellt. Um sich vor den Vorwürfen verschiedener Klugscheißer, wie zum Beispiel Prinz Hamlet, zu retten, mußte Königin Gertrude, bevor sie ans Heiraten denken konnte, es erst einmal schaffen, *ihre Schuhe abzutragen.* Der Büßer war von allem in Versuchung geführt außer von der Sünde. Wir können nicht von allen Sünden in Versuchung geführt werden, damit wir ihren Preis kennen und uns von ihnen, von allen abwenden können. Man kann in eine unbedeutende Lüge verwickelt sein, man kann sich ein wenig in einer nicht frommenden, aber richtigen Handlung geübt haben – nun gut, das ist wie eine Pockenimpfung, das rettet einen vor jener *gigantischen Lüge* (jeder Idiot weiß, wovon ich rede.)

Wenn nun die Weiber sagen, daß er widerlich ausgesehen hätte, daß er eine fleischige Nase gehabt hätte, daß seine kleinen Augen ständig umhergeschweift wären und daß er übel aus dem Mund gerochen hätte und so weiter, dann werde ich ihnen so antworten: »Was ist denn dabei, daß die Augen ständig umherschweiften? Ein ehrlicher Mensch zeichnet sich durch das Merkmal aus, daß die Augen wandern, das heißt, daß der Mensch lautere Absichten hat und nicht zu großangelegten Prahlereien fähig ist. Beim bedeutendsten Teil der

Verbrecher bewegen sich die Augen nicht, beim größten Teil meines Bekanntenkreises wandern sie.

Bonapartes Augen bewegten sich nicht. Rosanow hat gesagt, daß er Bonaparte den Kopf abgerissen hätte, wenn er ihm irgendwo begegnet wäre. Wie kann denn nun ein Mensch übel aus dem Mund riechen, der, wenn auch nur in Gedanken, Bonaparte den Kopf abgerissen hat? ...

Er war nicht verschlossen und nicht grausam; diejenigen sollten keinen Unsinn schwatzen, die genau wissen, daß es auf der Welt nichts zu scherzen gibt (und er wußte das am besten), solche Leute sind fröhlich und gut, und er war deshalb der fröhlichste und beste unter ihnen. Nur oberflächliche Menschen sind verschlossen und grausam. Wenn man (was eine Niederträchtigkeit sondergleichen wäre!), wenn man auf die berüchtigten Rosanowschen »erotischen Perversitäten« zu sprechen käme, dann würde ich gar nichts erwidern. Derjenige, der das Kloster seit der Jugend bis zum Tod fest in seinem Herzen trägt, warum sollte der sich nicht manchmal an heidnischen Kunststückchen belustigen, wenn es hierbei – das können wir wohl auch tatsächlich für wahr erachten – wirklich nur um Kunststückchen und Belustigungen geht? Warum sollte man demjenigen keine Abschweifungen in die sexuelle Pathologie erlauben, in dessen Herzen unverrückbar die Jungfrau Maria ruht? Nicht der geringste Schaden, weder für Rosanow noch für die Jungfrau Maria.

Man muß ihm ein Denkmal setzen, dann hört das Gerede auf. Man muß ihm drei Denkmäler setzen: in seinem Geburtsort, in Petersburg und in Moskau. Wenn man mich daran erinnert, daß der Verstorbene selbst insistierte: »Nur ein Denkmal ist des Menschen würdig – das Grab in der Erde und das Kreuz aus Holz, das errichtete Denkmal ist nur gut für den vorbeilaufenden Hund« – dann sage ich den Dummköpfen, daß, wenn Denkmäler tatsächlich zu etwas nutze sein sollen, dann ausschließlich für einen, der, ob nun aus von uns abhängigen oder von uns unabhängigen Gründen, unverdientermaßen unserem Gedächtnis entschwunden ist. Dem Anton Tschechow braucht man in Jalta überhaupt kein Denkmal zu errichten, weil ihn auch so jeder Hund kennt.

Aber Anton Denikin in Woronesch müßte also jeder dort ansässige Hund vergessen haben, und es muß so eingerichtet sein, daß sich jeder Hund erinnert.

9

Kurz und gut. Dieser gemeine, giftige Fanatiker, dieser toxische, spaßige Alte, er – nein, er gab mir kein Allheilmittel gegen moralische Schwäche – rettete mir die Ehre und den Atem (nicht mehr und nicht weniger – die Ehre und den Atem). All seine sechsunddreißig Bände, von den dicksten bis zu den schmalsten, drangen in mein Herz und steckten dann fest in ihm wie die sechsunddreißig Pfeile im Bauch des heiligen Sebastian.

Ich ging aus dem Haus in jener Nacht und hatte mir so etwas ähnliches wie ein Negligé übergeworfen, mit den Büchern unter dem Arm. Ja, zu solch später Stunde wirft sich keiner ein Negligé über und geht noch aus dem Haus zu seinem Pharmazeutenfreund mit einem Chauvinisten unter dem Arm. Aber ich, ich ging hinaus auf den Weg, der überhaupt noch nicht beleuchtet war, außer vom trüben Licht der Sterne. Abwechselnd konnte man die Sterne der Tierkreiszeichen sehen, und ich seufzte, seufzte so tief, daß ich mir fast etwas verrenkt hätte. Nachdem ich geseufzt hatte, sagte ich: Ich pfeife auf Miklucho-Maklai, was auch immer er geschwatzt haben mag. Bis zum 30. Lebensjahr, nach dem 30. Lebensjahr – was macht das überhaupt für einen Unterschied? Nun gut, nehmen wir es einmal an: Was machte der Imperator Nero, als er so alt war wie ich jetzt? Er machte so gut wie nichts. Gut, es gelang ihm, den Kopf seines Bruders Britannicus abzuschlagen. Aber das Wesentliche lag noch vor ihm: Er hatte noch keine einzige aus seiner Verwandtschaft vergewaltigt, Rom noch nicht an allen vier Ecken angezündet und seine Mutter noch nicht mit einem Seidenkissen erstickt. Bei mir ist es genauso – alles liegt noch vor mir!

Ha, ha, mag sein, daß wir alles in allem nur Scheiße sind und sie Brillanten, da spuck ich doch drauf! Ich weiß, was das für Brillanten sind und daß sie noch abscheulichere Dinge anstellen als vorher, auch das weiß ich! Mein Schöpfer, versenge ihnen die Kehle und die Seele, sie merken noch nicht einmal, daß du ihnen die Kehle und die Seele versengt hast, auch egal – versenge sie!

Jetzt! Jetzt erinnere ich mich, was zu ihnen paßt: die uralte Formel der Lossagung und des Fluchs: »Seid verflucht in eurem Haus wie auf eurem Lager, im Schlaf wie auf der Reise, im Gespräch wie auch im Schweigen. Verflucht seien alle eure Sinne: Auge, Gehör, Geruch, Geschmack und der ganze Körper vom Scheitel bis zur Sohle!« (»Eine vorzügliche Formel!«)

Seid verflucht auf eurem Weg nach Hause und auf dem Weg von zu Hause weg, in den Wäldern und Bergen, hinter dem Schild und auf dem Schild, auf dem Bett und unter dem Bett, mit Hosen und ohne Hosen! Wehe euch, wenn ihr euch, an was für einem Tag auch immer, abscheulich fühlt! Wenn ihr euch, an was für einem Tag auch immer, gut fühlt – dann wehe euch! (Für einen guten vier schlechte Tage!) Ob in eurem Unwissen, ob in eurem Wissen, ob in all euren Lehren und ob in all euren Philologien – seid verflucht!

Auf dem Liebeslager oder in den Konferenzsälen, auf dem Scheißhaus oder hinter den Notenständern, nach dem Tod und vor der Empfängnis – seid verflucht. So soll es sein. Amen.

Im übrigen, falls ihr mit folgender Bedingung einverstanden seid: Wir werden euch Schätzchen versorgen und ihr uns verhätscheln, falls ihr willig seid, in den Strahlen meiner Güte aufzutauen wie dieses Schneeflittchen, diese Superhure, in den Strahlen von Jarilo, falls ihr einverstanden seid, nehme ich alle Flüche von euch. Ich müßte mir weniger Sorgen um alle meine Länder machen, wenn ihr einverstanden seid. Hast du sie etwa überzeugen können, diese Bastarde?

Nein? Also bleibt der Fluch bestehen.

Mögt ihr Smaragde sein und wir das Gegenteil. Es ist anzunehmen, daß ihr unvergänglich seid und wir nicht. Die Smaragde versinken auf den tiefsten Grund, aber wir schwimmen oben, angemessen unbedeckt und übelriechend – wir schwimmen oben.

Ich ähnelte, gerade in dem Augenblick, den Tölpeln von Rittern, die, mit allem möglichen Rüstzeug und Tand ausgestattet, den Eremiten Peter verließen, aber mit gereinigten Köpfen und Gesichtern sich dem heiligen Grab zuwandten. Abwechselnd konnte man die Sterne der Tierkreiszeichen sehen. Die Sterne zogen ihre Bahn und blinkten. Ich fragte sie: »Sterne, seid ihr mir denn jetzt wenigstens wohlgesonnen?« – »Sind wir«, antworteten die Sterne.

WLADIMIR SOROKIN

DIE SITZUNG DES GEWERKSCHAFTSKOMITEES

Kurz nach acht erschien Vitka Piskunow beim Betriebsklub – die beiden Laternen am Eingang brannten schon, zwischen den abgebröckelten, zehn Meter hohen Säulen drängten sich junge Männer. Als sie Vitka bemerkten, unterbrachen sie ihre Unterhaltung und wandten ihm die betrunkenen Gesichter zu:

– Grüß dich, Piskun.

– Hallo...

– Na was ist, bist du bereit?

– Klar. Physisch und moralisch – Vitka zog eine Papirossa hervor und ging auf einen breitgesichtigen Typen zu – gib mir mal...

Der Typ nahm die Zigarette aus dem Mund und hielt sie Vitka hin:

– Die haben sich schon versammelt. Warten auf dich.

– Zum Teufel mit ihnen – Vitka rauchte seine Papirossa an.

– Ist, schon klar... Aber schwitzen wirst du müssen, soviel steht fest.

– Was regst denn du dich auf? Ich werd doch schwitzen, nicht du – den Kopf im Nacken, blies Vitka den Rauch aus und sah in die Sterne.

– Ich reg mich nicht auf, nur so – der Typ drückte die Zigarette an der Säule aus. Ein anderer, lang und hakennasig, bleckte die Zähne und schlug Vitka auf die Schulter.

– Keine Bange, Jungs, den Vitka kriegen sie nicht klein! Der macht jeden anderen fertig! Was, Vitka?

Piskunow lehnte an einer Säule und rauchte schweigend.

– Tja, Piskun, du hast dich ganz schön reingeritten – ein anderer Typ schüttelte den Kopf. – Ich beneide dich nicht.

– Komm, Schenja, verdirb ihm nicht die Laune...

– Aber warum die ausgerechnet im Saal...?

– Der Klub wird renoviert.

– Ach so... alles klar.

Piskunow rauchte aus, schnippte die Kippe ins Blumenbeet, schob den Breitgesichtigen beiseite und ging zur Tür.

– Kommst du zum Tanzen?

– Weiß noch nicht...

– Überhaupt, Vitjok, da ist eine Flasche fällig aus Anlaß dieses Anlasses – nuschelte der Hakennasige hinter Piskunow.

– Eine Flasche? – Vitka hatte die Tür schon in der Hand und drehte sich um. – Selbst Flasche! Du bist dran, noch vom Fußball... Bei mir verkommt die nicht, keine Sorge...

Er schlug die Tür zu und stand im Vestibül.

Es war leer.

Das Fensterchen der Kasse war nicht erleuchtet. An der Garderobe hingen der Kittel der Putzfrau, drei Mäntel und Klokows grauer Regenumhang.

»Der ist auch da« – dachte Piskunow beim Durchqueren des Vestibüls – »den speist man nicht so einfach ab, der braucht eine Sitzung.«

Die Tür zum Saal stand offen.

Piskunow ging hinein.

Auf der spärlich beleuchteten Bühne, unmittelbar unter dem riesigen Lenin-Porträt, saßen Leute. Sie belegten die Mitte des langen, mit rotem Stoff bespannten Tisches.

– Darf man eintreten? – fragte Piskunow halblaut. Seine Stimme hallte durch den leeren Saal.

– Komm rein, komm rein – antwortete die Simakowa. Sie saß direkt in der Mitte und sortierte irgendwelche Papiere.

– Es geht wohl auch hier nicht ohne Verspätung – ihr Nachbar Chochlow sah auf die Uhr. – Viertel nach acht.

– Angewohnheit – Klokow lachte laut – das ist ihm schon in Fleisch und Blut übergegangen. Tag für Tag, so ist Piskunow. Wer kommt zu spät – Piskunow. Wer ist betrunken – Piskunow. Wer gibt dem Meister fr...

– Sergej Wassiljitsch – unterbrach ihn die Simakowa. – Zu Piskunow kommen wir gleich. Lassen Sie uns mit den Urlaubsplätzen abschließen. Und du, Piskunow, setz dich erst mal.

Vitka ging ohne Eile zwischen den Sesseln hindurch und setzte sich an den Rand, in die Nähe der Tür. – Wenn wir der Schmiede hundert geben und hundertzehn der Gießerei, wie Staruchin vorschlägt, dann bleiben für die Montage nur vierundachtzig Plätze. Und für den Fuhrpark überhaupt nur zwölf... das heißt vierzehn – Chochlow raschelte mit seinen Papieren.

– Ganz richtig – sagte die Swjaginzewa ruhig und klopfte mit dem Bleistift auf den Tisch. – Die Montage erfüllt nie den Plan, hat den Betrieb immer in Schwierigkeiten gebracht. Die Schmiede und die Gießerei drängen auf höheres Tempo, und die Montage bremst: Mal gehen ihnen die Maschinen kaputt, mal ist es die Fluktuation bei den Arbeitern... Und deshalb verwöhnt sie der Betrieb auch nicht – keine Wohnungen, keine Einkaufsbestellungen, keine Urlaubsplätze. In den Wohnheimen sitzen die ganzen Zeitarbeiter.

– Na, zugegeben, nicht nur deshalb gibt es keine Wohnungen – Klokow sah finster drein. – Auf dem Bau klappt auch nicht alles. Die Wohnungen kommen. In Jassenewo ist der Grundstein zu drei Häusern gelegt, in Medwedkowo für zwei. Und die Montageleute muß man auch verstehen. Bei uns ist schließlich die Verantwortung größer und die Bedingungen sind schlechter. Und bezahlt werden unsere Leute nicht gerade üppig...

– Ja nun...! – Die Swjaginzewa richtete sich auf, wovon die beiden Orden an ihrem grauen Jackett schwach klimperten. – Nicht üppig bezahlt! Die Bezahlung ist für alle gleich. Arbeiten müßt ihr! Den Plan erfüllen! Dann werdet ihr auch gut bezahlt und könnt einkaufen und bekommt Urlaubsplätze. Der gesamte Betrieb kippt wegen der Montage. Der gesamte Betrieb!

– Aber man muß doch Verständnis dafür haben, daß die Arbeit am Fließband schwerer ist und für hundertvierzig Rubel keiner besonders darauf bre...

– Verständnis! Da sitzt einer, zeigen Sie für ihn Verständnis! – Swjaginzewa zeigte mit dem Bleistift in den halbdunklen Saal, wo zwischen den runden Sesseln der Kopf Piskunows aufragte. – Das ist doch euer Früchtchen, aus der Montage. Zeigt Verständnis! Er säuft, treibt sich herum, und wir sollen Verständnis zeigen.

– Tatjana Jurjewna, genug davon – sagte die Simakowa. – Lassen Sie uns die Urlaubsplätze verteilen. Ich habe morgen meinen Rechenschaftsbericht im Unionszentralrat der Gewerkschaften zu geben, ich muß noch die ganze Nacht sitzen… Also, entweder bekommen alle gleich viel, oder wie Staruchin vorgeschlagen hat.

– Gleich viel geht nicht – warf Urgan ein – Tatjana Jurjewna hat recht. Am besten arbeiten die Gießer. Ihnen müssen wir auch am meisten geben. Sollen die Montageleute eben zu einem Touristenstützpunkt fahren. Ich war im letzten Jahr bei Saratow – wunderhübsch anzuschauen. Das Essen ist gut und die Wolga ganz in der Nähe. Nicht schlechter als im Süden.

– Eben – die Swjaginzewa wandte sich ihm zu. – Sollen sie dorthin fahren. Auf einmal wollen alle in den Süden. Piskunow hat wahrscheinlich auch einen Antrag gestellt. Wie ist es, Piskunow?

– Ich? – Vitka hob den Kopf.

– Du, du, wer sonst.

– Wie – nach Jalta, oder was?

– Ja.

– Was ich da alles gesehen hab. Da geh ich lieber zu meiner Tante nach Obninsk, da ist es ruhig und friedlich…

– Der hat das richtige Bewußtsein – die Swjaginzewa lächelte. – Ruhig und friedlich. Wenn sie mal alle so wären – ruhig und friedlich! Aber nein – sie klopfte auf einen Stapel Papiere – vierhundert Anträge!

– Vergeben wir also, wie Staruchin vorgeschlagen hat? – fragte die Simakowa.

– Natürlich.

– Machen wir es so…

– Das ist einfach und korrekt.

– Und vor allem – ein Anreiz. Wer gut arbeitet, bekommt einen Urlaubsplatz.

– Richtig.

– Stimmen wir ab?

– Ach, das ist unnötig. Es ist ja alles klar.

Die Simakowa schrieb etwas in ihren Block.

– Oksana Pawlowna – Chochlow beugte sich vor. – Bei uns in der Abteilung arbeitet eine Frau, Mutter von drei Kindern, Aktivistin, gesellschaftlich engagiert. Aus einer alten Arbeiterfamilie. Es wäre schön, wenn sie einen Platz bekommen könnte.

– Ich habe auch zwei solche. Ganz jung, aber gesellschaftlich sehr engagiert – fügte Klokow hinzu.

– Die Aktivisten, die Veteranen, die Invaliden versorgen wir immer – antwortete die Simakowa. – Aber das später, Genossen. Hauptsache, wir haben auf die Abteilungen verteilt. Die entscheiden dann schon selbst... Kommen wir zu Piskunow. Steh auf, Piskunow! Komm hierher!

Vitka erhob sich ohne Eile und trat an die Bühne. – Komm hoch, komm hoch zu uns.

Er stieg die Holzstufen zur Bühne hoch und stellte sich neben die Tribüne. Eine Weile sahen ihn die Versammelten an.

– Etwas neuere Hosen konntest du wohl nicht auftreiben? – fragte Klokow.

– Nein – Vitka musterte den riesigen Knoten an Iljitschs Krawatte.

– Wenn du sie wenigstens saubergemacht hättest. Wie dreckig die sind. Du bist schließlich nicht zum Tanzabend hergekommen, nicht in den Schnapsladen.

– Zum Tanzen hätte er schon andere gefunden – warf die Swjaginzewa ein – Hosen und auch ein Hemd. Und die Krawatte hätte er auch nicht vergessen. Und dann hätte er mit seinen Kumpanen einen halben Liter alle gemacht.

Die Simakowa legte zwei Blätter vor sich hin:

– Dem Gewerkschaftskomitee liegen zwei Berichte vor. Der erste stammt vom Meister der Montageabteilung, dem Genossen Schmeljow, der andere von der Gewerkschaftszelle der Abteilung. In beiden bitten die Genossen das Gewerkschaftskomitee, das Benehmen von Piskunow, Viktor Iwanowitsch, Fräser in der Montage, zu prüfen. Ich verlese... Der Meister schreibt:

»Ich setze das Gewerkschaftskomitee des Betriebes davon in Kenntnis, daß der in meiner Brigade arbeitende Viktor Piskunow systematisch gegen die Arbeitsdisziplin verstößt, daß er betrunken am Arbeitsplatz erscheint und daß er die Produktionsnormen nicht erfüllt und daß er seinen Vorgesetzten, den Arbeitern und mir Grobheiten sagt. Seit Juni dieses Jahres hat Piskunow wieder zu trinken angefangen, er erscheint heftig schwankend im Betrieb und gebraucht grobe, unanständige Ausdrücke. Ich habe ihn viele Male gewarnt, gebeten, sogar angeschrien, doch das läßt ihn alles kalt – er trinkt, flucht, sagt Grobheiten, randaliert. Am sechzehnten Juli, als er an der Fräsmaschine arbeitete und eine Gehäusestirnseite fräste, fügte er ein Werkstück falsch herum an, was eine starke Beschädigung der Maschine nach sich zog. Als ich ihn aber rügte, nahm er ein anderes Werkstück und warf es nach mir, doch ich konnte ihm ausweichen und ging zum Abteilungsleiter. Piskunow hat seine Maschine auch vorher nicht gepflegt, auf das Relais hat er ein obszönes Wort geritzt und daneben ein obszönes Bildchen. Als ich ihn bat, es zu entfernen, sagte er, daß er einen Stimulus brauche. Und am zehnten Juli hat er im Umkleideraum Fjodor Baryschnikow verprügelt, und zwar so, daß man diesen zur Sanitätsstation bringen mußte. Wegen Piskunow hat unsere Brigade niemals den Plan erfüllt, weil er niemals mehr als zweihundert Gehäuse fräste, und dreihundertfünfzig sind die Norm. Ich habe das der Leitung oft gesagt, doch die sagt, bei uns wäre die Fluktuation sowieso so groß, wir müßten die Leute erziehen und nicht rauswerfen. Und Piskunow, wenn ich ihn rüge, zückt den Kugelschreiber und sagt: Gib mir Papier, ich kündige, und ich brauch euren Betrieb nicht. Und er spricht schlecht über seine Betriebsfamilie. Und er flucht. Ich arbeite dreiundzwanzig Jahre in unserem Betrieb, und als Mitglied der Partei fordere ich, daß auf Piskunow effektive Maßnahmen angewandt werden, daß man effektiv mit ihm spricht, wie es sich gehört. Man hat ihn doch schon zweimal vors Gewerkschaftskomitee gebracht, und gar nichts. Unser ganzes Kollektiv schließt sich mir an und fordert ein effektives Gespräch mit Piskunow.

Meister Andrej Schmeljow«

Durch die halbgeöffnete Tür des Saals kam eine Putzfrau mit Eimer und Schrubber herein. Sie stellte den Eimer auf den Boden, nahm den Lumpen vom Schrubber und fing an, ihn im Eimer auszuwaschen.

Die Simakowa nahm das andere Blatt zur Hand:

– Das ist von der Gewerkschaftszelle... »Die Mitglieder des Gewerkschaftskomitees der Abteilung bitten das Komitee des Betriebes, auf seiner nächsten Sitzung das Benehmen des Fräsers Viktor Piskunow zu prüfen. Im Laufe des letzten Monats verletzte Piskunow regelmäßig die Arbeitsdisziplin, erschien in angetrunkenem Zustand zur Arbeit und erfüllte die Produktionsnorm nicht. Am sechzehnten Juli fügte Piskunow in betrunkenem Zustand seiner Maschine einen starken Schaden zu, womit er die Arbeit der gesamten Brigade für einen ganzen Tag aufhielt. Die Piskunow weggenommenen Progressivzuschläge haben in keinster Weise auf ihn gewirkt – er fährt nach wie vor fort, gegen die Disziplin zu verstoßen und der Abteilungsleitung und den Genossen Grobheiten zu sagen.«

Die Simakowa legte das Blatt zur Seite.

– Ja, Piskunow. Du arbeitest noch kein Jahr im Betrieb, und schon kennen dich alle. Und nicht als Bestarbeiter, sondern als Faulenzer und als Alkoholiker.

– Was bin ich, Alkoholiker? – Piskunow hob den Kopf.

– Was denn sonst? – fragte Klokow – ein waschechter Alkoholiker.

– Alkoholiker werden in der Klinik behandelt, und ich arbeite. Ich bin kein Alkoholiker.

– Aber nein! Er ist doch kein Alkoholiker! – sagte die Swjaginzewa mit gespieltem Ernst. – Er und Alkoholiker?! Am Morgen ein Gläschen, am Mittag ein Gläschen und am Abend eine halbe Flasche! Wie ist er denn da ein Alkoholiker?

Die Runde lachte.

Die Putzfrau wrang den Lumpen aus, zog ihn über den Schrubber und begann, den Mittelgang zu wischen.

Die Simakowa seufzte:

– Ist dir klar, Piskunow, daß in betrunkenem Zustand zu arbeiten nicht nur für dich selbst gefährlich ist und für deine Maschine, sondern auch für deine Umgebung? Ist dir das klar?

– Ja.

– Ja und? Es ist dir klar, und du trinkst weiter?

– Aber ich trinke doch nicht... Es war ein einziges Mal, sie haben

es so aufgebauscht – er beugte sich vor, schüttelte den Kopf – aufgebauscht, als ob ich jeden Tag, in Wirklichkeit hab ich einmal bei
meinem Schwager, an seinem Geburtstag...

– Was lügst du denn hier, schämst du dich denn nicht?! – schrie
die Swjaginzewa. – Schämst du dich nicht zu lügen! Du bist doch jeden Tag besoffen, jeee-den Tag! Hier – sie wies mit dem Kopf auf
Klokow – sitzt dein Gewerkschaftsorganisator, wenn du dich wenigstens vor ihm schämen würdest!

Vitka sah zu Klokow hinüber und bemerkte erst in diesem Moment den neben ihm sitzenden Serjoga Tschernogajew, Dreher aus
der Nachbarbrigade. Serjoga sah ihn furchtsam und mit gespannter
Aufmerksamkeit an.

– Ein einziges Mal, sagt er – fiel Klokow ein. – Vielleicht war er ein
einziges Mal nüchtern in der ganzen Zeit. Ich treffe ihn jeden Morgen
im Umkleideraum, sehe ihm in die Augen – wieder betrunken. Richtige rote Kaninchenaugen.

– Was heißt rot? Was habe ich für rote Augen?

– Rote. Und die Visage weiß wie Milch. Und wankt von einer Seite
zur anderen.

– Wann soll ich denn gewankt sein? Was lügen Sie sich da zusammen?

– Mein lieber Freund, keine Frechheiten!! – Klokow klatschte mit
der Hand auf den Tisch. – Ich bin nicht dein Saufkumpan! Nicht
Wasska Senin! Nicht Petka Kruglow! Mit denen kannst du so reden!
Und stell dich anständig hin! Was lümmelst du an der Tribüne! Das
hier ist keine Biertheke!

– Stell dich ordentlich hin, Piskunow – sagte die Simakowa streng.
Vitka stieß sich widerwillig von der Tribüne ab und stellte sich blinzelnd gerade hin. Die Putzfrau war mit dem Wischen fertig und
starrte, auf den Schrubber gestützt, interessiert auf die Bühne.

Die Swjaginzewa betrachtete Piskunow mit leichtem Abscheu und
schüttelte den Kopf:

– Tjaaa... Es graust mich, dich anzuschauen, Piskunow. Du bietest
einen erbärmlichen Anblick.

– Wieso bin ich erbärmlich?

– Jeder Alkoholiker ist erbärmlich – warf Staruchin ein. – Und du bist da keine Ausnahme. Schau nur mal in den Spiegel. Du bist ja richtig aufgeschwemmt. Das Gesicht dunkelrot, weiß der Teufel... Man mag gar nicht hinsehen.

Die Tür quietschte, ein hochgewachsener Milizionär mit einem Cellokasten in der Hand betrat den Saal. Die Versammelten sahen ihn an.

Der Milizionär zögerte einen Moment, ging dann langsam durch den Mittelgang und setzte sich an den Rand in die vierte Reihe. Den schwarzen Kasten lehnte er an den Nachbarsessel, nahm die Mütze von seinem schon etwas kahlen Kopf und hängte sie an den Kasten.

– Jetzt ist er ja noch friedlich – murmelte Klokow und schielte zum Milizionär. – Aber was er in der Abteilung anstellt, im Umkleideraum...

– Waren Sie vielleicht dabei?

– Man hat dir gesagt, such keinen Streit, – die Simakowa lehnte sich vor. – Erzähl lieber, wie du Baryschnikow verprügelt hast. Oder hat sich Klokow das vielleicht auch ausgedacht?

Piskunow seufzte schwer, er verschränkte die Arme hinter dem Rücken. Der Milizionär blinzelte und sah ihn an. Die Putzfrau stellte den Eimer samt Schrubber im Mittelgang ab und setzte sich in die Nähe des Milizionärs.

– Was schweigst du. Erzähl.

– Was gibt es da zu erzählen... Er ist selbst als erster auf mich losgegangen. Er hat geflucht, mir gedroht... Und ich war müde, nicht bei Laune...

– Und dazu noch betrunken, ja?

– Na vielleicht, ein bißchen... Hatte am Morgen ein Bier getrunken.

– Und das war bis zum Abend nicht verflogen? – fragte Klokow.

– Das gute Bier zu drei zweiundsechzig?

Die Mitglieder des Gewerkschaftskomitees lachten.

Die Putzfrau schüttelte den Kopf und schob ihr Kopftuch zurück. Der Milizionär sah weiter blinzelnd zur Bühne.

Die Simakowa nahm einen Bleistift, drehte ihn in den Fingern und fragte.

– Das heißt, du hast deine schlechte Laune an deinem Genossen ausgelassen?

– Er hat angefangen. Hat mich beschimpft.

– Lüg nicht, Piskunow – unterbrach ihn Klokow. – Nicht er hat angefangen, sondern du, du hast dich im Umkleideraum mit Petka Kruglow betrunken und hast angefangen, ihn zu belästigen. Baryschnikow hat dich zur Ordnung gerufen. Und du hast ihn verprügelt. Hier sitzt der Zeuge – er zeigte mit dem Kopf in Tschernogajews Richtung. Alle schauten den Zeugen an. Tschernogajew wurde rot.

Vitka sah Sergejs rotes Gesicht und wandte sich ab.

– Du schweigst? Aha! Die Wahrheit tut weh. Bedank dich bei Baryschnikow, daß er nicht Meldung gegen dich erstattet hat. Er hatte durchaus das Recht. Für den blauen Fleck hätten sie dir mindestens fünfzehn Tage gegeben.

– Ja wirklich, warum ist er nicht zur Miliz gegangen? fragte Urgan.

– Er ist eben ein guter Kerl. Hat es weggeschickt, als wäre nichts gewesen.

– Da hast du aber Glück. gehabt, Piskunow.

– Solche haben immer Glück.

– Genau, genau, immer! – Die Putzfrau erhob sich von ihrem Platz. – Ich bitte um Entschuldigung, natürlich, aber es ist doch so... – sie breitete die Arme aus – mein Nachbar ist genauso, gaaanz genauso!! Wie die Erde diese Parasiten trägt!

Sie schob sich aus ihrer Sesselreihe, lief vor die Bühne und begann, ihre knotigen Finger zu biegen.

– Er arbeitet nirgends! Trinkt jeden Tag! Schleppt Mädchen nach Hause, randaliert, prügelt sich um was noch alles! Und keiner setzt ihn an die Luft! Ich war schon bei der Miliz und alles mögliche – aber nein! Er trinkt genau wie vorher!

Die Mitglieder des Gewerkschaftskomitees nickten mitfühlend.

Die Putzfrau seufzte und setzte sich in die erste Reihe.

Die Simakowa sah zu Piskunow:

– Jetzt schleppt man dich zum dritten Mal vor das Gewerkschaftskomitee, Piskunow. Hast du denn gar kein Gewissen mehr? Du schadest doch dem Kollektiv, machst dem Betrieb Schande. Wenn du schon nicht an dich selbst denkst, dann denk doch wenigstens an die anderen. Deinetwegen erfüllt die Brigade den Plan nicht, das bedeutet, für alle weder Aufschlag noch Prämie. Ist dir das klar? Oder ist dir alles egal? Was schweigst du?! Alles egal, wie?!

— Das ist ihm doch Jacke wie Hose, Oksana Pawlowna — seufzte die Swjaginzewa. — Was getrunken — alles prima! Sich geprügelt — noch besser! Nicht zur Arbeit erschienen — am allerschönsten! Und mit der Brigade hat er schon gar nichts am Hut!

— Weißt du, Piskunow, wie hoch der Schaden an deiner Maschine den Staat zu stehen kam? Nein? — fragte Klokow.

Vitka schüttelte den Kopf.

Klokow erhob sich halb und stützte sich mit den Händen auf den Tisch:

— Wenn es nach mir ginge, ich würde dir alles abziehen! Dann wüßtest du es. Du wüß-test es! Aber so — Maschine kaputt, na und, er sitzt im Flur und raucht. »Vitka, was machst du da?« »Ich rauche.« Und sie reparieren die Maschine. Wenn du wenigstens beim Reparieren geholfen hättest! Aber nein, scheiß drauf. Und überhaupt, die Arbeit, die Abteilung, die Genossen — scheißegal. Hier neben mir sitzt Tschernogajew, Arbeiter in derselben Abteilung. Erzähl du uns doch mal, Tschernogajew, was die Genossen über Piskunow sagen! Erzähl! Wir hören.

Er klopfte Tschernogajew auf die Schulter und setzte sich.

Tschernogajew stand unsicher auf und beugte sich vor. Alle sahen ihn an.

— Nun, ich ... also ... — er fuhr sich nervös über die Stirn.

— Nur Mut, Serjosch, erzähl alles, wie es ist — ermunterte ihn Klokow.

— Nun, also, Genossen, ich arbeite mit Piskunow in einer Abteilung, das heißt, ich sehe ihn jeden Tag. Wir arbeiten nicht in derselben Brigade, aber ich sehe ihn jeden Tag. Im Umkleideraum und auch in der Kantine. Ja. Naja, und das meiste wurde hier ja schon gesagt. Er trinkt. Besäuft sich regelmäßig. Kommt morgens betrunken, und abends ist er auch betrunken. Tja, also. Und ich sehe seine Maschine. Sie ist schmutzig, nicht in Ordnung gehalten. Wenn ich nach der

Arbeit vorbeigehe, an seiner Maschine liegen Späne. Und der Besen liegt auf dem Boden herum. Und so ist es fast jeden Tag. Und überhaupt benimmt er sich schlecht, sagt Grobheiten. Er hat Baryschnikow verprügelt...

– Wie ist das passiert? – fragte die Simakowa.

– Naja. Piskunow und Petka Kruglow waren als erste in den Umkleideräumen, also. Es war noch keine sechs, und die soffen schon. Und als die anderen nacheinander kamen, und ich auch, da saßen sie schon betrunken da, fluchten herum, rauchten. Fedja und er sind schon früher aneinandergeraten. Fedja hat Piskunow angemacht, weil er den Plan für die ganze Brigade hat platzen lassen. Und hier, als Piskunow Fedja sah, machte er sich gleich an ihn ran, also. Hej, sagt er, du Bestarbeiter-Aktivist, komm her, ich fräs dir die Fresse.

– Was lügst du, Tschernogajew, das hab ich...

– Sei still, Piskunow! Rede weiter, Tschernogajew.

– Ja also... Und Fedja sagt zu ihm, benimm dich anständig, sagt er. Und Piskunow gebraucht Ausdrücke. Und Fedja, also, sagt zu ihm, da wird es eine Versammlung geben, ich, sagt er, werde da berichten über dich, und wir, sagt er, werden uns dann beim Gewerkschaftskomitee beschweren über dich. Na und da hat sich Piskunow auf ihn gestürzt. Die anderen haben sie getrennt. Und Fedjas Gesicht war ganz zerschlagen. Die Jungs sind mit ihm zur Sanitätsstation gegangen. Und Piskunow saß noch lange im Umkleideraum. Fluchte herum. Redete schlecht über den Betrieb...

– Hä, was soll ich denn Schlechtes gesagt haben?

– Unterbrich nicht, Piskunow! Du bist nicht gefragt.

– Aber was lügt er denn?

– Ich lüge nicht. Er hat gesagt, daß alles bei uns schlecht ist, daß wir schlecht bezahlt werden. Kaufen kann man nichts, hat er gesagt, und nirgends hingehen.

– Aha! Außer zum Schnapsladen geht er doch sowieso nirgendwo hin! Und außer seinem halben Liter kauft er nichts!

– Warum geh ich denn nirgends hin?

– Darum! Weil du ein Alkoholiker bist! Ein amoralischer Mensch! – die Swjaginzewa schüttelte den Kopf.

Tschernogajew fuhr fort:

– Und dann hat er noch gesagt, daß alles im Betrieb schlecht ist, daß es nichts zu kaufen gibt, daß das Essen schlecht ist. Darum, hat er gesagt, hat er auch keine Lust zum Arbeiten.

Alle starrten Piskunow schweigend an.

– Ja wie ... ja woher nimmst du die Frechheit, so etwas zu sagen?! – Die Putzfrau stand von ihrem Platz auf und ging zur Bühne. – Ja, schämst du dich denn gar nicht?! Wie kannst du, wie kannst du es wagen? He?! Du ... du ... – sie preßte die Hände an die Brust. – Ja wer hat dich denn aufgezogen?! Wer hat dich erzogen, unentgeltlich ausgebildet? Wir haben im Krieg Brot mit Sägespänen gegessen, die Nächte durchgearbeitet, damit du in diesem Hemd gehen kannst, gut zu essen hast und keine Sorgen kennst! Und du wagst es?! He?!

– Du spuckst in den Brunnen, Piskunow, aus dem du selbst trinkst – warf Chochlow ein.

– Und aus dem die anderen trinken – fügte die Simakowa hinzu. – Du spuckst auf uns alle. Auf die Brigade, den Betrieb, die Heimat. Paß auf, Piskunow! – sie klopfte mit dem Finger auf den Tisch. –

– Du wirst dich verrechnen!

– Du wirst dich verrechnen, Piskunow!

– Schaut nur, es geht ihm schlecht! Soll er arbeiten, dann wird es ihm gut gehen! Einem Faulpelz und Säufer geht es überall schlecht.

– Solchen Leuten geht es überall schlecht. Serviert ihm den Kommunismus – er wird auch nicht nach seinem Geschmack sein.

– Du bist ein verkommener Mensch, Piskunow.

– Bist du im Komsomol?

– Nein – Vitka sah wehmütig auf das Porträt. – Und hast nicht vor einzutreten?

– Ach ... schon zu spät. Ich bin siebenundzwanzig ... – Solche haben im Komsomol nichts verloren.

– Genau! Überhaupt haben solche keinen Platz in der Arbeiterklasse.

– Zum dritten Mal wird er vors Gewerkschaftskomitee zitiert, und es läßt ihn alles völlig kalt. Da haben wir uns eine Jugend herangezüchtet, alle Achtung. Alles unsere eigene Schwäche. Wir züchten das alles heran!

– So ist es, Oksana Pawlowna – die Swjaginzewa wandte sich zur Simakowa. – Womit befassen wir uns hier eigentlich?! Mit Schaumschlägereien? Er hört sich uns ein weiteres Mal an, hört sich's an, geht, spuckt in die Ecke, und morgen sitzt er wieder um elf vor der Flasche? Wir sind schließlich ein Gewerkschaftskomitee! Das Gewerkschaftskomitee eines Betriebes, Genossen! Die Gewerkschaften sind die Schmiede des Kommunismus! Das hat schließlich Lenin gesagt! Warum also sind wir so gnädig mit denen, mit denen da?

– Wirklich wahr! Wir sollten endlich aufhören, uns mit ihnen zu solidarisieren – fiel Staruchin ein. – Schließlich und endlich handelt es sich hier um die Produktion, die sowjetische Produktion! Und wir tragen vor der Heimat die Verantwortung für die Effektivität unseres Betriebs! Wenn wir ihm den Progressivzuschlag nehmen, ist das noch zu wenig! Das dreizehnte Monatsgehalt nehmen – zu wenig! Entlassen dürfen wir ihn nicht, also müssen andere Maßnahmen gefunden werden! Nicht dieses humane Getue! Sonst verhumanisieren wir uns noch zu Tode!

– Richtig! Oksana Pawlowna, solche wie Piskunow muß man bekämpfen! Entschieden bekämpfen! Wozu sie hätscheln?!

– Bei dem stoßen unsere Strafpredigten auf taube Ohren.

– Aber was können wir denn tun, außer ihm die Prämie nehmen und den Progressivzuschlag? Feuern können wir ihn ja nicht… – Wozu machen wir dann überhaupt Sitzungen?! Das ist ja eine Verhöhnung der Gewerkschaften!

– Wirklich eine Verhöhnung…

– Und wir geben ein schlechtes Beispiel. Heute trinkt er, und morgen, ehe wir's uns versehen, die ganze Brigade.

– Aber wirklich, was können wir denn tun?

Der Milizionär seufzte, stand auf und zog seine Uniformjacke zurecht:

– Genossen.

Alle drehten sich zu ihm. Er wartete einen Moment und fuhr dann fort:

– Ich bin natürlich, sozusagen, ein Außenstehender. Und habe zu all dem keinerlei Bezug. Doch als Sowjetbürger und Angehöriger der

Miliz möchte ich, sozusagen, einfach meine Erfahrungen mitteilen. Ich, Genossen, arbeite mit solchen Kerlen wie ihm schon fast neunzehn Jahre. Seit meinem zwanzigsten Lebensjahr komme ich mit solchen zusammen. Diese Leute – Nichtstuer, Alkoholiker, Rowdys und, sozusagen, eingefleischte Kriminelle – hoffen nur auf eins: daß wir mit ihnen, sozusagen, milde verfahren. Und kaum sind wir zu ihnen milder und freundlicher – werden sie gleich noch schlimmer. Die spüren das sofort! Und ziehen ihre Konsequenzen und werden eine noch größere Gefahr für die Gesellschaft. Ich habe hier gesessen, zugehört, nun, und im großen und ganzen verstehe ich alles. Ich verstehe euch gut, Genossen. Und meiner Meinung nach braucht ihr vor neuen Maßnahmen keine Scheu zu haben. Ihr seid ja letztendlich nicht für euch allein verantwortlich, sondern für den ganzen Betrieb. Und macht euch Gedanken über ihn. Und kümmert euch um ihn. Euer Betrieb wurde nicht umsonst ausgezeichnet. Nicht umsonst! Das muß man bedenken.

Er setzte sich und verschränkte die Arme.

– Richtig! – sagte Urgan. – Obwohl der Genosse nicht in unserem Betrieb arbeitet, hat er vollkommen recht. Wenn wir solche wie Piskunow fördern, schaden wir unserem Betrieb! Schaden uns selbst! Das bedeutet also, wir haben es uns selbst zuzuschreiben?! – Und ob, uns selbst! – fiel die Swjaginzewa ein. – Klar sind wir selbst schuld! Und unter unserer Kurzsichtigkeit leidet der ganze Betrieb!

Die Putzfrau erhob sich wieder von ihrem Platz.

– Wenn es nach mir ginge, da würde ich mit denen da, ich wüßte so direkt überhaupt nicht, was ich mit solchen machen sollte! Die machen einem ja das Leben schwer! Die klimpern doch von früh bis spät im Hof rum und rauchen und prügeln sich!

– Aber noch mal, was können wir denn tun? Wir sind doch ein gewöhnliches Gewerkschaftskomitee, unsere Vollmachten sind extrem beschränkt...

Der Milizionär seufzte:

– Genossen, ihr habt mich nicht verstanden. Ich habe doch gesagt, ihr müßt keine Scheu vor neuen, effektiveren Maßnahmen haben. Ihr braucht doch nicht an euch selbst zu denken, nicht wahr?

– Ja, richtig, natürlich – äußerte die Simakowa – aber es bleibt das

Faktum, daß wir, Genosse Milizionär, tatsächlich keine Vollmachten
haben...

– Genooooossen! – der Milizionär klatschte sich auf die Schenkel. –
Es ist direkt bitter, euch zuzuhören! Keine Vollmachten! Ja wer ist
denn daran schuld? Ihr seid doch selbst schuld! Alles hängt von euch
ab, von eurer Initiative! Wenn ihr konkrete Vorschläge hättet, dann
hättet ihr auch Vollmachten. Glaubt ihr denn, die Gesetze fallen vom
Himmel!? Nein! Das Volk macht sie! Es hängt alles von euch ab, vom
Volk. Ihr habt euch bloß selbst eine Barriere aufgebaut und wartet,
daß man euch Vollmachten gibt. Da wird nichts draus. Da könnt ihr
lange warten. Und die da – er zeigte mit dem Finger auf Piskunow –
die lassen wirklich nicht locker. Irgendwann helfen auch Vollmachten
nicht mehr. Aber jetzt, wo es noch nicht zu spät ist, schlagt etwas vor!
Probiert etwas aus! Wovor habt ihr Angst? Glaubt ihr denn, man
könnte solchen Typen mit Überreden und Gesprächen beikommen?
Vergebens. Die kann man nicht überreden. Mit denen muß man ganz
anders umspringen. Wie – das ist eure Sache. Die Initiative muß von
euch ausgehen. Wenn eine Initiative da ist, ein Vorschlag, dann kommen auch die Vollmachten. Ohne Initiative, ohne, sozusagen, kon-
struktive Vorschläge – wird es auch keine Vollmachten geben.

Er setzte sich, zog sein Taschentuch hervor und wischte sich die
schweißnasse Stirn.

Einen Moment lang schweigen alle.

Dann seufzte Klokow und zog den Kopf ein:

– Übrigens habe ich, das heißt, haben wir... also übrigens gibt es
einen Vorschlag. Was Piskunow angeht. Allerdings – ich weiß nicht,
wie er... naja... wie... Übrigens, daß man mich, das heißt uns, nicht
falsch versteht...

– Haben Sie keine Angst – ermunterte ihn der Milizionär und
steckte das Taschentuch weg. – Wenn er konstruktiv ist, konkret
sozusagen, wird man ihn schon richtig verstehen. Und annehmen.

Klokow sah die Swjaginzewa an. Sie antwortete mit einem verste-
henden Blick.

– Nun, also, wir schlagen vor... – Klokow betrachtete seine Hände. – Wir wollen also...

Alle sahen ihn erwartungsvoll an.

Er leckte sich die Lippen, hob den Kopf und atmete aus:

– Nun, also, da wäre der Vorschlag, Piskunow zu erschießen.

Für einen Moment herrschte im Saal absolute Stille.

Der Milizionär kratzte sich müde die Schläfe und lächelte:

– Nuuun... Genossen... was redet ihr da für einen Quatsch. Wieso denn erschießen...

Die Versammelten sahen einander unsicher an.

Der Milizionär lachte lauter, stand auf, nahm den Cellokasten und ging, vor sich hin lachend, zum Ausgang.

Unmittelbar an der Tür blieb er stehen, drehte sich um, schob die Mütze in den Nacken und sagte schnell:

– Ich rate dir, Piskunow, mehr klassische, gute Musik zu hören. Bach, Beethoven, Mozart, Schostakowitsch, auch Prokofjew. Weißt du, wie die Musik den Menschen veredelt? Vor allem macht sie ihn reiner und bewußter, du kennst doch außer Trinken und Tanzengehen gar nichts, deshalb hast du auch keine Lust zu arbeiten. Aber geh nur einmal ins Konservatorium, hör die Orgel. Dann wirst du gleich vieles verstehen...

Er schwieg eine Weile, dann seufzte er und fuhr fort:

– Und ihr, Genossen, solltet, anstatt auf diese Weise eure Zeit zu vertrödeln und sinnlos Sitzungen abzuhalten, lieber einen Klub für klassische Musik gründen in eurem Betrieb. Dann wäre die Jugend beschäftigt, und es gäbe weniger Schwänzereien und Sauftouren... Ich könnte mich noch weiter darüber auslassen, aber ich komme zu spät zur Probe, entschuldigt mich...

Er ging aus dem Saal.

Die Putzfrau seufzte, nahm ihren Eimer und ging hinterher. Doch sie war noch nicht an der angelehnten Tür, als diese aufsprang und der Milizionär mit wildem, unmenschlichem Gebrüll in den Saal stürzte. Den Cellokasten an die Brust gepreßt, überrannte er die Putzfrau und lief mit eingeknickten Beinen, den Kopf in den Nacken geworfen, zur Bühne. An der ersten Sesselreihe blieb er ganz plötzlich stehen, schleuderte den Cellokasten zu Boden und erstarrte auf der Stelle, brüllend und sich aufbäumend. Das Gebrüll ging in Röcheln über, das

Gesicht lief dunkelrot an, die Arme baumelten neben dem zuckenden Körper.

– Durch... durch... durchstech... durchstech... – brüllte er mit schlackerndem Kopf und weit aufgerissenem Mund.

Die Swjaginzewa erhob sich langsam von ihrem Stuhl, ihre Hände zuckten, die Finger mit den grellackierten Nägeln krümmten sich. Sie krallte sich ins Gesicht, zog die Hände nach unten und riß sich das Fleisch bis aufs Blut auf.

– Durchstech... durchstech... – röchelte sie aus tiefer Brust.

Staruchin erhob sich jäh von seinem Stuhl, stützte sich mit den Händen ab und schlug mit aller Kraft das Gesicht auf den Tisch.

– Durchstech... durch... durchstech... – stieß er hervor und wälzte sich auf dem Tisch.

Urgan wackelte mit dem Kopf und murmelte so schnell, daß er kaum dazu kam, die Worte ganz auszusprechen:

– Nun, um von der Technologie des Durchstech zu reden von der Aufeinanderfolge der Montagevorgänge von der wechselseitigen Austauschbarkeit der Werkstücke und weshalb der zwischenrepublikische Durchstech wie auch Ausschuß größer und merklicher ist wie auch das Durchstech im örtlichen Maßstab bei uns nicht durch Fonds gewährleistet ist und sie es als Rohstoff per Verschiedenes und Schweißen und bar nicht ausgeben und die Eigenfinanzierung propagieren...

Klokow zuckte, sprang hinter dem Tisch hervor und fiel auf die Bühne. Er drehte sich auf den Bauch, rutschte herum, kroch bis an den Rand der Bühne und plumpste ins Parterre des Saals.

Dort drehte er sich um und begann leise zu singen. Chochlow weinte laut. Die Simakowa führte ihn um den Tisch. Chochlow beugte sich vor und verbarg das Gesicht in den Händen. Die Simakowa packte seine Schultern fest von hinten. Sie erbrach sich in seinen Nacken. Nach einigem Husten und Spucken schrie sie mit kräftiger, durchdringender Stimme:

– Durchstech! Durchstech! Durchstech!

Piskunow und Tschernogajew sprangen von der Bühne und trippelten, jeder die sonderbaren Bewegungen des anderen imitierend, zur Eingangstür. Bei der reglos daliegenden Putzfrau angekommen, faßten sie sie an den Beinen und schleiften sie durch den Mittelgang zur Bühne.

– Durchstech! Durchstech! – brüllte der Milizionär heiser. Er bäumte sich noch stärker auf, sein rotes Gesicht war zur Decke des Saals gerichtet, er bebte am ganzen Körper.

Piskunow und Tschernogajew schleiften die Putzfrau bis an die Stufen und zerrten sie auf die Bühne.

Die Swjaginzewa nahm die Hände aus ihrem blutüberströmten Gesicht, beugte sich weit vor und ging zu der am Boden liegenden Putzfrau.

Urgan ging ebenfalls zur Putzfrau und murmelte.

– Um von der Technologie des Durchstech zu reden Genossen Vorarbeiter so wurden nirgendwo hochvoltige Widerstände errichtet und Bitumen-Oxydiermittel hinzugefügt wenn der Prozeß des Schleifens für unsere verantwortlichen Angelegenheiten und Entscheidungen notwendig war und eine sonderbare Aufeinanderfolge der Elemente der Stopfbuchse und des mechanischen Antriebs...

Tschernogajew, Piskunow, die Swjaginzewa und Urgan hoben die Putzfrau vom Boden auf den Tisch.

Staruchin hob sein zerschlagenes, blau angelaufenes Gesicht. – Durchstech – artikulierte er akkurat mit den geschwollenen Lippen.

Die Simakowa ließ Chochlow los und ging, ohne ihr durchdringendes Geschrei zu unterbrechen, zum Tisch.

Chochlow sank auf die Knie, berührte mit der Stirn den Boden und fing an, mit den Händen die zerlaufenen Kotzmassen zu seinem Gesicht hinzuschieben.

Tschernogajew, Piskunow, die Swjaginzewa, Urgan, Staruchin und die Simakowa umringten die auf dem Tisch liegende Putzfrau und machten sich daran, ihr die Kleidung vom Körper zu ziehen. Die Putzfrau kam zu sich und murmelte leise:

– Also durchstech... also doch durchstech...

– Durchstech! Durchstech! – schrie die Simakowa. – Durchstech... – röchelte die Swjaginzewa.

– Doch das Durchstech nach technisch geprüften und ökonomisch begründeten Regeln des Schmierens der Walzen... – murmelte Urgan.

– Durchstech! – brüllte der Milizionär.

Schnell war die gesamte Kleidung vom Körper der Putzfrau heruntergezogen.

– Aba… aba… ba… – murmelte sie, auf dem Tisch liegend.

– Durch! Durch! Durch! – schrie die Simakowa.

Sie drehten die Putzfrau mit dem Rücken nach oben und drückten sie auf den Tisch.

– durch… aba-ba… – röchelte die Putzfrau.

– Durchstoß! Durchstoß! – brüllte der Milizionär.

Piskunow und Tschernogajew gingen in die Hocke, machten schnelle Drehbewegungen mit den Händen, sprangen von der Bühne, hoben den zu Füßen des Milizionärs liegenden Cellokasten hoch, brachten ihn zur Bühne und legten ihn an ihrem Rand ab.

– Durchstoß! Durchstoß! – brüllte der Milizionär.

Piskunow und Tschernogajew öffneten den Cellokasten. Sein Inneres war durch eine Holzwand geteilt. In der einen Hälfte lagen ein Vorschlaghammer und einige kurze Metallrohre; die andere Hälfte war bis obenhin mit Würmern gefüllt, die sich in bräunlichem Schleim wanden. Unter der Würmermasse schauten die Reste halbverwesten Fleischs hervor.

Tschernogajew nahm den Vorschlaghammer, Piskunow sammelte die Rohre ein. Es waren fünf.

– Durchbohr! Durchbohr! – brüllte der Milizionär und zitterte heftiger.

– Stutzen Stutzen durchstechige allgemeinmenschliche Staatlicher Allsowjetischer Standard 652/58 per außer acht Gelassenem – murmelte Urgan und preßte mit den anderen den Körper der Putzfrau auf den Tisch. – Länge vierhundertzwanzig Millimeter Durchmesser zweiundvierzig Millimeter Dicke drei Millimeter Schrägung 3x5.

Piskunow brachte die Rohre zum Tisch und ließ sie auf den Boden fallen.

– Durchbohr… also doch durchb… – brabbelte die Putzfrau.

Piskunow nahm eines der Rohre und stellte es mit dem angespitzten Ende auf den Rücken der Putzfrau.

– Abschlacht! Abschlacht! – brüllte der Milizionär.

– Abschlacht! Abschlacht! – fiel die Simakowa ein.

– Abschlacht… Abschlacht… – wiederholte Staruchin.

– Abschlacht… – röchelte die Swjaginzewa.

Piskunow hielt das Rohr mit beiden Händen. Tschernogajew schlug mit dem Vorschlaghammer auf den Querschnitt des Rohrs. Das Rohr drang durch den Körper der Putzfrau und stieß auf den Tisch.

Piskunow nahm ein zweites Rohr und stellte es auf den Rücken der Putzfrau. Tschernogajew schlug mit dem Vorschlaghammer auf den Querschnitt des Rohrs. Das Rohr drang durch den Körper der Putzfrau und stieß auf den Tisch. Piskunow nahm ein drittes Rohr und stellte es auf den Rücken der Putzfrau. Tschernogajew schlug mit dem Vorschlaghammer auf den Querschnitt des Rohrs. Das Rohr drang durch den Körper der Putzfrau und stieß auf den Tisch. Piskunow nahm ein viertes Rohr und stellte es auf den Rücken der Putzfrau. Tschernogajew schlug mit dem Vorschlaghammer auf den Querschnitt des Rohrs. Das Rohr drang durch den Körper der Putzfrau und stieß auf den Tisch. Piskunow nahm ein fünftes Rohr und stellte es auf den Rücken der Putzfrau. Tschernogajew schlug mit dem Vorschlaghammer auf den Querschnitt des Rohrs. Das Rohr drang durch den Körper der Putzfrau und stieß auf den Tisch.

– Rauszieh… rauszieh… – murmelte Chochlow in das zusammengeschobene Häufchen Kotze.

– Rauszieh! Rauszieh! – schrie die Simakowa und griff mit beiden Händen nach einem im Rücken der Putzfrau steckenden Rohr.

Staruchin half der Simakowa, und zu zweit zogen sie das Rohr heraus.

– Rauszieh! Rauszieh! – brüllte der Milizionär.

Staruchin und die Simakowa zogen das zweite Rohr heraus und warfen es auf den Boden.

Piskunow, Urgan und die Swjaginzewa zogen das dritte Rohr heraus und warfen es auf den Boden.

Piskunow und Tschernogajew zogen das vierte Rohr heraus und warfen es auf den Boden.

Urgan und die Swjaginzewa zogen das fünfte Rohr heraus und warfen es auf den Boden.

Unter dem Körper der Putzfrau quoll reichlich Blut hervor.

– Ausfließ! Ausfließ! – schrie die Simakowa.

Das Blut floß rasch über das rote Tuch, tropfte herunter und bildete am Boden drei große Pfützen.

Chochlow kroch auf den Knien zum offenen Cellokasten.

– Reinspick! Reinstopf! – brüllte der Milizionär.

– Vollstopf Würmer! Vollstopf Würmer! – schrie die Simakowa, und alle außer dem Milizionär und dem im Parterre liegenden Klokow bewegten sich zum Cellokasten.

– Vollstopf Würmer! – wiederholte Staruchin. Vollstopf...

– Vollstopf gemäß den Arbeitslaufkarten auf staatlicher Grundlage produziert und um ein weniges nach der Wirtschaftsrechnung für das dritte Quartal abgeschlossen – murmelte Urgan.

Jeder der Umstehenden schöpfte eine Handvoll Würmer aus dem Kasten und trug sie zum Tisch. Dann traten sie an den Leichnam der Putzfrau und stopfen die Würmer in die Löcher in ihrem Rücken. Als sie damit fertig waren, hörte der Milizionär auf zu brüllen und sich aufzubäumen, zog sein Taschentuch hervor und wischte sich sorgfältig das schweißnasse Gesicht.

Klokow stand und klopfte seinen Anzug ab.

Piskunow und Tschernogajew hoben die am Boden verstreuten Rohre und den Vorschlaghammer auf, legten sie ins freie Abteil des Cellokastens, klappten ihn zu und verschlossen ihn.

– Na, was macht ihr da rum? – fragte Klokow unzufrieden.

– Ihr stellt euch vielleicht an...

Tschernogajew und Piskunow hoben den Kasten hoch und trugen ihn in den Saal hinunter. Alle außer Chochlow folgten ihnen. Chochlow versteckte sich hinter den Kulissen.

– Na, wie, was kommt ihr denn nicht vom Fleck? – rief Klokow zu Tschernogajew und Piskunow herüber. – Schmeißt, schmeißt!

– Ich ersuche Sie, nicht zu schreien – artikulierte Tschernogajew und sah Klokow in die Augen. – Geruhen Sie, sich angemessen zu benehmen.

Klokow winkte gereizt ab und drehte sich um.

Tschernogajew und Piskunow schwenkten den Cellokasten und

schleuderten ihn in die Mitte des Saals, wo er mit Getöse zwischen den Sesseln verschwand.

In gebeugter Haltung trat Chochlow hinter den Kulissen hervor. Auf seinem Rücken lag ein großer Kubus aus halbtransparentem, gallertartigem Material. Bei jedem Schritt Chochlows zitterte der Kubus. Chochlow überquerte die Bühne, stieg vorsichtig die Stufen herab in den Saal und ging auf den Ausgang zu.

– Stillgestanden! – rief der Milizionär.

Chochlow blieb stehen. Der Milizionär trat zu ihm und sagte ihm etwas im Flüsterton.

Die Swjaginzewa öffnete ihr braunes Täschchen und zog eine Pistole daraus hervor. Der Milizionär flüsterte Chochlow etwas ins Ohr. Der nickte mit dem Kopf, was den Kubus erzittern ließ.

Die Swjaginzewa schob sich die Mündung der Pistole in den Mund und drückte ab. Der dumpfe Schuß zerriß die Nackenpartie ihres Kopfes und bespritzte Staruchin und Urgan mit Blut und Hirnmasse. Die Swjaginzewa fiel auf den Rücken.

Der Milizionär flüsterte Chochlow wieder etwas zu. Chochlow seufzte und sprach:

– Ich möchte den Herrschaften Opfern eine Mitteilung machen. Es ist so, es ist so, daß ich...

Er stockte. Der Kubus auf seinem Rücken zitterte.

– Marsch, marsch! – schrie ihn der Milizionär an.

Chochlow lief bis zur Tür, stieß sie mit dem Kopf auf und verschwand. Der Milizionär folgte ihm. Klokow rannte zur Tür und versteckte sich dahinter.

– Lauf, lauf, du Trottel! – stieß Tschernogajew verächtlich aus.

– Also, gehen wir? – die Simakowa zog eine Zigarette hervor und zündete sie an.

– Gehen wir – nickte Tschernogajew, und alle bewegten sich zum Ausgang.

WIKTOR PELEWIN

NIKE

Nun, wo ihr zarter Odem sich wieder verflüchtigt hat, hinaus in die Welt, in diesen wolkigen Himmel, den kalten Frühlingswind, sitze ich da mit dem Buch auf den Knien (einem Band Bunin, schwer wie ein Schamottestein), und manchmal löse ich den Blick von den Seiten, um zur Wand zu schauen, wo ihr zufällig noch vorhandenes Photo hängt.

Sie war sehr viel jünger als ich; das Schicksal hatte uns zusammengeführt, der Zufall; ich bildete mir nicht ein, ihre Anhänglichkeit durch besondere Tugenden erworben zu haben; eher war ich für sie, um einen Terminus aus der Physiologie zu gebrauchen, ein bloßer Auslöser von Reflexen und Reaktionen, die sich gleichgeblieben wären, hätte ein fundamentalistischer Physiker mit Akademikerbaskenmützchen sich an meiner Statt gefunden oder ein korrupter Abgeordneter, irgendwer, der bereit gewesen wäre, ihrer herben südlichen Schönheit zu huldigen und die Bürde ihres Daseins zu lindern, fern der angestammten Heimat, im kargen Norden, wo sie versehentlich zur Welt gekommen war. Barg sie den Kopf an meiner Brust, und ich fuhr ihr mit den Fingern langsam den Hals entlang, dann stellte ich mir eine andere Hand an dieser zarten Biegung vor – eine feingliedrige, blasse, mit einem kleinen Totenkopf am Ring, oder eine unanständig behaarte, mit blauen Ankern und Initialen, die ebenso gemächlich abwärts glitt; ich mutmaßte, daß ihre Seele von dieser Änderung nicht berührt worden wäre.

Nie nannte ich sie beim vollen Namen – das Wort ›Veronika‹ war für mich ein botanischer Begriff, Erinnerungen weckend an die weißen Blüten auf den fern in der Kindheit zurückliegenden Blumenrabatten des Südens, deren Duft einem den Atem verschlug. Ich behalf mir mit der Koseform, ihr war es egal; sie hatte überhaupt kein musikalisches Empfinden, und von ihrer göttlichen Namensvetterin, kopflos und geflügelt, wußte sie nicht einmal.

Meinen Freunden mißfiel sie sogleich. Vielleicht spürten sie, daß die Hochherzigkeit, mit der sie sie, wenn auch nur für einige Minuten, in ihren Kreis aufnahmen, von ihr gar nicht zur Kenntnis genommen wurde. Anderes von Nike zu verlangen wäre freilich töricht gewesen; genauso hätte man von einem Fußgänger Dankbarkeit erwarten können an die Adresse jenes Arbeiters, der die Straße, auf der er gerade entlangschritt, einmal asphaltiert hatte; die Menschen ihrer Umgebung waren für sie so etwas wie sprechende Schränke, die aus unerfindlichen Gründen in ihrer Nähe aufgetaucht waren und aus ebenso unerfindlichen Gründen wieder verschwinden würden. Fremde Gefühle kümmerten Nike nicht, doch instinktiv nahm sie wahr, wie man zu ihr stand, und bekam ich Besuch, stand sie meistens auf und ging in die Küche. Meine Bekannten waren nicht etwa ungezogen zu ihr, doch wenn sie nicht in der Nähe war, verhehlten sie ihre Geringschätzung nicht; daß keiner sie für ebenbürtig hielt, war klar.

»Na, deine Nike hat wohl gar keinen Blick für mich übrig?« fragte mich einer von ihnen mit spöttischem Lächeln. Daß er damit richtig lag, kam ihm nicht in den Sinn; mit seltsamer Naivität ging er davon aus, daß ihm im Innersten von Nikes Seele eine extra Galerie reserviert sein müsse.

»Du verstehst sie nicht abzurichten«, sprach ein anderer in einem Anfall trunkener Offenherzigkeit, »bei mir wäre sie binnen einer Woche handzahm.«

Ich wußte, daß er sich in derlei Dingen auskannte, denn er stand schon das vierte Jahr unter dem Pantoffel seiner Gemahlin, aber nichts in der Welt lag mir ferner, als irgend jemandes Erzieher zu sein.

Nicht, daß Nike den Komfort verachtet hätte – mit pathologischer Konstanz fand ich sie stets in dem Sessel vor, in den ich mich gerade setzen wollte –, doch die Dinge existierten für sie nur so lange, wie sie sich ihrer bediente, danach waren sie nicht mehr vorhanden. Dies war wohl auch der Grund, weshalb sie praktisch nichts besaß; manchmal schien mir, sie war genau der Typ, den die Urkommunisten heranzuüchten versucht hatten, ohne zu wissen, wie das Resultat ihrer Bemühungen aussehen sollte. Auf die Gefühle anderer nahm sie keine Rücksicht – nicht etwa eines miesen Charakters wegen, sondern weil sie von der Existenz dieser Gefühle meist keine Ahnung hatte. Als sie einmal aus Versehen eine kostbare alte Zuckerdose vom Schrank fegte, echte Kusnezowo-Fayence, und ich ihr eine Stunde später für mich selbst überraschend eine Ohrfeige gab, da verstand Nike nicht einmal, wofür ich sie schlug – sie rannte aus dem Zimmer, und als ich ihr nachlief, mich zu entschuldigen, drehte sie sich wortlos zur Wand. Für Nike war die Zuckerdose nichts weiter als ein Kegelstumpf aus glänzendem Material, vollgestopft mit allerlei Papierchen; für mich war es eine Art Depot, wo Beweisstücke lagerten, zeitlebens zusammengetragene Indizien für die Wahrhaftigkeit einer Existenz: eine Seite aus einem längst nicht mehr existierenden Notizbuch, darauf eine Telefonnummer, die nie gewählt worden war, eine Kinokarte ins ›Illusion‹, nicht entwertet, ein kleines Photo und ein paar uneingelöste Rezepte. Ich schämte mich vor Nike, doch eine Entschuldigung war sinnlos; ich wußte nicht, was tun, so sprach ich schwülstig und konfus:

»Sei mir nicht böse, Nike. Müll hat eine seltsame Macht über den Menschen. Irgendeine zerbrochene Brille wegzuwerfen heißt zuzugeben, daß die ganze Welt, die man durch sie gesehen, unwiderruflich hinter einem liegt, oder, was dasselbe ist, vor einem, im Reich der heranrückenden Finsternis... Nike, ach, wenn du mich doch verstehen könntest... Die Scherben der Vergangenheit werden zu einem Anker, der die Seele an das kettet, was nicht mehr ist, woraus nun wieder eines ersichtlich wird: Auch das, was man die Seele zu nennen pflegt, gibt es nicht, denn...«

Ich blickte durch die Finger zu ihr hinüber und sah sie gähnen. Der liebe Gott mochte wissen, woran sie gerade dachte, meine Worte jedenfalls vermochten nicht in ihren hübschen kleinen Kopf vorzudringen – mit gleicher Wirkung hätte ich das Sofa ansprechen können, auf dem sie saß. An jenem Abend war ich zu Nike besonders zärtlich, und doch verließ mich nicht das Gefühl, daß meine Hände, die ihr über den Leib fuhren, sich für sie kaum unterschieden von den Zweigen, die auf unseren gemeinsamen Waldspaziergängen ihre Hüften streiften – damals gingen wir noch zu zweit spazieren.

Jeden Tag waren wir beisammen, und doch war ich nüchtern genug zu begreifen, daß wir einander nie wirklich nahekommen würden. Daß auch ich in dem Moment, da sie sich mit ihrem katzenhaft nachgiebigen Leib an mich schmiegte, ganz woanders sein und sie vollkommen vergessen haben konnte, fiel ihr nicht ein. Im Grunde war sie primitiv und das Spektrum ihrer Bedürfnisse rein physiologischer Natur – sich den Bauch vollschlagen, ausschlafen und das für eine gute Verdauung nötige Quantum Zärtlichkeit beziehen.

Stundenlang döste sie vor dem Fernseher (kaum, daß sie auf den Bildschirm sah), futterte unmäßig (mit Vorliebe fett), und am allerliebsten schlief sie. Ich kann mich nicht entsinnen, sie je mit einem Buch gesehen zu haben. Doch ihre natürliche Anmut und der Zauber ihrer Jugend verliehen all ihren Lebensäußerungen einen Anschein von Vergeistigung; in ihrem, wenn man es recht bedenkt, kreatürlichen Sein lag ein Abglanz höchster Harmonie, der natürliche Atem dessen, wonach die Kunst vergeblich trachtet, und mir begann zu schwanen, daß wahrer Geist und wahre Schönheit am ehesten in ihren so simplen Geschicken lagen, wohingegen all das, worauf ich mein eigenes Leben gründete, nichts als Hirngespinste waren, noch dazu fremde. Es gab eine Zeit, da ich davon träumte zu erfahren, was sie über mich dachte – doch dergleichen Auskunft war von ihr unmöglich zu bekommen, und ein Tagebuch, das ich heimlich hätte lesen können, führte sie nicht.

Und plötzlich wurde ich gewahr, daß ihre Welt mich aufrichtig zu interessieren begann.

Sie hatte die Gewohnheit, lange am Fenster zu sitzen und hinunterzuschauen; einmal blieb ich hinter ihrem Rücken stehen, legte ihr die Hand auf den Nacken – sie erschauerte, entzog sich jedoch nicht – und versuchte herauszubekommen, wohin sie schaute und was das, was sie sah, für sie war. Vor uns ein ganz gewöhnlicher Moskauer Hof: ein Sandkasten mit ein paar buddelnden Kindern, eine Reckstange, an der Teppiche ausgeklopft wurden, ein zeltförmiges Klettergerüst, geschweißt aus roten Eisenrohren, und eine Bretterhütte für die Kinder, dazu Müllhaufen, Krähen, ein Laternenmast. Am meisten deprimierte mich dieses rote Gerüst – vermutlich deshalb, weil mir eines fernen, grauen Wintertages einmal das kindliche Gemüt unter der Last eines gewaltigen Bildbandes aus DDR-Produktion gequetscht worden war, der die vor Zeiten untergegangene Kultur der Mammutjäger behandelte. Es war eine erstaunlich zählebige Zivilisation gewesen, die irgendwo in Sibirien mehrere tausend Jahre in unveränderter Form existiert hatte – die Menschen lebten in kleinen, halbrunden, mit Mammutfell bespannten Hüttchen, deren Skelett wie eine geometrisch akkurate Kopie der roten Spielplatzgerüste erschien, nur eben nicht aus Eisenrohren, sondern aus zusammengeschnürten Mammutstoßzähnen gefertigt. Das Leben der Jäger (ein romantisches Wort übrigens, das ganz und gar nicht zu den ungewaschenen Kretins passen wollte, die da einmal pro Monat ein großes, argloses Tier in eine Grube mit Spieß am Grund lockten) war in diesem Buch sehr ausführlich dargestellt, verblüfft erkannte ich viele Einzelheiten, Panoramen und Gesichter aus meinem Alltag wieder. An dieser Stelle nun kam ich auf den ersten logischen Zirkelschluß meines Lebens: daß nämlich der Illustrator zweifelsfrei in sowjetischer Gefangenschaft gewesen war. Seither erschienen mir diese roten Gitterhalbkugeln, wie sie auf beinahe jedem Hof standen, als Echo einer Kultur, die uns hervorgebracht hatte; ein anderes Echo von da waren die kleinen Herden Porzellanmammuts, die, eingesperrt in Millionen sowjetische Büfetts, aus dem Dunkel der Jahrtausende in die Zukunft hinüberdämmerten. Wir konnten auch noch auf andere Vorfahren verweisen, befand ich, zum Beispiel auf die Tripoliten (das kam nicht von Tripolis, sondern von Tripolje) – die hatten vor vielleicht viertausend Jahren Ackerbau und Viehzucht betrieben und in ihrer Freizeit aus Stein kleine nackige Weiblein mit sehr dickem Hintern geschnitzt. Diese Figürchen, ›Venusse‹ genannt, waren in Massen erhalten geblieben, sie zierten jeden modernen Hausaltar. Ferner wußte man von den Tripoliten, daß ihre gezimmerten Kolchosen in strenger Ordnung angelegt waren, mit einer breiten Hauptstraße, die Häuser der Siedlung glichen einander wie ein Ei dem anderen. Auf dem Spielplatz, den wir beide, Nike und ich, im Auge hatten, war uns ein Holzhäuschen aus jener Kultur überkommen, streng nach dem Windkreuz

ausgerichtet, worin nun schon eine geschlagene Stunde ein träges
kleines Mädchen mit Gummistiefeln hockte – zu sehen war es nicht,
nur die schaukelnden himmelblauen Stiefelschäfte schauten hervor.

Oje, dachte ich, während ich Nike umarmte, wieviel könnte ich
beispielsweise über diesen Sandkasten sagen! Den Müllplatz! Die Laterne! Und doch ist und bleibt all dies nur meine Welt, die mich
ordentlich müde gemacht hat und aus der es kein Entrinnen gibt,
denn penetrant wie die Fliegen setzen sich Gedankenkonstruktionen
auf jedes Bild, das auf der Netzhaut meiner Augen erscheint. Nike
dagegen war völlig frei von dem erniedrigenden Zwang, die aus dem
Müllkübel schlagende Flamme mit dem Brand von Moskau 1737 in
Verbindung zu bringen oder das rülpsende Krächzen der satten Kauf-
hallenkrähe auf jenes altrömische Omen zu beziehen, welches im
›Julian Apostata‹ Erwähnung findet. Was aber machte dann ihre Seele
aus? Mein aufgeflammtes Interesse an ihrem Innenleben, in das ich
keinen Einblick hatte, wiewohl Nike mir völlig ergeben war, erklärte
sich offenbar aus meinem Streben nach Veränderung, aus dem drän-
genden Wunsch, mich des Wusts in meinem Kopf zu entledigen,
Gedanken, die es geschafft hatten, Rinnen zu graben, wo sie pausenlos entlangpolterten. Im Grunde war mit mir schon lange nicht mehr
viel los, und an Nikes Seite hoffte ich, Einblick zu erhalten in Lebens-
weisen und Gefühlslagen, die ich nicht kannte. Kaum aber war ich mir
darüber klargeworden, daß sie beim Hinausschauen einfach bloß sah,
was draußen war, und ihr Verstand keine Ambitionen hatte, in die
Vergangenheit oder Zukunft zu reisen, sich vielmehr mit der Gegenwart begnügte, da hatte ich schon begriffen, daß auch dies nicht die
real existierende Nike war, sondern nur ein Bündel meiner eignen
Ideen; vor mir schwebten, wie das immer war und immer sein würde,
meine eigenen Vorstellungen, geschlüpft in Nikes Gestalt, während
sie selbst, einen halben Meter neben mir sitzend, unzugänglich war
wie die Spitze des Spasski-Turms. Und wieder spürte ich auf meinen
Schultern die so unwägbare wie unerträgliche Last der Einsamkeit.

»Weißt du, Nike«, sagte ich im Weggehen, »mir ist es völlig schnuppe, warum du auf diesen Hof glotzt und was du dort siehst.«

Sie sah mich an und drehte sich wieder zum Fenster – an meine

Ausfälligkeiten hatte sie sich anscheinend gewöhnt. Und außerdem war ihr, auch wenn sie es vielleicht nie zugegeben hätte, mindestens ebenso schnuppe, was ich von mir gab.

Aus dem einen Extrem wechselte ich ins andere. Nachdem ich mich überzeugt hatte, daß das Mysterium ihrer grünen Augen ein rein optisches Phänomen war, beschloß ich, daß ich nun alles von ihr wußte, und meine Gunst umwölkte sich mit leiser Verachtung, die ich vor ihr kaum verbarg, da ich meinte, sie sähe sie ohnehin nicht. Bald aber spürte ich, daß ihr die Abgeschlossenheit unseres Lebens zur Last fiel, sie wurde nervös und reizbar. Es war Frühling, und ich hockte fast immer zu Hause, sie mußte mir die ganze Zeit Gesellschaft leisten, dabei sproß draußen schon das Gras, und durch den grauen Film hauchdünner Wolken, die den Himmel überzogen, blinkte eine verwaschene Sonne, doppelt so groß wie normal.

Ich weiß nicht mehr, wann sie das erste Mal ohne mich ausging, doch entsinne ich mich, was ich dabei empfand. Ich entließ sie einigermaßen ungerührt, den trägen Gedanken verscheuchend, daß ich lieber mitgehen sollte. Nicht, daß ich ihrer Gesellschaft überdrüssig gewesen wäre – ich lernte einfach, so mit ihr umzugehen, wie sie es von Anfang an mit mir getan hatte: wie mit einem Schemel, einem Kaktus auf dem Fensterbrett oder einer runden Wolke vor dem Fenster. Meist begleitete ich sie noch bis vor die Wohnungstür, auf den Treppenabsatz hinaus, um mir selbst die Illusion von Fürsorge zu bewahren, murmelte ihr ein unverständliches Geleit und ging wieder nach drinnen; nie fuhr sie mit dem Fahrstuhl nach unten, stets eilte sie mit raschen, lautlosen Schritten die Treppe hinab. Mit kokettem Sportsgeist hatte das, denke ich, nicht die Spur zu tun; sie war in der Tat so jung und voller Kraft, daß es ihr leichter fiel, drei Minuten Stufen zu steigen (und es schien, als berührte sie sie kaum), als ebensolange auf den summenden, sargähnlichen Kasten zu warten, der von beunruhigend gelbem Licht überflutet war, nach Urin stank und die Gruppe ›Depeche Mode‹ pries. (Übrigens ließ diese Band Nike ausgesprochen kalt, und das galt für Rockmusik schlechthin: Das einzige, was sie, soweit ich mich entsann, je aufmerken ließ, war jene Stelle auf der ›Animals‹, wo ein ferner Synthesizer durch die üblichen

Rauchschwaden zur Frontlinie vordringt wie ein martialischer Drei-
tonner, und dazu das versonnene Bellen der noch nicht von Boris
Grebenschtschikow gefütterten elektrischen Köter.) Es interessierte
mich schon, wohin sie ging, doch wiederum nicht so sehr, daß ich ihr
nachspioniert hätte; immerhin langte mein Interesse, um ein paar
Minuten nach ihrem Weggang mit dem Fernglas in der Hand auf
den Balkon zu treten; daß das, was ich da tat, in Ordnung war, versuchte ich mir gar nicht erst einzureden. Ihre simplen Marschrouten
verliefen stets entlang der von vielen Pfaden gekreuzten Allee, an
Bänken, einem Getränkekiosk und der spiraligen Freitreppe zum Be-
stellservice vorbei; dann bog sie um die Ecke des grünen Sechzehn-
stöckers in die Richtung, wo hinter einer weitläufigen Staubwüste der
Wald begann. Von da ab verlor ich sie aus den Augen – oh, wie
bedauerte ich in solchen Momenten, nicht wenigstens sekundenlang
in ihrer Haut stecken zu dürfen und all das, was ich längst nicht mehr
wahrnahm, mit neuen Augen zu sehen. Erst später begriff ich, daß es
mir ja nur darum ging, nicht mehr ich selber zu sein (oder überhaupt:
zu sein); die Sehnsucht nach dem Neuen ist eine der gelindesten
Formen, in der der Suizidalkomplex hierzulande auftritt.

Es gibt ein englisches Sprichwort: Jeder hat sein Geripp im
Schrank. Etwas scheint die ansonsten ohne Fehl und Tadel denkenden
Angelsachsen daran zu hindern, die letzte Wahrheit in ihrem Aus-
spruch zu begreifen. Am erschreckendsten nämlich ist, daß dieses
»sein« keine Besitzansprüche oder Zuständigkeiten kennzeichnet, gemeint ist wirklich das eigene – und der Schrank ist nur ein Euphemis-
mus für den Körper, aus dem das Gerippe eines Tages herausfallen
wird, weil der Schrank sich auflöst. Mir war nie in den Sinn gekommen,
daß in dem Schrank, den ich Nike zu nennen gewohnt war, auch ein
Geripp stecken könnte; ihren Tod hatte ich nie für möglich gehalten.
Alles an ihr stand dem Sinn dieses Wortes entgegen: Sie war das pralle
Leben, wie Milch und Blut. (Einmal an einem eisigen Winterabend war
sie splitternackt auf den verschneiten Balkon getreten, als sich plötzlich
eine Taube auf der Brüstung niederließ – Nike duckte sich, so als
fürchtete sie sie zu verscheuchen, und erstarrte; eine Minute verstrich;
ich genoß den Anblick ihres braunen Rückens und registrierte plötzlich

mit Verwunderung, daß sie die Kälte nicht empfand oder aber einfach vergessen hatte.) Deshalb auch vermochte ihr Tod mich nicht sonderlich anzurühren. Er drang einfach nicht in den für Gefühle zuständigen Bereich des Bewußtseins vor, wurde dort nicht manifest; möglicherweise war dies eine besondere psychische Reaktion darauf, daß mein eigenes Verhalten zu alledem geführt hatte. Ich habe sie nicht eigenhändig getötet, natürlich nicht, doch ich war es, der des Schicksals unsichtbarer Lore, von welcher sie viele Tage später eingeholt wurde, den entscheidenden Stoß versetzt hatte; der Schuldige am Anfang der langen Kette von Ereignissen, an deren Ende ihr Tod stand, war ich. Der Patriot mit dem Schaum vorm Maul und der flachen, pelzigen Stirn – das letzte, was sie im Leben gesehen – war die konkrete Verkörperung ihres Todes, mehr nicht. Es ist dumm, den Schuldigen zu suchen; ein jeder Schuldspruch sucht sich den passenden Henker, und jeder von uns hat teil an unzähligen Morden; alles auf der Welt ist miteinander verflochten, das Zusammenspiel von Ursache und Wirkung niemals zu rekonstruieren. Wer weiß schon, ob wir nicht sansibarische Kinder in den Tod schicken, indem wir der bärbeißigen Alten in der Metro unseren Platz anbieten? Die Sphären unserer Voraussicht und Verantwortlichkeit sind allzu begrenzt, alle Gründe führen letztlich ins Unergründliche, zurück zur Erschaffung der Welt.

Es war ein Tag im März, aber draußen herrschte das reinste Leninwetter: Novembernebel, schwarz wie die Petersburger Matrosenjakken; darinnen, kaum zu ahnen, das rostige Siegheil des Kranauslegers von der benachbarten Baustelle, wo eine Dampframme für das Donnern der Aurorakanone sorgte. Wenn der Pfahl in der Erde war und das Getöse verebbte, trug der Nebel besoffenes Grölen und unflätiges Schimpfen herauf, ein hoher, zitternder Tenor stach besonders hervor. Dann ein Kreischen: sie zerrten den nächsten Träger herbei. Und das Wummern fing von neuem an. Mit Einbruch der Dunkelheit wurde es erträglicher; ich setzte mich in den Sessel, dem Sofa gegenüber, auf dem Nike sich ausgestreckt hatte, und begann im Gajto Gasdanow zu blättern. Ich hatte die Gewohnheit, laut zu lesen, und daß sie nicht zuhörte, machte mir nichts aus. Höchstens leistete ich mir, einige Stellen besonders zu betonen:

»Verschlossen konnte man sie nicht nennen; doch bedurfte es einer längeren Bekanntschaft oder gar Seelenverwandschaft, um herauszufinden, wie ihr Leben bis dahin verlaufen war, was sie mochte und was nicht, was sie überhaupt anging und was sie an den Menschen schätzte, mit denen sie zusammentraf. Äußerungen, die sie selbst hätten charakterisieren können, bekam ich von ihr nie zu hören, obwohl ich die verschiedensten Themen mit ihr besprach; meist hörte sie schweigend zu. Im Laufe vieler Wochen erfuhr ich kaum mehr über sie als schon in den ersten Tagen. Dabei hatte sie durchaus keinen Grund, irgend etwas vor mir zu verbergen, nein, es war einfach eine Folge ihrer natürlichen Zurückhaltung, die mir allerdings seltsam erscheinen mußte. Fragte ich sie etwas, hatte sie keine Lust zu antworten, worüber ich mich nicht genug wundern konnte...«

Nicht genug wundern konnte ich mich über etwas anderes: Beinahe alle Bücher und alle Gedichte, die es gab, waren im Grunde Nike gewidmet – wie immer sie darin hieß und in welcher Gestalt sie dort auch erscheinen mochte; je klüger und feinsinniger der Künstler, desto unauflöslicher und mystischer ihr Geheimnis; der vornehmsten Geister vornehmste Mächte liefen Sturm gegen diese stumme, grünäugige Unergründlichkeit, und alle rannten sie sich an der nicht sichtbaren oder einfach nicht existierenden und darum erst eigentlich unüberwindbaren Bastion die Köpfe ein; selbst von dem brillanten Vladimir Nabokov, der es im letzten Moment geschafft hatte, in die Hülle eines lyrischen Helden zu schlüpfen, blieb schließlich nichts weiter als zwei traurige Augen und ein Phallus von einem Fuß Länge (letzteres erklärte ich mir dadurch, daß er seinen berühmten Roman fern von der Heimat geschrieben hatte).

»Und langsam, still durch die Betrunknen gehend
    Von niemandem geführt, allein...«
murmelte ich schläfrig, das Geheimnis dieses die Jahrhunderte überdauernden Schweigens im Sinn, worin so viele ungleiche Herzen sich spiegelten,
        »... das weiche Kanapee vor Augen
        unter der kühn bemalten Wand...«

Über dem Buch schlummerte ich ein, und als ich erwachte, sah ich, daß Nike nicht im Zimmer war. Schon seit längerem war mir aufgefallen, daß sie nachts hin und wieder für kurze Zeit verschwand. Ich nahm an, daß sie vor dem Schlafengehen ein wenig Bewegung brauchte oder aber ein paar Minuten des Umgangs mit ihresgleichen, die sich abends unten zu treffen pflegten, im Lichtkegel vor dem Aufgang, wo stets ein Tonbandgerät spielte. Anscheinend hatte sie eine Freundin mit Namen Mascha, fuchsig und flink; ein paarmal sah ich sie zusammen gehen. Ich hatte nichts dagegen einzuwenden und ließ sogar die Tür offen, damit sie mich nicht erst mit ihrem Gewese im dunklen Hausflur wecken mußte und gleichzeitig merkte, daß ich über ihre nächtlichen Ausflüge im Bilde war. Das einzige, was ich dabei empfand, war der übliche Neid, wenn ich sah, wie gewisse Horizonte mir wieder einmal entglitten; doch wäre es mir nie in den Sinn gekommen, mit ihr mitzugehen; ich wußte, wie fremd ich in ihrer Clique sein würde. Diese Kreise konnten mich ohnehin kaum interessieren, dennoch war es ein wenig kränkend, wenn sie Vertraulichkeit pflegte, wo mir der Zugang verwehrt war. Als ich diesmal mit dem Buch auf den Knien erwachte und sah, daß ich allein im Zimmer war, verspürte ich plötzlich Lust, auf einen Sprung nach unten zu gehen und auf der Bank vor dem Aufgang eine Zigarette zu rauchen; falls ich Nike zu sehen bekäme, wollte ich mir den Anschein geben, als kennten wir uns nicht. Beim Hinunterfahren im Lift malte ich mir sogar aus, wie sie mich sehen und zusammenzucken, dann aber, meine Teilnahmslosigkeit bemerkend, sich von neuem Mascha zuwenden würde (von der ich aus irgendeinem Grund annahm, daß sie neben ihr auf der Bank säße), worauf sie ihr leises, intimes Zwiegespräch wieder aufnähmen.

Vor dem Haus war niemand, und plötzlich wußte ich nicht mehr, warum ich so sicher gewesen war, sie zu treffen. Gleich neben der Bank stand ein Mercedes-Coupé, Farbe braun. Manchmal war er mir in den Nachbarstraßen aufgefallen, manchmal vor unserem Eingang; daß es sich um ein und denselben Wagen handelte, verriet einem das Kennzeichen, das leicht zu merken war: KRAH oder KRAM oder so ähnlich. Aus dem ersten Stock klang leise Musik, sachte wiegten sich die Sträucher im Wind, Schnee war nirgends mehr zu sehen; ›der Sommer kommt‹, dachte ich. Doch es war immer noch kalt. Als ich ins Haus zurückging, traf mich der strafende Blick der Alten, die am Eingang auf Posten saß und einer dürren Rose ähnelte – es war schon Zeit, die Haustür abzuschließen. Während ich hinauffuhr, war ich mit den Gedanken bei den Rentnern vom einstigen Hauskomitee, die in unserem Aufgang den letzten noch lebenden Trieb der im Siechtum befindlichen Arbeiter- und Bauern-Inspektion verkörperten – ihrer tragischen Verbissenheit war zu entnehmen, daß sie es nicht mehr weit damit bringen würden, und keine Wachablösung war in Sicht. Auf meiner Etage zögerte ich noch einmal, öffnete dann die Tür ins Treppenhaus, um die Kippe in den Eimer zu werfen, hörte merkwürdige Geräusche auf dem Treppenabsatz unter mir, beugte mich über das Geländer und sah Nike.

Ein Mensch mit subtilerer Psyche wäre wohl davon ausgegangen, daß sie diesen Platz, wenige Schritte vor der eigenen Wohnung, mit Bedacht gewählt haben mußte, weil es Genuß verschaffte, eine Lust der besonderen Art, den Hort der Familie zu schänden. Ich kam gar nicht auf den Gedanken, denn ich wußte, daß derlei für Nike viel zu kompliziert war, aber das, was ich sah, erfüllte mich auch so mit instinktivem Abscheu: Zwei tollwütig ratternde, verschmolzene Körper im Flackerlicht der kaputten Lampe, wie eine lebendige Nähmaschine, und dabei ein Winseln, das nichts Menschliches an sich hatte, eher wie das Kreischen schlecht geölter Zahnräder klang. Ich weiß nicht, wie lange ich mir das ansah, eine Sekunde oder minutenlang. Plötzlich sah ich Nikes Augen, und meine Hand ergriff von selbst den rostigen Deckel des Mülleimers, der im nächsten Augenblick scheppernd gegen die Wand knallte und von da auf ihrem Kopf niederging.

Der Schreck, den ich ihnen einjagte, war offenbar riesengroß. Sie stürzten treppab, und ich konnte gerade noch erkennen, wen sie da bei sich hatte. Er wohnte irgendwo in unserem Haus, ich war ihm ein paarmal auf der Treppe begegnet, wenn der Fahrstuhl wieder einmal abgestellt war – ausdruckslose Augen, langer, fahler Schnurrbart und der Gestus größter Selbstsicherheit. Einmal hatte ich gesehen, wie er,

ohne diesen Anschein aufzugeben, im Müllkübel wühlte; ich ging
vorbei, er hob den Blick und schaute einige Zeit konzentriert herüber;
erst als ich schon ein paar Stufen genommen hatte und er sich sicher
war, daß ich ihm keine Konkurrenz machte, raschelten hinter meinem
Rücken wieder die Kartoffelschalen, zwischen denen er nach etwas
suchte. Ich hatte es längst geahnt: Solche wie er waren es, denen Nike
gewogen war, Tiere im wahrsten Sinne des Wortes, und immer würde
sie sich zu ihnen hingezogen fühlen, wie anders sie einem auch vorkommen mochte im Mondschein oder gleich in welchem Lichte.
Ohnehin gab es keinen Vergleich mit ihr, überlegte ich beim Öffnen
der Wohnungstür, und wenn ich sie betrachtete, und sie erschien mir
wie ein vollendetes Kunstwerk, dann war das meine Sache und nicht
ihre. Alle Schönheit, die ich sehe, wohnt in meinem Herzen, dort
schwingt der Kammerton, an dessen unvergleichlicher Lage ich alles
übrige messe. Beständig mache ich mich zum Maß aller Dinge und
meine, ich hätte es mit etwas Objektivem zu tun, dabei ist die Welt
ringsumher nur ein System von Spiegeln unterschiedlicher Krümmung. Seltsam sind wir beschaffen, sann ich, wir sehen nur das,
was wir sehen möchten, und zwar bis ins kleinste Detail, Personen
und Konstellationen inbegriffen, nur nicht das, was uns wirklich gezeigt wird – so wie Humbert Humbert, der den fetten sozialdemo-
kratischen Ellbogen im Fenster des Nachbarhauses für das Knie
seines verflossenen Nymphchens hält.

In der Nacht kam Nike nicht nach Hause, und am nächsten Morgen
in aller Frühe verriegelte ich sämtliche Schlösser und verließ für zwei
Wochen die Stadt. Als ich zurückkehrte, empfing mich die lachshaa-
rige Alte von der Türwache, tauschte Blicke mit den drei anderen
Greisinnen, die auf mitgebrachten Stühlen im Halbkreis um ihren
Tisch saßen, und verkündete laut, Nike sei einige Male dagewesen,
konnte aber nicht in die Wohnung hinein, und seit ein paar Tagen
habe sie sich nicht mehr blicken lassen. Neugierig musterten mich die
Alten, ich ging rasch vorbei; eine Bemerkung über meine moralischen
Qualitäten ereilte mich dennoch, ehe ich den Lift betrat. Ich fühlte
Unruhe, weil ich keine Ahnung hatte, wo ich sie suchen sollte. Doch

war ich mir sicher, daß sie zurückkommen würde; ich hatte genügend Beschäftigung, um sie bis zum Abend zu vergessen, abends dann klingelte das Telefon, die Alte von der Pforte, die offenbar beschlossen hatte, an meinem Leben Anteil zu nehmen, teilte mit, sie heiße Tatjana Grigorjewna und habe Nike soeben gesichtet.

Der Asphalt vor dem Haus war schwarz – ein feiner Regen ging nieder. Vor dem Eingang hüpften ein paar Mädchen mit rhythmischen Rufen über ein Gummiband, das in Halshöhe zwischen ihnen gespannt war; wunderbarerweise bekamen sie es fertig, ihre Füße darüberzuwerfen. Über meinem Kopf zerrte der Wind an einer zerfetzten Plasttüte. Nike war nirgends zu sehen. Ich bog um die Ecke und lief in Richtung des Waldes, der hinter den Häusern lag. Wohin genau ich ging, war mir nicht recht klar, doch daß ich Nike treffen würde, wußte ich. Als ich das letzte Haus vor dem freien Feld erreichte, hatte der Regen fast aufgehört; ich bog noch einmal ab. Sie stand vor dem braunen Mercedes mit der Krähennummer, der auf Dandyart, ein Rad auf dem Trottoir, geparkt war. Die vordere Tür stand offen, hinter der Scheibe saß rauchend ein Mann im feschen Streifensakko, der aussah wie der junge Stalin.

»Nike! Hallo«, sagte ich und blieb stehen.

Ein Blick von ihr – doch sie schien mich nicht zu kennen. Ich beugte mich nach vorn, stützte die Hände auf die Knie. Oft war die Rede davon gewesen, daß solche wie Nike nie eine Kränkung verzeihen, ich hatte das nicht weiter ernstgenommen – wohl deshalb, weil sie mir früher immer verziehen hatte. Der Mann im Mercedes drehte angewidert den Kopf zu mir und runzelte kaum merklich die Stirn.

»Nike, verzeih mir, ja?« flüsterte ich und versuchte den Mann zu ignorieren, streckte die Hand nach ihr aus und fühlte mit Wehmut, wie sehr ich im Moment dem jungen Tschernyschewski glich, der aus einem dringenden leiblichen Bedürfnis in einen Petersburger Hausflur gelaufen war und mit brüderlicher Geste, direkt aus der Hocke, ein Mädchen in die Arme schloß, das vor der eisigen Kälte hereingeflohen kam; etwas tröstete mich der Gedanke, daß ein solcher Vergleich Nike ebensowenig in den Kopf kommen würde wie diesem Grusinier hinter der Windschutzscheibe, der mittlerweile seine goldenen Hauer fletschte.

Sie senkte den Kopf, als dächte sie nach, und irgendeine unbestimmbare Winzigkeit gab mir zu verstehen, daß sie im nächsten Augenblick auf mich zukommen würde, weg von diesem geklauten Mercedes, dessen Chauffeur gerade Anstalten machte, mich mit seinen gut zur Farbe der Kühlerhaube passenden Augen zu durchbohren, und in einigen Minuten würde ich sie auf Händen an den alten Weibern meiner Pforte vorübertragen; im stillen schwor ich mir bereits, sie nie mehr allein auf die Straße zu lassen. Jawohl, gleich würde sie mir entgegenkommen, das war so unzweifelhaft wie die Tatsache, daß es regnete... – doch plötzlich wich Nike zur Seite, und in meinem Rücken rief eine erschrockene Kinderstimme:

»Platz! Platz, sag ich!«

Ich sah mich um und erblickte einen riesigen Schäferhund, der quer über den Rasen lautlos auf uns zugeschossen kam; sein Herrchen, ein Junge mit riesigem Mützenschild, schwenkte das Halsband und brüllte:

»Patriot! Zurück! Fuß!«

Diese Zeitlupensekunde ist mir vorzüglich in Erinnerung: der schwarze Körper, flach über das Gras hinwegfliegend, die kleine Gestalt mit dem erhobenen Arm, so als wollte sie jemanden peitschen, die paar zufälligen Passanten, die herüberschauten; ich entsinne mich auch des Gedankens, der mir in diesem Moment durch den Kopf ging, daß nämlich selbst die Jungen mit den amerikanischen Basecaps bei uns im GULag- und Grenzerjargon reden. Hinter mir kreischten jäh die Bremsen, eine Frau schrie auf; ich suchte Nike mit den Augen, fand sie nicht und wußte schon, was passiert war.

Das Auto – ein Lada der neureichen Sorte, mit grellen Aufklebern an der Heckscheibe – gab wieder Gas; vermutlich hatte der Fahrer Angst bekommen, obwohl er ja nicht schuld war. Als ich loslief, war der Wagen schon um die Ecke gebogen; aus dem Augenwinkel sah ich, wie der Hund zu seinem Herrchen zurückrannte. Wie aus dem Erdboden tauchten Leute auf, die mit lüsterner Neugier auf das Blut schauten, das unnatürlich grell auf dem nassen Asphalt leuchtete.

»So ein Schwein«, sprach hinter mir eine Stimme mit grusinischem Akzent. »Fährt einfach weiter.«

»Erschlagen müßte man solche«, meine eine andere, weibliche. »Raffen nur und raffen ... Ja, ja, Sie brauchen mich gar nicht so ... Ha, ich seh schon, Sie haben ja auch ...«

Die Menge in meinem Rücken wuchs; einige weitere Stimmen mischten sich ins Gespräch, ich hörte sie schon nicht mehr. Es regnete wieder heftiger, auf den Pfützen schwammen Blasen, die wie unsere Gedanken, Hoffnungen und Verhängnisse waren; der Wind, der vom Wald kam, wehte die ersten Sommerdüfte heran, voller unbeschreiblicher Frische, etwas verheißend, was noch nie da war. Ich fühlte keinen Schmerz und war seltsam gefaßt. Doch wie ich auf ihren kraftlos zur Seite hängenden dunklen Schwanz schaute, ihren Leib, der nicht einmal im Tode etwas von seiner geheimnisvollen siamesischen Schönheit verlor, da wußte ich: Wie immer mein Leben sich wenden würde, was morgen auf mich zukäme und an die Stelle dessen träte, was ich heute liebte und haßte – nie würde ich mit einer anderen Katze auf dem Arm an meinem Fenster stehen.

ALEXEJ WARLAMOW

DAS SAKRAMENT

»Mein Gott, wie viele Leute«, dachte der Priester, während er hinter dem Diakon, der die Kommunion trug, aus dem Altarraum schritt und die Ansammlung von menschlichen Köpfen überblickte. Die eine Hälfte stand mit weit geöffneten Mündern, die anderen verneigten sich, bekreuzigten sich zur offenen Königspforte hin, und in der ganzen Kirche hing ein zitterndes leichtes Hallen, das aus irgendeinem Grund unangenehm an das Warten auf eine Theateraufführung erinnerte.

»Tre-etet herbei in Gottesfurcht und im Gla-auben!« dröhnte der Diakon und reichte dem Priester das Potirion; sofort verstummte das Volk, als hätte die Aufführung begonnen. Der Chor hob unglaublich laut und konzertant an zu singen, und als der Gesang zu Ende war, begann der Priester monoton vorzutragen:

»Ich glaube, Herr, und bekenne, daß du in Wahrheit...«

In der Reihe von Jahren, die er den Gottesdienst in der Kirche hielt, hatte sich bei ihm eine Gewohnheit herausgebildet: Beim Vortrag des Gebetes schaltete er vollständig ab, dachte an seine eigenen Angelegenheiten und sprach die nötigen Worte fast automatisch.

»... denn dies ist dein reiner Leib und dies dein hochheiliges Blut...«

Er fühlte sich sehr müde: Hinter ihm lag die Große Fastenzeit, die Karwoche mit ihren langen Gottesdiensten, mit den ermüdenden Lesungen der Bußlitaneien und des Alten Testamentes und den auf Knien gesprochenen Gebeten; und jetzt, am Karsamstag, am Vorabend des Osterfestes, kam zu dieser Müdigkeit noch ein anderes Gefühl hinzu, daß nämlich die Fastenzeit zum wiederholten Mal für ihn ungenutzt vorübergegangen war und er auf den Feiertag innerlich nicht vorbereitet war.

»... und mach mich würdig, an deinen heiligsten Sakramenten teilzuhaben, ohne gerichtet zu werden...«

Schließlich war er mit dem Gebet zu Ende, und sein zerstreuter Blick konzentrierte sich auf die Gesichter.

»Ihr werdet nun kommunizieren«, sagte der Priester leise, aber deutlich. »Zum Kelch treten nur die, die gebeichtet haben, heute morgen nicht gegessen, getrunken und geraucht haben. Wenn ihr zur Kommunion kommt, so drängelt nicht, nennt laut eure Namen, aber bekreuzigt euch nicht – ihr könntet versehentlich den Kelch berühren.«

In der ersten Zeit war es ihm sehr unangenehm gewesen, Tag für Tag diese selbstverständlichen Dinge zu sagen, aber bald überzeugte er sich davon, daß viele Gemeindeglieder, wenn man diese Leute überhaupt so nennen durfte, derart ungebildet waren, daß sie die einfachsten Dinge nicht wußten, nicht verstanden, warum sie zur Kommunion gingen und was das bedeutete, und nur kommunizierten, weil es üblich war. In der Tiefe seiner Seele verachtete er diese aufgeregten liebedienerischen Frauen, die über die Maßen dick und von sich selbst eingenommen waren, Marktfrauen ähnlich, die sich in formloser Schlange vor ihm aufstellten und sich, genau wie in einer Schlange, gegenseitig schubsten, aus Angst, es könnte nicht für alle reichen. Der Priester blickte vom Ambo aus auf sie und dachte mit Trauer daran, wie schön es wäre, müßte er nicht in dieser Kirche in dem ungemütlichen neuen Vorstadtviertel Dienst tun, sondern an einem würdigen Ort – auf der Ordynka, in der Obydenskij-Straße oder auf der Neschdanowa, wo sich die Intelligenzija versammelte und wohin er selbst als Student gegangen war.

»Die Kommunion empfängt die Magd Gottes… dein Name?«

»Anna«, sagte die alte Frau im weißen Kopftuch hastig, eine von denen, die immer darauf aus sind, die erste zu sein, und alle anderen aufhalten.

Wie dumm sie doch alle sind…

»Die Magd Gottes Anna zur Heilung von Seele und Leib. Die Kommunion empfängt die Magd Gottes Olga, die Magd Gottes Natalija…«

Eine nach der anderen trat zum Kelch, legte die Arme kreuzweise auf die Brust, öffnete den Mund, und der Priester senkte das Löffelchen mit den Heiligen Gaben, aber in Gedanken war er wie zuvor weit weg.

Priester war er zufällig geworden. Aus Neugier oder aus dem Streben heraus, irgendwo festen Fuß zu fassen, sich selbst wichtig vorzukommen und anders als die anderen zu sein, begann er noch während des Studiums an der Universität, in die Kirche zu gehen, begeisterte sich für die Religionsphilosophen, aber dachte nicht im entferntesten daran, daß er, aufgewachsen in einer wohlhabenden Familie der Intelligenzija, die weder atheistisch noch religiös war, Pope werden könnte. Nach Abschluß der Universität verschlug es ihn in eine Redaktion, aber dort war es öde, er spürte, daß er zu mehr fähig war, als Zitate in fremden Artikeln zu überprüfen und Anmerkungen zu verfassen, die niemand brauchte. Selbständige Arbeit gab es nicht und würde es hier auch nicht geben; zu seinen engsten Freunden redete er von einer Nische, einem stillen Winkel, wohin man sich verkriechen und mit seinen eigenen Sachen beschäftigen, gute Bücher lesen und selbst etwas schreiben könnte und diese ganzen Widerwärtigkeiten nicht zu sehen brauchte – Versammlungen, Subbotniks, Gewerkschaften, Ehrenämter. Aber weiter als bis zu Gesprächen kam es nicht, und es wäre auch niemals weiter gegangen, wenn er nicht zufällig einen Mann kennengelernt hätte, der in der Verlagsabteilung des Patriarchats arbeitete und der ihm vorschlug, zu ihnen zu wechseln.

Er schwankte lange, denn er wußte: Einzuwilligen würde bedeuten, alle Brücken hinter sich abzubrechen und jede Hoffnung auf eine normale Karriere aufzugeben, aber letztlich kam er zu der Überzeugung, daß er sonst ersticken müßte und so nicht länger leben konnte, und trat in die Verlagsabteilung ein. Dort erwartete ihn eine andere Karriere: Er beendete als Externer das Priesterseminar und wurde einige Zeit darauf zum Geistlichen geweiht.

Am Anfang erhöhte ihn dieser jähe Umschwung in seinem Leben außerordentlich, sowohl in seinen eigenen Augen wie auch in denen seiner Freunde, aber sehr bald enttäuschte ihn sein neues Wirkungsfeld. Hier fand er keineswegs das, wovon er geträumt hatte – geträumt hatte er von Pracht, von Ruhe, von Heiligkeit. Hier wurden die gleichen Intrigen, nur noch feiner, gesponnen, hier mußte man sich noch besser auf den Umgang mit der Obrigkeit verstehen, und er fühlte sich viel weniger geschützt als vorher, weil, lächerlich zu sagen, es hier keine lästigen, doch offensichtlich notwendigen Ortskomitees gab, die einem zumindest die geringfügige Sicherheit geben konnten, nicht schon morgen an einen anderen Ort versetzt zu werden. In dieser Welt verfuhr man mit den Menschen mitleidlos und schroff, denn man wußte nur zu gut, daß es von hier keinen Weg zurück gab und alle hier Geiseln waren. So kam es ihm zumindest vor; er, der davon geträumt hatte, sich von Konventionen und Untertanengeist zu befreien, sich als freier Mensch zu fühlen, fand sich noch gebundener als zuvor. Es blieb ihm nur, immer wieder rachsüchtig die Werke des Grafen Tolstoj und Leskows »Nichtigkeiten aus dem bischöflichen Leben« zu lesen und sich vorzustellen, daß auch er eines Tages sich aufraffen und ihre Sitten beschreiben würde.

Neben ihm stand der Diakon – ein kleiner, stämmiger Mann mit hochmütigem Gesicht und glatt zurückgekämmten, ölig glänzenden Haaren. Der Priester nannte den Diakon heimlich »Schleifer« wegen seines herrischen und groben Charakters. Bei der Hinfälligkeit des Vater Prior, der die meiste Zeit krank war, fühlte der Diakon sich in der Kirche als Hausherr, er kam hervorragend mit dem Kirchenältesten zurecht, alle katzbuckelten vor ihm, und dem Priester schien es die ganze Zeit, daß der Diakon im Komplott mit dem Gemeinderat Böses im Schilde führe. Wenn diese Angst nicht gewesen wäre, so hätte der Priester vielleicht versucht, seine Meinung zu sagen, Predigten zu halten, und zu diesen Predigten wären die richtigen Leute gekommen – schließlich war er ein kluger Mann und verfügte über die nötige Bildung –, aber er fing ständig den mißtrauisch auf ihm ruhenden Blick des kleinen Diakons auf – den Blick des Proletariers auf den Intelligenzler: Willst dich wohl hervortun? – und blieb im Hintergrund. Dem Diakon wäre es ein leichtes, den Gemeinderat zu einer schriftlichen Beschwerde anzustiften, niemand würde sich um Einzelheiten kümmern, man würde ihn im Nu, ohne auch nur eine Frage zu stellen, irgendwohin nach Kolomna versetzen.

Die Schlange für die Kommunion nahm nicht ab, die Leute kamen

und kamen, um noch schnell vor Ostern die Kommunion zu empfangen.

»Die Kommunion empfängt die Magd des Herrn Xenia, die Kommunion empfängt die Magd des Herrn Ludmilla, die Magd des Herrn
Irina, Ljubow, Michail, Sofia, Anna, Andrej, Katerina.«

Manche kannte er vom Sehen, andere erblickte er zum ersten Mal,
aber es schien ihm, daß alle diese Annas, Ljubows, Nadjeschdas ihre
Münder mit einem Ausdruck aufsperrten, als vollzöge sich hier nicht
das höchste Sakrament des orthodoxen Glaubens, sondern als legte
man ihnen eine Medizin in den Mund. Nach der Kommunion gingen
sie zu ihren Beuteln mit den Osterkuchen, den gefärbten Eiern und
warteten nur auf eins: daß der Gottesdienst möglichst rasch zu Ende
ginge, daß er ihre Delikatessen mit Weihwasser bespritzte und sie
dann nach Hause gehen könnten, berauscht vom Gefühl der eigenen
Heiligkeit, hochmütig auf die im Schmutz ihrer Sünden versinkende
Umgebung herabsehend.

Du unglückliches Land, nicht einmal hier ist etwas übriggeblieben;
gewiß hat sogar Gott der Herr dich verlassen, und es gibt in Wirklichkeit gar kein Sakrament, alles ist tot – unser Glaube, unser Leben,
unsere Seelen, das Brot in der Schale bleibt Brot, der Wein Wein. Wir
befolgen Regeln, die keiner mehr braucht... Sogar er selbst hat keine
Freiheit, sonst, Gott ist Zeuge, hätte er schon längst aufgehört, diese
Spielchen zu spielen und wäre irgendwohin zum Altai gefahren, wo es
sauber und grün ist und wo niemand einen belästigt.

»Die Magd Gottes Antonina zur Heilung von Seele und Leib, die
Magd Gottes Taisija, die Magd...«

In diesem Augenblick gab es eine kleine Stockung. Zum Kelch trat
eine Frau von etwa fünfzig, die der Priester zum ersten Mal sah. Sie
blickte mit weit aufgerissenen Augen auf den Kelch, ihre Lippen
flüsterten etwas, in den Händen hielt sie eine Tasche; da trompetete
ihr der Diakon, der in allem die Ordnung liebte, genau ins Ohr:

»Die Hände, wo hast du denn die Hände?«

Sie zuckte zusammen, als hätte man sie geschlagen, schnappte nach
Luft und begann, hilflos mit den Händen zu fuchteln.

»So doch nicht«, sagte der Diakon verärgert, »die linke zuerst, dann

die rechte. Da bist du alt und grau geworden, und weißt nicht, wie
man zur Kommunion geht?«

Die Frau versuchte, die Arme zusammenzulegen, wie er es gesagt
hatte, aber die Tasche störte.

»Was willst du mit der Tasche? Konntest du sie nicht abstellen?
Hast du Angst, sie wird gestohlen?«

Sie könnte wirklich gestohlen werden, dachte der Priester gleichmütig, während er zusah, wie der Diakon sich mit der Frau plagte, das
ist schon vorgekommen. Die Miliz war da. Hier kann alles passieren.
»Stell sie doch hin. So. Eine Hand hierhin, die andere hierhin. Na?
Dein Name?«

»Wie? Was?« riß die Frau verständnislos ihren Mund auf, sie zitterte
am ganzen Körper.

»Wie heißt du?«

»Nn... Nn...«

»Natalja?«

»Nn...« schüttelte die Frau den Kopf.

»Ach zum...«, beinahe hätte der Diakon geflucht, »das auch noch,
vergißt den eigenen Namen. Weißt du wenigstens, wo du bist, Tant-
chen? Los, los, nimm deine Tasche und geh. Komm ein andermal
wieder. Die nächste.«

»Anastasija.«

»Die Kommunion empfängt die Magd Gottes Anastasija«, sagte der
Priester automatisch, sein Blick aber folgte der unglückseligen Frau,
die sich zum Ausgang hindurcharbeitete. Die Leute stießen sie, und
sie verlor völlig die Orientierung und nahm nicht den schmalen Gang,
den die Kommunizierenden gingen, sondern drängte sich mitten
durch die Menge, und der Priester fing Satzfetzen auf:

»Ach Gottchen, ach Gottchen, was soll ich nur machen? So eine
Sünde, Gottchen.«

»Ja, wo willst du denn hin?«

»Ach Gott, was mache ich jetzt bloß?«

»Gehen Sie, Frau, gehen Sie.«

Sie gelangte schließlich zum Ausgang, verschwand hinter der Tür,
und da versetzte es dem Priester gleichsam einen Stoß, in einem

Augenblick wurde ihm alles offenbar, stach ihm mit grellem Licht in die Augen. Er sah noch einmal diese Frau vor sich, ihr blutleeres Gesicht, die flehenden Augen, die kräftigen abgearbeiteten Hände, die die Tasche umklammerten, und gleichzeitig ihr ganzes Leben – über die Maßen schwer, gequält, nie Zeit, innezuhalten und an sich selbst zu denken –, Hunger, Not, Krieg, wieder Hunger, und so tagein, tagaus, und nur die eine Erinnerung, wie die Mutter sie in der Kindheit vor Ostern zur Kommunion geführt hatte, wie sie Eier gefärbt und Osterkuchen gebacken hatten, wie unheimlich es war, wenn der Priester bei der Beichte mit seinem weiten schwarzen Ärmel sein Haupt verhüllte, und wie sie jetzt, nachdem sie den Ehemann begraben hatte, sich daran erinnerte und in die Kirche ging, wieviel Angst sie nach so vielen Jahren hatte, aber im Innern den scheuen sanften Ruf hörte:»Kommt her zu mir, ihr Mühseligen und Beladenen« – und sie kam zum Sakrament, zum Leib und Blut Christi, nur wie man die Arme richtig kreuzt, das hatte sie vergessen…

Gott, was habe ich da angerichtet? huschte es ihm durch den Kopf.

Er erstarrte, die Hand, in der er den Kelch hielt, erstarrte, und auch die andere mit dem Löffelchen, der Diakon funkelte mit seinem öligen Haar und sah ihn verwundert an, aber der Priester rührte sich schon von der Stelle und drängte in die Menschenmenge, durch die sich eben noch die Frau ihren Weg gebahnt hatte. Das Volk trat sogleich auseinander und ließ ihn durch. Er ging durch die still gewordenen Menschen, sehr groß in seinem Phelonion, man verneigte sich vor ihm, wollte ihm die Hand küssen; ihm schien, als ginge er sehr lange, aber endlich war er draußen und stand mit dem Kelch in der Hand auf der Straße.

Gleich hinter der Kirchenmauer begann der Boulevard und mit ihm eine andere Welt. Es war ein schöner Apriltag, Männer und Frauen in grellfarbigen Jacken harkten das Laub vom letzten Jahr zusammen und verbrannten es, junge Mütter führten ihre Kleinen spazieren, aus dem Geschäft trugen die Leute Netze mit runzligen Kartoffeln und frühem teuren Pfeffer, zum Subbotnik spielte muntere Musik auf, durch die kahlen Bäume und über die Mauer der Kirche flog der Frühlingsstaub, und der Priester sah die Frau in der Menge nicht gleich.

Er ging ihr nach und wollte sie schon anrufen, wußte aber nicht, wie er sie anreden sollte, und so holte er sie einfach ein.

»Ach, Väterchen«, begann sie zu weinen, als sie ihn vor sich sah, »verzeihen Sie, Väterchen.«

Um sie herum versammelten sich müßige Passanten, kleine Jungen auf Fahrrädern, junge Leute in Freizeitkleidung, und alle blickten verwundert auf den hochgewachsenen jungen Popen und die mollige Frau mit der Tasche in der Hand. Da begann der Priester, krampfhaft schluckend und der Frau gerade in die Augen sehend, zu sprechen: »Die Kommunion empfängt die Magd Gottes...«

»Marija«, sagte sie kaum hörbar, und in ihre Augen traten wieder Tränen.

»Marija«, gab der Priester wie ein Echo zurück. »Den reinen und heiligen Leib und das Blut unseres Herrn, Gottes und Erlösers Jesus Christus zur Vergebung ihrer Sünden und für das ewige Leben.«

Sie küßte den Rand des Kelches, und als sie den Kopf hob, da zuckte der Priester beim Anblick ihres verwandelten, glücklichen Gesichtes zusammen und unerwartet für sich selbst sagte er leise: »Bete für mich Sünder, Marija.«

Und für einen Moment schwamm alles vor seinen Augen, seltsam und unwirklich erschien ihm diese Welt, die Menschen mit den Harken und Schaufeln, die sich um ihn gesammelt hatten; er schwieg, und sie sahen ihn ebenfalls schweigend an, als erwarteten sie irgend etwas, doch der Priester drehte sich um und ging zurück. Er empfand eine ungewöhnliche Erregung in der Seele, und vielleicht aus diesem Grunde nahm er die schiefen Blicke, die der Diakon und der Kirchenälteste, ein stattlicher Mann im schwarzen Anzug und mit Krawatte, ihm zuwarfen, überhaupt nicht wahr.

ANHANG

Zu den Autoren und Werken

Das folgende Verzeichnis enthält die Lebensdaten der in diesem Band vertretenen Autoren; darüber hinaus weitere Informationen zu Herkunft, Studium und Beruf, zu den wichtigsten Werken und zur literarischen Einordnung. Stichworte zur Poetik, zur dichterischen Technik, zu den bevorzugten Gattungen, Themen und Motiven sollen die literar-historischen Zusammenhänge verdeutlichen.

Das Autorenverzeichnis ist, ebenso wie die Erzählungen, chronologisch nach den Geburtsdaten der Autoren geordnet; die Entstehungszeit bzw. das Jahr der Erstveröffentlichung der aufgenommenen Erzählungen wird, soweit möglich, jeweils angegeben.

Die folgenden Angaben beruhen auf Allgemeinenzyklopädien und Literaturlexika sowie auf einschlägigen literaturgeschichtlichen Gesamt- und Einzeldarstellungen.

Karamsin, Nikolai (Karamzin, Nikolaj Michajlovič), 12. 12. 1766 Michailowka (im ehemaligen Gouvernement Samara) – 3. 6. 1826 Petersburg. Sohn eines sibirischen Gutsbesitzers. 1781-83 Militärdienst, 1789-91 Reise nach Deutschland, in die Schweiz, nach Frankreich und England, Bekanntschaft unter anderen mit Herder, Wieland, Kant. Beeinflußt vom europäischen Rokoko und der Empfindsamkeit, beschreibt seine Reiseeindrücke in den *Briefen eines russischen Reisenden*, hat mit einem neuen literarischen Stil (Sentimentalismus), mit dem er der russischen Prosa die Klarheit und Geschmeidigkeit des Französischen geben wollte, und mit seinem aufgeklärten Kosmopolitismus den Bruch mit der klassizistischen Tradition vollzogen. Karamsin steht am Beginn der russischen Literatur der Neuzeit. Von 1804 bis zu seinem Tod schrieb er an einer – von feudal-konservativen Anschauungen geprägten – *Geschichte des russischen Reiches*. Stärkste Wirkung ging von der 1792 erschienenen Novelle *Die arme Lisa* aus, die in Stimmung und Motiven an *Die Leiden des jungen Werthers* erinnert. Das Motiv des armen Mädchens und des adligen Liebhabers, der sie verläßt, taucht in den russischen Erzählungen und auch in Romanen (wie in Tolstojs *Auferstehung*) in abgewandelter Form mehrfach auf.

Puschkin, Alexander (Puškin, Aleksandr Sergeevič), 26. 6. 1799 Moskau – 10. 2. 1837 Petersburg. Stammt aus alter Adelsfamilie. Besuchte 1811-17 das Lyzeum in Sarskoje Selo, trat 1817 in den Dienst des Außenministeriums. Wegen politischer Gedichte wurde er 1820 nach Jekaterinoslaw in Südrußland versetzt, später nach Kishinow und Odessa. Hier entstanden seine von Byron beeinflußten ›südlichen‹ Poeme *(Der Gefangene im Kaukasus, Der Springbrunnen von Bachtschisaraj)*, hier begann er die von Shakespeare angeregte Tragödie *Boris Godunow* und den Versroman *Eugen Onegin*. Puschkin wurde 1824, nach einer von der Zensur aufgegriffenen Briefäußerung, auf das Gut seiner Mutter in Michailowskoje bei Pskow verbannt, 1826 hob Zar Nikolaus I. die Verbannung auf, unterstellte Puschkin aber seiner persönlichen Zensur. Puschkin lebte als freier Schriftsteller meist in Moskau und Petersburg. 1831 heiratete er Natalja N. Gontscharow; Intrigen und Angriffe auf die Ehre seiner Frau führten am 8. 2. 1837 zu einem von vornherein beabsichtigten Duell, bei dem Puschkin tödlich verwundet wurde. Sein literarischer Rang gründet auf seiner Meisterschaft in Lyrik, Versepik (neben *Eugen Onegin* Märchenepen und *Der Eherne Reiter*), Drama und Erzählung. Puschkin wandte sich erst spät der Prosa zu; 1831 erschienen die unter dem Titel *Die Erzählungen des verstorbenen Iwan Petrowitsch Belkin* zusammengefaßten fünf Novellen *(Der Schuß, Der Schneesturm, Der Sargmacher, Der Postmeister, Das Adelsfräulein)*. In seiner letzten Novelle, *Pique Dame* (1833/34), stellt Puschkin, der den Verfall des alten Adels deutlich sah und den Aufstieg einer neuen Adelsgesellschaft ebensowenig wie die aufkommende Macht des Geldes akzeptierte, die neue und die alte Zeit in scharfen Kontrast: in der Figur der Gräfin – satirisches Symbol der untergegangenen Zeit des 18. Jahrhunderts – und des skrupellosen Hermann, dessen Aufstiegsstreben und Geldgier ihn auch zum Prototyp für mehrere Helden Dostojewskis werden ließ. Überragend ist Puschkins Bedeutung für die Entwicklung der russischen Literatursprache. Sein Stilideal,»einfach, kurz und klar« zu schreiben, das seinerzeit kaum dem literarischen Geschmack entsprach, führte die russische Literatur zu weltliterarischem Rang.

Odojewski, Wladimir (Odoevskij, Vladimir Fëdorovič), 11. 8. 1803 Moskau – 11. 3. 1869 Moskau. Stammt aus alter Adelsfamilie. Studierte in Moskau, leitete 1823-25 den ›Kreis der Weisheitsfreunde‹, der sich für die Verbreitung der deutschen romantischen Dichtung und Philosophie einsetzte. Wurde 1825 wegen der Teilnahme am Aufstand der Dekabristen (die den Eid auf den Zaren verweigerten) zu zwölf Jahren Zwangsarbeit verurteilt, nach zehn Jahren in Sibirien begnadigt. Diente 1837 als Soldat im Kaukasus (mit Lermontow); wurde 1846 stellvertretender Direktor der Kaiserlichen Öffentlichen Bibliothek in Petersburg, 1861 Mitglied des Senats. In den *Russischen Nächten* (1844) diskutiert ein Kreis von vier Freunden über die Grundfragen des Lebens, über die naturwissenschaftlichen und technischen Erkenntnisse des 19. Jahrhunderts, über die Kunst. In literarischer Verkleidung werden der Widerstreit der divergierenden philosophischen Systeme (der Mystik, der Schellingschen Philosophie, des Rationalismus) demonstriert. Der platonische Dialog umrahmt Erzählungen, Novellen, Kurzgeschichten, die die Fragen und Argumente vertiefen, auch widerlegen. Seinen idealistischen Anspruch sieht der Schellingianer Odojewski in der Kunst verwirklicht, vor allem in der Musik, in der Reales und Ideales aufeinander bezogen ist und die Widersprüchlichkeiten aufgehoben sind. Die Erzählung der ›Sechsten Nacht‹ über Beethovens letztes Streichquartett ist Höhepunkt der *Russischen Nächte*, die zwischen 1820 und 1840 entstanden und Verwandtschaft mit E. T. A. Hoffmanns Erzählzyklus *Die Serapions-Brüder* (1815-1821) zeigen.

Gogol, Nikolai (Gogol, Nikolaj Vasil'evič), 1. 4. 1809 Sorotschinzy (im ehemaligen Gouvernement Poltawa, Ukraine) – 4. 3. 1852 Moskau. Sohn eines ukrainischen Landadligen. Lebte ab 1828 in Petersburg; kurze Zeit als Lehrer im Staatsdienst, unterrichtete 1834/35 allgemeine Geschichte an der Universität Petersburg; danach freier Schriftsteller. Verbrachte die Jahre 1836-48 im Ausland, zumeist in Rom. Bereits 1831 schrieb er die *Abende auf dem Vorwerk bei Dikanka*, die noch im Märchenhaften verankert sind und deren Erfolg ihm Zugang zu den bedeutenden literarischen Kreisen eröffnete. 1835 erschien die Sammlung *Mirgorod* (u. a. mit der Erzählung *Taras Bulba*). 1836 erfolgreiche Uraufführung der gesellschaftskritischen Komödie *Der Revisor*, 1840 Veröffentlichung der Erzählung *Der Mantel*, 1842 des Romans *Die toten Seelen*. 1835/36 erschienen die *Arabesken*, mit den ›Petersburger Novellen‹, die das Großstadtmilieu auf grotesk-surrealistische Weise schildern (in den Erzählungen *Newski Prospekt, Aufzeichnungen eines Wahnsinnigen, Das Porträt, Die Nase*). In der Erzählung *Die Nase* (1836) wird die romantische Phantastik ins Extreme getrieben und ironisch entlarvt, zugleich wird in der satirischen Charakterisierung der Stände und Klassen sowie der Bürokratie, der Moden und Trends, wie Magnetismus, Spiritismus, die Ohnmacht einer Gesellschaft offenbar, die den Anderen nicht zu integrieren bereit ist, ihn ausstößt. Mit der Groteske *Die Nase* schuf Gogol ein literarisches Modell, das in seiner Radikalität nicht nur Kafka oder Nabokov vorwegzunehmen scheint, sondern noch bei den russischen Autoren der Gegenwart wirksam ist (wie bei Maramsin, Mamlejew oder Petruschewskaja), in der Kritik an einer Welt, die ohne jeden transzendenten Sinnbezug im Chaos endet und in der die Figuren nurmehr Schatten der menschlichen Existenz sind. Die Groteske zeigt die

Zerstückelung des menschlichen Körpers bis zur völligen Entkörperung; in der *Nase* wird das betreffende Körperteil selbständig, in den *Toten Seelen* werden die toten Leibeigenen verkauft – ein Bild für die Auflösung der russischen Gesellschaft jener Zeit, wie die Werke der jüngsten russischen Autoren mit ähnlichen Mitteln den Zerfall widerspiegeln (und vergleichbar hatten bereits die Emigranten auf die Revolution reagiert). Ab 1840 wandte sich Gogol, dem die Satire als Gegenmittel gegen die Profanisierung der Lebenswelt nicht mehr ausreichend schien, verstärkt dem Religiösen zu; kurz vor seinem Tod – er starb durch Verweigerung der Nahrungsaufnahme – verbrannte er den zweiten Teil der *Toten Seelen*.

Gontscharow, Iwan (Gončarov, Ivan Aleksandrovič), 18. 6. 1812 Simbirsk (heute Uljanowsk) – 27. 9. 1891 Petersburg. Sohn eines Kaufmanns. Studierte Literatur, war zunächst in einer Provinzkanzlei angestellt, später im Finanzministerium in Petersburg. Unternahm 1852 auf der russischen Fregatte ›Pallas‹ eine Reise nach Japan, kehrte 1855 über Sibirien zurück. 1856 wurde er Zensor und war von 1865 an in der obersten Zensurbehörde tätig. Er selbst wurde wegen Charakterisierung eines Nihilisten in seinem letzten Roman (*Die Schlucht*, 1869) von der liberalen Presse heftig angegriffen. Gontscharow gilt als Hauptvertreter des russischen realistischen Romans. Der Roman *Oblomow* (1859) wurde als literarische Sensation empfunden; mit dem Titelhelden schuf Gontscharow eine Figur von stärkster Symbolkraft, den innerer Vereinsamung verfallenen Menschen, der – ohne Sinn für menschliche Gemeinschaft und Tätigkeit – den Sinn des Lebens im Nichtstun, in der Faulheit sah und in einem Dämmerzustand lebte – und damit sprichwörtlich wurde. Mit den *Hügelstürmern von St. Petersburg* gab Gontscharow 1838 seinen Einstand als Erzähler. Schon in dieser frühen Erzählsammlung klingt das Hauptthema seines weiteren Schaffens an: Illusionslosigkeit, Trivialität des Daseins, die innere Vereinsamung der Menschen, die Sinnlosigkeit menschlicher Gemeinschaft. In der darin enthaltenen Erzählung *Ein glücklicher Irrtum* übt Gontscharow scharfe Kritik an der Adelsgesellschaft und entlarvt ein unzeitgemäß-romantisches Lebensgefühl; scheinbar Erhabenes gleitet ins Komische ab.

Lermontow, Michail (Lermontov, Michail Jur'evič), 15. 10. 1814 Moskau – 27. 7. 1841 Pjatigorsk. Sohn eines Offiziers und Nachfahre eines schottischen Adligen. Trat 1834 in die Armee ein, 1837 wurde er wegen seines Gedichts auf Puschkins Tod ›Der Tod des Dichters‹ in den Kaukasus, dann nach

Nowgorod strafversetzt, kehrte 1838 nach Petersburg zurück. 1840 wurde Lermontow wegen eines Duells wieder in den Kaukasus versetzt, fiel dort in einem weiteren Duell. Neben Gogol ist Lermontow der große Romantiker der russischen Literatur; sein Vorbild war Byron. »Lermontow war natürlich Byronist, aber infolge seiner überragenden, eigenständigen poetischen Kraft ein Byronist besonderer Art – spöttisch, kapriziös und mürrisch, immer ungläubig, sogar hinsichtlich seiner eigenen Inspiration, seines eigenen Byronismus.« (F. Dostojewski) Hinter der Maske des Menschenverächters verbarg Lermontow die Erfahrung der Einsamkeit des Menschen, der sich aus der Gesellschaft ausgrenzt und dennoch auf sie angewiesen ist. Grundthema ist der von ihm tief empfundene Widerspruch zwischen Ideal und Wirklichkeit. Sein Werk umfaßt Lyrik, Dramatik sowie Verserzählungen und Prosa. Von großer Sprachkraft ist das Versepos *Dämon*, in dem die Liebe des gefallenen Engels zu Tamara, auf der Grundlage einer im Kaukasus lokalisierten Sage, geschildert wird. Sein Roman *Der Held unserer Zeit* (entstanden 1837-40) besteht aus einer Folge miteinander verbundener Erzählungen, einer Reihe von Episoden aus dem Leben Petschorins (*Bela, Maxim Maximytsch, Petschorins Tagebuch, Taman, Prinzess Mary, Der Fatalist*), in denen die Titelfigur in wechselnder Perspektive erscheint. Die Erzählungen zeigen Lermontows Meisterschaft in der kleinen Form, wie sie von Turgenjew und Tschechow weitergeführt wird; zugleich sind sie bedeutsam für den späteren russischen psychologischen Roman. Die abschließende Geschichte *Der Fatalist* enthüllt die Ursache für Überdruß und Langeweile: Es ist die Glaubenslosigkeit der »jämmerlichen Nachfahren«, die zu keinen großen Opfern mehr fähig sind, »weder um das Wohl der Menschheit noch um unser eigenes Glück, denn wir wissen, daß es unmöglich ist«.

Turgenjew, Iwan (Turgenev, Ivan Sergeevič), 9. 11. 1818 Orjol – 3. 9. 1883 Bougival bei Paris. Stammt aus alter Adelsfamilie. Studierte Literatur in Moskau und Petersburg, Philosophie in Berlin. Kurze Zeit im Staatsdienst, dann freier Schriftsteller. Lebte meist im Ausland (Deutschland, Frankreich). War befreundet mit Flaubert, Mérimée, Storm, Heyse. 1846/47 entstanden die *Aufzeichnungen eines Jägers*: Naturschilderungen, die bis heute zu den Meisterwerken der realistischen Erzählkunst gehören. Turgenjew wandte sich danach von der literarischen Gattung der Prosaskizzen ab und der des Romans und der Novelle zu; in den folgenden Jahren erschienen die Romane *Rudin* (1856), *Ein Adelsnest* (1859), *Am Vorabend* (1860), *Väter und Söhne* (1862), *Dunst* (1867), *Neuland* (1877), die ein Panorama der zeitgenössischen russischen Gesellschaft im Wandel der Jahrzehnte geben; mit dem persönlichen Schicksal der Helden verbindet sich die Schilderung sozialer, politischer, ideeller Strömungen im Rußland der fünfziger bis siebziger Jahre des 19. Jahrhunderts. Die Novellen, von der Briefnovelle *Faust* (1856) bis zur Renaissancenovelle *Das Lied der triumphierenden Liebe* (1881), behandeln allgemeine menschliche Fragen; die Liebe ist Thema der Novellen *Asja* (1858), *Erste Liebe* (1860), *Frühlingsfluten* (1872). Schon in diesen drei verstärkt sich zunehmend die Neigung zu einer düsteren oder tragischen Weltsicht, die auch das Alterswerk prägt. 1882 erschienen die *Gedichte in Prosa*, kunstvolle Skizzen über Natur, Liebe, Tod. Die fünfundzwanzig Skizzen der *Aufzeichnungen eines Jägers* (mit der Erzählung *Die lebende Reliquie*) zeigen Turgenjews an westlichen Ideen orientierte sozialkritische Einstellung, indem sie vom Leid des russischen Volkes erzählen. Sie erregten bei der Publikation großes Aufsehen. *Die lebende Reliquie* öffnet gleichsam die Tür zu einer anderen Welt, in der Land und Natur in hellem Licht erstrahlen, geradezu heilig wirken: eine Liebeserklärung an das trotz Erniedrigung, Unterdrückung und Ausbeutung seine Würde bewahrende russische Volk – und Ausdruck der Angst, daß eine neue Gesellschaftsordnung die alten Werte zerstört.

Dostojewski, Fjodor (Dostoevskij, Fëdor Michajlovič), 11. 11. 1821 Moskau – 9. 2. 1881 Petersburg. Sohn eines Arztes. Verbrachte die Kindheit in Moskau. 1838-1843 Militär-Ingenieurschule Petersburg; ab 1844 freier Schriftsteller. Der Roman *Arme Leute* (1846) war ein großer Erfolg; 1848 erschienen die *Weißen Nächte*. Über W. G. Belinski Anhänger des utopischen Sozialismus, beteiligte sich am geheimen Kreis um Michail Petraschewski und wurde deswegen zum Tode verurteilt; am 3. 1. 1850 wurde ihm auf der Hinrichtungsstätte die Umwandlung des Todesurteils in vierjährige Zwangsarbeit in Sibirien verkündet. 1854 aus dem Zuchthaus Omsk entlassen, diente er als Soldat in Sibirien; nach mehreren Jahren Militärdienst durfte Dostojewski zurückkehren. Zwischen 1860/61 entstanden die *Aufzeichnungen aus einem Totenhaus*, in denen er die Leidenszeit seiner Verbannung schildert. 1864/65 häufiger Aufenthalt in Deutschland; 1864 Tod seiner Frau und seines Bruders Michail. 1867 heiratete er Anna G. Snitkina, mit der er bald darauf, nicht zuletzt um den Schuldnern zu entgehen, ins Ausland reiste; 1871 kehrte er nach Rußland zurück. Nach *Schuld und Sühne* (*Verbrechen und Strafe*) von 1866 und *Der Idiot* (1868/69) erschienen *Die Dämonen* (1871/72), *Der Jüngling* (1875), *Die Brüder Karamasow* (1879/80) mit der *Legende vom Großinquisitor*. In all seinen Romanen findet über der kriminalistischen Handlungsebene, durch psychologische Vertiefung und religiöse Grundierung, ein Kampf metaphysischer Mächte oder leitender philosophischer und politisch-gesellschaftlicher Ideen statt; in den Helden der Romane werden die Ideen konkretisiert. Tiefe Religiosität, aufopfernde Liebe für alle Leidenden und kritische Auseinandersetzung mit selbstherrlichem Rationalismus und Individualismus sind für Dostojewskis Weltbild kennzeichnend. Er knüpfte thematisch und stilistisch an Gogol an, entwickelte die sogenannte ›natürliche‹ Schule der vierziger Jahre des 19. Jahrhunderts weiter zu einem Naturalismus, der nicht bei den Phänomenen stehenblieb, sondern in innerste Bezirke des seelischen Lebens vordrang. Im *Großinquisitor* gestaltet Dostojewski auf eindringliche Weise anhand eines historischen Stoffes das Problem der geistigen Freiheit. Auf seiner ersten Reise nach dem Westen hatte Dostojewski auch Rom besucht, wo ihn nicht die Antike, sondern die Manifestationen der katholischen Kirche, die Peterskirche und der Vatikan, beeindruckten. Auf dieses Erlebnis geht der *Großinquisitor* zurück, in dem Dostojewski seine Dichtung und seine Ideen in eine große Parabel kleidet: vom Kampf der entleerten Institutionen gegen die Selbstbestimmung des Menschen.

Saltykow-Schtschedrin, Michail (Saltykov-Ščedrin, Michail Evgrafovič), 27. 1. 1826 Spas-Ugol (im ehemaligen Gouvernement Twer) – 12. 5. 1889 Petersburg. Sohn eines Gutsbesitzers. Besuchte bis 1844 das Lyzeum in Sarskoje Selo, wurde 1844 Beamter im Kriegsministerium. Gehörte 1845-47 zum Kreis Michail Petraschewskis, wo er die Gedankenwelt der utopischen Sozialisten kennenlernte. 1848 wegen kritischer Publikationen nach Wjatka strafversetzt; kehrte 1856 nach Petersburg zurück, wurde 1858 Vizegouverneur in Rjasan, 1860-62 in Twer; ab 1868 freier Schriftsteller. Schwerpunkt seines Werkes ist die anklagende Gesellschaftssatire (*Die Herren Taschkenter*, 1869/72, *Die Geschichte einer Stadt*, 1869/70). Saltykow verwendet in seinen späteren Märchen und Fabeln (1880-85) eine verschlüsselnde äsopische Sprache, die jedoch der Darstellung nichts an Schärfe nimmt. 1880 erschien der Roman *Die Herren Golowlew*, der vom erschreckenden Verfall einer Adelsfamilie handelt. Die Satire *Wie das Gewissen verlorenging* entstand 1869. Saltykow ist einer der ersten, der die Satire als wirkungsvolles Instrument einsetzte, der eine Form schuf, deren sich später viele Autoren bedienten, wie z. B. die 1921 gegründete literarische Bruderschaft der ›Serapionsbrüder‹ (zu denen Soschtschenko, Kawerin, Tichonow, Sklowskij, Iwanow gehörten), Daniil Charms u. a.

Tolstoj, Lew (Tolstoj, Lev Nikolaevič Graf), 9. 9. 1828 Jasnaja Poljana (im ehemaligen Gouvernement Tula) – 20. 11. 1910 Astapowo (im ehemaligen Gouvernement Tambow). Sohn eines Gutsbesitzers; aus alter Adelsfamilie. Studierte 1844-47 in Kasan orientalische Sprachen, später Jura. 1851-56 Militärdienst im Kaukasus. 1857 erste Auslandsreise, zweite 1860/61. Heiratete 1862 Sofja Andrejewna Bers (Behrs), Tochter eines Moskauer Arztes, lebte dann ständig auf dem Gut Jasnaja Poljana. Trat 1901 aus der orthodoxen Kirche aus. Er starb auf einer Bahnstation, nachdem er sich heimlich am 10. 11. 1910 von seiner Familie entfernt und sich entschlossen hatte, als Einsiedler zu leben. Grund zu der Entscheidung war der Widerspruch zwischen seinen religiös-sozialen Ideen und seiner Stellung als reicher Gutsbesitzer. Ungewöhnlich genau beschreibt Tolstoj das Seelenleben seiner Romanfiguren; dazu verwendet er häufig den ›inneren Monolog‹, mit dem er seelische Zustände und Vorgänge, Träume, die Stadien zwischen Wachzustand und dämmerndem, erlöschendem Bewußtsein, den Vorgang des Sterbens schildert (wie in *Der Tod des Iwan Iljitsch*, 1886). Ein weiteres wesentliches Merkmal seines Stils ist die ›Verfremdung‹, die Wiedergabe einer Begebenheit nach dem Erlebnis einer dichterischen Figur. Kennzeichnend für sein gesamtes literarisches Werk ist ein moralisches Pathos, in dem sich der Wunsch nach Wahrheit und sozialer Gerechtigkeit artikuliert, entstanden aus dem Zwiespalt seiner Person, des Großgrundbesitzers auf der einen und des Engagements für die Leibeigenen auf der anderen Seite. Für Tolstoj hat die Kunst moralischen Zwecken zu dienen; bereits die frühen Erzählungen aus dem Kaukasus sind gegen die traditionelle romantische Schilderung gerichtet. 1851-1856 entstehen die autobiographischen Romane *Kindheit, Knabenjahre, Jünglingszeit* (1890 unter dem Titel *Aus meinem Leben* zusammengefaßt); 1868/69 erscheint *Krieg und Frieden*, 1878 *Anna Karenina*; 1882 veröffentlichte Tolstoj die Abhandlungen *Kirche und Staat, Worin besteht mein Glaube, Das Reich Gottes ist in uns*, 1889 *Die Kreutzersonate*, 1895 *Herr und Knecht*, 1899 *Auferstehung*; 1912 wird *Hadschi Murat* postum veröffentlicht. Die Erzählung *Nach dem Ball* (1903) beruht auf einem Jugenderlebnis Tolstojs. In der Erzählung *Göttliches und Menschliches* (entstanden 1903-06) hat Tolstoj in der Gestalt Swetlogubs eine wirkliche Person, den Revolutionär D. A. Lisogub, dargestellt, der 1879 wegen Vorbereitung des Attentats auf Alexander II. zum Tode verurteilt und hingerichtet wurde. In beiden Erzählungen prangert Tolstoj die Doppelmoral der Gesellschaft an; sittliche Besserung des Menschen ist nur durch gesellschaftliche Veränderung möglich.

Leskow, Nikolai (Leskov, Nikolaj Semënovič), 16. 2. 1831 Gorochowo (im ehemaligen Gouvernement Orjol) – 5. 3. 1895 Petersburg. Sohn eines Beamten. Besuchte das Gymnasium in Orjol, arbeitete dort 1847-50 beim Kriminalgericht, 1850-57 am Rechnungshof in Kiew. Starker Bezug zur Religion, beschäftigte sich mit Sekten, insbesondere der der Altgläubigen, die nach Kiew flohen; wählte Sujets aus dem kirchlichen Bereich (wie in den Erzählungen *Der versiegelte Engel*, 1873; *Der verzauberte Pilger*, 1873). Die Bekanntschaft mit einem Kirchenmaler verschaffte ihm tiefe Kenntnis der Ikonenmalerei. Läßt als erster russischer Schriftsteller Geistliche als zentrale Figuren einer größeren Prosadichtung auftreten. Inspiriert durch Tolstoj und Flaubert schrieb er Kunstlegenden. Bereiste 1857-60 im Dienst einer englischen Handelsfirma ganz Rußland, viele der dabei empfangene Eindrücke gingen in sein erzählerisches Werk ein. 1860 Berufsjournalist, 1862 von der liberalen Presse aus nichtigem Grund attackiert, floh für ein halbes Jahr nach Paris; lebte danach meist in Petersburg, erhielt 1874 ein Amt im Kultusministerium; errang sich als Schriftsteller nur langsam Anerkennung. Seine Romane *Ohne Ausweg* (1864), *Bis aufs Messer* (1870) wurden heftig angegriffen. 1865 erschien die Novelle *Lady Macbeth in Mzensk*. Leskow wurde 1883 unter anderem wegen seiner Kritik an der kirchlichen Lehre aus dem Staatsdienst entlassen. Auch Leskow ist überzeugt von der ethischen – mehr als der ästhetischen – Aufgabe der Kunst. Walter Benjamin:»Der Chronist mit seiner heilsgeschichtlichen Ausrichtung, der Erzähler mit seiner profanen haben beide an diesem Werk so sehr Anteil, daß ... kaum zu unterscheiden ist, ob der Webgrund ... der goldene einer religiösen oder der bunte einer weltlichen Anschauung vom Lauf der Dinge ist.« Die Erzählung *Qualsucht des Geistes* entstand zwischen 1873 und 1878.

Korolenko, Wladimir (Korolenko, Vladimir Galaktionovič), 27. 7. 1853 Sitomir – 25. 12. 1921 Poltawa. Sohn eines ukrainischen Gutsbesitzers und Beamten. Studierte 1871 am Technologischen Institut Petersburg, 1874 an der Landwirtschaftlichen Hochschule Moskau, wurde 1876 wegen Teilnahme an Studentendemonstrationen relegiert und zum Staatsverbrecher erklärt; verbrachte mehrere Jahre im Gefängnis. 1879 wurde seine erste Erzählung gedruckt. Ging aus politischen Gründen ins ehemalige Gouvernement Wjatka, dann nach Perm; wurde 1881 nach Ostsibirien verbannt, wo er in Landschaft und Bewohnern viele Anregungen für spätere Erzählungen fand; lebte ab 1885 in Nischnij Nowgorod; 1893 Reise nach Amerika, siedelte 1896 nach Petersburg, 1900 nach Poltawa über; war ab 1896 mehr und mehr als Journalist tätig. Korolenko ist einer der bekanntesten Vertreter der russischen ›volksfreundlichen‹ Intelligenz des ausgehenden 19. Jahrhunderts, er gehört der sogenannten ethnographischen Richtung an, den ›Volkstümlern‹, die das Gute im Volk und im einzelnen sahen, bis sie die Erfahrung der Revolution eines anderen belehrte. 1886 erschienen die Novellen *Der blinde Musiker* und *Der Wald rauscht.* Sie sind gekennzeichnet von einer dem menschlichen Leid zugewandten Liebe, dem Glauben an die Güte des Menschen. Nach der Revolution kam Korolenko erneut in Konflikt mit den Herrschenden, weil er sich gegen die Wiedereinführung der Zensur stellte, Lenin verspottete ihn 1919 als einen »traurigen Kleinbürger mit bourgeoisen Vorurteilen«, der zu jenen Talenten gehöre, »denen ein paar Wochen Gefängnis nicht schaden würden«. Die Erzählung *Der alte Glöckner* gehört zu den späteren Werken Korolenkos.

Garschin, Wsewolod (Garšin, Vsevolod Michailovič), 14. 2. 1855 Gut Prijatnaja Dolina im Kreis Bachmut (Artjomowsk) – 5. 4. 1888 Petersburg. Aus alter Adelsfamilie. Nach dem Studium am Bergbauinstitut Petersburg meldete sich Garschin 1877 bei Ausbruch des Balkankrieges (des russisch-türkischen Krieges) freiwillig an die Front und wurde in der Schlacht bei Ajaslar schwer verwundet. Schied als Offizier aus der Armee aus und lebte als freier Schriftsteller. 1880 stärkere Anzeichen geistiger Krankheit, an der er schon früher gelitten hatte. Wegen manisch-depressiver Veranlagung mehrfach behandelt, nahm er sich 1888 in einem Anfall von Depression das Leben. Garschin schrieb 19 Erzählungen und Märchen, wurde 1877 mit der Novelle *Vier Tage* bekannt. Der Patient einer Heilanstalt in *Die rote Blume* (1883) sieht in drei Mohnblumen den Inbegriff des Bösen verkörpert, fühlt sich gedrängt, sie zu vernichten, und findet dabei den Tod. *Die rote Blume* verdichtet die Grundmotive Garschins: den isolierten Helden, der sich seiner Umgebung widersetzt, die Grenzsituation von Wahnsinn und präziser Wirklichkeitswahrnehmung und die Vergeblichkeit, gegen das Leid der Welt anzugehen. Zeigt Garschin in seinen Novellen konkrete Erscheinungen des Bösen auf, so vollzieht er in seinen Märchen (*Attalea princeps*, 1880) den Übergang zur rein symbolistischen Darstellung des Stoffs und nimmt damit vorweg, was um die Jahrhundertwende zum Formprinzip erklärt wurde.

Tschechow, Anton (Čechov, Anton Pavlovič), 29. 1. 1860 Taganrog – 15. 7. 1904 Badenweiler. Sohn eines Kaufmanns. Studierte 1879-84 in Moskau Medizin (1879 wurde die erste Erzählung gedruckt). Übte den Arztberuf nur kurze Zeit aus, lebte dann als freier Schriftsteller. 1884 Ausbruch einer Lungenkrankheit; 1887 wurde sein erstes Drama *Iwanow* erfolgreich aufgeführt; schrieb danach mehr und mehr ernste und tragische Erzählungen und Kurzgeschichten. Besuchte 1890 die Strafkolonie auf der Insel Sachalin; lebte 1892-1897 vorwiegend auf seinem Landgut Melichowo bei Moskau; verschiedene Reisen nach Westeuropa; lebte ab 1898 meist in Jalta; heiratete 1901 die Schauspielerin Olga K. Knipper; 1898 erfolgreiche Aufführung der *Möwe* im Moskauer Künstlertheater. Tschechow schätzte besonders Flaubert, Maupassant und Tolstoj, in späteren Jahren war er mit Gorki befreundet; er verzichtete 1902 mit Korolenko auf die 1900 verliehene Ehrenmitgliedschaft der Petersburger Akademie der Wissenschaften, als sie Gorki nach kurzer Zeit wieder entzogen wurde. Die kleine Erzählung war seine bevorzugte literarische Gattung; seine bekannteste *Die Dame mit dem Hündchen* erschien 1899. Mit der auf Feuilleton und milieuschildernder Anekdote beruhenden Kurzgeschichte bildet Tschechow einen Höhepunkt der russischen Erzählliteratur. Grundlegende Züge seines Erzählens sind die schlichte, klare Struktur und die – unübertroffene – Darstellung von Stimmungen, die jeweils mittelbar den Grundgedanken der Erzählung, des Theaterstücks erhellen: die innere Verlassenheit, seelisches Leid durch Gleichgültigkeit, Lebensangst, Lebensmüdigkeit. Seine Dramen (*Die Möwe; Drei Schwestern*, 1901; *Der Kirschgarten*, 1904) ähneln in Aufbau und Stil den Erzählungen, die innere Dramatik wird erzeugt durch prägnante Beschreibung wichtiger sprechender Details. Tschechow beeinflußte unter anderen Katherine Mansfield, Virginia Woolf, Ernest Hemingway, Dorothy Parker, Maxim Gorki. Eine Reihe von Erzählungen, wie *Der Mensch im Futteral* (1898), die Geschichte eines Gymnasiallehrers, der sich ängstlich vom Leben fernhält und zum Gespött der Leute wird, betont die zerstörerische Wechselwirkung zwischen Milieu und Charakter. *Ein Fall aus der Praxis* (1898) zeigt die Unzufriedenheit eines neuen, kapitalistischen Bürgertums.

Sologub, Fjodor (Sologub, Fëdor; eig. Fëdor Kuz'mič Teternikov), 1. 3. 1863 Petersburg – 5. 12. 1927 Leningrad. Sohn eines Schneiders. Studierte bis 1882 am Lehrerinstitut, war 25 Jahre Lehrer, zuerst in Provinzstädten, dann in Petersburg; später Inspektor für das Volksschulwesen; hielt sich nach 1917 von der Politik fern. Sologub gehört zu den bedeutendsten russischen Symbolisten; in seinen Gedichten entwirft er eine phantastische Welt, in der dem Menschen als Zuflucht aus den ›Gefängnissen des Lebens‹ nur das Reich des Todes bleibt, das er einzig als Künstler überwinden kann. Todessehnsucht bestimmt auch einige seiner Novellen und Dramen; das Motiv des Wahnsinns kennzeichnet seinen Erzählband *Teni* (1896). In seinem Roman *Der kleine Dämon* (1907) stellt er die beengende Atmosphäre der russischen Provinz dar. Im Roman *Totenzauber* (1914) verbindet er die realistische Schilderung von Milieu und Stimmung des von revolutionärer Bewegung erfaßten Rußland mit phantastischen Bildern einer Geisterwelt. Das Diabolische und die Todesverfallenheit der Welt waren für Sologub keine modische Fin-de-siècle-Idee, sondern Ausdruck eigener Erfahrung und stets gegenwärtige Versuchung. In der Erzählung *Der kleine Mensch* (1905) schildert Sologub die Instrumentalisierung und Entwürdigung des Menschen durch den Kapitalismus.

Bunin, Iwan (Bunin, Ivan Alekseevič), 22. 10. 1870 Woronesch – 8. 11. 1953 Paris. Sohn eines Gutsbesitzers. Arbeitete 1889-95 als Journalist in Charkow und Orjol und als Bibliothekar in Poltawa; von Tolstojs Moralphilosophie und Kunstauffassung beeinflußt, mit Tschechow befreundet, Mitglied der Gruppe um Gorkis Verlag ›Snanie‹ (Wissen). Bunins erstes Gedicht erschien 1887, die erste Erzählung 1893; wurde 1909 Ehrenmitglied der Russischen Akademie. Reisen nach Griechenland, der Türkei, Palästina, Ägypten, Indien; emigrierte 1920 nach Frankreich und gilt als einer der bedeutendsten Dichter der russischen Emigranten, erhielt 1933 den Nobelpreis für Literatur. Die Verleihung des Nobelpreises an Bunin wurde am 26. 11. 1933 im Théâtre de Champs Elysées als Bestätigung der Emigration gefeiert. Bunins Tagebuch (*Verfluchte Tage*, 1925) zeugt von seiner unverminderten Feindschaft gegenüber der kommunistischen Sowjetunion. Neben Gedichten schrieb Bunin Romane (*Suchodol*, 1912) und Erzählungen (*Der Herr aus San Franzisko*, 1916; *Die Rose von Jericho*, 1924 u. a.). Seine Prosa, von Gontscharow und Turgenjew beeinflußt, stellt einen Höhepunkt in der Tradition realistischer Erzählkunst Rußlands dar. Seit 1955 wurde Bunins Werk auch in der Sowjetunion geduldet. Bunin war der letzte und literarisch bedeutendste Vertreter des russischen Landadels, der den Lebensstil, die Sprache, den Sitten- und Ehrenkodex dieser gesellschaftlichen Klasse im historischen Augenblick ihres Verschwindens festhielt. Bunins Novelle *Grammatik der Liebe* (1915 in der gleichnamigen Sammlung) berührt in ihrer eindringlichen Symbolhaftigkeit, mit der die Liebe durch ein Buch – wie in einer Reliquie – bewahrt werden soll.

Kusmin, Michail (Kuzmin, Michail Alekseevič), 15. 10. 1875 Jaroslawl – 3. 3. 1936 Leningrad. Stammt aus adliger Familie. Studierte 1885 am Petersburger

Konservatorium, war Schüler Rimskij-Korsakows. Reise nach Italien und Ägypten; dann freier Schriftsteller. 1906 erschien sein Roman *Flügel.* Kusmin verwandte in seinen Romanen und Erzählungen, kunstvoll stilisiert, Stoffe und Bilder aus der Kulturgeschichte, der alexandrinischen Kultur, des späten Rom, des französischen und italienischen 18. Jahrhunderts (so in seinem Roman *Die Taten des großen Alexander,* 1908; in dem Roman *Die Abenteuer des Aimé Lebœuf,* 1907). 1919 erschien seine Romanbiographie *Das wunderliche Leben des Joseph Balsamo, Graf Cagliostro.* In anderen Romanen und Erzählungen stellt er das zeitgenössische Leben der bürgerlichen Welt dar; in seinen Gedichten und Singspielen griff er auf rokokohafte Motive und Bilder zurück. Kusmin bekannte sich, in offenem Gegensatz zu der zum Mystizismus neigenden ›jüngeren Generation‹ der Symbolisten, zum sogenannten ›Klarismus‹, zu einem rational-handwerklichen Literaturverständnis. *Die grüne Nachtigall* entstand nach 1914.

Brjussow, Waleri (Brjusov, Valerij Jakovlevič), 13. 12. 1873 Moskau – 9. 10. 1924 Moskau. Sohn eines Kaufmanns. Studierte bis 1899 Literaturwissenschaft in Moskau. Beeinflußt von Baudelaire, Verlaine, Mallarmé, gilt Brjussow als Begründer und Theoretiker des Symbolismus in Rußland. Reisen durch Europa. Wurde 1919 Mitglied der Kommunistischen Partei, gründete das Höhere Institut für Schöne Literatur, wurde Zensurbeamter, 1923 von der Parteileitung offiziell geehrt. Brjussow sah im Symbolismus weniger ein weltanschauliches Programm als eine neue Ordnung ästhetischer Kriterien; seine Thematik bewegt sich letztlich um das Ästhetische selbst, verstanden als Wissen, Bewußtheit, Beobachtung. Malerei und Plastik sind für ihn wichtige, auch literarisch wirksame Elemente, zentral ist ihm das Experimentieren mit dem Wort. Sein Roman *Der feurige Engel* erschien zuerst 1908, der Roman *Der Siegesaltar* 1911. Zahlreiche Übersetzungen aus dem Lateinischen, Französischen, Englischen und Deutschen. In seiner Erzählung *Im Spiegel. Aus dem Archiv eines Psychiaters* (1903) wird das romantische Doppelgängermotiv psychologisch gedeutet.

Remisow, Alexej (Remizov, Aleksej Michailovič), 6. 7. 1877 Moskau – 26. 11. 1957 Paris. Sohn eines Kaufmanns. Besuchte die Handelsschule und studierte Naturwissenschaften in Moskau. Wurde für sechs Jahre nach dem nordöstlichen Rußland verbannt, siedelte 1905 nach Petersburg über; sein erstes Buch erschien 1907. Emigrierte 1921 nach Berlin, lernte dort unter anderem Thomas Mann kennen und lebte ab 1923 in Paris (war hier der anerkannteste

Intellektuelle Rußlands). Für Remisow war die Oktoberrevolution ein Kultur-bruch, der nur mit dem Tatareneinfall verglichen werden konnte. Galt in der Emigration weiterhin als literarische Autorität. Sein Vorbild wirkte maßgeb-lich auf die Vertreter der sogenannten ›Ornamentalen Schule‹, auch in der Sowjetunion. Remisow veröffentlichte vor der Revolution 38, danach 45 Bü-cher, Romane, Erzählungen, Märchen, Legenden, teilweise an Leskow (so der Roman *Die Uhr*, 1908), aber auch, in der Verbindung von Realem mit Phan-tastischem und mit dem ironisierenden Ton, an Gogol erinnernd (der Roman *Die Schwester im Kreuz*, 1910). Seiner Neigung zu Märchen und Legenden (*Stella Maria Maris*, 1927) blieb er in vielen seiner Exilwerke treu. Die Dominanz religiöser und moralischer Fragen verbindet ihn mit Dostojewski. Der Traum spielt in seinem Werk, das dem Surrealismus nahesteht, eine wesentliche Rolle. Befaßt sich in seinen Erzählungen mit der Kultur und dem Gedanken-gut des alten, vorchristlichen Rußland. In den Erinnerungen an die Jahre des Bürgerkriegs (*Rußland im Wirbelsturm*, 1927), in denen er Traumsequenzen mit historisch-authentischen Erinnerungspassagen verquickt, beklagt er Rußlands Schicksal nach der Revolution. Starke Wirkung auf einige der ›Serapionsbrü-der‹. Die Erzählung *Das Licht des Wortes* (1921) zeigt, surrealistisch getönt, die beiden Grundthemen im Werk von Remisow, die Armut der Petersburger Bevölkerung nach der Revolution und das große Interesse des Schriftstellers an der Sprache, am Wort, mit dem er über die größte Macht verfügt; die Welt galt Remisow als großes Wörterbuch.

Samjatin, Jewgeni (Zamjatin, Evgenij Ivanovič), 1. 2. 1884 Lebedjan (im Gouvernement Tambow) – 10. 3. 1937 Paris. Studierte am Polytechnischen Institut Petersburg, wurde Marine-Ingenieur und Mitglied der Sozialdemokra-tischen Partei. Seine erste Erzählung erschien 1908. 1916/17 überwachte er in England den Bau von Eisbrechern für die russische Regierung. Übte maßgeb-lichen Einfluß auf den Kreis der ›Serapionsbrüder‹ aus (Soschtschenko, Ka-werin, Tichonow, Sklowskij, Iwanow u. a.); wegen einiger Erzählungen von der Staatsmacht angegriffen und gehindert, seinen Roman *Wir* in der Sowjetunion zu veröffentlichen, emigrierte er 1931 nach Paris. In *Wir* stellt Samjatin die äußersten Konsequenzen in der Entwicklung eines totalitären Staats dar und hat damit Aldous Huxley (*Schöne neue Welt*) und George Orwell (*1984*) beein-flußt. Vor einem utopischen Hintergrund kritisiert Samjatin damals aktuelle Erscheinungen der Sowjetgesellschaft, wie die Verherrlichung des Kollektivs, den Mißbrauch der Wissenschaft und die Anfänge des Personenkults. Erst ab 1986 konnte sein literarisches Werk in der Sowjetunion veröffentlicht werden.

Seine stilistischen Neuerungen haben auf viele sowjetische Autoren gewirkt, sein Leskows und zum Teil Remisows ›ornamentale Prosa‹ weiterführender Stil steht dem Surrealismus nahe (›Neuer Realismus‹). Überaus wirkungsvoll ist seine Erzählung *Die Höhle* (1920) über die Zeit nach der Revolution und dem Ersten Weltkrieg, eine Zeit, in der die Menschen unter schrecklichsten Bedingungen ihre Existenz fristeten. Die Erzählung kann zugleich aber auch als allgemeingültige Parabel auf die Endzeit gelesen werden.

Pasternak, Boris (Pasternak, Boris Leonidovič) 10. 2. 1890 Moskau – 30. 5. 1960 Peredelkino bei Moskau. Sohn des Malers Leonid Pasternak. Studierte 1908 in Moskau zunächst Jura, 1909 an der Historisch-Philolologischen Fakultät, 1912 Philosophie in Marburg, 1913 wieder in Moskau. 1912 wurden erste Gedichte gedruckt; schloß sich 1913 einer Gruppe gemäßigter Futuristen an, von der er sich bald wieder trennte; 1914 wurde der erste Gedichtband veröffentlicht. Pasternak wurde zwar von einigen sowjetischen Kritikern gerühmt, doch warfen ihm andere eine unpolitische Haltung vor, so daß 1932-43 keine Gedichte von ihm mehr erscheinen konnten; arbeitete vor allem als Übersetzer (Shakespeare, Goethe, Kleist, Rilke, Petöfi u. a.) – die Tätigkeit vieler Autoren der sogenannten ›Inneren Emigration‹. Von 1948 an schrieb er an seinem Roman *Doktor Schiwago*, der, 1956 beendet, im Ausland gedruckt und in der UdSSR erst 1987 zur Veröffentlichung zugelassen wurde. 1958 wurde Pasternak der Nobelpreis für Literatur zuerkannt, den er infolge der Angriffe durch die offizielle Kritik und den Vorstand des Sowjetischen Schriftstellerverbandes nicht annahm. Pasternak gilt als einer der größten russischen Dichter des 20. Jahrhunderts. Ging vom Symbolismus aus, besonders von Blok und Belyi angeregt, und verdankt der Musik, unter anderem Skrjabins, starke Impulse. Die von Pasternak bevorzugten Themen sind die Liebe als verwandelnde Kraft und das künstlerische Schaffen; eine Thematik, die auch dem Roman *Doktor Schiwago* zugrunde liegt. Die frühere Lyrik ist reich instrumentiert, überrascht durch kühne Bilder, in der späteren treten die modernistischen Ausdrucksbestrebungen zurück, bekundet sich stärkere Annäherung an die klassische russische Tradition, an Puschkin, Lermontow u. a. Die Erzählung *Luftwege* (1924) arbeitet mit surrealistischen Mitteln, um Zensur und Pression zu umgehen.

Mandelstam, Ossip (Mandel'štam, Osip Emil'evič), 15. 1. 1891 Warschau – 27. 12. 1938 (?) im Durchgangslager Wladiwostok. Sohn eines Kaufmanns. Verbrachte die Jugend in Petersburg, 1907 in Paris; studierte 1909/10 in Heidelberg. 1911 Freundschaft mit den Akmeisten, die im Gegensatz zu den Symbolisten auf Gegenständlichkeit, Wirklichkeitsnähe und formale Klarheit setzten, zu ihnen gehörten unter anderen Anna Achmatowa, Nikolai Gumilew. Seit 1913 verfaßte Mandelstam poetologische und literarische Essays. Während der Bürgerkriegsjahre lebte er in Südrußland, dann in Moskau. 1922 erschienen sein zweiter Gedichtband und Prosaskizzen, 1928 die letzten Buchveröffentlichungen zu Lebzeiten (*Die ägyptische Briefmarke*, 1925/ 28). In Zeitschriften wurden seine Werke bis 1933 publiziert. Neben der jüdischen Lebenswelt seiner Familie beeinflußte ihn die europäisch-aufgeklärte Atmosphäre des liberalen Petersburger Tenischew-Gymnasiums. Versuchte Antike, Christentum und Judentum zu integrieren. In *Über die Natur des Wortes* (1922) analysiert Mandelstam die das Geschichtliche bewahrende Eigenschaft der russischen Sprache. Zugleich betont er die kulturerhaltende Bedeutung der Philologie: Ohne den pfleglich-liebevollen Umgang mit dem Wort müßte Europa zu »einer zivilisierten Sahara« verkommen. Die Erzählung *Jüdisches Chaos* (in der Sammlung *Rauschen der Zeit*) entstand 1925.

Ehrenburg, Ilja (Ėrenburg, Il'ja Grigor'evič), 27. 1. 1891 Kiew – 31. 8. 1967 Moskau. Wurde 1908 verhaftet, konnte emigrieren, gab 1910 in Paris seinen ersten Gedichtband heraus. War im Ersten Weltkrieg Frontkorrespondent einer russischen Zeitung und kehrte 1917 nach Rußland zurück; wurde 1921 Korrespondent in Paris, dann in Belgien. Lebte von 1923 an zeitweise, von etwa 1930 an ständig in der Sowjetunion; Reisen in Europa, Asien und Amerika; seit 1934 in kulturpolitischen und politischen Führungsgremien; 1936 Kriegsberichterstatter in Spanien, schrieb von 1940 an für die ›Prawda‹ und ›Krasnaja Svesda‹. Der Titel seiner Erzählung *Tauwetter* gab der Periode nach Stalins Tod, von 1953 bis 1964, ihren Namen. Ehrenburg setzte sich für die Rehabilitierung verfolgter Schriftsteller ein. Sein erster Roman *Die ungewöhnlichen Abenteuer des Julio Jurenito* (1922) ist eine Satire auf die europäische Zivilisation. Zahlreiche weitere, meist journalistische Romane folgten. Zeigt in den dreißiger Jahren eine Nähe zum sozialistischen Realismus. In seinen Memoiren *Menschen, Jahre, Leben* (1961-65) beschreibt Ehrenburg vier Jahrzehnte Sowjetunion. Diese ›Erinnerungsliteratur‹ will, wie Pasternak (mit *Doktor Schiwago*), Konstantin Paustowskij (*Erzählungen vom Leben*, 1945-63), Valentin Katajew (*Das Gras des Vergessens*) und auch Solschenyzin, das historische Gedächtnis bewahren. Viele seiner Werke, die vor allem die Stalinzeit betreffen, konnten erst während der Perestroika durch die Publikation der zensurierten Teile vollständig gelesen werden. Die Erzählung *Die Pfeife des Juden* (Teil der Sammlung *13 Pfeifen*) erschien 1923.

Bulgakow, Michail (Bulgakov, Michail Afanas'evič), 14. 5. 1891 Kiew – 10. 3. 1940 Moskau. Sohn eines Professors an der Geistlichen Akademie Kiew. Studierte bis 1916 Medizin in Kiew, war bis 1920 Arzt, arbeitete danach bei einer Provinzzeitung, ab 1921 in Moskau. 1924 entstand der Roman *Die weiße Garde,* 1925 der Roman *Hundeherz,* ebenfalls 1925 erschien sein einziges zu Lebzeiten genehmigtes Buch *Teufelsspuk*; 1930 wurde ihm die Ausreise verweigert; unter Stalins persönlichem Einfluß Regieassistent am Moskauer Künstlertheater, fristete seine Existenz notdürftig als Opernlibrettist und Übersetzer. Ab 1955 konnten seine Werke allmählich in der Sowjetunion erscheinen, zahlreiche Werke wurden nur oder ohne Zensurstriche nur im Westen veröffentlicht. Bulgakow gilt als einer der bedeutendsten russischen Erzähler und Dramatiker des 20. Jahrhunderts. Vier wesentliche Themenbereiche kennzeichnen sein Werk: die ärztliche Erfahrung, der Konflikt von Dichter und Staat (zeitkritisch in dem Doppelroman *Der Meister und Margarita,* entstanden 1928-40, veröffentlicht 1966/67, ohne Zensurstriche 1973), die Rolle der ›Weißen‹ im Bürgerkrieg (z. B. im Roman *Die weiße Garde*), Moskau in der NÖP-Periode (›Neue Ökonomische Politik‹ der Jahre 1921-27). Bulgakow bewunderte Gogol, dessen groteske Vermengung von Realistik und Phantastik auch seine Erzählungen charakterisiert – so auch die Erzählung *Tschitschikows Abenteuer* (1922), deren Titelheld nicht von ungefähr denselben Namen trägt wie die die Hauptfigur in Gogols *Die toten Seelen.* Hier greift Bulgakow Mißstände des Sowjetsystems an, besonders die Exzesse der neuen Bürokratie, Behördenwillkür, Ämterkauf, Korruption, Schwarzhandel, Schmuggel – die Herrschaft des Banalen. Mit seiner Kritik fiel der Autor in Ungnade bei der Partei. Bulgakow gehört zu den bedeutendsten Vertretern der ›Inneren Emigration‹, die ihre Werke jahrzehntelang nicht veröffentlichen konnten.

Pilnjak, Boris (Pil'njak, Boris Andreevič; eig. B. A. Vogau), 11. 10. 1894 Mozajsk – 1938, Wolgadeutscher, Sohn eines Tierarztes. Studierte an der Handelshochschule Moskau; war ab 1915 Mitarbeiter bei Zeitschriften; 1919 erschien ein erster Band mit Erzählungen. Reisen nach Westeuropa, Amerika, Japan; wurde 1927 aus politischen Gründen heftig angegriffen und aufgrund des im Ausland erschienenen Romans *Mahagoni* 1929 aus der Schriftstellerorganisation RAPP ausgeschlossen; vermutlich wurde er 1938 hingerichtet. Pilnjak behandelt in seinem Werk die Wirkung der Revolution auf breitere Schichten. Mit *Das nackte Jahr* (1922), *Die dritte Hauptstadt* (1923), *Maschinen und Wölfe* (1925) war er einer der ersten, der die Revolution zum Roman-

Gegenstand machte. Pilnjak sah die Revolution als Zeichen nationaler Wiedergeburt, als Kraft, die das ursprünglich nationale Gebilde Rußland wiederherstellen will. Sein Werk zeigt eine Nähe zu Leskow, aber auch zu Gogol und Dostojewski; bestimmte Elemente erinnern an Remisow und an Andrej Belyj. Wie die Symbolisten fragt Pilnjak nach Rußlands Stellung zwischen Ost und West. Für Pilnjak blieb die Theorie des Marxismus gleichgültig. Herkunft interessierte ihn mehr als Zukunft. Aus Pilnjaks kultur-archäologischer Sicht war Rußland nur in der Gleichzeitigkeit seiner Ungleichzeitigkeiten zu begreifen: als Nebeneinander des alten, des zaristischen und des sowjetischen Rußland. Eine Ansicht, die sich heute abgewandelt bei dem Autor Viktor Jerofejew wiederfindet, nach dem es keine russische Literatur, sondern nur russische Literaturen gebe. Die Erzählung *Das ganze Leben* entstand nach 1915.

Babel, Isaak (Babel, Isaak Emmanuilovič), 13. 7. 1894 Odessa – 17. 3. 1941 (?). Sohn eines Kaufmanns. Besuchte zunächst die Handelsschule in Odessa, dann 1911 die Handelsschule in Kiew, 1915 in Petersburg; erhielt Unterricht in Hebräisch, Bibel und Talmud. Erste literarische Veröffentlichung 1916 in Gorkis Zeitschrift ›Letopis‹. Nahm am Bürgerkrieg teil, 1920 am Krieg gegen Polen, als politischer Kommissar in der Reiterarmee des Marschalls Budjonnyj, war anschließend in der sowjetischen Verwaltung und als Journalist tätig, ab 1923 freier Schriftsteller. Bekannt wurde er durch die in (*Budjonnyjs*) *Reiterarmee* 1926 gesammelten Erzählungen. Nach 1929 von der sowjetischen Kritik abgelehnt, veröffentlichte er nach 1935 infolge der geänderten Bedingungen für die Literatur nichts mehr. Er wurde 1939 verhaftet, 1940 im Zuge stalinistischer Säuberungen verurteilt und vermutlich hingerichtet; 1954 wurde Babel postum rehabilitiert. Seine Kurzgeschichten sind an Maupassant geschult, neben Flaubert sein literarisches Vorbild. Krieg und Revolution werden in romantischer Sicht gezeigt, mit Kontrasten zwischen derb-naturalistischer Darstellung und lyrisch zarten Partien. Der ›ornamentale‹ Stil (die individuell oder dialektal stilisierte Redeweise der Personen) ist für Babel wichtiges Kunstmittel, so der jüdisch-russische Jargon in den *Geschichten aus Odessa* (1931). In seinen Metaphern wird immer wieder ein ästhetischer Abstand zur Grausamkeit des Krieges hergestellt. Die Erzählung *Der Verrat* gehört zur Sammlung *Die Reiterarmee*.

Soschtschenko, Michail (Zoščenko, Michail Michajlovič), 10. 8. 1894 Poltawa – 22. 7. 1958 Leningrad. Sohn eines Kunstmalers. Studierte Jura in Leningrad, meldete sich 1915 freiwillig zum Kriegsdienst, wurde Offizier, diente 1918/19 in der Roten Armee. 1921 schloß er sich dem literarischen Kreis der ›Serapionsbrüder‹ an. Wurde später heftig angegriffen und nach überraschender vernichtender Verurteilung durch den Parteierlaß vom 14. 8. 1946 aus dem Sowjetischen Schriftstellerverband ausgeschlossen. Soschtschenko war lange Zeit der beliebteste und meistgelesene sowjetische Schriftsteller. Seine satirische Prosa nimmt Elemente Gogols, Saltykows und Leskows auf. Gegenstand seiner Satire sind der Sowjetbürger, der angesichts der Revolution keine Spur von Heroismus zeigt, die sowjetische Bürokratie, die absurde Blüten treibt, Korruption und Mißhelligkeiten des Alltagslebens. Der Erzählband *Das Himmelblaubuch* (1935) faßt Einzelerzählungen zyklisch zusammen, das satirische Element ist durch die Zensur bereits abgeschwächt. Schon mit seinem ersten Prosaband (*Erzählungen des Nazar Iljitsch*, 1922) hatte Soschtschenko die Form gefunden, der er seine bleibende Popularität verdanken sollte: den komischen ›Skaz‹ als eine Erzählweise, die sich stilistisch an der mündlichen Rede eines mäßig intelligenten Erzählers orientiert. Ein solches Verfahren eignete sich besonders für satirische Spitzen gegen die kommunistische Phraseologie. Mit dem Spott aber verbindet sich bei Soschtschenko eine Sympathie für seine am Alltag scheiternden Helden, die in der Erkenntnis wurzelt, daß es weniger die Verhältnisse als die Menschen selber sind, die ihrem Glück im Wege stehen. Die *Geschichte der Dame mit den Blumen* (enthalten in *Das Himmelblaubuch*) ist eine scharfe Kritik an den sowjetischen Zuständen, an der Banalität und Trivialität des kommunistischen Alltags.

Ilf, Ilja (Il'f, Il'ja; eig. Il'ja Arnol'dovič Fajnzil'berg), 15. 10. 1897 Odessa – 13. 4. 1937 Moskau. Sohn eines Angestellten. Mitarbeiter an satirischen Zeitschriften. Wurde 1928 bekannt durch den in Zusammenarbeit mit Jewgeni Petrow geschriebenen Roman *Zwölf Stühle*, der die erfolglose Jagd des Ganoven Ostap Bender nach den hinterlassenen Brillanten einer russischen Aristokratin schildert, eine humorvoll-witzige und zugleich scharfe Satire auf Erscheinungen der NÖP-Periode (›Neue Ökonomische Politik‹ der Jahre 1921-27), ein Schelmenroman. Zu dieser literarischen Gattung zählt auch der zweite, den ersten fortsetzende Roman von Ilja Ilf und Jewgeni Petrow, *Das goldene Kalb* (1931), der ironisch den sowjetischen Alltag beleuchtet. Die offene Form des Pikaroromans ermöglicht die Einführung immer neuer Figuren und raschen Szenenwechsel. Bei Ilf und Petrow dominieren Handlungs- und Situationskomik, nie wird, wie anders auch kaum möglich, die Kritik am politischen System direkt. Seit 1927 schrieben Ilf und Petrow ihre Texte Satz für Satz gemeinsam. Die Erzählung *Das knöcherne Bein* (1934) schildert, ebenfalls auf komische Weise, wie die Bürokratie, die größte Waffe des kommunistischen Systems, eine Liebe verhindert.

Petrow, Jewgeni (Petrov, Evgenij Petrovič; eig. E. P. Katajew), 13. 12. 1903 Odessa – 2. 7. 1942 bei Sewastopol. Sohn eines Lehrers, Bruder von Viktor Katajew, 1920 Journalist in Odessa, ab 1923 in Moskau; fiel im Zweiten Weltkrieg als Kriegsberichterstatter.

Olescha, Juri (Oleša, Jurij Karlovič), 3. 3. 1899 Elisawetgrad/Kirowograd) – 10. 5. 1960 Moskau. Verbrachte seine Jugend in Odessa, arbeitete bis 1927 als Journalist, schrieb einen Roman, einige Erzählungen und ein Theaterstück, verstummte dann, nach einer Rüge durch die sowjetische Kritik, vom Ende der dreißiger Jahre an als Schriftsteller. Autoren wie Olescha, Achmatowa, Bulgakow, Charms, Pasternak, Tynjanow verschwanden teilweise oder ganz aus dem Blickfeld der literarischen Öffentlichkeit, sie schrieben für sich oder sie verstummten (›Innere Emigration‹). Andere wichen auf weniger riskante Gebiete wie Kinderliteratur, Übersetzungen oder Drehbücher aus. Wie man seine eigene Vergangenheit auf Anordnung verleugnen konnte, zeigt Olescha in seinem Roman *Neid* (1927), der eine symbolische Selbstkritik der literarischen Intelligenz darstellt. Die Erzählung *Aldebaran* (1931) transportiert das Verhältnis von Gegenwart und Vergangenheit auf die Ebene von Technik und Anschauung.

Nabokov, Vladimir (Nabokov, Vladimir Vladimirovič), 22. 4. 1899 Petersburg – 2. 7. 1977 Montreux. Sohn eines Juristen. Wuchs im weltoffenen Petersburg dreisprachig auf (russisch, englisch, französisch). Nach der Oktoberrevolution flüchtete die Familie zunächst auf die Krim, 1919 verließ sie Rußland. Nabokov studierte französische Literatur und Entomologie in Cambridge, lebte 1922-37 in Berlin, 1937-40 in Paris, dann in den USA. War 1941-48 Poet in residence am Wellesley College, 1948-59 Professor für russische Literatur an der Cornell University, dann freier Schriftsteller in Montreux. Nach Anfängen als Lyriker wandte sich Nabokov früh der Prosa zu, lenkte mit den ersten Romanen mehr und mehr die Aufmerksamkeit der Kritik auf sich. Nabokov steht nicht in der Tradition der russischen Literatur des 19. Jahrhunderts; mit Alexander Blok, Andrej Belyj und den von diesem beeinflußten sowjetischen Prosaisten teilte er die Neigung zum Stilmittel der ›Entfremdung‹; ist eher der zeitgenössischen Literatur Westeuropas verwandt

ZU DEN AUTOREN UND WERKEN

(Kafka, Proust). Der frühe Roman *Maschenka* (1926) handelt von einer verlorenen Liebe vor dem Hintergrund von Exil und Krieg. In den folgenden Werken, *König, Dame, Bube* (1928), *Die Mutprobe* (1932), *Gelächter im Dunkeln* (1933), zeichnet Nabokov die Realität des Exils im Detail sowie den Schmerz um das verlorene Vaterland. In *Einladung zur Enthauptung* (1934) werden Versatzstücke aus der absurden Realität der zeitgenössischen deutschen und sowjetischen Diktaturen eingebaut. Nabokovs letzter auf russisch geschriebener Roman *Die Gabe* (1937/38) wird als ein Höhepunkt der klassischen russischen Moderne angesehen. Ab 1940 schrieb Nabokov in englischer Sprache; die Aufgabe der Muttersprache als Medium des Schreibens hat er als Todeserfahrung bezeichnet, als Exil zweiter oder höherer Ordnung, dessen Qualen nicht mitgeteilt werden könnten. Ab 1974 wurde sein russisches Werk in den USA nachgedruckt und hat sich heute unbestritten auf den obersten Rängen eines Kanons moderner Prosa behauptet; die russische Exilliteratur ist mit Nabokov zur Weltliteratur geworden. Mit dem Roman *Lolita* erzielte er 1955 einen Welterfolg. In der Sowjetunion wurde er bis 1986 verschwiegen, dann begann allmählich auch hier seine Anerkennung. Die Erzählung *Zeichen und Symbole* (1948) stellt die Exilsituation auf eine besondere Weise dar.

Platonow, Andrej (Platonov, Andrej Platonovič), 1. 9. 1899 Woronesch – 5. 1. 1951 Moskau. Sohn eines Arbeiters. Nahm am Bürgerkrieg teil, übte verschiedene Berufe aus (u. a. Elektroingenieur). Nach scharfer Kritik an der Partei 1929 erhielt Platonow nur noch selten Publikationserlaubnis. Sein Werk blieb bis 1958 in der Sowjetunion vollständig unterdrückt. Nur im Westen erschienen seine Romane *Unterwegs nach Tschewengur* (entstanden 1927/28) und *Die Baugrube* (entstanden 1929/30), die die Entwicklung in der Sowjetunion jener Jahre in einer Mischung von Ironie und Parabel kritisch gestalten. Gegen die stalinistischen Bilder vom Glück setzt Platonow in seinen Erzählungen und Romanen Bilder der Schwermut und Hoffnungslosigkeit. Platonows Werk zählt zu den herausragenden Erscheinungen der russischen Epik im 20. Jahrhundert. Seine Anti-Welten spiegeln die Verwerfungen wider, die sich aus dem Zusammenstoß archaisch-bäuerlicher Mentalität mit dem System des Sozialismus ergeben. Platonow kritisiert die kommunistische Sprache und den politischen Diskurs der herrschenden Klasse. Die Inhaber der Schrift sind für ihn auch Inhaber der Macht. Geschichte ist nichts anderes als eine »Bewegung von Leid«. Die Erzählung *Der Antisexus* (1926) beschreibt die Mechanisierung der Welt auch im privatesten Bereich; der bürokratische Apparat läßt auch den Menschen zur Maschine werden.

Charms, Daniil (Charms, Daniil Ivanovič; eig. Juwatschow), 12. 1. 1906 Petersburg – 2. 2. 1942 in Haft. Trat 1925-30 als wichtigstes Mitglied der Leningrader Gruppe ›Obériu‹ (Vereinigung für reale Kunst) bei öffentlichen Darbietungen auf. Der Name der Gruppe führt insofern in die Irre, als die Oberiuten sich als ausgesprochene Surrealisten verstanden: Helden und Erzähler verfremden und parodieren die Welt der Erwachsenen – das Normensystem der Sowjetunion. Als Charms' Werke unterdrückt wurden, schrieb er Kinderliteratur, mit der er notdürftig sein Geld verdiente. 1941 wurde er verhaftet und ist wahrscheinlich 1942 im Gefängnis verhungert; 1956 wurde er postum rehabilitiert. Gegenstand der offiziellen Kritik waren vor allem Charms' Miniatur-Erzählungen *Fälle*, 1933-39. Als Verfasser von Kürzestprosa, dramatischen Szenenfolgen und von Gedichten, die die Brutalität und Sinnlosigkeit menschlichen Handelns in radikaler Verknappung veranschaulichen, erweist sich Charms als führender russischer Autor der absurden Kunst. Die Erzählung *Das Schicksal einer Professorenfrau* ist Teil der Sammlung *Fälle*.

Schalamow, Warlam (Šalamov, Varlam Tichonovič), 1. 6. 1907 Wologda – 18. 1. 1982 Moskau. Sohn eines Geistlichen. Lebte seit 1924 in Moskau, arbeitete als Gerber in einer Lederfabrik. Studierte 1926 Jura an der Staatlichen Moskauer Universität. Wurde 1929 verhaftet wegen Verbreitung des »antistalinschen« Lenin-Testaments »Brief an den Parteitag« und zu drei Jahren Lagerhaft verurteilt, die er im Nordural absaß. Kehrte 1932 nach Moskau zurück, arbeitete für Zeitschriften, schrieb Artikel, Reportagen, Feuilletons. 1937 erneut verhaftet und zu fünf Jahren Lager an der Kolyma verurteilt. 1943 neuerliche, zehnjährige Haftstrafe, weil er Bunin einen russischen Klassiker genannt hatte, was als antisowjetische Agitation galt. 1946 zu einem Arzthelfer-Lehrgang ins Lagerkrankenhaus abgestellt. Wurde 1951 aus dem Lager entlassen, arbeitete als Meister im Torfabbau und als Versorgungsagent im Gebiet um Kaliningrad. Schrieb zur gleichen Zeit an seinen Kolyma-Erzählungen. Wurde 1956 rehabilitiert. Kehrte nach Moskau zurück, arbeitete als Korrespondent für die Zeitschrift ›Moskau‹, schrieb Reportagen. Seine ersten Prosaarbeiten in der UdSSR erschienen 1987 in Zeitschriften. Zu Lebzeiten wurden die Gedichtbände *Feuerstein* (1961), *Blätterrascheln* (1964), *Weg und Schicksal* (1967) veröffentlicht. Schalamow, der 24 Jahre in Haft und davon 17 in der eisigen Kälte von Kolyma zubringen mußte, gilt als einer der wichtigsten Vertreter der ›Lagerliteratur‹. Anders als Solschenizyn, der Erlösung durch Leiden predigt und dadurch dem Lagerleben auch positive Aspekte abgewinnt, vertritt Schalamow die Auffassung, daß Leiden demoralisiert und den menschlichen Geist zerbrechen läßt. Eine Brutalisierung des Menschen ist für ihn unausweichliche Konsequenz. Während Solschenizyn das Lager als weltliches Äquivalent zum Jüngsten Gericht versteht, bedeutet es für Schalamow eine Schule, in der nichts gelernt wird, wo vieles zu sehen ist, was ein Mensch lieber nie sehen sollte. Seine Prosa zeigt eine maximale Verdichtung, eine Mischung aus intensiver Erzählung, physiologischer Skizze und ethnographischer Beobachtung. Das Lager sieht er als gigantisches negatives Experiment, von dem eine ausschließlich destruktive Wirkung ausgeht. In seinen Kurzgeschichten, die im Samisdat kursierten und von denen ein Teil 1978 in London unter dem Titel *Erzählungen aus Kolyma* gesammelt herauskamen, verwendet Schalamow einen neutralen lakonischen Erzählton, vermeidet jedes Pathos und eine allzu direkte Bewertung. Seine Figuren, die in extremen Belastungssituationen beschrieben werden, wo Normen eines zivilisierten Zusammenlebens nicht mehr gelten, sind fast aller Gefühle beraubt und zu Eis und Stein erstarrt. 1981 wurde der Autor mit dem Friedenspreis des französischen PEN-Clubs ausgezeichnet. Die Erzählung *Typhusquarantäne* entstand 1978.

Solschenizyn, Alexander (Solženicyn, Aleksandr Isaevič) geboren 11. 12. 1918 Kislowodsk. Studierte Mathematik und Philologie in Rostow und Moskau; war 1945-1953 in Straflagern interniert, bis 1956 nach Mittelasien verbannt und begann mit literarischem Schreiben; nach seiner Rehabilitierung 1957 Lehrer in Rjasan (Mittelrußland). 1962 veröffentlichte die Zeitschrift ›Nowij mir‹ seinen Roman *Ein Tag im Leben des Iwan Denissowitsch*, der erste sowjetische Lagerroman, durch ihn wurde Solschenizyn weltweit bekannt. In der Sowjetunion erschienen nur noch einige Erzählungen, die beiden vorher geschriebenen Romane *Der erste Kreis der Hölle* und *Krebsstation* konnten 1968 nur im Ausland veröffentlicht werden. 1969 wurde Solschenizyn aus dem Schriftstellerverband der UdSSR ausgeschlossen, 1970 erhielt er den Nobelpreis. 1973-75 erschien im Westen der *Archipel GULAG*, eine literarisch-dokumentarische Darstellung des sowjetischen KZ-Systems seit Lenin. 1974 wurde Solschenizyn verhaftet und exiliert. Von Zürich aus publizierte er den *Offenen Brief an die sowjetische Führung*, mit politischen und ökologischen Mahnungen sowie *Die Eiche und das Kalb*, eine literarisch-dokumentarische Darstellung der sowjetischen Literaturpolitik 1961-74. Lebte 1976-84 in Cavendish/Vermont, USA, und kehrte 1994 nach Rußland zurück. Auch Solschenizyns Werk zählt zur sogenannten ›Erinnerungsliteratur‹, die die Wahrheit über die russische Geschichte im 20. Jahrhundert überliefern will. Die Erzählung *Die rechte Hand* entstand 1970.

Trifonow, Juri (Trifonov, Jurij Valentinovič), 28. 8. 1925 Moskau – 28. 3. 1981 Moskau. Sohn eines Parteifunktionärs, der 1937 hingerichtet wurde. Studierte 1944-49 am Moskauer Literatur-Institut. Wurde in den siebziger Jahren des 20. Jahrhunderts zu einem der bekanntesten sowjetischen Prosaautoren. Seine Romane behandeln Krisen in russischen Großfamilien der städtischen Intelligenz und system- bzw. charakterbedingte Probleme seiner Zeit. Die drei Novellen *Der Tausch*, 1969, *Zwischenbilanz*, 1970, *Langer Abschied*, 1971, verleihen dem Lebensgefühl der Moskauer Intelligentsia in der Zeit der ›Stagnation‹ (der Breschnjew-Ära) Ausdruck, in der Darstellung des mühevollen und belastenden Alltags mit seinen Versorgungsschwierigkeiten und dem Zusammenleben auf engstem Raum. Der Roman *Zeit und Ort* (1981) bringt eine Fülle von Einzelheiten aus dem Leben eines sowjetischen Schriftstellers. Die Erzählung *Wera und Sojka* (1969) zeigt die alltägliche Trivialität des Kommunismus und schildert das Schicksal verlassener Frauen.

Mamlejew, Juri (Mamleev, Jurij Vital'evič), geboren 1931 in Moskau. Sohn eines Psychiaters. Absolvierte das Moskauer Institut für Forstwirtschaft. Schloß sich in den sechziger Jahren einem Kreis bekannter Samisdat-Literaten an, unter denen seine Werke kursierten. Verfaßte Romane (*Die Unbekannten, Moskauer Gambit*) sowie zahlreiche Erzählungen und philosophische Essays. Mamlejew gilt als metaphysischer Realist, tendiert zum Surrealismus. Er emigrierte 1974 in die USA, lehrte dort an der Cornell University. 1983 Übersiedlung nach Frankreich. Seine Werke erscheinen auf englisch, französisch und in anderen europäischen Sprachen; auf russisch (in Rußland) seit 1989. Mamlejew lebt in Moskau und Paris. Das Böse zeigt sich in Mamlejews Texten als Langeweile oder leere Neugier. Seine Figuren sind fahl und monströs, von enthemmter, grotesker Leiblichkeit, sie sind wie ›tote Seelen‹, die nach ihrer Seele suchen. Auf deutsch erschien 1992 *Der Mörder aus dem Nichts*; 1994 *Die letzte Komödie*; 2003 *Die irrlichternde Zeit*. Die Erzählung *Die Rückseite von Gauguin* (1986), aufgenommen in die Sammlung *Der Tod des Erotomanen* (dt. 1998), greift das alte schauerromantische Wiedergängermotiv auf und wendet es in eine politisch-gesellschaftliche Parabel: Das Alte löst sich selbst auf, indem es versucht, das Neue zu zerstören.

Maramsin, Wladimir (Maramzin, Vladimir Rafailovič), geboren 5. 8. 1934. Maramsin gilt als einer der bedeutendsten sowjetischen Satiriker, emigrierte 1975 in den Westen. Greift auf Gogol, Saltykow, Bulgakow und Nabokov zurück, seine stilistischen Experimente stehen in der Tradition von Platonow, Olescha und Soschtschenko. Maramsin kombiniert die gehobene und die vulgäre Sprache. Installiert den sowjetischen ›Mann von der Straße‹ als Erzählinstanz. Sowjetische Slogans und Propaganda werden in ihrer falschen Verwendung ironisch gegen sich selbst gerichtet und dekonstruiert. Die Erzählung *Ich, mit einer Ohrfeige in der Hand* (1964) ist, ebenso wie die anderen Erzählungen Maramsins, von faszinierender stilistischer Vielschichtigkeit, im Wechsel von fast kindlicher Schlichtheit der Sprache und höchster Form- und Sprachspielerei. Maramsin übt scharfe Kritik an einer korrupten Gesellschaft, enthüllt unbarmherzig die Monotonie und Öde des sowjetischen Alltags.

Gladilin, Anatoli (Gladilin, Anatolij Tichonovič), geboren 21. 8. 1935 in Moskau. Arbeitete als Elektriker und studierte von 1954 bis 1958 am Gorkij-Institut für Literatur. 1956 veröffentlichte er seine erste Novelle *Chronik der Zeiten des Victor Podgurskij* in der Zeitschrift ›Junost‹ (1958 in Buchform). 1959 erschien die Erzählung *Die Brigg hißt die Segel*, 1962 *Die ewige Dienstreise*, 1965 der Erzählband *Der erste Tag des Neuen Jahres*, 1970 die Novelle *Das Evangelium des Robespierre*. Seit seiner Emigration in den Westen, 1976, lebt Gladilin in Paris. Sein Werk ist von zentraler Bedeutung für die sogenannte Tauwetter-Periode. Als Schauplätze des Geschehens in seinen Romanen und Erzählungen dienen erstmals nicht mehr der Arbeitsplatz und die Werkbank, sondern Orte, die in der sowjetischen Literatur bis dahin jahrzehntelang nicht figurierten: abendliche Straße, Busstation, Kaufhaus, Zoologischer Garten. Der Held in Gladilins Satiren ist der ›kleine Mann‹, den der Autor jedoch nie zur Zielscheibe seines Spottes werden läßt, sondern immer nur die Verhältnisse, unter denen er leben muß. Aus seinen Erzählungen spricht tiefes Verständnis für die Widrigkeiten, mit denen der Sowjetbürger zu kämpfen hatte. In der Erzählung *Der Zug fährt ab* (1980) spiegelt sich eine Gesellschaft, die in Bewegung gerät, die aufbrechen will zu neuen, anderen Räumen.

Petruschewskaja, Ljudmila (Petruševskaja, Ljudmila Stefanovna), geboren 1938, lebt in Moskau. Freie Schriftstellerin, Dramatikerin und Prosaautorin, Veröffentlichungen seit Anfang der siebziger Jahre. Ihre desillusionierenden Theaterstücke wurden bis zur Perestroijka nur von Laiengruppen aufgeführt. Aufgrund ihrer kritischen Haltung eine der in Rußland meistdiskutierten

Autorinnen. Petruschewskaja schreibt beeindruckend präzise, düstere Prosatexte, die oftmals den Alltag hinter sich lassen, ohne je ganz den Kontakt mit der Realität zu verlieren. So entstehen tragikomische Geschichten, die das Märchenhafte mit der Realität verbinden. Petruschewskaja steht mit Valeria Narbikova, Ludmila Ulickaja, Nina Sadur und Swetlana Wasilenko in einer Reihe, mit Schriftstellerinnen, die sich der Körperlichkeit als einer Instanz zuwenden. Die Wahrnehmung der Welt durch das Medium der Rede bzw. durch Gerede, das die Biographien von Menschen zu bruchstückhaften Gerüchten und Informationsfetzen werden läßt, wird von Petruschewskaja intensiv gestaltet, indem sie die Alltagsthematik in ein Spannungsverhältnis zu Mythen und Stadtfolklore setzt. In der Erzählung *Der schwarze Mantel* (1999) blitzt das Geheimnisvolle im Alltäglichen auf, als das junge Mädchen mit dem schwarzen Mantel für einen kurzen Moment dem leibhaftigen Tod zu begegnen scheint, ein Todestraum. Petruschewskaja wurde mit dem PuschkinPreis ausgezeichnet und ist seit 1997 Ständiges Mitglied der Bayerischen Akademie der Künste.

Jerofejew, Wenedikt (Erofeev, Venedikt), geboren 1938 auf der Kola-Halbinsel − 1990. Sohn eines Eisenbahners, der bald nach der Geburt des Sohnes verhaftet wurde und 16 Jahre in Straflagern verbrachte. Studium an der Staatlichen Universität Moskau, nach anderthalb Jahren Exmatrikulation, weil sich Jerofejew dem Militär entzog. Arbeitete ab 1957 als Packer, Hilfsmaurer und Heizer, als Diensthabender eines Milizreviers (Orechowo-Sujewo). Schrieb mit siebzehn Jahren seine erste größere Arbeit, *Aufzeichnungen eines Psychopathen*. 1970 entstand sein Prosapoem *Die Reise nach Petuschki*, das innerhalb weniger Wochen zum Samisdat-Bestseller wurde. Es wurde 1973 als Buch in Israel veröffentlicht, später in Frankreich, Großbritannien, der Bundesrepublik Deutschland und in zahlreichen anderen Ländern. Das Theaterstück *Die Walpurgisnacht oder Die Schritte des Komtur* wird weltweit aufgeführt. Vertreter der Postmoderne wie Jewgeni Popow, Viktor Jerofejew oder Arkadi Bartow. Die Erzählung *Wassili Rosanow − aus der Sicht eines Exzentrikers* erschien 1995 postum.

Sorokin, Wladimir (Sorokin, Vladimir), geboren 7. 8. 1955 in Bykowo bei Moskau. Absolvierte das Erdöl- und Erdgas-Institut, arbeitete als Designer von technischen Büchern. Prosaschriftsteller, Dramatiker, Maler. 1985 erschien in Paris sein Roman *Die Schlange* (dt. 1990). Eine seiner ersten Veröffentlichungen, das Theaterstück *Pelmeni*, 1990 in der Zeitschrift ›Filmkunst‹

abgedruckt, entfachte eine große Polemik. Sorokins Arbeiten wurden vor allem in der »Underground«-Presse veröffentlicht. Ein Band mit Erzählungen erschien 1992, dann die Romane *Ein Monat in Dachau* (dt. 1992), *Marinas dreißigste Liebe* (dt. 1993), *Die Herzen der vier* (1994), *Der himmelblaue Speck* (1999), *Pir* (2002), daneben weitere Erzählungen und Theaterstücke. Sorokin lebt in Moskau. Entwickelte in seiner Erzählprosa ein konzeptualistisches Verfahren: Jedes seiner Werke repräsentiert eine ganze Bibliothek von Texten, die unterschiedliche literarische Dispositionen manifestieren. Sorokin will herrschende Machtstrukturen und Diskurspraktiken aufzeigen, die im Kulturbetrieb in Literatur und Film geprägt und weitergegeben werden. Seine Figuren sind ›Sprachfiguren‹ im direktesten Sinn des Wortes, sie sind Produkte von historischen sprachlichen Konventionen. Mit seinen Texten will er den Leser bewußt verstören, ihn einer Desorientierung und einem Wertevakuum aussetzen. Sorokin stellt den Terror der Vernichtung des Individuums auch als Effekt der sowjetischen bzw. russischen Redewirklichkeit dar, so auch in der Erzählung *Die Sitzung des Gewerkschaftskomitees* (1992).

Pelewin, Wiktor (Pelevin, Viktor Olegovič), geboren 1963 in Moskau. Wurde bekannt mit seinem Roman *Omon hinterm Mond* (1992), einem »östlichen ›Werther‹ für westliche Klassenzimmer« (›Frankfurter Allgemeine Zeitung‹). Für seine Erzählungen (in dem Band *Die blaue Laterne*) erhielt er 1993 den »kleinen« Booker-Prize. Pelewins ›unglaubliche Geschichten‹ spielen an gewöhnlichen Orten. Er zeigt Verwandlungen, Labyrinthe, parallele Welten. Gerade angesichts des rasanten Wandels in der russischen Gesellschaft weist Pelewin auf die Wiederholungen hin, macht die Archetypen des Seins und Bewußtseins sichtbar. Pelewin war der im Jahr 2000 meistgelesene russische Autor. In seinen Texten geht es um persönliche und räumliche Identitäten, die nicht als Suche nach einem Zentrum, nach den Wurzeln gestaltet sind, sondern – offen – als Weg und Entwicklung. Das Trügerische menschlicher Wahrnehmung spielt dabei eine entscheidende Rolle. *Generation P* (1999), ein Buch voller Ironie und Witz, ist für die ›P‹-Leser (Pepsi-Cola, Pelewin, Perestrojka, Postmoderne, Public Relations) zu einem Kultbuch geworden. Es nähert literarische Verfahren denen der Inszenierung von Massenmedien an und zerstört, dekonstruiert sie gleichzeitig.

Warlamow, Alexej (Varlamov, Aleksej Nikolaevič), geboren 1963. Lebt im Gebiet Wologda und arbeitet hauptberuflich als Russischlehrer für ausländische Studenten. Seine Erzählungen werden seit 1987 regelmäßig in den russischen Literaturzeitschriften gedruckt. 1995 erschien in ›Nowyj mir‹ sein erster Roman. Die Erzählung *Das Sakrament* zeigt die Profanisierung der Kirche und umgekehrt die Heiligkeit des scheinbar Profanen.

Quellenverzeichnis

Babel, Isaak (1894-1941): *Der Verrat*, aus dem Russischen von Dmitri Umanski (Die Reiterarmee. Erzählungen, Frankfurt am Main: Suhrkamp Verlag 1994 © Verlag Volk und Welt GmbH, Berlin 1964)

Brjussow, Waleri (1873-1924): *Im Spiegel*, aus dem Russischen von Margit Bräuer (Nur der Morgen der Liebe ist schön © Rütten & Loening, Berlin 1987)

Bulgakow, Michail (1891-1940): *Tschitschikows Abenteuer*, aus dem Russischen von Aggy Jais (Meistererzählungen © F.A. Herbig Verlagsbuchhandlung, München/Berlin 1970)

Bunin, Iwan (1870-1953): *Grammatik der Liebe*, aus dem Russisschen von Georg Schwarz (Liebesgeschichten aus Rußland, ausgewählt und mit einem Nachwort versehen von Angela Martini-Wonde, Frankfurt am Main und Leipzig: Insel Verlag 1992 © Aufbau-Verlag Berlin und Weimar 1970)

Charms, Daniil (1906-1941): *Das Schicksal einer Professorenfrau* (Zwischenfälle, hg. v. Lola Debüser, aus dem Russischen von Ilse Tschörtner, Verlag Volk & Welt Berlin 1990)

Dostojewski, Fjodor (1821-1881): *Der Großinquisitor* (Der Großinquisitor, übertragen und mit einem Nachwort von Rudolf Kassner, Leipzig: Insel-Verlag 1914)

Ehrenburg, Ilja (1891-1967): *Die Pfeife des Juden*, aus dem Russischen von Berit Schiratzki (13 Pfeifen, Frankfurt am Main: Suhrkamp Verlag 1978 © der deutschen Übersetzung 1930 by Malik-Verlag A.G., Berlin)

Garschin, Wsewolod (1855-1888): *Die rote Blume*, aus dem Russischen von Valerian Tornius (Die rote Blume. Erzählungen, Frankfurt am Main: Insel Verlag 1989 © 1956 Dieterich'sche Verlagsbuchhandlung Leipzig)

Gladilin, Anatoli (geb. 1935): *Der Zug fährt ab* (Probe am Freitag, aus dem Russischen von Annelore Nitschke und Liesl Ujvary © der deutschen Ausgabe 1980 by Verlag Ullstein GmbH Berlin – Frankfurt/M. – Wien)

Gogol, Nikolai (1809-1852): *Die Nase*, aus dem Russischen v. Alexander Eliasberg (Abende auf dem Vorwerke bei Dikanjka und andere Erzählungen © by Büchergilde Gutenberg Frankfurt am Main, Wien, Zürich 1962)

Gontscharow, Iwan (1812-1891): *Ein glücklicher Irrtum*, aus dem Russischen von Evelyn Beitz (Die Hügelstürmer von St. Petersburg. Erzählungen, Frankfurt am Main und Leipzig: Insel Verlag 1991 © Gustav Kiepenheuer Verlag Leipzig und Weimar 1986)

Ilf, Ilya (1897-1937) und Petrow, Jewgenij (1903-1942): *Das knöcherne Bein*, aus dem Russischen von Johannes von Guenther (Rußland erzählt. Zwanzig Erzählungen, ausgewählt und eingeleitet von Johannes von Guenther, Fischer Bücherei KG, Frankfurt am Main und Hamburg 1959)

Jerofejew, Wenedikt (geb. 1938): *Wassili Rosanow – aus der Sicht eines Exzentrikers*, übersetzt von Rüdiger Wehling-Raspé (Tigerliebe. Russische Erzähler am Ende des 20. Jahrhunderts, hg. v. Viktor Jerofejew © 1995 Berlin Verlag; Wenedikt Jerofejew © Lettre International, Berlin 1990)

Karamsin, Nikolai (1788-1826): *Die arme Lisa*, aus dem Russischen von Lisbeth Macaheff (Russische Liebesgeschichten von Karamsin bis Simonow, hg. v. a. M. Uhlmann, Leipzig: Reclam o. J. © Rütten & Loening, Berlin 1952)

Korolenko, Wladimir (1853-1921): *Der alte Glöckner* (Erde und Ewigkeit. Russische Meister-Erzählungen, übertragen und hg. v. Erich Müller-Kamp, München: Karl Alber Verlag o. J.)

Kusmin, Michail (1872-1936): *Die grüne Nachtigall*, aus dem Russischen von Alexander Eliasberg (Die grüne Nachtigall. Erzählungen, Leipzig: Insel-Verlag 1982 © 1918 Gustav Kiepenheuer Verlag Weimar)

Lermontow, Michail (1814-1841): *Ein Held unserer Zeit – Der Fatalist*, aus dem Russischen von Georg Schwarz (Prosa und Dramatik © Rütten & Loening, Berlin 1987)

Leskow, Nikolai (1831-1895): *Qualsucht des Geistes* (Erde und Ewigkeit. Russische Meister-Erzählungen, übertragen und hg. v. Erich Müller-Kamp, München: Karl Alber Verlag o. J.)

Mamlejew, Juri (geb. 1931): *Die Rückseite von Gauguin* (Der Tod des Erotomanen. Erzählungen, aus dem Russischen von Ulrike Zemme © 1998 Residenz Verlag, Salzburg und Wien)

Mandelstam, Ossip (1891-1938): *Jüdisches Chaos*, deutsch von Gisela Drohla (Die ägyptische Briefmarke © Suhrkamp Verlag Frankfurt am Main 1965)

Maramsin, Wladimir (geb. 1934): *Ich, mit einer Ohrfeige in der Hand* (Ich, mit einer Ohrfeige in der Hand. Erzählungen. Aus dem Russischen von Christiane Bertoncini, Bernd Nielsen-Stokkeby und Liesl Ujvary © 1978 Verlag Ullstein GmbH Berlin – Frankfurt/M. – Wien)

Nabokov, Vladimir (1899-1977): *Zeichen und Symbole*, deutsche Übersetzung von Renate Gerhardt (Erzählungen 2. 1935-1951. Gesammelte Werke Bd. 14 Copyright © 1966, 1983, 1984, 1989 by Rowohlt Verlag GmbH, Reinbek bei Hamburg)

Odojewski, Wladimir (1803-1869): *Die sechste Nacht*, aus dem Russischen von Eckhard Thiele (Russische Nächte, hg. v. Klaus Städtke, Frankfurt am Main: Insel Verlag 1990 © Rütten & Loening, Berlin 1987)

Olescha, Juri (1899-1960): *Aldebaran*, aus dem Russischen von Johannes von Guenther (Rußland erzählt. Zwanzig Erzählungen, ausgewählt und eingeleitet von Johannes von Guenther, Fischer Bücherei KG, Frankfurt am Main und Hamburg 1959)

Pasternak, Boris (1890-1960): *Luftwege*, aus dem Russischen von Heddy Pross-Weerth (Gedichte. Erzählungen. Sicheres Geleit, Fischer Bücherei KG, Frankfurt am Main und Hamburg 1959)

Pelewin, Wiktor (geb. 1963): *Nike* (Die Entstehung der Arten und andere Erzählungen. Aus dem Russischen übertragen und hg. v. Andreas Tretner © für die deutsche Übersetzung Reclam Verlag Leipzig 1995 © Viktor Pelewin)

Petruschewskaja, Ljudmila (geb. 1938): *Der schwarze Mantel* (Der schwarze Mantel. Erzählungen, ausgewählt und aus dem Russischen übertragen von Antje Leetz © für die deutsche Ausgabe 1999 Berlin Verlag, Berlin)

Pilnjak, Boris (1894-1938): *Das ganze Leben*, deutsch von Larissa Robiné (Eisgang. Erzählungen, Leipzig: Insel-Verlag 1981)

Platonow, Andrej (1899-1951): *Der Antisexus*, deutsch von Erich Ahrndt (Autobiographie einer Leiche. Russische phantastische Erzählungen, hg. v. Dagmar Kassek, Frankfurt am Main: Suhrkamp Verlag 1997; Andrej Palatonow © Volk und Welt, Berlin 1995)

Puschkin, Alexander (1799-1837): *Pique Dame*, aus dem Russischen v. Michael Pfeiffer (Gesammelte Werke, Band 4 Romane und Novellen © Aufbau-Verlag Berlin und Weimar 1964)

Remisow, Alexej (1877-1957): *Das Licht des Wortes* (Die Geräusche der Stadt, aus dem Russischen übertragen und mit einem Nachwort versehen von Ilma Rakusa © Suhrkamp Verlag Frankfurt am Main 1996)

Saltykow-Schtschedrin, Michail (1826-1889): *Wie das Gewissen verlorenging* (Erde und Ewigkeit. Russische Meister-Erzählungen, übertragen und hg. v. Erich Müller-Kamp, München: Karl Alber Verlag o. J. © Verlag Herder, Freiburg/München 1948)

Samjatin, Jewgeni (1844-1937): *Die Höhle*, aus dem Russischen von Marga Erb (Ausgewählte Werke in vier Bänden. Erzählungen 1917-1928 © Gustav Kiepenheuer Verlag Leipzig und Weimar 1991)

Schalamow, Warlam (1907-1982): *Typhusquarantäne*, aus dem Russischen von Vera Stutz-Bischitzky (Tigerliebe. Russische Erzähler am Ende des 20. Jahrhunderts, hg. v. Viktor Verofejew © 1995 Berlin Verlag © Warlam Schalamow 1978)

Sologub, Fjodor (1863-1927): *Der kleine Mensch*, deutsch von Eckart Thiele

(Autobiographie einer Leiche. Russische phantastische Erzählungen, hg. v. Dagmar Kassek, Frankfurt am Main: Suhrkamp Verlag 1997 © Der Morgen, Berlin 1988)

Solschenizyn, Alexander (geb. 1918): *Die rechte Hand*, aus dem Russischen von Elisa Marin (Im Interesse der Sache. Erzählungen © 1970 by Hermann Luchterhand Verlag GmbH, Neuwied und Berlin)

Sorokin, Wladimir (geb. 1955): *Die Sitzung des Gewerkschaftskomitees*, übersetzt von Gabriele Leupold (Tigerliebe. Russische Erzähler am Ende des 20. Jahrhunderts, hg. v. Viktor Jerofejew © 1995 Berlin Verlag; Wladimir Sorokin © Haffmans Verlag AG Zürich 1992)

Soschtschenko, Michail (1894-1958): *Geschichten von der Dame mit den Blumen*, aus dem Russischen von Thomas Reschke (Das Himmelblaubuch, Frankfurt am Main: Suhrkamp Verlag 1989 © der deutschen Übersetzung Rütten & Loening, Berlin 1973)

Tolstoj, Lew (1828-1910): *Nach dem Ball; Göttliches und Menschliches*, deutsch von Arthur Luther (Sämtliche Erzählungen, hg. v. Gisela Drohla, Bd. 3, Frankfurt am Main: Insel Verlag 1961)

Trifonow, Juri (1925-1981): *Wera und Sojka* (Russische Prosa heute, hg. v. Helen von Ssachno, übersetzt v. Aggy Jais, München/Berlin: F. A. Herbig Verlagsbuchhandlung)

Tschechow, Anton (1860-1904): *Ein Fall aus der Praxis; Der Mensch im Futteral* (Die Dame mit dem Hündchen. Und andere Erzählungen, ausgewählt und mit einem Nachwort versehen von Werner Berthel, Frankfurt am Main: Insel Verlag 1976)

Turgenjew, Iwan (1818-1883): *Die lebende Reliquie*, aus dem Russischen von Manfred von der Ropp (Aufzeichnungen eines Jägers, Frankfurt am Main und Leipzig: Insel Verlag 2001 © für die deutsche Übersetzung: Patmos Verlag GmbH & Co. KG, Artemis & Winkler Verlag, Düsseldorf und Zürich)

Warlamow, Alexej (geb. 1963): *Das Sakrament* (Träume auf der oberen Pritsche. Russische Erzählungen der 80er und 90er Jahre. Auswahl und Übersetzung von Margret Fieseler. © für die deutschsprachige Übersetzung: 1997 Deutscher Taschenbuch Verlag, München © bei den Autoren)

Verlag und Herausgeber haben sich bemüht, die Inhaber der Rechte an den abgedruckten Texten ausfindig zu machen. Sollte dies nicht in allen Fällen gelungen sein, erklären wir uns nach den üblichen Regularien zur Abgeltung der Rechte bereit, falls diese nachgewiesen werden können.